Knaur.

Knaur.

Von Wolfram Fleischhauer sind außerdem erschienen:
Drei Minuten mit der Wirklichkeit
Die Purpurlinie
Das Buch in dem die Welt verschwand
Die Verschwörung der Engel

Über den Autor:
Wolfram Fleischhauer studierte Literatur in Deutschland, Frankreich, Spanien und den USA und arbeitete neun Jahre als Konferenzdolmetscher in Brüssel. Seine Romane sind Seltenheiten im deutschen Literaturbetrieb – mühelos verbinden sie erzählerisches Niveau und eine packende Handlung zu »kultureller Hochspannung«!

Wolfram Fleischhauer

Die Frau mit den Regenhänden

Roman

Knaur Taschenbuch Verlag

Besuchen Sie uns im Internet:
www.knaur.de

Vollständige Taschenbuchausgabe März 2001
Droemersche Verlagsanstalt Th. Knaur Nachf., München

Umschlaggestaltung: Agentur Zero, München
Satz: Ventura Publisher im Verlag
Druck und Bindung: CPI – Clausen & Bosse, Leck
Printed in Germany
ISBN 978-3-426-61727-4

16 15

(ich weiß nicht, was an dir sich schließt
und öffnet; nur etwas ist in mir, als fände
ich die antwort in der stimme deiner augen, tiefer noch als rosen)
niemand, nicht einmal der regen, hat solch kleine hände

e.e. cummings

Prolog

Cher Bruno,

ich bin auf dem Weg zu jenem Rendezvous, von dem Du weißt. Ich habe die halbe Nacht wach gelegen, an Dich gedacht und mir gewünscht, Deine Wärme an meinem Körper zu spüren. Jetzt sitze ich in der Metro zwischen Menschen, deren Blicke ungeduldig sind. Zeit ist etwas sehr Kostbares hier. Ich bin unter meinesgleichen.
Gestern abend wollte ich Dir schreiben und habe es nicht mehr ausgehalten, wollte Deine Stimme hören. Aber Du warst nicht da. Wo warst Du? Ach, Briefe sind immer von Toten an noch nicht Geborene. Sobald Dein Zeigefinger die Stelle zerschneidet, die meine Zunge beleckt hat, schon ist es etwas anderes. Wie sehr fehlt mir der Klang Deiner Stimme.
Bist Du mit der Übersetzung der Geschichte weitergekommen? Wie fühlt sie sich an in Deiner Sprache? Ich habe auf der Rolltreppe im Flughafen Gesprächsfetzen von deutschen Touristen belauscht und bin ihnen sogar ein Stück gefolgt. Welch seltsame Sprache, deren Klang mich so an Dich erinnert. Es erregt mich zu wissen, daß jedes Wort, jede Beschreibung aus meiner Feder nun durch Deine Seele geht und sie mit Bildern füllt, die ich gesehen habe. Ich wäre gerne jedes einzelne dieser Worte, neide ihnen, daß Deine Augen auf ihnen ruhen, ihr Klang vielleicht Deine Zunge bewegt.
Ich gehe durch diese Stadt, durch diese Gegenwart, und sehe überall Szenen vor mir, die mich an diese Vergangenheit erinnern. Die Kulisse ist anders, aber die Figuren sind gleich.
Die Leute sind freundlich hier in New York. Der Kofferträger im Hotel spricht sogar Französisch. Als ich ihm sagte, daß ich

aus Paris komme, glänzten seine Augen. Merweijeuh, sagte er. Queal beile wille. Das Hotel, das Serge mir empfohlen hatte, ist heute ein Altersheim. Ich bin nur eine Nacht dortgeblieben und dann hierher umgezogen. Serge würde sich wundern, wenn ich ihm erzählen würde, was aus seinem Lieblingshotel geworden ist. In der Lobby riecht es nach alten Menschen und billigem Bohnerwachs. Man erkennt noch, daß es einmal ein stattliches Haus gewesen sein muß. Jetzt sieht es aus wie leer geräumt. Heute erfuhr ich, daß die Stadt in diesem Hotel Zimmer für alte Menschen subventioniert. Solange sie es irgendwie bewerkstelligen, zwanzig Dollar am Tag zu erbetteln, duldet man sie hier.

Ich mußte an Marie denken, an ihr Leben damals in Belleville. Ich denke oft an sie, fühle mich ihr nah. Ich sehe sie auf dem Wehr am Kanal St. Martin stehen, den Blick auf das schwarze Wasser unter ihr gerichtet, die Hände um die Brüstung gekrallt.

Du weißt, daß ich Maries Geschichte erzählt habe, um nicht verrückt zu werden. Ich habe sie Dir zu lesen gegeben, um Dir etwas zu sagen, worüber ich nicht sprechen konnte. Maries Geschichte ist meine Geschichte. Aber das ist nur ihre Bedeutung. Erst durch uns bekommt sie einen Sinn.

Erzähle mir auch Deine Geschichte. Ich will Deine Stimme hören, Deinen Erinnerungen lauschen. Und dann, wenn alles gesagt ist, sprich nur noch meinen Namen, leise und sanft an meinem Ohr.

Ich spreche still den Deinen mit jedem Schlag meines Herzens.

Bruno.

A bientôt, mon amour

Mainsdepluie

I. Kapitel

Freilich dient das Wasser nicht bloß dazu, sich unnützer und lästiger Sachen zu entledigen, wie Schutt, Kehricht, Excremente, leere, von einem Diebstahl herrührende Kisten und Kästen u. dergl. m., sondern es werden auch Leichen, namentlich die von Neugeborenen, hineingeworfen, um sie auf bequeme und wohlfeile Weise zu beseitigen oder um Verbrechen zu verdunkeln.

Johann Ludwig Casper
Handbuch der gerichtlichen Medicin
Berlin 1882

I.

Das Tauwetter brachte nichts Gutes.
Als das Eis im Frühjahr 1867 aufbrach und die ersten Eisplatten in der Seine trieben, stak hier und da ein halber Mensch darin. Es waren die Leichen der im Winter Ertrunkenen, der Eingebrochenen. Irgendwo unter dem Eis waren sie hängengeblieben und festgefroren. Jetzt, da die Strömung die aufbrechende Eisschicht in Bewegung versetzte, riß es die feststekkenden Körper einfach auseinander. Die gruseligen Funde zogen sich über Wochen hin.
Wie kalt der Winter wirklich gewesen war, darüber gingen die Meinungen auseinander. Neun Grad unter Null waren durchschnittlich gemessen worden. Auf dem Pont Neuf hatte sich täglich eine ansehnliche Menschenmenge um das Thermometer des Ingenieurs Chevalier versammelt. Um wie viele Wärmegrade der Atem der vielen Neugierigen das Meßergebnis verfälschte, mochte jeder selber schätzen. Den meisten

war's egal. Sie maßen die Kälte nach der alten Maßeinheit der Zahl der Erfrorenen und hofften, daß es endlich damit vorüber sei.
Als das Eis endlich geschmolzen war und alle Toten geborgen, kam das Hochwasser. Es ging so schnell, daß in einer einzigen Nacht zwei Dutzend Lastkähne vom Quai losgerissen wurden und sich wie Spielzeugschiffe unter den Brückendurchfahrten des Pont d'Arcole verkeilten. Nicht auszudenken, was der Rückstau der Seine alles überflutet hätte. Gute Ratschläge, wie man die Schiffe losbekommen sollte, hatten alle. Eine Lösung keiner. Die Kähne, einen nach dem anderen, wegziehen? Wo eine so riesige Winde herbekommen? Und von wo aus ziehen? Draußen auf dem Marsfeld hatten sie Kräne für den Bau des Ausstellungsgebäudes für die Weltausstellung. Doch hält so eine Brücke einen Kran aus? Außerdem mußte das alles sehr schnell gehen. Anzünden? Sprengen? Dann ging auch die Brücke mit drauf. Und wer ersetzt die Schiffe? Schließlich besorgte der Fluß die Lösung selber. Mit ohrenbetäubendem Krach von zersplitterndem Holz brach einer der Kähne unter dem Druck und gab die anderen frei. Für manche ein gelungener Ausdruck dafür, wie die Regierung derzeit die Probleme des Landes löste: durch Nichtstun.

Bis um halb elf Uhr war alles ruhig gewesen an jenem Montagabend im März. Sie waren zu viert auf der Wache. Der Ofen zog schlecht wegen des verdammten Wetters, aber wenigstens war es nicht mehr so kalt wie die Woche zuvor. Lobiau und Grol spielten Karten. Thermann ging Streife. Das war zwar gegen die Regel, alleine Streife zu gehen, aber so war das eben an jenem Montagabend. Außerdem kam Thermann zurück, bevor dieser Gerber auftauchte. Duvergnier, der als Inspektor der Polizeiwache vorstand, saß in seinem Arbeitszimmer. Er hatte Tee aufgesetzt. Der Schuß Rum, der

dazugehörte, entsprach zwar auch nicht den Dienstvorschriften, aber davon erfuhr ja niemand. Außerdem kam er nicht mehr dazu, den Tee zu trinken. Den Rum freilich schon, später, ohne den Tee, aber dafür hätte jeder Verständnis gehabt, nach all dem, was dann geschehen war.
Duvergnier hatte in seiner Laufbahn schon einiges gesehen. Die Barrikadenkämpfe von 1848 waren nicht gerade ein schöner Anblick gewesen. Als 1858 Orsinis Bomben vor der Oper die Kutsche des Kaisers trafen, hatte er den Knall der Sprengsätze gehört und kurz darauf mit eigenen Augen gesehen, was die mitten in der Menschenmenge gezündeten Granaten angerichtet hatten. Das Schlimmste waren die Kopfwunden. Er konnte einiges ertragen, solange es nur nicht am Kopf war. Ein entstelltes Gesicht verfolgte ihn Wochen. Aber seit dem Attentat vor neun Jahren war ihm dergleichen erspart geblieben. Wenn er gewußt hätte, was dort draußen im Kanal schwamm, hätte er seine Kollegen alleine losgeschickt. Der Gerber, der auf der Wache erschienen war, hätte ihm ja sagen können, wie der Kopf aussah. Aber der Mann hatte von einem Kind gesprochen. Von einer Kinderleiche. Wer dachte dabei schon an den Kopf. Diesen Montagabend würde er jedenfalls so schnell nicht vergessen.
Thermann hatte eben seine nassen Stiefel ausgezogen und sie neben den Ofen gestellt, als Duvergnier aus dem Büro in die Amtsstube kam, um Tinte zu holen, die im Schrank unter dem Empfangstresen aufbewahrt wurde. Er schrieb das Tagesprotokoll, was ihm als Vorsteher der Wache zufiel. Grol hatte ein schlechtes Blatt und überhaupt schlechte Laune, weshalb er Thermann auch nur wortlos den *Figaro* vom Vortag zuwarf, als dieser fragte, ob irgend jemand Zeitungspapier habe. Duvergnier verschwand wieder im Büro, schrieb den Bericht zu Ende und heftete ihn ab. Zu früh, wie sich gleich darauf herausstellte, denn plötzlich klopfte draußen jemand energisch gegen die

Tür. Da Duvergnier sogleich Stimmen aus dem Vorraum vernahm, ging er nicht hinaus, in der Annahme, daß seine Kollegen sich schon darum kümmern würden. Eine Weile hörte er auch nur eine gedämpfte Unterhaltung. Er stand am Ofen und schaute nach dem Tee, als seine Tür aufflog.
»Chef!« rief Grol, der im Türrahmen erschienen war. »Kommen Sie bitte mal.«
»Was ist denn?«
Aber Grol deutete nur mit dem Kopf hinter sich in die Amtsstube.
Als Duvergnier hinauskam, stand Lobiau hinter dem Empfangstresen und füllte einen Meldezettel aus. Thermann saß noch neben dem Ofen, den *Figaro* auf dem Schoß, und knetete sich die feuchten Strümpfe. Lobiau gegenüber stand ein älterer Mann, der soeben seine Adresse nannte.
»... Passage Feuillet.«
»Welche Nummer?«
»Es gibt keine Nummern.«
»Beruf?«
»Gerber.«
Duvergnier trat neben Lobiau.
»Monsieur ...?«
»Briffaut, Charles«, sagte Lobiau. »Monsieur Briffaut, das ist Inspektor Duvergnier. Könnten Sie ihm bitte wiederholen, was Sie uns eben erzählt haben.«
Der Mann schien beeindruckt von Duvergniers Uniform. Jedenfalls richtete er sich respektvoll auf. Sein graues Haar hing in Strähnen herunter und umrahmte ein verhärmtes Gesicht. Unter seinem Umhang trug er eine schmutzige Lederschürze und einen dicken, grauen Wollpullover. Seine groben Schuhe hatten Matschflecken auf dem Holzboden hinterlassen.
»Ich war eben am Kanal, um Lauge wegzugießen«, sagte er. »Als ich umkehren wollte, war der Hund verschwunden.«

»Was für ein Hund?«
»Mein Hund. Bernadette. Ich rief nach ihr. Da hörte ich sie bellen. Weiter oben, nicht weit vom Wehr. Ich ging die Böschung entlang. Ich rief wieder nach ihr, aber sie bellte nur und kam nicht bei. Auf dieser Seite kann man nicht weit an der Böschung entlanglaufen, wegen der Sperrgitter. Bernadette war darunter hindurchgekrochen, also mußte ich erst die Böschung ein Stück hinauflaufen, um das Gitter zu umgehen. Ich rief sie noch mal, und als sie bellte, sah ich sie unten am Kanal hin und her springen. Aber sie wollte nicht heraufkommen. Daher ging ich runter, so weit es eben geht, und dann sah ich, daß da etwas im Wasser lag. Es sah aus wie ein ertrunkenes Lamm oder so etwas. Also rief ich den Hund wieder, aber das Vieh wollte einfach nicht beikommen, sondern lief immer wieder zu dem Lamm dort. Schließlich habe ich mich durch das Gestrüpp gekämpft, um sie zu holen. Als ich fast bei ihr war, sprang sie auf mich zu und jaulte. Was ist denn, sagte ich zu ihr. Und dann habe ich es auch gesehen. Da liegt ein Kind im Wasser.«
»Ein Kind?« fragte Duvergnier.
Der Alte nickte. »Jedenfalls kein Lamm. Es ist vielleicht so groß.« Er zeigte mit den Händen die Größe an. »Schwimmt dort im Wasser, ja, mit dem Gesicht nach unten.«
»Haben Sie es an Land gezogen?«
»Nein. Um Gottes willen. Ich habe den Hund gepackt und bin die Böschung hinauf. Gleich hierhergekommen bin ich. Das ist was für die Polizei, habe ich mir gesagt.«
»Haben Sie irgend jemanden gesehen?«
Der Mann schüttelte den Kopf. »Nein, um diese Zeit ist da niemand.«
»Thermann!« sagte Duvergnier. Aber der hatte seine Stiefel schon wieder angezogen. »Grol, Sie gehen bitte zum Hôpital St. Louis und holen einen Arzt. Wo, sagten Sie? Kurz vor dem Wehr?«

»Ja, keine hundert Schritte.«
»Und ich?« fragte Lobiau.
»Sie bleiben hier und sehen zu, daß die Öfen nicht ausgehen.«
Duvergnier und Grol verschwanden im Lager, um sich Ölzeug und Lampen zu holen. Thermanns Regencape hing noch triefend am Haken hinter der Tür. Lobiau schob dem Gerber den Meldezettel zur Unterschrift hin. Er unterschrieb, langsam, mit großen, unsicheren Buchstaben, und streckte dabei leicht die Zunge heraus.
Als sie auf die Straße hinaustraten, begrüßte sie das Bellen des Hundes, der neben der Tür festgebunden war. Briffaut band ihn los und stapfte Duvergnier und Thermann voran die Straße hinab, während sich Grol in die entgegengesetzte Richtung entfernte, wo das Krankenhaus St. Louis lag.
Als sie den Kanal an der Rue des Ecluses überquerten, fing der Hund plötzlich zu bellen und zu winseln an. Unter ihnen floß träge das Wasser. Ein leichter Nieselregen hatte eingesetzt und kräuselte die schwarze Oberfläche des Kanals. Duvergnier blieb stehen und schlug sich gegen den Kopf.
»Verdammt, eine Schubkarre. Wir haben keine Schubkarre mitgenommen.«
Thermann machte augenblicklich kehrt, doch Duvergnier hielt ihn noch einmal zurück. »Nein, warten Sie einen Moment. Monsieur Briffaut, kann man die Stelle von hier aus sehen?«
Der Gerber trat an die Brüstung der Eisenbrücke und sah angestrengt in nördlicher Richtung zum Wehr. Der Hund zog ungeduldig an der Leine, keuchte und jaulte und beruhigte sich auch dann nicht, als der Gerber schroff am Halsband riß. Zu beiden Seiten des Kanals war die Uferböschung in tiefe Dunkelheit getaucht. Am Horizont sah man undeutlich die Umrisse des Wehrs. Briffaut blickte suchend die rechte Uferseite entlang und wies schließlich achselzuckend auf eine Stelle zwischen der Brücke und dem Wehr.

»Dort hinten, Sie gehen oben an der Böschung entlang, und nach dem dritten Absperrgitter sind es noch ein paar Schritte.«
»Nun gut, Sie werden meine Lampe sehen«, sagte Duvergnier. »Dann finden Sie es schon. Machen Sie schnell, Thermann. Aber warten Sie auf Grol und den Arzt.«
Thermann verschwand, und Duvergnier folgte Briffaut über die Brücke. Der Weg an der Böschung entlang war aufgeweicht und bot keinen sicheren Tritt. Als sie ein paar Meter gegangen waren, fuhr es Duvergnier durch den Kopf, daß er noch etwas Grundlegendes vergessen hatte. Er hielt Briffaut an und befahl ihm zu warten. Dann kehrte er zu der Stelle zurück, wo sie von der über die Brücke führenden Straße abgebogen waren. Aus einem Haufen Unrat, über den der Schein seiner Lampe hinwegglitt, zog er zwei alte Holzbretter heraus und rammte sie kurz entschlossen kreuzweise am Anfang der Böschung in den aufgeweichten Boden. Dann zog er einen Papierblock aus seiner Ledertasche, schrieb mit großen Buchstaben »Den Weg nicht betreten – Fußspuren« auf einen Zettel, faltete ihn gegen die Nässe zusammen und steckte ihn an einem der Bretter auf einen Holzsplitter. Dann kehrte er zu Briffaut zurück, der Mühe hatte, den Hund zurückzuhalten, nahm ihn am Arm und wies ihn an, hart am Rande des Pfades auf der Böschung entlangzulaufen.
Mit einiger Mühe erreichten sie das dritte Absperrgitter, gingen daran vorüber und standen kurz darauf oberhalb der Stelle, wo der Gerber das Kind gefunden haben wollte. Der Hund wurde immer unruhiger, und Briffaut zischte ihn zornig an. Duvergnier ließ die Lampe über dem Boden kreisen. Da waren tatsächlich Fußspuren. Duvergnier bat Briffaut, seinen Fuß neben einen der Schuhabdrücke im Matsch zu setzen, und stellte enttäuscht fest, daß es der gleiche Sohlenabdruck war. Bernadettes leichtfüßige Pfotenabdrücke prangten außerdem daneben.

Die Uferböschung war hier brusthoch mit Büschen und Gestrüpp bewachsen. Die Lampe schützend in Kniehöhe haltend, bahnte sich Duvergnier vorsichtig einen Weg durch das Dickicht und arbeitete sich langsam zum Kanal hinab. Die Böschung war vielleicht fünf Meter hoch und mündete in einen schmalen, unbewachsenen Streifen unten am Wasser. Briffaut folgte ihm in geringer Entfernung, und zwischen den beiden kroch der Hund keuchend durchs Unterholz. Als Duvergnier den unbewachsenen Streifen erreicht hatte, richtete er sich auf, hob die Lampe hoch und ließ seinen Blick über das Wasser gleiten. Briffaut trat neben ihn und zeigte mit der Hand auf eine Stelle, wo zwei Armlängen vom Ufer entfernt etwas Helles im Wasser trieb. Duvergnier ging darauf zu, hielt die Lampe über das Wasser und fuhr plötzlich erschrocken zurück. Ein dunkler Schatten schoß pfeilschnell zwischen dem Schilf davon. Ein zweiter folgte ihm. Das Bündel wippte ruckartig auf und nieder, wie von kleinen Stößen bewegt. Dann lag es wieder still. Bernadette winselte, kauerte am Boden, legte die Ohren an, bellte zweimal laut auf und ließ dann ein warnendes Knurren ertönen.

»Binden Sie den Hund dahinten irgendwo fest«, sagte Duvergnier nervös und suchte gleichzeitig nach einem Gegenstand, mit dem er das Bündel ans Ufer ziehen könnte. Er stellte die Lampe auf den Boden, machte sich an einem der Büsche zu schaffen und brach mit nicht geringer Mühe einen starken Ast ab. Dann wandte er sich wieder dem Kanal zu, hob erneut die Lampe hoch und starrte unruhig auf das nun wieder völlig bewegungslos im Wasser treibende Kind. Denn jetzt sah auch er, daß der Gerber sich nicht getäuscht hatte. Es lag mit dem Gesicht nach unten. Der Kopf war fast vollständig untergetaucht, doch Duvergnier erkannte an der Wasseroberfläche einen Hinterkopf mit dunklem Haar. Die Schultern waren nackt. Von der Brust abwärts war das Kind noch in Stoffbahnen eingewickelt, die sich um die Schultern herum gelöst hatten und in langen schlierigen Bahnen im Wasser hingen. Die Arme waren nicht zu sehen. Er erkannte den Ansatz einer hellen Hose, aber die Beine waren wie die Arme unter der Wasseroberfläche verborgen.

Duvergnier führte die Spitze seines Astes vorsichtig an das Kind heran und versuchte, es unter der Achselhöhle zu fassen zu bekommen. Der leblose Körper drehte sich leicht. Mit Schaudern sah der Polizist, daß die ihm zugewandte Seite der Leiche dunkle Stellen aufwies. Er legte das Astende auf das Bündel und zog es behutsam heran. Willfährig schwebte das Kind durch das Wasser und kam nach wenigen Augenblicken zu Füßen Duvergniers am Kanalufer zu ruhen. Briffaut war hinzugetreten und schaute betroffen auf den gräßlichen Fund. Der Rücken des Kindes war von einem kremigen Weiß und glänzte im Schein der Lampe. Arme und Beine waren noch immer nicht zu sehen. Der Nacken wies eine dunkle Färbung auf. Es schien, als kauerte der kleine Körper dort im Wasser, das Gesicht auf den Grund gerichtet, Arme und Beine fest vor dem Oberkörper zusammengezogen.

Duvergnier gab Briffaut die Lampe in die Hand, legte den Ast beiseite und zog seinen schwarzen Regenmantel aus. Dann kniete er sich hin, legte den Mantel flach ins Wasser und zog ihn vorsichtig unter der Leiche durch. Er ergriff die beiden Enden längs des Körpers, schlug sie behutsam über dem Kind zusammen und wuchtete das ganze Bündel aus dem Wasser. Einen Moment lang stand er unschlüssig da, wartete, bis ein Großteil des Wassers aus der so geborgenen Fracht herausgelaufen war, und legte den Mantel mit dem darin befindlichen Kind auf dem Boden ab. Er schaute Briffaut an, doch der sagte kein Wort, betrachtete nur bekümmert das nasse Bündel aus schwarzem Ölzeug, das da vor ihm lag.

Kanalabwärts auf der Brücke waren drei helle Punkte erschie-

nen. Wie kleine Irrlichter bewegten sie sich darüber hinweg. Duvergnier griff nach der Laterne, schwenkte sie mehrmals hin und her und betrachtete zufrieden das lautlose Echo des zweiten Lichtpunktes dort auf der Brücke, der mehrmals kurz verlöschte.
»Eine der Eisleichen?« fragte Briffaut.
Duvergnier schüttelte den Kopf.
»Nein«, antwortete er ernst. »Das Kind hier ist noch nicht sehr lange tot.«
»Wer tut nur so etwas«, hörte er den Gerber sagen.
»Tiere«, sagte Duvergnier.
»Nein, Tiere tun so etwas nicht.«
Es regnete noch immer leicht. Duvergnier fröstelte. Die beiden Männer standen schweigend beieinander.
»Sollten wir nicht nachsehen, was mit ihm ist?« fragte Briffaut nach einer Weile unsicher.
Duvergnier schüttelte den Kopf. »Ich will lieber auf den Arzt warten. Wir können hier sowieso nicht mehr helfen.«
Er dachte an die zuckenden Bewegungen der davonschwimmenden Ratten. Von Thermann, Grol und dem Arzt war noch nichts zu sehen. Offensichtlich hatten sie seine Botschaft gefunden und bewegten sich vorsichtig heran. Duvergnier überdachte sein weiteres Vorgehen.
Wie war das Kind hierher gelangt? Wahrscheinlich hatte man es am Wehr in den Kanal geworfen. Oder war auch ein Unfall denkbar? Ihm war kein verschwundenes Kind gemeldet worden. Der Arzt müßte feststellen, wie lange das Kind schon im Wasser lag. Dann könnte man zurückrechnen und die umliegenden Polizeistellen befragen, ob eine Vermißtenmeldung vorlag. Die Strömung vom Wehr aus ging stadteinwärts. Das Kind mußte also auf den hundert Metern bis zum Wehr ins Wasser gelangt sein, vermutlich auf dieser Uferseite, aber das war nicht sicher, und so würde man beide Ufer auf Hinweise

absuchen müssen. Vielleicht fanden sich irgendwo Spuren oder Kleidungsstücke oder Schuhe. Hatte das Kind Schuhe getragen? Duvergnier war versucht, den Leichnam aufzudekken, konnte sich jedoch nicht dazu durchringen. Nein, das sollte der Arzt machen. Die erste Untersuchung war von enormer Bedeutung. Duvergnier hatte wiederholt Doktor Tardieu im Gerichtssaal erlebt und gesehen, wie die eindeutigsten Zeichen eines Gewaltverbrechens sich als Täuschung herausstellen konnten, wenn sie wissenschaftlich untersucht wurden. Es war so leicht, Fehler zu machen. Und die meisten Fehler unterliefen der Polizei, weil sie über die Methoden der Gerichtsmedizin so schlecht unterrichtet war. Er tat, was er für richtig hielt, und im Rahmen dessen, was er hier an der Uferböschung vorgefunden zu haben glaubte, verhielt er sich auch richtig. Es waren schon wiederholt Kinderleichen aus dem Kanal gezogen worden. So auch jetzt wieder. Wie hätte er ahnen sollen, daß es diesmal nicht das gleiche war?
Oben auf der Böschung waren nun Schritte zu vernehmen. Duvergnier hörte Thermann rufen und antwortete. Das Gebüsch geriet in Bewegung, und man sah den Lichtschein von Laternen dazwischen hindurchschimmern. Briffaut ging zu seinem Hund, der wieder zu bellen begonnen hatte, und beruhigte das Tier. Thermann und Grol traten aus dem Gestrüpp, gefolgt von einem weiteren Mann mit einer Ledertasche. Thermann erstattete Duvergnier kurz Bericht, sagte, daß sie seine Anweisung, den Pfad nicht zu betreten, gefunden und die Schubkarre daher an der Brücke zurückgelassen hätten. Duvergnier erklärte dem Arzt schnell, was sich ereignet hatte, und deutete auf das schwarze Ölzeug am Boden. Der Arzt atmete schwer und schien vom raschen Laufen erschöpft zu sein. Er war klein und dick. Seine Brille war von feinen Wassertropfen beschlagen, und er nahm sie ab, um sie zu putzen, während er Duvergniers Ausführungen lauschte. Als der

Polizist geendet hatte, beugte er sich ohne ein weiteres Wort über das Bündel am Boden und schlug die nassen Ölbahnen beiseite. Thermann und Grol wichen ein wenig zurück. Duvergnier stand unbeweglich da und beobachtete die Verrichtungen des Arztes.

Der Leichnam lag auf der Seite. Der Kopf war nach hinten geknickt, Augen und Mund waren geschlossen. Ein dunkelgraues, zusammengerolltes Tuch war um den Kopf gebunden und unter dem Kinn verknotet.

Der Arzt ergriff eines der Ärmchen des Kindes. Es ließ sich ein wenig hin und her bewegen, war jedoch in sich starr. Er drehte sich um und öffnete seine Tasche. Er zog ein Thermometer hervor, legte es neben sich hin, nahm dann eine Schere zur Hand und schnitt über dem Gesäß die Hose bis in den Schritt auf. Dann ging er um die Leiche herum, spreizte mit dem Daumen und Zeigefinger das Gesäß auf und versenkte das Thermometer darin.

»Würden Sie bitte Protokoll führen?« sagte er, zu Duvergnier gewandt. »Und Sie, meine Herren, könnte ich etwas mehr Licht bekommen.«

Duvergnier nahm seinen Notizblock zur Hand, während seine beiden Kollegen mit ihren Laternen näher kamen. Das kleine Wesen lag zusammengekauert da, die Beine fest an den Bauch hochgezogen, die Arme über der Brust verschränkt, als habe es versucht, in einem kleinen Behälter Platz zu finden. Der Rücken war stark gekrümmt, und wenn man es so betrachtete, drängte sich der Eindruck auf, es sei in eben dieser Stellung in einem Tuch vor der Brust seiner Mutter getragen worden.

»Wann haben Sie die Leiche geborgen?« fragte der Arzt sachlich.

»Kurz bevor Sie eintrafen. Vor vielleicht zehn oder fünfzehn Minuten.«

»Immerhin mal ein vollständiger Körper nach den ganzen Brocken und Klumpen der letzten Wochen.«
Duvergnier überging die geschmacklose Bemerkung kommentarlos. Der Arzt tastete die Leistengegend der Leiche ab und begann zu diktieren.
»Denatus ist sechs bis acht Monate alt. Am Montag, dem fünfundzwanzigsten März, eine halbe Stunde vor Mitternacht am Ostufer des Kanals St. Martin im Wasser treibend aufgefunden. Bergung erfolgte ohne Gewaltanwendung ...«
Duvergnier verzeichnete gewissenhaft die Angaben, welche der Arzt mit monotoner Stimme vortrug. Thermann und Grol standen in geringer Entfernung mit dem Gerber zusammen und unterhielten sich leise. Bruchstücke der Protokollstimme des Arztes trieben zu ihnen herüber.
»... rigor mortis in Embryonalstellung ... keine Gänsehaut ... Gesicht und ganze Leiche bleich ... Reste von Fettspuren auf den Wangen ... im Nackenbereich leichte Dunkelfärbung ... Zunge nicht geschwollen, aber mit der Spitze hinter geschlossenen Lippen eingeklemmt ... an den Händen und Füßen zeigt sich die Haut längsfaltig ... Todeszeitpunkt liegt vermutlich mindestens zwölf, höchstens vierundzwanzig Stunden zurück ... Brustkorb hart und gespannt ... kein äußerlich sichtbarer Madenbefall ... Bißspuren an Weichteilen im Gesicht und am Brustkorb links ...«
Duvergnier blickte unwillkürlich vor sich auf den Boden, wo der leblose Körper mittlerweile vollständig entkleidet dalag.
»... Körperinnentemperatur 47 Fahrenheit, unschlüssig ... Wassertemperatur ... schreiben Sie noch mit?«
Duvergnier fuhr auf, schaute den Arzt an, dann wieder das Gesicht des Kindes. Die Wangen waren angefressen. Er spürte einen bitteren Geschmack im Mund und plötzlich ein Würgen im Hals. Er schaffte es gerade noch zu den Büschen. Aber was ihm nicht gelang, war, das Bild aus seinem Kopf zu ver-

scheuchen, das im Wasser treibende, nach unten gerichtete Gesicht, an das ein spitzes Maul heranschießt, mit scharfen Zähnen einen Hautfetzen herausreißt.
Thermann trat neben ihn und legte ihm freundschaftlich die Hand auf die Schulter. »Soll ich weiterschreiben?«
Er nickte und gab ihm den Block.
»Fahren Sie fort«, sagte Thermann.
Der Arzt wandte sich wieder dem Körper zu und schaute erneut auf das Thermometer. »Lufttemperatur …«
Duvergnier stolperte die Böschung hinauf. Oben angekommen, richtete er sich auf und atmete mehrmals tief durch. Dann spuckte er eine gute Weile aus, um den widerlichen Geschmack aus dem Mund zu bekommen. Seine Nase und sein Rachen brannten von der Säure des Erbrochenen, und kaum dachte er an das, was dort unten lag, bäumte sich sein Magen erneut auf und schnitt ihm die Luft ab. Allmählich beruhigte er sich, und als er zwanzig Minuten später die Böschung wieder hinabstieg, war die Untersuchung beendet und die Leiche wieder in seine Öljacke eingewickelt. Grol und Thermann trugen sie zwischen sich zur Brücke vor, dann ging es weiter mit der Schubkarre bis zur Wachstube. Als das Protokoll erledigt war, konnte der Weitertransport in die Morgue erfolgen, wo die Leiche gegen vier Uhr morgens eintraf. So war sie bereits am Dienstag zur allgemeinen Besichtigung freigegeben.
Die umstrittene Praxis der öffentlichen Leichenschau in der Morgue bewährte sich wieder einmal: Noch am gleichen Tag identifizierte ein Wasserträger aus Belleville das Kind anhand einiger am Morgen unweit des Fundortes der Leiche aufgefundener und gleichfalls ausgestellter Kleidungsstücke.
Die Mutter, eine gewisse Marie Lazès, wurde noch am gleichen Abend festgenommen.

II.

Antoine Bertaut hatte an jenem Montag seine Mittagspause auf dem Pont Louis Philippe verbracht und die Stelle betrachtet, wo noch einige Tage zuvor die ineinander verkeilten Schiffe den Fluß aufgestaut hatten. Die Verhandlung vor der sechsten Strafkammer war um halb eins unterbrochen worden. Jozon, der die Anklage vertrat, hatte Antoines Verteidigungsstrategie mit einer üblen Finte pariert, so übel, daß ihm jetzt noch die Hände zitterten vor Wut. Aber das war es nicht allein. Eine Niederlage dieser Art war etwas Neues für den Achtundzwanzigjährigen. Er, Antoine Bertaut, Sohn eines der berühmtesten Pariser Juristen, war Jozon unterlegen, diesem windigen Fuchs, den man nicht zum Richteramt zugelassen hatte, weil er einmal gesagt hatte, er würde am liebsten Kläger, Angeklagten und gleich auch noch die Geschworenen dazu aburteilen und in die Straflager schicken; eine Rechtsauffassung, die sogar den keineswegs zimperlichen Richtern des Zweiten Kaiserreiches als zu extrem erschien. So tobte er sich eben als Staatsanwalt aus, und dies mit einer Hinterhältigkeit, die Antoine völlig unterschätzt hatte. Er wußte, daß die Geschworenen nach der Mittagspause zurückkommen würden, um den Angeklagten Vrain-Lucas zu verurteilen. Deshalb war er dem hektischen Treiben der Wandelhalle im Westflügel des fast fertig renovierten Justizpalastes entflohen und bis auf die Ile St. Louis spaziert, anstatt mit den Kollegen auf dem Boulevard Sebastopol zu Mittag zu essen.
Sein erster großer Fall, und er hatte sich wie ein Anfänger verhalten. Das Vergehen an sich war relativ harmlos. Aber die Affäre hatte Aufsehen erregt. Der Gerichtssaal war bis auf den letzten Platz mit Zuschauern gefüllt gewesen. Mehr als sechshundert Anträge hatte es gegeben und das übliche Gerangel um die Verteilung der Eintrittskarten. Wie gewohnt bot die

Zuschauerversammlung ein getreues Abbild der Pariser Bevölkerung: vorne auf den reservierten Plätzen Seide und Spitzen, hinten in den Rängen die blauen Tücher der Arbeiter; unten der Duft von Parfüm, oben der Gestank nach Knoblauchwurst.

Jozon hatte es verstanden, die Arena für einen grandiosen Auftritt zu nutzen. Dabei genoß dieser Vrain-Lucas beim Publikum mehr Sympathie als der zerknirschte Geograph und Mathematiker Chasles, der ihn angezeigt hatte.

Alles hatte damit begonnen, daß Vrain-Lucas besagtem Herrn Chasles einige Briefe anbot, die Pascal an den englischen Chemiker Robert Boyle geschrieben haben sollte. Herr Chasles las die Briefe mit Begeisterung. Was war das für eine tolle Sache! Die Briefe bewiesen, daß Newton Erfindungen zugeschrieben wurden, die in Wirklichkeit von Pascal stammten, der als der tatsächliche Entdecker der Schwerkraftgesetze anzusehen sei. Die Briefe Pascals wurden in das Protokoll der Sitzung aufgenommen.

Doch schon bald meldeten einige Akademiemitglieder Zweifel an der Echtheit der Briefe an, da Pascal sich seltsamerweise eines recht modern klingenden Französisch bediente. Um den Bedenken zu begegnen, legte Herr Chasles Briefe vor, die Pascal an Sir Isaac Newton gerichtet hatte. Unter der Last der Beweise beugten sich die Skeptiker. Um jedoch auch seinen letzten Gegner in der Akademie unter einer Flut von Autographen zum Schweigen zu bringen, breitete Herr Chasles in den darauffolgenden Monaten auf den Tischen der Akademie ganze Korrespondenzen von Galileo Galilei über Luther bis zu Karl dem Großen aus.

Die Quelle all dieser wundersamen Episteln war Vrain-Lucas. Angeblich hatte er sie aus der gigantischen Sammlung eines gewissen Herrn de Boisjourdain besorgt, der als verarmter Erbe eines alten Adelsgeschlechtes gezwungen war, sich mit

gebrochenem Herzen von einigen seiner Schätze zu trennen. Da er selbst nicht als Verkäufer in Erscheinung treten wollte, hatte er Vrain-Lucas damit beauftragt, die Briefe zu veräußern. Jene geheimnisvolle Briefesammlung sollte so umfangreich sein, daß Herr Chasles nach Bedarf jedwedes Schriftstück anfordern konnte, das er zur Verteidigung seiner Thesen in der Wissenschaftsakademie gegenüber seinen Widersachern benötigte. Diese wurden freilich immer zahlreicher. Sogar ausländische Gelehrte schalteten sich allmählich in die interessante Debatte ein. Mit immer neuen Dokumenten bot Herr Chasles ihnen die Stirn. Sein gesunder Menschenverstand hatte ihn anscheinend verlassen, und es kam der Augenblick, da seine Glaubwürdigkeit die gleiche Gefahr lief.
Die Sitzung der Wissenschaftsakademie im September 1866 war tragisch für Herrn Chasles. An jenem Tag präsentierte er nämlich einen Brief Galileo Galileis, worin der große Gelehrte auf das Vorwort einer ihn selbst betreffenden Studie aus dem achtzehnten Jahrhundert Bezug nahm. Gleich einem Menschen, der alles verloren hatte, war Herr Chasles gezwungen, zuzugeben, daß er betrogen worden war. Er zeigte den Fälscher unverzüglich an. Vrain-Lucas war leicht zu verhaften gewesen, denn Herr Chasles hatte damit begonnen, ihn überwachen zu lassen, nicht etwa, weil er ihn des Betrugs verdächtigte, sondern aus Furcht, sein Lieferant könnte sich mit seinen Schätzen ins Ausland absetzen.
Eine lange Untersuchung wurde eingeleitet. Die Prüfung der Dokumente förderte Unglaubliches zutage. Herrn Chasles' Sammlung enthielt nicht nur Briefe berühmter Wissenschaftler, sondern auch Handschriften bedeutender antiker Persönlichkeiten. Es gab da Briefe von Archimedes, Cato, Vergil, Alkibiades, Nero, Caligula, Plato, Sokrates, Anakreon, Cicero, Petrus, Paulus, Herodes, ja von allen und jedem, der in der Weltgeschichte jemals eine Rolle gespielt hatte.

Herr Chasles erklärte dem Gericht, es sei ihm schon seltsam vorgekommen, daß all diese Helden der Antike auf französisch schrieben, doch Vrain-Lucas habe dafür eine einleuchtende Erklärung gehabt: Alkuin, der Minister Karls des Großen, habe all diese Briefe im Kloster von Tours gesammelt. Sieben Jahrhunderte später habe kein Geringerer als Rabelais diese Sammlung entdeckt und einen großen Teil davon übersetzt. Die meisten dieser Übersetzungen seien also Rabelais zuzuschreiben, und ebendiese seien in den Besitz des besagten Herrn de Boisjourdain gelangt.
Seit er Anklage erhoben hatte, war in dem getäuschten Herrn Chasles, der sich lautstark über sein ruiniertes Sammlerglück beklagte, die vage Hoffnung gekeimt, daß wenigstens einige seiner Handschriften authentisch sein könnten. Manche behaupteten sogar, er hege einen stärkeren Groll gegen die Wissenschaftler und Akademiekollegen, die seine Illusionen hämisch gegeißelt, als gegen den Angeklagten, der ihn so schändlich betrogen hatte. Konnte er vielleicht die Stunden des Glücks nicht vergessen, die er durch diesen genossen hatte, als er ihm noch in naivem Vertrauen verbunden war? Ein Kollege hatte Antoine noch am Morgen hinterbracht, was er aus dem Mund eines der Geschworenen gehört hatte: »Der Einfaltspinsel glaubt wahrscheinlich jetzt noch ein wenig an die Existenz dieses geheimnisvollen Herrn de Boisjourdain.«
Antoine schaute verdrießlich über das Wasser. Es war unverzeihlich, daß er sich so sicher gefühlt und geglaubt hatte, die Geschworenen wären auf seiner Seite. Nichts war gefährlicher als scheinbar gewonnene Geschworene. Man mußte sie in jedem Fall von einer Seite ansprechen, mit der sie überhaupt nicht rechneten. Diese Lektion würde er nie vergessen. Dabei hatte Brunet, der Vorsitzende, ihm noch in die Hände gespielt:
»Aber sagen Sie mal«, hatte Brunet den Kläger gefragt, »Sie

müssen doch manchmal Zweifel gehabt haben, denn manche dieser sogenannten Handschriften enthalten grobe Datierungsfehler?«

»Ja«, antwortete Herr Chasles, »manche Stücke kamen mir verdächtig vor, zum Beispiel ein Brief, unterschrieben von der ›Witwe Luther‹, ein anderer von ›Mohammed‹.«

Kichern auf der Geschworenenbank.

»... aber Herr Vrain-Lucas drohte, mir mein Geld zurückzugeben und die Schriftstücke zurückzufordern, die ich doch so gerne behalten wollte.«

Antoine hatte sich freilich nicht der Illusion hingegeben, einen Freispruch erwirken zu können. Aber war Herr Chasles für das ganze Ausmaß des Betruges nicht wenigstens mitverantwortlich?

»Ich frage Sie, verehrte Geschworene, trifft den Kläger nicht vielleicht auch ein wenig Mitschuld, und hat Herr Chasles durch sein eigenes Unwissen und seinen vermessenen Geltungstrieb Herrn Vrain-Lucas nicht geradezu gereizt, es nach seinen Anfangserfolgen immer verwegener zu treiben? Wenn Ihnen auf dem Pferdemarkt ein pfiffiger Händler eine alte Schindmähre als ein Rennpferd verkauft, trifft dann nur den Händler die Schuld? Vielleicht, wenn Sie noch nie ein Pferd gesehen haben. Aber wir alle wissen doch, was für ein eminent bedeutender Gelehrter Herr Chasles ist. Ich will nicht wagen zu behaupten, Herrn Chasles' wissenschaftlicher Instinkt sei durch seinen Erfolgsdrang derart getrübt gewesen, daß er sich vielleicht sogar wissentlich zum Komplizen von Herrn Vrain-Lucas gemacht hat. Niemand kann das Verhalten des Angeklagten entschuldigen, aber um jemanden einer arglistigen Täuschung zu bezichtigen, bedarf es zumindest eines ahnungslosen Opfers. Herr Chasles ist Mitglied einer wissenschaftlichen Akademie, Autographen sind seine Leidenschaft. Er gilt auf diesem Gebiet geradezu als Autorität ...«

Auf der Geschworenenbank stahl sich hier und da ein Grinsen auf die Gesichter der Zuhörenden. Und während Antoine fortfuhr, Vrain-Lucas' Vergehen mehr und mehr in ein gewitztes Bubenstück zu verwandeln, das zwar zu bestrafen, aber im Grunde harmlos war, wurde aus dem bösartigen, durchtriebenen Fälscher auf der Anklagebank allmählich ein einfacher, kleiner Betrüger, dem ein eitler, selbstgefälliger Gelehrter die Möglichkeit eingeräumt hatte, die ganze Wissenschaftlerzunft zum Narren zu halten.

Jozon, der Anklagevertreter, hatte Antoine die ganze Zeit über nicht einmal angesehen. Statt dessen machte er sich Notizen oder beobachtete die Reaktionen der Geschworenen. Es schien fast, als habe er Mitleid mit dem jungen Anwalt, der ihm das Feld so kampflos überlassen wollte. Er hegte keinen Groll gegen Antoine, den er hier zum ersten Mal zum Gegner hatte. Er war ja erst vor sechs Monaten in die Anwaltszunft aufgenommen worden und daher noch ein weitgehend unbeschriebenes Blatt. Hätte er Lachaud vor sich gehabt, diesen Hitzkopf, wegen dessen Wutausbrüchen man seit neuestem eine Holzschranke vor der Geschworenenbank installiert hatte, weil Lachaud bisweilen Gefahr zu laufen schien, in die Geschworenenbank hinaufzuspringen; oder Léon Duval, diesen geistreichen Schwätzer, der ihm vor Jahresfrist einen todsicher mit zehn Jahren Steinbruch zu ahndenden betrügerischen Konkurs vereitelt hatte. Mit diesen beiden hätte er gerne eine Rechnung beglichen. Statt dessen gab es heute nur diesen Anfänger aus dem Feld zu schlagen, der den Grundfehler beging, seinen Geschworenen etwas vorzubeten, was diese längst wußten.

Jozon würde ihnen etwas erzählen, was sie nicht wußten, denn nur dadurch war ihnen die notwendige Angst einzujagen, ohne die kein Urteilsspruch zustande kommt. Er wußte längst, welches Rädchen er in den Köpfen der auf der Geschworenenbank versammelten Bürger anstoßen mußte, um diesen Urkundenfälscher für fünf Jahre hinter Schloß und Riegel zu bringen. Leider nur fünf Jahre, aber wenigstens dieses Höchstmaß wollte er voll ausschöpfen.

»Hohes Gericht, verehrte Geschworene«, begann er. »Wer den Schaden hat, braucht für den Spott nicht zu sorgen. Ein einfacher Bürger wie Sie und ich hat einen großen Gelehrten vor aller Welt als Narren hingestellt. Verständlich, daß wir eine heimliche Genugtuung empfinden. Denn wollen wir nicht alle bisweilen den großen Köpfen aus Wissenschaft und Politik gerne einen Streich spielen? Aber ich bitte Sie, einen Moment darüber nachzudenken, ob Herr Vrain-Lucas nur ein einfacher Betrüger ist oder ob sich hinter seiner Tat nicht ein Angriff auf die Grundfesten unserer Zeit verbirgt, auf Grundsätze und Prinzipien, die unser aller Wohlergehen bedeuten.«

Er stolzierte gewichtig durch den Raum und streute durchdringende Blicke in das Publikum. Dann hob er die Hand, senkte die Stimme ein wenig, trat vor die Geschworenen hin und fixierte einen nach dem anderen, indem er fortfuhr:

»Meine Herren, ich nehme an, daß nicht wenige von Ihnen das großartige Projekt des Isthmusdurchstichs der Suez-Kompagnie durch eine Zeichnung von Wertpapieren unterstützt haben?«

Plötzlich war es totenstill im Saal. Antoine war zu verdutzt, um gegen diesen seltsamen Argumentationsstrang Einspruch zu erheben, und bevor ihm richtig zum Bewußtsein gekommen war, was für einen Keim Jozon dort gelegt hatte, fuhr der auch schon fort, die Saat zu gießen.

»Angenommen, ich fälschte eine diplomatische Geheimdepesche, aus der hervorgeht, daß England beabsichtigt, Truppen nach Ägypten zu verlegen, um das Kanalprojekt durch Kriegsdrohung zu sabotieren. Die Depesche wird der Presse zugespielt, die sie eifrig veröffentlicht. Am selben Tag stürzen Ihre Aktien ins Bodenlose …«

»Einspruch, Euer Ehren«, rief Antoine jetzt endlich. »Meinem Mandanten wird nichts dergleichen vorgeworfen, dieser Vergleich ist infam …«

»Stattgegeben«, sagte Brunet und blickte Jozon scharf an. »Meine Damen und Herren, vergessen Sie diesen Vergleich.«

Antoine brauchte jedoch nicht zweimal in die Gesichter der Bürger auf den Rängen zu blicken, um das Ergebnis von Jozons Winkelzug zu erkennen. Jeder dort oben besaß Suez-Aktien. Paris war im Aktienfieber, und selbst die spektakulärsten Konkurse konnten die Menschen nicht davon abbringen, ihren letzten Besitz in hochriskanten Großvorhaben anzulegen. Bei der letzten Ausgabe von Suez-Aktien war es vor den Bankschaltern sogar zu Schlägereien gekommen. Die Geschworenenbank sah plötzlich aus wie erstarrt.

»Nun gut. Herr Vrain-Lucas hat sich ja auch nicht auf die Fälschung von diplomatischer Post spezialisiert, sondern auf die betrügerische Erfindung historischer Quellen. Doch wie steht es damit, meine Herren? Abgesehen vom finanziellen Schaden, den ich Ihnen ja bereits erläutert habe. Muß ich das unselige Buch erwähnen, das gegenwärtig jeden aufrechten Christenmenschen mit Ekel und Verachtung erfüllt, jenes widerwärtige ›Leben Jesu‹, das nichts anderes ist als die vorsätzliche Verunglimpfung all unserer Glaubensinhalte …«

»Einspruch, Euer Ehren«, rief Antoine erbost. »Es geht hier nicht um das Buch von Herrn Renan. Maître Jozon …«

»… oder jenes von Charles Darwin, der behauptet, der Mensch stamme vom Affen ab …«

»Einspruch, Euer Ehren …«

»… und Leute wie der hier Angeklagte liefern diesen Scharlatanen vielleicht auch noch die erfundenen Beweise für ihre ketzerischen Theorien …«

»Einspruch!!« brüllte Antoine jetzt.
»Jozon!« donnerte Brunet. »Wenn Sie nicht bei der Sache bleiben, ist Ihr Plädoyer jetzt zu Ende. Meine Herren, die eben gemachten Ausführungen bleiben für Ihre Urteilsfindung unberücksichtigt. Jozon, noch eine solche Abschweifung, und ich entziehe Ihnen das Wort.«
Doch Jozon hatte erreicht, was er wollte. Im Zuschauerraum war Erregung entstanden. Darwin. Renan. Allein diese beiden Namen genügten, um den leibhaftigen Teufel heraufzubeschwören. Renan, der die Widersprüche in der Bibel aufgedeckt hatte, und dieser Darwin mit seiner absurden Evolutionstheorie. Und wenn das Verbrechen dieses Angeklagten auch noch mit einem drohenden Sturz der Aktienkurse in Zusammenhang gebracht werden konnte, so war seine sofortige Entfernung allerhöchstes Gebot.
»Verzeihen Sie mir«, sagte Jozon und hob unschuldsvoll die Hände hoch, »doch als Vertreter der Anklage ist es meine vornehmliche Pflicht, den Staat und die Öffentlichkeit vor drohenden Übeln zu schützen. Herr Bertaut hat Ihnen die Karikatur eines Betruges vorgeführt, und Sie haben mit Recht gelacht. So muß es mir auch gestattet sein, Ihnen die Fratze des Verbrechens zu enthüllen. Ich habe Ihnen das wahre Gesicht dieses angeblichen Bubenstücks gezeigt. Es ist an Ihnen, zu entscheiden, wie weit wir dergleichen kriminelle Subjekte von uns stoßen wollen. Doch sagen Sie nachher nicht, ich hätte Sie nicht gewarnt, und kommen Sie nicht zu mir mit Heulen und Zähneklappern!«
Antoine saß reglos da und lauschte den weitschweifigen Ausführungen Jozons. Dieser war klug genug, sich keinen weiteren Verstoß zu leisten, sondern beschränkte sich darauf, die gelegte Lunte ungestört brennen zu lassen. Antoine mußte hilflos zusehen. Das Geld und die Religion, dachte er fluchend. Die besten Zangen, um einen Bürger zu zwicken. Jo-

zon hatte ihn vorgeführt wie einen dummen jungen Studenten.
Antoines Plädoyer geriet zum Fiasko. Als er zum Ende gekommen war, gähnten zwei Geschworene. Einer schlief. Brunet verordnete eine dreistündige Mittagspause.
Die Urteilsverkündung war auf sechzehn Uhr anberaumt. Als Antoine bei seiner Rückkehr erfuhr, daß die Geschworenen nach zwanzig Minuten mit ihren Beratungen fertig gewesen waren, sank seine Stimmung noch tiefer. Vrain-Lucas saß bekümmert da und lauschte fassungslos dem Urteilsspruch. Wie erwartet, hatte die Jury ihn schuldig gesprochen. Einziger Trost für Antoine und seinen Mandanten war es noch, daß Brunet sich nicht an das von Jozon geforderte Strafmaß hielt. Brunet warf dem Kläger Chasles grobe Fahrlässigkeit vor und verwies Jozon auch noch einmal wegen seines Plädoyers. Dennoch wurde Vrain-Lucas zu drei Jahren Haft verurteilt und sogleich abgeführt. Das Spektakel war vorüber, und die Reihen der Zuschauer lichteten sich rasch. Jozon verließ den Saal ohne ein weiteres Wort. Antoine schaute ihm zerknirscht hinterher. Dann packte er seine Unterlagen zusammen.
Plötzlich sprach ihn jemand an.
»Trotz allem ein gerechter Spruch, meinen Sie nicht auch, Maître Bertaut?«
Er wußte, auch ohne aufzusehen, wen er vor sich hatte. Der Gerichtsreporter Marivol, genannt »Die Feder«, war der bekannteste Einrichtungsgegenstand des Palais de Justice. Er hatte zwei Spezialgebiete: Verbrechen und Gesellschaftsklatsch, den er den Hausmädchen und Domestiken ablauschte, um Glossen daraus zu destillieren, die reißenden Absatz fanden. Seine Gerichtsreportagen wurden von der Pariser Bevölkerung mit ähnlicher Begeisterung gelesen wie die beliebten Fortsetzungsromane. Der Grund dafür war, daß zwischen ihnen kaum ein Unterschied bestand. Marivol verstand es, selbst die gewöhn-

lichsten Kriminalfälle in den schaurigsten Farben auszumalen, und das Publikum liebte ihn dafür. Niemand nahm ihn so recht ernst, aber alle fürchteten seine Feder. Antoine hatte ihn früher, als er noch als Zuschauer den Prozessen beiwohnte, bisweilen beobachtet. Damals plazierte der Journalist sich entweder am Protokollantentisch neben den Gerichtsschreibern, was eher selten vorkam, oder, was die Regel war, im Publikum in der Nähe der stets überrepräsentierten Damen. Seit beim Umbau des Gebäudes neben der Geschworenenbank ein Stand für die Presse eingerichtet worden war, verfolgte der Zeitungsschreiber das Geschehen von dort aus, wenn nicht eine Zuschauerin seine Aufmerksamkeit gefangennahm. Marivol erschien immer vorbildlich gekleidet, und seinem ganzen Wesen haftete eine Eleganz an, die zu seiner Tätigkeit in auffallendem Widerspruch stand. Sein Handwerk hatte er auf der Krim gelernt, wo er als Kriegsberichterstatter gearbeitet hatte. Dafür hätte Antoine ihm noch Respekt gezollt. Doch was dieser windige, umtriebige Journalist gewöhnlich in den Zeitungen abdrucken ließ, erfüllte ihn meist mit Widerwillen oder Abscheu. Deshalb hatte er den Beinamen des Journalisten vielsagend erweitert. In der Tat, eine Feder: für den Gaumen.

»Rechtens vielleicht«, entgegnete Antoine. »Aber gerecht an der ganzen Sache ist höchstens die Lektion, die ich bezogen habe.«

»Machen Sie sich nichts draus. Jozon ist ein alter Feigling. Er reitet nur gegen Schwächere in die Schlacht.«

»Vielen Dank.«

»Nein, verstehen Sie mich nicht falsch …«

»Es war ein langer Tag, Monsieur Marivol. Was sich hier heute abgespielt hat, werden wir ja morgen alle in der Zeitung lesen dürfen.«

Antoine wandte sich brüsk zum Gehen. Das fehlte ihm jetzt gerade noch, Belehrungen von dieser Canaille.

»Und vergessen Sie nicht, Ihren Lesern zu empfehlen, schnellstens Ihre Suez-Aktien abzustoßen. Sie gestatten?«
Marivol schaute ihm bekümmert nach.
Sehr eitel, dachte er.

Der Boulevard vor dem Palais de Justice war trotz des schlechten Wetters von Passanten bevölkert. Lediglich die Stühle auf den Gehsteigen standen verwaist an den Häuserwänden. Antoine sprang auf einen vorbeifahrenden Omnibus auf und stieg die Treppe in das für Männer reservierte Oberdeck hinauf.
Seine Verabredung mit Nicholas Sykes kam ihm in den Sinn. Am liebsten hätte er abgesagt. Die Niederlage gegen Jozon hatte ihm jede Lust auf Vergnügungen genommen, aber vielleicht würde ihn der Engländer auf andere Gedanken bringen. Nicholas hatte ihm schon vor Wochen hinter vorgehaltener Hand von einer Touristenattraktion berichtet, die so exklusiv sei, daß selbst alteingesessene Pariser kaum jemals dazu zugelassen wurden. Am Vorabend hatte Antoine eine Nachricht bekommen, daß die Sache am Montag abend stattfinden würde.
Nicholas war Ingenieur und seit einem halben Jahr in Paris. Er hatte die technische Leitung beim Bau des unterirdischen Aquariums der Weltausstellung. Tatsächlich gab es zwei davon, ein Salzwasser- und ein Süßwasseraquarium. Aber die Probleme beim Bau waren die gleichen. Das Projekt schien mehr als phantastisch. Angeblich sollten sogar Menschen in Unterwasseranzügen in den Becken herumlaufen und dort Arbeiten auf dem Meeresgrund simulieren. Durch lange Schläuche wollte man sie mit Luft versorgen. Wie verrückt das ganze Vorhaben war, zeigte sich schon allein daran, wer sich dafür überhaupt interessiert hatte: ein für phantastische Erzählungen bekannter Schriftsteller war bei Nicholas vorstellig geworden und hatte ihn stundenlang über diese Technik ausgefragt; ein gewisser Verne, der seine Abenteuergeschich-

ten in den gleichen Zeitungen veröffentlichte, in denen auch Marivol seine Gerichtsreportagen verbreitete.
Antoine hatte Nicholas einige Male ins Varieté mitgenommen. Jetzt wollte sich der Engländer wohl revanchieren und hatte sich diese Abendunterhaltung ausgedacht, von der Antoine immer noch nicht wußte, worum es sich handelte. Was sollte schon so exklusiv sein, daß er nicht einmal davon gehört hatte?
Nein. Am liebsten hätte er abgesagt. Die Niederlage setzte ihm mehr zu, als er erwartet hatte. Schließlich wußte er nicht, was sich zur gleichen Zeit in Belleville anbahnte.

III.

Die Polizei nahm noch in der Nacht von Dienstag auf Mittwoch die Untersuchung der Tatumstände auf. Die Behausung der mutmaßlichen Kindesmörderin, ein Bretterverschlag in einer als »Sandhügel« bezeichneten Hüttensiedlung unweit der Kalköfen von Belleville, wurde gegen Mitternacht einer ersten Prüfung unterzogen. Der Raum, in dem das Drama seinen Anfang genommen hatte, war vielleicht drei mal vier Meter groß. Die Wände der Behausung bestanden aus einfachen Holzbrettern, die auf runde Pfosten genagelt waren. Das Dach war eine phantastische Konstruktion aus zusammengebundenen Holzstücken, über die ein gewachstes Tuchmaterial gespannt war. Bei genauerem Hinsehen erkannte man, daß manche der Holzstücke in Wirklichkeit Knochen waren, die wohl aus einer Pferdeabdeckerei entwendet worden waren. Der wetterfest beschichtete Stoff stammte von einem Lastkahn.
Ein Fenster gab es nicht. Der Lehmboden war feucht und uneben, die Tür reichte nur bis etwa eine Handbreit über den Boden. Der Grund war hier allerdings abschüssig, so daß am

Eingang kein Wasser hereinfließen konnte. Gegen Insekten und kleinere Tiere bot die Tür freilich keinen Schutz. Doch durch den wochenlangen Regen gab es wenig Ungeziefer.
Die Einrichtung der Behausung war spärlich. Sie bestand aus einer Schlafstätte, einem Ofen, einer Holzkiste und einem Schemel. An den Wänden waren einige zerrissene Tücher gespannt, die dem durch die Ritzen pfeifenden Wind ein wenig von seiner Schärfe nehmen sollten. Auf dem Schemel stand ein Holzteller, von dessen völlig verkratzter Oberfläche ein aus Wachsresten zusammengebackener Kerzenstumpf emporwucherte. Die Holzkiste daneben war unverschlossen und enthielt neben einigen wenigen Lebensmitteln wie Linsen und Kartoffeln auch Kochutensilien sowie einen abgebrochenen Schirmgriff aus Rhinozeroshorn. An einer quer durch die Stube gespannten Leine hingen zum Trocknen einige Wäschestücke, insbesondere völlig verschlissene, jedoch saubere Lumpen, die wohl als Windeln dienten. Neben dem Ofen fanden sich ein Lochsieb aus Horn sowie zwei Blechtöpfe. Zur Zeit der Durchsuchung war die Hütte verlassen.
Als Eigentümlichkeit vermerkte das Polizeiprotokoll noch, daß in einem an der Rückwand der Hütte angebrachten Verschlag ein Sack mit sieben toten Ratten gefunden wurde. Weder der ohnehin vermißte Ehemann der Verhafteten noch ihr älterer Sohn wurden angetroffen. Über den Verbleib des älteren Sohnes namens Johann war nur in Erfahrung zu bringen, daß er sich nach Aussage der Nachbarin gemeinhin in den Kalksteinbrüchen aufhielte und nur selten hierher zum Sandhügel kam. Die Nachbarin sagte außerdem, daß sie Frau Lazès am Sonntag noch mit ihrem kleinen Kind gesehen habe. Das Kind sei kränklich gewesen und habe den ganzen Tag und ein gut Teil des Abends geweint.

Erst spät in der Nacht sei Ruhe eingekehrt.

II. Kapitel

I. Heft, 7. Juli 1992

Sie saß an einem der Kartentische und hatte den ganzen Morgen nicht ein einziges Mal hochgeschaut, eine Beobachtung, die erkennen läßt, wie oft ich in den letzten zwei Stunden zu ihr herübergeblickt hatte.
Ich war bereits seit Oktober in der Stadt, hatte den Besuch in dieser Bibliothek jedoch immer wieder vor mir hergeschoben. Schließlich schrieb ich eine Doktorarbeit über Architekturgeschichte und keine historische Abhandlung über Paris. Aber die Mahnungen meines Professors, mich auch ein wenig mit dem Zweiten Kaiserreich zu beschäftigen, konnte ich nicht länger ignorieren. Ohne Kenntnis der Zeitumstände sei das Weltausstellungsgebäude von 1867 nicht zu verstehen, hatte er mir wiederholt vorgeworfen. So begann es. An einem Dienstag im März.
Die historische Bibliothek der Stadt Paris ist in einem Hôtel, also einem vornehmen, ehemaligen Privathaus, untergebracht. Durch zwei aufeinanderfolgende Glastüren, zwischen denen geraucht werden durfte, gelangte man in die Empfangshalle, wo neben der Pförtnerloge der Katalog stand. Der größere, linke Gebäudeflügel mit Sicht auf den Garten beherbergte den Lesesaal. Der andere Gebäudeteil war dem Kartenbereich vorbehalten. Man bog aus der Eingangshalle nach rechts ab und sah gleich die großen Kartentische. Dahinter schloß sich ein weiterer Raum an, in dem ein Kamerastativ aufgebaut war, das man benutzen durfte, um alte Karten, Pläne oder Bilder abzuphotographieren.
Die Nachfrage nach Bild- und Kartenmaterial schien gering

zu sein. Nur einer der sechs Tische war belegt, der zweite auf der Fensterseite zum Innenhof. Ein kleines Schild wies darauf hin, daß hier jemand für einen längeren Zeitraum einen Platz reserviert hatte. Vier riesige Folianten, Jahrgänge von Zeitungen, lagen da. Davor stand eine Reihe von vielleicht zehn oder zwölf Büchern, aus denen einige dieser selbstklebenden gelben Notizzettel heraushingen, die aus wissenschaftlichen Bibliotheken ebensowenig mehr wegzudenken sind wie Photokopiergeräte. Vor der Bücherreihe lag eine Papierrolle, vermutlich ein Stadtplan. Ich plazierte mich am letzten Tisch auf der Wandseite neben dem Durchgang zum Photoraum, packte meine Unterlagen aus und verbrachte die nächste dreiviertel Stunde am Bildkatalog und mit dem Ausfüllen von Bestellscheinen.

Als ich zurückkam, sah ich sie zum ersten Mal. Einer der Folianten war aufgeschlagen. Sie schrieb daraus etwas ab. Sie mußte kurz nach mir gekommen sein, denn neben ihr lagen bereits drei eng beschriftete Papierbögen. Sie hatte die Beine übereinandergeschlagen, saß konzentriert über ihre Arbeit gebeugt, den linken Arm auf dem Folianten, den Zeigefinger auf die Stelle gelegt, die sie gerade übertrug, die rechte Hand gleichmäßig schreibend. Sie benutzte einen Füller. Eben fiel etwas Sonnenlicht durch das Fenster und leuchtete den Raum angenehm aus. Im Vorbeigehen sah ich kurz ihre Hände und das vom Druck auf den Füller blutleer und hell erscheinende Nagelbett ihres Zeigefingers. Von ihrem Gesicht sah ich kaum mehr als die Stirn und einen Teil der Wangenpartie. Ihr Haar war dunkel. Sie trug es hochgesteckt.

Ich hatte ein unverfängliches *Bonjour* auf den Lippen, falls sie aufblicken sollte, was jedoch nicht geschah. Ich hatte mir diese Geste schnell angewöhnt. Wenn die Menschen in Frankreich in der Öffentlichkeit plötzlich in eine unerwartete Intimität mit Unbekannten gezwungen werden, im Fahrstuhl etwa oder

in einem Wartezimmer, dann habe ich es selten erlebt, daß man sich einfach anschwieg. Zu Beginn meines Aufenthaltes hier in Paris war ich manchmal darüber erschrocken, wenn sich ein wildfremder Mensch im Bus neben mich setzte und *bonjour* sagte. Während der Weihnachtsferien, die ich zu Hause in Deutschland verbrachte, hatte ich festgestellt, daß es mir jetzt eher merkwürdig vorkam, wenn diese Geste ausblieb.
Ich bekam den ganzen Morgen über nichts zustande. Wieder und wieder mußte ich zu ihr hinüberschauen. Manchmal ging jemand in den Repro-Raum. Sobald ich Schritte hörte, hob ich den Kopf, schaute jedoch immer gleich auf sie und erst dann auf die Person, die zwischen uns vorbeiging. Von meinem Platz aus konnte ich ihren Nacken sehen, ihre Arme, ihren Hinterkopf mit einer silbernen Haarspange. Manchmal auch einen Teil ihres Profils, schmal geschnittene Augen mit langen Wimpern oder das flüchtige Bild fein modellierter Lippen. Ich habe auch ihre schmale Taille angeschaut und maß ihren Oberkörper mit indiskreten Blicken, als sie sich einmal zurücklehnte und sich ihre Weste um ihre Brüste spannte. Doch sie unterbrach ihre Konzentration selten. Sie schrieb und schrieb, den Blick abwechselnd auf das vergilbte Zeitungspapier, dann wieder auf die weißen Blätter gerichtet, die vor ihr lagen. Einmal fiel ihr eine Haarsträhne über die Augen. Sie strich sie mit der linken Hand zur Seite, ohne den Füller abzusetzen.
Ich zwang mich, die Photographien zu betrachten, die man mir aus dem Magazin gebracht hatte, fast hundert Originalaufnahmen von den unterschiedlichen Bauphasen des Weltausstellungsgebäudes von 1867. Man konnte gut erkennen, mit welch primitiven Mitteln die Grundarbeiten durchgeführt worden waren. Ich sah einfache Pferdegespanne, die Erde wegbeförderten. Arbeiter wuchteten Stützpfähle von einem Karren, dessen mannshohe Räder im Schlamm feststeckten.

Die Pferde waren stämmig und gedrungen. Ein vom Trocadéro aufgenommenes Bild der Frühphase ließ erkennen, warum manche Zeitgenossen das Gebäude als Gasometer verspottet hatten. Der äußere Stahlkranz des riesigen Ovals, die spätere Maschinengalerie, nahm sich aus wie das Strebengewirr einer Achterbahn.

Die Ausführungen meines Doktorvaters klangen noch in mir nach. Gebäude sind nicht nur technische Gebilde, hatte er mich belehrt. Es sind auch Zeichensysteme.

Er war im Februar für ein paar Tage in der Stadt gewesen und hatte mich zusammen mit einem befreundeten Architekten zum Essen eingeladen. Wir trafen uns in einem Restaurant mit dem seltsamen Namen *La pluie et plus rien*, was übersetzt etwa soviel bedeutete wie »Regen und Schluß«. Der Sinn dieses Restaurantnamens ist mir bis heute ein Rätsel geblieben. Das Lokal befand sich in einer Seitenstraße der Champs-Elysées, verfügte über nicht mehr als acht Tische, die, wie ich erfuhr, stets auf Wochen im voraus reserviert waren. Es gab keine Preise auf der Speisekarte, so daß ich erst gar nicht in die übliche Verlegenheit des Eingeladenen kam, sondern nur nach dem Wohlklang der Gerichte wählen konnte. Allein die Phantasienamen dieser Gerichte waren schon einen Besuch wert. Mein Professor empfahl mir augenzwinkernd ein Horsd'œuvre namens *Les danseuses du pré*. Ich willigte ein und wartete gespannt, was es mit diesen Wiesentänzerinnen wohl auf sich haben mochte. Er selbst entschied sich für ein Lachscarpaccio, und sein Kollege, ein sehr interessant aussehender Endvierziger, aus Algerien stammender Architekt mit ausgesprochen schönen Händen, wählte einen *chèvre chaud*. Die Wiesentänzerinnen entpuppten sich als Froschschenkel, und Cyril, so hieß der Freund meines Professors, lachte nicht schlecht, als er mein Gesicht sah. Es wurde ein sehr netter Abend. Der Franzose nannte mich gleich beim Vornamen und bat mich, es ihm gleichzutun. Mein Doktorvater folgte, hielt mir sein Glas hin und sagte: »Heinrich«. Allerdings waren wir schon bei der zweiten Flasche Rotwein angelangt, bevor mir bei ihm diese plötzliche Vertraulichkeit unbeschwert über die Lippen ging. Auch ihm entglitt anfänglich noch das gewohnte »Herr Tucher«, bis er sich zwei Stunden später, bei Cognac und Zigarren angelangt, zurücklehnte und mir zufrieden zurief: »Bruno, wenn du jemals ein nettes Mädchen in Paris ausführen willst, dann versprich mir, daß du hierherkommst.«

Ich versprach es.

Ein Ergebnis dieses Abends und unseres »Fachgesprächs« am nächsten Tag war, daß ich mich nicht länger um etwas herumdrücken konnte, was ich seit Oktober vor mir hergeschoben hatte: die leidige Erforschung der Bauvorbereitung. Daß ich sie würde erwähnen müssen, wußte ich. Aber da ich mich nicht sonderlich dafür interessierte, hatte ich mich mit einem, wie ich glaubte, geschickt plazierten Absatz in der Einleitung darum herumgemogelt. Ich liebe an Gebäuden die Einzelheiten, die technischen Details. Raumplanerische Aspekte haben mich noch nie sonderlich fasziniert. Aber Heinrich bestand darauf. Er war sehr zufrieden mit meinen Ergebnissen, was die Konstruktionsseite betraf, meinte jedoch, ich müßte bei der Erörterung der Bauvorbereitung und der Frage der Bauplatzwahl viel genauer vorgehen.

»Wie viele Grundstücke standen denn für die Weltausstellung zur Diskussion?« hatte er mich gefragt. Wir saßen in einem Café unweit der Hallen, von wo er in zwei Stunden den RER zum Flughafen Charles de Gaulle nehmen würde.

»Zweiundzwanzig«, sagte ich.

»Und warum wurde das Marsfeld gewählt?«

»Es war unbebaut, lag in Stadtnähe und bildete eine zusammenhängende Fläche. Die Bevölkerung war an Festlichkeiten und denkwürdige Ereignisse dort gewöhnt. Über die Seine hatte man einen guten Transportanschluß für Material und Besucher.«

»Wem gehörte das Gelände?« fragte er.

»Dem Kriegsministerium. Das war auch ein Vorteil. Im Katastrophenfall hätte man von der Ecole Militaire rasch Hilfe bekommen können.«

Er schüttelte den Kopf.

»Sicher. Aber die Stadt konnte das Gelände nicht erwerben, oder?«

Ich überlegte, worauf er hinauswollte. Er fuhr fort.

»Nach der Ausstellung mußte das Gelände im ursprünglichen Zustand zurückgegeben werden. Was heißt das?«

»Daß man es wieder abreißen mußte.«

»Ja. Eben.«

Er schaute mich an, aber ich begriff beim besten Willen nicht, was ihm daran wichtig vorkam.

»Bruno«, sagte er, »hast du dich mit dem Zweiten Kaiserreich beschäftigt?«

»Ja, sicher«, antwortete ich verwirrt.

»Und was bedeutete die Weltausstellung für Napoleon?«

»Sie sollte der Menschheit die Wunder der Welt vor Augen führen, alle Kenntnisse und Fähigkeiten versammeln …«

»Ja, ja, aber wie war die Situation Frankreichs zu dieser Zeit? Wie war die Stimmung im Land, der Zeitgeist? Gebäude sind nicht nur technische Gebilde. Sie sind auch Zeichensysteme. Es gibt technische Gründe für bestimmte Entscheidungen. War Beton schon erfunden? Was kostete Stahl? Das hast du alles sehr gut herausgearbeitet. Aber das politische Gewebe des ganzen Projekts fehlt mir noch. 1867. Was fällt einem da als erstes ein?«

Ich begann, mich unwohl zu fühlen über den Verlauf, den das Gespräch eingeschlagen hatte. Dadurch, daß wir uns seit dem

Vortag duzten, bekamen seine lehrerhaften Ausführungen nun etwas Persönliches, das mich verletzte. Ich wäre lieber der Student gewesen, dem man eine Aufgabe stellt, als ein gleichgestellter Kollege, dem man vorwirft, eindimensional zu sein. Die Wahrheit war, daß mir zu 1867 nicht viel einfiel. Auch zu der Antwort nicht, die er sich selber gab.
»1866 natürlich.«
Es dämmerte mir erst, als er konkret wurde.
»Königgrätz. Preußen hat Österreich geschlagen. In Neudeutsch übersetzt: Die Sowjetunion ist in Afghanistan einmarschiert. Oder: China hat die Bombe. Der Vergleich hinkt natürlich, wie alle Vergleiche. In der Geschichte wiederholt sich ja nichts. Auch nicht als Farce, wie Marx geschrieben hat. Ein Artikel, den du übrigens mal lesen solltest.«
»Welchen Artikel?« fragte ich mürrisch.
»Der achtzehnte Brumaire des Louis Bonaparte, von Karl Marx. Ein Glanzstück des politischen Journalismus. Sei doch nicht eingeschnappt. Ich will dir doch nur helfen.«
»Du klingst wie diese postmodernen Architekturkritiker aus der FAZ, die noch nie im Leben einen Strich mit Tusche gezogen haben«, sagte ich ärgerlich.
Er überging die Unverschämtheit, die mir sofort leid tat.
»Bruno«, sagte er und legte mir freundschaftlich die Hand auf die Schulter, »Napoleon III. war ein Diktator, ein Usurpator. Aber auch ein Visionär. Er sah sich als die Reinkarnation seines Onkels, als Herrscher Europas. Sein ganzes Regime war auf Repräsentation ausgerichtet. Endlose Feste, Prunkbauten, halb Paris läßt er abreißen und neu aufbauen. Er spielt sich als Schiedsrichter auf. Erst im Krimkrieg. Dann nach dem Italienfeldzug. Doch wie steht es mit Frankreich im Jahr 1867? Preußens Blitzsieg über Österreich war ein Schock für Frankreich. Das Zündnadelgewehr ist in aller Munde. Das Zündnadelgewehr! Hört sich putzig an für uns heute, nicht wahr? Weißt

du, was es für die Menschen damals bedeutet hat? Es war ein Reizwort, wie vor ein paar Jahren noch für uns Begriffe wie Pershing, Cruise Missile oder SS 20. Schau dir mal die außenpolitische Situation an. Napoleon hat Maximilian von Habsburg in Mexiko als Kaiser eingesetzt. Aber Mexiko entwickelt sich auf ein Desaster zu. Es ist sein Vietnam. Wieder ein hinkender Vergleich, aber man bekommt einen Geschmack für das Problem. Das Mexikoabenteuer verschlingt Unsummen und wankt einer Katastrophe entgegen. Innenpolitisch gleitet ihm das Ruder aus den Händen. Er gibt den linken Kräften nach, führt das Streikrecht wieder ein. Doch jetzt kommt die Chance, der Welt zu zeigen, was Frankreich vermag: die Weltausstellung. Es war *das* Ereignis für ihn. Fast alle Staatsoberhäupter der Welt würden nach Paris kommen, und natürlich Millionen von Besuchern, um das Zentrum der Welt und des Wissens zu sehen. Und wo wollte man sie empfangen? In einem Zweckbau! In einer Messehalle. Warum baute man keine Akropolis? Kein Pantheon? Warum dieses Provisorium?«

»Der Cristal Palace wurde auch abgerissen«, warf ich ein.

»Und in einem Vorort von London wieder aufgebaut, wo er bis 1936 als Ausstellungshalle diente. Wenn er nicht abgebrannt wäre, stünde er vermutlich heute noch dort. Ich meine das ja nur als Denkanstoß. Schreib mir doch bitte ein Kapitel darüber.«

Nach dem Gespräch war ich verstimmt. Ich hatte den Verdacht, daß er einfach Material für einen Aufsatz brauchte. Doktoranden sind die Wasserträger der Professoren. Aber in einem hatte er recht: Vom Zweiten Kaiserreich hatte ich im Grunde keine Ahnung. Das wirre Durcheinander von Kaisern und Königen, von Kabinettskriegen und Bündnispolitik rief mir nur langweilige Schulstunden in Erinnerung. Zweibund. Dreibund. Emser Depesche. Was interessierte mich das Zündnadelgewehr, während um mich herum jeden Abend in den Fernsehgeräten der Brasserien die hundertste Wiederholung der Bombardierung Bagdads mit intelligenten Bomben über die Bildschirme flirrte?

Ich hörte, daß sie eine Seite der Zeitung umblätterte. Sie suchte mit dem Finger die Stelle, wo die Spalte sich fortsetzte, und schrieb weiter. Ich schätzte sie auf Anfang Dreißig. Sie trug ein hellgraues Kostüm, schwarze Strümpfe und schmal geschnittene, vorne spitz zulaufende dunkelblaue Schuhe mit einem mittelhohen Absatz. Die Jacke ihres Kostüms hing neben ihr auf einer Stuhllehne. Ihre Arme waren frei. Dort, wo ihre Weste auf ihrer Schulter endete, sah ich einen schmalen, schwarzen, spitzenbesetzten Träger. Sie war entweder vor nicht allzulanger Zeit in sonnigen Gefilden gewesen oder stammte aus dem Süden. Jedenfalls hatte ihre Haut eine gesunde Bräune. Vielleicht war sie ja Italienerin oder Spanierin? Eine Bemerkung eines Studienfreundes kam mir in den Sinn: »In der Bibliothek kann ich keinen klaren Gedanken fassen, zu viele schöne Frauen.«
Als ich wieder aufsah, war sie verschwunden. Ich blickte in die Eingangshalle, drehte mich um und schaute in das Repro-Zimmer, konnte sie aber nicht entdecken. Ein Platzregen ging draußen rauschend nieder. Den Kopf auf den linken Arm gestützt, ruhte mein Gesicht über den Photographien, während meine Blicke über die Gegenstände auf ihrem Tisch wanderten. Einer von diesen gelben Notizzetteln klebte an einer Stelle auf der Zeitungsseite, die sie eben noch gelesen hatte. Neben den vollgeschriebenen Blättern, die davor lagen, stand ein kleiner Holzkasten mit Karteikarten. Ein Schreibmäppchen aus dunkelrotem Leder schaute zur Hälfte unter dem linken Einbanddeckel des Zeitungsfolianten hervor, der auf den anderen beiden Bänden ruhte. Aus dem Karteikasten

schloß ich, daß sie vermutlich eine wissenschaftliche Arbeit schrieb. Hierfür sprach außerdem, daß sie den Tisch für einen längeren Zeitraum reserviert hatte. *Recherche spéciale* stand auf dem Schild, das ich zuvor schon gesehen hatte. Für eine Studentin war sie nicht jung genug. In Frankreich war es nicht üblich, mit Dreißig noch zu studieren. Selbst die Doktoranden waren in der Regel höchstens Mitte oder Ende Zwanzig. Aber natürlich gab es auch Ausnahmen. Vielleicht lag es auch nur an der Kleidung, daß ich sie älter schätzte. Oder sie war tatsächlich Ausländerin. Vielleicht Italienerin. Dafür sprach das todschicke Kostüm. Oder sie arbeitete für die Bibliothek? Das war auch eine Möglichkeit. Doch dafür gab es sicher besondere Büros. Außerdem trug sie kein Namensschild wie die anderen Bediensteten.

Ich sah ihre Gestalt in der Eingangshalle hinter der Pförtnerloge vorbeihuschen. Sie war wohl auf der Toilette gewesen und ging nun zur Buchausgabe. Kurz bevor sie aus meinem Blickfeld verschwand, registrierte ich anhand der Katalogschubladen, an denen sie vorbeiging, daß sie etwa einen halben Kopf kleiner war als ich.

Ich erhob mich und ging zum Graphikschrank. Von hier aus hatte ich einen besseren Blick auf ihren Platz. Ihre Jacke hing noch dort auf der Stuhllehne. Aber viel konnte ich aus der Entfernung auch nicht erkennen. Es regnete in Strömen. Kurz entschlossen trat ich neben ihrem Tisch ans Fenster und schaute nach draußen. Das Wasser floß in Bächen die Treppen zum Hof hinab. Für alle Fälle steckte ich die Hände unbeteiligt in die Hosentaschen und lehnte mich so nahe an das Fensterglas, daß man aus der Ferne den Eindruck haben mußte, ich blickte in den Hof hinaus und nicht auf den Tisch neben mir. Mit etwas Mühe erschielte ich mir ein paar Einzelheiten. *Gazette des Tribunaux* las ich. Die Artikelspalten selber konnte ich aus diesem Blickwinkel nicht lesen. Aber die Titel konnte ich entziffern. Der gelbe Notizzettel hing unter einer Überschrift: *Le cas d'un infanticide. Assises de la Seine. Session du 12 février 1867.* Auf manchen der Buchrücken der aufgestellten Bücher war der Titel lesbar: Charles Nouguier: *La Cour d'Assises. Traité Pratique.* Ambroise Tardieu: *Étude médico-légale sur l'infanticide.* Maxime du Camp: *Paris, ses organes, ses fonctions* … Nassau W. Senior: *Conversations* … André Paul Guillaume Gide: *Souvenirs de la Cour d'Assises.*

Anscheinend war sie Juristin. Das Geschworenengericht. Ein praktischer Leitfaden. Oder Historikerin. Oder beides. Kindesmord?, dachte ich. Was für ein Thema. Doch ich muß gestehen, daß ich den Artikel in der Gerichtszeitung gerne gelesen hätte. Ihre Notizen lagen da, eng beschriebene, weiße DIN-A-4-Blätter, daneben der Füller, schmal, lang und aus mattem Silber mit Sandschliff. Auf einem Notizzettel las ich: *Table d'Efisio Marini, Musée d'Histoire de la Médecine.* Drei Ausrufezeichen. Auf einem anderen Blatt klebte eine ausgeschnittene Photokopie eines Zeitungsartikels. Ich las den ersten Absatz: »Gestern wurden wieder Leichenteile in der Seine gefunden. Wie wir unseren geneigten Lesern bereits berichtet haben, handelt es sich um die Überreste der unglücklichen Personen, denen die zu dünne Eisschicht auf dem Fluß zum Verhängnis wurde. Die Polizei bittet die Bürger, weitere Funde dieser Art unverzüglich anzuzeigen …« Darunter hatte sie die Quelle vermerkt. *La Presse. 17. März 1867.* Ihre Handschrift war rund, aber nicht sehr gleichmäßig. Sie strich viel durch. Es gab viele Pünktchen, die Auslassungen markierten. Ihre *n* und *u* waren nicht zu unterscheiden. Die *s* hatten einen kleinen Bauch von der gleichen Größe wie ihre *b*. Die Buchstaben neigten eher gegen die Schreibrichtung, aber nur geringfügig. Sie ließ fast keinen Rand. Auch oben und unten nicht.

»Vous permettez, Monsieur?«

Noch bevor ich mich umgedreht und zu ihr aufgeblickt hatte, spürte ich, daß ich rot wurde. Viel dümmer hätte ich es kaum anstellen können. Wer stand schon ohne Grund in einer Bibliothek minutenlang neben einem fremden Tisch am Fenster? Sie war mir nah genug, daß ich ihr Parfüm riechen konnte. In meiner Verlegenheit fiel mir kein französisches Wort ein. Ich stand da, wie festgeschraubt. Sie schaute mich erwartungsvoll an. Ihr Gesichtsausdruck war ernst. Ich bemerkte einen bitteren Zug um die Mundwinkel, die leicht nach unten gezogen waren. In ihren dunklen Augen fand sich indessen keine Spur von Betrübtheit. Sie waren von einem warmen Braun, schmal und länglich, mit großen Lidern, die dunkel schattiert waren. Der Lidschatten betonte die etwas melancholische, gleichgültige Stimmung, die das ganze Gesicht ausstrahlte. Aber durch die linke Augenbraue, die einen winzigen Knick aufwies, bekam die Augenpartie etwas sehr Verführerisches.
Das Ganze kann nur den Bruchteil einer Sekunde gedauert haben, denn ich sehe sie in meiner Erinnerung leicht irritiert zwei Bücher ablegen und zur Seite treten, um mich an meinen Tisch zurückkehren zu lassen. Irgend etwas muß ich wohl gesagt haben. Ich kann mich beim besten Willen nicht daran erinnern. Ich saß wieder an meinem Tisch, den Nachhall der Peinlichkeit im Magen und ihr Gesicht vor Augen. Ich war völlig durcheinander, aus Verlegenheit, aus Scham, aber auch, weil mich die Weiblichkeit dieser Frau völlig unvorbereitet getroffen hatte. Mein Mund war trocken, mein Herz pochte. Die ersten Minuten waren am schlimmsten. Ich wollte aufstehen, zu ihr gehen, die peinliche Situation durch einen charmanten Satz bereinigen. Mit etwas Erleichterung, aber auch mit Verdruß mußte ich feststellen, daß sie schon wieder schrieb. Wie viele Szenen dieser Art hatte ich im Kino gesehen? Die Männer dort waren nie um eine gewandte Bemer-

kung verlegen. Ich saß da, wie gelähmt. Sollte ich aufstehen und gehen? Das hätte die ganze Situation noch unmöglicher gemacht. So tun, als sei nichts geschehen, einfach weiterarbeiten, eine Gelegenheit abwarten, um unauffällig zu verschwinden? Ich weiß nicht, wie oft ich die Photos zur Hand nahm, die ich schon langsam auswendig kannte. Als ich wieder auf die Uhr sah, war es halb zwei. Sie konnte doch nicht endlos dort sitzen bleiben. Ich sollte einfach aufstehen, zu ihr gehen und sagen, entschuldigen Sie bitte, die Situation eben und der Eindruck, den Sie jetzt vielleicht von mir haben, sind mir sehr unangenehm. Ich finde Sie sehr attraktiv, war jedoch zu befangen, Sie anzusprechen. Ich hoffe, Sie sehen mir diese Schwäche nach.

Warum konnte man so etwas nicht einfach sagen? Das Normalste der Welt. Welche Frau freut sich nicht über ein Kompliment? Warum hatte ich solche Angst davor? Weil es so dumm klang? Weil meine Unsicherheit das Ganze abgeschmackt hätte klingen lassen? Eine Weile redete ich mir ein, daß es nur an der Sprache lag, wenn ich hier tatenlos in meiner Verlegenheit vor mich hin brütete. Aber das stimmte natürlich nicht. Es wäre mir auch kein deutscher Satz eingefallen, um aus dieser peinlichen Situation herauszufinden. Ich war einfach feige und hatte Angst, mich lächerlich zu machen. Dabei war mir das schon gelungen.

Gegen drei Uhr ging sie. Aus den Augenwinkeln sah ich, wie sie die Folianten zuklappte, ihre Notizen, den Karteikasten und das Schreibmäppchen in ihrer Aktenmappe verstaute und noch im Sitzen ihre Jacke anzog. Sie stand auf, drehte sich nicht um, ging einfach davon. Auch als sie den Hof durchquerte, blickte sie nicht zurück. Sie durchschritt das Hofportal und verschwand. Ihr Platz sah nun genauso aus wie am Vormittag. Folianten. Bücher. *Recherche spéciale*.

Der nun verlassene Tisch zog mich magisch an. Aber ich wagte nicht, noch einmal hinzugehen, was mich indessen nicht daran hinderte, die Albernheit meiner Überlegungen noch zu steigern. Ich erwog ernsthaft, einen Zettel mit einer Entschuldigung zu hinterlassen. Dann versuchte ich mir vorzustellen, wie ich an ihrer Stelle reagiert hätte. Ich kam zu dem Schluß, daß es mir unangenehm wäre. Gab es etwas Kläglicheres als einen plumpen Annäherungsversuch? Günstigstenfalls hatte es etwas Rührendes, schlimmstenfalls etwas Erbärmliches, Jämmerliches. Ich beschloß, die Sache einfach zu vergessen. Wenn ich ihr hier wiederbegegnen sollte, würde ich sie einfach ignorieren. In spätestens einer Woche wäre ich hier ohnehin fertig.

Ich wählte die Photographien aus, die ich kopieren wollte, suchte im Schlagwortkatalog noch ein paar Titel über Napoleon III. heraus, bestellte die Bücher und verließ die Bibliothek, um im Bistro gegenüber einen Kaffee zu trinken.

Unwillkürlich ließ ich meinen Blick durch das Café schweifen. Aber sie war nicht da. Vielleicht hatte diese erste Begegnung auch deshalb einen solchen Eindruck auf mich gemacht, weil sie einem Muster in meinem Leben entsprach? Jene Frauen, die mich am meisten faszinierten, verunsicherten mich. Zwar hatten Flirts und Liebeleien mein Leben ständig begleitet, aber dies eher wie eine angenehme Hintergrundmusik, die man nicht vermißt, wenn sie vorübergehend ausbleibt. Ich hatte nie ernsthaft geliebt. Die Mädchen gefielen mir schon, aber ich konnte auch gut ohne sie zurechtkommen, was es mir recht einfach machte. Einfach jedenfalls bei den Mädchen und jungen Frauen, die während des Studiums mit mir im Hörsaal saßen und durchblicken ließen, daß sie mich gerne kennengelernt hätten. Vielleicht machte es mich interessant, daß ich das nie wirklich ernst nahm? Aber mein Frauenbild war unendlich weit von dem entfernt, was in den achtziger Jahren an deutschen Universitäten als ein solches propagiert wurde. Jeans und Wollpullover waren das übliche. Kleider sah man selten, und wenn überhaupt, dann nur unförmig geschnittene Modelle indischer oder, wie ich vermute, südamerikanischer Herkunft. Ich weiß noch, daß ich einen Kurs in Baugeschichte allein deshalb besuchte, weil die Dozentin fabelhafte Kostüme zu tragen pflegte. Bei meinen diversen Aushilfsjobs traf ich bisweilen auf Frauen, die meinem Idealtyp entsprachen. Aber sie machten mich befangen und unsicher. Jedenfalls mied ich sie, beobachtete sie nur bisweilen verschämt aus der Ferne und gab wahrscheinlich eine recht verklemmte Figur ab, was auch gar nicht so falsch war.

So auch jetzt wieder.

Ich verließ das Bistro und kehrte in die Bibliothek zurück, um die bestellten Bücher abzuholen. Sie waren ausgeliehen. Verdrießlich ging ich an meinen Tisch. Ihr Platz war verlassen. Eine Weile lang saß ich unschlüssig herum, schaute mißmutig die Signaturen auf den drei Leihscheinen und den Magazinvermerk daneben an. Verliehen, stand da, und eine Abkürzung: r.s./s.d.l.

Ich ging noch einmal zur Leihstelle zurück und fragte, ob feststellbar wäre, wann die Bücher zurückkommen würden. Nein, das könne man nicht sagen, wegen der Abkürzung dahinter. Und was bedeutete r.s./s.d.l.?

Recherche spéciale. Salle de lecture. Lesesaal. Es waren ihre Bücher.

III. Kapitel

Lohnt es sich, einen Blick auf die großen und kleinen Ereignisse dieses Jahres zu werfen? In der Politik ein gewaltiger Status quo voller Drohungen und Gefahren. Italien und das Papsttum warten ab. Die Vereinigten Staaten, befriedet, organisieren sich neu, schaffen die Sklaverei ab und betrachten mit wachsendem Unmut unsere verrückte Besetzung Mexikos. Der König Leopold liegt im Sterben, und sein Sohn übernimmt seelenruhig die Nachfolge trotz der Vorhersagen, die Franzosen und die Preußen warteten nur auf eine Gelegenheit, um Belgien zu schlucken. Die Stadt Paris hat Anleihen ausgegeben, Mexiko hat Anleihen ausgegeben, Österreich hat Anleihen ausgegeben, die Türkei hat Anleihen ausgegeben, und das Volk hat gezeichnet. Das große musikalische Ereignis war *Die Afrikanerin*. Die populärsten Gassenhauer waren *Die bärtige Frau* der Thérésa, *Die betrogene Venus* der Silly und der Auftritt des Königspaares in *Die schöne Helena*. Herr Dupin ist gestorben, und einen Monat lang füllten sich die Zeitungen mit Nachdrucken all seiner Kalauer. Das transatlantische Kabel ist bereits das vierte oder fünfte Mal gerissen, was die Engländer nicht davon abhalten wird, im Frühjahr einen neuen Versuch zu starten. Villemessant ist es gelungen, die Zeitschrift *L'Événement* zu gründen, ohne jedoch an den unglaublichen Erfolg des *Petit Journal* anknüpfen zu können. Die Cholera hat uns einen sehr unangenehmen Besuch abgestattet …
Von diesem Jahr wird – kurz gesagt – nichts bleiben, weder ein Buch noch ein Theaterstück, auch kein Ereignis, nicht einmal ein Lied.

Ludovic Halévy, 1866

I.

Als das von vier Pferden gezogene Gefährt nach zwanzig Minuten noch nicht einmal das linke Seine-Ufer erreicht hatte,

stieg Antoine wieder aus und ging den Rest des Weges zu seiner Wohnung in der Rue Bonaparte zu Fuß.
Aus der Ferne sah er, daß es schon wieder geschehen war. Die Front des Mietshauses, das er bewohnte, war von einem riesigen Werbeplakat des Louvre-Kaufhauses vollständig verdeckt. Er stand einen Augenblick fassungslos davor. In den oberen Stockwerken hatten einige Bewohner bereits ihre Fenster freigeschnitten. Im O von *Louvre*, das auf Höhe des vierten Stockwerks hing, gähnte ein Loch. Ein Mann lehnte darin auf der Fensterbrüstung und betrachtete den Verkehr. Als er Antoine sah, der ratlos das Plakat musterte, zuckte er mit den Schultern und rief: »Soll ich Ihnen eine Schere leihen?« Dann lachte er.
Das war nun schon das dritte Mal, daß der Hausbesitzer die Fassade vermietet hatte. Antoine hatte schon die Gesetze durchforstet, aber keinen Paragraphen gefunden, der diese Praxis verbot. Er nahm das Angebot seines Nachbarn an und verbrachte eine gute Weile damit, seine Fenster freizubekommen. Nachdem er seine private Post durchgesehen hatte, holte er einen bequemen Straßenanzug aus dem Kleiderschrank und brachte ihn der Concierge zum Bürsten hinunter in deren Kellerwohnung.
Im Restaurant an der Ecke nahm er ein leichtes Abendessen zu sich und überflog einige Meldungen in der Abendzeitung. Das regnerische Wetter, so hieß es dort, würde noch eine Weile andauern. Die berühmte Kastanie in den Tuilerien blühe noch nicht, was ein untrügliches Zeichen dafür sei, daß der Frühling, obschon im Kalender vorgesehen, in der Natur auf sich warten ließe. Man hoffe nur, die für den 1. April geplante Eröffnung der Weltausstellung werde nicht durch Regen und Nebel in Mitleidenschaft gezogen.
Antoine überflog die Berichte, die sich mit dem Gerücht über den Verkauf Luxemburgs an Frankreich befaßten. Nur an der

genannten Summe von hundert Millionen Francs, die der französische Staatsschatz angeblich dafür aufbringen müßte, blieb sein Blick einen Augenblick hängen, bevor er beschloß, daß das Ganze ohnehin völlig unwahrscheinlich sei, da Herr Bismarck wohl kaum zulassen würde, daß Frankreich sich Luxemburg einverleibte. Über den deutschen Kanzler schrieb man mit unverhohlenem Ressentiment: »Steht es mit der Gesundheit von Herrn Bismarck besser, wie von seinen Ärzten verlautet, oder leidet er unter einer chronischen Krankheit, die sich allmonatlich erneut bei ihm einstellt, so daß er einem jeglichen Gala-Diner abhold leben muß, wie es all jene berichten, die sich vom Außenministerium in Berlin inspirieren lassen? Wir wissen es nicht! Wen interessiert es schon? Wir glauben lediglich, daß sich Herr Bismarck darin gefällt, die Öffentlichkeit mit seiner Person zu beschäftigen. Uns scheint die Krankheit von Herrn Bismarck letztlich derjenigen bestimmter interessanter Frauen zu ähneln, deren öffentlich zur Schau getragene Krämpfe und Dämpfe keinerlei Gefahr für die Gesellschaft bergen ....«
Als die Glocken acht Uhr schlugen, stand Antoine ausgehfertig vor dem Spiegel, bis auf einen dunkelblauen Seidenschal, den er lange mit prüfendem Blick gegen das Licht hielt, bevor er ihn umlegte und die Wohnung verließ. Nicholas' Wohnung in der Rue de Grenelle, zwischen dem Marsfeld und dem Invalidendom, lag fünfzehn Wegminuten entfernt. Die meisten für die Weltausstellung angereisten ausländischen Fachkräfte wohnten dort, in geringer Entfernung vom Marsfeld, wo das gigantische, ovale Ausstellungsgebäude im vergangenen Jahr aus dem Boden gewachsen war.
Nicholas wartete bereits auf der Straße vor seinem Haus und kam winkend auf Antoine zu, als er ihn erkannt hatte. »Salut, Antoine, wir müssen uns beeilen«, rief er aufgeregt. »Wie war's bei Gericht?«

Sie hielten eine Kutsche an und ließen sich auf den schwarzen Ledersitzen nieder.
Antoine schüttelte den Kopf.
»Reden wir nicht davon. Sie haben ihm drei Jahre gegeben. Jozon hat mich hereingelegt. Diese Geschworenengerichte sind ein Fluch Gottes, und ich bin ein schlechter Schauspieler.«
»Napoleon hat noch zwei Jahre, dann ist Schluß«, sagte der Engländer bestimmt.
Antoine mußte schmunzeln. Für Nicholas hingen alle Übel Frankreichs einzig und allein mit dem Kaiser zusammen. Die Gründe dafür waren, wie Antoine wußte, von sehr persönlicher Natur. Nicholas hatte seine Kindheit in Frankreich verbracht. Am Tag nach Napoleons Putsch floh die Familie nach England. Nicht, daß man sie verfolgt hätte. Nicholas' Vater war der Gedanke unerträglich, in einer Diktatur leben zu müssen.
Antoine widersprach ihm indessen.
»Es wurde schon oft behauptet, daß nichts in Frankreich Bestand habe. Und wie sieht die Realität aus? Napoleon regiert seit fünfzehn Jahren.«
»Das Ende ist nah. Ich werde es dir gleich beweisen. Hast du gelesen, jetzt will er Luxemburg haben. Wofür eigentlich? Dafür, daß er zugeschaut und abgewartet hat, wie die Sache in Königgrätz ausgeht?«
Antoine verzog das Gesicht.
»In einem hast du recht: Außenpolitik war nie die Stärke dieser Familie.«
Nicholas hatte ein Blatt Papier herausgeholt und sich neben Antoine auf den Sitz gezwängt.
»Ein Freund von mir arbeitet in der Britischen Botschaft, und dort zirkuliert seit geraumer Zeit dieses interessante Zahlenorakel, das die Vorsehung selbst diktiert zu haben scheint. Schau her. Aber nein, lieber anders herum.«

Er wechselte den Sitzplatz erneut und saß Antoine nun wieder gegenüber. »Wir wollen doch einmal sehen, wie es um deine Geschichtskenntnisse bestellt ist. Also, euer letzter, unglücklicher König, den die Februarrevolution davongejagt hat, wann kam er auf den Thron?«
»Louis Philippe? 1830 natürlich«, antwortete er.
»Und wann wurde er geboren?«
»Hm, um 1770, warte ... nein, 1773.«
»Voilà«, rief der Engländer. »Ausgezeichnet. Das nenne ich *éducation.*«
Antoine mußte lachen. Nicholas stellte die nächste Frage, aber soeben passierte die Kutsche die Solferino-Brücke, und Antoine wurde abgelenkt durch den Anblick der neuen *Bateaux-Mouches*, die seit einigen Wochen dort vor Anker lagen. Sie waren eigens für die Weltausstellung gebaut worden, um die Besucher von den Gärten der Tuilerien zum Marsfeld zu befördern.
»Schau dir doch mal diese Schiffe an.«
Aber Nicholas kannte die Raddampfer schon und brannte darauf, seinem Freund nachzuweisen, daß das Kaiserreich seinem Ende zuneigte, trotz Weltausstellung und pompösen Festen.
»Du wirst schon sehen, was das für eine Drängelei geben wird, wenn abends die Tore am Marsfeld schließen und auf einen Schlag zehntausend Menschen auf vier Boote drängen, auf denen gerade mal sechshundert Platz haben. Es ist halt nichts hier richtig durchdacht. Also mein Lieber, Louis Philippes Ehefrau, Marie Amélie, wann wurde sie geboren?«
Antoine konnte sich keinen Reim auf die Fragen machen.
»Du lieber Himmel, woher soll ich das wissen. Wahrscheinlich zehn Jahre später als Seine Majestät, 1783? Aber was soll denn das alles?«
»Wirst du gleich sehen. Falsch geraten, aber nicht schlecht, 1782.«

»Und wozu diese ganzen Geburtstage?«
»Aber so warte doch. Wir brauchen noch ein drittes Datum. Wann haben die beiden geheiratet?«
Antoine lachte: »Das ist leicht. 1809.«
»Ausgezeichnet. So, jetzt brauchen wir nur zu addieren, und schon haben wir Teil eins des Orakels.«
Er machte ein paar Striche auf dem Papier und hielt es Antoine hin. Dieser betrachtete das seltsame Zahlenspiel, während Nicholas ihm die Daten wiederholte.

1830	1830	1830
1	1	1
7	7	8
7	8	0
3	2	9
1848	1848	1848

»... Louis Philippe kam 1830 auf den Thron. Er wurde 1773 geboren. Das Geburtsjahr seiner Frau ist 1782. Die beiden wurden 1809 getraut. Krönungsjahr plus Quersumme der Lebensjahre mit den wichtigsten Ereignissen ergibt ...?«
»... das Jahr des Endes der Regentschaft, in der Tat, interessant«, vollendete Antoine den Satz.
Indessen war das Innere der Kutsche auf einen Schlag mit dem klappernden Lärm der eisenbeschlagenen Räder erfüllt, die plötzlich nicht mehr auf Makadam, sondern auf Pflastersteinen dahinrollten, ein sicheres Anzeichen dafür, daß sie in einen Teil von Paris gelangt waren, wo die Renovierungsarbeiten des Baron Haussmann noch nicht sehr weit fortgeschritten waren.
»Jetzt mußt du mir sagen, wann euer Präsident Napoleon sich zum Kaiser aufschwang«, rief Nicholas mit erhobener Stimme, um das Geklirr der Wagenräder zu übertönen.

»1852, wie alle Welt weiß«, antwortete Antoine, »und geboren ist er 1808, das wirst du ohnehin als nächstes fragen.«
»Sehr richtig.« Der Engländer nahm das Blatt wieder entgegen und begann, die nächste Zahlenkolonne aufzuschreiben. »Und die Kaiserin?«
»Ihr Geburtsdatum? Nun, da wir ja letztes Jahr aufwendigst ihren Vierzigsten gefeiert haben, bleibt wohl nur 1826.«
»Sehr scharfsinnig. Und natürlich erinnerst du dich auch noch an die Heirat des kaiserlichen Paares.«
»... 1853.«
»Na, dann haben wir den Casus ja schon. Schnell addieren, und, voilà, was sehen wir?«
Triumphierend hielt er dem Franzosen das Blatt unter die Augen. Antoine betrachtete es mit einer Mischung aus Belustigung und Unwohlsein. Die Berechnungen waren in der Tat sonderbar. Das Geburtsjahr des Kaisers, das Geburtsjahr der Kaiserin Eugénie, das Vermählungsjahr der beiden: stets ergab sich die gleiche Quersumme, 17. Und addierte man diese Zahl zum Thronbesteigungsjahr hinzu, so war das Ergebnis 1869.

1852	1852	1852
1	1	1
8	8	8
0	2	5
8	6	3
1869	1869	1869

Antoine sagte nichts und starrte nachdenklich auf die Zahlenreihen. Dann schaute er auf und blickte seinen Begleiter an.
»Seltsam, nicht wahr?« sagte dieser. »Dreimal 1869. Das nächste Wahljahr.«

Antoine schüttelte den Kopf.
»Unsinn. Einen Kaiser wählt man nicht ab.«

Das *Girofle* gehörte nicht zu der Sorte Etablissements, die Antoine oder Nicholas normalerweise betreten hätten. Als sie den Kutscher bezahlt und sich dem Eingang zugewandt hatten, stellten sie fest, daß es sich entweder um einen Irrtum oder einen Scherz handeln mußte. Über dem Eingang hing ein verwittertes Schild mit einer kaum leserlichen Aufschrift an einem verrosteten Nagel. Ansonsten wies nichts darauf hin, daß hinter der halb eingefallenen Tür irgendeine Art von interessanter Geselligkeit zu erwarten gewesen wäre. Die Fassade des Hauses starrte vor Schmutz. Die ganze Häuserzeile schien dem baldigen Abriß preisgegeben zu sein, wie überhaupt das ganze Viertel mehr einer Baustelle als einem Wohnviertel glich. Zwei Gaslaternen an beiden Enden der Straße taten ein übriges dazu, dem Ort eine Aura düsterer Verlassenheit zu verleihen, denn der kümmerliche Lichtsaum, den sie verschämt um sich auf den Pflasterstein warfen, machte das angrenzende Dunkel nur um so abweisender.
Während Nicholas einige Schritte in den dunklen Hauseingang hineintrat, schaute Antoine der Kutsche hinterher, die sich auf der menschenleeren Straße allmählich entfernte. Wie sollten sie hier eigentlich wieder wegkommen, falls sie am falschen Ort waren? Nicholas steckte den Kopf aus der Dunkelheit des Hauseingangs.
»Wo bleibst du denn? Komm. Der Treffpunkt ist hinten im Hof.«
Sie durchschritten die stockfinstere Toreinfahrt. Es roch nach verfaultem Holz und abgestandener Luft. Im Innenhof, den sie anschließend durchquerten, spiegelte sich Mondlicht in einigen Pfützen. Jemand hatte ein paar Bretter hingeworfen, über die man trockenen Fußes die Stufen zum nächsten Hausein-

gang erreichen konnte, hinter dessen Tür Licht brannte. *Le Girofle* war mit Kreide auf den Türbalken geschrieben.
Kurz bevor sie den Treppenaufgang erreichten, schnitt ihnen auf einmal ein bestialischer Gestank die Luft ab. Links neben den Stufen, die in die Schenke führten, aufgebahrt auf einer Schubkarre, lag ein verstümmelter, von Verwesung bereits aufgeblähter Ziegenkadaver. Antoine wich angeekelt zurück und warf Nicholas einen vorwurfsvollen Blick zu. Aber der lachte nur, hielt sich die Nase zu und klopfte an die Tür.
Sie öffnete sich einen Spalt. Ein Gesichtsausschnitt wurde sichtbar, ein Auge maß die beiden Besucher, dann wurde die Tür aufgerissen und den beiden bedeutet, rasch einzutreten.
Als sich Antoine an die plötzliche Helligkeit gewöhnt hatte, sah er seinen Freund im Gespräch mit einem dunkelhaarigen Mann am anderen Ende der nicht sehr geräumigen Schenke. Zwei gewaltige Doggen kauerten zu dessen Füßen. Der Türsteher bedeutete Antoine freundlich, doch in den Schankraum eintreten zu wollen, und Nicholas machte aus der Entfernung ein Zeichen, er möge sich an einen der freien Tische setzen. Antoine betrachtete skeptisch den Lehmboden zu seinen Füßen, die niedrige, von Spinnweben und Rußflecken überzogene Decke über seinem Kopf, den aus Faßdauben gezimmerten Tresen mit einem zurechtgehämmerten Blechstück als Auflage am Ende des Raumes. Die Tischplatten, so stellte er beim Hinsetzen fest, bestanden aus alten Dielenbrettern, die man kleingesägt und kreuzweise zusammengenagelt hatte, die Stühle aus Obstkisten. Das einzige, was Antoine davon abhielt, diesen Ort auf der Stelle zu verlassen, war sein Freund Nicholas, der soeben dem dunkelhaarigen Hundebesitzer einige Münzen gab, und die Anwesenheit sechs weiterer Personen an den anderen Tischen, die in dieser Umgebung ebenso deplaziert erschienen wie er selbst. An ihrer Kleidung erkannte er sogleich, daß es allesamt Ausländer waren. Zwei strohblon-

de, etwas beleibte Herren mit dicken Brillengläsern auf der Nase muteten skandinavisch an. Sie saßen Antoine am nächsten und nickten ihm grüßend zu, als er sich hinsetzte. Weiter hinten im Raum hockten vier südländisch aussehende Gestalten an einem Tisch, vermutlich auch Geschäftsleute oder Touristen, die wahrscheinlich die Weltausstellung nach Paris gelockt hatte.

»Was zum Teufel machen wir in diesem verfluchten Loch von Vorstadtkneipe?« flüsterte Antoine seinem Begleiter zu, als der sich endlich zu ihm setzte.

»Ganz ruhig. Es geht ja gleich los. Wir warten nur noch auf zwei Griechen. Du wirst sehen, die Sache wird herrlich aufregend. Wir bleiben auch nicht hier. Das ist nur der Treffpunkt. Man muß vorsichtig sein, weil dergleichen Veranstaltungen streng verboten sind. Deshalb wollen die beiden Burschen hier sichergehen, daß nur ausländische Besucher teilnehmen. Ich habe doppelt für dich bezahlt und auch noch gehörig gelogen, also verhalte dich bitte ganz unauffällig. Die ganze Geschichte dauert auch nicht viel länger als eine Stunde.«

»Was für eine Geschichte überhaupt?«

Nicholas rückte näher an Antoine heran und flüsterte: »Wir gehen auf Rattenjagd.«

Die Griechen hatten es sich entweder anders überlegt oder den Weg nicht gefunden. Jedenfalls brach man schließlich ohne sie auf.

Der dunkelhaarige Mann mit den Hunden hatte die Schenke schon nach dem Gespräch mit Nicholas verlassen, und als der Türsteher die Anwesenden bat, ihm folgen zu wollen, und die Gruppe durch den Hinterhof zurück auf die Straße führte, stellte Antoine fest, daß der Ziegenkadaver verschwunden war.

Sie überquerten den Boulevard des Amandiers und folgten der Rue du Faubourg du Temple in Richtung Belleville. Die beiden blonden Gäste kamen in Wirklichkeit aus Zürich, und bei den vier Südländern handelte es sich um Portugiesen. Aber sie waren tatsächlich alle wegen der Weltausstellung hier und brannten darauf, die Geheimnisse von Paris zu entdecken. Einer der Portugiesen, mit denen Antoine während des kurzen Fußmarsches ins Gespräch kam, erzählte, er sei vor seinem Hotel auf diese Attraktion angesprochen worden, und dergleichen bekomme man ja sonst nur in London zu sehen, wo allerdings das Schauspiel durch die bekannte englische Wettleidenschaft schon zu einem kommerziellen Spektakel verkommen sei, und er hoffe, hier in Paris noch eine unverfälschte Vorstellung sehen zu können. Seine Kollegen seien das erste Mal auf einer solchen Veranstaltung, er habe hingegen in Budapest und Tripolis schon ähnliches erlebt. Freilich sei Paris etwas Besonderes, da dergleichen Ausflügen in den Bodensatz der Schöpfung in einer Stadt, die der Inbegriff der Eleganz und Schönheit sei, etwas besonders Pikantes, ja fast Philosophisches anhafte.

Der Türsteher, der die Gruppe führte, bog plötzlich in eine Seitenstraße ab. Erbärmliche einstöckige Holz- und Lehmhütten säumten den leicht abschüssigen Weg. Als die Gruppe nach einigen Minuten die letzte Behausung passiert hatte, gelangten sie auf ein offenes Schuttfeld und schließlich an den Rand einer vielleicht sechs Meter tiefen Grube.

Die Doggen waren in einiger Entfernung an zwei Pfählen festgebunden. Schon jetzt gebärdeten sie sich wie irre. Sie zerrten an ihren Halsbändern, würgten und knurrten und scharrten den feuchten Lehmboden auf. Bisweilen entlud sich ihre Aggression in einem sinnlosen Biß in die Luft, dann versuchten sie, sich aufeinanderzustürzen. Wahrscheinlich hätten sie sich noch vor der Vorstellung gegenseitig zerfleischt, wenn ihr Besitzer sie nicht vorsorglich in sicherer Entfernung voneinander angebunden hätte.

Dieser war in der Grube damit beschäftigt, den Ziegenkadaver von der Schubkarre abzuladen. Die Besucher sahen schweigend zu, wie der aufgequollene Leib, dem man, aus welchem Grund auch immer, den Kopf und die Unterschenkel abgeschlagen hatte, auf den Boden glitt. Jetzt war auch erkennbar, daß es sich um eine Müllgrube handelte, die allerdings einige Besonderheiten aufwies. Ein kleines Areal war vom allerorten herumliegenden Unrat befreit und durch einen hüfthohen, kreisförmigen Holzzaun von der restlichen Grube abgetrennt worden. Der Zaun war mit Luken versehen, die offenstanden. Auf dem Zaun steckten Fackeln, die jedoch noch nicht angezündet waren.

Als der Dunkelhaarige aus der Grube emporgeklettert war, ließ sein Begleiter winzige Metallbecher verteilen und erklärte in gebrochenem Französisch, man müsse nun ein kleines Weilchen warten, bis die Damen und Herren Hauptdarsteller auf die Bühne gefunden hätten. Damit schenkte er einen billigen Schnaps aus, der Antoine dermaßen in der Kehle brannte, daß er fast glaubte, sich auf der Stelle übergeben zu müssen. Doch dafür sollte er schon bald mehr Grund verspüren.

Die beiden Schweizer hatten sich ganz vorne an der Grube positioniert und beobachteten interessiert die Vorgänge dort unten. Sie unterhielten sich angeregt miteinander und deuteten auf die kleinen dunklen Schatten, die in der Nähe der toten Ziege vorüberhuschten. Die Portugiesen warfen nur bisweilen einen Blick in die vom Mondlicht spärlich beleuchtete Arena und lauschten statt dessen den Erzählungen ihres erfahrenen Kollegen, der wohl die hiesige Inszenierung mit den Gepflogenheiten in England oder Libyen verglich. Der Dunkelhaarige war damit beschäftigt, die Doggen zu beruhigen, und sein Kollege behielt von der anderen Seite der Grube aus den Kadaver im Auge. Die beiden Schweizer gesellten sich zu ihm, und der Wind trug fremdsprachige Gesprächsfetzen herüber.

Nicholas schien der Schnaps zu schmecken, denn er trank auch noch den Rest aus Antoines Becher, den dieser angewidert verschmähte.
»Der Türsteher spricht wohl Deutsch?« wunderte sich Nicholas.
»Hier draußen in diesen Elendslöchern wohnen jede Menge Deutsche«, sagte Bertaut. »Jede Woche kommen neue an. Die meisten aus Hessen.«
»Ich dachte, die werden alle nach Amerika oder Rußland verkauft?«
»Leider nicht alle. Die anderen kommen nach Paris, weil sie zu Hause nicht heiraten dürfen, wenn sie nicht einen bestimmten Geldbetrag gespart haben. Aber natürlich richtet sich die Natur nicht nach einem Fürstengesetz, und deshalb ziehen sie hierher. Kaum einer von ihnen lernt Französisch. Sie leben im Ghetto um den Nordbahnhof herum und hier in der Nähe der Kalkbrennereien in den Buttes Chaumont in Belleville. Die beiden hier sind sicher auch Darmstaedter.«
»Darmstaedter?«
»Ja, Straßenkehrer. Morgens um sechs fegen sie die Straßen für einen Hungerlohn. Der hier ist schlauer. Was hat er verlangt für diesen Ausflug?«
»Fast nichts. Fünf Francs pro Person, zehn für dich.«
Antoine rechnete vor: »Dafür müßte er fünfzehn Tage lang die Straßen kehren, nur für die paar Francs, die er von dir bekommen hat. Rechne die Portugiesen und die Schweizer dazu, dann bist du schon fast bei einem Monatslohn. Und das für zwei Stunden Spazierengehen und eine vergammelte Ziege.«
Nicholas zuckte mit den Schultern.
»Geschäftssinn eben.«
Die Portugiesen starrten schon seit einigen Minuten ununterbrochen in die Grube hinab. Um den Kadaver herum war Be-

wegung entstanden. Die graue Masse hatte zu pulsieren begonnen, und das dunkle Knäuel wuchs stetig an. Ein Rascheln und ein unbestimmtes Scharren waren undeutlich zu vernehmen. Für menschliche Ohren kaum wahrnehmbar, hatte das leise, geschäftige Geräusch bei den Hunden eine bemerkenswerte Wirkung: Von unbändiger Mordgier aufgestachelt, rissen und zerrten sie an den Lederriemen, die sie an ihrem Pfahl gefangenhielten, wälzten sich verzweifelt auf der Erde und schnappten wütend um sich. Antoine schaute nervös zu den zähnefletschenden Bestien hinüber, wurde dann jedoch abgelenkt durch den Anblick, den die allmählich vom Fackelschein beleuchtete Grube bot.

Der Türsteher hatte nämlich damit begonnen, die auf den Holzzaun aufgesteckten Fackeln zu entzünden. Was sich den Betrachtern darbot, war ein Anblick von geradezu erhabener Scheußlichkeit. Vom Licht der Fackeln zuckend beleuchtet, war der Ziegenkadaver unter einem Teppich von Ratten restlos verschwunden. Das Aufflammen der ersten Fackel hatte zu einem kurzen Innehalten der wabernden Pelzflut geführt, aber kaum hatten die intelligenten Tiere bemerkt, daß der Lichtschein keine Gefahr in sich barg, setzten sie das willkommene Mahl ungestört fort. Das allgemeine Nagen und Schmatzen rief immer weitere Angehörige des Stammes herbei, und aus den Luken fielen stets neue, vor Gier und Aufregung zitternde Ratten herab, die sich daranmachten, in den wimmelnden, aus Ratten und Fleischfetzen zusammengebackenen Haufen einzutauchen und ihren Anteil zu erhaschen.

Den Zuschauern hatte es vorübergehend die Sprache verschlagen. Selbst der in solchen Dingen erfahrene Portugiese starrte verzaubert auf das Gewühl von Schnauzen, Schwänzen, Krallen und schwarzen, schimmernden Knopfaugen. Bisweilen verbissen sich die Tiere sogar ineinander, sei es nun absichtlich oder irrtümlich, und im anschließenden Gerangel kam es vor, daß eine ganze Traube ineinander verbissener, wild zuckender Rattenkörper von dem Kadaver herunterrollte, der unter der abfallenden Last kurz zur Seite wegsackte und den unheimlichen Eindruck erweckte, er wehre sich noch gegen die zahllosen Bisse. Längst waren Tiere in das Innere des Rumpfes vorgedrungen, hatten sich durch die Eingeweide gefressen und liefen Gefahr, von den durch die Haut vordringenden Ratten einfach mitverspeist zu werden, wenn sie sich, von Gedärm und Gewebefetzen fast bis zur Unbeweglichkeit umschlungen, nicht rechtzeitig aus dem Brustkorb oder dem Darm befreien konnten.

Antoine, der bereits durch den Schnaps von einer gewissen Übelkeit erfüllt war, kämpfte mit dem Erbrechen.

Als ersichtlich war, daß die Mahlzeit demnächst zu Ende sein würde, schloß der Dunkelhaarige die Luken und machte seinem am Grubenrand stehenden Kollegen ein Zeichen, die Hunde zu holen.

Was nun geschah, war selbst für den Portugiesen neu, wie er später auf der Polizeiwache aussagen sollte. Kaum hatte der Mann die Doggen losgebunden, wurden diese plötzlich still. Es schien, als konzentrierten sie sich auf die Aufgabe, die vor ihnen lag. Sie zerrten wütend an ihren Leinen, und ihr Herr hatte Mühe, sie zurückzuhalten, aber ihre angelegten Ohren und die flach auf die Erde gedrückten Schnauzen wiesen darauf hin, daß jede Faser ihres Wesens sich auf das vor ihnen liegende Geschäft vorbereitete. Als sie jedoch den Grubenrand erreicht hatten und plötzlich sehen konnten, was ihnen vorher nur Hör- und Geruchssinn gemeldet hatten, hielt sie nichts mehr. Der Dunkelhaarige hatte nicht einmal mehr Zeit, die Leinen zu lösen. Hin- und hergerissen zwischen dem Versuch, die Haken auszuklinken, und dem Bemühen, dabei nicht mit in die Grube hinabgerissen zu werden, ließ er nach einigen Augenblicken die Leinen einfach fahren und schickte die Bestien mit einem Fluch den Abhang hinunter. Mit drei Sätzen waren sie an dem Holzzaun angelangt, und ein weiterer Sprung brachte sie ins Zentrum des Geschehens.

Dort löste ihr Erscheinen Angst und Schrecken aus. Von einem unheimlichen Pfeifen aus vielen Kehlen begleitet, stoben die Ratten auseinander und eilten zu den Luken. Als die ersten Flüchtenden dort ankamen und diese verschlossen vorfanden, hatten die Doggen bereits einige der Nacheilenden totgebissen.

Sowie die Tiere festgestellt hatten, daß die Ausgänge verschlossen waren, stellten sich blanker Terror und Entsetzen ein. Dabei erschienen sie in ihrer Verzweiflung auf einmal zutiefst menschlich. Nur nicht als erster sterben müssen, schienen sie zu denken und verkrochen sich hinter ihren Artgenossen. An den Rändern der Holzumrandung türmten sie sich auf und scharrten vergeblich an den Latten. Die Hunde fuhren mit der Schnauze in dieses Knäuel hinein. Es zerbarst, stob nach allen Seiten auseinander, und schon wieder lagen drei, vier totgebissene Tiere mehr auf dem zerwühlten Erdboden. Es gab auch einige wenige Mutige, die sich dem übermächtigen Feind trotzig entgegenwarfen. Doch angesichts der allgemeinen Panik hatten diese rasch totgebissenen kleinen Helden noch keinen Einfluß auf den weiteren Verlauf der Schlacht.

Die Effizienz der Hunde hatte etwas Großartiges. Wie zwei gewaltige Tötungsmaschinen durchpflügten sie das von flüchtenden Tieren wimmelnde Areal, packten eine Ratte nach der anderen, wirbelten sie kurz in die richtige Position, erfaßten mit mechanischer Präzision den Nacken der Tiere und brachen ihnen mit einem schnellen Biß das Genick.

Allmählich wurde es jedoch für alle Beteiligten dort unten schwieriger, sich zu bewegen. Die flüchtenden Ratten stießen zusehends auf totgebissene Artgenossen. Die Hunde rutschten auf den kleinen Körpern aus und kamen sich in ihrer nun vollständig entfesselten Mordgier beständig gegenseitig in die Quere.

Bei den Opfern indessen schien sich nach dem ersten Schrekken so langsam die Einsicht durchzusetzen, daß an ein Entkommen ohnehin nicht zu denken war und das panische Durcheinander keinerlei Besserung der Lage versprach. Es war faszinierend, mit anzusehen, wie aus der gehetzten Masse davoneilender Tiere plötzlich nicht mehr nur eine, sondern mehrere Ratten zugleich sich entschlossen, dem übermächtigen Feind die Stirn zu bieten. Die ersten Stoßtrupps dieser Art, die in ihrer Verzweiflung vereinzelt zum Gegenangriff übergingen, teilten noch das Schicksal ihrer Vorgänger. Doch plötzlich gelang es zwei großen Ratten, sich an den Lefzen einer der beiden Doggen festzubeißen. Sosehr der riesige Hund seinen Rachen auch aufriß und seinen Kopf hin- und herschüttelte, konnte er die beiden Nagetiere doch nicht abschütteln. Auf einmal hingen zwei weitere Ratten an seinen Hinterbeinen, und eine vorwitzige Mitstreiterin verbiß sich im Brustfell der Dogge. Der Hund jaulte, schüttelte sich, verrenkte wütend den Hals in konvulsivischen Zuckungen, doch er konnte nicht verhindern, daß mehr und mehr Tiere über ihn herfielen, sich in seine Beine verbissen, an seinen Bauch emporsprangen und, wo immer sie auch seinen Körper erreichen konnten, sogleich ihre Zähne tief in sein Fleisch gruben.

Mittlerweile hatte sich das Kriegsglück bei der anderen Dogge gleichermaßen gewendet. An jedem ihrer Ohren hing eine zappelnde Ratte, und ein besonders großes Exemplar hatte sich an ihrer Kehle festgebissen. Der Hund tanzte wie irre im Kreis, schlug Bocksprünge und winselte erbärmlich. Doch angesichts der nun von allen Seiten heranrückenden Verstärkung war abzusehen, daß den beiden Doggen ihr Waterloo bevorstand.

Dies war offensichtlich eine völlig unerwartete Entwicklung der Darbietung. Jedenfalls begann der Besitzer der Hunde plötzlich unter anfeuernden Rufen, Steine nach den Ratten zu werfen. Ob die Rufe den Hunden helfen konnten, muß wohl verneint werden, und die Steine trafen zwar bisweilen, doch bedarf es schon anderer Geschosse, um eine von Todesangst panisch gewordene Ratte zur Besinnung zu bringen. Schließlich ergriff der Dunkelhaarige zwei herumliegende Holzknüppel, warf einen davon seinem Kollegen zu und bedeutete ihm, in die Arena zu steigen.

Die Erregung des bevorstehenden Kampfes sprang nun auch auf die Zuschauer über. Antoine ertappte sich dabei, daß er unweigerlich den Kopf reckte und, als die Sicht auf die Szene dort unten sich nicht merklich besserte, näher an den Grubenrand rückte. Nicholas saß dort schon mit aufgestützten Armen, als betrachte er ein interessantes Experiment.

»Es ist fast wie eine kleine Revolution, nicht wahr. Schau sie dir an, die kleinen Plebejer, wie sie ihre Tyrannen hinwegfegen. Fast bedauerlich, daß nun die Götter einschreiten.«

Die beiden Männer stiegen in die Grube hinab, sprangen über die Absperrung und ergriffen jeder eine der dort aufgesteckten Fackeln. Die Ratten schienen einen Moment lang verwirrt angesichts dieser neuen, unbekannten Gefahr. Der Dunkelhaarige ging auf die Doggen zu und preßte die Fackel schnell nacheinander gegen das Fell der festgebissenen Ratten, die mit einem quietschenden Geräusch von ihren Opfern abließen. Ein Schlag mit dem Holzknüppel besiegelte ihr Schicksal.

Was nun folgte, war nicht mehr eigentlich sportlich zu nennen. Zwei Hunde und zwei mit Keulen und Fackeln bewaffnete Männer gingen beißend, schlagend, tretend und brennend gegen die letzten Nagetiere vor, und nach wenigen Minuten regte sich nichts mehr dort unten. Antoine fühlte sich an Schilderungen antiker Schlachten erinnert, an das stunden-

lange, systematische Töten aller »nur« verwundet auf dem Schlachtfeld zurückgebliebenen Feinde.
Nicholas verzog den Mund, sei es, weil das Spektakel seinem Ende zuging, sei es, weil ihm die Auflösung des Dramas mißfiel. Die Portugiesen kommentierten sich gegenseitig die Ereignisse unten in der Grube und stießen bisweilen unverständliche Ausrufe der Emphase aus, die sich wohl auf den lieben Gott bezogen. Die beiden Schweizer hatten sich bereits vor dem letzten Akt von der Grube entfernt und das Geschehen gleichsam teichoskopisch anhand des dumpfen Klangs der niedergehenden Knüppel verfolgt. Sie standen in einiger Entfernung, sichtlich erfüllt von dem Bedürfnis, ihren Ausflug rasch zu beenden.
Ein leichter Nieselregen hatte eingesetzt. Antoine und Nicholas gesellten sich zu den Portugiesen, in der Annahme, daß die beiden Regisseure mit ihren vierbeinigen Assistenten gleich zum Vorschein kommen würden, um den Rückweg anzutreten.
»Eine gelungene Vorstellung, nicht wahr?« sagte der Wortführer der Portugiesen und grinste komplizenhaft. Seine drei Kollegen sprachen entweder kein Französisch oder wollten es nicht. Einer von ihnen kaute nervös auf einem Stück Kautabak herum und spuckte bisweilen in eine kleine, glänzende Metalldose, die er in der linken Hand trug. »Fürwahr«, rief Nicholas, »eine Aufführung mit symbolhaftem Ausgang und vielen Interpretationsmöglichkeiten. Die Frage ist, wer repräsentiert was? Was meinen Sie, die gepeinigten Ratten, die sich gegen Ihre Unterdrücker erheben, sind es die Arbeiter im Kampf gegen die Ausbeuter, oder das Volk gegen den Adel, oder die Preußen gegen Österreich?«
»Preußen gegen Österreich?« fragte der Portugiese lachend. »Da hätte man ja wohl Ratten gegen Maulwürfe antreten lassen müssen.« Dann drehte er sich herum, übersetzte seine

Bemerkung schnell für seine Begleiter, lachte dann jedoch allein los, entweder weil er als einziger diese Bemerkung komisch fand oder weil seine Landsleute dem Witz nicht folgen konnten.

Antoine fühlte sich zusehends unwohl, sowohl bezüglich des Ortes als auch im Hinblick auf die Gesellschaft, in der er sich hier befand. Außerdem begann er sich zu fragen, was die beiden Männer mit den Hunden dort unten in der Grube so lange trieben. Er trat ein paar Schritte zurück und sah, daß die Doggen erschöpft auf dem Boden lagen, während die Männer gerade die letzten toten Ratten in Säcke stopften. Sie verschnürten die Säcke, warfen sie über die Schulter, löschten die letzten Fackeln und stiegen den Abhang hinauf.

Die Gruppe setzte sich in Bewegung. Der Nieselregen war stärker geworden, und die nächtlichen Besucher des Müllplatzes liefen schweigsam und darauf bedacht, sich mit eingezogenen Köpfen gegen den Regen zu schützen, über das aufgeweichte Feld auf die ersten Hütten zu, die den Weg zurück auf die Straße und in die Stadt markierten.

Doch an diesem Abend schienen sämtliche Pläne durchkreuzt zu werden. Das letzte, woran Antoine sich mit Sicherheit erinnerte, war, daß die beiden Anführer vorne gegangen waren. Neben ihnen trotteten mit gesenkten Köpfen die Hunde, die immer noch recht ermattet schienen. Dann folgten die beiden Schweizer, die vor ihm und Nicholas gingen, und hinter ihnen kamen die vier Portugiesen. Es regnete zusehends stärker, man sah kaum die Hand vor Augen, und nur durch die in der Ferne matt glänzenden Straßenlaternen der Rue du Faubourg du Temple war erahnbar, in welcher Richtung die Straße von Belleville lag.

Plötzlich erfolgten zwei dumpfe Schläge. Antoine hörte, wie der Hundebesitzer etwas rief, das er jedoch nicht verstehen konnte. Ein weiterer Schlag erfolgte. Der Hundebesitzer verstummte. Antoine blickte auf und sah, daß die Schweizer stehengeblieben waren. Auf einmal wichen sie zurück. Nun erhob sich hinter Antoine ein Geschrei, das jedoch unter einer Reihe schnell aufeinanderfolgender Hiebe ebenso schnell erstarb.

War es ein Instinkt, der ihn reagieren ließ? Und warum blieb Nicholas wie gelähmt stehen, anstatt sich wie sein Freund so schnell wie möglich aus der Gefahrenzone zu begeben? Antoine stellte sich diese Frage später unzählige Male. Warum hatte er den Freund nicht mitgerissen, als er sich einfach fallen und zur Seite rollen ließ? Während Antoine sich wie vom Blitz getroffen auf die Erde warf und zur Seite hin wegrollte, wandte sich Nicholas überrascht um und sah nur noch einen Schatten, der aus der Dunkelheit auf ihn zuflog.

Die lautlos aus der Finsternis gekommenen Straßenräuber nahmen erst sichtbare Form an, als sämtliche Mitglieder der Ausflugsgesellschaft mehr oder minder übel zugerichtet am Boden lagen. Die einzigen, die absichtlich mit zwei Axthieben gezielt zu Tode gebracht wurden, waren die beiden Hunde. Ihre blutüberströmten Köpfe waren das erste, was Antoine sah, als plötzlich eine Laterne entzündet wurde und den Ort des Überfalls beleuchtete. Der Hinterleib einer der beiden Doggen zuckte noch leicht.

Das Überfallkommando bestand aus fünf Personen. Vier davon schienen erwachsene Männer zu sein; der fünfte war entweder kleinwüchsig oder noch jugendlich. Er war Antoine am nächsten. Alle fünf waren in Lumpen gekleidet und trugen Ledermasken mit schmalen Augenschlitzen. Zwei von ihnen hatten den Türsteher ergriffen, ihm die Arme auf den Rücken gedreht und durchsuchten seine Taschen. Der Hundebesitzer saß neben seinen Hunden auf der Erde und wischte mechanisch das Blut ab, das ihm aus einer Platzwunde auf der Stirn ins Gesicht und in die Augen floß. Der Kleinwüchsige lief zu ihm hin, nahm den Sack, der neben ihm lag, öffnete ihn und zog eine tote Ratte heraus. Triumphierend hielt er sie in die Luft, lachte und rief etwas Unverständliches. Seine helle Stimme verriet sein jugendliches Alter. Die beiden Schweizer, die mit den Portugiesen auf der Erde saßen und von den anderen beiden Räubern durchsucht wurden, schauten sich entgeistert an. Dann steckte der Junge die Ratte in den Sack zurück, verschnürte ihn, ergriff auch den zweiten Sack und schulterte zufrieden seine Beute.

Antoine kauerte nur wenige Meter vom Schauplatz entfernt in einer Mulde und betrachtete ungläubig das Schauspiel vor seinen Augen. Nicholas lag reglos im Schmutz. Zwei der Portugiesen waren auch niedergeschlagen worden, hatten sich jedoch bereits wieder aufgerappelt; sie saßen benommen mit dem Rest der Gruppe auf der Erde und ließen sich ohne Gegenwehr durchsuchen. Als die anderen beiden Straßenräuber mit dem Türsteher fertig waren, verpaßten sie ihm zwei Faustschläge ins Gesicht und ließen ihn davonlaufen. Dem Hundebesitzer ging es ähnlich, nur vermochte er nicht weg zulaufen und blieb nach den Tritten und Schlägen, die seine Behandlung abschlossen, gekrümmt neben seinen toten Hunden liegen. Der Junge hatte sich mittlerweile um Nicholas gekümmert, seine Taschen durchsucht, Manschettenknöpfe, Taschenuhr, Gürtel und eine Brieftasche erbeutet. Zum Schluß zog er ihm auch noch die Schuhe aus. Dann rief plötzlich jemand »Johann!«, und der Junge richtete sich auf. Antoine sah mit Entsetzen, daß sich sein Freund überhaupt nicht bewegt hatte. Der kleine Dieb dort kümmerte sich nicht im geringsten darum, wie es um den Menschen stand, den er da so gründlich ausraubte. Antoine wäre am liebsten auf ihn losgestürzt, doch er wußte natürlich, daß er gegen die vier anderen Männer mit den Stöcken nicht die geringste Chance hatte.

Mittlerweile waren zwischen den Schweizern und den Stra-

ßenräubern einige Sätze gefallen, deren Inhalt Antoine nicht verstehen konnte. Aber er erkannte, daß sie deutsch sprachen. Die Räuber stammten also aus dem gefürchteten deutschen Viertel. Antoine fluchte innerlich. In seiner eigenen Stadt, seinem eigenen Land war man vor diesem zugewanderten Gesindel nicht sicher. Auf der Suche nach Arbeit, nach Freiheit kamen sie hierher nach Paris, in dem naiven Glauben, hier ihr Brot verdienen zu können. Aber was konnten sie denn schon, diese ungebildeten Bauern aus dem letzten, ärmlichsten Winkel irgendeines deutschen Fürstentums? Und gab es in Paris nicht schon genug Arbeitsuchende aus der französischen Provinz, daß man auch noch diese hungrigen deutschen Mäuler stopfen konnte? Und zum Dank fielen sie des Nachts über diejenigen her, die ihnen Gastrecht und die Chance auf ein besseres Leben gewährten.
Einer der Diebe machte seinen Kumpanen ein Zeichen zum Aufbruch. Plötzlich hielt er inne. Er blickte auf eine Stelle hinter Antoine und kam auf einmal direkt auf ihn zu. Antoine riß seinen Kopf herum. Wenige Meter hinter ihm stand der Junge und deutete mit ausgestrecktem Arm auf ihn. Antoine sprang auf, um ihm an die Gurgel zu fahren. Doch er erwischte nur die Ledermaske, die er plötzlich in den Händen hielt. Das letzte, was er sah, war das Gesicht des Jungen, die slawisch anmutende Physiognomie, die engstehenden, kalten Augen, den viereckigen Schädel, die schmalen Lippen, die zu einem breiten Grinsen auseinanderglitten und braune, kleine Zähne entblößten. Johann, dachte er noch und starrte ihn haßerfüllt an, indem er die Faust hob. Und dann: Rattenzähne. Dann erlosch sein Bewußtsein mit einem trockenen Krachen.

II.

Marie Lazès war an jenem Dienstagabend als eine der letzten eingeliefert worden. Die Büros der Gefängnisverwaltung waren längst geschlossen, und nach einer kurzen Durchsuchung ihrer Kleider und Taschen hatte man sie in den Frauentrakt geführt, wo sie die Nacht verbringen sollte.

Das Zentralgefängnis am Quai de l'Horloge war zwar erst zwei Jahre zuvor im Rahmen der Umbauarbeiten des Justizpalastes renoviert worden, doch das Innenleben des Depots bot einen unverändert düsteren Anblick. Zweimal täglich, morgens und abends, hielten vor dem Haupttor, dem Grand Guichet, die Transportwagen der Polizei und lieferten jeden ab, der in irgendeiner Weise mit dem Gesetz in Konflikt gekommen oder durch Herumlungern, Betteln, Vagabundieren oder sonstige unerwünschte Handlungsweisen aufgefallen war. Der hochgewachsene Pförtner empfing jeden Ankömmling mit dem gleichen Satz: »Un homme à reconnaître.«

In der Wartehalle dahinter, im gleichen gotischen Stil gehalten wie die Conciergerie, wuchsen spindeldürre, gußeiserne Säulen zu einem schmutzgeschwärzten Deckengewölbe empor, zu dem die wenigsten jemals hinaufblickten. Wer hier durchkam, schaute nach unten.

Ruhe gab es hier niemals. Das Kommen und Gehen der Verhafteten, die sich nicht selten heftig wehrten oder wütend herumschrien, war eingebettet in einen nicht abreißenden Geräuschteppich aus Stöhnen, Klagen, Fluchen und Flehen und wurde dazu auch noch jeden Augenblick von den laut gerufenen Befehlen der Wächter durchschnitten. Doch die chaotische Betriebsamkeit täuschte. War man hier erst einmal eingetreten, stand die Zeit plötzlich still. Man wartete, bis man zum Erkennungsdienst geführt wurde. Man wartete erneut vor dem Büro der Leibesvisitation und kehrte, nachdem man aus- und angekleidet, geschüttelt und betastet worden war, ein drittes Mal in die Wartehalle zurück, um als nächstes dem Gerichtsschreiber vorgeführt zu werden, der alle bis dahin gesammelten Informationen wieder mit der Person zusammenbrachte, die dann in den gemeinsamen Aufenthaltsraum geleitet wurde, um von dort schließlich in den Männer- oder Frauentrakt oder in eine separate Zelle auf der Galerie verwiesen zu werden.

Da lediglich zweiundzwanzig Bedienstete diesen Strom von durchschnittlich über fünfzigtausend Verhafteten pro Jahr durchzuschleusen hatten, war der Rückstau erheblich, so daß die etwa hundertfünfzig täglichen Neuzugänge die Zahl der Wartenden kaum jemals unter vierhundert fallen ließen. Unter den abgestumpften Blicken der Wärter trieben sie vorüber, die Bettler und Tagediebe, die Prostituiertenmörder und Straßenräuber, die Fälscher und Hehler, Pferdediebe und Messerstecher. Elegant gekleidete Wechselbetrüger saßen neben zerlumpten Habenichtsen, die auf dem Markt ein paar Kartoffeln gestohlen hatten. Neuerdings fanden sich vermehrt junge Frauen bürgerlicher Herkunft auf den Wartebänken, die den Verlockungen der neuen Warenhäuser nicht hatten widerstehen können oder der geradezu epidemisch um sich greifenden Mode nacheiferten, untreuen Liebhabern oder Ehemännern Vitriol ins Gesicht zu schütten. Da Bettelei verboten war, bevölkerten außerdem viele Bettler das Gefängnis. Armut konnte man zwar nicht abschaffen, aber ein Gesetz sorgte dafür, daß sie so wenig als möglich in Erscheinung trat.

Der Saal, in dem Marie Lazès sich wiederfand, war zweigeteilt. Männer und Frauen warteten getrennt, wobei die Männer in kleinen Trauben an den Gittern hingen, um abschätzende Blicke auf ihre Leidensgenossinnen zu werfen. Im Wandelgang davor patrouillierten vier Wachen, die alle zwei Stunden abgelöst wurden. War die Beleuchtung spärlich, so

war die Lüftung noch spärlicher, und um die Latrinen in den Ecken an der Rückwand schien ein unsichtbarer Kreis gezogen, der trotz der Überfüllung leer blieb.
Marie kauerte sich so nah wie möglich am Wandelgang nieder. Während drüben bei den Männern bisweilen Unruhe ausbrach, war es bei den Frauen verhältnismäßig still. Einige schienen zu schlafen, andere versuchten es wenigstens oder waren in ein flüsterndes Gespräch mit einer Zellengenossin vertieft. Die Wachmänner gingen in Zweierreihen auf und ab und schlugen bisweilen mit ihren Säbeln gegen die Eisenstangen des Gitters, wenn sich bei den Männern ein Geschrei oder sonst eine Unruhe erhoben hatte. Einmal wurde die Tür geöffnet, um eine bewußtlose Frau hinauszutragen.
Marie fand die ganze Nacht keinen Schlaf. Sie zitterte ununterbrochen. Am Abend, als sie von der Arbeit gekommen war, hatten drei Polizisten in der Straße gestanden. Sie war kaum um die Ecke gebogen, da rief jemand: »Das ist sie! Das ist Marie Lazès!« Die Polizisten kamen sogleich auf sie zu und ergriffen sie am Arm.
»Frau Lazès?«
»Ja«, hatte sie furchtsam geantwortet.
»Mörderin!« schrie jemand in ihrem Rücken.
»Würden Sie bitte mitkommen.«
Von allen Seiten kamen Menschen herbeigelaufen.
»Mitkommen. Wohin?«
Aber die Polizisten schoben sie unsanft die Straße hinauf, auf einen dort stehenden Wagen zu. Die Menge hinter ihr schwoll rasch an, und als sie im Wagen saß, hatte sich schon eine solche Schar Neugieriger darum versammelt, daß es dem Kutscher nur mit Mühe gelang, die Pferde dazwischen hindurchzulenken. Schließlich gab er ihnen mit einem Fluch die Peitsche, und die Menge stob auseinander. »Mörderin«, hörte sie noch einmal.

»Was wollen Sie von mir?« fragte sie die beiden Polizisten, die hinten im Wagenschlag mit ihr Platz genommen hatten. Der dritte saß vorne beim Kutscher.
»Wir möchten gerne wissen, wo Ihr kleiner Sohn ist.«
»Camille?« entfuhr es ihr. »Ist ihm etwas geschehen?«
Die beiden Männer schauten sie verständnislos an. Plötzlich beugte einer der beiden sich vor und gab ihr eine schallende Ohrfeige. Der andere riß ihn zurück. Marie schossen Tränen in die Augen. »Was fällt Ihnen ein … was wollen Sie von mir …«
»Thermann, Schluß jetzt«, sagte der ältere Polizist. Der Angesprochene starrte die Frau feindselig an. Sie kauerte sich furchtsam gegen die Wand der Kutsche und blickte hilfesuchend in das Gesicht des älteren Polizisten. Aber der schaute sie nur ernst an und sagte:
»Frau Lazès, Sie haben einen kleinen Sohn, Camille, nicht wahr?«
Marie nickte.
»Würden Sie uns bitte sagen, wo er sich gegenwärtig befindet?«
»Red schon, Metze«, schrie der andere.
Marie zuckte zusammen.
»In Lariboisière!« rief sie schnell und duckte sich. Aber der ältere Polizist wies seinen Kollegen jetzt scharf zurecht.
»In Lariboisière«, sagte er dann. »Soso. Und wann haben Sie ihn dorthin gebracht?«
»Was ist mit ihm? Ich flehe Sie an. Was ist mit meinem Kind? Ist ihm etwas geschehen? So sagen Sie doch endlich etwas.«
Der Mann, der Thermann hieß, hatte offensichtlich Mühe, sich zu beherrschen. Er schnaufte laut und rutschte auf seiner Bank hin und her.
»Im Fluß ist es, du Rabenmutter, ersoffen wie ein Vieh, du Miststück …«

An das, was dann geschah, erinnerte sie sich nicht mehr. Einige Sekunden lang war ihr, als sei ihr Herz stehengeblieben. Danach war alles schwarz, dunkel, unklar. Sie war auf den Mann losgegangen, und der hatte nur darauf gewartet. Als sie wieder zu sich kam, waren ihre Hände gebunden. Ihr Kopf schien zu zerplatzen. Thermann war nicht mehr im Wagen, sondern saß jetzt vorne beim Kutscher. Ein anderer Polizist saß jetzt neben dem Älteren. Keiner sprach ein Wort. Der Wagen rumpelte durch eine Toreinfahrt und kam in einem geräumigen Hof zum Stehen. Ohne weitere Verzögerung führte man sie auf ein flaches Gebäude zu. Zu ihrer Rechten sah sie in der Ferne die Rückseite von Notre Dame aufragen. Sie stolperte zwischen den zwei Polizisten durch einen dunklen Gang. Der, der sie geschlagen hatte, war Gott sei Dank nicht dabei. Sie gingen an ein paar geschlossenen Türen vorbei, passierten dann ein, zwei offene Torbögen, die zu einer Halle zu führen schienen. Im Vorbeigehen sah sie einige Steinplatten darin und dahinter eine große Glaswand, hinter der Menschen standen, die auf die Steinplatten schauten. Das Geräusch von fließendem Wasser drang an ihr Ohr. Großer Gott. Sie war in der Morgue! Ihr Magen krampfte sich zusammen. Was hatte sie hier verloren? Was wollten die Polizisten von ihr? Sie hielten vor einer Tür an. Der ältere Polizist klopfte. Ein Mann in einer braunen Lederschürze öffnete. Ein stechender, fauliger Geruch stieg ihr in die Nase. Ihr Kopf schmerzte, und alle Geräusche um sie herum nahm sie nur wie durch ein fernes Rauschen wahr. Der Mann trat zur Seite und ließ die beiden Männer mit ihrer Gefangenen eintreten. Ohne ein weiteres Wort führten sie die Frau durch den Raum an einer Reihe von Tischen entlang. Manche waren leer. Auf anderen lag etwas unter einer Plane. Der Gestank war unerträglich. Marie würgte und rang nach Luft. Dann hielten sie an. Auf dem Tisch vor ihr lag auch etwas unter einem Tuch.

Etwas Kleines. Noch bevor das Tuch zurückgeschlagen wurde, begann sie am ganzen Körper zu zittern. Ihre Beine wurden weich, ihr Unterleib bebte, und sie spürte, wie eine warme Flüssigkeit ihre Beine hinabfloß. Gleich würde sie erwachen. Gleich wäre dieser Alptraum vorbei. Als die Decke zurückflog, da war es, als ob sie ein Stromstoß schüttelte. Sie warf den Kopf zurück, aber die Polizisten zwangen sie, hinzuschauen. Der Schrei, den sie jetzt ausstieß, war hell und kurz, atemlos. Sie bekam keine Luft. Dann waren da Stimmen, die sie nicht verstand. »... Lazès ... Ihr Kind? ... antworten Sie.« Sie wollte etwas sagen. Aber sie konnte nicht. Die Stimmen kamen wieder, vermischten sich mit dem Rauschen in ihrem Ohr. Woher kam nur dieses Rauschen? Von der Seine, die draußen vorbeifloß. Warum war Camille so bleich? Warum lag er da, so gekrümmt? Was bei allen Heiligen war mit seinem Gesicht? »... Ihr Kind ... antworten Sie doch endlich ...« Sie schaute auf und fand die Augen des Mannes mit der braunen Schürze, der sie neugierig betrachtete. Dann begann alles einen seltsamen, metallischen Klang anzunehmen. Sie hörte sich »Camille« sagen, aber auch dieses Wort hallte in ihr nach, endlos, an Stärke zunehmend, bis es vom Rauschen der Seine nicht mehr zu unterscheiden war.

Dann saß sie auf einem Stuhl in einem Zimmer, das sie noch nie gesehen hatte. Die Tische waren verschwunden. Der Mann mit der braunen Schürze war auch nicht mehr da. Statt dessen fand sie sich einem Uniformierten gegenüber, der ihr immer wieder die gleichen Fragen stellte. Er hieß Morsini, Inspektor Morsini, denn so rief ihn ein anderer Beamter, der manchmal hereinkam, um ihn nach draußen zu bitten.

Marie hatte immer wieder beteuert, sie habe Camille in der Wäscherei des Krankenhauses abgegeben. Welches Krankenhaus? Lariboisière. Wann? Am Sonntag. Um welche Tageszeit? Nachts. Vor Mitternacht. Warum sie nicht an der Pforte geklopft habe? Das habe sie, aber niemand habe ihr geantwortet. Warum sie nicht bis zum nächsten Morgen gewartet habe? Weil das Kind so sterbenskrank schien, wie sie es noch nicht erlebt hatte. Aber sie sei doch mittags schon einmal im Krankenhaus gewesen. Man habe sie dort herumirren sehen. Stimme das vielleicht nicht? Doch. Das stimme schon. Aber sie sei wieder weggegangen, ohne das Kind in ärztliche Obhut zu geben. Warum sie das getan habe? Weil sich niemand darum kümmern wollte. Mit wem hatte sie gesprochen? Mit einer Pflegerin. Warum hatte sie ihr das Kind nicht gegeben? Weil es dort so entsetzlich war. Weil sie gesehen hatte, wie man dort mit den Kranken umging. Weil sie ihr Kind nicht in solch einer verwünschten Hölle zurücklassen wollte. Weil sie mit keinem Arzt sprechen durfte, sondern nur mit diesen furchtbaren Schwestern, die ihr angst machten. Warum hatte sie es sich dann am Abend anders überlegt und das Kind doch ins Krankenhaus gebracht? Weil es so furchtbar geschrien hat und sie ganz irre machte. Und warum hatte sie sich zwei Tage lang überhaupt nicht nach dem Kind erkundigt? Weil sie so erschöpft war von der Arbeit. Weil sie das Schreien nicht mehr hatte ertragen können. Am Mittwoch wäre sie doch hingegangen, hatte schon einen Korb vorbereitet mit Obstbrei und Milch. Der sei noch bei ihr zu Hause. Sie sollten nur nachsehen gehen.

Wie sie in die Wäscherei gelangt sei? Sie wäre um das Krankenhaus herumgelaufen, um zu schauen, ob nicht irgendwo eine Tür offen war. Da habe sie im hinteren Teil des Gebäudes Licht gesehen. Sie sei eine Treppe hinaufgestiegen und plötzlich in der Wäscherei gestanden. Eine Frau sei auf sie zugekommen und habe gefragt, was sie hier zu suchen habe. Da habe sie ihr Camille gezeigt und sie angefleht, das Kind doch einem Arzt zu bringen. Ob sie sich gemerkt habe, wie diese Frau hieß? Nein, sie habe sie nicht gefragt. Ob sie sonst je-

manden gesehen habe? Das wisse sie nicht. Ob sie jemand auf dem Nachhauseweg gesehen habe? Auch das wisse sie nicht. Ob sie überhaupt irgend etwas wisse? Dann war es geschehen. Die Fragen machten sie irre. Sie war auf ihn losgestürzt, hatte dabei den Tisch fast umgeworfen und ein solches Geheul ausgestoßen, daß man sie in eine Zelle bringen mußte und auf einer Pritsche festband. Dort fiel sie in Erstarrung und brachte kein Wort mehr heraus, auch nicht, als man ihr sagte, die Nachtschwestern hätten keine Ahnung von irgendeinem Kind, das man in der Wäscherei abgegeben habe, und sie solle endlich mit der Sprache herausrücken, bevor man sie in die Conciergerie brächte. Sie hatte geschwiegen, als man sie unsanft in den Gefängniswagen stieß. Sie konnte zunächst nichts sehen, da diese Transportkutschen über keine Fenster verfügten. Nur oben auf dem Dach ließ eine vergitterte Luke Frischluft und tagsüber auch Licht in das Wageninnere hinein. Erst als die Wachmänner hinzukamen und eine Laterne mit sich führten, sah sie, daß sie nicht allein ins Depot gefahren wurde. Mit ihr im Wagen saßen neben den zwei Wachen fünf Studenten, die wegen der anläßlich der Weltausstellung plötzlich ums Doppelte gestiegenen Zimmerpreise im Quartier Latin randaliert und Scheiben eingeworfen hatten. Die jungen Männer beachteten die schweigend dasitzende Frau nicht, sondern redeten erregt auf die beiden Wachmänner ein, die lange nichts sagten, und dann nur: »Haltet euer dreckiges Maul«, worauf die jungen Herren verstummten.
Im Depot angekommen, verzog sie keine Miene, während ein Wärter sie durchsuchte. Man zog ihr die Schuhe aus. Sie hatte stumm den Kopf gesenkt, als man sie nach ihrem Namen fragte, kommentarlos weggeschaut, als der Uniformierte einfach die Angaben auf dem Einweisungsschein in die Empfangsmeldung übertrug, und ohne ein Wort der Erwiderung zugeschaut, wie der Beamte für sie unterzeichnete: Unterschrift

verweigert. Im Auftrag unterschrieben. Préfecture de Paris, 26. März 1867.

III.

»Und was zum Teufel hatten Sie in diesem gottverlassenen Winkel von Paris zu suchen?«
Antoine rieb sich den Kopf und betrachtete den Polizisten vor sich.
»Hören Sie zu, ich hatte keine Ahnung. Ich war eingeladen, nichts weiter.«
»Ach ja? Pflegen Sie des öfteren Einladungen zur Besichtigung von Müllgruben in Vorstädten anzunehmen?«
»Ich dachte, es ging um irgendein Varieté.«
»In Belleville?«
»Was ist mit Herrn Sykes?«
Antoine fröstelte, nicht nur, weil sein Anzug noch durchnäßt war. Als er in dem Graben wieder zu sich gekommen war, hatte man Nicholas schon abtransportiert. Die Portugiesen und die Schweizer wurden soeben den Pfad hinauf zur Straße geleitet, und zwei Polizisten waren damit beschäftigt, die toten Hunde auf die Schubkarre zu laden, auf der zuvor die Ziege befördert worden war. Antoine fand sich, in eine Decke gehüllt, unter zwei Regenschirmen wieder. Eine Lampe blendete ihn, und als sie weggezogen wurde, erkannte er undeutlich die Gesichter dreier Polizisten.
»Können Sie aufstehen?« wurde er gefragt. Er konnte. Doch kaum hatte er sich aufgerappelt, fühlte er einen dumpfen Schmerz im Magen und erbrach sich.
Er erbrach sich noch zweimal, bis er das Polizeirevier erreicht hatte. Die Portugiesen und die Schweizer schauten nicht einmal auf, als er das Wartezimmer betrat. Sie waren alle übel zu-

gerichtet. Ihre weißen Kragen waren teilweise blutverschmiert, ihre Gesichter bleich, ihre Kleider durchnäßt und von oben bis unten schmutzig. Nach einer Weile hatte der Portugiese zu reden begonnen und erzählt, was sich während Antoines Bewußtlosigkeit ereignet hatte. Den Hundebesitzer habe man gefaßt, sein Kollege sei entkommen. Von der Bande, die den Überfall gemacht hatte, fehle jede Spur. Der Junge habe Antoine erstechen wollen, weil dieser sein Gesicht gesehen habe, doch die anderen wollten es nicht zulassen. Darüber sei der Junge so in Rage geraten, daß es ein Handgemenge gegeben habe. Die anderen Männer hätten den Jungen überwältigt, ihm sein Messer entwunden und ihm einige Ohrfeigen gegeben. Dann sei ein Pfiff ertönt, und blitzartig seien die Halunken in Richtung der Müllgrube verschwunden. Irgend jemand habe wohl die Polizei gerufen, denn augenblicklich habe man Stiefelknirschen und Hundegebell gehört. Der Hundebesitzer habe noch versucht, wegzulaufen, sei jedoch schnell eingeholt und verhaftet worden.
»Der Herr, den wir außer Ihnen am Boden liegend fanden, ist ins Krankenhaus Lariboisière gebracht worden«, sagte der Polizist sachlich. »Er war noch bewußtlos, als wir ihn dort ablieferten. Aber machen Sie sich keine Sorgen, er wird dort versorgt.«
Antoine registrierte den Namen des Hospitals. Er würde umgehend dorthin gehen müssen.
»Sykes, sagten Sie? Sie sind mit dem Herrn also bekannt? Sykes … und weiter?«
»Nicholas«, sagte Antoine. »Nicholas Sykes. 104, Rue de Grenelle. Leitender Ingenieur von Beechham & Stark, London. Kann ich bitte sofort zu ihm?«
Der Polizist zuckte mit den Schultern.
»Sicher. Aber erst, wenn wir hier fertig sind. Angehörige?«
Die Befragung war endlos. Antoine musterte die Polizeistube,

die mit gelber Ölfarbe gestrichenen Wände, die Aktenschränke mit dem Bildnis des Kaisers darüber, die beiden Holzbänke an der Wand, den viel zu kleinen Tisch, an dem er saß und auf dem sich in braunen Karton gebundene Akten stapelten. Der Polizist schrieb nach jeder Frage sorgfältig Antoines Antwort auf, verzeichnete seinen Namen, Beruf, Geburtsdatum und Adresse, befragte den Anwalt, ob ihm etwas gestohlen worden sei, was dieser verneinte, nahm dann ein neues Blatt und notierte die Beschreibung des Jungen und die vagen Angaben zum Erscheinungsbild der vier maskierten Räuber. Dann nahm er noch ein Blatt und ließ sich genau den Verlauf des Abends schildern, von ihrem Eintreffen im *Girofle* bis zum Überfall.

»Sie wissen, daß diese Art Vergnügung verboten ist?« fragte der Polizist abschließend.

Antoine schüttelte den Kopf.

»Wie haben Sie von dem Ausflug erfahren?«

»Wie ich schon sagte, ich war eingeladen.«

»Von wem?«

»Von Herrn Sykes.«

»Und wie wußte er davon?«

»Ich weiß es nicht. Wahrscheinlich wie die anderen Touristen in der Stadt. Ich bin sicher, er hatte keine Ahnung, daß er etwas Verbotenes tat. Es sollte eine Überraschung sein.«

»Eine Überraschung. Das ist es wohl geworden. Da es sich bei den anderen Beteiligten um Ausländer handelt und Sie angeblich nichts von der Sache wußten, will ich von einer Anzeige absehen.«

Antoine wollte etwas erwidern, besann sich jedoch eines Besseren.

»Ich danke Ihnen.«

»Danken Sie dem lieben Gott.«

Antoine erhob sich.

»Könnte ich eine Kopie Ihres Berichtes bekommen?«
»Eigentlich ist das nicht vorgesehen. Sie müssen einen schriftlichen Antrag stellen und die Gebühr für den Gerichtsschreiber entrichten. Soll ich Ihnen einen Wagen kommen lassen?«
»Das wäre sehr freundlich.«
Der Polizist nickte.
»Nehmen Sie es mir nicht übel, aber im Grunde haben Sie es sich selber zuzuschreiben, was hier passiert ist. So ein Leichtsinn.«
»Sie haben völlig recht«, pflichtete Antoine ihm bei. »Es tut mir sehr leid.«
»Wir kennen diese Bande«, fuhr der Polizist nun fort. Sein Gesichtsausdruck nahm versöhnlichere Züge an. »Sie treiben sich in den Carrières d'Amérique herum, aber wir haben sie noch nicht erwischt. Alles Deutsche. Ein widerliches Gesindel. Und brutal. Sind Sie sicher, daß Ihnen nichts gestohlen wurde? Uhr? Portemonnaie?«
Antoine durchsuchte seine Taschen und schüttelte dann den Kopf.
»Nein. Ich denke, sie wurden überrascht. Ich danke Ihnen wirklich sehr.«
»Eine Uhr ist ein schönes Beweisstück«, sagte der Polizist enttäuscht. »Aber ich wollte ja nach einer Droschke schicken lassen.«
»Lariboisière, sagten Sie?«
Der Mann nickte.
»Dann lassen Sie das mit der Droschke. Ich muß sofort ins Krankenhaus.«
Es lag nur zehn Wegminuten von der Polizeistation entfernt. Antoine fröstelte, sein Kopf schmerzte, und es war ihm noch immer leicht übel, aber am meisten plagten ihn die Sorge um Nicholas und ein schlechtes Gewissen. Wie hatte er nur nach Belleville mitgehen können?

Die Pforten des Krankenhauses waren geschlossen. Er klopfte energisch gegen die Holztüren, bekam jedoch keine Antwort. Er ging um das großflächige Areal herum und versuchte, einen Eingang oder einen Pförtner zu finden. Dann stand er wieder vor dem Hauptgebäude in der Rue Ambroise Paré und schaute ungeduldig und wütend die Fassade hinauf. Linker Hand bemerkte er einen Lichtschein hinter einem Fenster im zweiten Stock. Der dritte Kieselstein, den er hinaufwarf, traf, und das verschlafene Gesicht eines Wächters erschien im Fensterrahmen.

»Was ist denn los?«

»Machen Sie bitte sofort die Tür auf.«

»Um diese Zeit. Wozu? Was wollen Sie denn?«

»Ein Notfall. Los jetzt, machen Sie die Tür auf.«

Noch bevor der Mann das Fenster wieder geschlossen hatte, knirschte der Riegel. Die Tür schwang auf, und eine abgehärmte Schwester mit einer Laterne trat auf den Treppenabsatz.

»Was machen Sie denn hier für einen Lärm?«

»Mein Name ist Antoine Bertaut. Ich bin ein Angehöriger von Herrn Sykes, der vor ein oder zwei Stunden bei Ihnen eingeliefert worden ist. Ich muß ihn sehen.«

Sie musterte ihn mißtrauisch.

»Ich kann Sie jetzt nicht hereinlassen. Es gibt hier Vorschriften. Kommen Sie morgen wieder«, sagte sie gleichgültig.

Antoine war versucht, sie einfach beiseite zu stoßen, aber als er hinter ihr Schritte in der Vorhalle vernahm, besann er sich eines Besseren.

»Entschuldigen Sie die Störung«, sagte er mit übertriebener Freundlichkeit. »Dürfte ich erfahren, wann die Besuchszeiten sind?«

»Nachmittags von drei bis fünf Uhr. In Ausnahmefällen wenden Sie sich bitte an die Verwaltung. Gute Nacht.«

Sie drehte sich um. Die Tür fiel ins Schloß.
Als Antoine zum Kommissariat zurückkehrte, waren die letzten Verhöre bereits abgeschlossen. Zwei Droschken waren vorgefahren und brachten die Portugiesen zur Place Vendôme und Antoine und die beiden Schweizer zur Place St. Michel. Von den beiden erfuhr er, daß die Räuber tatsächlich alle deutsch gesprochen hatten. Sie hatten sich mit Spitznamen gerufen wie Schwalbe, Fuchs, Rabe und dergleichen. Nur den Jungen nannten sie einfach Johann. Sie bedauerten Antoine, daß es seinen Freund so unglücklich erwischt hatte, beglückwünschten ihn jedoch dazu, daß ihn selber nicht ein noch übleres Schicksal ereilt hatte. Der Junge, so sagten sie übereinstimmend, sei fest entschlossen gewesen, ihn zu erstechen.
»Können Sie sich vorstellen, die wollten nicht nur unser Geld, sondern waren auch hinter den Ratten her«, sagte einer der beiden und schüttelte fassungslos den Kopf.
»Wenn Sie nicht gestört worden wären, hätten sie sicher auch noch die Hunde mitgenommen«, fügte der andere hinzu.
»Anscheinend gibt es Kunden dafür, sonst hätten die beiden ja keine Säcke dabeigehabt, um die toten Ratten einzusammeln. Unglaublich!«
Antoine verspürte keine Lust darauf, das Gespräch fortzusetzen, und er befahl dem Kutscher, anzuhalten. Da er als einziger seine Geldbörse gerettet hatte, bezahlte er für die Schweizer mit und verabschiedete sich dann höflich, aber rasch. Er ging noch ein paar Schritte hinter der davonfahrenden Kutsche her und folgte dann dem linken Seine-Ufer, entlang dem Quai des Grands Augustins. Um ihn herum war es totenstill. Der sternlose Nachthimmel hing wie ein Abgrund über ihm. Zu seiner Rechten rauschte teilnahmslos der Fluß und wälzte sich auf die Solferinobrücke zu. Die Abzweigung zur Rue Bonaparte hatte er längst passiert, doch schien es ihm unmöglich, innezuhalten, nach Hause zu gehen, stumm in seinem

Bett zu liegen und die Decke anzustarren. Irgendwann gelangte er vor Nicholas' Haus in der Rue de Grenelle. Er stand dort eine Weile und blickte die lichtlose Fassade hinauf auf die Fenster der Wohnung seines Freundes. Er wußte genau, wie es dahinter aussah. Wenn er die Augen schloß, sah er die drei großen Zimmer vor sich, die von Plänen und Zeichnungen überquellenden Tische, das englische Teeservice, die achtlos auf das Kanapee hingeworfene, völlig zerlesene *Times,* das Holzmodell des unterirdischen Aquariums im stets peinlich aufgeräumten Schlafzimmer. Er würde am nächsten Tag zu Beechham & Stark gehen müssen, um sie über das Unglück zu informieren.

Als er schließlich in die Rue Bonaparte einbog, sah er in der Ferne im Morgendunst den Schein einiger Laternen auf sich zukommen. Bald darauf vernahm er auch schon das Geräusch von Besen auf dem Pflaster. Er blieb stehen und betrachtete die langsam auf ihn zukommende Gruppe von Straßenfegern. Als sie vorüber waren, sah er hinter ihnen zwei weitere Laternen, die einen hellen Schimmer auf das Pflaster warfen. Die Gestalten mit ihren Laternen bewegten sich langsamer, bedächtiger. Sie hielten öfter an, begleitet von einem kratzenden, dumpf klingenden Geräusch. Als die beiden Lumpensammler herangekommen waren, hielten sie inne und warfen ihm einen fragenden Blick zu. Dann hielten sie die Hand auf. Antoine sah sie an, musterte ihren phantastischen Aufzug, ihre aus allen erdenklichen Abfällen zusammengesetzte Kleidung, die Laternen, die Stöcke mit den großen Haken am Ende, mit denen sie in den Abfallhaufen herumstocherten, die die Straßenfeger im Rinnstein zurückgelassen hatten.

Als Antoine nicht reagierte, kamen sie näher und baten erneut um ein Almosen. Antoine zog eine Münze aus der Tasche und hielt sie dem Größeren der beiden hin. Der schaute ungläubig auf die Münze und trat näher heran. Der Gestank, den

die auf dem Rücken des Mannes aufragende Kiepe verströmte, war unerträglich, doch Antoine verzog keine Miene. Als er ganz herangekommen war, legte Antoine ihm mit der Rechten die Münze in die Handfläche und schloß sie ihm mit der Linken. Der Lumpensammler wollte seine Hand zurückziehen, doch Antoine hielt sie fest.
»Johann«, sagte er leise zu ihm, bemüht, einfachstes Französisch zu sprechen. »Johann, un gosse allemand. Deutsch. Tu connais?«
Der Mann schüttelte den Kopf und entwand seine Hand erschrocken dem Griff des Fremden. Antoine rührte sich nicht. Er griff in die Innentasche seiner Weste, holte eine Visitenkarte und eine Banknote hervor und hielt sie dem ängstlich zurückgewichenen Lumpensammler hin.
»Johann«, sagte er erneut. »Allemand, jeune, comme lui.« Er deutete auf den Jungen hinter dem zerlumpten Mann, der eine kleinere Laterne und einen Stock mit einem kleineren Haken bei sich trug. Antoine ließ zweimal seine fünf Finger vor dem Gesicht des Älteren hin und her wandern, um ihm klarzumachen, welche Summe er für die Information zu zahlen bereit war. Dann trat er einen Schritt auf ihn zu und reichte ihm den Geldschein.
Damit ließ er sie stehen und setzte seinen Weg fort, ohne sich noch einmal umzusehen.

IV. Kapitel

I. Heft, 8. Juli 1992

Ich sah sie sofort, nachdem ich das Hoftor passiert hatte. Sie saß auf ihrem Platz hinter dem zweiten Fenster.
Ich richtete mich im großen Lesesaal ein, ließ mir an der Leihstelle den Karton mit den Photographien geben und legte meine Sachen auf einem der langen Arbeitstische ab. Eine Weile lang zögerte ich noch. Sollte ich einfach so zu ihr hingehen und sie fragen, ob sie die drei Bücher über Napoleon ein paar Tage entbehren konnte? Schließlich nahm ich allen Mut zusammen, griff nach meinen Leihscheinen, erhob mich und ging in den Kartentischbereich hinüber.
Sie saß dort wie schon am Tag zuvor, völlig in ihre Arbeit versunken. Was immer sie dort las oder erforschte, schien ihre Aufmerksamkeit vollständig zu fesseln. Ich hatte die letzten sechs Monate in Pariser Archiven und Bibliotheken verbracht und viele Menschen beim Lesen beobachtet. Aber die Art und Weise, wie diese Frau las und schrieb, hatte eine sonderbare Intensität. Ich blieb stehen und wartete, ob sie vielleicht einmal aufsehen würde. Aber sie schrieb unbeirrt weiter. Als sie schließlich eine Seite in dem großen Zeitungsfolianten umblätterte, setzte sie nicht einmal den Füller ab. Ich ging auf sie zu.
»Excusez-moi, Madame …«
Sie hob den Kopf und schaute mich an.
»Oui.«
Sie erkannte mich offensichtlich nicht gleich wieder. Ihr Blick maß mich zunächst verwundert, so schien mir, wurde jedoch sogleich abwehrend. Bevor sie noch etwas erwidern konnte, sagte ich schnell:

»Entschuldigen Sie bitte, daß ich Sie störe. Sie haben drei Bücher entliehen, die ich gestern bestellen wollte.« Ich legte die Leihscheine vor ihr hin. »Ich weiß, es gehört sich eigentlich nicht, aber ich bin nur für kurze Zeit hier in Paris, und es würde mir sehr helfen, wenn ich sie für ein oder zwei Tage benutzen dürfte, vorausgesetzt natürlich, daß Sie nicht gerade damit arbeiten.«

Sie legte den Füller hin und lehnte sich zurück.

»Pardon?« fragte sie.

Ich versuchte zu lächeln, aber plötzlich wurde mir bewußt, was ich gerade getan hatte. Ich hatte eine wildfremde Frau um einen etwas intimen Gefallen gebeten. Ich wollte ihre Bücher. Aber jetzt, da ich ihr Gesicht wiedersah, wußte ich auch, daß dies nur ein Teil meines Anliegens war. Offenbar sah sie es auch. Ich hatte ihr Gesicht den ganzen Abend vor mir gesehen, mich gefragt, wer sie wohl war, was sie hier tat. Sie studierte die gleiche Epoche wie ich. Also hatten wir etwas gemeinsam. Ich hatte lange genug an sie gedacht, um kurz zu vergessen, daß wir Fremde waren. Ihr Gesichtsausdruck rief mir das sogleich in Erinnerung. Ich bemerkte, daß ich wieder rot wurde.

»Ich habe gestern die Signaturnummern auf den Buchrücken hier gesehen«, fuhr ich verunsichert fort und deutete auf die Buchreihe vor ihr auf dem Tisch. »... ich dachte nur, vielleicht brauchen Sie die Bände nicht so dringend.«

Ihr Blick wurde noch abweisender. Sie griff nach den Leihscheinen, verglich die Nummern mit den Signaturen auf den Buchrücken und zog die drei Bände aus der Reihe. Sie betrachtete prüfend die Deckblätter, legte die Bücher dann aufeinander und schob sie vor mich hin.

»Bitte«, sagte sie.

Das war alles.

Ich stand da, schaute auf sie herab, aber sie griff einfach nach

ihrem Füller und suchte wieder eine Textstelle in dem Folianten vor ihr.
»Danke«, sagte ich rasch und nahm die Bände unter den Arm. Ich wollte noch hinzufügen, auf welchem Platz im Lesesaal ich saß, falls sie die Bücher doch brauchen sollte, aber sie betrachtete die unwillkommene Störung wohl als beendet und schrieb schon wieder. Ich ging in die Haupthalle zurück, drehte mich noch einmal kurz um, bevor ich in den Lesesaal abbog, sah jedoch nur wieder das gleiche Bild: ihren gesenkten Kopf, die über das Papier gleitende, schreibende Hand, völlige Versunkenheit.

Ich ging an meinen Platz und schaffte es in der ersten Stunde immerhin, drei Seiten zu lesen. Es sind ihre Bücher, dachte ich anfänglich bei jedem Satz. Das war natürlich Unsinn. Aber es lenkte mich trotzdem ab, das Bewußtsein, daß sie in diesen Seiten gelesen, sich vielleicht Hunderte von Notizen gemacht hatte. Ich schrieb zunächst überhaupt nichts auf. Wie sollte ich nur einen Überblick über das Zweite Kaiserreich bekommen? Schon im Einleitungskapitel zog eine Myriade von Figuren an mir vorüber, deren Namen mir nicht viel sagten und die ich zunächst nicht behalten konnte. Ebenso erging es mir mit den politischen Parteien und Gruppierungen, mit denen ich noch weniger anzufangen wußte.
Was sie wohl daran interessieren mochte?
Mein Geschichtsbild, ich will es gerne zugeben, ähnelt einem Schrank mit ein paar Dutzend Türen und Jahreszahlen darauf, die den Anfang und das Ende von irgend etwas markieren, irgendeine Zeit oder Epoche. 1789-1815: Revolution und Restauration.1815-1848: Vormärz. 1852-1870: Zweites Kaiserreich. Hinter diesen Türen sieht es aus wie in einer unaufgeräumten Schublade, in der auch noch teilweise der Boden durchgebrochen ist, was einen Blick auf das meist noch größe-

re Durcheinander in der Schublade darunter gestattet. Ich verfluchte Heinrich innerlich, daß er mir dieses Kapitel über die politischen Hintergründe abverlangt hatte.
Da ich ja irgendwo anfangen mußte, versuchte ich, mir ein Bild von Napoleon III. zu machen. Das Kind sei bei der Geburt so schwach gewesen, daß man es in Wein badete und in Baumwolltücher einwickelte, um es überhaupt am Leben zu erhalten. Louis Napoleon. Geboren am 20. April 1808. Die Mutter, Hortense Beauharnais, hatte auf eine Tochter gehofft, so daß das Kind geraume Zeit als Mädchen gekleidet und behandelt wurde. Hortense war blond, hübsch, sehr lustig und gesellig. Nur ihre Zähne waren häßlich, ein Erbe der Mutter, Josephine de Tascher, seit 1796 in zweiter Ehe mit Napoleon Bonaparte vermählt. Der Vater, Louis, Bruder von Napoleon Bonaparte, galt als ein schwieriger Charakter, war mürrisch und verschlossen, mißtrauisch, sah überall Gespenster. Die Ehe, die keiner der beiden wollte, wurde vermutlich von Josephine eingefädelt. Eine Zweckheirat zur Verbindung der beiden Familien.
Vor Louis Napoleon waren noch zwei Söhne geboren worden. Charles stirbt schon im Alter von fünf Jahren. Der andere Bruder, Napoleon Louis, wird nur siebenundzwanzig Jahre alt. Der Vater, Louis, hatte noch einen unehelichen Sohn, den späteren Herzog von Morny, Halbbruder Napoleons III., der im Zweiten Kaiserreich eine wichtige Rolle beim Staatsstreich spielen sollte. Hier fing es schon an. Warum hießen die auch alle gleich? Louis Napoleon ≠ Napoleon Louis, notierte ich.
Die Kindheit ist unruhig. Nach dem endgültigen Zusammenbruch des Ersten Kaiserreiches und der Verbannung Napoleon Bonapartes nach St. Helena flieht Hortense erst nach Genf, dann nach Konstanz. Als Angehörige des verhaßten Bonaparte-Geschlechtes muß sie auf Druck Metternichs Baden verlassen und läßt sich 1816 auf Schloß Arenenberg im Thurgau

nieder. Louis, ihr Gatte, lebt in Italien. Man trifft sich bei Badekuren in Livorno und streitet über die richtige Erziehung der Söhne.
Louis Napoleon besucht das Gymnasium in Augsburg. Er ist sportlich. Reiten, Fechten und Jagen betreibt er mit Begeisterung. In der Schule tut sich der Prinz nicht hervor, ist eher faul. Seinen Onkel Napoleon Bonaparte verehrt er kultisch. Als 1821 die Nachricht von dessen Tod aus St. Helena eintrifft, veranlaßt Hortense, daß der Prinz Trauerkleidung anlegt. Madame Cornu, eine Jugendfreundin, berichtet, daß schon der Zwölfjährige von dem Gedanken besessen war, das Erbe des Onkels anzutreten. Sie verhöhnt ihn wegen seiner verstiegenen Kaiserträume. Seine Augen blitzen zornig auf, doch er beherrscht sich, lockt sie an eine entlegene Stelle im Park von Schloß Arenenberg, fällt über sie her, dreht ihr beide Arme auf den Rücken und schreit sie mit vor Wut heiserer Stimme an, sie solle widerrufen, was sie gesagt habe, sonst würde er ihr den Arm brechen.
Er besucht die Artillerieschule in Thun, um dem Onkel nachzueifern. Das schöne Kind entwickelt sich zu einem unschönen Erwachsenen. Der Oberkörper schießt in die Länge, die Beine bleiben kurz, das Becken wird breit. Auch im Gesicht werden die Züge unvorteilhaft, die Nase übermäßig groß, die Hautfarbe fahl und gelblich.
Er lernt seine Cousine Prinzessin Mathilde kennen und verliebt sich in sie. Mehrmals würde er später eine Heirat mit ihr erwägen, zu der es nie kommt. Sie findet ihn verstockt, rätselhaft und schreibt über ihn: Hätte ich ihn geheiratet, so hätte ich wahrscheinlich seinen Kopf aufgeschlagen, um zu schauen, was sich darin befindet.
Während der Aufenthalte in Italien kommt es zu Kontakten mit der italienischen Freiheitsbewegung. Heimlich sind der Prinz und sein Bruder zum Entsetzen der Eltern Mitglied der

Carbonari geworden, der italienischen Guerillabewegung zur Befreiung Italiens von jeglicher Fremdherrschaft. Wer ihr beitrat, mußte bei seinem Leben schwören, sich für dieses Ziel einzusetzen. Orsinis Bomben, dreißig Jahre später, sollten ihm das in Erinnerung rufen.

Ich verbrachte Stunden mit den Facetten dieses Panoramas. Mit Glück entkommt er den österreichischen Truppen, die die Carbonari-Aufstände niederwerfen, und flieht mit Hortense nach Frankreich. Der Bruder kommt ums Leben, wurde entweder ermordet oder fiel den Masern zum Opfer.

Ich schrieb: Napoleon Louis, und malte ein Kreuz dahinter.

Der Bourbonenkönig Karl X. ist in der Julirevolution gestürzt worden, das Haus Orléans stellt mit Louis Philippe den neuen König. Trotz des Verbannungsdekretes gegen alle Bonapartes duldet man die Mutter, verlangt jedoch vom Sohn, daß er seinen Namen ablege. Als er sich weigert und zudem an einer bonapartistischen Demonstration in Paris teilnimmt, werden beide ausgewiesen. Sie reisen nach London, kehren bald wieder nach Frankreich zurück, werden nicht nach Paris durchgelassen und gelangen wieder nach Arenenberg. Im Folgejahr stirbt der Herzog von Reichstadt, der Sohn Napoleon Bonapartes, an den Folgen seiner jahrelangen Haft im Metternichschen Gefängnis. Louis Napoleon ist nun Alleinerbe der Bonaparte-Dynastie. Sein Bruder ist tot. Sein Vetter ist tot. Das gibt ihm den unerschütterlichen Glauben an seine Bestimmung. 1836 taucht er mit einer Handvoll Mitverschworener in Kaiseruniform in Straßburg auf, geht von Kaserne zu Kaserne, hält zündende Reden, um die Garnison Straßburg für sich zu gewinnen. Dann ist vorgesehen, die Stadt zu nehmen, eine provisorische Regierung einzusetzen und nach dem Vorbild der Hundert Tage gegen Paris zu marschieren. Beim Proben der Rede bemüht er sich nach Kräften, seinen deutschen Akzent zu verbergen, was ihm jedoch nicht gelingt. Die Sprache ist ihm fremd, wie auch das Land, das er nur als Kind, als Häftling und als Kaiser kennengelernt hat. Madame Cornu wird mit der Feststellung zitiert, Napoleon habe es verstanden, in allen fünf Sprachen, die er beherrschte, zu schweigen. Tatsächlich sprach er am besten Deutsch, und sein Französisch war nie ganz akzentfrei.

Der Straßburger Putschversuch gleicht einem Narrenstreich. Am Morgen marschieren die Verschwörer in vollem Militärornat in die Austerlitzkaserne vor das dort zum Morgenappell angetretene Regiment und verkünden die Revolution. Nach einiger Verblüffung und vereinzelten Rufen »Es lebe Napoleon!« teilt man das Regiment zur Besetzung der wichtigsten Stellen der Stadt auf und zieht mit einer kleinen Schar zum Divisionsgebäude. Der General dort widersetzt sich und wird gefangengenommen. Beim Versuch, die Infanterie in der Finckenmattkaserne in ähnlicher Weise für den Putsch zu gewinnen, kommt es zum Handgemenge mit loyalen Offizieren. Zweifel werden laut, ob der Prinz wirklich Napoleon sei. Jemand ruft, er sei nur ein verkleideter Hampelmann. Die Stimmung schwingt um. Der Kommandant erscheint mit einigen Offizieren und läßt die Verschwörer und die abtrünnigen Armeeangehörigen verhaften. Der Putsch ist zu Ende.

In Paris sieht man den Umsturzversuch als einen kindischen Streich. Doch die enorme Zugkraft des Namens Napoleon, der binnen kürzester Zeit ganze Truppenteile hinter sich gebracht hatte, macht besorgt. Man beschließt, die Angelegenheit herunterzuspielen. Der Prinz wird nach Paris gebracht, aus Hohn begnadigt und nach Amerika verbannt, eine Schmähung, die ihn lächerlich macht.

Der Aufenthalt in Amerika weitet seinen Horizont. Sein Versprechen, es zehn Jahre lang nicht zu verlassen, bricht er bereits im nächsten Jahr. Seine Mutter liegt im Sterben. In London verweigert man ihm die Pässe, doch mit falschen Papieren gelangt er noch vor Hortenses Tod nach Arenenberg. Am 5. Oktober 1837 stirbt Hortense in seinen Armen. In ihrem politischen Testament für ihren Sohn schreibt sie: Was man zum Überdruß sagt, wird schließlich geglaubt. In Frankreich fällt es nicht schwer, bei Gesprächen das Übergewicht zu erlangen, sobald man die Geschichte zum Zeugen anruft. Kein Mensch kennt sie, und jeder glaubt ihr. Man hat leichtes Spiel, sie nach Bedarf zurechtzumachen. Die Welt kann in der gleichen Schlinge zweimal gefangen werden.

Der Satz war markiert. Sie hatte einen dieser selbstklebenden Notizzettel auf dieser Seite vergessen. Ich starrte wie elektrisiert auf ihren Schriftzug. Ein kleiner Pfeil verwies auf die Stelle. Daneben ein Ausrufezeichen. Darunter ihre Handschrift. Die Welt kann in der gleichen Schlinge zweimal gefangen werden.

Ich ließ den Zettel, wo er war, hob ihn nur leicht an, um darunter weiterlesen zu können.

Frankreich übt Druck auf die Schweiz aus, Napoleon auszuweisen, zieht sogar Truppen zusammen. Der Prinz geht nach London. Gegen England wagt Louis Philippe nicht so aufzutreten wie gegen die Schweiz. In London hatten Gegner des jeweiligen französischen Regimes noch immer Zuflucht gefunden. Napoleon täuscht die Agenten, die ihn beschatten, und spiegelt ein Leben voller Vergnügungen vor. Keiner rechnet damit, daß er nach Frankreich zurückkehren will.

Was ich nun las, schien Heinrichs Urteil über den Satz von Karl Marx zu widerlegen. Die Geschichte wiederholte sich doch. Straßburg war eine Posse gewesen. 1840 folgte die Fortsetzung als Farce. Am 6. August landet gegen zwei Uhr morgens ein Boot mit einer Handvoll Bewaffneter am Strand vor Boulogne. Das Boot kehrt noch zweimal zu dem vor der Küste ankernden Dampfer zurück und bringt weitere Truppen. Der Prinz und seine Mitverschwörer marschieren nach Bou-

logne hinein, um Frankreich zu erobern. Sie betreten den Kasernenhof des 42. Infanterieregiments. Hochrufe ertönen. Der Leutnant läßt das Regiment antreten. Napoleon hält eine flammende Rede. Der Hauptmann des Regiments eilt herbei, läßt den König hochleben und bedroht Napoleon mit dem Säbel. Napoleon feuert seine Pistole ab und zerschmettert mit dem Schuß die Kinnbacken eines Grenadiers. Es kommt zum Handgemenge. Die Verschwörer flüchten zum Strand. Das Schiff ist verschwunden. Sie stürzen in ein Boot, das in der allgemeinen Panik kentert. Die Nationalgarde schießt vom Strand aus auf die Köpfe der im Wasser treibenden Putschisten. Viele gehen getroffen unter. Ein Matrose schleppt den unverletzten Napoleon ans Ufer, und er wird mit den anderen Überlebenden gefangengesetzt. Der zweite Putsch ist zu Ende. Ab Oktober 1840 sitzt der zukünftige französische Kaiser auf ewig, wie es im Urteil heißt, in Festungshaft auf Schloß Ham, einem Steinsarg. Er beschäftigt sich mit sozialistischen Schriften, liest Fourier und Saint-Simon. In seinem Kopf entsteht das merkwürdige Substrat eines populistischen Sozialismus unter einer starken, zentralen Führung, eine Art demokratisches Kaisertum, niedergelegt in der Schrift »Von der Ausmerzung des Pauperismus«. Nebenher beschäftigt er sich mit wissenschaftlichen Fragen wie der Herstellung von Pflanzenfett. Fortschritte von Wissenschaft und Technik, so schreibt er, werden das goldene Zeitalter heraufführen. Die sechs Haftjahre in Ham bezeichnet er später als Universität.
Während Umbauarbeiten gelingt ihm 1846, als Bauarbeiter verkleidet, die Flucht. Er ist wieder in London, zunächst völlig mittellos. Im gleichen Jahr stirbt sein Vater in Livorno. Er darf zwar nicht zu dessen Begräbnis reisen, aber die Erbschaft löst seine wirtschaftlichen Probleme. Er nimmt am Salonleben teil und wartet auf seine nächste Chance. Im Februar 1848 ist es soweit. Das besitzlose Proletariat liefert sich in Paris Stra-

ßenschlachten mit der Polizei. Im Bürgertum geht die Angst vor der roten Gefahr um. Louis Philippe versucht im letzten Augenblick durch ein Bündnis mit den liberalen Kräften um Thiers, die Regierung zu retten. Die Sozialisten fordern unnachgiebig die Abdankung des Königs, der fliehen muß. Um einer sozialistischen Revolution die Stoßkraft zu nehmen, werden im April allgemeine und gleiche Wahlen ausgeschrieben. Das Ergebnis zeigt, daß die Pariser Revolutionsstimmung nicht von der breiten Masse des Landes geteilt wird. Die Linke erleidet eine niederschmetternde Niederlage zugunsten einer Versammlung von Monarchisten und Republikanern aus dem bürgerlichen und bäuerlichen Lager. Napoleon ist seit Februar in der Hauptstadt und bereitet seinen Wahlkampf vor. Im April wird er in Paris in die Nationalversammlung gewählt, verzichtet aus taktischen Gründen auf das Mandat, wodurch seine Popularität steigt. Der schwelende Konflikt zwischen der konservativen Kammer und der enttäuschten Linken eskaliert im Juni zum blutigsten Kampf, den man bisher in der Hauptstadt gesehen hatte. Der Ruf nach dem starken Mann wird laut. General Cavaignac schlägt den Aufstand nieder. Napoleon ist wieder in London, schaut aus der Ferne zu. Die Republik hat es gut, sagt er ironisch, sie darf auf das Volk schießen.
Dann überschlagen sich die Ereignisse. Ein Gewirr von sich gegenseitig neutralisierenden Kräften ringt in Paris um die Macht. In seinem stillen Zentrum wird plötzlich immer deutlicher ein Name laut: Bonaparte. Am zehnten Dezember bescheren ihm die Präsidentschaftswahlen einen Erdrutschsieg. Fast sechs von den rund sieben Millionen Wahlberechtigten geben ihm ihre Stimme. Sein Diktum von vor acht Jahren, als man ihm das auf ewige Haft lautende Urteil für seinen Putschversuch von Boulogne überbrachte, war eingetroffen. In Frankreich gibt es nichts, das ewig ist. Dieses Wort sollte aus dem Wörterbuch der Franzosen gestrichen werden.

Jetzt hatte er Zeit, den harmlosen, gutmeinenden, vom Volk gewählten Präsidenten zu spielen. Er weiß, daß die Regierungsform, die aus dem Juni-Aufstand hervorgegangen ist, zerreißen muß. Seine Gegner meinen, ihn als Marionette benutzen zu können. Statt dessen gibt er, wann immer er kann, die Nationalversammlung der Lächerlichkeit preis. Madame Cornu wirft ihm in dieser Zeit vor, er zerstöre die Nationalversammlung, ohne die er ein Nichts sei. Er entgegnet, er brauche sie nicht, schiebe sie auf den Abgrund zu. Und wenn sie stürze? Dann schneide er den Strick ab.
Drei Jahre später, wenige Monate vor Ablauf der regulären Amtszeit als Präsident, läßt er die Maske fallen. In einer von langer Hand vorbereiteten Nacht-und-Nebel-Aktion löst er die Nationalversammlung auf, läßt alle gefährlichen Gegner verhaften und stellt das Land vor die Alternative, ihn auf weitere zehn Jahre zum Präsidenten zu wählen oder sich den heillos zerstrittenen Volksvertretern auszuliefern. Dieser dritte Putsch gelingt ihm endlich. Eliteteile der Armee halten zu ihm und schlagen jeden Widerstand blutig nieder. Wie viele Tote es gegeben hat, wurde nie bekannt. Das Land verlangte nach Ruhe und Ordnung. Einige Monate später beschert ihm eine neuerliche Volksbefragung die Erfüllung seines Traumes. Das Plebiszit von 1852 übertraf noch das Ergebnis des Vorjahres. Siebeneinhalb Millionen Jastimmen gegen sechshundertvierzigtausend Neinstimmen. Das Volk wollte einen Kaiser.

Immer wieder wurde eine gewisse Madame Cornu zitiert, die interessante Beobachtungen über Napoleon ausstreute. Sie war die Tochter eines Zimmermädchens im Hause Hortenses, ein Jahr nach Napoleon geboren, und jene Jugendfreundin, welcher der hitzige Träumer vom Kaiserthron fast den Arm gebrochen hätte. Ich schlug die Bibliographie des Buches auf, das ich gerade las, und suchte die Quelle für all diese Beobachtungen. Sie stammten aus einem Interview. *Cornhill Magazine* 1873. Ich ging zum Katalog, suchte die Signatur der Zeitschrift heraus und drehte mich um, um einen Leihschein an der Pförtnerloge zu holen.

In der halben Sekunde, die mein Blick über den Kartentischbereich schweifte, sah ich, daß sie mich angeschaut hatte. Ich konnte unmöglich sagen, wie lange. Unsere Augen hatten sich nur den Bruchteil einer Sekunde getroffen, wie die Blicke von Menschen, die in Metroschächten aneinander vorübereilen. Ich hatte mich nur kurz im Vorbeigehen umgedreht. Als ich wieder hinschaute, war ihr Gesicht erneut dem Schreibtisch zugekehrt, und ihre Hand glitt gleichmäßig über das Notizpapier. Wahrscheinlich hatte sie nur einen Moment lang geistesabwesend hochgeschaut, die vom Lesen angestrengten Augen ausruhen lassen. Ich ging zur Pförtnerloge, nahm einen Leihschein aus dem Kasten, füllte ihn aus, gab ihn ab, suchte in meiner Jackentasche nach Zigaretten und begab mich für eine kleine Pause in den Windfang zwischen den Glastüren am Eingang. Ich stand keine zwei Minuten dort herum, als ich sie am Katalog entlanggehen sah. Es sah so aus, als sei sie auf dem Weg zum Toilettenbereich. Doch als sie die Halle durchquerte und ebenfalls eine Schachtel Zigaretten aus der Tasche zog, wurde mir klar, daß sie in wenigen Augenblicken durch die Glastür kommen würde.

Im nächsten Moment stand sie vor mir und bat um Feuer für ihre Zigarette.

»Warum haben Sie gestern auf meinen Tisch geschaut?«

Die Frage war einfach und klar gestellt. In ihrer Stimme war nichts als eine berechtigte Neugier. Kein Vorwurf. Keine Entrüstung. Sie wollte nur eine Antwort auf eine einfache Frage. Auch die Entfernung, die sie zu mir eingenommen hatte, war weder aufdringlich noch abweisend. Sie stand einfach da, rauchte ohne besondere Hast oder Anzeichen eines

großen Bedürfnisses danach und schaute mich an. Und sie siezte mich.
Wie viele Sätze mir durch den Kopf schossen? Aber keiner wollte mir über die Lippen. Ich hatte ihr doch gesagt, warum.
»Wegen der Bücher«, log ich.
»Und warum haben Sie mich dann nicht gestern gefragt?«
Noch eine einfache Frage. Die delikate Unterhaltung schien ihr überhaupt nicht unangenehm zu sein. Ich bemerkte, daß mir das Blut wieder in den Kopf stieg. Dabei war sie es jetzt schließlich, die diese Situation herbeigeführt hatte. »Ich wollte nicht Ihre Bücher anschauen, sondern Sie«, lag mir auf der Zunge. »Weil ich Sie schön finde.«
»Es war mir unangenehm, daß Sie den Eindruck haben mußten, ich spioniere in Ihren Sachen herum«, sagte ich feige. »Dann haben Sie gleich wieder so konzentriert weitergearbeitet, und ich wollte Sie nicht stören. Sie waren so in Ihre Arbeit vertieft. Nichts lenkte Sie ab.«
Sie schaute mich ruhig an. Ihr Gesichtsausdruck war völlig undurchdringlich. Er verriet nichts, weder Spott noch Mißbilligung, noch sonst irgend etwas. Ich erkannte den ernsten, melancholischen Zug um ihre Lippen wieder. Sie sah irgendwie unglücklich aus. Nein, nur ihr Mund sah unglücklich aus. Geschminkt war sie nicht, und wenn, dann so dezent, daß ich nichts davon bemerkte. Ihr Haar trug sie wieder hochgesteckt, was heute in Verbindung mit ihrem dunkelgrünen, schwarz melierten Hosenanzug etwas streng wirkte. Sie war der sichtbare Ausdruck des Unterschiedes zwischen einer hübschen und einer schönen Frau. Aber das war es nicht allein, was mich an ihr so faszinierte. Wie viele gutaussehende Frauen hatte ich seit meiner Ankunft in Paris gesehen? Hunderte. Es gab einen Grund dafür, daß ihre Schönheit solch einen Eindruck auf mich gemacht hatte. Aber ich hatte keine Worte dafür. Es war etwas in mir; nicht an ihr.

»Es lenkt mich schon ab, wenn mich jemand beobachtet«, sagte sie.
Sie zog ein letztes Mal an ihrer Zigarette und steckte sie halb geraucht in den Sand im Aschenbecher.
Ich wollte etwas erwidern, aber sie kam mir zuvor.
»Sie sind nicht von hier, nicht wahr?«
Ich schüttelte den Kopf. Warum sagte ich ihr nicht, daß ich aus Deutschland kam? Warum sagen Deutsche im Ausland nicht gern, daß sie aus Deutschland kommen?
»Nein, ich bin für ein Jahr hier in Paris wegen einer Forschungsarbeit.«
Wie hochtrabend sich das anhörte. Ich sammelte alte Dokumente und schrieb sie ab, um einen Doktortitel dafür zu bekommen.
Jetzt kam der unbeschreibliche Moment, der Augenblick, wo ein Gespräch an einem seidenen Faden hängt. Unsere Zigarettenpause war vorbei. Es gab keinen Grund mehr, hier zu stehen. Jede Sekunde würde sie sich umdrehen und weggehen. Wie seltsam, sie zu siezen. Warum war sie hierheraus gekommen? Sicher nicht nur, um zu sehen, wem sie ihre Bücher geliehen hatte.
»Kann ich mich vielleicht irgendwie für Ihre Gefälligkeit revanchieren? Hätten Sie Lust, mit mir zu Mittag zu essen?«
Warum kostete mich dieser Satz eine solche Überwindung? Liegt es daran, daß man dergleichen hundertmal gesehen, hundertmal gelesen hat? Oder daran, daß keine allgemein akzeptierten Konversationsformeln mehr existieren, die reinen Signalwert besitzen und dadurch niemanden bloßstellen, so wie man auch keine Maske mehr aufsetzt, wenn man in die Öffentlichkeit geht?
Sie schüttelte den Kopf. »Ich esse nie tagsüber.«
Dann lächelte sie kurz und fügte hinzu: »Vielleicht ein anderes Mal.«

Sie wandte sich der Glastür zu. Ich stand einfach da und brachte kein Wort mehr heraus. Dann drehte sie sich noch einmal um und sagte:
»Vous savez, ça fait très longtemps que je n'ai pas vu un homme rougir.«
Ich gebe den Satz auf französisch wieder, weil ich ihn noch heute so im Gedächtnis habe. Ich sehe sie noch dort stehen, in der schon halb geöffneten Glastür, die linke Hand lässig in der Tasche, mit der Rechten die Tür aufhaltend. Und sie warf mir einfach diesen Satz zu und verschwand in der Vorhalle.
»Wissen Sie, ich habe schon lange keinen Mann mehr erröten sehen.«

Warum ich wegging? Weil ich völlig durcheinander war. Von allem. Ich ließ Madame Cornu Madame Cornu sein, ging nach Hause und legte mich eine Stunde ins Bett. Ich erwachte benommen und noch müder, als ich es vorher gewesen war. Ein Mittagsschlaf ist wie ein Bad in Blei. Ich duschte und schaute mich nackt im Spiegel an. Dann wollte ich mich anziehen und fand nichts, das mir gefiel. Schließlich stieg ich in meine Jeans, streifte ein T-Shirt und einen Wollpullover über, nahm alles Geld, das ich in der Schublade hatte, griff nach meiner Lederjacke und fuhr in die Rue St. Denis. Paris pumpte gerade seine arbeitende Bevölkerung durch die Metroschächte aus der Stadt hinaus oder zwischen den Arrondissements hin und her. Schon in der Metro musterte ich alle Männer, deren Kleidung mir gefiel.
In der Rue St. Denis fand ich nicht, was ich suchte. Aus irgendeinem Grund hatte ich mir eingebildet, daß es dort preiswerte Kleidergeschäfte gab. Indessen fand ich sie auf dem Boulevard St. Michel. Aber was mir gefiel, war nicht preiswert. Ein heller Leinenanzug, den ich dreimal anprobierte, kostete so viel wie eine Miete meines »Studios«. Aus reiner

Neugier zog ich auch noch ein passendes Hemd dazu an. Die Namen der Marken sagten mir überhaupt nichts. Der Verkäufer holte mit einfühlsamem Geschäftsinteresse nur als Anregung ein paar Schuhe aus dem Schaufenster. Ich war überwältigt von dem Ergebnis. Ich hatte Anzüge immer gemieden, des Wortes wegen. Anzüge, das hieß soviel wie Kommunion und Taufe. Unbequem, steif, unpraktisch. Jetzt sah ich plötzlich so wie einer jener Männer aus, denen ich auf der Straße oft anerkennend nachgeschaut hatte. Überwältigt war ich allerdings auch vom Preis. Ich trug mittlerweile zwei Monatsmieten auf dem Leib. Ich verließ den Laden wieder, wie man sich vor einer Zahnbehandlung drückt. Ich wußte, daß ich den Anzug kaufen würde, und kann auch nicht erklären, warum ich zuvor noch eine Runde durch den Jardin du Luxembourg drehen mußte. Ich stand eine Weile an dem künstlichen Teich vor dem Palais und schaute den Kindern zu, die mit langen Stöcken Wellen schlugen, um ihre Holzschiffchen voranzutreiben. Dann spazierte ich zwischen den Gloire de Paris hindurch, die in frisch angelegten Blumenbeeten ihr Blütenfeuer versprühten. Spatzen hüpften über den hellbraunen Kies. Vor ein paar Tagen hätte ich mir vielleicht noch die imaginären ehemaligen Abmessungen des Gartens und der Baumschule vorgestellt, die Haussmann 1866 unter wütenden Protesten der Bevölkerung fällen ließ, um dem Park ein gehöriges Stück für einen neuen Straßenzug abzutrotzen. Statt dessen hielt ich in der Jackentasche meine Hand unschlüssig um ein Bündel Geldscheine geballt und überschlug im Kopf meine Ersparnisse. Die Bilanz fiel zwar nicht besonders gut aus, aber wenig später kehrte ich doch in das Geschäft zurück und kaufte den Anzug, das Hemd und die Schuhe.

Ich ging durch die Rue de l'Ecole de Médecine, um die Metro am Odeonsplatz zu nehmen, als mein Blick auf ein Messingschild fiel: *Musée d'Histoire de la Médecine*. Kurz entschlos-

sen betrat ich das Gebäude, folgte den Wegweisern eine enge Treppe hinauf und ging in das Museum hinein, das aus einem einzigen großen Ausstellungssaal bestand. Unter einem riesigen Glasdach standen ein paar Vitrinen im Raum. Die umgebenden Wände waren bis zur Decke mit Schaukästen zugestellt. Durch eine in halber Höhe umlaufende Galerie konnte man die oben angebrachten Vitrinen erreichen. Überall glänzten und schimmerten chirurgische Instrumente hinter den Glasscheiben, die mich jedoch nicht interessierten. Rechts vom Eingang stand ein Comptoir. Ich ging auf die dahinter sitzende Dame zu und löste eine Eintrittskarte.
»Wo bitte finde ich den Tisch von Efisio Marini?«
Sie schaute mich verwundert an.
»Dort hinten in der Ecke«, antwortete sie und wies mit der Hand durch den Ausstellungssaal auf die Stelle, wo die Treppe zur Galerie hinaufführte. Es war nur eine fixe Idee gewesen. Ich sah den Zettel auf ihrem Tisch noch vor mir, worauf sie das Ausstellungsstück, mit drei Ausrufezeichen versehen, notiert hatte. Als ich jedoch davorstand, war ich völlig ratlos.
»Table d' Efisio Marini offerte à Napoléon III. le 15 février 1866«, las ich auf einem Schild, das auf dem Tisch stand. Er war nicht größer als ein kleiner Beistelltisch, den man neben eine Couch stellen würde. Die Beine bestanden aus menschlichen Oberschenkelknochen. Die Platte sah aus wie eine überdimensionierte Scheibe Blutwurst, in die statt Speck plattgewalzte Körperteile hineingeraten waren. Als ich genauer hinschaute, sah ich, daß ich mich in einem Punkt geirrt hatte. Es *waren* plattgewalzte Körperteile. Ich erkannte deutlich die Bestandteile, aus denen die Tischplatte zusammengebacken war. Hirngewebe, geronnenes Blut, Galle, Leber, Lungen und versteinerte Drüsen, außerdem ein Fuß, vier Ohren und verstreut dazwischen aufgeschnittene Rückenwirbel. Ich war sprachlos, schaute mich fassungslos um, ob vielleicht ein anderer Besu-

cher neben mir stand und meine Verblüffung teilte. Aber das Museum war spärlich besucht. Ich ging zu der Dame am Eingang zurück und fragte sie, ob es ein Informationsblatt zu diesem seltsamen Exponat gäbe. Gab es aber nicht. Ob sie wisse, was es damit auf sich habe. Sie schüttelte den Kopf. Der Tisch habe sicher eine versteckte Bedeutung. Aber man kenne sie nicht. Ich kehrte noch mal zu dem unmöglichen Gestell zurück. Tisch des Efisio Marini. Geschenk an Napoleon III., 1866. Ein Knochentisch?, dachte ich. Und ein Kindesmord? Wer um alles in der Welt war Efisio Marini?
Als ich am nächsten Tag die Bibliothek betrat, war ich fest entschlossen, ihr die Zusage abzuringen, mit mir zu Abend zu essen. Aber sie war nicht da. Ihr Tisch stand verwaist in der Kartenabteilung. Bis auf eine Ausnahme sah er genauso aus wie zwei Tage zuvor, als ich ihn zum ersten Mal gesehen hatte. Ein großer Kunstband lag neben den Zeitungsfolianten. Soll ich leugnen, daß ich ihn am Ende kurz dort aufgeschlagen habe, wo ein gelber Zettel zwischen den Seiten herausragte?
Das Buch öffnete sich über einer doppelseitigen Gemäldereproduktion: Edouard Manet, Der Tod des Maximilian.
Ich wartete den ganzen Tag und las ihre Bücher zu Ende. Aber selbst dort fand ich keine weitere Spur von ihr. Schließlich ging ich in das miserable kleine »Studio«, das ich in der Rue de Tournelle bewohnte, und sortierte alte Exzerpte. Als ich alles notdürftig geordnet hatte, schaltete ich den Computer an und katalogisierte eine Weile. Fünf Zigaretten später verließ ich das Haus und warf als erstes die halbvolle Zigarettenschachtel mit der Abfalltüte in den Müll. Ich nahm die Metro, stieg in Châtelet um und bei St. Michel aus. Ich lief den orangefarbenen Wendeltreppengang hinauf und stand kurz darauf vor den Kinos neben dem Büchersupermarkt von Gilbert Jeune. Es war keine Schlange da, die Vorstellungen hatten

schon begonnen. Ich löste eine Karte für einen Film von Woody Allen.
Die letzten Filme von ihm kann ich nicht mehr auseinanderhalten. Auch die Titel nicht. Nur bei angestrengtem Nachdenken fallen sie mir wieder ein. Seit »Manhattan« habe ich bei jedem seiner Filme den Eindruck, das alles schon einmal gesehen zu haben. Die Straßen von New York, die Begegnungen im Buchladen, Gespräche beim Psychiater und Small talk auf Parties. Der Film hatte nicht den Effekt, den ich mir erhofft hatte: Zerstreuung. Ich war gelangweilt und unruhig zugleich. Warum sie heute wohl nicht gekommen war? Was tat sie wohl gerade? Das endlose, oberflächliche Gerede der Figuren ging mir auf die Nerven. Die französischen Untertitel lenkten mich ab. Obwohl ich alles verstand, las ich laufend mit, wie um sicherzugehen. Der Film handelte natürlich von irgendeiner unglücklichen Liebesgeschichte. Wie immer bei Woody Allen leichtfüßig erzählt, von unernster Tragik. Großstadtgeschichten. Vielleicht konnte ich den Film deshalb nicht genießen? Ich war in einer ganz anderen Stimmung.
Plötzlich jedoch geschah etwas in diesem Film. Eine Frau lag auf einer Couch und las ein Gedicht. Eine Stimme aus dem Off sprach die Worte, die sie las, Worte, wie ich sie noch nie gehört hatte. Ich verließ das Kino sofort, setzte mich in ein Café nebenan und schrieb die Bruchstücke des Gedichtes auf, die mir in Erinnerung geblieben waren. Aber ich hatte nur die erste Zeile und den Schluß behalten. Somewhere I have never travelled …, begann es. Dann war da von einer seltsamen Bewegung die Rede gewesen, von etwas, das sich öffnet und schließt, von Schneefall und einer geschlossenen Rose. Ich konnte mich beim besten Willen nicht mehr an das ganze Gedicht erinnern. Autos fuhren vorbei. Allgemeines Hupen. Ich las die vier Schlußzeilen immer wieder und blieb jedesmal wie gebannt am letzten Satz hängen.

Ich blieb bis nach Mitternacht, kaufte eine neue Schachtel Zigaretten und ging zu Fuß nach Hause. Notre Dame schlug halb eins, als ich den Vorplatz passierte.
Sonst war alles still.
Bis auf die Stimme in meinem Kopf:
… niemand, nicht einmal der Regen, hat solch kleine Hände …

V. Kapitel

Die Geschwindigkeit, mit der ein Deutscher die Gebräuche und selbst die Vorurteile eines anderen Landes annimmt, hat etwas Wundersames. Um die Fehler eines Volkes zu studieren, genügt es, einen Deutschen zu nehmen, der seit einigen Jahren in diese andersartige Substanz getaucht ist und von der er gewiß insbesondere die Extreme aufgesaugt hat. In England wird er steif und kühl geworden sein; in Holland langsam und methodisch; in Amerika geschäftstüchtig und herablassend; in Frankreich gekkenhaft und spöttisch. Einmal in London heimisch geworden, wird er schwören, daß der Mensch nur rohen Sellerie und halbrohes Rindfleisch essen solle; in Paris ansässig, wird er nichts ohne fünf Soßen herunterbekommen. Fügen Sie zu dieser Eigenheit noch den Wandertrieb hinzu, der sich aus der gleichen Quelle speist wie diese moralische Beweglichkeit, so können Sie sich leicht vorstellen, wie sich zwei Nachbarländer wie Deutschland und Frankreich gegenseitig beeinflussen.

Paris-Guide 1867

I.

Das Telegramm, welches Nicholas' Familie in London über den Unglücksfall unterrichtete, war dort am Dienstag angekommen. Noch am selben Abend saß Nicholas' Schwester Mathilda im Zug nach Dover, verbrachte die Nacht in einer kleinen Pension und überquerte den Kanal am Mittwoch morgen. Obwohl die Fähren auf Wochen hinaus ausgebucht waren, hatte Beechham & Stark es fertiggebracht, Mathilda telegraphisch einen Platz zu reservieren. Trotz der Kälte und des schlechten Wetters verbrachte sie viel Zeit draußen auf Deck, schaute auf das Meer hinaus und atmete in tiefen Zügen die rauhe Seeluft ein. Erst als ihre Hände vor Kälte fast blau waren, ging sie in den Fahrgastraum, um sich aufzuwärmen. Im Zug versuchte sie zu lesen, doch das monotone Hämmern der Räder auf den Gleisen schläferte sie immer wieder ein. Wenn sie kurz erwachte, schmerzte ihr Rücken von den unbequemen Sitzen.

Vermutlich war sie die einzige Person im Zug von Calais nach Paris, die eine mehr als ungefähre Vorstellung von den Kräften hatte, die in dem dampfenden Ungetüm am Werk waren, das ein Tonnengewicht von Stahl und Eisen durch die Landschaft schob. Sie reiste erster Klasse, saß gedankenversunken am Abteilfenster auf einer rotgepolsterten Sitzbank, die, da sie den Sitzen von Kutschen nachempfunden war, zu kurz geraten war und daher trotz der weichen Polsterung selbst für weibliche Reisende wenig Bequemlichkeit bot. Überhaupt verhielt es sich mit der Inneneinrichtung des Abteils wie mit so vielen Erfindungen: Eine alte Idee saß auf einer neuen, in diesem Fall ein Kutschensitz auf einer Eisenbahnkarosse.

Von Mathilda Sykes hätte man ähnliches sagen können. Äußerlich unterschied sie sich nicht von ihren weiblichen Mitreisenden. Ein unbequemes Korsett schnürte ihren Oberkörper ein. Ihre Füße steckten in hoch zugeschnürten Lederstiefeln. Über einer Bluse, deren Rüschchenkragen den Hals umspannte, trug sie eine Weste, eine gleichfalls stark taillierte Jakke und an den Händen fein gearbeitete, weiche Lederhandschuhe. Ihr dunkelbraunes Haar war hochgesteckt und unter einem schwarzen Hut verborgen. Durch die Lektüre indessen, die sie vor einiger Zeit neben sich auf den Sitz hatte gleiten lassen, um nachdenklich auf die draußen vorbeitreibende Landschaft zu schauen – eine handliche Ausgabe der beiden Bücher der *Elemente* des Euklid und ein Exemplar der *Gazette des Hôpitaux* –, hob sie sich deutlich von den anderen Damen

ab, die in reichlich bebilderten Modejournalen blätterten. Außerdem reiste die junge Engländerin allein.
Das Telegramm mit der alarmierenden Nachricht steckte in einem braunen Kuvert verschlossen in ihrer Handtasche. Da ihr Vater krank darniederlag, mußte sie die Reise alleine antreten. So kehrte sie mit dem gleichen betrübten Herzen nach Frankreich zurück, mit dem sie es fünfzehn Jahre zuvor verlassen hatte. Mathilda Sykes war sechs Jahre alt gewesen, als der Putsch geschah. Am Morgen des 3. Dezember 1851 war ihr Vater plötzlich von der Arbeit zurückgekehrt und hatte sie und Nicholas angewiesen, augenblicklich ihre Sachen zu packen.
»Le diable est de retour«, stammelte er finster, und dann, sich des Idioms erinnernd, das er von nun an ausschließlich sprechen sollte, fügte er hinzu:
»The devil is back. We are going home.«
Sie verließen Frankreich damals fluchtartig, schlüpften unter der ausholenden Bewegung der einsetzenden Diktaturmaschine hindurch, die überall spürbar war. Allerorten wimmelte es von Soldaten. Rathäuser wurden besetzt, unliebsame Oppositionelle, oder die als solche galten, in großer Zahl verhaftet. Wie später zu erfahren war, kam der Staatsstreich so überraschend, daß sich kaum ein organisierter Widerstand regte. Um überhaupt den Schein einer Revolution zu wahren, knallten in Paris ein paar übernervöse Soldaten einige neugierige Spaziergänger über den Haufen. Republikaner jeglicher Couleur eilten der Grenze zu, während in der Hauptstadt die Zugkraft eines einzigen Namens die Zukunft des Landes auf ein längst vergessen geglaubtes historisches Gleis zu schieben begann: Bonaparte! Und wer nicht schnell genug von diesem Gleis heruntersprang oder dem Zug voranlief, wurde unweigerlich zermalmt.
Wie sehr das Kind Mathilda Frankreich geliebt hatte, wurde

erst der Heranwachsenden bewußt. Sie vermißte die ungezwungene, scherzhafte Wesensart ihrer Freunde und Spielkameraden und fand sich in dem steifen, zugeschnürten England nur schwer zurecht. Von Anfang an keimte in ihr ein stummer Widerwille gegen die zahllosen Konventionen ihrer neuen Heimat herauf. Auch ihr Vater litt unter der neuen Umgebung und zog sich davor in seine Studierstube zurück, die er nur verließ, um dem Broterwerb nachzugehen. Was seine Kinder betraf, so wachte er mit eiserner Strenge über die Ausbildung Nicholas' und ließ den Geschwistern in dem Maße, wie er ihnen die Wärme und Heiterkeit des Lebens in Frankreich und die früh verstorbene Mutter nicht ersetzen konnte, eine Welt im geheimnisvollen Reich der Wissenschaften entstehen; dem Sohn für die berufliche Bildung, der Tochter zur Zerstreuung.

Die Lektüre der *Elemente*, die klare, nüchterne Sprache der Formulierungen, riefen ihr die Abende in Erinnerung, da sie und ihr Bruder gebannt den Erzählungen des Vaters gelauscht hatten, während dieser ihnen von den phantastischen Erlebnissen und Entdeckungen jenes Darwin berichtete. Ob sie damals alles verstanden, was er ihnen schilderte?

Ein einfacher Wald sei ein Schlachtfeld von Mikroben. Eine Wiese ein Universum unsichtbarer Heerscharen von Kreaturen, hundertmal so alt wie der Mensch.

Jedenfalls wußte sie noch, wie er seine Erzählung mit glänzenden Augen beendet hatte, indem er sagte:

»Dieses Buch wird alles verändern. Der Himmel ist leer. Aber die Welt ist ein Wunder.«

Der Himmel erschien ihr in der Tat leer. Das Telegramm von Beechham & Stark beschränkte sich darauf, von Nicholas' Unfall zu berichten, und schloß nach angemessenen Beileidsbekundungen mit der dringenden Bitte, einen Familienangehörigen nach Paris zu entsenden.

Nicholas' letzter Brief war vom 15. März datiert.
Er war begeistert über die Weltausstellung und die Arbeiten am unterirdischen Aquarium. Mathilda hatte ihre eigene Meinung zu dieser Art Veranstaltung. Die Welt, die dort ausgestellt wurde, gab es ohnehin nicht. Im Gegenteil. Weltverstellung wäre ihrer Auffassung nach die bessere Bezeichnung gewesen. Nicholas hatte sie ausgelacht. Sie sei ja nur neidisch auf ihn.
Nein, neidisch war sie nicht. Aber voller Mißgunst gegen eine Welt, die ihr jegliche Berufsausübung verwehrte.
Während Nicholas das Ingenieurstudium absolvierte, saß sie zu Hause, half ihrem Vater in der Apotheke und träumte davon, Medizin zu studieren. Manchmal fragte sie ihren Bruder stundenlang aus über die statischen Berechnungen von Brükken, die Druckgesetze, oder sie lauschte seinen Schilderungen von Versuchen, die man an der Universität durchgeführt hatte.
Ein beliebtes Thema war der Suezkanal von Herrn Lesseps, den England mit allen Mitteln zu hintertreiben versuchte. Man hatte der Universität sogar einmal den Auftrag gegeben, nachzuweisen, daß das Projekt schon deshalb unmöglich zu verwirklichen sei, da zwischen dem Mittelmeer und dem Indischen Ozean ein Höhenunterschied von über fünf Metern bestünde. So ein Blödsinn, hatte Nicholas' Vater bemerkt, und dem jungen Studenten empfohlen, in den antiken Quellen nachzulesen. Der Isthmus habe nachweislich schon zweimal als Kanal gedient. Von Geographie und Geschichte hätten die Politiker offensichtlich keine Ahnung. Der Suezdurchstich sei keine wissenschaftliche, sondern eine rein wirtschaftliche Frage. Die Antwort finde sich nicht auf dem Rechenschieber, sondern in der britischen und französischen Außenhandelsstatistik.
Überhaupt wurde im Hause Sykes fast nur über Wissenschaft

gesprochen. Nicholas' Studienfreunde versammelten sich gerne in der Bibliothek des Apothekers, sprachen über Ballonversuche oder den Tunneldurchstich des Mont Ceni und ließen sich dabei gerne von der hübschen Tochter des Hauses den Tee servieren. Einmal war auch ein junger Medizinstudent zugegen, und während Mathilda in der Küche hantierte, kam das Gespräch plötzlich auf den Fall der Miss Garrett, die gegenwärtig versuchte, über Gerichtsprozesse die Zulassung zur medizinischen Fakultät zu erreichen. In London war sie bereits in letzter Instanz unterlegen und strebte nun einen neuen Prozeß in Schottland an. Aber die Chancen in Edinburgh standen gleichermaßen schlecht. Nicholas, der über die heimlichen Neigungen seiner Schwester Bescheid wußte, versuchte das Gespräch umzulenken, doch kaum war das Thema der Zulassung von Frauen zum Medizinstudium im Raum, gab es unter den jungen Studenten kein Halten mehr.
Wie sollte eine Frau ihren Pflichten als Hausfrau und Mutter nachkommen, wenn sie das Wanderleben einer Ärztin versehen wollte? Eine Ärztin könnte doch unmöglich Ehefrau und Mutter sein. Ein ganzes Heer von Frauen müßte sich also dem Zölibat verpflichten. Außerdem habe die Frau von Natur aus ein zartes, weiches Wesen. Ihr Nervensystem sei unendlich viel empfindlicher und könne unmöglich dem grausigen Schauspiel der Operationssäle standhalten. Sollten achtzehnjährige Mädchen Leichen aufschneiden? Hätten sie überhaupt die physische Kraft, eine Autopsie durchzuführen? Und am Bett der Kranken? Der herzerweichende Anblick langer, schmerzvoller Krankheiten und die Verzweiflung der Angehörigen?
Um dergleichen aushalten zu können, bedürfe es einer inneren Abhärtung, die schon einem Manne viel abverlange. Dies einer Frau zuzumuten käme einer kulturellen Barbarei gleich, die kein zivilisiertes Land zulassen könne.

Etwa so weit war das Gespräch gediehen, als Mathilda die Bibliothek betrat. Die Gesprächsfetzen, die sie in der Küche gehört hatte, hatten sie neugierig gemacht, und wie sie eben ins Zimmer trat, schloß der Medizinstudent seine Ausführungen ab, indem er sagte:
»Die Amazonen schnitten sich bekanntlich eine Brust ab, um Kriegerinnen zu werden. Um aus einer Frau eine Ärztin zu machen, müßte man ihr zuvor das Herz herausreißen.«
Mathildas Eintreten ließ die Runde verstummen. Sie stellte das Tablett auf dem Tisch ab, durchmaß die peinliche Stille mit einem Blick auf die Gesichter der Versammelten und sagte im Hinausgehen:
»Bei einem Mann hingegen ist dazu nur die Entfernung des Gehirns vonnöten.«
Nicholas sprach drei Tage lang nicht mit ihr.
Mathilda nahm Kontakt mit Miss Garrett auf, abonnierte die *Medical Times and Gazette* und die *Gazette des Hôpitaux* und weigerte sich hinfort, den geselligen Nachmittagen beizuwohnen und Hausarbeiten für ihren Bruder zu verrichten. Statt dessen stellte sie einen Schreibtisch in ihrem Zimmer auf. An der Wand davor befestigte sie das Antwortschreiben von Miss Garrett. In England sei die Hoffnung auf ein Medizinstudium für Frauen vergeblich. Aber möglicherweise änderten sich die Dinge bald in Frankreich.
Mathilda hatte auf Miss Garretts Brief die Fachgebiete unterstrichen, die in Paris für den Fall der Zulassung von Frauen zum Medizinstudium vorab geprüft werden würden, und die Themen prangten wie Psalmen über ihrem Schreibtisch: französische Sprache, Geschichte, neuere Geographie, Latein, Arithmetik und Algebra, die beiden ersten Bücher des Euklid, elementare Mechanik und wahlweise eine weitere moderne Sprache sowie Logik, Botanik und elementare Chemie. Ob es im nächsten Jahr zur Zulassung von Frauen kommen würde,

war noch ungewiß, aber die Kaiserin schien dem Antrag gewogen zu sein.

Mathildas Vater ließ sie gewähren und bezahlte ihr sogar Privatstunden. Auch mit Nicholas hatte sie sich bald wieder versöhnt, und bei seiner Abreise im Vorjahr hatte er noch gescherzt, daß sie vielleicht bald beide zusammen in Paris wohnen würden.

Der Herr von Beechham & Stark, der Mathilda am Bahnhof empfing, hieß Frederic Collins. Er bemühte sich nach Kräften, die junge Frau unbehelligt durch das lärmende Durcheinander hindurch vor den Bahnhof zu geleiten.

Es regnete in Strömen. Schon jetzt, noch fast eine Woche vor Eröffnung der Ausstellung, taumelte Paris einem Verkehrschaos entgegen.

Als sie endlich eine Kutsche bekommen hatten, berichtete Collins, daß Nicholas zwar noch immer in einer bedenklichen Lage sei, jedoch nicht in Lebensgefahr schwebe. Er sei drei Stunden nach dem Überfall ein erstes Mal zu sich gekommen. Jetzt sei er zwar noch immer schwach und benommen, hätte jedoch in allen Körperteilen normale Reflexe und würde nach einigen Wochen intensiver Pflege nach allgemeiner Erwartung wiederhergestellt sein. Er habe eine schwere Gehirnerschütterung davongetragen und eine tiefe Platzwunde auf der Stirn, die jedoch nicht so schlimm sei, wie sie aussah.

»Mr. Beechham ist sehr bekümmert über das, was geschehen ist. Wenn Sie irgend etwas brauchen, wenden Sie sich vertrauensvoll an seine Frau, Mrs. Beechham. Sie ist mit den Gepflogenheiten hier gut vertraut und kann Ihnen sicher behilflich sein.«

»Sie sind sehr freundlich. Kann ich Nicholas heute noch sehen?«

»Selbstverständlich. Das Krankenhaus ist keine drei Minuten von hier entfernt. Ich habe mir erlaubt, ihren Besuch beim behandelnden Arzt anzumelden. Dr. Vesinier erwartet uns bereits. Ich dachte, Sie würden ihn sprechen wollen. Oder möchten Sie zunächst in die Stadt fahren, um sich ein wenig frisch zu machen? Allerdings sind die Besuchszeiten hier sehr knapp bemessen, und ich fürchte, wir kommen dann nicht mehr rechtzeitig ins Krankenhaus. Es ist ein gutes Stück bis zu Nicholas' Wohnung.«

»Nein, nein. Ich möchte Nicholas gleich sehen. Ich danke Ihnen für Ihre Hilfe. Sie sind jetzt sicher sehr beschäftigt, wenige Tage vor der Eröffnung der Ausstellung?«

Er lachte.

»Das kann man wohl sagen. Sie müßten die Haupthalle sehen, ein Meer von Kisten und halbfertigen Ständen. Bis Montag wird Tag und Nacht gearbeitet. Aber ich bin beeindruckt von der Organisation. Wir arbeiten ja draußen im Garten, also nicht in der Halle selbst. Aber jedesmal, wenn wir hindurchgehen müssen, ist es nicht wiederzuerkennen. Es wird sicher nicht alles rechtzeitig fertig sein bis zum Montag, aber ich bin davon überzeugt, daß es die großartigste Ausstellung des Jahrhunderts werden wird. Wie schade, daß wir das nicht in London gemacht haben.«

»Nun, immerhin kann sich London rühmen, die erste Ausstellung dieser Art ausgerichtet zu haben.«

»Ja, sicher«, räumte Collins ein.

»Vesinier, sagten Sie?«

»Ja. Ein eminent bedeutender Chirurg, wie man mir versichert hat.«

Mathilda schaute auf die Straße hinaus. Das mußte jener Arzt sein, dessen umstrittene Artikel sie in der *Gazette des Hôpitaux* gelesen hatte. Er war in der Tat ein berühmter Chirurg, aber seine Theorien über das Weiterleben des Kopfes Enthaupteter hatten Mathilda mit Abscheu erfüllt. Vesinier hatte detailliert seine Beobachtungen während mehrerer Exekutionen be-

schrieben, den Anblick des abgeschlagenen Kopfes, die weit geöffneten Augenlider, die stillstehenden Augäpfel, das Zukken der Mundwinkel. Seine Theorie stützte sich auf die Tatsache, daß sich einige Minuten nach erfolgter Enthauptung die Lippen und die Kinnlade des scheinbar leblosen Hauptes wie zum Einatmen weit öffneten. In immer kürzer werdenden Abständen wiederholte sich das Phänomen bis zu achtmal über einen Zeitraum von zehn Minuten. Daraus schloß Vesinier, daß das abgeschlagene Haupt vermutlich noch eine gewisse Zeit lang Sinneseindrücke wahrnahm und nur auf Grund des durchtrennten Sprechapparates zu keiner Äußerung mehr fähig sei.
Daß sie dem Verfechter dieser Theorie in Kürze begegnen sollte, erfüllte sie mit Unbehagen, aber auch mit Neugier. Sie hoffte nur, daß ihr Bruder nicht unter das Skalpell eines Arztes geraten würde, der gewohnt war, die zitternde, hüpfende Bewegung von Muskelstümpfen am Hals von Hinrichtungsopfern zu studieren.
Als sie das Hauptgebäude von Lariboisière betraten, erschrak Mathilda zunächst über die skandalöse Jahrmarktsstimmung auf den Gängen. Jeder schien hier nach Belieben ein- und ausgehen zu können. Zwar mußte sich jeder Besucher einer Leibesvisitation unterziehen, um zu verhindern, daß alkoholische Getränke oder nicht zugelassene Lebensmittel eingeschmuggelt wurden, aber niemand schien etwas dagegen zu haben, daß Händler und Zeitungsverkäufer mit ihren Bauchläden durch die Gänge liefen und ihre Waren anpriesen. Der Anblick des Personals ließ sie erschaudern. Wie war es möglich, daß solche Gestalten hier angestellt waren? Zahnlose Halbkrüppel zogen einen Wagen mit stinkenden Lumpen vor ihr vorüber. Unförmige Frauen mit dicken Beinen und aufgedunsenen Gesichtern standen an einer Säule zusammen, ließen ein dröhnendes Lachen ertönen und schrien sich über große

Entfernungen Befehle zu. Was für ein Abgrund trennte diese Hölle aus Liederlichkeit und Grobheit von der umsorgten Stille Londoner Privatkrankenhäuser, in die nur Eingang erhielt, wer einem der privaten Wohlfahrtssysteme angehörte. War dies hier das Bild republikanischer Verhältnisse, das aus unerfindlichen Gründen in einem vernachlässigten Winkel des Kaiserreiches geduldet wurde? England konnte sich zweifelsfrei nicht rühmen, ein Wohlfahrtsstaat für alle zu sein. Das Elend in den Straßen war entsetzlich. Aber hier hatte man, anstatt dem Elend wenigstens an einigen geschützten Stellen Einhalt zu gebieten, die Verkommenheit demokratisiert.
Mathilda ergriff Collins am Arm und beschwor ihn, schneller zu gehen. Wo um alles in der Welt war ihr Bruder in diesem Augiasstall? Keine Sekunde länger durfte er hier verbleiben. Collins genügte ein Blick auf Mathildas Gesicht, um ihre Bestürzung zu sehen. Er schwieg betreten, bemühte sich, mit der vorwärts stürmenden Frau Schritt zu halten, und beschränkte sich darauf, an den richtigen Stellen die Wegrichtung anzugeben. Als sie den Saal erreichten, verlor sie fast die Besinnung. Wie sie später erfuhr, war am Morgen in einer Fabrik für Feuerwerkskörper in Belleville ein Unfall geschehen. Vierzig Arbeiter waren damit beschäftigt gewesen, die Knallkörper für die Eröffnungsfeierlichkeiten der Weltausstellung zu verpakken, als eine Explosion das Gebäude in ein Flammenmeer verwandelte. Dreizehn der männlichen Brandopfer lagen hier, gräßlich verstümmelt, und schrien seit Stunden. Die Luft war angefüllt vom Geruch nach ranziger Butter und Glyzerin, mit denen man die Brandwunden der Verletzten eingesalbt hatte.
Mathilda stürzte an den Betten vorbei, in denen sich die Leiber dieser unglücklichen Opfer zitternd und zuckend wanden, und riß den Vorhang am vorletzten Bett, auf das Collins ge-

deutet hatte, mit einer raschen Bewegung zur Seite. Nicholas starrte sie an. Tränen schossen ihm in die Augen.
»Mathilda ...«, stammelte er.
Dann saß sie neben ihm, ergriff seine Hand, küßte sie, redete auf ihn ein, er solle ganz ruhig bleiben, sie würde ihn sofort hier herausholen. Sie schrie Collins an, er solle sofort einen Arzt holen. Noch bevor er in Begleitung eines kleinen, dicken Mannes zurückkam, hatte Mathilda ihren Bruder im Bett aufgerichtet. In einem Karton unter dem Bett fand sie seine Kleidung. Sie befreite ihn von der speckigen Krankenhausjacke, zog ihm die gleichermaßen verschmutzte Hose aus und half ihm, die eigenen Kleider anzuziehen. Als sie Collins mit dem Arzt kommen sah, wartete sie erst gar nicht, bis sie herangekommen waren, sondern ging ihnen entgegen.
»Was kostet hier ein privates Zimmer?« fragte sie den Mann neben Collins, ohne auch nur eine Begrüßungsfloskel ausgesprochen zu haben.
»Mademoiselle Sykes? Herzlich willkommen. Vesinier ist mein Name. Es tut mir leid, aber ich habe Ihrem Bruder bereits gesagt, daß wir keine privaten Zimmer frei haben.«
»Ich habe nicht gefragt, ob Sie eines frei haben, sondern was es kostet«, antwortete sie ruhig.
Der Arzt warf Collins einen fragenden Blick zu.
»Monsieur le docteur«, sagte dieser beschwichtigend, »Miss Sykes will zum Ausdruck bringen, daß bei einem gewissen Entgegenkommen Ihrerseits der pekuniäre Aspekt durchaus unerheblich wäre.«
»Ich danke für die freundliche Übersetzung. Wie Sie sehen können, sind wir überfüllt. Ihr Bruder kann morgen entlassen werden, wenn Sie seine Pflege zu Hause gewährleisten können. Ich bitte Sie, schauen Sie sich um. Ich habe Verständnis für Ihre Bestürzung ...«
»Ich flehe Sie an«, unterbrach sie ihn. »Wieviel?«

Vesinier musterte die Frau. Ihre Wangen waren gerötet, ihre Augen aufgerissen, und ihre Lippen zitterten. Ihre Brust hob und senkte sich unter schweren Atemzügen. Dichtes, dunkelbraunes Haar quoll unter ihrem Hut hervor und umrahmte ein hübsches, junges Gesicht. Er schaute kurz unschlüssig zu Boden und sagte dann:
»Ich kann Ihnen anbieten, ihn für eine Nacht in einem Raum hinter dem Dispensarium unterzubringen. Aber ich kann dort kein Personal abstellen, und Sie müßten eine Pflegerin bezahlen.«
»Kann ich ihn nicht versorgen?«
»Das ist gegen die Vorschriften. Überfordern Sie mein Entgegenkommen nicht. Ich werde Ihnen jemanden schicken, der die Angelegenheit regeln wird. Guten Tag.«
Ohne ein weiteres Wort drehte er sich um und verschwand. Kurz darauf erschien ein Wärter mit einem dreiräderigen Rollstuhl und brachte Nicholas in Begleitung von Mathilda und Collins in das verabredete Zimmer. Der Raum war klein und muffig, aber wenigstens war es hier ruhig. Ein schmales Bett würde für eine Nacht genügen. Nicholas war sehr schwach, und die Fahrt im Rollstuhl hatte ihm zugesetzt. Kaum lag er auf dem Bett, fielen ihm die Augen zu. Mathilda und Collins warteten, bis die in Aussicht gestellte Schwester das Zimmer betrat. Nach allem, was Mathilda bisher gesehen hatte, schien diese Pflegerin wenigstens nicht völlig verkommen zu sein, und im Bewußtsein, ihren Bruder nun in zumindest relativer Sicherheit zu wissen, ließ sie sich von Collins in Nicholas' Wohnung bringen.
Sie sprach die ganze Fahrt über kein Wort. Sie schaute auf die belebten Straßen hinaus und überdachte ihr weiteres Vorgehen, was sie alles besorgen und welche Vorbereitungen sie treffen müßte.
Sie bogen auf die Rue de Grenelle ein, und kurz darauf hielt

die Kutsche an. Zwei Straßenjungen sprangen heran, öffneten den Wagenschlag und erboten sich, beim Ausladen zu helfen. Collins wies sie an, Mathildas Gepäck in den Hauseingang zu tragen, und bat den Kutscher, kurz zu warten, da er seine Dienste sogleich wieder in Anspruch nehmen würde. Der Concierge, ein dürrer, aber freundlich lächelnder Mann mit einer großen Nase, erbot sich, die Koffer in den zweiten Stock zu bringen, und während Collins den Straßenjungen ein Trinkgeld gab, stieg Mathilda die enge Treppe zu Nicholas' Wohnung hinauf.

Sie schloß die Tür auf und tastete sich durch den dunklen Eingangskorridor bis ins Wohnzimmer vor. Im Zwielicht gelang es ihr, eine auf dem Tisch stehende Öllampe zu entzünden. Dann setzte sie sich nieder und musterte den Raum. Überall im Zimmer lagen Dokumente und Bücher herum. Auf einer Kommode stapelten sich Zeitungen. Auf dem Tisch lagen Zettel mit eilig geschriebenen Notizen.

Der Concierge trat mit den Koffern herein, gefolgt von Collins, der sich erkundigte, ob er noch etwas tun könne. Mathilda dankte ihm für seine Hilfe und begleitete dann beide zur Tür. Irgendwann in der Nacht erwachte sie kurz. Sie ging ins Wohnzimmer, nahm einen Briefbogen zur Hand und schrieb schnell ein paar Zeilen. Dann löschte sie das Licht und vergrub sich zwischen den Bettdecken. Bald ging ihr Atem ruhig, und die Geräusche von der Straße erreichten sie nicht mehr. Das Mondlicht beleuchtete schwach ihr junges Gesicht, das dunkle Haar, das Modell des unterirdischen Aquariums in der Ecke des Raumes und nebenan im Wohnzimmer die geschwungene Handschrift auf dem Briefbogen neben der Öllampe:

Paris, Rue de Grenelle 104
Wednesday, March 27th 1867

Dearest Father,
I have arrived here safe and sound. Nicholas is well taken care of and everything is in place to provide for his swift recovery …

II.

Als Marivol am Mittwoch morgen das Café Robespierre betrat, hatte er bereits einen halben Arbeitstag hinter sich. Er hatte den Artikel über den Urkundenfälscher Vrain-Lucas in der Redaktion des *Figaro* in der Rue Drouot vorbeigebracht, dann einen kurzen Abstecher ins Depot gemacht und sich bei einer der Wachen erkundigt, ob es irgendwelche interessanten Vorfälle gegeben hatte. Es gab jedoch nichts Besonderes zu berichten. Ein junges Mädchen sei seit ein paar Tagen verschwunden, und man habe ein paar Engelmacherinnen zum Verhör eingeliefert. Eine Kindesmörderin sei verhaftet worden. Gestern seien ihnen im Depot die Brote ausgegangen, die für die ankommenden Bettler und Obdachlosen bereitgehalten wurden, und man habe für die nächsten Wochen zwanzig Prozent mehr bestellt. Der Kaiser wünsche saubere Straßen für die Weltausstellung. In Belleville habe es einen Überfall gegeben, doch der Wachmann wußte nichts Genaueres darüber.
Marivol plauderte noch eine Weile mit dem Alten, gab ihm dann wie üblich fünfzig Centimes und wollte sich auf den Weg zum Marsfeld machen, um einen Blick auf den Stand der Arbeiten dort zu werfen. Als er jedoch den Innenhof des Depots durchquerte und sich der Pforte näherte, trat dort soeben eine Person durch die Einfahrt, die Marivol bekannt vorkam. Er verlangsamte seine Schritte unwillkürlich und trat zur Seite.

Der Mann kam näher. Er trug Stock und Zylinder und einen dunklen Anzug unter einem ebenso dunklen Umhang. Sein Gesicht war ausdruckslos. Er schien in Gedanken zu sein. Doch als er an Marivol vorüberging, schaute er plötzlich auf, blickte in seine Richtung und fixierte ihn kurz. Es war ein kurzer, gezielter Blick, der alles und nichts bedeuten konnte. Für Marivol allerdings, der sich nun sicher war, wer da an ihm vorüberging, war es so, als habe soeben im Jardin du Luxembourg ein Tiger seinen Weg gekreuzt. Ein gefährliches Raubtier, das in geringer Entfernung vorbeitrottete und kurz sein mächtiges Haupt wendete.
Marivol war sich sicher, daß der Mann ihn erkannt hatte. Lagrange, der Chef der politischen Polizei, kannte alle Namen der in Paris arbeitenden Journalisten, und in den Akten im berüchtigten Schwarzen Kabinett, wo Lagrange residierte, gab es mit Sicherheit auch irgendwo ein Photo von Marivol. Über Clément Fabre de Lagrange zirkulierten ebenso viele Gerüchte, wie er Spitzel unterhielt. Seine Spezialität war die Inszenierung von Aufständen und Verschwörungen, die es dem Regime ermöglichten, drakonische Sicherheitsmaßnahmen durchzusetzen. Lagranges Talent hierbei hatte ihm am Ende den Chefposten einer eigens für ihn geschaffenen politischen Abteilung eingebracht. Damit kontrollierte und organisierte er nicht nur die Aktivitäten in Paris, sondern in ganz Frankreich und sogar in Europa. Alles, was Lagrange umgab, war irgendwie geheim. Ja, sogar er selbst war im Grunde gar nicht sichtbar. Deshalb war es um so erstaunlicher, daß er an diesem Mittwochmorgen höchstpersönlich ins Depot spazierte.
Marivol sah ihn in Richtung des Zellentraktes weitergehen. Monsieur Roux, der Sicherheitschef des Depots, trat ihm entgegen. Die beiden schüttelten sich die Hände, besprachen sich kurz und verschwanden dann in einem der Büros. Marivol ging rasch zur Pforte. Kurz bevor er auf die Straße trat, über-

legte er noch, ob er nicht noch einmal in das Wachzimmer zurückkehren sollte, um herauszufinden, was Lagrange im Depot zu suchen hatte. Aber dann besann er sich eines Besseren. Wo immer Lagrange auftauchte, wollte er lieber nicht sein.
Er lenkte seine Schritte in Richtung Boulevard. Dieses Viertel zwischen der Rue Le Pelletier und der Chaussee d'Antin beherbergte neben der Oper und der Börse nicht nur jene Halbwelt, die den Journalen ihre Geschichten lieferte, sondern auch die großen und kleinen Cafés und Kneipen, in denen die Chronisten dieser Geschichten sich einzufinden pflegten. Zwar hatte keines der Cafés des Boulevards eine feste Klientel, doch bestimmte Zeitgenossen, die sich ein Café als Lieblingsplatz erkoren hatten, zogen automatisch weitere Angehörige des gleichen Stammes nach sich. Da das Café Robespierre, das Marivol nun betrat, der bevorzugte Aufenthaltsort eines Mannes war, der das Zeitungsgewerbe revolutioniert und bisher alle Konkurse und Gerichtsverfahren unbeschadet überstanden hatte, war es nur natürlich, daß Journalisten sich hier einfanden.
Henri de Villemessant, der Gründer des *Figaro*, war außerdem einer von Marivols wichtigsten Brotgebern. Dieser aus Rouen gebürtige Erfinder des Reklamejournalismus war von einer dem Bombast ergebenen Zeitströmung emporgetragen worden und eine seiner perfektesten Verkörperungen. Im Klatsch und Tratsch des Boulevards war Villemessant in seinem eigentlichen Element. Napoleon hatte dafür gesorgt, daß kritische Stimmen zu verstummen hatten. Villemessant sah zu, daß es in der von oben dekretierten Stille nicht langweilig wurde. Hier ein Skandal, dort ein Gerücht, dazwischen viel Reklame und ein paar Nachrichten. Solange das Zweite Kaiserreich andauerte, würde der *Figaro* das Geplapper dazu liefern.
Während Marivol auf eine Gruppe in der Ecke zuging und die

ersten Gesprächsfetzen von den umstehenden Tischen aufschnappte, konnte er sich des Eindrucks nicht erwehren, daß dieses Getöse aus Sottisen und Halbwahrheiten das genaue Abbild dessen war, was im undurchsichtigen Kopf des Kaisers vor sich gehen mochte. Ein Wust von Gedanken, die das ganze Spektrum der Zeit durcheilten, ohne ein einziges Mal eine wirkliche Einsicht in diese Zeit zu gewinnen. Wenn Napoleon dabei manchmal die Situation richtig erfaßt hatte und seine Politik danach ausrichtete, so war das purer Zufall, so wie eine Uhr, die stillsteht, ja auch zweimal am Tag die richtige Zeit anzeigt.

Villemessant saß, von drei Journalisten umringt, in der Ecke, spielte wie üblich unablässig mit seiner schweren Uhrkette, die ihm über den mächtigen Bauch fiel, und erzählte mit heiserer Stimme von seiner letzten Verhaftung im Vorjahr. Aurélien Scholl, das Monokel ins Auge geklemmt, saß neben dem hageren Xavier Aubryet, der sichtlich Schwierigkeiten hatte, länger als eine Minute den Mund halten zu müssen, während Henri Rochefort, seines Zeichens Librettist und Erfinder schneidender Witze, unter seinen lodernden Haaren und hinter seiner zu groß geratenen Stirn schon mit der Verfertigung eines solchen beschäftigt schien. Als Marivol sich zu ihnen setzte, erzählte Villemessant soeben von seiner letzten Verhaftung und seinem Aufenthalt im Gefängnis von Mazas.

»Und Sie blieben sechs Tage dort?« fragte Aubryet gerade, wohl fürchtend, noch ebensolange Villemessants Ausführungen lauschen zu müssen.

»Sechs Tage?« donnerte der massige Alte. »Sechs Wochen! Und warum? Das einzige, was sie in meiner Wohnung fanden, war ein gebündeltes Paket mit der Aufschrift ›Bernard‹. Die Polizei dachte, es wären Unterlagen über den Republikaner Bernard. Aber es waren nur lateinische Memoranda über den heiligen Bernhard, die mein Sohn bei mir vergessen hatte.

Ich beschwerte mich natürlich nach meiner Freilassung, und sie sagten, sie wären vorher nicht dazu gekommen, sich das Papierbündel anzuschauen. Ah, Monsieur Marivol, was trinken Sie?«

»Ein Bier«, sagte er, indem er versuchte, sich seines triefenden Umhangs zu entledigen. Scholl stand auf und bot ihm seinen Stuhl an. »Ich muß sowieso gehen«, sagte er.

»Viel Spaß«, sagte Aubryet und grinste. »Bring mir eine mit.«

»In deiner Größe werde ich schwerlich ein Modell finden. Da müßte man ja mit Pinzetten arbeiten«, erwiderte Scholl im Weggehen.

»Wovon reden die Herren bitte?« fragte Marivol.

»Taschenmösen«, knurrte Villemessant.

»Wie bitte?«

»Unser Freund Scholl hat einen Taschenmösenfabrikanten ausfindig gemacht und trifft ihn jetzt für ein Interview.«

»Wird so was jetzt schon industriemäßig hergestellt?«

»Nein, alles Handarbeit. Feinster Schweinedarm. Bei Seeleuten beliebt. Anscheinend ist es schwierig, mit Schwielenhänden zu onanieren. Aber es gibt auch Hofmodelle, die allerdings so groß sind, daß sie in Kutschen herumgefahren werden und sogar in der Oper auftauchen. Dafür putzen sie sich selber. Aurélien wird uns sicher genau erzählen, wie das vonstatten geht.«

»Und Sie wollen das drucken?« fragte Marivol ungläubig. Villemessant zuckte mit den Schultern. »Nicht verbatim, Scholl macht das schon durch die Blume.«

»Wenn es zu schlüpfrig wird, kann er es ja der *Naïade* verkaufen«, warf Rochefort ein, in Anspielung auf das Journal für Besucher öffentlicher Bäder, das auf Gummi gedruckt wurde.

»Haben Sie was für mich?« fragte Villemessant.

»Nichts vom Gericht«, antwortete Marivol. Er zog seinen Notizblock hervor und nannte ein paar Themen für Artikel. Rochefort und Aubryet hatten mittlerweile entdeckt, daß eine Boulevardsensation des Vorjahres das Café betreten hatte: der Romanschriftsteller Gaboriau, dessen Justizkrimi *Die Affäre Lerouge* den bisher glücklosen Verfasser von Artikelchen über das Pariser Leben über Nacht zum wohlhabenden Mann gemacht hatte. Er stand mit seinem Schäferhund am Tresen, während seine Freundin Millie, ein hübsches, blondes Persönchen, die als eine der wenigen Frauen in diesen Zirkeln geduldet wurde, verdrießlich regennasse Zigarren aus der Manteltasche zog. Marivol und Villemessant blieben allein am Tisch zurück, während ihre Kollegen sich beeilten, Millie trockene Zigarren zu bringen.

»Ich weiß nicht, was los ist«, sagte Villemessant, »aber diese ewigen Verhaftungen setzen mir mehr zu, als ich zugeben möchte. Und jetzt, mit der Weltausstellung und den ganzen ausländischen Gästen, wird es mit der Polizeiüberwachung noch schlimmer.«

Marivol nahm einen letzten Schluck dunklen Straßburger Biers aus seinem Glas und signalisierte einem vorbeifliegenden Kellner nach einem Blick auf Villemessant, daß er gleich noch zwei von der gleichen Sorte wünschte.

»Ein großes Theater, und wehe dem, der im Publikum Unruhe stiftet«, erwiderte er. »Schauen Sie sich die Stadt an. Alles blankgeputzt. Haben Sie schon mal so viele Müllwagen gesehen? Eben war ich im Depot. Es quillt über von Bettlern und Tagedieben. Stellen Sie sich vor, es gäbe ein Attentat wie damals '58. Selbst wenn es schiefgeht, was für eine Schmach für den Kaiser. Ich wette mit Ihnen, in den nächsten Monaten brauchen Sie in Paris nur einen Pups zu lassen, und schon verschwinden Sie in Mazas. Was glauben Sie, wen ich heute morgen im Depot gesehen habe?«

Villemessant griff ihn am Arm und bedeutete ihm, zu schweigen. Marivol drehte sich herum und sah den Kellner mit den beiden Biergläsern kommen. Als er wieder verschwunden war, sagte Villemessant: »Nur für den Fall, daß Sie recht haben. Der Kellner ist jedenfalls neu hier. Also, wer war im Depot?«

»Lagrange«, flüsterte Marivol. »Höchstpersönlich und ohne Begleitung. Nicht Thavenet. Nicht Largillières. Auch nicht Dereste oder Marchal. Nein. Er selber. Am besten machen Sie Ihre Zeitung ein halbes Jahr zu oder drucken Kochrezepte.«

Villemessant lehnte sich zurück.

»Das mache ich ja jetzt schon.«

Die Erwähnung der vier Namen rief in Marivol üble Erinnerungen wach. Nach dem Attentat von Orsini im Januar '58 hatten sie grauenhaft gewütet. Die Verhaftungslisten waren endlos. Sogar längst Tote standen darauf. Das Sicherheitsgesetz vom 19. Februar schrieb für jedes Departement Verhaftungsquoten vor, und die Präfekten beeilten sich, die Vorgaben zu erfüllen. Im Schwarzen Kabinett wurden mehr und mehr Akten angelegt und neue Spitzel ausgebildet. Die Denunziationen nahmen ein ungekanntes Ausmaß an. Einer der Spitzel hatte Marivol unter dem Siegel der Verschwiegenheit erzählt, wie diskret man bei dergleichen Geschäften vorging und wie Sorge getragen wurde, daß auch nicht der Schimmer einer Spur davon zurückbleiben würde. Die Informanten fanden sich in Lagranges Büro im Keller des Palais des Tuileries ein und erstatteten Bericht. Wenn sie fertig waren, gingen sie zur Kasse, einem kleinen Schalterhäuschen kurz vor dem Kelleraufgang, der in die Gärten führte, um die Zahlungsformalitäten zu erledigen. Der Zahlvorgang war einfach. Der Spitzel trat vor die Glasscheibe des Schalterhäuschens hin und hauchte mehrmals dagegen. Dann schrieb er mit dem Finger seinen Namen auf das beschlagene Glas. Der Zahlmeister hinter der Scheibe schob das Geld durch den Schlitz. Der Informant nahm es entgegen, quittierte, indem er mit seinem Ärmel das Glas sauberwischte, und ging seines Weges. Wie viele Informanten es in Paris gegenwärtig gab, wußte niemand genau, Lagrange natürlich ausgenommen. Aber es waren wohl einige tausend, in jedem Fall genügend, um die Angst und das Mißtrauen bis in die letzten Winkel der Stadt zu tragen. Das zugehauchte Glas von Lagranges Zahlstelle – man konnte es in den stumpfen Augen der Menschen wiederfinden.

»Gehen Sie in Berufung gegen das letzte Urteil?« fragte der Journalist.

»Wegen des *événements*? Ich bin doch nicht verrückt. Mache ich die Zeitung halt wieder zu. Beim Kassationsgericht hätte ich keine Chance. Hundert Francs Strafe haben sie mir gegeben, wegen Berichterstattung über politische, wirtschaftliche und soziale Belange. Im Vergleich zum letzten Jahr ist das noch billig.«

Er starrte grimmig vor sich hin. Dann fixierte er Marivol plötzlich mit blitzenden Augen.

»Sie halten mich auch für einen Reaktionär, nicht wahr?«

Marivol schaute ihn verdutzt an.

»Ach«, fuhr Villemessant fort, »tun Sie doch nicht so. Ich weiß genau, was Sie von mir denken, Monsieur Marivol, wahrscheinlich das gleiche wie der Rest hier. Ich weiß, wie Scholl über mich redet. Villemessant, der alte Trottel, das ist ein Leben aus Tränen, Kalauern, Zornesausbrüchen und Annoncen. Gar nicht mal so schlecht gesagt, schließlich hat er ja bei mir gelernt. Aber wissen Sie was? Manchmal, wenn ich um mich blicke, überkommt mich der Eindruck, als sei gar nicht ich der Clown in diesem Zirkus, sondern all jene halbseidenen Republikaner und Sozialrevolutionäre, die sich bei mir in der Redaktion die Füße wärmen. In den Mansarden der Studenten, den Dachstuben der Bohème, in den verlassenen Praxen von Ärzten ohne Patienten und Anwälten ohne Klienten gibt es jede Menge angehender Brissots, Dantons, Marats, Robespierres und Saint Justs. Doch wollen wir diese Leute wirklich auf das Volk loslassen? Seien wir doch einmal ehrlich. Und soll ich mich für sie ruinieren? Schauen Sie sich das an, die Geldstrafen der letzten Monate. Oktober, tausend Francs. Januar, achthundert Francs.«

Marivol war sich nicht recht darüber im klaren, worauf Villemessant hinauswollte. Es überraschte ihn überhaupt, bei ihm einen Anflug von Selbstzweifeln zu entdecken. Er mußte an diesem Morgen schon eine Menge Bier getrunken haben.

»Man wirft mir vor, ich hätte keinen Charakter«, fuhr er fort. »Als wäre das keine Volkskrankheit. Nichts meidet ein Franzose mehr, als einer Minderheit anzugehören. Bei jeder Frage sucht man hier instinktiv die Meinung der Mehrheit und schließt sich ihr an. Napoleon hat das durchschaut. Er durchschaut uns, weil er keiner von uns ist. Er weiß, daß hier keiner ein Rückgrat besitzt. So war das vor dreihundert Jahren. So ist das immer noch. Dann dieser blinde Haß auf die Obrigkeit, der zu gar nichts führt. Ganz unten die Bauern hassen sowieso jeden, der einen Mantel oder eine Soutane trägt.«

»Aber wehe, man vergeht sich an der Dorfkirche«, warf Marivol ein und überlegte gleichzeitig, wie er Villemessants Gefasel entkommen sollte.

»In manchen Departements, in vielleicht zwanzig von den sechsundachtzig, liebt der Bauer seine Dorfkirche. Aber in jedem Departement haßt er den Priester.«

»Und den Präfekten«, skandierte Marivol und schlug sein Bierglas auf den Tisch.

»Nein. Den Präfekten kennt er überhaupt nicht. Das ist für ihn nur eine abstrakte Idee, die für die Regierung steht. Und die Regierung liebt der Bauer seltsamerweise, weil sie der Feind seines anderen Hauptfeindes ist, des Händlers, des Fabrikanten, des Patrons, mit einem Wort: des Bourgeois. Der wiederum haßt alles und jeden, weil er vor allem und jedem Angst hat. Er haßt und fürchtet das Volk, er haßt und fürchtet

das, was vom Adel noch übriggeblieben ist, und er haßt und fürchtet die Regierung.«
»Warum die Regierung?« fragte Marivol und schaute sehnsüchtig zu Rochefort und Aubryet hinüber, die sich prächtig mit Millie zu unterhalten schienen.
»Weil sie ihn besteuert, weil sie ihm Freihandel vorschreibt, weil sie Krieg führt und Rekruten aushebt und weil sie sich in den Handel einmischt. Und solange sich alle gegenseitig hassen und ihren Widerstand nicht gegen den richten, der uns die Freiheit geraubt hat, wird dieser Zirkus weitergehen. Ich habe mich damit irgendwie arrangiert. Aber es soll bloß keiner sagen, ich hätte meinen Spaß daran.«
Nun war Marivol wirklich erstaunt. Wieviel Bier hatte der alte Zeitungsmacher wohl an diesem Morgen getrunken? Das war nicht der Villemessant, der seine Tage damit zubrachte, Paris sein hohles Geschwätz abzulauschen, um es dann für ein paar Sous in gedruckter Form wieder ins Getöse zurückzuwerfen. Vielleicht hatte Mazas ihm zugesetzt? Oder war es das Alter?
Der massige Alte rückte näher an Marivol heran.
»Wenn Sie etwas finden, lassen Sie es mich wissen. Ich hätte nicht übel Lust, in den nächsten Wochen ein paar Funken zu schlagen. So viele Besucher ...«
Der Journalist sah ihn an.
»Wieviel?«
Villemessant machte eine wegwerfende Handbewegung.
Am Nebentisch stellte der Kellner einen Teller ab, auf dem kunstvoll das Wechselgeld arrangiert war.
»Soll ich etwas erfinden?«
»Nein, nein. Nur die Augen und Ohren offenhalten. Warum, sagten Sie, war Lagrange im Depot?«
»Ich weiß es nicht. Aber wo der sich herumtreibt, werden Sie mich sicher nicht finden.«

»Hm. Trinken Sie noch etwas? Kann ich Ihnen noch etwas bestellen?«
Marivol deutete auf den Teller auf dem Nebentisch.
»Ja, sicher. Ich hätte gerne diese Nachspeise dort.«
Villemessant schaute sich kurz um und blickte Marivol dann herausfordernd an. Die Bierfahne, die ihm aus seinem Mund entgegenwehte, ekelte Marivol. Aber noch weitaus mehr störte ihn Villemessants nächste Bemerkung.
»Früher hätten Sie sich nicht mit einem Nachtisch zufriedengegeben.«

Als Marivol wieder auf die Straße trat, hatte ein leichtes Schneetreiben eingesetzt. Er wickelte seinen Umhang fester um seine Schultern. Trotz des schlechten Wetters waren mehr Menschen als üblich unterwegs. Wie viele es wohl bis zur Eröffnung der Ausstellung am Montag noch werden würden? Als das Schneetreiben an Stärke zunahm, blieb er unter einem Balkonvorsprung stehen und betrachtete die vorübergehenden Passanten. Eine kleine Straßenszene nahm plötzlich seine Aufmerksamkeit gefangen. Ein vielleicht achtjähriges Mädchen lief auf der anderen Straßenseite auf und ab und sprach herumschlendernde Männer an. Marivol konnte nicht hören, was dort gesprochen wurde, aber es bedurfte nicht vieler Phantasie, sich auszumalen, welche Art von Ware sie dort feilbot. Das Mädchen war dunkelhaarig, ihre Kleidung verwahrlost, ihr Gesicht schmutzig. Doch nach einigen Minuten schien sich jemand für ihr Angebot zu interessieren. Die Verhandlung nahm nur wenige Augenblicke in Anspruch. Das Mädchen nahm den Mann bei der Hand. Der schüttelte sie unwirsch ab, aber er folgte ihr dennoch, und nach einigen Schritten verschwanden sie in einer kleinen Seitenstraße, die hier auf den Boulevard mündete. Es war nur ein Laune, die Marivol veranlaßte, den beiden zu folgen. Er überquerte den

Boulevard, ging bis zu der kleinen Straßenmündung und schaute um die Ecke. Vielleicht zwanzig Meter vom Boulevard entfernt stand eine Kutsche am Straßenrand. Das kleine Mädchen hielt die Tür geöffnet, der Mann stieg ein, das Mädchen folgte ihm und schloß den Wagenschlag. Die Straße war verlassen. Marivol ging langsam auf die Kutsche zu. Durch das hintere Glasfenster sah er, daß sich noch eine weitere Person im Wageninneren befand, ein weiteres Mädchen von vielleicht vierzehn Jahren. Als er noch näher herangekommen war, traf ihn plötzlich der Blick des kleinen Mädchens, das den Mann von der Straße in die Kutsche gelockt hatte. Ihr Gesicht schwebte hinter der Glasscheibe. Sie schaute ihn an, verzog jedoch keine Miene. Marivol trat noch einen Schritt näher. Der Mann saß auf dem Polstersitz, hatte den Kopf an die Rückwand gelegt und hielt die Augen geschlossen. Das ältere Mädchen war nicht zu sehen. Das kleine Mädchen schaute noch immer Marivol an, der in vielleicht drei Meter Entfernung von der Kutsche stehengeblieben war. Schneeflocken schwebten vom Himmel herab. Ohne zu wissen warum, trat er noch einen Schritt näher. Vielleicht um sicherzugehen, daß seine Augen ihn nicht täuschten. Als er nahe genug herangekommen war, sah er schließlich, daß der Kopf des älteren Mädchens über dem Schoß des Mannes langsam auf- und niederging. Die ganze Zeit hatte das kleine Mädchen nicht den Blick von ihm genommen. Er starrte ungläubig auf den Kopf dort unten, seine grotesken Bewegungen. Da öffnete das Mädchen hinter der Glasscheibe langsam den Mund und formte mit ihren Lippen einen runden Trichter. Ihr Gesichtsausdruck war unverändert. Sie schaute Marivol direkt in die Augen. Dann wandte sie ihren kleinen Kopf langsam nach links, dann nach rechts, dann wieder nach links und begann, mit erwachsener Sorgfalt und kindlichem Fleiß das Kutschenfenster zuzuhauchen.

Eine Stunde später erschien Marivol, eine Flasche nicht ganz billigen Branntwein unter dem Arm, am Portal des Depots und bat darum, in die Wachstube vorgelassen zu werden.

III.

Alles Sichtbare hatte sich verdoppelt: Menschen, Trottoirstühle, Werbeplakate, Verkaufsstände, die Zimmerpreise, die Zahl der Schuhputzer und die der Prostituierten. Vervielfacht hatte sich indessen auch das Unsichtbare: das Zentralgefängnis am Quai d'Horloge quoll über von bei Razzien eingesammelten Bettlern und Obdachlosen, die das übliche Heer von Dieben und Betrügern ergänzten. Die Vorschrift, jeden einzelnen Fall innerhalb von vierundzwanzig Stunden zu bearbeiten, wurde nicht gelockert, und seit den frühen Morgenstunden des 27. April 1867, einem Mittwoch, war der schmale Gang zwischen dem Depot und dem *Petit Parquet,* dem Schnellgericht, von reger Betriebsamkeit erfüllt.

Das *Petit Parquet* befand sich hinter einer dunklen Mauervertiefung neben der *Sainte-Chapelle*, einem kalten Sakralbau, der über alles, was ihn umgab, einen dunklen, kalten Schatten warf. Die kleinen und schlecht beleuchteten Zimmer, in denen die für die Erstuntersuchung zuständigen Beamten saßen, sahen aus wie Kellerräume. Selbst im Sommer war es hier feucht und kalt. An den Wänden wellten sich grünlich gestreifte, von Salpeterflecken gesprenkelte Tapeten. Draußen auf dem Gang standen und saßen die Halbweltkreaturen, die wegen irgendeines Vergehens aus ihrer erbärmlichen Existenz hierher befördert worden waren. Im Depot hatten sie die Nacht mehr stehend als liegend hinter sich gebracht, waren dann den dunklen, gekachelten Korridor entlanggelaufen, der das Depot mit dem *Petit Parquet* verband, und warteten nun darauf, einem Haftrichter vorgeführt zu werden. Bewacht wurden sie von den stumpfen, aber aufmerksamen Augen der Polizisten, die diese Versammlung mit einer Mischung aus Ekel und Verachtung betrachteten. Beeindruckt von diesem täglichen Schauspiel war keiner von ihnen mehr. Was sie da vor sich sahen, erinnerte sie nicht an Menschen, sondern an das Gewimmel von Getier, das man im Garten unter Steinen findet, die man lange nicht umgedreht hat. Der einzige Unterschied war, daß Insekten nicht so stanken.

Marie kauerte auf dem eisigen Boden und versuchte, der Kälte Herr zu werden. Die Nachwirkungen der schlaflos verbrachten Nacht ließen sie bisweilen einnicken, und als ihr Name aufgerufen wurde, reagierte sie zunächst nicht. Erst nach dem dritten Mal fuhr sie erschrocken in die Höhe und folgte dem Gendarmen benommen in eines der Verhörzimmer.

An einem großen Tisch, der sich unter Aktenbergen bog, saßen ein Untersuchungsbeamter und ein Gerichtsschreiber. Der Gendarm führte Marie an einen leeren Stuhl vor dem Tisch und bedeutete ihr, sich zu setzen. Dann schloß er die Tür, nahm einen daneben stehenden Holzschemel und stellte ihn davor. Schließlich setzte auch er sich, plazierte seinen Säbel zwischen den Beinen und lehnte sich abwartend nach hinten.

»Sie sind Marie Lazès, geboren am 14. Februar 1833 in Paris, wohnhaft in Belleville?«

Der Gerichtsschreiber schaute kurz von seiner Akte auf, während der Haftrichter die Frage stellte.

Marie nickte.

»Bitte antworten Sie mit Ja oder Nein. Sie wissen, warum Sie hier sind?«

Der Mann sprach ruhig und freundlich auf sie ein. Aber seine Art zu fragen hatte dennoch einen Anflug von Strenge.

»Man hat mein Kind ermordet.«

Der Gerichtsschreiber sah Marie an. Der Haftrichter sagte nichts, sondern bedeutete ihr, weiterzusprechen. Ihre Lippen zitterten. Stoßweise kam es aus ihr hervor. Bruchstücke von Sätzen. Gestammelte Anklagen. Sie habe Camille nach Lariboisière gebracht, und jetzt läge er tot in der Morgue. Der Polizist habe sie geschlagen. Man habe sie als Mörderin beschimpft. Doch sie sei keine Mörderin. Niemals. Camille sei krank gewesen, und sie habe ihn ins Krankenhaus gebracht. Und jetzt sei er tot. Man müsse die Mörder suchen.
Der Haftrichter suchte in seinen Unterlagen und zog ein Dokument daraus hervor.
»Frau Lazès. Kommissar Morsini hat gestern abend das Krankenhauspersonal von Lariboisière befragt. Niemand kann sich daran erinnern, Ihr Kind entgegengenommen zu haben. Die Akten des Krankenhauses wurden ebenfalls überprüft. Es gibt keinerlei Eintragung. Wie erklären Sie sich das?«
Marie schaute auf die beigefarbenen Papierbögen mit schwarzen Zeichen darauf, die der Mann vor sie hingelegt hatte.
»Wann haben Sie Ihr Kind ins Krankenhaus gebracht?«
»Am Sonntag, am Sonntag abend.« Ihre Stimme zitterte. Maries Gesicht war bleich, ihre Augen von Tränen gerötet.
»Könnten Sie mir bitte genau erzählen, was Sie am Sonntag gemacht haben. Alles, verstehen Sie, alle Einzelheiten.«
Marie starrte den Mann an. Dann schluckte sie, versuchte ein Schluchzen zu unterdrücken, was ihr nicht gleich gelang.
»... er hatte den ganzen Tag geschrien. Schon morgens ...«
Sie hatte alles versucht. Die Milch, die sie ihm mittags einflößte, spuckte das Kind einfach aus. Ob sie es hinlegte, herumtrug, wiegte, an sich drückte, auf den Bauch oder Rücken legte oder am Ende einfach anschrie: Es änderte nichts. Camille brüllte und ruderte hilflos mit seinen kleinen Armen. Also war sie nach Lariboisière gegangen. Nachmittags. Nein, die genaue Zeit wußte sie nicht. Aber ein gehöriger Betrieb

sei dort gewesen. So laut und wirr war es dort, daß sie mit ihrem schreienden Kind gar niemandem besonders aufgefallen war. Jedenfalls kümmerte sich niemand um sie. Man bat sie, zu warten. Über eine Stunde saß sie in der Empfangshalle, Camille auf dem Schoß, der eingeschlafen war, und als sie die gräßlichen Menschen sah, die dort umherliefen, und die vielen Kranken, da habe sie vor Ekel nicht bleiben können, sondern war wieder nach Hause gegangen. Dort begann Camille schon bald wieder zu schreien. Immer mehr, immer gellender. Er wollte sich einfach nicht beruhigen. Aber sie konnte nicht noch einmal ins Krankenhaus zurück. Bloß nicht dorthin, an diesen gräßlichen Ort. Die Nachbarin meinte, das seien sicher Blähungen, aber als sie Camille am Abend auswickelte, sah sie, daß er übelriechenden Durchfall hatte. Außerdem seien seine Arme und Beine eiskalt gewesen, die Füße schon ein wenig blau und die Augen eingefallen. Da sei sie dann doch wieder nach Lariboisière gegangen. Aber die Tore waren geschlossen.

Da auf ihr Pochen und Rufen keine Reaktion erfolgte, war sie um das Krankenhaus herumgelaufen und hatte gesehen, daß am Seitenflügel im ersten Stock Licht brannte und eine Tür offenstand. Sie ging die Treppe hinauf. Dampf sei ihr entgegengekommen. Sie war in den Raum hineingegangen und sei dort einer Frau begegnet. Sie habe ihr ihre Not erklärt, und die Frau habe Camille entgegengenommen und sie nach Hause geschickt.

Am nächsten Tag war sie wie gewohnt um fünf Uhr morgens zur Arbeit gegangen und in der Mittagszeit auf den Markt, um Abfälle zu sammeln. Nach der Arbeit wollte sie nach Camille schauen, aber sie hatten an jenem Tag wieder diese Bleischwefelgarne verarbeitet, von denen vielen Näherinnen schlecht wird, und deshalb habe sie am Abend nicht die Kraft gehabt, nach Lariboisière zu gehen. Aber am nächsten Abend wäre sie bestimmt hingegangen. Doch am Dienstag, als sie von der Arbeit kam, war da die Polizei.

Das Kratzen der Feder des Gerichtsschreibers erstarb. Der Haftrichter musterte die Frau neugierig. Sein Gesicht verfinsterte sich etwas. Der Anblick dieser Unglückseligen hatte durchaus etwas Mitleiderweckendes. Vor zehn Jahren war sie vielleicht einmal hübsch gewesen mit ihren blonden Haaren und den großen blauen Augen. Fast ein Engelsgesicht, das auch schon bald einen kleinen Teufel angelockt hatte, um ihr schnell ein Kind zu machen. Wie hieß der Vater doch gleich. Berkinger? Seit Monaten unauffindbar. Vermutlich nach Deutschland zurückgekehrt, kurz nach der Geburt des zweiten Kindes, das jetzt in der Morgue lag. Er hatte durchaus Mitleid mit der Frau. Wovon sollte sie leben, geschweige denn ein Kind durchfüttern. Aber diese Lügen machten ihn wütend.

»Und warum Lariboisière und nicht Enfants Malades?«

»Wie hätte ich spät abends in die Rue de Sèvres gelangen sollen?«

»Aber Sie kennen das Kinderkrankenhaus?«

»Ja.«

»Ihr älterer Sohn, Johann, ist dort einmal behandelt worden?«

»Ja. Wir wohnten aber damals in der Rue Ménilmontant. Jetzt ist es zu weit dorthin.«

»Sie sind am Sonntag abend alleine zum Krankenhaus gelaufen?«

»Ja.«

»Die Pforte war geschlossen?«

»Ja.«

»Was taten Sie dann?«

»Das habe ich Ihnen doch schon gesagt. Ich ging um das Gebäude herum und gelangte zur Wäscherei.«

»Und dort trafen Sie eine Wäscherin, der Sie Camille gegeben haben?«

»Ja.«
»Und diese Frau war dort ganz alleine?«
»Ja.«
»Können Sie die Frau beschreiben?«
»Sie trug eine Haube. Eine Schürze.«
»Wie alt war sie?«
»Nicht sehr alt. Aber auch nicht jung.«
»War sie eine geistliche Schwester?«
»Nein, sie trug kein Kruzifix.«
»Können Sie sich an ihr Gesicht erinnern oder an ihre Stimme?«
»Sie sah aus wie alle Schwestern. Ihr Gesicht war rund. Ihre Stimme? Nein, sie sprach wie ich. Sie müssen doch wissen, wer dort im Krankenhaus arbeitet.«
Marie fühlte ihren Kopf schwerer und schwerer werden. Was sollten diese ganzen Fragen? Der Haftrichter beobachtete sie aufmerksam. Für einen Augenblick hörte man wieder nur das Kratzen der Feder des Gerichtsschreibers. Marie hob den Kopf und sah von einem zum anderen.
»Frau Lazès, glauben Sie an Zauberei?«
Der Ton seiner Stimme war schärfer geworden.
»Zauberei …?«
»Nun, Sie sagen, Sie hätten Camille in der Wäscherei einer Wäscherin gegeben. Wir haben das Krankenhauspersonal befragt und auch das medizinische Personal. Niemand dort kann sich daran erinnern, Ihr Kind entgegengenommen zu haben. Es gibt in Lariboisière keine Spur von Camille, auch in den Akten nicht. Wie erklären Sie sich das?«
Das Zimmer begann sich vor ihren Augen zu drehen. Sie keuchte vor Aufregung.
»Aber …«
»Frau Lazès. Wie viele Kinder, meinen Sie, sind bis heute in Pariser Krankenhäusern verschwunden?«

Marie schwieg.
»Nun?«
»Ich … ich weiß es nicht.«
»Ich will es Ihnen sagen. Keines. Aber was glauben Sie, wie viele Eltern oder Mütter wir im letzten Jahr hier hatten, deren Kind verschwunden war oder tot aufgefunden wurde?«
Jetzt begann das Rauschen in ihren Ohren. Ihr Magen verkrampfte sich. Das Blut schoß ihr in den Kopf.
»Wissen Sie, wie oft ich Ihre Geschichte schon gehört habe? Es ist immer die gleiche Geschichte, hundertmal im Jahr. Wo ist dein Kind geblieben, fragt man die Mutter. Oh, ich habe es zu meinen Großeltern gebracht, oder zu guten Menschen irgendwo, von denen noch nie jemand gehört hat. Es geht ihm gut, es wird dort gut versorgt. Bis die Leichen auftauchen, nicht wahr? Im Fluß, im See, in einem Koffer, im Schweinekoben …«
Marie wollte aufspringen, doch sie unterdrückte den Impuls. Haßerfüllt starrte sie den Haftrichter an, der zufrieden die Auswirkung seiner Sätze auf die Frau beobachtete. Er hätte sich gewünscht, daß es diesmal anders sein würde, daß die Frau ihm in wenigen Sätzen das Rätsel erklären könnte, das sie an seinen Tisch gebracht hatte. Aber wie üblich waren da nur die großen Augen eines Menschen, den seine Schuld in die Enge getrieben hat. Was ging nur in diesen einfachen Köpfen vor sich? Das ganze Ausmaß der Tat bis in alle Einzelheiten zu durchleuchten war nicht seine Aufgabe. Das würde der Untersuchungsrichter in den nächsten Tagen besorgen. Er hingegen sah immer nur diese erstaunten Gesichter, den Unglauben darüber, daß die mehr oder minder wohlausgedachten Lügengebäude der im Justizpalast angeschwemmten Straftäter schon nach kurzer Prüfung in sich zusammenfielen. Die nächsten Stationen des Gespräches mit dieser Frau konnte er schon vorausahnen. In den nächsten Minuten würde sie zu-

sammenbrechen oder zu weinen beginnen. Dann würde auf die erste Geschichte eine zweite folgen, daß das Kind gestorben sei und sie es aus Verzweiflung und um die Bestattungskosten zu sparen in den Fluß geworfen hatte. Doch hatte sie es vielleicht sterben lassen? Oder erstickt? Wie viele hatten hier vor ihm am Tisch gesessen und mit Leib und Seele etwas beschworen, was sich später als unwahr herausstellte. Dabei war der Haftrichter nicht unempfindlich für die abgrundtiefe Verzweiflung, die diese Frau dazu geführt haben mochte, ihr vielleicht krankes Kind irgendwo in Paris auszusetzen oder seinem Leben, da sie das Kind nicht ernähren konnte, ein Ende zu bereiten. Vielleicht glaubte sie sogar selber an die Geschichte, die sie sich ausgedacht hatte. Schlechte Gewissen und leere Mägen waren gute Geschichtenerzähler. Aber sie würden die Wahrheit schon aus ihr herausholen. Freilich nicht er selbst und auch nicht hier in diesem Raum. Das Justizsystem würde es tun. Er hatte die faule Frucht nur zu erkennen und an der Stelle zu markieren, wo das Übel seinen Ausgang genommen hatte. Dann würde das Verfahren seinen Lauf nehmen. Noch heute brächte man die Frau nach Saint Lazare. Dort, im Gefängnis, würde sie bis morgen warten, bis der Untersuchungsrichter sich mit der Akte vertraut gemacht hatte, den kaiserlichen Staatsanwalt informiert und von diesem die Anweisung bekommen hatte, den Fall einer genaueren Prüfung zu unterziehen. Vielleicht war es angezeigt, zwei »Maulwürfe« in ihrer Zelle unterzubringen, die in vertraulichen Gesprächen all das aus ihr herauslocken würden, was der Untersuchungsrichter sonst in langen, mühsamen Verhören aus ihr herauspressen müßte. Morgen oder spätestens am Freitag wäre es soweit. Man würde sie erneut aus Saint Lazare abholen, in den Justizpalast bringen, einer neuerlichen Befragung unterziehen und den Druck allmählich verstärken. Vielleicht wäre noch ein zweiter Gang in die Morgue vonnöten, falls sie nicht gestehen

wollte. Es war wenig wahrscheinlich, daß bei einer erneuten Konfrontation mit der Wirklichkeit das Wahnbild fortdauern und die Schuld nicht den heilsamen Weg des Geständnisses suchen würde.
»Abführen!«

VI. Kapitel

II. Heft, 9. Juli 1992

Ich gehörte zu den ersten, die am Freitag durch die Glastür die Bibliothek betraten, und verließ sie als letzter. Auch am Samstag wartete ich Stunde um Stunde, las die verschiedenen Beschreibungen der Peripetien des Zweiten Kaiserreiches und ging so oft zum Katalog, zur Toilette oder in die Raucherecke, daß der Pförtner mich schon verwundert anschaute, wenn ich einmal wieder vorbeikam. Ich verbrachte zwei Stunden im Photoraum, machte Aufnahmen von den Photographien des Weltausstellungsgebäudes und sah immer wieder zu ihrem verwünschten Tisch hin, der leer blieb. Als es draußen dämmerte, sah ich ein, daß sie nicht mehr kommen würde. Nur vereinzelt brannte noch eine grüne Schreibtischlampe auf den langen Tischreihen. Der Kartentischbereich lag völlig verlassen im Zwielicht des ausgehenden Tages. An der Buchausgabe war schon seit Stunden niemand mehr gewesen. Die Dame dahinter strickte und wartete geduldig, bis auch die letzten Leser um sechs Uhr endlich nach Hause gehen würden.

Die vielen Bücher, die vornehme Stille all dieser Nachschlagewerke und Bibliographien, gepaart mit dem draußen hereinbrechenden Abend, ließen eine angenehm-traurige Stimmung in mir aufkommen. Mein Rücken schmerzte, die Augen brannten mir vom vielen Lesen, und ich machte mir nur noch wenige Notizen, konnte mich kaum noch dazu aufraffen, den Kugelschreiber in die Hand zu nehmen, um noch eine Einzelheit oder eine weitere Anekdote in meinem Schreibheft zu vermerken. Noch vierzig Seiten, und ich wäre

endlich am Ende dieses rätselhaften Lebens angelangt. Ich hatte in den letzten Tagen die drei Monographien und auch noch einige Aufsätze und diverse Erinnerungen gelesen, die sich mit dem Leben dieses Louis Napoleon befaßten. Jetzt lag es vor mir, einem impressionistischen Bild nicht unähnlich, ein Puzzle aus unmöglichen Farben, die in ihrer Gesamtheit seltsamerweise doch eine Welt hervorbrachten.
Ich war auf Spuren von Persönlichkeiten gestoßen, die ich lieber verfolgt hätte. Da war die Geschichte eines unbekannten Kölner Geigers, den der Schaum des Boulevard- und Theaterlebens des Zweiten Kaiserreiches in den Olymp der Musikgeschichte emportragen sollte. Oder ein deutscher Geschäftsmann, der im Krimkrieg durch Geschäfte mit dem russischen Militär den Grundstock für sein späteres Vermögen legte, das es ihm Jahre später gestatten würde, ein bis heute einzigartiges Projekt in der Türkei zu verwirklichen. Oder jener Schweizer Philanthrop, der wie Louis Napoleon nach der Schlacht von Solferino zwischen den Leichenhaufen und den brüllenden Verwundeten herumirrte, es dann jedoch nicht dabei beließ, geschockt zwei Schachteln Zigarren zu rauchen, sondern über Abhilfe nachsann. Aber wohin hätte das führen sollen, wenn ich jetzt auch noch das Leben von Offenbach, Schliemann oder Henri Dunant nachgelesen hätte?
Außerdem suchte ich in Wirklichkeit nur Spuren von ihr in dieser vergangenen Welt, die mich mit ihr verband.
Im Zweiten Kaiserreich geschah etwas, was heute unvorstellbar wäre: Frankreich wird fast zwanzig Jahre von einem Kaiserpaar regiert, das Französisch nur mit Akzent spricht, Louis Napoleon mit einem deutschen, Eugénie de Montijo mit einem harten, spanischen. Sobald Napoleon an der Macht war, wurde die Geschichte auf einmal genau so, wie ich sie immer gehaßt hatte: ein Aufeinanderfolgen von Kriegen, Friedensschlüssen, Konferenzen, Bündnissen und Wortbrüchen. Ein

ordinärer Länderschacher zwischen alten Männern auf dem Rücken von Tausenden von Toten. Ich las die Entwicklung nach, die zum Krimkrieg führte, den Kampf um Sebastopol, eine der ersten großen Kriegstragödien der Neuzeit. Nicht nur der vielen Opfer wegen, sondern auch im Hinblick auf die dilettantische Kriegführung, die überhaupt nur deshalb weiterlaufen kann, weil unablässig neue Leiber in den Reißwolf vor Sebastopol nachgeschoben werden. Das Gemetzel dauert bis in den Spätsommer des Jahres 1855. Der Berg Malakoff wird erstürmt, und Sebastopol fällt. Aber eine Kriegsentscheidung ist das nicht. Nun zeigt sich Napoleons eigentliche Stärke: die Diplomatie. Das bisher neutrale Österreich wird überredet, zu drohen, ebenfalls in den Krieg einzusteigen, falls Rußland nicht einlenkt und an der Friedenskonferenz in Paris teilnimmt. Im Februar und März 1856 tagen die Kriegsparteien in der französischen Hauptstadt und geben Napoleon so Gelegenheit, als Schiedsrichter aufzutreten. Das Ergebnis bestand eher in einer Rückkehr zum Status quo, mit einem geschwächten Rußland, das sich aus dem Balkan zurückziehen mußte, dafür allerdings Sebastopol zurückerhält, und einem gestärkten Frankreich, das nun auf dem Balkan mitsprechen kann. Napoleons Prestige wird indessen aufgewertet und noch durch ein weiteres Ereignis gestärkt: Eugénie wird im März von einem Sohn entbunden.
Malakoff. Sebastopol. Jetzt wußte ich wenigstens, woher diese seltsamen Namen von diversen Pariser Metro-Stationen stammten. Der nächste Krieg hat auch einen gestiftet: Solferino. Ein Boulevard ist ebenfalls nach einem entsetzlichen Blutbad aus dem gleichen Krieg benannt: Magenta.
Dieser Italienfeldzug, der eigentlich ein Krieg gegen die österreichische Besatzung ist, wird durch das Attentat von 1858 ausgelöst. Als die kaiserliche Kutsche an einem Abend im Januar vor der Oper vorfährt, explodieren drei Bomben. Italie-

nische Nationalisten wollen Napoleon an sein Carbonaro-Versprechen erinnern. Orsini, der Hauptschuldige, wird noch am gleichen Abend gefaßt. Hundertsechsundfünfzig Tote und Verletzte sind zu beklagen, aber das Kaiserpaar ist unversehrt. Napoleons Jugendsünden haben ihn eingeholt. Trotz großer Gewissensbisse läßt er Orsini hinrichten, verhandelt jedoch im Hintergrund schon bald mit Cavour und Victor Emanuel. Piemont provoziert Österreich, das ein Ultimatum stellt. Im April 1859 ist der Krieg da. Wenige Tage nach Beginn der Kampfhandlungen überschreiten französische Truppen die piemontesische Grenze. Diesmal führt der Kaiser selbst den Oberbefehl, was zwei fatale Konsequenzen nach sich zieht: Der Krieg geht fast verloren, und die in Paris zurückgebliebene Eugénie beginnt, sich in die Politik einzumischen. Die Schlacht bei Magenta wird nur deshalb von Frankreich gewonnen, weil Österreich noch mehr Fehler begeht als das französische Heer. Drei Wochen später kommt es zur Entscheidungsschlacht bei Solferino. Napoleon bleibt im Hintergrund, kann, wie er selbst gesagt hat, mit dem Durcheinander einer Schlacht, die er sich als mathematisch durchgeplantes Manöver vorgestellt hat, nicht umgehen. Er scheint geistesabwesend, gibt keine Befehle, raucht dreiundfünfzig Zigarren. Nach der Schlacht überquert er das Schlachtfeld, sieht die Toten und Verwundeten, besucht auch noch ein Feldlazarett und geht tief betroffen von dannen. Den Schatten des Onkels füllt er hier nicht aus.

Österreich tritt die Lombardei an Frankreich ab, das sie an Italien weitergibt und dafür Nizza und Savoyen erhält. Der Kaiser in Wien ist gedemütigt und muß tatenlos zusehen, wie das Prinzip der Volkssouveränität in Italien Einzug hält. Der Deutsche Bund und Preußen schielen nervös an die Rheingrenze, hinter der jeden Augenblick wieder der Bonapartismus revolutionäre Funken über die Grenzen sprühen könnte.

Immer wieder dieser seltsame Widerspruch. Ein Kaiser, der anderen Völkern die Freiheit zu bringen droht und im eigenen Land durch einen Staatsstreich an die Macht kommt und sein Regime durch Massenverhaftungen, Staatsterror und eine geknebelte Presse absichert. Ein demokratisch verklärter Diktator.

Im Rückblick sieht man schon Anfang 1860, welche Lawine durch den Italienfeldzug losgetreten wurde. Der nächste Nationalstaat will sich formen: Deutschland, unter preußischer Führung. Das große Gegengewicht, Österreich, ist durch die Niederlage in Italien geschwächt. Napoleon wird durch Eugénie in das Mexiko-Abenteuer hineingerissen und ist abgelenkt, als Preußen im deutsch-dänischen Krieg die erste Weiche für sich stellt und zwei Jahre später in Königgrätz Österreich eine vernichtende Niederlage beschert und damit die deutsche Dualismusfrage endgültig für sich entscheidet.

Bei der Mexiko-Episode griff ich zum ersten Mal wieder nach dem Kugelschreiber, so aberwitzig erschien mir das alles. Es beginnt wie eine Offenbach-Operette und endet wie eine Wagner-Tragödie. Außerdem hatte sie sich damit beschäftigt, Manets Gemälde betrachtet. Maximilians Schicksal. Die Schüsse von Queretaro. Irgendwo führte es in ihre Nähe.

Seit seiner Unabhängigkeit 1822 hatte es in Mexiko etwa fünfzig Präsidenten gegeben. Das riesige Land war durch jahrzehntelange Bürgerkriege verelendet und in einer kolossalen Finanznot. 1859 leiht sich Staatspräsident General Miguel Miramon in Europa Geld. Ein Schweizer Bankier namens Jean-Baptiste Jecker fädelt das Geschäft ein. Er schließt mit der mexikanischen Regierung einen Vertrag und verspricht Geld und Waren im Wert von etwa vier Millionen Schweizer Franken. Im Gegenzug muß Mexiko den Staatsschatz und die Silberminen im Wert von 70 Millionen Schweizer Franken verpfänden, ein schlechterdings unvorstellbarer Zinssatz. Jecker beschafft das Geld bei europäischen Regierungen. Vor allem Spanien und England wittern ein gutes Geschäft, aber auch Frankreich kauft die lukrativen Staatsanleihen. Im Folgejahr wird Miramon von Benito Juarez gestürzt, der 1861 die Hauptstadt besetzt und zum Präsidenten gewählt wird. Benito Juarez ist Napoleons Nemesis, ein hochintelligenter, unbeugsamer Mann von altaztekischer Grausamkeit, eine jener Führerfiguren, welche jahrelange Bürgerkriege hervorzubringen pflegen. Er konfisziert alle katholischen Besitztümer, stellt die Zinszahlungen auf die Staatsschulden ein und verweist Jecker des Landes. Die Gläubigermächte schließen sich zusammen und entsenden eine Flotte nach Mexiko. Im Januar 1862 landen englische, französische und spanische Kriegsschiffe in Vera Cruz und besetzen das Küstengebiet. Eigentlich sollte Mexiko nur zur Hebung seiner Zahlungsmoral eingeschüchtert werden. Als Frankreich jedoch damit beginnt, sich im Land selbst festzusetzen, ziehen England und Spanien ihre Truppen ab. Napoleon scheint die Gelegenheit günstig, einen Brückenkopf in der Neuen Welt zu etablieren. Die Vereinigten Staaten sind durch den Bürgerkrieg im eigenen Lande nicht in der Lage, in Mexiko einzugreifen. 1863 besetzen französische Truppen die von Benito Juarez geräumte mexikanische Hauptstadt. Obwohl der Versuch, Mexiko dauerhaft zu besetzen, nach zeitgenössischer Einschätzung dem Versuch gleichkommt, das Meer austrinken zu wollen, reift im französischen Kaiser nun die Idee heran, dort ein katholisches Kaiserreich zu errichten. Eugénies Einfluß auf die französische Politik wird spürbar. Abgesetzte mexikanische Diplomaten umlagern sie und malen in goldenen Farben ein von einem europäischen Staat eingesetztes, monarchistisches Mexiko. Als Spanierin erliegt sie diesen Einflüsterungen leicht. Welch ein Triumph wäre es, die ehemalige spanische Kolonie auf diesem Wege wiederzugewinnen. Dem Bären, dessen Fell nun verteilt werden soll, ist es zwar noch nicht abgezogen, aber man begibt sich auf die Suche nach einem Kandidaten für den mexikanischen Kaiserthron. Und es findet sich einer, der dieses Danaergeschenk annimmt: Erzherzog Maximilian von Habsburg, der Bruder des Kaisers von Österreich. Er führt zu dieser Zeit das Schattendasein des Zweitgeborenen. Sein Amt als Gouverneur des Lombardo-Venetianischen Königreiches gibt es seit dem Krieg von 1859 nicht mehr. So bleibt dem humanitär-liberalen Maximilian zwar die verhaßte Mittlerfunktion zwischen dem autoritären Familienhaus in Wien und der italienischen Freiheitsbewegung, für die er große Sympathie hat, erspart, aber er sitzt untätig mit seiner jungen Ehefrau Charlotte, der Tochter des belgischen Königs Leopold I., auf seinem Schloß *Miramare* bei Triest. So nimmt es nicht wunder, daß ihn die Kaiserkrone lockt, die Napoleon ihm anbietet. Allen Warnungen zum Trotz empfängt er eine Delegation von Exilmexikanern, die ihm einreden, das Land sehne sich nach Ruhe und Ordnung unter der Regierung eines europäischen Monarchen. Maximilian verlangt, vom Volk berufen zu werden. In einer beispiellosen Propagandaaktion werden in mexikanischen Städten und Dörfern Bögen ausgelegt, damit die Bevölkerung bekunden kann, daß sie eine kaiserliche Regierung anerkennt. Der Großteil der Bevölkerung kann weder lesen noch schreiben. So werden die Unterschriften summarisch abgegeben oder erpreßt.

Um weiter auf Maximilian einzuwirken, lädt Napoleon das erzherzogliche Paar nach Paris ein und empfängt es mit kaiserlichen Würden. In einem Vertrag wird festgelegt, daß Frankreich Maximilian niemals im Stich lassen werde. Schöne Worte. Die genaueren Bedingungen sprechen eine andere Sprache. Napoleons Throngeschenk an Maximilian gleicht einer Aufforderung zum Suizid. Die knapp vierzigtausend in Mexiko stationierten französischen Soldaten werden stufenweise

abgezogen, damit das neue Kaiserreich allmählich eine eigene Armee aufbaue.
Als Beigabe folgt die Aufforderung zur Bankrotterklärung. Maximilian erhält jede Menge Schulden. Zehn Millionen Pfund Sterling einer englischen Anleihe von 1851 sind zu verzinsen, dazu eine Anleihe von 210 Millionen Francs, die gerade an den Börsen von Paris und London aufgelegt wird. Der neue Kaiser muß außerdem alle Kosten erstatten, die dem französischen Staat zwischen 1862 und 1864 durch die Besetzung entstanden sind. Ab 1864 sind für jeden französischen Soldaten eintausend Francs pro Jahr fällig. Schließlich sind alle von Benito Juarez enteigneten Franzosen zu entschädigen, wofür ein Viertel der 210-Millionen-Anleihe sofort beim französischen Staatsschatz abzuliefern ist.
Neben Napoleon schien Jecker geradezu bescheiden.
Franz Joseph dünkt das Vorhaben gefährlich, da es schon an eine Unverschämtheit grenzt, den Vereinigten Staaten eine Monarchie vor die Haustür zu setzen. Der Sezessionskrieg würde nicht ewig dauern, und Washington läßt eindeutig vernehmen, daß es an der Monroe-Doktrin festhält und keinerlei Einmischung in amerikanische Angelegenheiten duldet. Franz Joseph beschwört seinen Bruder, die Krone abzulehnen. Auch andere Stimmen warnen. Als Maximilian erfährt, daß er im Falle der Thronannahme auch noch auf alle habsburgischen Erbrechte verzichten muß, will er von seinem Versprechen zurücktreten. Die Nachricht schlägt in Paris wie eine Bombe ein. Eugénie verfällt in Weinkrämpfe. Die Börsen, an denen die Mexiko-Papiere auf den Startschuß der Intervention warten, geraten in Aufruhr. Napoleon ist düpiert und in der französischen Öffentlichkeit, die das Mexiko-Abenteuer verurteilt, bloßgestellt. Von allen Seiten wird Maximilian bestürmt, insbesondere von Napoleon, der ihn an seiner verwundbarsten Stelle trifft: seiner Ehre. »Was würden Sie von mir denken«,

schreibt er, »wenn ich, wenn Euer Kaiserliche Hoheit bereits in Mexiko sind, plötzlich sagen würde, daß ich die Bedingungen nicht mehr erfüllen kann, die ich mit meiner Unterschrift bekräftigt habe?« Drei Jahre später sollte die vor Verzweiflung und Furcht um ihren Mann fast schon irre gewordene Charlotte dem französischen Kaiser diesen Satz vorhalten. Ohne Ergebnis, wie man weiß.
Maximilian nimmt die Krone schließlich an. Am 28. Mai 1864 trifft er mit Charlotte in Vera Cruz ein. Die Straßen sind nahezu menschenleer. Das Gelbfieber wütet. Die Weiterreise erfolgt über eine kurze Strecke per Bahn, dann per Diligencen, von denen nicht wenige auf den katastrophalen Straßen umfallen. Im konservativen Puebla erfolgt ein erster Empfang, den man sich sonderbarer gar nicht vorstellen kann. Ganze Rudel barfüßiger Indianerkinder säumen den Zug und bestaunen den Mann mit dem mächtigen blonden Vollbart und dessen hübsche Frau. Nach drei Wochen erreichen sie die Hauptstadt. Ein Empfang ist organisiert worden. Jegliches Gesindel läuft dem Zug voran und schreit *viva el emperador.* Musikkapellen in den umliegenden Kneipen und halbnackte Indianer mit Blasinstrumenten veranstalten ein Höllenspektakel. Der völlig verrottete Regierungspalast ist notdürftig hergerichtet worden. Des Ungeziefers wegen verbringt das kaiserliche Paar die erste Nacht auf einem Billardtisch.
Die nicht abreißende Kette von kleinen und großen Rückschlägen und Fehleinschätzungen, die die dreijährige Regierungszeit Maximilians in Mexiko langsam auf eine Katastrophe zusteuern ließen, füllten bald mehrere Notizblätter auf meinem Tisch. Von der Weltausstellung glaubte ich mich mittlerweile so weit entfernt wie Maximilian von seinem schönen Schloß an der Adria. Ob sie die menschliche Tragödie dieses Mannes auch so mitgerissen hatte wie mich? Maximilian war ein weltfremder, gutmeinender Träumer gewesen,

der ein Wespennest regieren und dabei auch noch Honig herstellen sollte. Es gab daraus eigentlich nur zwei Auswege: den Tod oder den Wahnsinn. Maximilian wählte den ersten, seine Frau Charlotte den zweiten Weg.
Korruption und Parteiengezänk machen es unmöglich, eine funktionierende Verwaltung aufzubauen. Benito Juarez' republikanische Truppen und Maximilians zusammengewürfeltes Heer liefern sich endlose Scharmützel. Der Rest des Landes wird von Banden kontrolliert. Das Ende des Bürgerkrieges in den Vereinigten Staaten bedeutet Waffenlieferungen und Unterstützung für Juarez, der militärisch allmählich die Oberhand gewinnt. In Europa ist durch Preußens Blitzsieg über Österreich die Lage Frankreichs auf einmal überaus düster. Napoleon hofft, in dem Konflikt nach alter Manier wieder als Mittler auftreten zu können. Für seine Neutralität im preußisch-österreichischen Krieg fordert er das Saarland und die Pfalz. Doch sein Plan, für Nichtstun die Rheingebiete und Luxemburg kassieren zu können, schlägt fehl. Statt dessen sieht er sich plötzlich einem siegreichen, bis an die Zähne bewaffneten Preußen gegenüber, das jegliches französisches Änderungsbegehren an der Westgrenze als Kriegsgrund bezeichnet. Gleichzeitig beginnt Napoleon einzusehen, daß Mexiko ein Alptraum zu werden droht, und zieht seine Unterstützung allmählich zurück. Er braucht die Truppen jetzt in Europa. Im Herbst 1866 schlägt er Maximilian vor, abzudanken. Maximilian lehnt ab, da ihn seine Umgebung beschwört, zu bleiben und sie nicht Juarez preiszugeben. Daraufhin befiehlt Napoleon im Dezember 1866, alle Truppen abzuziehen, nicht nur die französischen Soldaten und Fremdenlegionäre, sondern auch das österreichische und belgische Freikorps.
Unter düsteren Vorahnungen ist Charlotte bereits im Sommer 1866 nach Europa gereist, um den französischen Kaiser an sein Versprechen zu erinnern. Doch Napoleon hat jetzt, nach Kö-

niggrätz, andere Sorgen. Er schickt Eugénie vor, die mexikanische Kaiserin zu empfangen, doch Charlotte besteht auf einer persönlichen Unterredung mit ihm. Es gibt deren mehrere, die jedoch alle nichts bewirken. Krank, gebeugt, mit wässerigen Augen lauscht der Kaiser dem Bitten, dem Flehen und schließlich den Vorwürfen Charlottes und verläßt sie nach der letzten Unterredung wortlos.
Charlotte wird an Napoleons Verweigerung irre. Schon halb der Welt entrückt, erkennt sie, daß Frankreich über Mexiko bereits vor geraumer Zeit sein Kreuz gemacht hat. Eine letzte Hoffnung verspricht sie sich von einer Audienz beim Papst. Sie reist nach Italien. Das Wiedersehen mit dem geliebten *Miramare* rührt sie zu Tränen. Auf der Reise nach Rom stellen sich erste Gemütsverwirrungen ein, sie denkt, daß man sie vergiften will. Da in einigen Seehäfen die Cholera wütet, muß man viele Umwege machen. In der heiligen Stadt angekommen, verschlimmert sich Charlottes Zustand. Der Papst empfängt sie, kann jedoch nichts für Mexiko tun. Ihr Verfolgungswahn nimmt überhand. Aus Angst, vergiftet zu werden, weigert sie sich, den Vatikan zu verlassen.
Seit Menschengedenken hat im Vatikan keine Frau übernachtet, aber man bereitet ihr in der Bibliothek ein Bett. Seit ihrer Ankunft in Rom hat sie weder gegessen noch getrunken. Am nächsten Tag stürzt sie, fast dem Verdursten nahe, am Trevi-Brunnen nieder und trinkt aus einem dort an einer Kette festgebundenen Becher. Allmählich breitet sich Ratlosigkeit aus, was man mit der unglücklichen Frau tun soll. Durch eine List gelingt es, sie in ein Kloster zu locken. Man führt sie dort herum, zeigt ihr aus Unvorsichtigkeit auch die Küche. Als sie in einem Topf ein Stück Fleisch sieht, greift die halb verhungerte Kaiserin blitzschnell in das siedende Wasser hinein, reißt ein Stück Fleisch heraus und verschlingt es heißhungrig. Ihre Arme und ihr Mund bedecken sich mit Brandblasen. Jetzt holt

man eine Zwangsjacke und bringt Charlotte ins Hotel zurück. Die Familie in Belgien wird alarmiert. Ein Arzt soll Maximilian Bericht erstatten. Charlottes Zustand wird immer bedenklicher. Um sie überhaupt zum Essen zu bewegen, muß man die Speisen direkt vor ihren Augen zubereiten. Drei lebende Hühner sind an einem Tischbein angebunden und werden in ihrer Anwesenheit geschlachtet und zerlegt. Außerdem ist eine Katze da, die von jedem Bissen kosten muß, bevor die Kaiserin etwas davon zu sich nimmt. Ihr Bruder bringt sie im Oktober wieder nach *Miramare*, wo sie nicht bleiben will. Lichte Momente und Wahnvorstellungen lösen sich ab. Nun verdächtigt sie selbst Maximilian, ihr ans Leben zu wollen, weil sie ihm keinen Thronfolger geboren hat. Die weiteren Ereignisse nimmt sie nicht mehr wahr. Sie ist schon nicht mehr von dieser Welt, die sie jedoch noch über ein halbes Jahrhundert lang als Geist bewohnt. Man bringt sie nach Brüssel, wo sie abwechselnd im Schloß von Tervuren und im Schloß von Laeken im Kreis der Familie gepflegt wird, bevor man sie, gerade einmal siebenundzwanzig Jahre alt, auf Schloß Bouchot einquartiert, der letzten Station dieser nun einsetzenden, ewig langen Dämmerung. Selbst Gott schien sie vergessen zu haben. Erst 1927 fand er Zeit, ihr die Augen zu schließen.
Während Charlotte in Brüssel eintrifft, wird in Mexiko das Schicksal ihres Ehemannes besiegelt. Nach dem Abzug von Napoleons Truppen ist Maximilian einzig und allein auf seine sogenannte Nationalarmee angewiesen, die nur aus Mexikanern besteht. Juarez' Übermacht ist erdrückend. Maximilian verläßt die Hauptstadt und begibt sich nach Queretaro, einer der vier noch verbliebenen Städte unter kaiserlicher Kontrolle, die schon bald von der Hauptmacht der republikanischen Truppen eingeschlossen wird. Mehrere Fluchtmöglichkeiten werden nicht genutzt oder vereitelt. Maximilians Ehrgefühl

und die Furcht vor der Schmach, als abgedankter Kaiser nach Europa zurückzukehren, lassen ihn zaudern. Oder hat ihm Charlottes Schicksal, von dem er mittlerweile erfahren hat, schon den Überlebenswillen genommen? Queretaro fällt im Mai 1867 nach einundsiebzigtägiger Belagerung durch Verrat. Maximilian wird gefangengenommen. Juarez ordnet ein kriegsgerichtliches Verfahren gegen den Monarchen und seine mexikanischen Generäle an. Die Nachricht wirft Schockwellen durch Europa. Man bestürmt Juarez, Maximilian auszuweisen. Doch auf Gnade ist nicht zu hoffen, denn Juarez hat den stolzen Abkömmling eines der ältesten und angesehensten Herrscherhäuser Europas gefangen, zu dessen Vorfahren Karl V., der Vernichter des Aztekenreiches, gehört. Ein Prozeß kann nur mit der Todesstrafe enden. Die internationalen Verwicklungen einer Hinrichtung sind für die mexikanische Regierung allerdings heikel. Eine Flucht Maximilians wäre ein bequemer Ausweg. Aber das Verhalten des ehemaligen Kaisers wird nun völlig unbegreiflich. Mehrere Fluchtangebote schlägt er unter Hinweis auf sein Ehrgefühl aus. Was für eine Schande, wenn man ihn auf der Flucht erschießen würde! Das Ansinnen, seinen Bart und seine Haare zu schneiden, an denen man ihn sofort erkennen würde, weist er entrüstet von sich. Eine Intervention der Vereinigten Staaten hätte Juarez die Möglichkeit gegeben, das Gesicht zu wahren, doch Washington schweigt. Am 12. Juni findet im städtischen Theater der Prozeß statt. Drei der Richter stimmen für die Erschießung, drei für Verbannung. Der Vorsitzende gibt mit seiner Stimme die Entscheidung und verurteilt Maximilian zum Tode.

Am 16. Juni soll die Hinrichtung stattfinden. Als letzten Gnadenakt verschiebt Juarez den Termin um drei Tage. So kommt der 19. Juni 1867 heran. Strahlend geht die Sonne auf. Maximilian ist seit drei Uhr früh wach und lauscht der Messe,

die ein Pater für ihn und seine beiden mitverurteilten Generäle liest. Im Morgengrauen bringt man die drei Verurteilten zur Hinrichtungsstätte auf dem Cerro de la Campana. Die Stadt, durch die das Exekutionskommando marschiert, ist von tiefer Stille erfüllt. In schwarzem Zivilanzug geht Maximilian die hundert Schritte zum Hügel hinauf, neben ihm seine beiden Generäle. Das Exekutionspeloton aus acht Soldaten ist angetreten. Der Offizier, der den Befehl zur Erschießung geben muß, stammelt bewegt einige Worte, die wie eine Entschuldigung klingen. Maximilian gibt jedem der Schützen eine Münze und bittet sie, gut zu zielen. Er richtet seine letzten Worte an die Umstehenden, bittet um Vergebung und wünscht, daß sein Blut dem Lande zum Wohl gereichen möge. Da senkt der Offizier den Säbel, und sieben Schüsse krachen. Maximilian erhält fünf Gewehrkugeln, vier in den Bauch, eine in die Brust. Er wälzt sich auf dem Boden und bittet mit einem Handzeichen um den Gnadenschuß. Zwei Soldaten zielen aus kürzester Distanz auf ihn. Die Schüsse gehen fehl. Man läßt einen anderen Soldaten schießen. Die Kugel dringt auf der rechten Seite ein. Der Stoff seines Wamses beginnt zu brennen. In seinem Schmerz reißt sich Maximilian mit der rechten Hand den Knopf seines Gilets ab. Sein Diener schüttet etwas Wasser auf die Brust, um das Feuer zu löschen. Ein letzter Gewehrschuß, abgefeuert aus kürzester Distanz vom Korporal des Pelotons, dringt in das Herz des Sterbenden und beendet seine Leiden. Eine weitere Salve besiegelt das Schicksal der beiden Generäle.
In der Nacht vom 29. auf den 30. Juni trifft die Nachricht von Maximilians Erschießung in Paris ein. Die Weltausstellung ist auf ihrem Höhepunkt. Am nächsten Tag soll die Preisverleihung für die besten Ausstellungsstücke stattfinden. Eugénie und der Kaiser sind beim Ankleiden, als man ihnen die Nachricht am Morgen überbringt. Sollte die Preisverleihung abge-

sagt werden? Ich stellte sie mir vor, Eugénie und Napoleon, wie sie, die Hiobsbotschaft im Hinterkopf, mit huldvollem Lächeln die Medaillen überreichten. Die Öffentlichkeit erfuhr erst am nächsten Tag die Schreckensnachricht.

Allmählich begriff ich, was Heinrich gemeint hatte, als er von der politischen Bedeutung der Weltausstellung gesprochen hatte. Es war eine Traumweltausstellung gewesen, was unfreiwillig in der abrißfähigen Monumentalität des Gebäudes seinen Niederschlag gefunden hatte. Während überall am Horizont die Schatten des Verderbens heraufzogen, hatte sich das Zweite Kaiserreich ein ephemeres letztes Denkmal gesetzt. Die Schaubuden des Fortschritts waren nichts anderes als Potemkinsche Dörfer einer universalen Menschheitsbeglückung. Alles, was diese Inszenierung zu gefährden drohte, wurde ausgeblendet. Wie alle Eroberungen, so war auch Mexiko ein reines Geldgeschäft gewesen, lediglich im Kopf Maximilians verbrämt durch die Vorstellung von einer aufgeklärten, monarchistischen Gesellschaft. Auf dem Marsfeld, im Zentrum der Weltausstellung, war dem guten Geist, der all diese Segnungen vollbringen sollte, ein eigener Tempel gewidmet: der Geldpavillon. Alle Maße, Gewichte und Münzen der Welt waren dort ausgestellt, um ihre Vereinheitlichung zu beschwören zur Herstellung des universellen Friedens und des freien Handels zwischen den Völkern. Louis Bonaparte als Friedenskaiser. Die Börse als Messias. Während Napoleon von Woche zu Woche am Bahnhof einen neuen europäischen Fürsten in der Hauptstadt empfing, starb Maximilian in Queretaro, irrte Charlotte in beginnender geistiger Umnachtung durch die Flure von *Miramare,* studierte Bismarck mit seinen Militärberatern interessiert die Modelle der französischen Festungsanlagen, die auf der Weltausstellung zu besichtigen waren.

Müde und erschöpft stand ich von meinem Schreibtisch auf, klappte die Bücher zu und verwahrte meine Notizen. Bilder des Gelesenen zogen an mir vorüber, während ich die Bände an der Buchausgabe abgab und zur Garderobe ging. Manets Gemälde trat mir wieder vor Augen. Aber am hartnäckigsten verfolgte mich die immense Stille um das Bild von Charlotte, die Tag um Tag auf Schloß Bouchot das unzugängliche Reich ihrer verirrten Einbildungskraft durchmißt, sechzig Jahre lang, bis am 27. Januar 1927 ein kleiner Trauerzug in Brüssel den Leichnam im Schneetreiben von der letzten zur allerletzten Ruhestätte begleitet.

Ich brauchte einen Augenblick, bis das zeitgenössische Paris mich wiederhatte. Die Gehsteige im Marais-Viertel quollen über von umherschlendernden Passanten und untergehakten Paaren, die auf den schmalen Gehwegen aneinander vorbeibalancierten. Autos quälten sich im Schrittempo vorüber, Stoßstange an Stoßstange. Das Wochenende lag vor mir, ein einsamer Sonntag in einer noch fremden Stadt.
Ich verbrachte eine Stunde in einem kleinen Café unweit der *Archives Nationales,* leistete mir den Luxus eines *croque monsieur,* wie man diese überbackenen Käsetoasts nennt, ergänzte diese Schwelgerei auch noch durch ein Glas Rotwein und blätterte in einer Ausgabe von *Le Monde.* Die Weltbank mahnte irgendwelche Empfängerländer zu Haushaltsdisziplin. Ein berühmter deutscher Verleger war gestorben. Der Sicherheitsrat debattierte über eine Entschließung gegen den Irak.
Aber eigentlich dachte ich die ganze Zeit nur an sie. Was sie wohl gerade tat? War sie verheiratet? Hatte sie einen Freund? Gewiß. Vermutlich ging sie gerade Arm in Arm mit ihm dort draußen irgendwo spazieren oder saß mit Freunden beim Abendessen wie jeder normale Mensch, der nicht mit einem Stipendium in einer fremden Stadt allein vor sich hin lebt, den

Tag in Archiven verbringt und abends in Cafés vor sich hin brütet. Ich schaute neidvoll zu den anderen Tischen hinüber, wo zwei oder mehrere Personen beim Essen oder Kaffeetrinken zusammensaßen und sich unterhielten. Ich war nicht der einzige, der allein an einem Tisch saß, aber das war auch kein Trost. Ich versuchte mir auszumalen, was sie wohl an jener Zeit interessieren mochte, über die ich in den letzten Tagen so viel gelesen hatte. Was suchte sie in den Gerichtsakten über einen Kindesmord im Frühjahr 1867? Warum hatte sie Manets Gemälde von der Hinrichtung Maximilians angeschaut? Ob sie am Montag wieder in die Bibliothek kommen würde?
Wie weit waren meine Gedanken damals von dem entfernt, was sie in all diesen Geschichtstrümmern erblickt hatte. Ich stand vor diesem Panorama und hatte mich mehr oder minder zwangsweise damit beschäftigt. Das hatten wir gemeinsam. Nur war der Zwang bei ihr nicht äußerlich. Sie hatte ihr eigenes Schicksal, ihr eigenes Verhängnis darin gespiegelt gesehen. Warum das so war, hätte ich leicht in der Zeitung vor mir auf dem Tisch entdecken können. Es stand ja alles darin, seit Monaten, wie ich später feststellte. Aber was mich damals sehr viel mehr bewegte, war die Frage, wie ich es anstellen sollte, sie kennenzulernen. Allein der Gedanke an sie, die Vorstellung, sie anzusehen, ihre Stimme hören zu können, ihre Bewegung betrachten zu können, verwandelte alles. Ich versuchte, mir Einzelheiten ihres Gesichts in Erinnerung zu rufen, so wie man vergeblich einer einmal gehörten, schönen Melodie nachsinnt. Wahrscheinlich beschloß ich deshalb, vor dem Nachhauseweg einen Abstecher ins Centre Pompidou zu machen. Vielleicht würde es mir wenigstens gelingen, dieses Gedicht zu finden?
Obwohl es schon recht spät war, bildeten sich durch die scharfen Kontrollen an den Eingängen noch immer lange Schlangen. Man fürchtete in Paris zu Recht den langen Arm

Saddam Husseins. Es waren damals sogar die öffentlichen Papierkörbe abgeschraubt worden, um Bombenattentate zu erschweren. Sondereinheiten der Polizei patrouillierten mit Hunden in der Metro, und ein Gebäude wie das Centre Pompidou war natürlich ein leichtes Ziel für Bombenanschläge. Ich hatte, ehrlich gesagt, auch kein gutes Gefühl, als ich es jenseits der Rue de Beaubourg zwischen den Häusern hervorwuchern sah, nicht nur wegen der begründeten Furcht vor Anschlägen, sondern auch weil das Gebäude für meinen Geschmack so aussah, als sei das Attentat schon geschehen. Man mußte schon den letzten Rest von Form- und Farbgefühl in einem postmodernen Delirium verloren haben, um beim Anblick dieses Stangen- und Röhrenmonstrums nicht zu verzagen. Bekanntlich ist es müßig, über Geschmacksfragen zu streiten, aber wie zur Bestätigung meines Eindrucks, daß die Zukunft die Gegenwart hier schon überholt hatte, war neuerdings auch noch eine rückwärtslaufende Uhr auf dem Platz vor dem Centre Beaubourg aufgestellt worden. In einem gegen null laufenden Countdown tickerten die bis zum Jahre zweitausend noch verbleibenden Sekunden in einem über der Erde schwebenden Balken vor sich hin. Man konnte durchaus das Gefühl bekommen, in dieser gleichsam implodierten, eingefrorenen Zeitebene einen Augenblick lang in einem unheimlichen Futur II seine eigene posthume Existenz zu erleben. Die Zukunft war hier kein entfernter, geheimnisvoller Horizont für Hoffnungen und Ängste. Nein, man wurde im Sekundentakt mit ihr beschossen, mit Zeitpartikeln aus der Welt von morgen, die durch den Körper huschten und lautlos hinter dem eigenen Leben einschlugen.
Die über drei Etagen sich erstreckende öffentliche Bibliothek des Centre Pompidou hatte etwas von einem Supermarkt, in dessen Regalen Kunstbücher, Zeitschriften und meterweise Literatur aus fünf Kontinenten gesammelt waren. Fremdspra-

chen gab es in einem Selbstbedienungssprachlabor. Eine Bilderdatenbank auf CD-ROM enthielt alles, was man sich vorstellen konnte, vom Louvre-Gemälde bis zu den letzten Schnappschüssen aus *Time-Life*. Wer immer die Auswahl der Bücher vorgenommen hatte, war sehr fachkundig gewesen, denn der Querschnitt des Wissens war beeindruckend. Ich konnte das freilich nur für den Bereich Architektur beurteilen, den zu kennen ich mir einbildete. Es gab nicht nur einschlägige Standardwerke aus unterschiedlichen Ländern, sondern auch eine Menge spezifischer Fachliteratur. Sogar Heinrichs grandioses Buch über Frank Ghery stand hier und war offensichtlich durch viele Hände gegangen. So bunt wie die Sammlung des Wissens war auch das Publikum. Vom Studenten bis zum Clochard war alles vertreten. Obwohl es schon fast halb neun Uhr abends war, herrschte ein Betrieb wie in einem Kaufhaus am Nachmittag.
Die schöne Literatur war nach Ländern und Jahrhunderten geordnet. Ob Woody Allen englische oder amerikanische Dichter bevorzugte? Ich begann meine Suche mit dem Inhaltsverzeichnis einiger Lyrik-Anthologien des zwanzigsten Jahrhunderts. Unwahrscheinlich, im neunzehnten Jahrhundert ein reimloses Gedicht zu finden, dachte ich. Da ich den Titel des Gedichtes nicht kannte, halfen die Inhaltsverzeichnisse natürlich nichts. In einer der Anthologien stieß ich jedoch auf einen Index für Gedichtanfänge. Vielleicht gab es ja so etwas für die ganze englischsprachige Dichtung? Irgendwo zwischen einem *Index of fine arts* und einem *Index of foreign affairs journals* stieß ich im Katalog auf einen *Index of first lines*. Es war doch immer wieder erstaunlich, wie hilfreich die Ameisenarbeit von Archivierung und Dokumentation manchmal sein konnte. Keine zwei Minuten später hatte ich den Verweis gefunden. *somewhere i have never travelled* … von E. E. Cummings. Ich hatte den Namen noch nie gehört, was für die Bibliothe-

kare des Centre Pompidou glücklicherweise nicht galt. E(dward) E(stlin) Cummings: *Complete Poems: 1904-1962* fand ich ohne Schwierigkeiten im Katalog und den genannten Band in den Regalen für amerikanische Literatur. Am Photokopierer war eine lange Schlange, und so schrieb ich, wieder einmal, ab.

Auf dem Nachhauseweg hielt ich zweimal an, um den Text im Licht einer Laterne nachzulesen, wenn der Klang der Wörter in meinem Kopf ins Stocken kam. Ich habe in meinem Leben vielleicht vier oder fünf Gedichte auswendig lernen müssen, was Tage gedauert hat. Dieses hier wuchs wie von selber an meiner Seele fest, wie unsichtbare Flügel.

somewhere i have never travelled,gladly beyond
any experience,your eyes have their silence:
in your most frail gesture are things which enclose me,
or which i cannot touch because they are too near

your slightest look easily will unclose me
though i have closed myself as fingers,
you open always petal by petal myself as Spring opens
(touching skilfully,mysteriously)her first rose

or if your wish be to close me,i and
my life will shut very beautifully,suddenly,
as when the heart of this flower imagines
the snow carefully everywhere descending;

nothing which we are to perceive in this world equals
the power of your intense fragility:whose texture
compels me with the colour of its countries,
rendering death and forever with each breathing

(i do not know what it is about you that closes
and opens;only something in me understands
the voice of your eyes is deeper than all roses)
nobody,not even the rain,has such small hands

Der Versuch, das Gedicht ins Deutsche zu übertragen, beschäftigte mich bis weit nach Mitternacht. Ich bilde mir auf die Übersetzung nichts ein. Sie sollte zu nichts anderem dienen, als jener Frau, von der ich nicht einmal wußte, wie sie hieß, einen vorläufigen Namen zu geben. Draußen war alles still. Irgendwo schlug eine Glocke. Die einzigen Geräusche, die meine endlosen Formulierungsversuche begleiteten, waren das Rauschen des Computers und bisweilen das helle Klimpern des Kühlschranks, der klirrend abschaltete.

irgendwo, wo ich noch nie gewesen, wohl jenseits
jeglicher erfahrung, ist die stille deiner augen:
in deiner zartesten geste sind dinge, die mich umfassen
oder welche ich nicht zu berühren vermag, weil sie zu nah
sind

mühelos öffnet mich der flüchtigste deiner blicke,
wenn ich mich auch wie finger geschlossen habe,
so öffnest du mich doch stets blatt für blatt, wie der frühling
(mit verständiger, geheimnisvoller berührung) seine erste
rose

wünschest du aber, mich zu verschließen, so schließen
sich
plötzlich auf wundersame weise ich und mein leben,
als erträumte das herz dieser blume
des schneefalls leises herniedersinken

nichts auf dieser welt kommt der macht
deiner eindringlichen zartheit gleich,
deren tönung mich mit den farben ihrer herkunft lockt,
tod und ewigkeit mit jedem atemzug verströmend

(ich weiß nicht, was an dir sich schließt
und öffnet; nur etwas ist in mir, als fände
ich die antwort in der stimme deiner augen, tiefer noch
als rosen)
niemand, nicht einmal der regen, hat solch kleine hände

Mains de pluie, Regenhände, nannte ich sie heimlich, bis ich wenige Tage später ihren wirklichen Namen erfuhr.
Auch wenn ich sie niemals wiedergesehen hätte; diese Zeilen hätten mich immer an sie erinnert. Jetzt, da ich sie wieder lese, nach allem, was geschehen ist, hat das Gedicht noch immer die gleiche magische Wirkung auf mich, aber nicht mehr die gleiche Bedeutung.
Ich korrigiere mich: Es war ein anderes Gedicht.
Die Wörter sind gleich; doch es sind andere Worte.

VII. Kapitel

Es ist verwunderlich, daß alle Republikaner mehr oder weniger der Doktrin Rousseaus anhängen, der Theorie, daß der Mensch im Naturzustand gut sei und durch die Zivilisation moralisch deformiert würde – und alle arbeiten sie daran, ihn zu erziehen und zu zivilisieren.

Edmond et Jules de Goncourt
Journal
13. Dezember 1858

I.

Am Donnerstag morgen erhielt Antoine per Boten die Aufforderung, die Gerichtsakten für einen ihm übertragenen Fall abzuholen. Als er auf dem Boulevard du Palais aus dem Bus stieg, wehte ihm der Wind statt dicker Tropfen einen gischtartigen Regen ins Gesicht. Er eilte auf das gewaltige schmiedeeiserne Portal zu, das den Cour de mai gegen den Boulevard abgrenzte, und beeilte sich, den Innenhof des Justizpalastes zu durchqueren. Die Zeiten, wo man hier indexierte Bücher verbrannt und Verbrecher dem Volk gezeigt hatte, waren längst vorbei. Aber der Innenhof glich immer noch dem Foyer eines gewaltigen Theaters, und manche Prozesse lockten mehr Menschen an als eine Offenbach-Operette. Bis zur Fertigstellung des Eingangs an der Place Dauphine, von wo aus man das Schwurgericht auf der Westseite des Justizpalastes schnell erreichen konnte, war man gezwungen, das Palais von der östlichen Seite zu betreten, es sei denn, man wählte den noch mühseligeren Weg durch das Depot oder die Conciergerie. Beim gegenwärtigen Stand der Renovierungsarbeiten hatte man also eine gehörige Wegstrecke vor sich, wenn man

zum Schwurgericht wollte, so daß Antoine sich nicht nur wegen des scheußlichen Regens beeilte.
Er bog aus dem Wandelgang in die *Galerie des Merciers* ab, die früher eine regelrechte kleine Einkaufsstraße gewesen war und jetzt verödet dalag. Am Ende der Halle gelangte er schließlich an eine geschwungene Steintreppe, die zum Schwurgericht hinaufführte. Er warf einen kurzen Blick auf den Sitzungsplan, der ihm anzeigte, was heute in den beiden Schwurgerichtskammern verhandelt wurde, ging dann an der Bibliothek vorbei in die Gerichtsschreiberei, um die Anklageschrift einzusehen, wegen der man ihn herbestellt hatte. Er legte das Schreiben vor, der Gerichtsdiener verschwand damit in einem Labyrinth von Regalen und legte ihm kurz darauf die Akte auf den Tresen. Antoine quittierte, schlug das Dossier auf, las die obenauf liegende Anklageschrift.

Cour Impériale de Paris
Parquet du procureur général
Assises de la Seine
Acte d'accusation contre Lazès

Der Generalstaatsanwalt beim Kaiserlichen Gericht
zu Paris:

Nach Entscheidung vom achtundzwanzigsten März
achtzehnhundertsiebenundsechzig
verweist die Anklagekammer des benannten Gerichts
zur gesetzlichen Aburteilung
an das Geschworenengericht der Seine:
1 ° Marie Lazès, vierunddreißig Jahre alt, Näherin.
Der Generalstaatsanwalt erklärt nach Würdigung
der Tatsachen und der Beweisstücke
folgenden Sachverhalt …

Antoine überflog die Beschreibung der Tatumstände. Der Vorgang hatte nichts Außergewöhnliches an sich. Der Fall entsprach dem üblichen Muster: eine Mutter aus armen Verhältnissen; der Vater nicht auffindbar; die Leiche des Kindes war am Montag abend an der Uferböschung im Kanal St. Martin aufgefunden worden; als Todesursache kamen Erstikken und Ertrinken in Betracht. Keine Frakturen. Die hydrostatische Prüfung des Herz- und Lungengewebes war gleich nach der Obduktion Dienstag nacht durchgeführt worden, aber der endgültige Autopsiebericht stand noch aus.
Dies war schon die zweite Kinderleiche, die in den letzten sechs Monaten im Kanal St. Martin gefunden worden war. Antoine erinnerte sich beim Überfliegen der Anklageschrift an den Fall der Nathalie Schmidt, einer achtzehnjährigen Deutschen, die im Vorjahr ihren acht Monate alten Sohn im Kanal ertränkt hatte, weil sie, wie sie während des Prozesses im Januar aussagte, die Amme nicht mehr bezahlen konnte. Trotz mildernder Umstände war sie zu acht Jahren Zwangsarbeit verurteilt worden.
Warum ausgerechnet er diesen Fall zugewiesen bekommen hatte, war ihm ein Rätsel. Er hatte überhaupt keine Erfahrung mit dieser Art von Straftat. Was er darüber wußte, hatte er in Büchern gelesen. Er erinnerte sich undeutlich, daß in acht von zehn Kindesmordfällen die Tat unmittelbar nach der Niederkunft begangen wurde. Die Leichen der Neugeborenen fanden sich meist in den Abtrittgruben oder steckten noch in den Latrinenrohren fest, wo sie erstickt waren. Üblicherweise entdeckten andere Hausbewohner Spuren der heimlich erfolgten Niederkunft: blutige Laken und blutgetränkte Matratzen. Die Mütter waren meist sehr jung, oft nicht einmal zwanzig Jahre alt, arbeiteten als Hausangestellte oder Kindermädchen und hatten aus Angst, ihre Stelle zu verlieren, ihre Schwangerschaft verheimlicht. Es waren die älteren Mütter, die über dreißig-

jährigen, die Säuglinge und Kleinkinder ermordeten, entweder aus wirtschaftlicher Not oder, wie man bei der Befragung vor Gericht oft feststellen mußte, aus geistiger Verwirrung. Erstere weinten und schluchzten während der Verhandlung unablässig. Letztere starrten ausdruckslos vor sich hin, sprachen kein Wort und schienen sich ihrer Tat nicht einmal recht bewußt zu sein. Laut Vernehmungsprotokoll stellten sich bei Marie Lazès abwechselnd beide Zustände ein.

Sie hatte um ihre Tat herum eine recht komplizierte und völlig unglaubwürdige Geschichte erfunden. Sie habe das Kind gegen Mitternacht in der Wäscherei des Krankenhauses Lariboisière abgegeben, nachdem sie am Nachmittag nachweislich schon im Krankenhaus gewesen war und das Kind dort leicht der Obhut eines Arztes hätte anvertrauen können. Das war in der Tat seltsam, aber nach allem, was Antoine über dergleichen Fälle wußte, mußte man bei Kindesmord mit den unglaublichsten Vorkommnissen rechnen. Die Mütter schienen ihre Tat oft in völliger Gemütsverwirrung zu begehen oder verfielen durch ihr schlechtes Gewissen nach der Tat in einen solchen Zustand. Madeleine Bréteil deponierte ihr Kind, das sie gleich nach der Geburt erwürgt hatte, in einem Koffer in der Gepäckaufbewahrung am Nordbahnhof. Catherine Stein, gebürtig aus Landau, war erst vor wenigen Wochen überführt worden. Sie hatte ihr uneheliches Kind monatelang bei einer Amme untergebracht und regelmäßig besucht. Nach einem Besuch im November des Vorjahres starb das Kind plötzlich unter unsäglichen Krämpfen. Bei der Obduktion wurden im Magen des Kindes Phosphor und Holzstückchen gefunden. Die sechsundzwanzigjährige Mutter hatte bei ihrer Seele geschworen, der Vater habe das Kind durch einen bösen afrikanischen Zauber umgebracht. Schließlich gestand sie, das Kind mit einem mit Streichholzköpfen präparierten Keks gefüttert zu haben.

Nur eine Sache war ungewöhnlich am Fall der Lazès: Die Frau leugnete die Tat.
Die Anklageschrift schloß mit der üblichen Formel.

Straftat gemäß Artikel 240 Strafgesetzbuch.
Ausgefertigt beim Kaiserlichen Gericht zu Paris,
den achtundzwanzigsten März
achtzehnhundertsiebenundsechzig.

Der Generalstaatsanwalt
Chaix-D'Est-Ange

Artikel 240. Das war vorsätzlicher Mord. Antoine fluchte innerlich. Warum er? Der ganze Prozeß würde kaum Raum für eine anständige Verteidigung lassen. Es gab hier nichts zu verteidigen, lediglich Einzelheiten waren durchzustreiten, wie die Frage der Vorsätzlichkeit und die Möglichkeit mildernder Umstände. Der Staatsanwalt würde seine Freude daran haben. Sie geht erst ins Krankenhaus, beschließt, aus welchen Gründen auch immer, das Kind dort nicht in Behandlung zu geben, kehrt wieder nach Hause zurück, muß dabei das Wehr am Kanal St. Martin überqueren und wirft das Kind ins Wasser. Die phantastische Geschichte, die sie sich ausgedacht hatte, sprach auch nicht für sie. Warum belastete sie auch noch eine unschuldige Wäscherin?
Er überlegte. Die übliche Verteidigungsstrategie bei Kindesmord war, den Geschworenen die Notlage der Mutter und das Affekthafte der Tat glaubhaft zu machen. So kam es manchmal sogar zu Freisprüchen, insbesondere, wenn die Täterin jung, hübsch und verzweifelt war und ihr Brotherr sie verführt hatte. Aber im vorliegenden Fall sah die Sache schlimm aus. Die Frau leugnete die Tat, ohne eine plausible Erklärung dafür abgeben zu können, wie ihr Kind dort in den

Kanal gelangt sein mochte. Wenn sie bis zum Prozeß bei ihrer Behauptung blieb, stand Übles zu befürchten. Antoine würde versuchen müssen, sie zu einem Geständnis zu überreden, um dann das Verfahren auf Strafmilderung anzulegen.
Antoine verließ die Gerichtsschreiberei, begab sich in die Bibliothek und ließ sich die Akten der dieses Jahr bereits verhandelten Fälle bringen. Seit Januar waren nicht weniger als fünfzehn Verfahren wegen Kindesmord vor der Sechsten Strafkammer verhandelt worden. Er notierte sich die Termine, um die Prozeßprotokolle in der *Gazette des Tribunaux* leichter wiederzufinden. Dann bat er um die aktuelle Geschworenenliste, die fristgerecht zehn Tage vor der am ersten April beginnenden Sitzungsperiode erstellt worden war. Er notierte sich die Namen der am letzten Freitag ausgelosten sechsunddreißig Personen und der vier Stellvertreter. Welche zwölf von ihnen über Marie Lazès zu Gericht sitzen würden, würde erst am Verhandlungstag entschieden werden.
Heute war Donnerstag. Er würde zu Hause die Akten studieren, dann morgen ins Gefängnis von Saint Lazare fahren, um mit der Frau zu sprechen. Die Aussicht auf diesen unvermeidlichen Gang hob seine Stimmung nicht. Er hoffte nur, daß er sie zu einem raschen Geständnis würde überreden können. Was sollte er auch sonst tun? Eine Frau zu verteidigen, die aus dem Viertel stammte, wo man ihn vor drei Tagen fast erstochen hatte, ließ ein ungutes Gefühl in ihm wach werden. Aber dafür gab es schließlich Pflichtverteidiger. Für arme Teufel und für Fälle, die keiner haben wollte.
Er bestieg den Omnibus zum Straßburger Bahnhof, um Nicholas einen Besuch abzustatten. Glücklicherweise war nicht eingetreten, was der Arzt, der Nicholas behandelte, ihm vor zwei Tagen als Möglichkeit in Aussicht gestellt hatte, daß man nämlich vielleicht gezwungen sein würde, zu trepanieren, falls es sich nicht nur um eine Gehirnerschütterung handelte, son-

dern auch Blutgefäße verletzt worden waren. Nicholas hatte am Mittwoch zwar noch immer recht mitgenommen ausgesehen, aber alle Reflexe waren normal gewesen. Nirgends waren Lähmungserscheinungen aufgetreten, und Dr. Vesinier war zuversichtlich gewesen, daß keine Schädelbohrung notwendig werden würde.

Jetzt fiel Schneeregen vom Himmel. Statt der drei Sous für einen Platz auf dem Oberdeck reichte Antoine dem Schaffner den doppelten Betrag und zwängte sich neben einer dicken Frau auf einen der Sitze aus Mahagoni. Ein Peitschenknall erfolgte und setzte das Gefährt rüttelnd in Bewegung. Durch die klappernden Scheiben sah Antoine im Schneetreiben Häuserfassaden vorüberziehen. Schilder mit Werbung für zu vermietende Zimmer bewegten sich im Wind. Geschäfte zeigten an, daß sie wegen Todesfällen oder Hochzeiten geschlossen waren. Am Straßburger Bahnhof stieg er aus, ging den Boulevard Magenta hinauf und folgte der Rue Ambroise Paré bis vor den Eingang von Lariboisière. Mittlerweile kannte er den Weg und verirrte sich nicht mehr in den weitläufigen Flügeln des Krankenhauses.

Dieses modernste der Pariser Hospitäler war erst 1853 eröffnet worden und in fortschrittlicher Pavillonbauweise errichtet. Aus zwei langen Quergebäuden, die einen riesigen Innenhof umrahmten, wuchsen zu beiden Seiten fingerartig je drei mehrstöckige Seitenflügel heraus, worin sich die Schlafsäle befanden. Der Hof wurde zur Rue Ambroise Paré hin vom Hauptgebäude begrenzt, wo die Verwaltung, die Krankenaufnahme, die Küche und das pharmazeutische Dispensarium untergebracht waren. Den hinteren Abschluß des Komplexes am Boulevard de la Chapelle St. Denis bildete die Kapelle, um die herum sich Badesäle, Operationssäle, eine Wäscherei, die Leichenhallen und die Stallungen gruppierten.

Trotz des schlechten Wetters zog Antoine es vor, den Innen-

hof zu durchqueren, anstatt durch den umlaufenden Wandelgang den letzten Flügel auf der rechten Seite des Gebäudes zu erreichen, wo Nicholas im Schlafsaal im zweiten Stock untergebracht war. Der Anblick der in der Wandelhalle umherlaufenden und herumsitzenden Kranken, gepaart mit dem ekelerregenden Geruch, der das Krankenhaus bis in die letzten Winkel durchzog, erschien ihm weitaus unangenehmer als der naßkalte Innenhof. Auf der Treppe zum zweiten Stock hörte er schon Wimmern und Stöhnen. Ein süßlicher, fauliger Geruch stach ihm in die Nase. Er zog ein Tuch aus der Tasche, hielt es gegen das Gesicht gepreßt und betrat den Schlafsaal. Am Ende des Raumes sah er eine Schwester in einem mühlsteingroßen Kessel herumrühren, der auf dem Ofen stand. Offenbar wärmte sie irgendein Ragout auf. Antoine ging direkt auf Nicholas' Bett zu, fand sich jedoch zu seinem Erstaunen einem Menschen mit verbundenen Augen gegenüber. Seine Decke war halb heruntergerutscht und entblößte hellrote, mit gelber Paste eingeschmierte Brandwunden, die feucht glänzten. Antoine wandte sich entsetzt ab, ging zu der Krankenschwester und fragte sie, wo der Patient hingekommen sei, der gestern noch hier gelegen hatte. Sie zuckte mit den Schultern und verwies ihn an das Büro draußen im Gang.
Dort erfuhr er, daß man Monsieur Sykes gestern ins Dispensarium verlegt hatte. Er ließ sich den Weg erklären und beeilte sich, wieder in den Hof hinauszugelangen. Dort atmete er tief durch, verscheuchte die entsetzlichen Bilder von abgelösten Hautlappen und schwärenden Wunden und machte sich auf den Weg zurück ins Hauptgebäude. Als er die Krankenhausapotheke endlich gefunden hatte, erfuhr er, daß Nicholas bereits am Morgen von seiner Schwester abgeholt worden war. Er beglückwünschte den Freund im stillen, diesem Martyrium entkommen zu sein, und beschloß, da er nun schon einmal hier war, einen Blick in die Wäscherei zu werfen.

Sie war in einem Seitentrakt neben der Kapelle untergebracht und leicht zu finden, da er nur einem der Bediensteten folgen mußte, welche Wagen mit schmutziger Wäsche vor sich herschoben. Er hätte zwar lieber auch ein drittes Mal den Weg durch den Hof gewählt, doch dort ging nun ein solcher Platzregen nieder, daß daran nicht mehr zu denken war. Wenn dieses Wetter anhielt, so stand zu befürchten, daß die Seine doch noch über die Ufer treten würde.

Im ersten Raum traf er auf zwei Mädchen, die damit beschäftigt waren, Laken zusammenzulegen und über eine rollbare Holzleiter in meterhohe Regale einzuräumen. Im Raum dahinter standen riesige Waschzuber, an denen zwei junge Burschen und vier Wäscherinnen unablässig Laken schrubbten. Aber wenigstens war es hier warm, und der Seifengeruch bot einen wirksamen Schutz gegen den Gestank draußen in den Gängen.

Schließlich gelangte er in den letzten Raum und entdeckte beim Eintreten gleich eine Außentür, die am Ende des Zimmers zu einem Treppenabsatz hin geöffnet war. In diesem Bügelzimmer staute sich noch so viel Hitze aus der davorliegenden Trockenkammer, daß trotz der Kälte draußen und des niedergehenden Regens ein Mann und eine Frau hier mit hochgekrempelten Ärmeln schweißüberströmt arbeiteten. Sie schauten kurz hoch, als Antoine eintrat, ließen jedoch nicht von ihrer Arbeit ab. Er grüßte durch ein Nicken. Der Lärm der Trockentrommeln machte es ohnehin unmöglich, sich anders als schreiend zu verständigen.

Er ging nach draußen auf den Treppenabsatz und schaute zum nächsten Seitenflügel hinüber, wo er eben noch Nicholas gesucht hatte. Am Fuß der Eisentreppe verlief tatsächlich ein bepflanzter Weg, auf dem man an der Außenseite des Krankenhauses entlanggehen konnte. Käme nachts jemand hier entlang, könnte er durchaus aus der Ferne den Lichtschein sehen, der aus dem Bügelzimmer nach draußen fiel. Er prägte sich Einzelheiten ein, schaute sich die Gußeisentreppe genau an, die er rasch einmal hinunterlief. Dann erklomm er sie wieder, trat in den Türrahmen und musterte aufmerksam den Raum. Wurde hier spät nachts überhaupt gearbeitet? Wenn die Frau von einer Wäscherei gesprochen hatte, mußte sie zumindest schon einmal hier gewesen sein. Jedenfalls war es nicht ganz unerheblich, daß sie den Ort recht zutreffend bezeichnet hatte. Aber man wußte bei diesen Fällen ja nie.

Er winkte die Büglerin heran und fragte sie, wie lange sie hier schon arbeitete. Er verstand kaum ein Wort von dem, was sie sagte, nicht wegen des Lärms der Trockentrommeln, sondern wegen ihrer dahingemurmelten, undeutlichen Aussprache. Sie schien auch nicht ganz nüchtern zu sein, jedenfalls lallte sie leicht. Immerhin erriet er aus ihrem Gestammel, daß wohl etwa achtzehn Personen hier arbeiteten. Es gab vier geistliche Schwestern, eine Oberschwester, fünf Burschen und acht Dienstmädchen. Es wurde in zwei Schichten gearbeitet, die letzte endete um elf Uhr abends. Ob er auch von der Polizei sei? Antoine stutzte. Die Polizei sei hier gewesen? Ja, am Dienstag abend. Man hätte sie alle wegen eines Kindes befragt, das hier jemand abgegeben haben wollte. Am Mittwoch morgen seien noch einmal Polizisten gekommen, um die zu befragen, die am Dienstag nicht anwesend waren. Ob sie auch befragt worden war? Ja, natürlich, wie alle anderen. Und was hatte die Polizei herausgefunden? Was schon! Kein Mensch hatte hier eine Mutter mit einem Kind gesehen. Ob sie am Sonntag abend hier gearbeitet habe. Ja. Aber nur bis zehn Uhr. Sonntags gehe die Schicht nur bis zehn Uhr. Wer er denn sei, daß er hier so viele Fragen stellte?

Der Regen hatte wieder etwas nachgelassen, und Antoine beschloß, den Rückweg durch den Garten zu wählen. Er grüßte kurz, ging die Treppe hinunter und beeilte sich, auf die Rue

Ambroise Paré zu kommen, wo er nach kurzer Überlegung und einem Blick in den Himmel beschloß, sich eine Kutsche zu leisten.

Als er eine halbe Stunde später vor Nicholas' Haus auf der Rue de Grenelle aus der Kutsche stieg, sah er, daß die Fenster der Wohnung im zweiten Stock geöffnet waren. Er bezahlte den Fahrer, betrat den Hausflur und stieg langsam die enge Treppe hinauf. Im zweiten Stock hielt er kurz inne, ordnete seine Kleidung, nahm den Hut vom Kopf, strich sein Haar glatt und überprüfte, ob seine weißen Manschetten nicht unter den Mantelärmeln hervorschauten. Es verunsicherte ihn etwas, unangemeldet vorzusprechen. Nicholas hatte ihm ein wenig von seiner Schwester erzählt, daß sie etwas eigenwillig sei und den Frauen nacheiferte, die, anstatt sich zu verheiraten, lieber einen Beruf erlernen und arbeiten wollten. Die Situation war ihm auch deshalb unangenehm, weil er sich für das Unglück, das Nicholas zugestoßen war, mitverantwortlich fühlte. Hätte er nicht spätestens im *Girofle* erkennen müssen, daß der Engländer keine Ahnung hatte, worauf er sich bei diesem nächtlichen Spaziergang eingelassen hatte? Antoine wußte doch aus seinen Erfahrungen im Depot und im Justizpalast, wie gefährlich die Bevölkerung in den neuen Arrondissements war und daß selbst die Polizei davor zurückschreckte, nachts in diesen Vierteln zu patrouillieren. Das Brachland zwischen dem *octroi*, dem alten Steuerwall, und den Befestigungsanlagen von Louis Philippe war das bevorzugte Siedlungsgebiet der aus dem Stadtzentrum vertriebenen, armen Arbeiterbevölkerung, zu denen sich Tausende aus den Provinzen angereiste Arbeitsuchende gesellt hatten. 1860 waren diese Gebiete eingemeindet worden, aber Bercy, Belleville, Vaugirard, La Chapelle, La Villette, Charonne und Les Batignolles waren Namen, die für Schmutz, Verbrechen und Gefahr standen. Im Grunde war es Irrsinn gewesen, dort überhaupt hinzugehen. Warum hatte er

Nicholas gegenüber nicht darauf bestanden, von diesem Ausflug abzusehen? Wie sollte er dies seiner Schwester erklären? Indessen war er überrascht, als ihm, nachdem er angeklopft hatte, ein Mann die Tür öffnete. Antoine stellte sich vor, entschuldigte sich für sein unerwartetes Auftauchen und erklärte, warum er gekommen war.

»Ah, Monsieur Bertaut. Bitte kommen Sie herein. Collins ist mein Name. Von Beechham & Stark. Miss Sykes wird jeden Augenblick zurück sein. Sie bat mich, hier zu warten, falls Nicholas aufwachen sollte. Aber er schläft bereits wieder tief und fest. Die Reise von Lariboisière hierher hat ihn wohl erschöpft. Aber wenn Sie mich fragen, hat er dort die letzten zwei Nächte kein Auge zugetan.«

»Danke, sehr freundlich«, antwortete Antoine und fühlte sich fast ein wenig erleichtert, daß die Begegnung so noch einen kurzen Aufschub erfuhr. »Ich komme gerade von dort. Seinem schlimmsten Feind wünscht man keinen Aufenthalt im Hospital.«

»Das kann man wohl sagen. Miss Sykes hat ihn heute morgen um sieben abgeholt. Ganz allein. Als ich gegen zehn hierherkam, lag Nicholas schon friedlich in seinem Bett.«

Collins geleitete ihn ins Wohnzimmer, das eine Verwandlung durchgemacht hatte. Alles war aufgeräumt. Die Bücher und Papiere, die üblicherweise den Tisch, die Kommode an der Wand und auch die Stühle bedeckten, lagen ordentlich gestapelt in einer großen Holzkiste neben dem Durchgang zum Schlafzimmer. Ein großer Strauß weißer Lilien schmückte den Tisch. Die Öllampe war neben das Teeservice auf die Kommode gewandert, wo außerdem Schreibutensilien, Briefpapier, Lederhandschuhe und eine Lederhandtasche abgelegt worden waren. Der Holzboden war vor nicht allzu langer Zeit gewischt, die Gardinen waren zur Seite gezogen worden. Durch die geöffneten Fenster wehte zwischen zwei Regenschauern kalte Luft ins Zimmer hinein, in der nicht die Spur von Frühling zu bemerken war. Collins beeilte sich jetzt, die Fenster zu schließen.

»Miss Sykes hat die seltsame Angewohnheit, laufend die Fenster aufzureißen. Ich soll alle zwanzig Minuten *lüften*. So nennt sie das. Aber es ist nett von Ihnen, daß Sie gekommen sind. Nicholas hat sich schon nach Ihnen erkundigt. Es tut mir sehr leid, was geschehen ist. Sie können sich vorstellen, wie bestürzt man bei uns im Büro ist.«

Collins' Physiognomie verriet mehr über seine Herkunft als sein korrektes, durch einen englischen Akzent nur leicht gefärbtes Französisch. So jung, wie er aussah, konnte er kaum sein, angesichts der Tatsache, daß er, wie er eben erzählte, neben Nicholas einer der leitenden Ingenieure bei Beechham & Stark war. Er hatte ins rötliche spielende blonde Haare und eine gehörige Zahl von Sommersprossen auf den Wangen. Seine mittelgroße Statur, die allerdings schon etwas füllig wirkte, ließ mehr Rückschlüsse auf das Alter der Person zu als das jugendliche, fast unreif wirkende Gesicht.

»Ich mache mir große Vorwürfe«, sagte Antoine, »und wenn ich in irgendeiner Weise behilflich sein kann, will ich das gerne tun.«

»Ein paar Wochen Bettruhe, und unser Freund wird wiederhergestellt sein. Aber bitte, nehmen Sie doch Platz.«

Antoine ließ sich am Tisch nieder und betrachtete die Lilien. Er war oft in Nicholas' Wohnung gewesen, aber die wenigen Veränderungen, die seine Schwester seit ihrer Ankunft vorgenommen hatte, verliehen den Räumen plötzlich eine ganz andere Stimmung. In gewisser Hinsicht schien diese Stimmung derjenigen, die sie hergestellt hatte, aufs angenehmste vorauszueilen.

»Wie steht es mit der Ausstellung?« fragte Antoine. »In den Zeitungen liest man, daß nichts fertig sei?«

»Zeitungen neigen immer zu Übertreibungen. Aber es stimmt natürlich, daß uns das Wetter sehr zu schaffen macht. Wenn es weiter so regnet, können wir unser unterirdisches Aquarium auf das ganze Gelände ausdehnen.«
»Sagen Sie, stimmt es wirklich, daß dort Menschen unter Wasser atmen können?«
»Sicher. Die Tauchversuche finden allerdings in der Seine statt. Und in der *Maison du Scaphandre.*«
»Scaphandre?«
»Ja, Sie finden sie gleich am Eingang neben der Iéna-Brücke. Eine Art Turm, komplett mit Wasser gefüllt. Die Besucher bekommen einen Vorgeschmack darauf, wie sie demnächst in ihren Wohnungen sitzen werden, wenn das Wetter nicht besser wird. Durch die Glasscheiben können Sie die ganze Einrichtung sehen. Einen Tisch, Stühle, ein Dominospiel. Alles unter Wasser.«
»Und das Haus ist bewohnt?« fragte Antoine ungläubig.
»Ja, dort wohnt Herr Scaphandre. Ich nenne ihn so, weil man außer seinem Unterwasseranzug nicht viel von ihm erkennen kann.«
»Und in den Aquarien gibt es auch solche *Scaphandres*?«
»Nein, nein. Dort gibt es Fische. Ich empfehle Ihnen das Salzwasseraquarium. Man hat dort eine viel bessere Sicht. Das Süßwasseraquarium ist eine dunkle Grotte, meiner Ansicht nach nicht so gut gelungen. Aber sagen Sie das nicht Nicholas, er hat dazu seine eigene Meinung. Ah! Ich meine, ich hätte Schritte auf der Treppe gehört.«
Er ging zur Tür. Antoine erhob sich. Das erste, was er von ihr wahrnahm, war ihre Stimme. Sie begrüßte Collins, der ihr mitteilte, daß Herr Bertaut sie erwartete. »Danke, Mr. Collins«, hörte er sie auf englisch sagen, »ich weiß nicht, wie ich Ihnen dafür danken soll, daß ich Ihre kostbare Zeit so sehr in Anspruch nehme. Könnten Sie Mrs. Beechham bitte

ausrichten, daß ich ihre Einladung zum Tee heute leider nicht wahrnehmen kann. Der Vormittag war anstrengender, als ich dachte.«

»Ganz wie Sie wünschen«, ließ sich Collins vernehmen. »Mrs. Beechham wird dafür Verständnis haben.«

»Der Fahrer wartet unten mit zwei Paketen. Ich wollte es dem alten Mann nicht zumuten, die Treppe heraufzukommen, und der Concierge ist nicht da. Könnten Sie die Freundlichkeit haben, die beiden Pakete für mich heraufzuholen?«

Dann betrat sie das Zimmer.

»Monsieur Bertaut«, sagte sie, ins Französische wechselnd, und kam auf ihn zu. Er verbeugte sich. »Miss Sykes.«

Er versuchte, seine Überraschung zu verbergen.

Mathilda Sykes war Engländerin, und als eine solche hatte er sie sich vorgestellt, als er auf dem Weg vom Krankenhaus versucht hatte, sich ein Bild von Nicholas' Schwester zu machen. Sie würde wahrscheinlich blond sein oder hellbraunes oder rötliches Haar haben. Ihre Augen wären grünlich oder vielleicht bläulich, ihre Haut weiß und günstigstenfalls von einem bläßlichen Rotschimmer unterlegt. Ihr Gesicht wäre etwas länglich, mit vielleicht wohlgeformten, aber doch eher schmalen Lippen über einem spitzen Kinn. Ihren Körper konnte er sich nur hager oder mollig vorstellen, die Kleidung darüber schlicht. Daß sie ein französisches Parfüm aufgelegt haben könnte, wäre ihm zuletzt in den Sinn gekommen. Aber auch sonst hatte er sich gründlich geirrt. Mathilda Sykes hatte dunkle Augen und dunkelbraunes Haar. Ihrer Hautfarbe nach zu urteilen, hätte sie leicht aus Marseille oder Avignon stammen können und nicht aus einem Land, wo es viel regnete und die Sonne, wenn sie überhaupt schien, kraftlos war. Aber nicht nur Mathildas Teint zeugte von einem lateinischen Einschlag in ihrer Familie. Ihre ganze Erscheinung erzählte davon. Englisch an ihr war nur die Kleidung, ein hochgeschlos-

senes Kostüm aus dunkelgrünem Tweed, das jedoch keineswegs schlicht war.
»Ich freue mich, Ihre Bekanntschaft zu machen. Nicholas hat uns von Ihnen in seinen Briefen erzählt.«
»Wenn ich gewußt hätte, daß Sie nach Paris kommen, wäre es mir eine Ehre gewesen, Sie zu empfangen«, sagte Antoine. »Miss Sykes, ich weiß nicht, wie ich Ihnen sagen soll, wie sehr mich dieser Unglücksfall erschüttert hat.«
»Das haben Sie bereits getan«, antwortete sie ruhig. »Beechham & Stark kümmern sich um mich und sorgen dafür, daß es mir an nichts fehlt.«
Ein leichter ironischer Ton in ihrer Stimme war unüberhörbar.
»Und machen Sie sich keine Vorwürfe. Eigentlich trifft Nicholas die Schuld an diesem Unglück. Er ist manchmal einfach zu leichtsinnig. Es ist kalt hier, nicht wahr. Ich werde uns einen Tee machen. Mr. Collins, bleiben Sie noch einen Moment bei uns?«
Collins war soeben im Türrahmen erschienen und trug zwei Pakete ins Zimmer. »Wenn es nicht zu unhöflich ist, würde ich mich gerne verabschieden. Monsieur Bertaut, es war mir eine Ehre. Ich hoffe, Sie besuchen uns einmal auf dem Marsfeld.«
»Gewiß. Mit Vergnügen.«
»Miss Sykes.«
Mathilda brachte ihn zur Tür.
»Bitte nehmen Sie doch Platz«, sagte sie, als sie zurückgekommen war. »Es dauert nur einige Minuten.« Damit verschwand sie in der Küche.
Kurz darauf kehrte sie zurück und stellte ein Tablett mit einer Teekanne und zwei Tassen aus hauchdünnem Porzellan auf dem Tisch ab. Er betrachtete sie, wie sie den Tee eingoß, und versuchte festzustellen, ob in ihrem Aussehen und ihrem Ge-

baren eine Ähnlichkeit mit ihrem Bruder bestand, ohne dabei besonders erfolgreich zu sein. Sie quittierte seinen Blick mit einem aufmunternden Lächeln, von dem er nicht so recht wußte, wodurch er es heraufbeschworen hatte, und er schrieb es seiner Wortlosigkeit zu.

»Nichts verrät, daß Sie lange nicht in Frankreich gewesen sind«, sagte er.

»Bis auf den Tee, nicht wahr? Ich habe mit den Bräuchen und Gepflogenheiten in England nie sonderliche Freundschaft geschlossen, aber das Teetrinken gefiel mir immer. Nicholas hat Ihnen erzählt, daß wir aus Lisieux stammen?«

»Lisieux? Nein, er sprach von einem Dorf in der Normandie. Aber Sie waren ja beide noch sehr jung, als Sie nach England zurückgingen.«

Mathilda nahm ihre Tasse an sich und lehnte sich nach hinten.

»Mein Bruder hat sich sehr schnell in London eingelebt. Bei mir war das anders. Ich glaube, ich trage die Langsamkeit und Trägheit von Lisieux noch in mir. Es war ein Vierhundert-Seelen-Dorf. Ich bin unter Bauernkindern aufgewachsen, die nach dem Unterricht aufs Feld gingen. Die wichtigsten Unterrichtsfächer waren Schönschrift und französische Geographie. Aber die Schule war klein und daher gemischt. Sie hatte etwas Urwüchsiges, wie überhaupt die ganze Gegend. Wenn Sie wissen wollen, wie es um eine Nation bestellt ist, dann müssen Sie aufs Land fahren. Das ist so zuverlässig wie ein Lackmus-Test. Stammen Sie aus der Provinz, Monsieur Bertaut?«

»Nein. Aus Paris. Schon in der dritten Generation. Das Frankreich Ihrer Kindheit kenne ich nur von Wochenendausflügen. Und was das französische Schulsystem betrifft, so haben Sie einen lebendigen Beweis seiner Mängel vor sich sitzen. Hier wird nur auswendig gelernt, um später irgendeine Prüfung für

ein Amt oder die Aufnahme in eine Hochschule zu bestehen. Lackmus-Test, sagten Sie?«
»Oh, Verzeihung.« Sie lachte verlegen. »Eine Redewendung meines Vaters. Apotheker benutzen ein besonderes Papier, Lackmus-Papier genannt, um Flüssigkeiten auf ihren Säuregehalt hin zu bestimmen. Je stärker die Säure, desto rötlicher die Färbung des Papiers. Mein Vater sah darin stets seine politischen Überzeugungen bestätigt. Bei den Bauern in Lisieux schien es allerdings genau umgekehrt zu sein. Ihre Lebensbedingungen waren zwar ebenso schrecklich wie die der Industriearbeiter. Dennoch waren es vor allem die Bauern, die für Napoleon stimmten. Mit den Menschen ist es eben nicht so einfach wie in der Chemie.«
»Nicholas sagte, Ihr Vater habe Frankreich damals aus Protest gegen Napoleon verlassen.«
»Das stimmt auch. Wenigstens zum Teil. Sehen Sie, mein Vater ist sehr englisch, das heißt, er tut bisweilen Dinge, die einem Franzosen wahrscheinlich nicht einfallen würden. Nach seinem Studium bereiste er Frankreich, lernte ein Mädchen kennen und heiratete sie. Er sollte Apotheker in London werden. Plötzlich war er eine Art Landphysikus in einem kleinen Dorf in der Normandie. Der Dorfschullehrer und der Priester waren die einzigen bei uns im Dorf, die außer meinem Vater noch Bücher besaßen. Meine Mutter starb zwei Jahre nach meiner Geburt an Typhus. Mein Vater war zwar Apotheker, aber selbst ein Arzt hätte sie nicht retten können. Vielleicht wären wir geblieben. Ich glaube es eher nicht. Engländer neigen in ihrer Jugend zu extravaganten Eskapaden, kehren aber fast immer in das Land zurück, von dessen Einmaligkeit und Einzigartigkeit sie von Geburt an überzeugt sind. Der Staatsstreich war für meinen Vater natürlich ein gewichtiger Anlaß. Er hätte es niemals ertragen, Sie verzeihen die Formulierung, unter einem Usurpator zu leben. Auch nicht als Ausländer.«

»Ihr Vater ist Sozialist?« fragte Antoine.
»Nach der hiesigen Definition sicherlich.«
Jetzt hatte Antoine die Ähnlichkeit entdeckt. Sie war nicht äußerlich, sondern innerlich. Wie oft hatte er mit Nicholas ähnliche Gespräche geführt. Er saß kaum zehn Minuten mit dieser Frau zusammen, und schon sprachen sie über Politik. Vermutlich, so dachte er jetzt, um das Thema zu meiden, von dem er wußte, daß es über kurz oder lang ins Zentrum ihrer Unterhaltung rücken würde. Mathilda Sykes würde ja sicher von ihm erfahren wollen, was sich am Montag abend genau ereignet hatte. Ob Nicholas ihr von der bizarren Vergnügung überhaupt berichtet hatte? Wahrscheinlich nicht. Aber noch schien sie es vorzuziehen, die Konversation mit ihm allgemein zu halten, und Antoine bemerkte, daß er das Gespräch genoß.
Er hatte schon eine Weile lang immer wieder ihr Äußeres gemustert. Ihr Lächeln war einnehmend und warf um die Augenwinkel sympathische winzige Falten. Wenn sie sprach, wurden ihre Augen lebendig, und wenn sie zuhörte, blickten sie konzentriert. Dabei war sie weder kokett noch abweisend. Ihr Mund war eher klein im Vergleich zu ihrer großen, aber schönen Nase. Auch standen die Augen eng beieinander, so daß die Proportionen des Gesichtes bei näherer Betrachtung nicht stimmten. Aber dieser Umstand war der schönen Erscheinung in keiner Weise abträglich, sondern machte sie interessant. Nicholas hatte ihm erzählt, daß sie einem seltsamen Zeitvertreib frönte, der vor kurzem in England aufgekommen war: Sie betrieb Gymnastik, machte zu Hause Turnübungen an einem Strick, den sie an zwei im Türrahmen ihres Zimmers festgeschraubten Haken aufgehängt hatte. Der Gedanke daran amüsierte ihn, und er versuchte, sich die Frau, der er gegenübersaß, vorzustellen, wie sie in einem jener Trikots, die man auch in Paris bisweilen bei Hochradfahrern im Bois de

Boulogne sah, ihren sehr anmutigen Körper an einem quer gespannten Seil streckte und dehnte.

Schließlich kam der Moment, da sie ihn bat, von jenem Unglücksabend zu erzählen. Sie hatte ihr Kinn auf die offene Handfläche ihrer rechten Hand gestützt und lauschte. Er begann erst zögerlich, dann zunehmend ausführlicher werdend, von ihrem Weg nach Belleville zu berichten. Er bemerkte, daß es ihn erleichterte, davon zu erzählen. Die Erinnerungen jenes Abends hatten in seinem Gedächtnis die Form verschwommener, unheilvoller Traumbilder angenommen. Jetzt traten sie ihm wieder vor Augen, nicht weniger abstoßend, aber dafür im fahlen Licht ihrer häßlichen Banalität. Mathilda stellte wenige Fragen. Erst als Antoine beim Überfall selbst angekommen war, unterbrach sie ihn öfter, um Einzelheiten zu hören, die er übergehen wollte.

»Wie alt war dieser Junge?«

»Er war vielleicht dreizehn oder vierzehn Jahre alt. Aber sein Gesicht hatte nichts Kindliches oder Jugendliches. Er sah wie ein kleiner Mann aus, mit einem häßlichen, unreifen Gesicht. Seine Augen werde ich nie vergessen. Wie glühende Kohlen, voller Haß und Furcht.«

»Wahrscheinlich ein Spiegel dessen, was er im Leben gesehen hat«, antwortete sie.

»Gewiß, aber wenn man von einem wilden Tier angefallen wird, muß man schon ein Philosoph oder ein Heiliger sein, um ihm nachzusehen, daß es im Grunde nichts für seine Wildheit kann.«

»Strenggenommen reicht es, die Lebensbedingungen der Arbeiterklasse zu studieren. Meinen Sie, Ihre beiden Rattenfänger steckten mit den anderen unter einer Decke?«

Antoine hatte auf die erste Bemerkung etwas erwidern wollen, beantwortete jedoch zunächst ihre Frage.

»Ich glaube nicht. Die beiden Hunde wurden erschlagen, und

die Männer, die uns nach Belleville geführt hatten, wurden übel zugerichtet. Ich hatte eher den Eindruck, daß sich hier zwei Banden in die Quere gekommen waren. Wir sind sozusagen zwischen zwei konkurrierende Gruppen geraten, die sich um einen Markt stritten.«

Sie hatte die ironische Spitze wohl wahrgenommen und schaute ihn nun mit leicht geneigtem Kopf an.

»Verstehen Sie mich nicht falsch. Es ist entsetzlich, was Ihnen zugestoßen ist. Ich danke Gott, daß Sie nicht verletzt wurden und Nicholas noch einmal Glück gehabt hat. Aber nicht weniger entsetzlich finde ich den Gedanken, daß ein Junge nachts zwischen Müllbergen herumschleicht, andere Menschen überfällt und Rattenfleisch essen muß.«

Die Richtung, die das Gespräch genommen hatte, mißfiel Antoine. Er bat sie, nicht zu glauben, daß er unempfindlich sei für die schrecklichen Zustände in den neuen Arrondissements. Keineswegs. Außerdem würden gewaltige Anstrengungen unternommen, um die Probleme der Bevölkerung dort zu lindern, die staatliche Wohlfahrt zum Beispiel, die Suppenküchen und Arbeitersiedlungen. Aber es sei eben nicht aller Reichtum verkommen und jede Armut edel. Heute habe er den Fall einer Frau zugewiesen bekommen, die vermutlich aus Not und Verzweiflung ihr Kind ermordet hatte. Solle die Gesellschaft dieses Kind mit dem Verweis auf sinkende Löhne einfach begraben?

Ein Hauch von Röte flog über ihr Gesicht. Die Unterhaltung begann, ihm unangenehm zu werden. Mit Nicholas hatte er schon ähnliche Gespräche geführt, aber sie waren nie über eine Plauderei hinausgegangen, auch wenn sie unterschiedliche Positionen vertraten. Mit der Schwester sprach er gerade mal eine Stunde, und schon lagen sie fast im Streit. Er fühlte sich durch ihre Antworten mißverstanden. Mathilda indessen setzte plötzlich ein strahlendes Lächeln auf und sagte, sie sei schließlich fremd hier in der Stadt, und nichts läge ihr ferner, als über etwas zu urteilen, das sie gar nicht recht kenne. Deshalb wolle sie morgen früh auch einmal nach Belleville fahren, um sich die Stelle anzuschauen, wo der Überfall geschehen sei.

»Würden Sie mich begleiten wollen?«

Antoine war sprachlos.

»... nach Belleville ...?« stammelte er. »Miss Sykes, um alles in der Welt, Sie können dort nicht hinfahren.«

»Ich kann es Ihnen nachempfinden, daß Sie nicht dorthin zurückkehren möchten. Aber ich möchte den Ort gerne sehen.«

»Miss Sykes, es wäre mir ein Vergnügen, Sie durch Paris zu führen. Aber ich beschwöre Sie, lassen Sie von diesem Vorhaben ab.«

Seine Bestürzung schien sie zu amüsieren.

»Ich glaube, es ist Zeit, Nicholas eine Suppe zu machen. Bitte besuchen Sie uns doch bald wieder.«

Sie erhob sich und trug das Tablett in die Küche. Antoine stand verwirrt auf und nahm seinen Hut und Mantel. Er schaute auf die Pakete, die Collins neben der geschlossenen Schlafzimmertür abgelegt hatte, die Lilien auf dem Tisch, die ordentlich verwahrten Papiere seines Freundes. Der Regen klopfte gegen die Fensterscheiben. Er wollte nicht gehen, aber ihr letzter Satz war eindeutig so zu werten, daß sie den Besuch als beendet betrachtete. Was hatte Collins gesagt? Eine eigenwillige Frau.

Als sie wenige Augenblicke später zurückkam, hatte er sich besonnen.

»Miss Sykes, ich begleite Sie nach Belleville, unter einer Bedingung.«

Sie reichte ihm seinen Schirm und schaute ihn erwartungsvoll an. »Und die wäre?«

»Daß Sie mich am Sonntag zu einer Vergnügung meiner Wahl begleiten.«
Sie lächelte.
»Gern, eine angenehme Form der Nötigung«, sagte sie und brachte ihn zur Tür.

II.

Berkingers Aussage

Ich heiße Ferdinand Berkinger und bewohnte die hassenswerteste aller Städte von 1854 bis 1866. Wenn man mich fragt, warum ich dort so lange geblieben bin, so weiß ich darauf keine Antwort. Aber daß ich niemals zurückkehren werde, dessen bin ich mir um so sicherer.
Wie man mir sagt, wünscht man von mir Angaben zur Person Marie Lazès, meiner Ehefrau vor dem Gesetz, aber nicht im Leben. Was man ihr vorwirft, habe ich zur Kenntnis genommen und kann hierzu keine Angaben machen. Ich habe mit Marie seit dem Herbst 1866 keinerlei Kontakt mehr gehabt und keinen Fuß in das verwünschte Land mehr gesetzt, das mich über zehn Jahre lang zu seinen unglücklichen Bewohnern zählte. Ich weigere mich auch, jene Sprache zu sprechen, in der alles gleich klingt und vieles, das nicht gleich klingt, Ähnliches bedeuten kann. Vielleicht liegt es an dieser scheußlichen Sprache, daß das französische Volk eine Versammlung von Schwätzern und Lügnern ist. Aber ich bin bereit, Herrn Wolf, der im Auftrag von Herrn Marivol zur Aufzeichnung meiner Aussage hierher nach Köln gereist ist, in meiner Muttersprache Auskunft zu geben. Mag Herr Marivol damit machen, was er will.
Ich wurde im Jahre 1834 in Bundorf unweit Marburg geboren

und lebte dort bis ins Jahr 1854. Die Zustände in Hessen sind ja bekannt. Ich muß wohl nicht erklären, warum ich diese Hölle aus Armut und Behördenwillkür verließ. Gibt es noch ein anderes Land auf der Welt, wo das Volk derart in Despotismus und Untertanengeist vernarrt ist? Einige Tage, bevor ich aufbrach, um in Paris mein Glück zu versuchen, kam ein Wagner, der in der Nähe wohnte, zu uns auf den Hof, um einen unserer Wagen zu reparieren. Meine Mutter zeigte ihm einen Fensterladen, der auch reparaturbedürftig war. Am nächsten Morgen kam er vorbei, und schlug einen Nagel in den Laden, um ihn zu befestigen. Ein benachbarter Schreiner beobachtete ihn dabei, wie er ein Handwerk ausübte, für das er keine Zulassung hatte. Noch am selben Tag zeigte er ihn bei Gericht an, das den Wagner dazu verurteilte, zwölf Taler Strafe zu bezahlen. Es gibt derartig viele bösartige Narreteien in diesem Land, daß man nur zum Gewehr greifen oder von dannen ziehen kann. Ein anderer Nachbar mußte seinen Weinberg verkaufen, weil man ihm verbot, seine eigenen Fässer zu bauen. Den hatte der Faßbinder im nächsten Dorf angezeigt, weil der Weinbauer sich geweigert hatte, die Fässer von ihm zu kaufen, die ihm teurer gekommen wären als das Doppelte des Erlöses aus seinem Weinverkauf. Aber was beschieden die Richter? Zum Henker mit ihnen!

Ich verließ Hessen, als ich meinen Namen auf der Conscriptionsliste entdeckte. Zivilisierte Länder handeln mit Weizen und Vieh. Bei uns handelt man mit Menschen und Soldaten.

Dem französischen Kaiser ging der Ruf voraus, ein Herz für die Arbeiter und die Armen zu haben. Hatte er nicht sogar während seiner Haft ein Buch über die Beseitigung der Armut geschrieben? Außerdem sollte es in Paris Arbeit geben für Tausende. Ganze Stadtteile, so hieß es, müßten abgerissen und wieder aufgebaut werden, und es fehle an allen Ecken an Ar-

beitern. Ich gebe diese Lügen und diese Propaganda hier nur wieder, um zu erklären, warum ich nach Paris aufgebrochen bin. Natürlich war nichts davon wahr. Freilich gab es Arbeit, aber der Lohn reichte nicht zum Sattwerden. Zugegeben, es wurde viel abgerissen. Aber was danach aufgebaut wurde, waren Wohnungen für wohlhabende Bürger und keine Arbeiterunterkünfte, von denen der Kaiser in seinem Buch geschrieben hatte. Wenigstens bestand nicht die Gefahr, nach Rußland oder Amerika verkauft zu werden, und so blieb ich, lernte diese dumme Sprache, bei der einem der Mund weh tut, wenn man fünf Sätze gesprochen hat, und versuchte, mich in diesem jähzornigen und unberechenbaren Volk einzurichten.
Unsere Landesherren beklagen sich regelmäßig, das Volk sei aufmüpfig und ungehorsam. Sollten sie doch einmal eine Woche lang Paris regieren! Wie schnell würden sie sich in ihr deutsches Fürstentum zurücksehnen. Beim kleinsten Anlaß wird hier randaliert, der kleine Mann plustert sich auf, schreit herum, schon stehen fünf weitere dabei, und ehe man sich versieht, ist ein Mob daraus geworden, der lärmend und steinewerfend durch die Straßen zieht, ohne daß auch nur jeder zehnte wüßte, worum es bei der Sache überhaupt zu tun ist. Die Frauen sind dabei ganz besondere Hetzerinnen und stacheln die Männer an, die sich nicht entblöden, ihnen zuzuhören. Aber man sagt mir, ich solle mich an das halten, was ich über Marie darzulegen habe.
Wenn die Menschen in Paris nicht arbeiten, und das ist ein gut Teil ihres Lebens, denn sie arbeiten stets mürrisch und ungern und trödeln auch bei der Arbeit selber viel herum, dann sitzen sie beieinander, trinken, reden und fangen bald an zu singen. Wer gut singen kann, wird es in diesem Land weiter bringen als ein begabter Technicus oder Wissenschaftler, denn dieses Volk liebt die Zerstreuung über alles und mehr als die

Wahrheit oder die Einsicht in die Geheimnisse der Welt. So fand ich mich während der ersten Monate meines Aufenthaltes in der Faubourg, wie man das Arbeiterviertel von Sankt Antonius nennt, des Abends oft in einem sogenannten Gesangs-Café ein. Es hieß, glaube ich, *Jardin Espagnol*, aber ich kann mich irren. Jeden Abend drängten sich die Arbeiter aus der Gegend in dieses Café hinein, das aus einem großen Saal bestand, der südländisch oder arabisch dekoriert war. Die Säulen darin waren bunt bemalt. Es gab auch Galerien, auf denen sich vornehmlich die Gassenjungen tummelten, die man *gamins* nennt und vor denen man sich nicht genug in acht nehmen kann. Ansonsten gab es jede Menge Tische, an denen Menschen saßen, die ununterbrochen Zigarren und Pfeifen rauchten, so daß der ganze Raum von Rauchschwaden erfüllt war. Die Frau, die dort sang, soll später berühmt geworden sein. Ich weiß aber nicht mehr, wie sie hieß. Ihre Stimme war nicht unangenehm, fast die Stimme eines Mannes, dunkel und schwer, und die Lieder, die sie sang, müssen wohl dem Blut des Volkes nah gewesen sein, denn es ging nicht lange, und der ganze Saal tobte vor Entzücken. Aber wie sie aussah! Sie hatte, glaube ich, ein paar Haare auf dem Schädel. Ihr Mund schien rings um ihren Kopf zu gehen. Statt Lippen hatte sie den Wulst eines Negers im Gesicht und dahinter Zähne wie ein Haifisch.

In diesem tosenden Gewimmel also traf ich Marie. Sie saß mir gegenüber am Tisch mit einer Freundin, die mir eigentlich fast besser gefiel als die etwas magere Frau, die ich ein paar Monate später geheiratet habe. Aber mit der kessen, herausfordernden Art der meisten Weiber hier konnte ich nichts anfangen. Marie hingegen hatte etwas Tugendhaftes, Grundanständiges an sich, das mich an die Mädchen meiner Heimat erinnerte. Wenn ich mich schon mit einer Frau hier einließ, dann nicht mit einer dieser aufreizenden, stets spöttische

Scherze ausstreuenden Französinnen. Ja, Marie war auch Französin, aber sie war sittsam und fein. Außerdem zeigte sie ihre Beine nicht herum wie die meisten Mädchen hier. Ich kaufte ihr Strohblumen auf dem Tempelmarkt. Wir verbrachten einen Sonntag gemeinsam in Asnières auf den Wiesen vor der Stadt. Sie wohnte damals mit ihrer Familie in der Rue de Ménilmontant. Eigentlich wollten sie dort nur vorübergehend wohnen und in ihr altes Viertel zurückkehren, wenn die Rue de Rivoli fertiggestellt sein würde. Ihr altes Haus war enteignet worden wegen der Verlängerung dieser Straße. Aber ich habe ja schon gesagt, daß die Propaganda des Kaisers und seines Präfekten nur Lug und Trug waren. In den alten Häusern des Viertels hatte sich der Mietpreis einfach verdoppelt, und außerdem wollte man dort keine Arbeiter mehr haben. In den neuen Häusern erst recht nicht, und die waren sowieso unbezahlbar. Ich weiß, Sie werden sagen, das gehört nicht hierher, aber wenn Sie die Geschichte über mich und Marie erfahren wollen, müssen Sie eben richtig zuhören. Ich bin vielleicht nur ein einfacher Schreiner, aber zwei und zwei zusammenzählen kann ich auch. Warum waren mir denn die Stadt und am Ende auch mein Leben mit Marie so verhaßt, wenn nicht wegen der ewigen Not? Warum ging ich denn immer öfter am Montag, wenn Zahltag war, in die Branntweinstuben, um mit meinen Freunden zu trinken? Und wenn Marie dort draußen stand, mit den anderen Frauen, um mich nach Hause zu holen, da wäre jedem der Kragen geplatzt. Geld wollte sie, immer nur Geld, für Johann, für Essen und Kleidung und die Miete. Dabei hatte sie das Kind gar nicht gewollt, das können Sie mir glauben. Die wollte keine Kinder haben.

Nachdem wir geheiratet hatten, wohnten wir erst bei ihrer Familie. Schrecklich war das. Ihre Mutter konnte mich nicht leiden. Ihr Vater war ein dummer Tölpel, dick und faul und zu nichts in der Welt gut. Nicht einmal auf Johann konnten

sie recht aufpassen, und wenn ich von der Arbeit kam, lag der Kleine oft in schmutzigen Lumpen irgendwo in der Ecke und schrie. Wie habe ich das damals nur ausgehalten? Aber Marie war mir zunächst noch eine gute Frau, und sie gefiel mir nicht schlecht. Sie hatte eine hübsche Nase mit hochgezogenen Nasenflügeln, so daß sie ein wenig keß aussah, ohne es zu sein. Seltsam, nicht wahr, daß die Eigenheiten eines Menschen, den man liebt, einem mit der Zeit verhaßt werden können. Ich finde keine Erklärung dafür in meinem Kopf, aber es war so. Sie hatte ein schönes Gesicht, volles braunes Haar, war, wie gesagt, ein wenig mager, aber als sie endlich schwanger geworden war, füllte sich ihr Körper schön aus. Ihre Brüste wurden rund und schwer, ihre Hüften breiter und ihre ganze Erscheinung weiblicher, was mir gut gefiel. Die Schwangerschaft bekam ihr indessen gar nicht. Am Anfang erbrach sie sich laufend, und die Geburt war eine Tortur, wie man mir gesagt hat. Jedenfalls wollte sie danach nie wieder ein Kind haben, und das hat nicht selten zu Streit und Zank zwischen uns geführt. Ich wußte lange nicht, wie sie es anstellte, denn natürlich habe ich meinen Beitrag regelmäßig erbracht, aber sie wurde jahrelang nicht mehr schwanger, bis ich erfuhr, was es damit auf sich hatte. Aber davon später.
Als Johann vier Jahre alt war, beschlossen wir, in die Vorstadt auf die andere Seite der Barriere zu ziehen. Es war das Jahr, als man vor der Oper Bomben auf den Kaiser geworfen hatte. Hätten sie ihn nur getroffen und den Baron Haussmann gleich mit. Mit jedem Straßenzug, der abgerissen und neu aufgebaut wurde, wurde das Leben kostspieliger. Warum in Paris leben, wo alles teuer ist, fragten wir uns. In der Rue de Ménilmontant gab es auch keine Brunnen, und wir mußten Wasserträger bezahlen. Von den Hallen waren wir ebenfalls zu weit entfernt, der Popincourt-Markt war ein schlechter Tausch dafür. Warum also nicht außerhalb der Steuergrenze siedeln, wie so

viele andere? Außerdem stiegen die Mieten ständig. Deshalb zogen wir 1858 in die Rue de l'Ermitage in Belleville. Hier war die Luft gut. Es gab einen Brunnen in der Nähe. Unsere Wohnung bestand aus vier kleinen Zimmern und war mehr als ausreichend. Lebensmittel, und was man sonst so brauchte, waren erheblich billiger als in Paris. Mein Weg zur Arbeit war zwar nun doppelt so lang wie vorher, aber irgendeinen Preis mußte man ja bezahlen. Diese zwei Jahre, bevor die Steuergrenze ausgedehnt wurde, waren wir relativ glücklich. Das Geld reichte für die Miete, das Essen und den Wein. Sonntags konnten wir wieder nach Asnières fahren. Johann wuchs heran und war noch nicht jener kleine Teufel, der er heute ist. Ich hätte gerne noch ein Kind gehabt, aber ich sagte ja schon, daß Marie nicht wollte. Ich war dumm genug, zu glauben, der Natur könne man nichts befehlen, und da sie nicht schwanger wurde, fügte ich mich darin, daß es eben nicht sein sollte.
Dann, 1860, begann die Katastrophe. Unser Vermieter kam die Treppe hinauf und sagte, daß die Renovierungsarbeiten nun auch in den Vorstädten beginnen würden. Am nächsten Tag sollten wir statt zweihundert nun zweihundertfünfzig Francs Miete im Jahr bezahlen. Ich war so wütend, daß ich ihm eine Ohrfeige gab. Aber das trug mir nichts ein, außer einer Tracht Prügel zwei Tage später auf dem Weg zur Arbeit. Dort wurde ich mehr und mehr schief angesehen, weil ich für vier Francs am Tag arbeitete und Franzosen, die fünf verlangten, abgewiesen wurden. Hier geht man für Gleichheit und Brüderlichkeit auf die Straße. Aber nur für Franzosen. Was hätte ich denn tun sollen? Zu Hause wartete eine Frau auf mich, die das Geld schneller ausgab, als ich es anschaffen konnte. Einmal schrie ich sie an, warum sie nicht preiswerter einkaufen konnte. Aber es war nicht ihre Schuld. Ich habe es selber nachgeprüft. Seit die Steuergrenze ausgedehnt worden war, hatten sich die Preise vervierfacht. Ich ging zum Gemü-

severkäufer und sagte ihm, er sei ein Dieb und Halunke und er bestehle ehrliche Menschen. Da hat er mir vorgerechnet, daß die Stadt von ihm pro Tag und Quadratmeter 40 Centimes für seinen Stand verlangte. Dazu die Transportkosten, der geringe Umsatz, wir sollten froh sein, daß sie überhaupt hier nach Belleville kämen. Die Diebe und Halunken saßen also im Hôtel de Ville.
Es blieb nichts anderes übrig, als erneut umzuziehen. Nach einigem Suchen fanden wir eine kleine Wohnung auf der Pavé de Charonne. Was wir vorher für vier Zimmer bezahlt hatten, reichte jetzt gerade noch für zwei. Brunnen gab es hier keine, so daß wir wieder den Wasserträger bezahlen mußten, zwei Sous pro Lieferung. An Waschtagen reichten zwei Lieferungen gerade mal aus. Allein für Wasser mußten wir vierzig Francs pro Jahr bezahlen. Ich habe alle diese Zahlen noch im Kopf, so oft saßen wir abends am Tisch und rechneten, um zu sehen, wo unser Budget noch Löcher enthielt oder wo wir zu verschwenderisch waren. Aber wir verbrauchten nicht mehr als vorher; die Steuer machte uns den Garaus. Im Vorjahr hatten wir 85 Francs für den Wein bezahlt. Jetzt kostete er uns plötzlich 131 Francs, weil wir 46 Francs Steuern darauf bezahlen mußten. Das Fleisch, die Kohle, das Holz, das Öl. Früher gab es keine Steuern auf diese Dinge. Jetzt kostete alles mehr, mindestens zwanzig vom Hundert.
Marie mußte auswärts arbeiten gehen, weil die Heimarbeit nicht genug einbrachte. Sie hatte Knöpfe gestanzt. Jetzt fand sie eine Stelle als Näherin. Da begannen die Probleme mit Johann. Er trieb sich mit den anderen deutschen Kindern herum, einem üblen Gesindel, den Sprößlingen meiner Landsleute, die nicht einmal einen Beruf hatten und die Straßen kehrten. Er wurde mürrisch und verstockt, kam spät nach Hause, und je mehr ich die Hand auf seiner Backe tanzen ließ, um so verstockter wurde er. Ich machte Marie Vorwürfe, sie sei

drauf und dran, einen kleinen Verbrecher bei uns aufzuziehen, aber sie antwortete nur patzig, sie könne nicht gleichzeitig außer Haus arbeiten und auf das Kind aufpassen. Wenn ich so wenig verdiente ... und da ist mir dann auch die Hand ausgerutscht. Aber kann es ein Mann ertragen, wenn ihm die eigene Frau Vorwürfe macht? Haushalt und Kinder sind Aufgabe der Frau. Konnte sie sich nicht mit der Nachbarin arrangieren? Gab es hier eigentlich keine Schulen? Aber ich sagte ja schon, was für ein verwünschtes Land dieses Paris ist. Es gibt keine Schulpflicht. Der Kaiser wollte sie einführen, aber die Volksvertreter waren dagegen. Das sei ein Attentat gegen die Freiheit. Marie konnte nicht lesen und schreiben. Johann kann es sicher bis heute auch nicht. Ich konnte mich auch nicht darum kümmern, weil ich mittlerweile von einem Gedanken wie besessen war.
Ein Kollege, mit dem ich abends immer Absinth trinken ging, brachte mich darauf. Ich hatte ihm von meinem Unglück erzählt, von unseren Schwierigkeiten und dem schweren Leben. Der Absinth floß reichlich, und jeder weiß, wie dieses gelbe Gift auf die Seele wirkt. Jedenfalls jammerte ich, wie freudlos das Leben sei, nur Arbeit und Armut, und daß meine Frau mir nicht einmal ein zweites Kind schenken wollte. Er sagte, ein beherzter Mann könne das schließlich auch ohne Zustimmung der Frau einrichten, und da erzählte ich ihm, daß es einfach nicht gelingen wollte. Da lachte er und sagte, daß sie mich da wohl schön an der Nase herumgeführt hatte, und ich sollte nur in ihren Sachen herumsuchen, ob ich da nicht etwas fände, was die Frauen benutzen, um nicht schwanger zu werden. Ich war wie betäubt vor Wut. Am gleichen Abend stellte ich sie zur Rede. Als ihr Gesicht rot und aufgequollen war vor Tränen und Schlägen, rückte sie endlich mit der Sprache heraus, daß sie seit Jahren manchmal zu einer Frau ging, die ihr sagte, wie man es anstellte, und daß sie einfach kein Kind

mehr haben wolle, weil sie so unter Johann gelitten habe und jetzt auch kein Geld da sei und dergleichen mehr.
Wer will es mir verübeln, daß ich sie bestraft habe? Ich fand die Frau, eine widerliche Zigeunerin, die unweit vom Père-Lachaise-Friedhof in einem Hinterhof wohnte. Dort war kein Herankommen an sie, doch ich erwischte sie eines Abends allein auf den Feldern von Pantin, wohin ich ihr gefolgt war. Ich sehe ihr häßliches Gesicht noch vor mir, höre sie noch schreien. »Hexe«, sagte ich zu ihr und schlug ihr zweimal mit der Faust ins Gesicht. »Kindermörderin.« Keiner hat jemals erfahren, daß ich es war, der ihr ihre schönen weißen Zähne ausgeschlagen hat. Ich bin heute noch stolz darauf. Jedenfalls war Marie einige Monate später guter Hoffnung. Sie war elend, spuckte jeden Morgen, daß es eine liebe Not war, aber ich hatte endlich meinen Willen. Ich sagte ihr, falls dem Kind etwas geschähe, würde sie dafür bezahlen, denn ich wußte, wie oft die Frauen ihre neugeborenen Kinder einfach in die Latrine oder die Abtrittgrube stießen. Ist es vorstellbar? Kann es solche Mütter überhaupt geben? Ich besorgte eine Hebamme, die man mir empfohlen hatte, und alles ging gut. Marie war kränklich, aber sie hatte eine starke Natur und würde schon wieder auf die Beine kommen. Es war ein prächtiger Junge. Ich nannte ihn Karl, wie meinen Vater. Wenn Sie sagen, daß Marie ihn Camille genannt hat, dann geht mich das nichts an. Mein zweiter Sohn heißt Karl.
All das geschah im Sommer '66. Über allen diesen Tätigkeiten, den Nachstellungen der alten Hexe und der Überwachung der Schwangerschaft Maries, war ich oft nicht zur Arbeit gegangen und wurde schließlich entlassen. Marie konnte auch nicht gleich arbeiten, und so saßen wir zu Hause, jeden Tag dem Moment näher rückend, da unser letztes Geld verbraucht sein würde. Johann sah ich manchmal Wochen nicht. Von einem Nachbarn erfuhr ich, daß er nur nach Hause kam,

wenn ich auf Arbeitssuche war oder für einen Tag eine Beschäftigung gefunden hatte und ihm nicht in die Quere kommen konnte.

Das Leben, das vorher schon eine Qual gewesen war, wurde mir jetzt gänzlich unerträglich. Was hatte ich in dieser gräßlichen Stadt eigentlich noch verloren? Ich war jung und gesund, außerdem ein guter Arbeiter. Mein ganzes Unglück war, daß ich eine Frau hatte, die mich nicht mehr liebte, einen mißratenen Sohn, der in den Kalksteinbrüchen eine Verbrecherlaufbahn eingeschlagen hatte, und ein kleines Kind, von dem ich nicht wußte, wie ich es ernähren sollte. Hier oben im Viertel schlug mir bei der Arbeitssuche nur Feindseligkeit entgegen. Sollte ich es vielleicht machen wie meine deutschen Landsmänner und hier den Dreck von der Straße fegen? Als ich Marie sagte, daß ich nach Deutschland zurückgehen wollte, bekam sie einen Anfall. Sie schrie mich an, trommelte mit ihren Fäusten gegen meine Brust und schluchzte, ich solle endlich arbeiten gehen und meine Familie versorgen. Am nächsten Tag stand ihr Vater in der Tür und drohte, er werde mich bei der Polizei anzeigen. Ich glaube, wenn er nicht so dick und unbeholfen gewesen wäre, hätte er mir Übles angetan, so zornig blitzten seine Augen. Da war es dann für mich eine beschlossene Sache, nach Deutschland zurückzukehren. Immerhin ließ ich alles zurück, was wir gemeinsam in der Wohnung hatten. Erst wollte ich noch zum Mont de Pitié gehen, dem Pfandleihhaus, denn für unsere Einrichtung hätte ich noch ein paar Münzen bekommen, die mir dienlich gewesen wären. Marie, so dachte ich, könnte ja zu ihren Eltern ziehen und brauchte dann die Sachen ohnehin nicht mehr. Aber ich ließ alles zurück, für Karl.

Da haben Sie die ganze Geschichte. Keine Macht der Welt bringt mich wieder in diese scheußliche Stadt zurück. Marie ist kein schlechter Mensch, wenn Sie mich fragen. Aber eine

schlechte Mutter ist sie, und wenn behauptet wird, sie habe unseren kleinen Karl umgebracht, dann schaudert mich bei dem Gedanken.
Mir tut es um jeden Tag leid, den ich in Paris verbracht habe.

Aus dem Nachlaß von Lucien Marivol
Redigierte Fassung, Herbst 1869

VIII. Kapitel

II. Heft, 10. Juli 1992

Das Café, wo ich üblicherweise auf dem Weg zur Bibliothek Station machte, hatte an jenem Montagmorgen im März keine Croissants mehr. Das nächste auch nicht. Erst im Bistro an der Ecke zur Rue de Turenne gab es wenigstens noch *pains au chocolat*, und so frühstückte ich dort. Mein Plan war, in die *Archives Nationales* zu gehen, danach zu Mittag zu essen, dann nach Hause, raus aus den Jeans, rein in den Anzug, in die Bibliothek, direkt an ihren Tisch, ich sei gerade vorbeigekommen, hätte sie durchs Fenster gesehen, wollte sie fragen, ob sie diese Woche an einem Abend Zeit hätte. Kein besonders guter Plan. Ich war dabei, einen neuen zu entwerfen, rauchte eine Zigarette, als sie das Café betrat. Sie ging an den Tresen, bestellte, griff dann nach einem Exemplar der *Libération*, die dort herumlag, und schaute sich kurz nach einem freien Tisch um. Als sie mich sah, legte sie die Zeitung wieder hin, nahm das Sandwich, das der Kellner vor sie hingestellt hatte, und kam auf mich zu.

»Bonjour«, sagte sie, »haben Sie die Notiz auch übersehen?«

»Welche Notiz?« fragte ich.

»Die Streikmeldung. Die Bibliothek bleibt heute geschlossen. Ich bin ganz umsonst gekommen.«

Umsonst gekommen, dachte ich.

»Vous permettez?« fragte sie.

Sie stellte den Teller mit dem Sandwich ab, legte ihre Tasche auf den Stuhl und kehrte zum Tresen zurück, um ihren Milchkaffee zu holen.

Ich drückte meine Zigarette aus, stellte den Aschenbecher auf

den freien Nebentisch und betrachtete sie nervös. Mein Herz schlug aufgeregt. Ich habe mich für dich neu eingekleidet und begonnen, Gedichte zu lesen, dachte ich. Seit Tagen gehst du mir im Kopf herum. Ich habe miserabel geschlafen, und du siehst aus wie aus einem Modekatalog herausgeschnitten, jung, schön, sonnengebräunt. Wie du dich auf die Zehenspitzen stellst, um den anderen Kellner, der eben aus der Küche gekommen ist und den du wohl gut kennst, über die Theke hinweg zu begrüßen. Bisou, Bisou, Bisou, Bisou, und legst ihm dabei freundschaftlich die Hand auf die Schulter. Dann nimmst du die Schale mit dem heißen Milchkaffee, wirfst deinem Bekannten über die Schulter ein letztes, umwerfendes Lächeln zu und näherst dich meinem Tisch, während er nun mir zuzwinkert, bevor er, mit hochgezogenen Augenbrauen, deiner davongehenden Gestalt anerkennend hinterherblickt.
»Ich heiße Bruno«, sagte ich und streckte ihr die Hand hin. Sie zu siezen kam mir ebenso unnatürlich vor, wie meinen Professor zu duzen. Sie nahm meine Hand nicht. Statt dessen berührte sie leicht meinen Arm und bat mich, ihr den Zucker vom Nebentisch zu reichen.
»Gaëtane«, sagte sie dann. »Ist das ein geläufiger Name dort, wo Sie herkommen?«
Sie hatte mich in der Bibliothek angesprochen. Sie hatte sich an meinen Tisch gesetzt. Warum, zum Teufel, sollte ich sie siezen?
»Ich komme aus Aachen«, sagte ich. Hübsch klang das auf französisch. Aix-la-Chapelle. »Und du?«
»Midi«, antwortete sie. Dann, nach einem kurzen Zögern: »Du studierst hier?«
Sie biß in ihr Sandwich, ohne meine Antwort abzuwarten, schlug vorher die Beine übereinander, beugte sich leicht über die Tischplatte und schaute mich von unten an. Jetzt aus der Nähe sah ich, daß sie doch nicht besonders ausgeruht aussah.

Aber ihre Augen hatten die gleiche Wirkung auf mich wie zuvor, als sie mich in der Bibliothek überrascht hatte.
Ich erzählte in wenigen Sätzen, was ich hier tat. Sie schob mit dem Löffel die Haut auf ihrem Kaffee zur Seite und trank zweimal. Eine schmale Milchspur blieb auf ihrer Oberlippe zurück. Ihre Zunge fuhr darüber hinweg und hinterließ einen feuchten, schimmernden Glanz.
»Ich hätte nicht gedacht, daß sich außer mir noch jemand für das Zweite Kaiserreich interessiert«, sagte sie.
»Vor ein paar Tagen«, sagte ich, »habe ich mit der Frau an der Buchausgabe gestritten. Ein deutscher Tourist hat damals eine Reisebeschreibung von der Weltausstellung verfaßt, sehr interessante Einzelheiten, aber eben sehr ausführlich. Ich würde Wochen brauchen, das alles zu exzerpieren. Ich bat sie, doch eine Ausnahme zu machen und mich das Buch kopieren zu lassen, denn in den letzten fünfzig Jahren und vermutlich auch in den nächsten fünfzig Jahren würde sicher kein Mensch jemals in dieses Buch hineinschauen. Weißt du, was sie gesagt hat?«
»Wir machen hier keine Ausnahmen.«
»Nein. Sie sagte: Haben Sie eine Ahnung, was die Leute alles lesen, beim gegenwärtigen *Themennotstand*.«
»Pénurie de sujets?« wiederholte sie ungläubig und runzelte die Stirn. Sie legte das Sandwich hin und trank wieder Kaffee. Ich bemerkte, daß ich schaute, ob sie einen Ring trug.
»Gefällt dir Paris?«
»Ja, sehr. Aus welcher Stadt im Süden kommst du?«
»Nizza. Hört man das?«
Ich konnte keinen Akzent bei ihr entdecken. Sie sprach schnell, artikulierte jedoch klar, ohne eine Spur ausgeprägter südfranzösischer Nasale und der angehängten e, die bei den Menschen aus dieser Gegend wie kleine Wölkchen von den letzten Silben aufsteigen.

»Nein. Man sieht es nur. Ich dachte, du kämst aus Spanien oder aus Italien.«
»Nizza ist ja Italien. Ein Beutestück unseres letzten Kaisers. Was interessiert dich an der Weltausstellung?«
Überhaupt nichts, dachte ich. Was mich interessiert, bist du. Was für ein Name ist Gaëtane? Welch ein Glück, daß die Angestellten heute streikten. Was ist das für ein Parfüm, dessen Duft mit jeder deiner Bewegungen zu mir herübertreibt? Warum liest du Gerichtsakten über eine Kindesmörderin? Obwohl ich nicht rauchen wollte, griff ich nach der Zigarettenschachtel, die neben ihrer linken Hand lag. Mein Handrücken berührte leicht ihren Zeigefinger. Die Auswirkung dieser Berührung spürte ich auf der Zunge, die sich kurz anfühlte, als habe sie die Messingplättchen einer Batterie gestreift. Ich stellte die Schachtel vor mir auf den Kopf und überlegte meine Antwort, eine Antwort, die ich herunterspulen konnte, ohne dabei die geringste Einzelheit ihrer Erscheinung aus dem Blick zu verlieren. Diese plötzliche Nähe machte mir zu schaffen. Ich begehrte diese Frau. Ich war sonst nicht so schnell, eher vorsichtig wegen der Konsequenzen. Ich schaute immer nur, aber ich tat selten etwas. Was überlegte ich mir nicht alles, bevor ich erwog, mit einer Frau intim zu werden? Ich habe viele Gelegenheiten nicht genutzt und die, die ich genutzt habe, nicht genossen. Ohne einen gewissen Zauber kann ich mir geschlechtliche Liebe nicht vorstellen, und ich bringe, wenn ich Frauen kennenlerne und eine sexuelle Anziehungskraft spüre, unbewußt Einwände gegen die Gefahr in Stellung, daß eine Bettgeschichte diese Verzauberung aushöhlt.
Nichts davon jetzt, während sie von ihrem Sandwich abbiß.
»Das Gebäude«, sagte ich, »es ist kurios, weil es einen interessanten Widerspruch enthält, weil es ein Sakralbau war, in dem die Menschheit ihren Idealen huldigen sollte, aber dafür war es für die Zeit außergewöhnlich sparsam und schlicht.«

»Der Staat war schon fast pleite«, sagte sie trocken. Sie machte dem Kellner ein Zeichen und deutete auf ihre Kaffeetasse. Er warf auch mir einen fragenden Blick zu, und ich nickte.

»Gibt es nicht schon jede Menge Bücher über das Weltausstellungsgebäude?« fragte sie.

»Doch«, entgegnete ich, »aber es gibt keine baugeschichtliche Dokumentation. Die letzte Arbeit ist über fünfzig Jahre alt, und es gibt noch jede Menge unerforschter Akten.«

»Bist du Ingenieur?«

»Nein. Architekt.«

»Der Entwurf stammt von Le Play, nicht wahr?«

Sie kannte sich aus.

»Angeblich schon. Aber es gab da einen Streit um die Urheberschaft. Le Play hat die Grundrißidee offenbar Entwürfen entnommen, die ein Engländer 1862 in London für die dortige Weltausstellung eingereicht hatte. Aber Le Play gilt als der eigentliche Urheber.«

Ihre Augen wurden plötzlich lebendig.

»Ach ja? Das ist ja interessant. Woher weißt du das?«

»Es gibt da einen Schriftwechsel, auf den ich in den *Archives Nationales* gestoßen bin.«

»Hast du die Briefe ausgewertet?«

Ich schüttelte den Kopf. »Nein, ich fand das nicht so wichtig.«

»Schade.«

Wie das Buch von diesem deutschen Touristen hieße, das ich hatte kopieren wollen? Ich nannte ihr den Titel. Ob etwas über Mode darin stand? Mode? Ja, Frauenkleidung. Eine Freundin von ihr arbeite an einem Filmprojekt und habe sie gefragt, ob sie zufällig Modebeschreibungen aus jener Zeit gefunden hätte. Ich erinnerte mich dunkel an Bemerkungen über Lorgnons und Hütchen, welche bei den jungen Mädchen damals beliebt waren. Ich sagte, das Tagebuch dieses Weltausstellungsbesuchers sei eine regelrechte Fundgrube für

Einzelbeobachtungen, die ich jedoch wahrscheinlich gar nicht verwenden würde. Was für Beobachtungen, wollte sie wissen. Alles mögliche, sagte ich. Das Leben der Straßenjungen. Die Stimmung beim Opernball. Die berühmten Geschäfte. Die bekanntesten Cafés. Eine Bettlerhochzeit. Der Alltag der Zigaretten- und Brotrindensammler. Ob sie auch beim Film arbeite wie ihre Freundin? Nein, nicht mehr. Sie war zwei Jahre lang auf der Filmschule gewesen und hatte dann mit dem Studium aufgehört. Warum? Sie wollte immer Geschichten erzählen und hatte entschieden, daß Bilder dazu nicht geeignet seien. Bilder lügen. Das verlogenste aller Jahrhunderte sei das gefilmte Jahrhundert, unser Jahrhundert. In den dreißiger Jahren habe man in Amerika ein kleines Mädchen befragt, ob es Radio oder Fernsehen lieber mochte. Fernsehen war noch relativ neu. Das Mädchen bevorzugte Radio. Als man den Grund dafür wissen wollte, sagte es, Fernsehen wäre schon toll, aber im Radio gäbe es schönere Bilder.
Ihre Stimme war ruhig und dunkel. Beim Reden fuhr sie sich manchmal mit der Hand durch die Haare und spielte mit ihren Locken. Wenn ich sie zu lange anschaute, was ich trotz redlicher Mühe nicht unterdrücken konnte, wandte sie ihre Augen manchmal irritiert ab. Dann lächelte sie wieder und fragte plötzlich nach meiner Familie. Ob ich Geschwister hätte? Je länger das Gespräch andauerte, desto verkrampfter wurde ich innerlich. Ich hatte ein flaues Gefühl im Magen und manchmal Mühe, zuzuhören. Ich überlegte, wie es wohl wäre, sie einfach zu bitten, nichts mehr zu sagen und nur einen Spaziergang mit mir durch das Marais-Viertel zu machen und auf alles zu deuten, das ihr gefiel.
Sie erzählte von ihren ersten Monaten in Paris vor acht Jahren. Ihre Eltern erwähnte sie mit keinem Wort. Offenbar ein unrettbares Zerwürfnis, das sie gezwungen hatte, sich durchzuschlagen. Sie hatte in Schnellrestaurants gearbeitet und neben-

her Wirtschaft studiert, um rasch Geld verdienen zu können. Nach dem zweiten Jahr wurde ihr das zuviel. Außerdem langweilte sie Wirtschaft. Sie fand einen Job in einer Produktionsfirma und arbeitete dort als Sekretärin. So kam sie in Kontakt mit Leuten vom Film, bewarb sich bald darauf für die Filmschule und wurde zugelassen. Die Chefin der Produktionsfirma unterstützte sie, gab ihr ausreichend Arbeit, die sie sich einteilen konnte, um nebenher die Schule zu absolvieren. Nach zwei Jahren gab sie dann die Filmschule auf. Alles in ihrem Leben schien sich in Zweijahresrhythmen zu bewegen. Auch das Buch, das sie zu schreiben im Begriff stand, hatte sie vor zwei Jahren begonnen.

»Du warst die letzten Tage nicht in der Bibliothek«, sagte ich mit kaum verdeckter Neugier.

»Ich war mit Freunden in Südfrankreich segeln«, erwiderte sie.

Ich spürte Eifersucht in mir. Nicht auf sie oder auf ihren Segelausflug, sondern auf ihre Freunde, wer immer das war, die sie das ganze Wochenende um sich gehabt hatten, zusammengepfercht auf einem kleinen, wackeligen Boot, wo man kaum aneinander vorbeikonnte, ohne sich zu berühren, sich aneinander festzuhalten im schwankenden Seegang. Sie hatten sie gesehen, mit zerzausten Haaren, lachend im Wind oder bei Windstille auf dem Deck, in der Nachmittagssonne ausgestreckt, mit einer kleinen, weißen Salzkruste hier und da auf ihrem braunen Körper. Sah sie deshalb müde aus, trotz des sommerlichen Teints ihrer Haut? Donnerstag abend TGV nach Marseille und am Sonntag abend zurück?

»Schöne Abwechslung«, sagte ich. »Machst du das öfter?«

Bloß nicht! Wenn sie wieder tagelang nicht da wäre? Selbst wenn ich sie nicht sah, in Paris konnte ich mir wenigstens vage vorstellen, was sie tat. Überhaupt, was sollte ich denn jetzt anschließend machen, wenn sie gehen würde? Du spinnst, Bruno, sagte ich mir. Natürlich wird sie weggehen.

Was soll sie denn sonst machen. Dir um den Hals fallen dafür, daß du sie anglotzt?
»Sooft es geht. Aber es geht nicht oft.«
»Und dein Buch? Erzählst du mir davon?«
Ein Fehler. Ein großer, dummer Fehler. Ich sah den Glanz in ihren Augen verlöschen. Ganz kurz, aber merklich.
»Das geht dich nichts an«, sagte sie kurz angebunden. »Oh, es ist schon fast zwölf. Ich muß los.«
Plötzlich war da eine große dicke Scheibe, die quer durch meinen Kopf ging. Sie fiel leicht zur Seite und zog mich mit.
»Ich bin eigentlich fertig in der *Bibliothèque Historique*«, sagte ich, »ich wäre heute nur hingegangen, um dich zu fragen, ob du morgen abend Zeit hättest. Ich wollte mich für die Bücher revanchieren. Tust du mir den Gefallen?«
Wo? Wo?, durchfuhr es mich. Bitte sag ja.
Sie schaute unschlüssig vor sich hin, während sie ihre Jacke anzog. Sie tat das scheinbar immer im Sitzen, zog ihre Jacke im Sitzen an.
Ihre Antwort war schneidend.
»Du bist ganz schön schnell, findest du nicht?«
Ich erwiderte nichts. Sie hatte ja recht. Sie schaute mir direkt in die Augen. Nein, ich war nicht schnell, aber das konnte sie nicht wissen. Ihr Blick war kühl. Ich weiß nicht, was ich für ein Gesicht gemacht habe, aber es milderte ihre Miene ein wenig.
»Wann?« fragte sie.
»Ich hatte für morgen reserviert«, log ich. »Dienstag.«
So ein Irrsinn.
»Und wo?«
Sag es nicht. Willst du dich ruinieren?
»Rue de Washington. *La pluie et plus rien.*«
»Seltsamer Name«, sagte sie. »Aber macht neugierig. Also schön. Um wieviel Uhr?«

Gütiger Himmel!
»Halb neun«, sagte ich. »Wir könnten uns an der Ecke treffen, Champs-Elysées/Rue de Washington.«
Sie lächelte und stand auf. Ich erhob mich. Die vier Schmetterlingsküßchen. Ihre Haut war kühl, oder mein Kopf glühte.
»Bon. Au revoir, Bruno. A demain.«
»A demain.«
Sie ging zur Theke, sprach kurz mit ihrem Bekannten und gab ihm einen Geldschein. Vier Küßchen. Weg war sie. Sie hatte sich nicht mehr umgedreht.
Gaëtane.
Umsonst gekommen.

Zwei Stunden später hatte ich endlich Cyril am Telefon.
»Ah, Bruno, ça va?«
»Oui, ça va. Et toi? Tout va bien?«
»Guère«, sagte er. Er war der einzige, den ich dieses Wörtchen benutzen hörte. Ein seltenes Wort. Ich hatte das bei Engländern und Amerikanern in Deutschland, die sehr gut Deutsch sprachen, auch schon festgestellt. Sie benutzten Wörter, die Muttersprachler nicht verwendeten.
»Was gibt's. Wie geht's Heinrich? Was macht die Doktorarbeit?«
»Gut, danke. Ich wollte dich etwas fragen.«
»Schieß los.«
»Ich habe ein kleines Problem.«
»Wie heißt sie?«
Ich mußte lachen.
»Aha, richtig geraten. Also, was willst du wissen?«
»Ich brauche morgen einen Tisch in dem Restaurant, wo wir mit Heinrich gegessen haben.«

Stille am anderen Ende der Leitung. Im Hintergrund eine Stimme: »… ich kann diese Bögen nicht leiden, in welchem Jahrhundert leben wir eigentlich? Der Typ kreuzt tagsüber Froschgene und will Klosterfenster in seinem Landhaus …«

»Du hast ein großes Problem«, sagte Cyril.

»Habe ich mir schon gedacht. Kennst du vielleicht ein anderes Lokal in der Nähe?«

»Ist sie hübsch?«

»Nein. Sie ist schön.«

»Bellissime.«

»Ravissante.«

»Ruf mich in einer Stunde wieder an. D'accord?«

Wie einfach sind Gespräche mit Männern.

»Cyril?«

»Oui.«

Die Frage kam mir nicht über die Lippen.

»Nichts«, sagte ich.

»Du hast noch ein Problem?« fragte er.

»Nein. Eigentlich habe ich überhaupt keines mehr.«

»Zwei Personen?«

»Ja.«

»Mit Wein etwa vierhundert Francs pro Person.«

Ich schluckte.

»Soll ich es trotzdem versuchen?«

»Ja, sicher. Tausend Dank.«

»Dans une heure.«

»Oui. Merci, Cyril.«

»Pas de problème.«

Ich zog die Karte aus dem Schlitz, bevor der Apparat zu piepsen begann. Die Metroverbindung war direkt. Saint-Paul, George V. Als ich an der Ecke Champs-Elysées/Rue de Washington vorüberkam, schien die Sonne. Eine Blechlawine rollte auf den Étoile zu. In der Ferne schimmerten die Glitzertürme von La Défense und der futuristische Bogen auf der Esplanade, der in kühler, distinguierter Nachsichtigkeit dem Arc de Triomphe seine Reverenz erwies. Das Restaurant war geschlossen. An der Tür prangte das kleine, polierte Messingschild mit dem Namen. Die Rolläden waren heruntergelassen. Ich spazierte durch das Viertel auf der Suche nach Alternativen, entdeckte jedoch nur chinesische Schnellrestaurants mit dunkelbraun gebeizten Entenleibern, die bündelweise an Fleischerhaken im Schaufenster hingen, thailändische Eßhöhlen, die wie Bordelle aussahen, und die allgegenwärtigen Brasserien, die abends ohnehin geschlossen waren. Aber meine Suche war überflüssig.

»Frag nach Hervé«, sagte Cyril, als ich ihn wieder anrief. »Er weiß Bescheid. Aber erst um neun. Früher geht es nicht.«

Wenn er neben mir gestanden hätte, hätte ich ihn umarmt.

»Wie kann ich das jemals wiedergutmachen?« fragte ich ihn.

»Ganz leicht. Stell mir dein Problem einmal vor. On s'appelle?«

Ich fuhr nach Hause, holte mein Sparbuch, ging zur Post und hob alles Geld ab, das ich für den Monat noch frei hatte. Eintausendvierhundert Francs. Nach dem Essen morgen hätte ich also bis zum Monatsende noch sechsundzwanzig Francs am Tag. Eine Mahlzeit im Universitätsrestaurant kostete zehn Francs. Brot war umsonst. Viele nahmen dort Brot mit. Butter, Marmelade und Kaffee hatte ich noch. Problem gelöst. Jedenfalls vorläufig.

Den Rest des Tages verbrachte ich in Parfümerien. Die Verkäuferinnen waren immer schnell genervt von meinen Riechproben, so daß ich oft den Laden wechseln mußte. Wie beschreibt man Gerüche? Und auch noch in einer fremden Sprache. Glücklicherweise gibt es in Paris mehr Kosmetikläden als Bäckereien. Die geläufigen Marken waren relativ leicht zu testen, weil immer ein Probefläschchen mit Papierstreifen auf

dem Regal vor den Flacons stand. Bei den exklusiven, teuren Produkten leistete man sich diesen Luxus nicht. Ab dem vierten Laden wurde es richtig schwierig. Gaëtanes Parfüm hatte eine herbe Spitze, fast männlich. Ich tippte auf Moschus. Aber das war nur eine untergelegte Spur, eine falsche Fährte. Der Hintergrund war warm und weich, samtartig, wie ein Spaziergang über eine Wiese, durch die sich ein dünner, feiner Riß zog. Die Textur hatte etwas von Vanille, aber das war es nicht. Bergamotte? Mandel? Die Etiketten gaben auch nichts her. Wasser (Aqua), PEG 50, Glycol Oleate, Duftstoffe (Parfum), Polyquaternium-10. So nichtssagend wie ein Beipackzettel von Grippetabletten. *Ne pas jeter dans la nature après usage.* Wie hieß das noch im Öko-Deutsch? *Bitte umweltgerecht entsorgen.* Ab dreihundert Francs war an die Flacons überhaupt nicht mehr heranzukommen. Eingeschlossen hinter Glas, wie der Whiskey und die Champagnerflaschen im Supermarkt.
Einer Laune folgend, ging ich auf dem Heimweg über den Pont St. Michel und betrachtete von dort den gelungenen Perspektivebetrug des St.-Michel-Brunnens. Haussmann war als Student auf dem Weg zur Rechtsfakultät täglich über diese Brücke gegangen. Alles in dieser Gegend war ihm damals stinkend und verkommen erschienen, die schäbige Place du Châtelet, der Justizpalast, umgeben von verrufenen Kneipen und billigen Cabarets, dann, am linken Ufer, die Gassen des Quartier Latin, aus denen sich übelriechende Abwässer auf die heutige Place St. Michel ergossen. Wie zum Hohn behauptete sich damals in diesen Kloakendünsten das Ladenschild von Chardin, dem Parfümeur. Kein Stadtteil wurde so restlos ausgeweidet wie die Cité. Die Radikalität der Umgestaltung der Cité glich einem Racheakt, als habe Haussman den Ekel, der ihn beim Durchstreifen dieser Gegend überkam, nachträglich beseitigen wollen. Die Bewohner hatten sechs Wochen Zeit, ihre Wohnungen zu räumen, die Besitzer wurden nur unzu-

reichend entschädigt. Doch an einigen Stellen auf dem linken Seine-Ufer war die Abrißenergie ermattet. Haussmann hatte geplant, neben dem Boulevard St. Michel von hier aus auch noch einen zweiten Straßenzug zur Place de l'Odéon zu legen. Der Plan scheiterte am erbitterten Widerstand der Anwohner des linken Seine-Ufers und insbesondere der Rue St. André des Arts, die dem Durchstich zum Opfer gefallen wäre. Dadurch wäre nun, wenn man, vom Justizpalast kommend, den Pont St. Michel überquerte, eine unmögliche Ansicht entstanden: links das gähnende Loch eines breiten Boulevards, rechts das Gassengewirr des alten Paris. Der Brunnen schloß diese Lücke. Selbst aus geringer Entfernung war der Übergang nicht sichtbar, ein architektonisches Trompe-l'œil, das die schachtartige Öffnung des Boulevards mit dem verspielten Spaziergäßchen der Rue St. André des Arts verschmolz.
Der Anblick dieses nach hundert Jahren noch wirksamen optischen Tricks führte meine Gedanken allmählich wieder in eine Richtung, gegen die sie sich seit der Begegnung am Vormittag beharrlich gesperrt hatten. Ich brachte sogar noch zwei Seiten über die zentrale Plattform der Maschinengalerie des Ausstellungsgebäudes zu Papier. Von dort aus hatten die Besucher einen besseren Blick auf die zum Teil riesenhaften Maschinen gehabt. Außerdem diente die Plattform als Träger für die Transmissionswelle, von der aus die Maschinen über Treibriemen angetrieben wurden.
Was für ein Höllenspektakel das gewesen sein mußte. Das surrende, fetzende, pfeifende Geräusch von Hunderten Lederbändern, die über Stahlschwingräder sausten, um eine Knopfstanz- oder Filzhutmaschine anzutreiben. Dazwischen standen auch noch besonders große und sehenswerte Ausstellungsgegenstände wie Orgeln und Leuchttürme, die wegen ihrer Abmessung nirgendwo anders hinpaßten. Vielleicht war Efisio Marinis Knochen- und Gedärmetisch mit vielen anderen Ku-

riositäten auch dort ausgestellt gewesen und irgendwann, als Geschenk deklariert, in einer Rumpelkammer des kaiserlichen Hofes gelandet?
Und die Kindesmörderin aus Gaëtanes Gerichtszeitung? War sie auch im Weltausstellungsgebäude herumgelaufen?

IX. Kapitel

In großen Städten finden sich die Kinderleichen indessen zumeist in Abtrittsgruben. Ein eigenartiger Umstand, da man doch glauben sollte, dies sei der sicherste Weg, um alle Spuren eines Kindesmordes zu verwischen. Die Unglückliche, die heimlich niedergekommen ist und ihr Kind getötet hat, beeilt sich, es in die Latrine zu werfen, in dem Glauben, so ihre Tat verheimlichen und einer Strafe entgehen zu können. Es ist ein weitverbreiteter Irrtum, zu glauben, daß der zarte Körper eines Neugeborenen durch den Kontakt mit diesem Stoff rasch zersetzt würde. Nicht nur ist genau das Gegenteil der Fall, sondern die Abtrittsgruben, die beim geringsten Verdacht eines Kindesmordes durchsucht werden, bewahren auch den Leichnam lange Zeit auf und geben die dort hineingeworfene Leiche wieder frei. Insbesondere in Paris, wo bewegliche Abtrittsgruben sehr verbreitet sind und zunehmend Verwendung finden, entdeckt man in den Sammelbehältern, welche schon bald nach dem Abpumpen in der Sammelstelle eintreffen, oft Leichen von Neugeborenen, deren Herkunft schon daher leicht zu ermitteln ist, da die Nummern auf den Behältern einen klaren Hinweis darauf geben, aus welchem Hause der Behälter stammt. Man sieht also, wie leicht ein Kindesmord entdeckt und die dazugehörige Täterin ermittelt werden kann. Aus dieser Sammelstelle stammen außerdem die meisten Leichen ermordeter neugeborener Kinder, die in die Morgue gelangen …

Ambroise Tardieu
Etude Médico-Légale sur L'infanticide, Paris 1868

I.

Paris, March 31st 1867

Dearest Father,
schon bist Du wieder drei Tage ohne Nachricht von mir, und bevor ich zu Bett gehe, sollst Du erfahren, daß es Nicholas

gutgeht und es auch mir außer an Deiner Gegenwart an nichts mangelt. Du kannst unbesorgt sein. Seit Donnerstag morgen ist Nicholas hier in seiner Wohnung gut aufgehoben und unter meiner Obhut, die er sich, wie ich glaube, gerne gefallen läßt. Es hat mich nicht geringe Mühe gekostet, ihn aus dem Krankenhaus namens Lariboisière wegzubringen, wohin man ihn zu allem Unglück nach dem Unfall gebracht hatte. Auf die Hilfe von Herrn Collins, eines Angestellten von Beechham & Stark, den ich in meinem letzten Brief bereits erwähnt habe, war hierbei nicht zu rechnen, so daß ich mich am Morgen nach meiner Ankunft alleine auf den Weg gemacht habe. Jetzt liegt Nicholas in heilsamem Schlaf, denn es ist bereits weit nach Mitternacht. Er wird wohl noch einige Tage das Bett hüten müssen.
Der Schlag gegen den Kopf hat ihm indessen nichts von seiner geistigen Beweglichkeit und insbesondere von seinem Eigensinn geraubt, so daß er bereits wieder die ihm so angenehme Rolle des belehrenden Bruders eingenommen hat. Zwar liege nicht ich, sondern er mit einer großen Beule im Bett, die ihm sein Leichtsinn und seine Unvorsichtigkeit eingetragen haben, aber wenn Du ihn hören würdest, so bekämst Du sicher den Eindruck, nicht er, sondern ich brauche einen Bewacher, damit mir in Paris nichts zustößt. Derweil versieht Nicholas' Pariser Freund und Ausflugsgenosse Monsieur Antoine Bertaut diese Aufgabe und hat mich am Freitag an den Ort begleitet, wo der Überfall geschehen ist. Antoine ist im gleichen Jahr geboren wie Nicholas, und auch sonst sieht man sofort, welche Gemeinsamkeit das Fundament ihrer Freundschaft ausmacht. Ich traf ihn am Donnerstag in Nicholas' Wohnung, wo er uns am Nachmittag besuchte, um sich nach dem Ergehen des Patienten zu erkundigen. Es war ihm sichtlich unangenehm, unangemeldet gekommen zu sein, und offenbar ist er es auch nicht gewohnt, ohne umgebende Gesellschaft mit ei-

ner Frau alleine Konversation zu haben. Hieß es nicht, französische Männer seien der Inbegriff von Charme und geistreicher Konversation? Antoine Bertaut ist keineswegs unsympathisch, ganz im Gegenteil. Sein Äußeres ist gepflegt und gefällig, er kleidet sich für meinen Geschmack etwas zu klassisch, worin ich ja immer ein Zeichen für Mut- und Phantasielosigkeit zu entdecken nicht umhinkann. Doch die ersten Momente seines Besuches waren von einer gewissen steifen Förmlichkeit geprägt, die fast an das Maß von Unbeholfenheit eines Frederic Collins heranreichte. Vielleicht bringt es aber auch sein Beruf mit sich, daß seine Konversation bisweilen etwas Wohlüberlegtes, ja fast Abgezirkeltes hat. Ich habe mir Anwälte, die vor Gericht heißblütige Plädoyers halten, um die Herzen der Geschworenen zu rühren, immer etwas anders vorgestellt, eine Mischung aus Danton und Cato dem Jüngeren, die ganze Sturmgewalt der Leidenschaft gefesselt durch eine brillante Intelligenz. Aber er ist ja wie Nicholas noch recht jung und teilt mit ihm, um den oben angerissenen Gedanken nun zu Ende zu führen, ein gewisses Grundvertrauen in die richtige Beschaffenheit der Welt, welche mir, wie Du weißt, so gänzlich abgeht. Sie spazieren, eifrig plaudernd, von Planke zu Planke über die Brücke des Lebens, während ich vor meinen Füßen nur die Spalten dazwischen und den Abgrund darunter zu sehen vermag. Selbst die Erfahrung der letzten Woche hat sie beide nur darin bestärkt, künftig etwas vorsichtiger auf ihrem Königsweg voranzuschreiten. Sie hadern nicht etwa mit der Welt, die sie als unveränderlich betrachten, sondern schreiben dem Schicksal zu, was alleine Sache der Menschen ist. Ein seltsamer Zufall hat nun dafür gesorgt, daß jene Welt, welcher Nicholas und Antoine an jenem Unglücksabend begegnet sind, weiterhin die Finger nach ihnen ausstreckt, aber davon gleich mehr.
Da ich von meinem Vorhaben, den Unglücksort zu besuchen,

nicht ablassen wollte, war Antoine ritterlich genug, mich zu einem Spaziergang nach Belleville zu begleiten. Erinnerst Du Dich noch an jene Beobachtung im Buch des großen Naturforschers, aus dem Du uns immer vorgelesen hast? Ebenso mußt Du Dir die Vorstadt vorstellen, die ich am Freitag besucht habe: eine Welt eng gepackter, blindwütig zu Nahrung und Licht aufschießender Kreaturen, auf die unablässig vernichtende Schläge niedergehen.

Es ist ein weiter Weg, aber so weit auch wieder nicht, aus dem von Glanz und Pracht überschäumenden Mittelpunkt der Stadt Paris und ihrer Boulevards bis zu ihren Außenbezirken hinter den Höhen von Montmartre, wo die Wellen von Genuß und Leichtlebigkeit allmählich absterben. Die Straßen dort oben sind still und öde, ohne Trottoirs, mit Schutt und Unrat angefüllt. Die Häuser sind niedrig, häßlich, ohne Charakter. Die Türen haben keine Schilder, die Fenster keine Gardinen. Es gibt dort keine Geschäfte, keine geputzten Menschen, keine schönen Wagen, keine schönen Pferde, keine Fiaker, ja nicht einmal Omnibusse mehr.

Das Viertel, wo der Überfall geschah, heißt Belleville, und kein größerer Gegensatz ist denkbar zwischen diesem Namen und dem, was er benennt. Nur an einigen Straßenbezeichnungen erkennt man noch, was für ein ländliches Dorf hier einmal gestanden haben muß. Waldstraße, Wiesenstraße, Lilienweg und dergleichen liest man hier und da, Benennungen, denen die umgebenden Gebäude Hohn und Spott sprechen. Zweihunderttausend Menschen wohnen hier in kasernenartigen Siedlungen, die zumeist aus zwei- oder dreistöckigen Häusern bestehen, denen man zum Teil noch eine bessere Vergangenheit ansieht. Das Besondere an diesem Stadtteil sind jedoch die Hüttensiedlungen, unweit deren Antoine und Nicholas in diesen Hinterhalt geraten sind.

Wir hatten Mühe, überhaupt dorthin zu gelangen. Zwar reg-

nete es am Freitag gerade einmal nicht, aber die Straße war dennoch aufgeweicht und schlammig. Ein schmutzig-weißer Himmel konnte in der nächsten halben Stunde jedes erdenkliche Wetter produzieren und würde nach der Erfahrung der letzten Wochen demnächst wieder Regen oder Schnee auf die erbärmliche Ansammlung von Hütten und Verschlägen herabschütten, die stadtauswärts sichtbar wurden. Wir folgten einer Straße namens Rue de Paris. Alles, was uns umgab, war alt und heruntergekommen, obwohl diese Ansiedlung gerade einmal einige Jahrzehnte existiert. Schiefe, einstöckige Baracken säumten den Weg. Bisweilen gaben sie zwischen sich den Blick auf schmutzige Höfe frei, wo zwischen Abfallbergen und im Schlamm feststeckendem, verrottendem Gerümpel dünnbekleidete Kinder spielten. Die Fensteröffnungen der einstöckigen Häuser waren mit gewachstem Papier oder Dekken verhangen. Nur wenige Schornsteine rauchten. Hier und da standen Männer beieinander und unterhielten sich. Als wir an ihnen vorüberkamen, verstummten sie und schauten uns mißtrauisch an. Hunde kamen herbeigelaufen, bellten sinnlos die Straße hinab und trollten sich wieder. An einer Stelle war die Straße fast unpassierbar. Wir standen einen Augenblick unschlüssig vor einer großen Pfütze, die den Weg versperrte, balancierten auf locker sitzenden Steinen und Holzplanken an ihrem Rand entlang und erreichten schließlich eine Abzweigung, die leicht hangabwärts führte. Hinter uns erhoben sich dunkel die großen Kessel einer Gasfabrik.
Der elende Pfad, den wir hinabgingen, trug sogar einen Namen: Rue Piat stand auf einem emaillierten Blechschild. Antoine sagte, ihm schaudere bei dem Gedanken, nachts hier hindurchspaziert zu sein. Die Häuser, die wir auf der Rue de Paris passiert hatten, verdienten bei nachsichtiger Betrachtung diese Bezeichnung immerhin noch. Die Unterkünfte jedoch, die sich hier notdürftig an den Hang krallten, spotteten jegli-

cher Beschreibung. In die Erde gerammte Holzpfosten stützten die Seitenwände, welche aus ausgefransten Wellblechteilen zusammengesetzt waren. Die Türen bestanden aus zusammengenagelten Latten und hingen an verrosteten Drähten, die an armlangen Hoftorscharnieren festgebunden waren, welche man durch Schlitze im Blech festgerammt hatte. Manche dieser Elendshütten verfügten über gar keine Tür, sondern verbargen ihr Innenleben nur hinter einer schmutzstarrenden Decke, die am Türbalken festgenagelt war. Kamine gab es hier nicht mehr.

Die Eindrücke, die auf uns einwirkten, hatten uns beide stumm gemacht. Mit einer Mischung aus Grauen und Faszination betrachteten wir die barfüßigen Kinder, die apathisch in den Hütteneingängen saßen. Eine alte Frau hockte vor ihrer Hütte und war damit beschäftigt, von einem Knochen Fleischreste abzuschaben, die sie auf eine Brotscheibe strich. Etwas weiter entfernt saßen Frauen, die einen Berg von Lumpen auseinandersortierten. Sie schauten uns nach, als wir die letzte dieser Behausungen passierten und dann an der Stelle zu stehen kamen, wo der Überfall geschehen war.

Antoine wies über ein Feld hinweg mit der Hand auf eine Aufschüttung, hinter der sich eine Müllgrube oder so etwas verbarg. Dort hatte man sie hingelockt, um dieses gräßliche Rattenspektakel anzuschauen. Du kannst Dir keinen desolateren Ort vorstellen. Alles schien so unwirklich. Ein kalter Wind strich über das angrenzende Feld und wehte einen fauligen Gestank von der Müllgrube zu uns herüber. Wie konnten hier überhaupt Menschen leben, in diesem Morast aus Elend, Schlamm und Abfall? Aber hier lebte ja auch tatsächlich niemand. Hier überlebte man nur, vom Schicksal und vom Zufall hingeworfen in diese Wüste am Rande einer der prächtigsten Städte Europas, um deren lichtglänzendes Zentrum sich dieser Abort erstreckt.

Auch Antoine war stumm geworden und schien nachdenklich. Als ich auf dem Rückweg Anstalten machte, mit den Frauen aus einer der letzten Hütten zu sprechen, ließ er mich gewähren und übersetzte mir sogar die mannigfaltigen Rotwelschbegriffe, die ich nicht verstand und welche die Sprache dieser Menschen ebenso durchsetzen wie der Abfall ihre kümmerliche Habe. Selbst vor diesem teuflischen Morast hat die Gewinnsucht der Besitzenden nicht haltgemacht und, wie überall, so ist auch hier das Armsein sehr teuer. Die Häuser und Hütten sind von Unternehmern gebaut worden, denen das Land, auf dem sie stehen, nicht einmal gehört. Sie pachten es zwanzig Jahre lang für einen Spottpreis, errichten darauf eine Baracke und vermieten sie nicht etwa für ein Jahr oder einen Monat, sondern wochenweise, und dies zum exorbitanten Preis von zwei Francs fünfzig je Zimmer. Da die Miete im voraus zu entrichten ist, hat der Besitzer so einen sicheren Kapitalgewinn von fünfundzwanzig vom Hundert. In einem solchen Zimmer, in denen sich meist außer einem Bett nichts befindet, leben vier bis sechs Menschen dicht gedrängt beieinander. Manche Zimmer haben Holzböden, in den meisten sitzt und schläft man auf der nackten Erde. Zwischen den Holzplanken gedeihen Pilze. Wenn der Pachtvertrag nach einigen Jahren abläuft, fällt das Land an den Besitzer zurück, der die darauf stehenden Hütten abreißen läßt, um das wertvoller gewordene Land nun besser und teurer zu verpachten. Die Bewohner werden verjagt, und man sieht sie dann zu Hunderten mit Sack und Pack durch die Straßen irren, einem ungewissen Schicksal entgegen. Welches Verbrechens sind diese Menschen schuldig geworden? Welcher Christus wurde für ihre Sünden gekreuzigt?
Wir gelangten wohlbehalten wieder in die Innenstadt zurück, und Antoine bestand darauf, in einem der berühmten Cafés auf dem Boulevard des Italiëns eine Stärkung zu uns zu neh-

men. Ich willigte gerne ein, denn ich war erschöpft und innerlich von den Eindrücken aus Belleville aufgewühlt. Ich behielt die Gedanken für mich, die mir durch den Kopf gingen, als wir über die prächtigen Boulevards fuhren. Aber dem Papier muß ich sie doch anvertrauen. Was für eine Welt ist das, wo keine zwanzig Wegminuten von Belleville entfernt die Damen der Pariser Gesellschaft vor den Geschäften in der Rue de la Paix aus ihren geschlossenen Kutschen steigen und – mit einer kleinen Maske ihr Gesicht verhüllend – über rote Teppiche in glänzende Geschäfte eintreten, um dort an einem Nachmittag das Geld auszugeben, über das ein Mensch dort oben in der Vorstadt sein Leben lang nicht verfügt? Nach welchem schrecklichen Naturgesetz gehen die Schläge der Natur gerade dort am heftigsten nieder, wo die Not am engsten zusammengedrängt ist?

Das Café Anglais, wo wir uns niederließen, ist zu Recht berühmt und hat gar nichts Englisches außer dem Namen. Man serviert dort Kaffee und Bier und die gefeierten Pralinés, wobei jedes Jahr eine andere Sorte den ersten Rang in der Beliebtheitsskala der Pariser einnimmt. Letztes Jahr gehörte es zum guten Ton, Ephemeriden anzubieten, die so zart waren, daß sie in der Hand zergingen. Vermutlich liegt es daran, daß dieses Jahr die sogenannten Mignons einigen *succès* haben, da diese in Zucker gegossen sind und erst auf der Zunge schmelzen.

Die Kleidung der Damen hier ist sehr eigenwillig. Viele junge Frauen tragen sogenannte *tocques*, kleine Baretts, die wie Studentenmützchen aussehen. Außerdem sind Beinkleider modern, offene Westen, Gilets, kurze Röckchen mit Manschetten und Lorgnons. Das ist hier die jüngste Mode, und viele dieser Damen sehen aus wie hübsche Jungen.

Alles scheint hier irgendwie verspielt und unernst. Die große Novität des Frühjahres ist das Zündnadelgewehr, das man in allen Größen und in allen Formaten in den Schaufenstern der Boulevards sehen kann. Man entdeckt es in allen erdenklichen Ausführungen, als Schießwaffe für Erwachsene, als Spielzeug für Kinder und umgearbeitet zu Broschen, Nadeln und Spangen für die Damen. In den meisten Läden hängen dazu auch noch zwei Schilder, gleichsam um die Echtheit der Ausstellungsstücke zu bezeugen: Das eine Schild zeigt *Le Roi Guillaume*, das andere *Le Comte de Bismarck*.

Kannst Du nachempfinden, wie verwirrt mich all diese aus Himmel und Hölle gleichzeitig auf mich einstürmenden Eindrücke machten? Ganz Paris erscheint mir als ein grandios geschmücktes Theater, eine Feenwelt, von unwirklichen Gestalten bevölkert. Die Theateraufführung, von der ich soeben zurückgekehrt bin, hat all diesen Spuk noch übertroffen, doch ich greife vor, denn ich bin ja noch nicht einmal bei jener Begegnung angelangt, von der ich zunächst berichten wollte.

Wir saßen eine gute Weile im Café Anglais. Antoine erkundigte sich höflich nach unserem damaligen Leben in Frankreich und dem jetzigen in England, und im Anschluß daran erfuhr ich auch das eine oder andere über ihn und seine Familie. Er ist erst seit sechs Monaten als Anwalt bei Gericht zugelassen und muß sich noch bis Ende nächsten Jahres als Pflichtverteidiger bewähren, bevor er als freier Advokat debütieren darf. Ich bat ihn, mir von jenem Fall zu berichten, den er am Vortag bereits erwähnt hatte, und er erzählte mir von einer gewissen Marie Lazès, deren acht Monate altes Kind man tot in einem Kanal treibend gefunden hat. Die Mutter hatte das Kind zuvor angeblich ins Krankenhaus gebracht, wo es jedoch von niemand gesehen wurde. Es sei einer jener traurigen Fälle von Kindesmord, deren es in Paris leider sehr viele gäbe. Etwas an der Art und Weise, wie er mir von diesem Fall berichtete, schien mir seltsam, und bald erfuhr ich auch, was es damit auf sich hatte. Antoine war nämlich am Morgen ins Gefängnis St. Lazare gefahren, um der Frau, die er verteidigen soll, einen Besuch abzustatten. Dort erhielt er weitere Aktenunterlagen, die mittlerweile aus der Staatsanwaltschaft hervorgegangen sind. In einem dieser Aktenstücke las er, daß jene Frau noch einen dreizehnjährigen Sohn hat, der auf den hier sehr ungebräuchlichen deutschen Namen Johann hört. Ein Junge dieses Namens war an dem Hinterhalt beteiligt, in dessen Verlauf Nicholas so schwer verletzt wurde und Antoine um ein Haar getötet worden wäre. Ich sah nun ein, daß ich Antoine unrecht getan hatte, als ich ihn am Vortag innerlich getadelt hatte wegen seiner, wie ich dachte, empfindungslosen Einschätzung der armen Bevölkerung. Ich bin natürlich nach wie vor der Auffassung von Herrn Marx, daß der Mensch im wesentlichen das Produkt seiner Umgebung ist und das gleiche Wesen, je nach seinen Lebensbedingungen, zum Tier oder zum Heiligen heranwächst. Doch Antoines Aufgabe, nun eine Frau verteidigen zu müssen, die ihr Kind getötet hatte und deren fast erwachsener Sohn ihn möglicherweise beinahe erstochen hätte, beeindruckte mich tief. Ich drang in ihn, mir mehr über diesen Fall zu erzählen, vor allem mir zu sagen, wie es um den Vater dieser Kinder stehe und ob er auch angeklagt sei. Doch für die Väter interessierte sich das Gericht überhaupt nicht, solange sie nicht an der Tat beteiligt waren, und im vorliegenden Fall sei der Vater ohnehin nach Aussage der Angeklagten schon vor Monaten nach Deutschland zurückgekehrt und daher für diesen Fall nicht von Bedeutung. Nicht von Bedeutung? Hatte ich richtig gehört? Ob nicht vorstellbar wäre, daß das Verschwinden des Vaters die Mutter in eine solche Not gestürzt hatte, daß ihr die gräßliche Tat als letzter Ausweg erschienen war? Antoine hielt mir entgegen, daß all diese Dinge für die Schuldfrage nicht von Belang seien, und sosehr er, insbesondere nach dem, was er heute nachmittag gesehen habe, meinen Einwurf verstehe, so seien für das

Gericht allein die Umstände der Tat zu beurteilen und nicht die Gründe ihrer Entstehung. Du kannst Dir sicher denken, welcher Entschluß im gleichen Moment in mir heranreifte, denn wie sollte es möglich sein, Tatumstände zu beurteilen, wenn man die Gründe ihrer Entstehung nicht kannte?
Ich wußte nichts über diese Frau, kannte lediglich ihren Namen und den des Gefängnisses, wo sie inhaftiert war. Doch ich konnte mir leicht vorstellen, in welchem Zustand ich sie dort antreffen würde, und so begab ich mich am nächsten Tag, dem gestrigen Samstag also, mit einer Wolldecke und etwas Obst versehen, in das Gefängnis St. Lazare. Es heißt so, weil es im vierzehnten Jahrhundert ein Krankenhaus für Aussätzige gewesen ist und daher unter den Segen des heiligen Lazarus gestellt wurde. Nach der Revolution machte man ein Gefängnis daraus. Der Dichter André Chenier wurde hier festgehalten, bevor er das Schafott bestieg. Später begann man damit, Diebinnen und Frauen von schlechten Sitten hier einzusperren, und so ist St. Lazare heute zugleich Gefängnis, Correctionsanstalt und Hospital nicht nur für Frauen, die ein Verbrechen begangen haben, sondern auch für kranke Freudenmädchen, liederliche Dirnen, Schuldnerinnen, Kurtisanen, Diebinnen und die von ihren Männern denunzierten Ehebrecherinnen.
Vor dem Gefängnis war einiger Betrieb, und ich beobachtete zunächst eine Weile, nach welchen Regeln und Vorschriften die Besucher Einlaß in das Gebäude bekommen konnten. Eine Nonne, die ich befragte, erklärte mir, daß nur Familienangehörige, Geistliche und Justizpersonen die Gefangenen besuchen dürften. Was geschah also mit denjenigen, die keine Familie in Paris hatten? Diese würden von religiösen Wohlfahrtsorganisationen besucht. Ich erklärte ihr, warum ich gekommen war, und die Frau war so angetan von meiner Absicht, einem fremden Menschen im Gefängnis einen Akt der

Nächstenliebe zu erweisen, daß sie mir kurzerhand einen ihrer Körbe zum Tragen gab und mich mit in das Gebäude hineinnahm.

Dieser Brief ist schon über Gebühr lang ausgefallen, und die Uhr auf dem Kaminsims rechnet mir unbarmherzig die Stunden vor, die ich hier schon schreibend sitze, anstatt mich für den morgigen Tag auszuruhen. Daher will ich ein anderes Mal von jenem Gefängnis berichten und heute nur eine Skizze der Begegnung mit jener Marie Lazès zu Papier bringen. Als Schwester Agnès (so heißt die Nonne, deren Korb ich trug) und ich ihre Zelle betraten, lag sie zusammengekauert auf dem Bett und schien zu schlafen. Das ohrenbetäubende Quietschen der Zellentür konnte sie jedoch nicht überhört haben, und als der Wärter sie ansprach, drehte sie sich gleich um, setzte sich auf die Bettkante und schaute uns an. Ihr Gesicht war leichenblaß, eingefallen und abgehärmt wie das Antlitz einer zum Tode Verurteilten. Schwester Agnès bat den Wärter, sie zur nächsten Zelle zu begleiten, und so hatte ich einige Minuten Zeit, alleine mit der Frau zu sprechen. Ich gab ihr die Gegenstände, die ich mitgebracht hatte, und fragte sie, ob sie irgend etwas benötigte, das ich ihr vielleicht beschaffen könnte. Sie schüttelte den Kopf und fragte, wer ich sei und warum ich zu ihr gekommen war. Erst wollte ich mich als Gehilfin von Schwester Agnès ausgeben, doch angesichts der erbärmlichen Situation verbot es sich mir, zu lügen. Ich erzählte ihr mit einigen kurzen Worten, daß ich von ihr und den Umständen ihrer Verhaftung erfahren hatte und daß es mir ein Bedürfnis gewesen sei, sie zu besuchen und ihr mit diesen paar Geschenken vielleicht etwas Linderung zu verschaffen. Sie schien meine Rede überhaupt nicht zu begreifen. Ihr Gesichtsausdruck war durchaus der eines Menschen, dessen Verstand die Wirklichkeit nur noch notdürftig zu fassen vermag. Ihr ganzer äußerlicher Aufzug war ein beredter Zeuge der Stationen ihres

Lebens. Ihr verfilztes Haar, ihr dünner, sehniger Hals und die mageren, in ihrem Schoß nervös hantierenden Hände erzählten zur Genüge all das, was man zu wissen bedurfte. Mein Herz verkrampfte sich beim Anblick ihrer Augen, der zusammengepreßten Lippen, bei denen ich nicht wußte, ob sie im nächsten Augenblick zu zittern oder zu schreien beginnen würden. Mit einigen fahrigen Bewegungen griff sie nach der Decke, die ich ihr mitgebracht hatte, und hüllte sich darin ein wie ein verängstigtes Tier. Es war bitter kalt in dieser Zelle, und die durchgewetzten Lumpen auf dem Bett boten dem, der den Ekel überwand und sich darin einrollte, sicher nicht viel Wärme. Ich hatte so viele Fragen, vermochte aber, bevor ich wieder zur Tür hinausging, nur zu sagen, daß, wenn zuträfe, was man ihr vorwarf, sie ihre Strafe bereits hinter sich habe. Da blitzten ihre Augen zornig auf, sie warf den Kopf voller Verachtung zurück und schaute mich so haßerfüllt an, daß ich furchtsam zurückwich. Erst in jenem letzten Moment, bevor die zuschwingende Tür sie endgültig meinem Blick entzog, sah ich, wie ihre eben noch kalten und stechenden Augen plötzlich ein stumpfer Spiegel des Jammers und der Verzweiflung geworden waren, nicht mehr bösartig und haßerfüllt, sondern taub und leer.

Ich wagte nicht, Antoine am nächsten Tag von meinem Besuch zu erzählen. Mit welchem Recht hatte ich die Frau überhaupt aufgesucht? Was hatte ich mir davon versprochen? Erst das Theatergetöse am heutigen Abend vermochte es, die düsteren Bilder aus meiner Erinnerung zu vertreiben. Noch jetzt dröhnen mir die Ohren von der Musik und dem wirren Durcheinander der Hanswurstfiguren auf der Bühne, die zu meinem Erstaunen das Publikum in rasendes Entzücken zu versetzen vermochten. Sagte ich nicht bereits, daß dieser Stadt etwas Unwirkliches anhaftet? Nun, heute abend befand ich mich im Herzen dieses Narrenschiffes, das, begleitet von Korkenknallen, durch ein Champagnermeer trudelt. Ich ließ mir von meinem Unbehagen nichts anmerken, denn es war eine große Ehre, bei der Eröffnung des neuen Musikspiels von Herrn Offenbach anwesend sein zu dürfen, und Antoine war sichtlich erfreut, mir diesen Theaterbesuch anbieten zu können.

Die Damen der besseren Gesellschaft erschienen in flachen Röcken, die Krinoline hat ausgedient. Bevorzugte Farbe ist noch immer das Havanna-Braun, das man auch Bismarck-Farbe nennt, aber über allem dominierte das leuchtende Rot zahlreicher Korallen, die an den Kleidern und in den Frisuren steckten oder sich um Arme und Hälse rankten. Unsere Plätze waren weit oben im Olymp, da im Parkett und in den Logen an solch einem Premierentag natürlich für Leute wie uns kein Platz denkbar war. Aber so hatten wir das doppelte Schauspiel, die hohe Gesellschaft dabei beobachten zu können, wie sie sich selber auf der Bühne zusah. Antoine stellte mich einigen Bekannten vor, denen wir beim Herumwandeln in den Gängen begegneten, von denen mir insbesondere ein sehr interessant aussehender und über alle Maßen charmanter Zeitungsmann in Erinnerung geblieben ist. Ein gewisser Monsieur Marivol, auf den Antoine indessen nicht sehr gut zu sprechen ist, da er, wie er kurz angebunden bemerkte, nur immer dummes Zeug schriebe.

An Monsieur Offenbach schien ihn das indessen nicht zu stören. Wie kann ich Dir einen Eindruck vom tobenden Unsinn dieser *Herzogin von Gerolstein* vermitteln? Liegt es daran, daß sich Kriegswolken am Horizont zusammenballen und man dies partout nicht wahrhaben möchte, wenn man die Militärs als alberne Clowns verspottet? An der Musik war nichts zu tadeln, wenn man für seichte Akkorde sein Herz erwärmen kann, und die hochberühmte Hortense Schneider machte ihre Sache gut. Aber mir war dennoch unbehaglich zumute, wenn

General Bumm Pulverdampf aus seiner abgeschossenen Pistole schnupfte oder Krieg erklärt wurde, weil man sich ein wenig zerstreuen will. Das eigentlich Unheimliche an dieser gespenstischen Aufführung war, daß durch die dünne Schminke der Komödie beständig der grinsende Totenschädel der vulgären Farce hindurchschimmerte. Ich sah freilich nur lachende Gesichter und beringte Hände, die auf fette Schenkel schlugen. Im übrigen war, wie ich bald erfuhr, das Parkett fest in der Hand der sogenannten *Römer*, wie man hier die Claqueure nennt, so daß selbst die Publikumsreaktion nicht wirklich echt, sondern auch gespielt war. Monsieur Marivol, den wir in der Pause wiedertrafen, erklärte mir die delikate Arbeit dieser dutzendweise vom Theater engagierten Lacher, Schneuzer, Schluchzer und Kicherer, so daß ich mich im zweiten Teil des Spektakels gänzlich in eine Scheinwelt entführt sah, in der zwischen dem Leben auf der Bühne, im Parkett und draußen auf der Straße sämtliche Grenzen verschwunden zu sein schienen.

Ach Papa, manches wäre noch zu berichten, doch die Müdigkeit lähmt mir die Glieder. Nimm diese eiligen Zeilen als Zeichen meines Gedenkens an Dich. Morgen soll ich statt Nicholas, der noch immer das Bett hüten muß, zu den Eröffnungsfeierlichkeiten der Weltausstellung gehen.

Ich umarme Dich und denke an Dich in inniger Liebe

Deine Mathilda

II.

Der erste, der den Eindruck bekam, daß mit dem Kind im Kanal St. Martin etwas nicht stimmte, war Marivol. Er war einer Laune gefolgt, als er am Mittwoch nachmittag noch einmal ins

Depot zurückkehrte, um ein wenig mit den Wachen von der Spätschicht zu plaudern. Vielleicht waren Villemessants Kaffeehaustiraden daran schuld und die Aussicht, durch eine interessante Geschichte eine hübsche kleine Summe zu verdienen. Das letzte, woran er indessen geglaubt hätte, war das, was er nach einigen Gläschen mit den Wachen im Depot erfahren sollte.

Lucien Marivol wurde nur von wenigen beim Vornamen genannt, da die Signatur seines Nachnamens unter den bekannten Artikeln des *Figaro* zu einer Art Markenzeichen geworden war, das ein von der Person unabhängiges Eigenleben führte. Nur diejenigen, die ihn von früher kannten, von seinen Anfängen als Kriegsberichterstatter auf der Krim und später beim Italienfeldzug, sahen in ihm nicht die bewunderte und verhaßte Feder des *Figaro*, die mit dem Namen Marivol synonym war, sondern den ehemals jungen und hoffnungsvollen Aufklärer und Journalisten Lucien, der sich in dem Maße zunehmend zu einem wortgewandten Aufschäumer von Boulevardklatsch gewandelt hatte, wie die in seinen Augen närrische Kaiserposse anhielt. Er hatte festgestellt, daß die Welt nun einmal nicht das sehen und lesen wollte, was offensichtlich ins Auge fiel, sondern es vorzog, phantastische Geschichten über Ruhm, Ehre und Skandale zu hören.

Sein Netz von Kontakten war überaus weit gespannt, wobei ihm insbesondere sein guter Draht zu den Damen zustatten kam. Die verläßlichsten Informationsquellen besaß er allerdings im Depot des Justizpalastes, wo einige ehemalige Soldaten nach der Entlassung aus dem Militärdienst eine Anstellung als Wächter gefunden hatten. Mit Gustave, den er jetzt aufsuchte, hatte er monatelang vor Sebastopol im Dreck gelegen und dem Tod ins Auge geblickt, der aus einer feindlichen Kanone oder, was häufiger war, aus dem Trinkbecher oder dem Suppenteller kommen konnte.

»Ah, Lucien«, sagte er, als der Journalist am Mittwoch abend in die Wachstube trat. »Ein Hundewetter, nicht wahr?«
Marivol ließ sich am Tisch nieder und stellte die mitgebrachte Flasche darauf ab.
»Ça s'empire tous les jours«, antwortete er grinsend.
Gustave kicherte über das gelungene Wortspiel, das es gestattete, das Wörtchen *empire*, Kaiserreich, mit dem Verbum *empirer*, verschlechtern, gleichzusetzen.
»Viel Betrieb hier heute, nicht wahr?«
Gustave hatte schon zwei Gläser gefüllt und hob eines davon an die Lippen, bevor er antwortete.
»Schlechtes Wetter, volle Zellen. Wie immer. Die Marktleute von den Hallen haben wieder einmal protestiert, und heute nacht wurde geputzt. Stimmt schon, man kommt dort nachts kaum noch durch, und für jeden schlafenden Gemüsehändler trifft man auf zwei Obdachlose. Jetzt liegen sie halt hier herum.«
Zwei weitere Wachleute durchquerten das Zimmer mit einem Korb voller Schuhe, die den Eingelieferten üblicherweise abgenommen wurden, vermutlich, wie Marivol annahm, weil es die einzige wertvolle Habe war, die die meisten bei sich trugen.
Gustave beachtete sie nicht weiter, sondern wedelte nur mit den ihm verbliebenen drei Fingern seiner rechten Hand vor seiner Nase hin und her, um den üblen Geruch zu vertreiben.
»Und, was führt dich her?«
Marivol hob sein Glas, trank es zur Hälfte aus und verzog das Gesicht.
»Ich frage mich, was Lagrange heute morgen bei Roux zu suchen hatte.«
»Ah, du weißt schon davon.«
»Wovon?«
Gustave senkte die Stimme.

»Kein Wort davon an irgend jemanden, versprochen?«
Marivol zog die Augenbrauen hoch. Dann nickte er zustimmend.
»Ehrenwort.«
»Ich weiß nur, was Albert mir erzählt hat, als ich ihn vorhin abgelöst habe. Albert hatte heute Begleitdienst zum *Petit Parquet* hinüber. Offenbar sind irgendwann am Vormittag Roux und Lagrange drüben bei den Haftrichtern aufgetaucht. Albert hat sie direkt an sich vorübergehen sehen.«
»Und was haben die beiden dort gemacht?«
»Sie waren im Zimmer von Therviat.«
»Therviat?«
»Ja. Das ist einer der fünf Haftrichter. Kennst du ihn nicht?«
Marivol überlegte. Er kannte zwar alle Untersuchungsrichter, aber nur wenige Haftrichter und keinen davon persönlich. Sie waren solch niedrige Chargen ohne besondere Befugnisse, daß er nie mit ihnen zu tun hatte. Sie tauchten nur manchmal in Prozessen auf, um auszusagen, falls ein Angeklagter im Verfahren eine frühere Aussage widerrief und eine Gegenüberstellung erforderlich wurde.
»Und was hat Therviat sich zuschulden kommen lassen, daß er solch unangenehmen Besuch bekommt?«
»Tja, das hat Albert sich auch gefragt. Aber offensichtlich ging es um irgendeinen Fall, den er bearbeitet, denn als die beiden wieder aus dem Zimmer hinausgingen, trugen sie Akten unterm Arm.«
Marivol fröstelte. Sein gesunder Menschenverstand sagte ihm, daß er jetzt am besten aufstehen und gehen sollte. Seines Wissens war Lagrange in den letzten zehn Jahren nur ein einziges Mal höchstpersönlich im Depot erschienen, und zwar 1858 nach dem Attentat vor der Oper, um Orsini zu verhören.
Wenn er sich jetzt, wenige Tage vor Beginn der Weltausstellung, wo die Sicherheitsabteilung wohl alle Hände voll zu tun

hatte, auf den Weg machte, um mit Roux zusammen völlig unerwartet im Büro eines Haftrichters aufzutauchen und dort Akten abzuholen, dann konnte das eigentlich nur zwei Dinge bedeuten: Irgendwo in Paris lauerte dem Kaiser ein Bombenwerfer auf, oder unter den heute im Depot eingelieferten Häftlingen vermutete man einen preußischen Spion. Gewiß wurde im Schwarzen Kabinett auf Hochtouren gearbeitet. Jedes Hotel in der Stadt wurde scharf überprüft. Die Besitzer mußten täglich Listen mit den Namen der zugereisten Personen abgeben, und man hatte in Lagranges Abteilung ein gutes Gespür dafür, wo staatsfeindliche Elemente in Paris abzusteigen pflegten. Selbst Orsini und seine Mitverschwörer waren nach einem Hinweis aus London schon gleich nach ihrer Ankunft in Paris observiert worden. Das Attentat gelang nur deshalb, weil keiner mit solch einer draufgängerischen Vorgehensweise gerechnet hatte. Verhaftet wurden die Attentäter indessen bereits wenige Stunden nach dem blutigen Zwischenfall.

Gustave schenkte sich großzügig nach und fuhr fort.

»Kurz darauf brachte Roux die Akten wieder zurück. Wahrscheinlich blinder Alarm. Lagrange kam jedenfalls nicht wieder.«

Marivol versuchte, sich die Frage zu verkneifen, aber die Neugier siegte.

»Und weiß dein Freund Albert auch, welche Akten Roux und Lagrange von Therviat geholt haben?«

»Ja, deshalb ist er sich auch sicher, daß irgendein Irrtum vorliegen muß. Wahrscheinlich hat Roux ein Aktenzeichen verwechselt oder eine Zimmernummer, und deshalb sind die beiden ins falsche Zimmer gelaufen oder haben den falschen Vorgang gesucht.«

»Und woher weiß Albert das alles.«

»Nun, weil er die Akten und die dazugehörige Frau am Morgen selber in Therviats Zimmer gebracht hat. Der Vorgang ist ja immer der gleiche. Wir holen die Unterlagen aus der Schreiberei, gehen damit ins Depot und holen die dazugehörigen Personen ab, um sie ins *Petit Parquet* zu bringen. Man bekommt einen Blick für die Aktendeckel, auch wenn man nur kurz darauf schaut, um den Namen der betroffenen Person zu lesen. Als Roux und Lagrange aus Therviats Zimmer herauskamen, trugen sie eben gerade die Akte mit hinaus, die Albert eine Stunde zuvor aus der Schreiberei geholt hatte.«

»Und?«

»Eine gewisse Marie Lazès. Hat ihr Kind im Kanal St. Martin ertränkt.«

Marivol spürte Erleichterung. Also tatsächlich ein Irrtum. Er lehnte sich zurück, griff nach seinem Glas und schüttete den darin befindlichen Rest in einem Zug in sich hinein. Gustaves Nachsatz überraschte ihn beim Schlucken.

»Ist aber schon in St. Lazare. Verdammt gut, dieses Zeug.«

Der Journalist setzte langsam sein Glas ab und betrachtete Gustave, wie er sich genüßlich nachschenkte. Auf den Schultern seiner speckigen Uniform schimmerten Schuppen, die aus seinen früh ergrauten Haaren herabgefallen waren. Seine Dienstmütze hing auf der Stuhllehne, und unter der nicht zugeknöpften Jacke schlang sich ein sandfarbenes Baumwollhemd um den in mehreren Ringen über dem Hosenbund herauswachsenden Bauch. Jedenfalls hatte Gustave sich nach Sebastopol nicht verschlechtert. Der Stumpfsinn von Feld- oder Wachdienst blieb sich am Ende gleich, und hier schlugen wenigstens keine Granaten ein, und ein warmes Essen gab es auch. Das erklärte freilich nicht, warum man diese Frau, deren Akte Lagrange hatte sehen wollen, schon am Mittag nach St. Lazare gebracht hatte und nicht, wie üblich, mit allen anderen Häftlingen erst am Abend. Noch weniger erklärte es außerdem, warum Lagrange oder Roux sich geirrt haben sollten. Die beiden Wachen, die eben den Korb mit Schuhen vorbeigetragen hatten, kehrten zurück und ließen sich am Tisch nieder.

Marivol lud sie ein, sich zu bedienen.

»He, Lucien, erzähl den beiden mal, wie's auf der Krim zuging«, sagte Gustave. »Die meinen nämlich, die glorreiche französische Armee hätte die Russen bezwungen, nicht wahr?«

Marivol schüttelte den Kopf. »Gustave, laß doch die alten Geschichten, außerdem muß ich sowieso gehen.«

Er erhob sich, aber Gustave wollte nichts davon wissen.

»Komm schon, Lucien, sag es ihnen doch, mir glauben sie's ja nicht, was alles allein vom Gras abhing.«

»Was für Gras?« brummte einer der beiden Wachleute.

»Ha, eben. Nicht wahr, Lucien, wenn das Gras früher gewachsen wäre, hätten uns die Russen wie Kaninchen vor sich hergetrieben.«

Marivol nickte. »Es stimmt schon, was er sagt.«

»Aha.« Gustave lachte triumphierend und schenkte die Gläser wieder voll. »Komm, Lucien, erzähl doch endlich.«

Die beiden Wachleute schauten ihn neugierig an, und so ließ er sich wieder am Tisch nieder und berichtete davon, daß die russische Armee im Frühjahr 1854 Truppen aus der Nähe von Warschau und Podolia zusammengezogen hatte, um die Donauarmee zu verstärken.

»Aber die Russen konnten die Armeeteile nicht bewegen, bevor das Gras gewachsen war. Eine Armee aus hunderttausend Soldaten muß etwa sechzigtausend Pferde versorgen. Ein Pferd verbraucht am Tag zwanzig Pfund Heu und Hafer. Die kleinen Ochsenkarren in dieser Region können aber nur etwa tausend Pfund Futter befördern, was also gerade mal für fünfzig Pferde reicht. Die Russen hätten also 1200 Ochsenkarren

und 2400 Ochsen gebraucht, um das Futter für die Pferde für einen einzigen Tag zu befördern.«
»Macht 12 000 Karren und 24 000 Ochsen für zehn Tage Marsch«, warf Gustave ein, »und natürlich das Futter für die Ochsen. Seht ihr, rechnen muß man können.«
»Die russischen Truppen waren etwa fünfundzwanzig Tagesmärsche von der südlichen Donau entfernt«, fuhr Marivol fort, »und da es unmöglich ist, so viel Proviant mitzuschleppen, war die Streitmacht so lange blockiert, bis genug Gras gewachsen war, das die Pferde unterwegs versorgen würde, was für die Alliierten natürlich ein enormer Vorteil war. Denn eine Armee ohne Pferde ist völlig nutzlos.«
»Und wenn er euch erst erzählen würde, was bei der Belagerung alles schiefgelaufen ist, nicht wahr, Lucien, die Schützengräben viel zu weit ...«
Marivol erhob sich ein zweites Mal. »Das kannst du ja machen, jetzt muß ich wirklich los. Meine Herren.«
Gustave brachte ihn zur Tür und salutierte scherzhaft. Dann drehte er sich wieder zu seinen Kollegen um, und Marivol hörte ihn im Weggehen eine weitere Geschichte anfangen, die er ebenfalls auswendig kannte.
»Na, habe ich euch ja immer gesagt, und die Vierundzwanzig-Pfund-Kanonen, die man so geringschätzt ...«

Nach St. Lazare zu fahren stand außer Frage. Einen Besuch dort hätte er beantragen müssen, und das wäre angesichts des hohen Interesses, das der Fall dieser Frau anscheinend erweckt hatte, unklug gewesen. Aber niemand konnte ihm irgendwelche Absichten unterstellen, wenn er beschloß, in der Dämmerung noch einen Spaziergang am Kanal St. Martin zu machen. Wie er vermutet hatte, war er nicht der einzige, der sich in den Abendstunden dort herumtrieb. Orte, an denen Verbrechen geschehen waren, übten in Paris stets eine unwiderstehli-

che Anziehungskraft auf bestimmte Elemente der Bevölkerung aus. In der Zeitung war noch nichts über den Fall zu lesen gewesen, aber offenbar hatte die Polizei am Dienstag morgen das Kanalufer nach weiteren Hinweisen und Spuren abgesucht und dabei die Aufmerksamkeit einiger Neugieriger erregt. Deshalb waren auch um die Mittagszeit nicht wenige, die nichts Besseres zu tun hatten, in die Morgue gepilgert, um sich das tote Kind anzuschauen. Und so war es gekommen, daß ein Wasserträger aus dem Viertel das Kind, beziehungsweise dessen Kleidung, so rasch wiedererkannt hatte. Dies und einiges mehr erfuhr Marivol jedenfalls von am Wehr herumstehenden Arbeitern, die sich auf dem Nachhauseweg hier eingefunden hatten, um den Ort zu besichtigen, über den seit Dienstag morgen eine Menge Gerüchte zirkulierten. Ein Gerber hatte gegen Mitternacht die Leiche gefunden. Kein Zweifel, das Kind war am Wehr in den Kanal geworfen worden, dann vielleicht hundert Meter weit hinabgetrieben und schließlich an der linken Uferböschung hängengeblieben. Was war das nur für eine Mutter, die so etwas tat? Direkt unter dem Wehr, im Gestrüpp am Ufer, hatte die Polizei am Morgen die Jacke des Kindes entdeckt. Sie hing dort im Gebüsch, und man war sich noch nicht sicher, ob die Frau das Kind die Böschung hinabgerollt hatte und die Jacke dabei im Gebüsch hängengeblieben war oder ob sie vielleicht das Kleidungsstück benutzt hatte, um das Kind zu ersticken, und dann, nachdem die Leiche in die Fluten gefallen war, die Jacke achtlos weggeworfen hatte. Jedenfalls war das eine Ungeheuerlichkeit.
Marivol lauschte aufmerksam den Gesprächsfetzen um ihn herum, und es dauerte nicht lange, bis er begann, sich Notizen zu machen. Wie dieser Gerber hieße, und wo er aufzufinden sei. An welcher Polizeistation er den Vorfall gemeldet hätte. In welchem Viertel diese Marie Lazès wohne und in welcher Straße. Wer sie war. Wie viele Kinder sie hatte. Wo der Vater

der Kinder sei. Nichts von dem, was er von den Gaffern und Schaulustigen erfuhr, schien in irgendeiner Weise außergewöhnlich. Die Frau lebte am Sandhügel in einer der Hüttensiedlungen unweit der Kalksteinbrüche. Der Vater, ein Deutscher, war im Vorjahr verschwunden, wohl nach Deutschland zurückgekehrt. Vielleicht ein preußischer Spion. Lumpengesindel, sowieso, diese ganzen Deutschen hier oben im Viertel. Nahmen erst die Arbeit weg, dann die Frauen, und nächstens müßten wieder junge Franzosen in den Militärdienst, weil dieser Bismarck dem Kaiser verweigerte, was des Kaisers war. Marivol schmunzelte über die Vorstellung, daß ein preußischer Spion sich ausgerechnet in Belleville hätte verstecken sollen. Am anderen Ende des Wehrs stand eine kleine Gruppe um eine Frau versammelt, die offensichtlich noch mehr wußte. Es war eine Nachbarin der Lazès, die den weit aufgerissenen Augen und Mündern der Umstehenden zum soundsovielten Mal die Geschichte vom Sonntag zu schlucken gab, wie Marie mit dem Kind am Mittag nach Lariboisière gegangen und am Nachmittag wieder mit ihm zurückgekommen sei, daß Camille den ganzen Abend ununterbrochen geschrien habe und die Mutter vor Verzweiflung völlig irre geworden sei und sie sich dennoch geweigert habe, wieder ins Krankenhaus zu gehen, weil es dort bei all diesen furchtbaren Menschen so schrecklich sei. Erst spät am Abend sei endlich Ruhe eingekehrt, weil sie, wie sie am nächsten Tag gesagt habe, das Kind in der Nacht doch nach Lariboisière gebracht habe und man sich dort nun seiner angenommen hätte.

Marivol schrieb aufmerksam mit. Als es dunkel wurde, zerstreuten sich die Neugierigen. Das Schneetreiben vom Mittag hatte zwar aufgehört, aber die Luft roch noch immer winterlich. Die Uferböschung des Kanals schimmerte weißlich im Abendlicht, und nichts deutete mehr darauf hin, daß am Vortag Polizisten das Dickicht dort durchsucht hatten und hier ein

schrecklicher Mord begangen worden war. Alles erschien still und unberührt.
Marivol erreichte gerade noch einen der letzten Busse am Straßburger Bahnhof und fuhr bis zum Pont de Change, von wo er zu Fuß in Richtung Notre Dame weiterging. Die Silhouette der riesigen Kathedrale schnitt ein dunkelbraunes Loch in den blauschwarzen Himmel. Das Leichenschauhaus, zu dem Marivol nun unterwegs war, lag hinter der Chorhaube von Notre Dame. Es war erst drei Jahre zuvor vom Quai du Marché-Neuf hierher verlegt worden und befand sich im Schatten des Gotteshauses am äußersten Ende der Ile de la Cité. Der ebenerdige Neubau von kaltem und traurigem Aussehen bildete ein großes Dreieck, dessen Hauptgebäude zum Quai d'Archeveché ausgerichtet war, während seine beiden Seitenflügel an der Seine entlang verliefen. Ein schmaler Weg führte um das ganze Gebäude herum und gestattete es, die Wagen passieren zu lassen, auf welchen die Leichen angeliefert oder abgeholt wurden. Durch den Haupteingang gelangte man in einen Ausstellungsraum und dort zunächst vor ein großes Schild:

Préfecture de Police – Avis au Public
Die Öffentlichkeit ist aufgefordert, dem Gerichtsschreiber
des Leichenschauhauses den Namen
eines möglicherweise wiedererkannten Toten
unverzüglich zu melden.
Diese Meldung zieht keinerlei Gebühren für Fremde,
Freunde oder Familienangehörige des Verstorbenen nach
sich, sondern ist gänzlich gebührenfrei.

Ein Windfang verhinderte neugierige Blicke von draußen. Doch die Tür war stets geöffnet und lud den Passanten in gewisser Weise ein, einzutreten und dabei mitzuhelfen, die un-

bekannten Toten mit einem Namen zu versehen. Wenn man den Ausstellungssaal betrat, fand man sich unmittelbar vor einer Art Schaufenster wieder, das den Raum in zwei gleich große Hälften teilte. Der Vorhang hinter den Glasscheiben war fast immer zurückgezogen und gab den Blick frei auf zwölf von oben direkt beleuchtete Marmorplatten, die leicht geneigt und in zwei Reihen versetzt hintereinander angeordnet waren. Hierauf ruhten die leblosen Körper und bisweilen auch nur Körperteile der von den Polizeistellen eingewiesenen, unbekannten Toten. Aus Wasserhähnen, die an der Dekke angebracht waren, rieselte unablässig kaltes Wasser auf die Körper, um zu verhindern, daß die Verwesung zu schnell voranschritt. Kleidungsstücke und der Identifizierung förderliche Gegenstände wurden separat auf Holzbrettern ausgestellt, die über den Marmorplatten in den Schauraum hinabragten, denn nicht selten war der Verwesungsprozeß der Leichen so weit fortgeschritten, daß einige Kleiderfetzen mehr Aufschluß über die darunterliegende Person gaben als deren fleischliche Überreste.
Jegliche unbekannte oder nicht identifizierbare Leiche wurde für die Dauer von mindestens zweiundsiebzig Stunden in der Ausstellungshalle der Öffentlichkeit präsentiert. Wenn die Zurschaustellung durch Verwesung oder einen anderen Grund nicht länger möglich war und keine Wiedererkennung stattgefunden hatte, wurde die Leiche bestattet. Die Kleidungsstücke blieben indessen noch weitere 15 Tage ausgestellt. Die Morgue war immer geöffnet, zu allen Jahreszeiten und an jedem Wochentag, von morgens bis abends.
Abgesehen von den erwachsenen Toten beiderlei Geschlechts, gelangten auch Leichenteile unterschiedlicher Herkunft in das Leichenschauhaus. Manche Körperteile stammten von illegal durchgeführten anatomischen Sezierungen, andere von Wasserleichen, deren Körperglieder sich abgelöst hatten und ir-

gendwo angeschwemmt worden waren. Schließlich fanden sich auch Neugeborene auf den Marmorplatten. Diese letzte Gruppe der aufgefundenen toten Kleinkinder und Neugeborenen war seit Schließung der Findlingstürme und der Gebührenerhöhung für Totenscheine und Beerdigungen stetig angewachsen. Das am 25. März im Kanal St. Martin gefundene Kind war nur eines von durchschnittlich einem halben Dutzend, die monatlich in der Morgue angeliefert wurden, wobei nach dem Karneval stets ein gewisser Anstieg der Fälle feststellbar war.

Als Marivol den Ausstellungsraum betrat, war reger Betrieb vor den Glasscheiben. Nicht wenige Besucher waren leicht als Touristen zu erkennen, die den schaurigen Ort offenbar als nicht zu verpassende Sehenswürdigkeit betrachteten. Ansonsten tummelte sich hier das übliche Publikum: Studenten, die sich mit ihren Kumpanen einen makabren Spaß daraus machten, die gräßlichen Exponate zynisch zu kommentieren; Menschen aller Art und Herkunft, die die Sorge um einen vermißten Freund oder Angehörigen hierhergetrieben hatte; eigentümliche Gestalten, bei denen man erst gar nicht wissen wollte, was sie hier verloren hatten; hier und da vielleicht auch einer, den das schlechte Gewissen plagte, weil er die Todesumstände einer der Leichen auf den Marmorblöcken möglicherweise besser kannte, als er jemals zugegeben hätte; dann auch überraschend viele Frauen aus allen Lebenslagen, von denen sicher nicht alle herkamen, um eine furchtbare Ahnung durch eine ebensolche Gewißheit zu ersetzen.

Die unablässige Benetzung der Toten mit kaltem Wasser und die Abtrennung durch die Glasscheibe verhinderten natürlich nicht, daß ein faulig-süßlicher Geruch den ganzen Saal erfüllte. Marivol ging langsam hinter der an der Scheibe klebenden Menge vorbei und betrachtete die von oben herabragenden Holzbretter, auf denen die Kleidungsstücke und Gegenstände der Toten befestigt waren. Eine durchgewetzte Hose hing da nebst einem geflochtenen Ledergürtel. Auf einem anderen Brett war eine Männerperücke zu sehen, was einiges Gelächter verursachte. Als Marivol näher herantrat, erkannte er auch den Grund dafür, denn der dazugehörigen Leiche fehlte der Kopf. Stammte die Perücke von dem Toten, oder war sie demjenigen, der sein Opfer unkenntlich machen wollte, bei der Arbeit vom Haupt geglitten? Neben dieser sehr unschönen Leiche lag der leblose Körper eines ertrunkenen jungen Mädchens, dessen Schönheit selbst im Tod noch außergewöhnlich war. Welches Schicksal hatte sie wohl hierhingeworfen? War sie eines der vielen jungen Mädchen aus der Provinz, die wie die Motten in die Lichtstadt Paris geflattert kamen und sich dort bei der ersten Unvorsichtigkeit die Flügel verbrannten? Gar mancher der Gaffer hinter der Glasscheibe hätte wohl gerne das Tuch weggezogen, das ihren Körper bedeckte. Das Gesicht dieser unbekannten Ophelia auszustellen war ausreichend. Wer es einmal im Leben gesehen hatte, würde es nicht vergessen.

Marivol stand eine Weile lang unschlüssig in der Menge und überlegte. Wenn er jetzt versuchen würde, in den Aufbahrungsraum im Seitenflügel zu gelangen, um einen Blick auf die Leiche des im Kanal gefundenen Kindes zu werfen, würde das bemerkt werden. Er kannte die fünf Angestellten der Morgue von früheren Besuchen her. Das Amt des Direktors, das d'Alembert, ein früherer Inspektor der Préfecture de Police, innehatte, war keineswegs unehrenhaft. Keiner wußte so recht, warum er für diese Stelle volontiert hatte. Vielleicht, weil die Aufgabe seinem Ordnungssinn entgegenkam. Leichen, Körperteile und Asservatenkammern waren leicht zu verwalten. Aber d'Alembert würde sich an ihn erinnern. Ebenso der Gerichtsschreiber und der Buchhalter, die mit den Objekten, deren Verwaltung sie versahen, kaum in Kontakt kamen. Die einzigen, die keine Fragen stellen würden, waren die beiden Leichenwäscher, die ganz unten in der Hierarchie standen und die schlimmste Arbeit verrichteten. Es waren zwei junge Burschen, denen die Natur selbst die geringe geistige Ausstattung vorenthalten hatte, die erforderlich war, um als Pfleger im Krankenhaus zu arbeiten, ein Umstand, der ihnen hier zustatten kam. Wenn man ihnen bei der Arbeit zusah, konnte man sich fragen, ob sie überhaupt so recht begriffen, was sie da taten. In jedem Fall ein Vorteil für Marivol, der entschied, daß sie sich nicht lange daran erinnern würden, ob am Mittwoch abend jemand im Aufbahrungsraum vorstellig geworden war, um eine Kinderleiche anzuschauen. Er ging wieder auf den Quai d'Archeveché hinaus und lief linker Hand am Hauptgebäude entlang bis zur schmiedeeisernen Pforte für die Anlieferungen. Sie war nicht verschlossen, und über den Kiesweg, der hinter der Morgue an der Seine entlangführte, erreichte er ohne Schwierigkeiten eine kleine Treppe, die in den Aufbahrungsraum hinaufführte. Die Tür war weit geöffnet, wie auch die Fenster, die fast nie geschlossen wurden, um für eine ausreichende Belüftung zu sorgen. Von den Leichenwäschern war nichts zu sehen. Sollte er einfach hineingehen und schnell einen Blick auf die Toten dort werfen? Er stand einen Augenblick unentschlossen auf dem Treppenabsatz und schaute den spärlich beleuchteten, mit grauen Kacheln gefliesten Gang hinab. Links führten zwei große Türen in den Aufbahrungssaal, gegenüber zeichneten sich die Holzverschalungen der Eingänge zur Asservatenkammer und anderen Magazinräumen von der mit hellgrüner Ölfarbe gestrichenen Wand ab.

Marivol lauschte, ob irgendwo Geräusche zu hören waren, doch abgesehen vom Rauschen des Flusses und gelegentlichem Klappern von Hufen auf dem Pont St. Louis war alles still. Dann tauchten plötzlich zwei Schatten aus dem Garten auf. Sie kamen langsam auf ihn zu, und bevor er in der Dunkelheit ausmachen konnte, wer die beiden Gestalten waren, signalisierte ihm das hellrote Aufglimmen von Zigaretten in Kopfhöhe der wankenden Schemen, daß es die beiden Leichenwäscher sein mußten, die von einer Rauchpause zurückkamen. Marivol blieb einfach stehen und wartete, bis sie herangekommen waren, bevor er sie ansprach.

»Ah, bonsoir, Messieurs. Monsieur d'Alembert sagte mir, daß ich Sie wahrscheinlich hier finden würde«, rief er ihnen dreist entgegen, als sie den Treppenabsatz erreicht hatten.

»Ich will Sie nicht lange aufhalten. Aber mein Redakteur will unbedingt etwas über das Kind aus Belleville haben. In fünf Minuten bin ich wieder weg und zu Hause am Schreibtisch, wie Sie hoffentlich auch bald, oder? Ein furchtbares Wetter, nicht wahr?«

Schwierig zu sagen, ob die beiden überhaupt etwas von dem verstanden hatten, was er da, um einen lässigen Plauderton bemüht, von sich gab. Sie schlurften an ihm vorbei, der eine zog die Nase hoch, der andere schnippte mit dem Zeigefinger die Glut seiner Zigarette weg, die in hohem Bogen ins Gras flog, und verwahrte den Stummel sorgsam in der Tasche seiner Lederschürze.

»Saal II, Tisch acht«, murmelte er dann gleichgültig und war hinter seinem Kollegen her schon halb den Gang hinab, bevor Marivol ihnen nach einem letzten Zaudern folgte.

Ihrem Aufzug nach hätten sie auch hinter jeder beliebigen Pariser Fleischertheke stehen können. Schwere Stiefel, grobe Hosen mit breiten Hosenträgern, ein warmer Wollpullover darunter und eine Lederschürze mit ausladendem Latz. Marivol ging auf die Tür zu, durch welche die beiden verschwunden waren, griff nach einer der Essigflaschen, die neben dem Eingang in einem Drahtgestell hingen, schüttete sich schnell ein wenig der braunen Flüssigkeit in die Mulde der linken

Hand und rieb seine Oberlippe und seine Nasenflügel damit ein. Der scharfe Geruch trieb ihm Tränen in die Augen, und als sich sein Blick wieder aufklarte, fand er sich vor einer langen Reihe Tische wieder, über denen kleine weiße Kartons mit römischen Ziffern hingen. Ohne sich um die Leichenwäscher zu kümmern, die am Fenster mit irgendeiner Abscheulichkeit hantierten, ging er mit schnellen Schritten an den bezeichneten Tisch und hob die darüber gelegte Plane hoch. Das Kind lag auf dem Rücken und trug offensichtlich seine eigene Kleidung, die man ihm nach der Obduktion wieder angezogen hatte. Die Augen der kleinen Leiche waren geschlossen, der Kiefer mit einem Tuch hochgebunden. Das Jäckchen des Kindes fiel zu beiden Seiten des Brustkorbes herunter und entblößte die beiden riesigen Schnitte, die für die Bergung des Herz- und Lungengewebes zur Durchführung der Lungenschwimmprobe vorgenommen worden waren. Aus den vielen Kindsmordverfahren und Mordprozessen, denen er beigewohnt hatte, war Marivol gut darüber unterrichtet, wie die Gerichtsmediziner die Todesursache aus den inneren Organen herauszulesen verstanden. Dieser Fall war relativ eindeutig, und vermutlich hatte man nur nachgeprüft, ob die Mutter das Kind zunächst erstickt oder lebendig ins Wasser geworfen hatte. Der Kopf der Leiche war bereits dunkelgrün angelaufen, und blaugrüne Verwesungsflecke zogen sich hier und da über den Brustbereich. Warum bei Wasserleichen die Fäulnis immer am Kopf begann, während sie sich bei allen anderen Leichen zuerst in der Bauchdecke offenbarte, wußte man nicht. Ein sicheres Anzeichen für einen Ertrinkungstod war diese Beobachtung ohnehin nicht, da diese Verwesungsart vom Liegen im Wasser herrührte und nicht von der Todesart alleine. Aber das Phänomen wurde neuerdings in Gutachten des öfteren erwähnt und fand sich hier wieder bestätigt. Der Journalist wußte genug über die Untersuchung von Leichen, um sagen zu können, daß das, was er hier sah, nichts Ungewöhnliches hatte. Er musterte den Hals und Kopf des Kindes, fand jedoch keine Anzeichen einer äußeren Verletzung. Nur die Wangen wiesen kleine Wunden auf, als wären sie aufgeplatzt. Der Unterkörper des kleinen Wesens steckte in einer schmutzigen Baumwollhose und war daher nicht zu sehen. Anfassen wollte er hier eigentlich nichts. Die kleinen Händchen und Füßchen waren zusammengekrallt, die Haut darauf gefurcht und in Längsfalten gerunzelt. Das bedeutete, daß der Körper mindestens zwölf Stunden oder länger im Wasser gelegen hatte. Marivol überschlug im Kopf, was er über den Tathergang am Kanal St. Martin gehört hatte. Die Frau war am Sonntag abend zum letzten Mal von der Nachbarin mit dem lebenden Kind gesehen worden. Vor Mitternacht war sie angeblich nach Lariboisière zurückgekehrt, um ihren kleinen Sohn dort abzugeben. Wie hatte sie das überhaupt bewerkstelligen wollen, nachts, wo die Pforten des Krankenhauses doch geschlossen waren? Sie war auf dem Weg zwangsläufig am Wehr vorbeigekommen. Um Mitternacht herum war die Tat vermutlich geschehen. Sie warf das Kind ins Wasser, wo es, falls es noch am Leben war, kaum länger als ein paar Minuten überlebt haben dürfte. Am Montag abend wurde die Leiche gefunden, also höchstens vierundzwanzig Stunden später. Die Hautfurchung war daher normal, und ein Gerichtsmediziner dürfte keine Schwierigkeiten haben, den Todeszeitpunkt überzeugend auf die Uhrzeit festzulegen, als die Frau, wie sie selbst zugegeben hatte, auf dem Weg nach Lariboisière war. An der Kleidung des Kindes, die er nun noch einer kurzen Prüfung unterzog, fiel ihm auch nichts auf. Die schmutzige Hose aus grobem Baumwollstoff war wohl einmal hellbraun gewesen. Der Textur nach war sie aus einem alten Kartoffelsack zusammengenäht worden. Schwerer, schwarzer Faden hielt die Säume zusammen. Offenbar waren diese verbotenen Bleischwefelgarne immer noch im Umlauf. Im letzten Jahr hatte es Proteste gegeben. Da Fadenrollen nach Gewicht verkauft wurden, hatten die Fadenhersteller das Garn mit Bleischwefel versetzt. Das machte die Näherinnen krank.

Die Jacke war auch selbstgemacht, aber aus besserem Material, das an Uniformstoff erinnerte, vermutlich eine umgearbeitete Soldatenjacke. Dagegen sprach allerdings die Sandfarbe des Gewebes, es sei denn, auf irgendeinem Wege war eine alte Manöveruniform nach Belleville gelangt. Einige blaue, teilweise schon braun gewordene Flecke auf dem Kragen und dem oberen Teil der Jacke zeugten von einer Flüssigkeit, die hier Spuren hinterlassen hatte. Er fuhr mit dem Finger darüber und sah, daß kleine, bläulich schimmernde Kristalle daran hängenblieben. Wahrscheinlich irgendein Salz, daß hier in der Morgue verwendet wurde.

Nach einem letzten suchenden Blick deckte er den kleinen Körper wieder zu. Was immer es mit diesem Fall auf sich haben sollte, die Leiche dieses Kindes gab keinen Aufschluß darüber, warum Lagrange sich für die Angelegenheit interessieren sollte. Vielleicht wäre die Antwort bei der Mutter zu finden. Mit diesen beiden Annahmen ausgestattet, verließ Marivol die Morgue, eifrig bemüht, seinen Blick von den Verrichtungen der beiden Leichenwäscher am Ende des Raumes tunlichst abzuwenden.

Der einzige Irrtum, dessen er sich wenig später beim Abendessen bewußt wurde, betraf seine Annahme, die Zeitungen hätten noch nicht über den Vorfall berichtet. Sowohl *La Presse* als auch *Le Siècle* enthielten in der Abendausgabe jeweils einen fast gleichlautenden Sechzehnzeiler. »Wieder ein Kindesmord«, titelte *Le Siècle*, während *La Presse* sich wie üblich vorsichtiger ausdrückte: »Totes Kind im Kanal St. Martin geborgen.« Langweilige Titel, dachte Marivol. »Grauenvoller Fund«, wäre doch das mindeste. Und wo war die Frage, die den Leser anspringen mußte wie eine giftige Spinne? »Entsetzlicher Mord oder Verzweiflungstat?« Wer würde hierauf nicht sofort die Antwort wissen wollen?

Lagrange kam ihm wieder in den Sinn, doch die Bedrohung, die von diesem Namen ausging, erschien Marivol nun etwas gemildert, denn keiner der Schritte, die er bis jetzt unternommen hatte, konnte den Verdacht erwecken, er interessiere sich mehr als andere Zeitungsschreiber für diesen Fall. Die beiden Artikel in den Journalen vor ihm auf dem Tisch gaben ihm weitere Sicherheit. Wenn andere Journalisten schon darüber berichtet hatten, würde es nicht auffallen, wenn er noch ein wenig intensiver nachforschte.

In den folgenden Tagen tat er daher drei Dinge. Er verbrachte einen Vormittag im Krankenhaus Lariboisière und zog Erkundigungen darüber ein, wie man sich zu der Behauptung der angeklagten Mutter verhielt. Die interessanten Beobachtungen, die er dort machte, füllten nicht wenige Seiten in seinem Notizbuch. Die nächste Frage war, wie er Einblick in die Gerichtsakten bekommen konnte. Am Freitag erfuhr er mit einigem Verdruß, daß Antoine Bertaut mit dem Fall befaßt worden war, was bedeutete, daß er mit dem Anwalt in Kontakt treten mußte. Die letzte Begegnung mit ihm war unglücklich verlaufen. Marivol erinnerte sich noch gut an den eisigen Blick, mit dem dieser ihn nach dem Verfahren gegen diesen Vrain-Lucas hatte stehenlassen. Dabei war seine Absicht nur gewesen, ihm sein ehrliches Bedauern dafür zu bekunden, daß Jozon ihm so übel mitgespielt hatte. Der dritte Teil seiner Überlegungen kreiste darum, ob er es wagen sollte, ins Gefängnis von St. Lazare zu gehen. Er unternahm zwei Anläufe, kehrte jedoch sowohl am Freitag als auch am Samstag unverrichteter Dinge wieder um, nachdem er mehrmals auf dem Platz vor dem Gebäude vorübergegangen war und das Treiben davor aufmerksam beobachtet hatte. Irgend etwas sagte ihm, daß dieser Schritt nicht rückgängig zu machen war, und bevor er sich weiter vorwagte, wollte er sichergehen, daß die ganze Sache entweder tatsächlich auf einem Irrtum beruhte oder ausgeschlossen war, daß er durch seine Neugier in etwas verwickelt wurde, dessen Ausmaße er nicht überschaute. Welch angenehme Überraschung war es da, daß er am Sonntag bei der Premiere eines neuen Offenbach-Schnickschnacks im Theater Monsieur Antoine Bertaut in Begleitung einer äußerst hübschen Frau entdeckte und die gute Erziehung es dem Anwalt unmöglich machte, ihn nicht zu begrüßen und seiner anmutigen Begleitung vorzustellen. Erst später auf seinem Platz, während das alberne Getöse über die Bühne brauste, fiel ihm ein, daß er diese junge Engländerin schon einmal gesehen hatte. Sie war am Samstag in Begleitung einer Nonne aus dem Gefängnis St. Lazare gekommen. Ein seltsames Ausflugsziel für eine Touristin. Was Bertaut betraf, so hatte der Anwalt die letzte Begegnung im Gerichtssaal offenbar nicht vergessen, denn die Reserviertheit hinter seinen guten Manieren, die er im Foyer an den Tag gelegt hatte, war mehr als spürbar gewesen. Aber immerhin war so ein neuer Anfang gemacht, an den er in den nächsten Tagen anknüpfen könnte. Und was jene junge Dame betraf, so verbrachte Marivol einen guten Teil des Theaterabends damit, über ihre lebendigen, überaus hübschen Augen nachzudenken.

X. Kapitel

II. Heft, 11. Juli 1992

Zimt! Ihr Parfüm hatte auch davon etwas.
Ich stand seit zehn vor acht an dieser Ecke und musterte die Passanten. Ich war mir sicher, daß ich sie zwischen den vorübertreibenden Menschentrauben frühzeitig erkennen würde. Ihr Gang hatte etwas Besonderes. Sie ging sehr aufrecht, neigte aber manchmal ein wenig den Kopf, als versuchte sie, mit dem linken Ohr ein Geräusch oder einen Ton über sich aufzufangen. Ich ging davon aus, daß sie mit der Metro und daher über die Champs-Elysées kommen würde.
Ich hatte den ganzen Tag über meine Notizen aus dem Buch von Rodenberg nach Passagen über Mode durchforstet. Ansonsten hatte ich viel herumgesessen, auf die Uhr geschaut und mehrmals erfolglos versucht, am Kapitel über die Beleuchtung weiterzuschreiben. *»Das offene Feuer der damals üblichen Gasbeleuchtung bedeutete in Anbetracht der feuergefährlichen Dekorationen, vor allem wegen der mit Leintüchern abgehängten Decken, eine große Gefahrenquelle. Die Kommission lehnte die Verantwortung ab und ordnete die Schließung der Ausstellung bei einbrechender Dunkelheit (18 Uhr) an. Auf eine Beleuchtung des Gebäudeinneren war daher verzichtet worden.«*
Das Ergebnis von drei Stunden am Schreibtisch.
Als ich geduscht, rasiert und angekleidet in meinem Zimmer stand, war es gerade erst sechs Uhr. Im letzten Moment hätte ich den Anzug fast wieder ausgezogen. Die Person da im Spiegel kam mir fremd vor.
Ich setzte mich hin, stand wieder auf, als würden die Hose

und das Jackett dadurch weniger neu aussehen. Dabei existierte der ungetragene Eindruck des Stoffes nur in meinem Kopf. Selbst neues Leinen wirkt nicht neu. Erst auf der Straße, als ich mein Spiegelbild in Schaufenstern sah oder anderen Männern mit weitaus extravaganterem Outfit begegnete, wuchs ich allmählich in dieses ungewohnte Körpergefühl hinein, das modische Kleidung hervorrufen kann. Einen passenden Mantel besaß ich freilich nicht, und so fröstelte ich ein wenig.

Um zwanzig vor neun hatte ich das letzte Mal auf die Uhr geschaut. Ich bemerkte sie erst, als sie mich von der Seite ansprach. Sie war aus der Rue de Washington gekommen. Der erste Augenblick hatte etwas Unwirkliches. Ich wäre maßlos enttäuscht gewesen, wenn sie nicht gekommen wäre, aber ganz im Innersten hatte ich fast damit gerechnet. In der Zehntelsekunde, noch vor den *bisoux* und dem flüchtigen Eindruck von Zimt, überkam mich das Gefühl einer unglaublichen Ruhe. Der Zustand hielt nicht lange an, aber so lange er währte, sah ich mich, wie ich ihr meinen Arm anbot und sie die Rue de Washington hinabführte. Erst nach einigen Schritten, als sie ihren Arm behutsam, aber bestimmt wieder zurückzog, um ihre Handtasche bequemer zu schultern, kehrte meine Unruhe zurück. Ich machte keinen Versuch mehr, mich erneut bei ihr unterzuhaken, wechselte nur die Seite, um sie gegen den Verkehr abzuschirmen. Aber aus der Empfindung von zuvor hatte ich trotz aller Nervosität einen veränderten Umriß meiner selbst gewonnen. Möglich, daß dies der einzige Abend sein würde, den ich jemals mit ihr verbringen sollte. Aber der Umriß würde bleiben, auch wenn sie nur hindurchging.

Ich erklomm die vier Stufen zum Eingang des Restaurants, hielt ihr die Tür auf und fragte den Mann an der Garderobe nach Hervé.

»Ist dir nicht kalt ohne Mantel?« fragte sie, während wir warteten.
»Ich dachte, es sei wärmer«, log ich.
Sie stand gegen die Holzvertäfelung der Eingangshalle gelehnt, Jacke und Handtasche über den verschränkten Armen.
»Steht dir gut, der Anzug.«
»Danke.«
Ich fühlte mich ertappt.
Ein untersetzter, grauhaariger Mann erschien in der Tür und ging direkt auf Gaëtane zu.
»Monsieur Touquère?« hauchte er im Vorbeigehen und nahm Gaëtane mit einer leichten Verbeugung ihre Sachen ab. »Veuillez me suivre.«
Der Garderobier hatte sich lautlos wieder hinter der Theke eingefunden und nahm Gaëtanes Jacke entgegen. Sie folgte dem Grauhaarigen, ein Lächeln auf den Lippen, das mir mitleidig vorkam. Was für eine Schnapsidee, in solch ein Restaurant zu gehen!
Bis auf einen waren alle acht Tische besetzt. Wie hatte Cyril das nur angestellt? Ich bemerkte, daß einige Gäste Gaëtane anschauten und dann mich musterten. Ich mied die Blicke und steuerte auf unseren Tisch zu. Der Grauhaarige zog Gaëtanes Stuhl zurück und ließ sie mit eleganter Sanftheit Platz nehmen. Ich wartete erst gar nicht, ob er die Geste bei mir wiederholen wollte, sondern setzte mich schnell. Ich kam mir vor wie auf einer Bühne.
Mit Beruhigung stellte ich fest, daß die kurze Aufmerksamkeit um uns herum wieder verebbt war.
Gaëtane schaute sich um und fixierte mich dann mit einem ernsten Blick.
»Bist du sicher, daß du hier zu Abend essen möchtest?«
»Ja, sicher«, antwortete ich kurz, um den Alarm zu überspielen, den die Frage in mir auslöste.

»Auch wenn ich dir sage, daß es keine weiteren Abendessen zwischen uns geben kann? Versteh mich nicht falsch, ich will nur kein Mißverständnis entstehen lassen.«
»Ich auch nicht«, sagte ich hilflos. »Ich habe hier einmal mit Freunden gegessen und mir geschworen, noch einmal wiederzukommen. Das ist alles.«
Ihre hochgezogenen Augenbrauen sprachen Bände. Sie hatte es gesagt. Gut. Dann konnte sie sich ja jetzt entspannen und das Essen genießen. Ich wollte sie doch nicht kaufen. Wieso dachten alle Frauen immer sofort, daß man etwas von ihnen wollte, wenn man nett zu ihnen war? Weil es stimmte, flüsterte eine Stimme in mir.
Sie lehnte sich zurück, kramte eine Zigarettenschachtel aus der Handtasche und zog eine Zigarette aus dem Päckchen. Ich gab ihr Feuer und zündete auch eine an.
»Deine Freunde kennen sich gut aus in Paris.«
»Mein Doktorvater ist vor ein paar Wochen hiergewesen. Er hat einen alten Studienfreund hier in der Stadt, und der hat uns hierher geführt. Deshalb bin ich überhaupt in die *Bibliothèque Historique* gegangen.«
»Wegen des Studienfreundes?«
»Nein.«
Ich erzählte ihr von Heinrichs lehrerhaftem Vortrag über das Zweite Kaiserreich, hütete mich jedoch, die Frage anzuschließen, die mir auf den Nägeln brannte. Statt dessen fragte ich sie, ob sie einen Apéritif wollte.
»Einen Vermouth«, sagte sie.
Ich bestellte einen Vermouth und einen Wodka Orange.
Die Frau, die mir gegenübersaß, hatte nichts mehr mit der Person gemein, mit der ich am Vortag Kaffee getrunken hatte. Die einzige Übereinstimmung bestand in ihrer äußerlichen Schönheit. Es waren die gleichen Lippen mit dem traurigen Zug darum, die gleichen dunkelbraunen Augen, das tief-

schwarze Haar, der dunkle Teint, die ideale Besetzung für eine Carmen. Wenn ich mir gestern morgen im Café eingebildet hatte, sie habe mir eine Rose durchs Gefängnisgitter zugeworfen, so fühlte ich mich jetzt wie ein getäuschter José. Sie war kalt, zugeknöpft, reserviert. Ich tat, was ich konnte, um meine Enttäuschung zu überspielen, erzählte von meinen ersten Monaten in Paris und den Erfahrungen bei der Wohnungssuche.

Ich beschrieb ihr, was für »Studios« ich besichtigt hatte, jene acht Quadratmeter großen Zimmer mit braun gestrichenen Wänden, dunkelbraunen Plastikböden und brauner Stoffbespannung an der Decke. Meistens stand irgendwo ein Kühlschrank geöffnet in einer Ecke und gähnte leer in den Raum hinein. Das Porzellan der Waschbecken war stets rissig, die Hähne immer kalküberzogen. Die meisten tropften. Darunter bohrte sich üblicherweise ein verrostetes Abflußrohr, von grüngelbem Dichtungsschaum umgeben, in die Wand.

Meine Schilderungen amüsierten sie ein wenig, aber erstaunt war sie nicht.

»Halb Paris wohnt so«, sagte sie. »Und erst die Kakerlaken.«

»Das erste Wort, das ich nachgeschlagen habe. *Cafard.*«

»Spricht nicht gerade für Paris, nicht wahr?«

Sie nippte an ihrem Vermouth.

»Nein«, sagte ich, »aber schwieriger als den Kampf gegen das Ungeziefer fand ich den Kampf mit den Behörden. Ich habe vier Monate gebraucht, um ein Telefon anzumelden.«

»Warum denn das?«

»Weil man dazu eine Einzugsermächtigung bei einer Bank braucht. Also versuchte ich, ein Konto zu eröffnen. Dazu ist eine *carte de séjour* notwendig. Außerdem wollte die Bank einen Mietvertrag sehen. Als ich den vorgelegt hatte, verlangten sie eine Strom- oder Gasrechnung auf meinen Namen. Die hatte ich natürlich nicht, weil das über den Vermieter lief. Ich erkundigte mich, wie man das ändern könnte. Hierzu war die Meldebescheinigung vonnöten, die frühestens in sechs Wochen fertig sein würde. Außerdem wollte die Telefongesellschaft plötzlich auch noch einen Arbeitsvertrag. Ich legte meine Stipendienzusage vor. Aber die hätte ich erst übersetzen und notariell beglaubigen lassen müssen.«

»Du liebe Zeit.«

»Eben. Gegen Behörden gibt es kein Spray im Supermarkt.«

Jetzt mußte sie lachen. Sofort schoß mir durch den Kopf, daß sie sich natürlich fragen mußte, wieso ich in einem billigen Studio wohnte und gleichzeitig Luxusrestaurants frequentierte. So schob ich hinterher, daß ich mittlerweile nebenher in einem Büro arbeitete und nur deshalb nicht mehr umzog, weil es sich für die paar Monate nicht lohnte. Mittlerweile waren wir bei der Vorspeise angelangt, und ich bemühte mich, das Gespräch auf sie zu lenken, bevor ich mich in weiteren Ungereimtheiten verzettelte.

»Wie ist es so auf einer Filmschule?« fragte ich.

Sie trank einen Schluck Rotwein, bevor sie antwortete.

»Anstrengend. Viel Gerede. Große Egos. Ein Film ist Teamwork, und nichts ist schwieriger als Teamwork von Künstlern oder Leuten, die sich dafür halten.«

»Hast du Drehbücher geschrieben?«

»Ja, sicher, jede Menge.«

»Und worüber?«

»Über Schwachsinn«, sagte sie. »Über Dinge, die es gar nicht gibt. Über Raum, über Licht, über Angst und so weiter. Das waren die Aufgaben im ersten Jahr.«

»Aber das gibt es doch alles«, warf ich ein.

»Sicher«, entgegnete sie, »aber es interessiert mich nur im Zusammenhang mit einem Menschen. Mein Raum. Sein Licht.«

Sie zögerte und fügte hinzu: »Deine Angst.«
Ta peur.
»Was für Filme hättest du gemacht, wenn man dir eine Kamera in die Hand gedrückt hätte?«
»Gar keine«, sagte sie. »Ich hätte nur früher gemerkt, daß eine Kamera kein Instrument für mich ist. Solange ich Drehbücher schreiben mußte, hatte ich mit Wörtern zu tun, ohne zu begreifen, daß Wörter in Drehbüchern nur stören. Sie sind nur ein Hinweis für den Regisseur, sonst gar nichts.«
»Ein Bild sagt mehr als tausend Worte, heißt es bei uns.«
»Das überrascht mich«, sagte sie, »bei einem Land mit einer bewunderungswürdigen Literatur und erbärmlich schlechten Filmen.«
Sie legte die Hand vor den Mund und machte große Augen.
»Verzeihung.«
»Nein, nein«, winkte ich ab, »du hast ja recht. Deutsche Filme sind eine Katastrophe. Vor fünfzig Jahren war das anders.« Ich wollte sie nach ihrem Lieblingsfilm fragen, aber ich konnte den Eindruck nicht loswerden, daß es ohnehin gleichgültig war, worüber wir sprachen. Einen Moment lang aßen wir schweigend unsere Vorspeisen. Ich vermied es, sie anzuschauen, und war damit beschäftigt, den Abend abzuschreiben. Wir würden das Essen hinter uns bringen, uns an irgendeiner hölzernen Konversation entlanghangeln und nach einer artigen Verabschiedung auf der Straße nie wiedersehen. Der Apéritif war mir auch schon ein wenig zu Kopf gestiegen, hatte meine Unsicherheit ein bißchen gedämpft und einem Anflug von Trotz Platz gemacht. Ich war ihr nicht böse, offenbar bereute sie es, gekommen zu sein, fühlte sich unwohl oder war durch den äußeren Rahmen verunsichert. Was auch immer. Ich wollte das vorzügliche Essen und die wunderbare Atmosphäre des Restaurants wenigstens halbwegs genießen und die Sache

stilvoll zu Ende bringen. Als ich aufsah, traf mich ihr Blick. Es war der gleiche Blick wie vor einer Woche in der Bibliothek, als sie mich am Katalog beobachtet hatte. Ich griff nach der Weinflasche und schenkte ihr nach.

»Entschuldige«, sagte sie, stand auf und verschwand in Richtung Toilette. Der Kellner kam heran, räumte geräuschlos die Vorspeisenteller ab und fragte, ob wir die Hauptspeise gleich wollten oder eine kleine Pause bevorzugten.

»Bitte gleich«, sagte ich, »wenn Madame zurück ist.«

Madame?

Ich wußte nicht einmal, wie alt sie war.

Sie blieb eine ganze Weile weg. Ich rauchte eine Zigarette, musterte die anderen Gäste und die dezent-vornehme Gemütlichkeit der Einrichtung. Jeder Tisch war anders, und auch von den Stühlen waren nicht mehr als zwei gleich. Alles Antiquitäten. Tischdecken gab es nicht. Unter jedem Platzteller lag eine ovale, dunkelblaue Decke, daneben steckte eine bordeauxrote Stoffserviette in einem Serviettenring aus angelaufenem Silber. Das Geschirr war einheitlich, große, sehr flache Teller, auf denen die phantastischsten Kreationen hereinschwebten, die jedoch nichts mit den üblichen Nouvelle-cuisine-Gerichten gemein hatten. Eine Möhrensymphonie im Dialog mit einem Medaillonfächer gab es hier nicht. Die Namen der Gerichte waren zwar auch zum Teil geheimnisvoll, aber die Geheimnisse hatten Substanz. Gedämpft erklang Musik aus unsichtbaren Lautsprechern. Chansons. Die Stimme kam mir bekannt vor, aber ich konnte sie nicht zuordnen.

»Weißt du, wer da singt?« fragte ich Gaëtane, als sie zurückgekommen war.

»Jacques Brel«, sagte sie. »Seine letzte Platte. *Aux Marquises.* Wir sind in einem belgischen Restaurant.«

»Was?«

»Wußtest du das nicht?«

Ich schüttelte den Kopf.
»Einige der besten französischen Restaurants werden von Belgiern geführt«, sagte sie.
Ihr Parfümduft wehte zu mir herüber.
»Bist du sicher?«
»Schau dir die Bilder an. Magritte. Ensor. Delvaux.«
Jetzt sah ich es auch. Die Bilder an den Wänden. Männer mit Regenschirmen, die vom Himmel herabsegelten. Ein Felsmassiv in Form eines sich aufschwingenden Raubvogels. Nackte Frauenleiber in kulissenartigen Räumen. *Dies ist keine Pfeife.* Ensor kannte ich nicht.
»Enttäuscht?«
»Ein wenig.«
»Ich finde es sehr schön hier«, sagte sie. »Was wirst du machen, wenn du mit deiner Doktorarbeit fertig bist?«
»Ein Jahr arbeiten. Geld sparen. Um die Welt reisen.«
»Beneidenswert.«
»Und du?« fragte ich.
»Ich schreibe ja keine Doktorarbeit.«
»Aber irgendwann wirst du ja auch fertig sein mit dem, was du gerade machst.«
Sie stützte den Kopf auf die Hände und dachte einen Augenblick lang nach. Das Kerzenlicht floß über ihre schmalen, gebräunten Unterarme und den Hauch flaumiger schwarzer Haare darauf.
Bevor sie antworten konnte, kam das Essen. Ich bestellte noch eine Flasche Wasser und bat um mehr Brot.
... ils regardent la mer comme on regarde un puits ... aux Marquises ..., sang Jacques Brel.
Ich wußte gar nicht so genau, wo diese Insel lag.
»Französisch-Polynesien«, sagte sie, »im Pazifik. Gauguin hat an der Börse spekuliert und ziemlich viel Geld gemacht, bevor er ausgestiegen ist und sich dort niedergelassen hat. Brel ver-

brachte seine letzten Lebensjahre dort, als er schon todkrank war. Du solltest hinfahren auf deiner Weltreise.«
Wir hatten uns wirklich nichts zu sagen. Nie wieder, dachte ich. Nie wieder eine Einladung zum Essen mit einer fremden Frau. Bei jeder Frage, die ich ihr stellte, hatte ich das Gefühl, ihr zu nahe zu treten. Einfach darauf los zu reden bereitete mir normalerweise keine Schwierigkeiten. Ich war auch längst nicht mehr so befangen. Aber irgend etwas an ihr war wie verwandelt.
Vielleicht lag es an Jacques Brel und dem belgischen Restaurant, daß ich Charlotte erwähnte und erzählte, wie erschütternd ich ihr Schicksal empfunden hatte. Das lenkte das Gespräch auf Mexiko, auf Maximilians Hinrichtung und auf Manets Gemälde von der Erschießung. Es war das erste Mal, daß ihre Augen lebendig wurden. Sie kannte nicht nur jede Einzelheit des Bildes, sondern auch die früheren Fassungen.
»Hast du den Kunstgriff mit den Schatten bemerkt?« fragte sie.
»Nein, was für Schatten?«
»Auf dem Boden. Links steht Maximilian zwischen den beiden Generälen. Daneben, im Vordergrund, das Exekutionspeloton. Sieben Soldaten, die ihre Gewehre auf die drei Verurteilten gerichtet haben und gerade abdrücken. Rechts davon, etwas abseits, steht der achte Soldat und lädt gerade durch. Wenn du die Schatten auf dem Boden anschaust, dann sieht man, daß alle auf dreizehn Uhr zeigen. Mit einer Ausnahme. Der Schatten des achten Soldaten weist auf vierzehn Uhr.«
»Und warum das?«
»Weil er später schießen wird. Wie du gerade gesagt hast. Der Korporal des Pelotons gab ihm den Gnadenschuß. In der ersten Fassung trugen die Soldaten mexikanische Uniformen und Sombreros. In der letzten Version sind sie in französische

Uniformen gekleidet, und das Gesicht des Korporals ist einem Porträt Napoleons nachempfunden, das zur Zeit seines Putsches in Paris zirkulierte. Jetzt hat seltsamerweise Maximilian einen Sombrero auf. Deshalb war das Gemälde solch ein Skandal. Manet läßt in französische Uniformen gekleidete Mexikaner auf den von Napoleon eingesetzten Kaiser Maximilian schießen, der wie ein Mexikaner aussieht. Den aufgesetzten Gnadenschuß gibt ihm Napoleon selber.«

»Wurde das damals so gesehen?«

»Manet selber hat den Bezug geleugnet. Aber es zuzugeben wäre ihm auch schlecht bekommen.«

Ein Bild sagt mehr als tausend Worte, dachte ich.

Ich fischte einen Zettel aus der Tasche meines Jacketts heraus und gab ihn ihr.

»Für deine Freundin«, sagte ich, »mehr habe ich nicht gefunden.«

Sie schaute mich erstaunt an, schlug den Zettel auf und las: *»… Die Kleidung der Damen hier ist sehr eigenwillig. Viele junge Frauen tragen sogenannte* tocques, *kleine* Baretts, *die wie Studentenmützchen aussehen. Außerdem sind Beinkleider modern, offene Westen, Gilets, kurze Röckchen mit Manschetten und Lorgnons. Das ist hier die jüngste Mode, und viele dieser Damen sehen aus wie hübsche Jungen …* Danke, woher hast du das?«

»Julius Rodenberg. *Paris bei Lampenlicht und Sonnenschein.* 1867. Meine Übersetzung, also keine Garantie. Magst du ein Dessert?«

Sie schüttelte den Kopf. »Nein, danke. Juste un café pour moi.«

»Moi aussi. Tu m'excuses?«

Jetzt stand *ich* auf. Ich hatte plötzlich den unaufschiebbaren Wunsch, in den Spiegel zu sehen, als fürchtete ich, die letzte Stunde hätte mich auf eine unheimliche Weise entstellt. Es gab sicher eine psychologische Erklärung dafür. Verletzte Eitelkeit. Unsicherheit. Scham? Eine Weile lang hatte ich früher die Angewohnheit gehabt, nach langen Telefongesprächen vor den Spiegel zu treten. Ich weiß nicht, warum. Ich tat dort nichts. Kämmte mich nicht. Schnitt keine Grimassen. Hatte nur den absurden Wunsch, zu schauen, ob mein Gesicht noch da war. So auch jetzt. Es war noch da. Am liebsten hätte ich es ausgezogen.

Als ich an den Tisch zurückkehrte, stand der Kaffee schon da. Gaëtane rauchte. Ich schüttete Zucker in die Mokkatasse und signalisierte dem Kellner, daß ich gerne bezahlen würde. Es dauerte eine Ewigkeit, bis er endlich die Rechnung brachte. Ich merkte, daß ich mich auf mein »Studio« freute. Alleine sein. Keine Konversation machen müssen. Gleichzeitig war ich unendlich traurig. Was hatte ich in dieser Stadt verloren? Warum war der Abend so verlaufen? Ganz einfach. Ich war nicht ihr Typ. Dafür hatte sie sich noch ganz gut geschlagen. Keine einfache Situation für eine Frau, von einem Mann zum Abendessen eingeladen zu werden, den sie vielleicht ganz nett fand, mit dem sie aber nicht viel anfangen konnte oder wollte. Immerhin war sie gekommen. Ich hatte sie überrumpelt. Aber es sprangen eben keine Funken über. Jedenfalls nicht bei ihr. Ich brannte alleine vor mich hin, und sie mußte zusehen, daß sie sich nicht versengte.

Mit der Rechnung konnte etwas nicht stimmen. Sechshundertdreißig Francs. Ich überflog den Kassenbon und stellte fest, daß der Kellner den Wein vergessen hatte. Um die Sache abzukürzen, ging ich zum Tresen neben der Küche und wies ihn darauf hin.

»Der Wein ist schon bezahlt«, sagte der Kellner und lächelte vielsagend.

»Das kann nicht sein …«, stammelte ich. Sie hatte doch wohl nicht …

»Avec les compliments de Monsieur Cyril«, sagte der Kellner.

Cyril! Das war ja unglaublich. Mein Herz hatte den ganzen Abend wild geschlagen, aber jetzt wurde mir zum ersten Mal warm darum. Ich gab dem Kellner siebenhundert Francs und bat ihn, dem Koch ein Kompliment machen zu dürfen. Er holte ihn aus der Küche. Zu meiner Überraschung erschien ein hagerer, rotblonder Mann, der wie ein Holländer aussah. Markante Wangenknochen, kantige Nase, wäßrigblaue Augen. Er war Flame, aus Antwerpen. Ohne mich darum zu scheren, ob es sich gehörte oder nicht, gab ich ihm fünfzig Francs und gratulierte ihm zu seinen Kochkünsten. Er strahlte. Am liebsten hätte ich die ganze Welt beschenkt und mich dann in den nächstbesten Abgrund gestürzt. Was für ein Abend. Wahrscheinlich lag es am Wein.

Gaëtane bestand darauf, mich nach Hause zu fahren.

»Kein Problem, ich nehme die Metro.«

»Ohne Mantel ist es zu kalt.«

»In der Metro ist es nicht kalt.«

»Hält die Metro vor deinem Haus?«

»Fast.«

»Ich auch.«

Sie wollte nur ihr schlechtes Gewissen beruhigen. Völlig unnötig. Ich war ihr nicht böse. Sie fuhr einen schwarzen Fiat 500. Anscheinend gab sie ihr ganzes Geld für Kleider aus. Ich mußte den Kopf einziehen, um nicht gegen das Dach zu stoßen. Wir sprachen kein Wort während der Fahrt. Der Motor dröhnte auch laut genug. Champs-Elysées, Place de la Concorde, Quai des Tuileries. Achtundsiebzigtausend Kilometer, las ich auf dem Tacho. Davor mußte man sich wohl noch eine Eins dazudenken. Ich schaute nur zweimal zu ihr hinüber. Einmal, als sie plötzlich bremsen mußte, dann wieder, als wir schon gut fünf Minuten geschwiegen hatten. Beide Male blickte sie konzentriert durch die Scheibe auf die Straße und das Verkehrsgewimmel.

Phantasie Nummer eins: Der Mann trägt ein langes, blitzendes Messer. »Ein Finger«, sagt er, »und sie wird dich immer lieben.«
»Nimm eine Hand«, sage ich.
Phantasie Nummer zwei: Frontalzusammenstoß. Alle sind bewußtlos außer mir. Die ersten Flammen schlagen unter dem Kühler hervor. Ihr Gurt klemmt. Im letzten Moment gelingt es mir, ihn zu lösen. Ich umfasse sie, stoße die Tür auf und rolle mit ihr auf die Straße, die Böschung hinab, bis zur Seine hinunter. Oben auf der Straße tobt ein Flammeninferno. Sie kommt zu sich. Küßt mich. *Fade out.*
Phantasie Nummer drei: Sie setzt mich ab, fährt zu ihrem Freund, entkleidet sich, schlüpft zu ihm unter die Decke und schmiegt sich an ihn.
»Merci d'être venue«, sagte ich, als wir in der Rue des Tournelles anhielten.
»Merci pour le dîner«, antwortete sie.
Ich öffnete die Autotür und drehte mich erst zu ihr herum, als ich schon halb draußen war. Nichts erschien mir unpassender als das *bisoux*-Ritual.
»Bonne nuit«, sagte ich.
»Bonne nuit, Bruno.«
Meine Finger flogen über die Tastatur neben dem Hoftor, endlich kam der Klick, ich drückte die Tür auf und ging schnell hinein. Einen Moment lang stand ich gegen das Holz gelehnt, als wäre ich gerannt. Dann erklomm ich die enge Treppe. Nirgends war ein Reißverschluß, um diese Nacht abzustreifen. Ich stützte mich mit einer Hand gegen die kalte Eisentür und fingerte mit der anderen nach dem Schlüsselloch. Der Lichtschalter war direkt daneben, aber das Treppenlicht reichte sowieso nicht bis hierher. Ich zog das Jackett aus, warf es aufs Bett und trat ans Fenster.
Ihr Auto stand noch vor meinem Haus. Abblendlicht. Kein

Motorgeräusch. Ein Citroën kroch langsam heran. Lichthupe. Keine Reaktion. Noch einmal Lichthupe. Das scharrende Geräusch eines Anlassers klang gedämpft durch die Scheibe. Zwei gelbe Lichtkegel flammten auf und setzten sich langsam in Bewegung. Ich ging in das dunkle Zimmer zurück, setzte mich aufs Bett und starrte in die Nacht hinaus.

XI. Kapitel

Als Napoleon mich zum Minister ernannte, ließ er nach mir schicken und sagte, er wolle mit mir über sein Regierungssystem sprechen. Ich antwortete, daß ich nichts mit größerer Zufriedenheit tun würde.
»Wenn ein Mensch einer solchen Nation vorsteht«, sagte er, »so muß er zwangsweise großartige Dinge vollbringen.«
Ich nickte.
»Ihr habt«, fragte er, »mein Buch über den Pauperismus gelesen?«
Ich war gezwungen, zuzugeben, daß ich das nicht getan hatte.
»So will ich Euch kurz eine Zusammenfassung vortragen«, sagte er. »Ich schlage vor, das gemeine Land zu verstaatlichen und es unter den Ärmsten aufzuteilen.«
»Zunächst einmal«, erwiderte ich, »habt Ihr kein Recht, das Land zu nehmen; und wenn Ihr das tut, wenn Ihr das Land nehmt, worauf der Bauer seine Kühe grasen läßt, so werdet Ihr nur noch mehr Armut schaffen. Wie meint Ihr, sollen die Armen das Land bestellen? Von wem wird das Kapital kommen? Wer soll sie mit Maschinen und Fähigkeiten ausstatten?«
»Nun«, antwortete er. »Wie soll ich für die Armen sorgen?«
»Ihr sollt«, antwortete ich, »überhaupt nicht für sie sorgen. Alles, was Ihr tun müßt, ist, ihnen nach innen und außen Frieden zu geben, dann werden sie sich um sich selber kümmern. Das ist keine glänzende Politik; sie zeitigt keine plötzlichen Ergebnisse; aber es ist eine sichere Politik; wenn Ihr ihr folgt, werdet Ihr als Wohltäter Frankreichs in die Geschichte eingehen.« *Odile Barrot*

Nassau Senior Conversations 1860

I.

»Was hältst du von Antoine?« fragte Nicholas Mathilda am Morgen, während sie sich für den Gang zum Marsfeld fertigmachte.

»Hat er dich das gefragt?«
Sie saß am Wohnzimmertisch vor einem aufklappbaren Spiegel und steckte sich die Haare hoch.
»Was? Nein, wieso?« rief er aus dem Schlafzimmer.
»Warum willst du es dann wissen?« Er konnte nicht sehen, daß sich ein Lächeln auf ihr Gesicht stahl.
»Einfach so. Weil er mein Freund ist. Ich will wissen, ob du meine Freunde magst.«
»Und er. Mag er mich?«
Stille.
»Nicholas?«
»Laß es gut sein.«

Hagel. Regen. Schnee. Frost. Nach den vorausgegangenen Wochen hätte man jegliche Wetterkombination für den 1. April erwarten können.
Statt dessen schien die Sonne an einem wolkenlosen Himmel.
Seit Mittag pilgerte ein Strom von Besuchern zum Weltausstellungsgelände, um an der für zwei Uhr anberaumten Eröffnungszeremonie teilzunehmen. Insgesamt fünfunddreißigtausend geladene Gäste mit rosafarbenen Eintrittskarten in der Hand strebten von allen Seiten auf den Haupteingang zu, über dem ein grünes, mit goldenen Bienen gesprenkeltes Sonnenzeltdach im Wind flatterte. Das Protokoll schrieb sommerliche Kleidung vor: sandfarbene Stoffe und weiße Krawatten.
Antoine, der für den noch immer bettlägerigen Nicholas gekommen war, hatte Mathilda um ein Uhr abgeholt. Als sie aus dem Haus traten, wälzte sich bereits ein dichter Besucherstrom die Rue de Grenelle hinab dem Marsfeld entgegen und zog sie mit sich wie ein Bach zwei Korken. An der Avenue de la Bourdonnaye stieß der Besucherfluß gegen einen gelb gestrichenen Lattenzaun und wurde zur Seine hinuntergelenkt.

Ein weiterer Schwenk nach links, und schon sah man die riesige Menschentraube vor dem Haupteingang an der Porte de Iéna. Über dem Zaun war nur ein riesiger Leuchtturm sichtbar, der in den Himmel hinaufwuchs. Alles andere verdeckte die gelbe Holzwand vollständig. An der Seine entlang erstreckten sich die überdachten Hangars der Pariser Kanuclubs, einige Restaurants, eine Plattform für Tauchversuche und ein seltsamer Turm, worin ein Mensch in einem Anzug unter Wasser saß. Was Mathilda und Antoine indessen nirgends entdecken konnten, waren die Köpfe von Mr. und Mrs. Beechham oder der rotblonde Haarschopf von Frederic Collins. Die *Bateaux-Mouches* legten am Friedland-Dock neben der Brücke an und spuckten festlich gekleidete Menschen aus. Kutschen und Dampfomnibusse bahnten sich einen Weg durch die Menge, hielten jedoch meist schon weit vor dem Hauptportal an, entledigten sich ihrer Fracht und machten sofort kehrt, um weitere Besucher aus der Innenstadt heranzukarren.

Je weiter Mathilda und Antoine in das Gedränge vorstießen, um so schwieriger wurde es, beieinander zu bleiben. Sie schoben sich langsam in der Menschenmenge voran. An jedem Körperteil spürten sie den Druck von Armen, Schultern und Hüften anderer Besucher. Als sie vielleicht noch vierzig Meter vom Haupteingang entfernt waren, kam diese Menschenmenge vollständig zum Stocken. Eng aneinandergepreßt standen sie auf der Stelle, die Köpfe neugierig nach oben gereckt, um zu schauen, wann es dort vorne endlich weitergehen würde. Einmal ging ein kleiner Ruck durch die Menge, brachte sie ein wenig ins Schwanken, und im Versuch begriffen, ihr Gleichgewicht nicht zu verlieren, streiften sich kurz ihre Wangen.

Wie schon viele Male zuvor ließ Mathilda ihren Blick über die Köpfe der Umstehenden gleiten, um zu schauen, ob sie nicht irgendwo Mr. Beechham oder Frederic Collins ausma-

chen konnte. Aber sie sah nur fremde Gesichter, zylinderbeschirmte Honoratioren in Begleitung eleganter Damen. Lediglich ein Kopf nahm allmählich ihre Aufmerksamkeit gefangen. Der Mann hatte spärliches, graues Haar, trug keine Kopfbedeckung und war ihr schon mehrfach aufgefallen, denn jedesmal, wenn sie sich in der letzten halben Stunde suchend umgedreht hatte, um nach Collins oder Mr. Beechham Ausschau zu halten, hatte sie diesen Kopf entdeckt. Und jedesmal hatte er immer in genau dem Augenblick weggeschaut, wenn ihr Blick ihn traf. Sie sah kurz Antoine an, deutete dann auf die Nachbildung einer Pagode, die in dem Sammelsurium hinter den Wachsoldaten sichtbar wurde, und drehte sich dann plötzlich herum, um erneut in die Richtung dieses Mannes zu blicken. Aber im Meer der Köpfe, in dem sie hier schwammen, konnte sie ihn nicht mehr ausmachen.
Als sie vielleicht noch zwanzig Meter vom Eingang des Palais entfernt waren, eröffnete sich eine neue Perspektive auf das Parkgelände. Hinter dem Leuchtturm, den sie von außen schon gesehen hatten, erstreckte sich die Ausstellungsfläche des Kriegsministeriums. Antoine fixierte eine Ansammlung von Geräten, die dort herumstanden. Mathilda folgte seinem Blick, und als sie erkannt hatte, was er dort beobachtete, schaute sie zu ihm auf und bemerkte, daß sein Gesicht sich verdüstert hatte.
»Wer hat sich das nur ausgedacht?« hörte sie ihn murmeln.
»Wenn es nicht so ernst wäre, könnte man es fast komisch finden«, sagte sie. Er schüttelte irritiert den Kopf und begann weiterzugehen, während sie noch einmal den Kopf wand, um das seltsame Bild in sich aufzunehmen. Französische Feldausrüstung wie Zelte, Öfen, Transportwagen und Kanonen standen dort Rücken an Rücken mit preußischen Ambulanzwagen und allerlei deutschem Kriegsgerät zur Bergung und Behandlung verwundeter Soldaten.

»Sicher nur ein Zufall«, sagte Mathilda.
»Eben«, antwortete Antoine, »das ist ja das Furchteinflößende bei diesen Dingen, daß sie wie zufällig geschehen. Zufällig kann es dazu kommen, daß wir mit Preußen wegen der Rheinprovinzen Krieg führen werden. Zufällig wollte ein kleiner Strauchdieb mich erstechen, und zufällig soll ich nun dessen Mutter vor Gericht verteidigen.«
»Es gibt auch angenehme Zufälle.«
»Stimmt«, sagte er und lächelte sie an. »Zufällig hat Nicholas eine sehr charmante Schwester.«
Mathilda schaute verlegen zur Seite, ließ ihren Arm jedoch bei ihm untergehakt, um ihm zu zeigen, daß sie das Kompliment genoß.
»Gibt es schon etwas Neues in diesem Fall?« fragte sie mit unterdrückter Neugier. Ein schwer deutbarer Zug stellte sich auf Antoines Gesicht ein. Hatte er womöglich erfahren, daß sie im Gefängnis gewesen war? Antoine fragte sich im gleichen Augenblick, was diese Frau an seiner Seite nur so sehr an Armutsvierteln und Kindesmörderinnen interessierte. Mathilda dagegen hatte in den letzten zwei Tagen immer wieder das Gesicht der Frau im Gefängnis vor sich gesehen, die zusammengekniffenen Lippen, die vor Haß glühenden Augen, die plötzlich matt wurden, regelrecht erloschen. Irgend etwas in diesem in sich zusammenfallenden Gesichtsausdruck hatte sich in ihr eingegraben.
»Eigentlich darf ich darüber gar nicht sprechen«, sagte er leise.
»Oh, natürlich. Gerichtsgeheimnis.«
»Sie leugnet die Tat noch. Aber ich denke, ich werde sie morgen umstimmen können.«
»Geht es bei Gericht nicht eher darum, die Wahrheit herauszufinden?« fragte sie spitz.
»Die Wahrheit vor Gericht ist eine eigentümliche Sache«, erwiderte er. »Manchmal ist es besser, man konfrontiert Ge-

schworene mit einer wahrscheinlichen Unwahrheit als mit einer Wahrheit, die unwahrscheinlich ist. Was nützt es, die Wahrheit zu sagen, wenn niemand daran glaubt?«

»Eine eigentümliche Rechtsauffassung«, sagte Mathilda und zog ihren Arm an sich. »Was, wenn die Frau unschuldig ist?«

Antoine sah sie bekümmert an. Warum geriet er mit ihr immer in solche Gespräche? Sobald sie über Dinge redeten, die über herkömmliche Konversation hinausgingen, schlichen sich sogleich Mißverständnisse ein. Er hatte doch nicht sagen wollen, daß ihm gleichgültig sei, ob diese Frau schuldig war oder nicht. Er hatte zum Ausdruck bringen wollen, daß es das Justizsystem nicht interessierte, was er glaubte, sondern was er beweisen konnte. Dort wurden Fakten gegeneinander aufgewogen, nicht Mutmaßungen. Angesichts der Beweislage hätte die Staatsanwaltschaft leichtes Spiel. Antoine könnte die wenige Zeit, die er zur Verfügung hatte, um den Prozeß vorzubereiten, entweder damit verbringen, die Umstände dieses Verbrechens genauer zu erforschen, auf die wahrscheinliche Gefahr hin, genau das bestätigt zu finden, was in der Anklageschrift stand, oder zu versuchen, eine Verteidigungsstrategie zu entwickeln, welche diese Frau vor dem Henker bewahren würde. Natürlich bestand die Möglichkeit, auf die spärlichen Beweislücken in der Anklageschrift einzugehen und darzulegen, daß es keinerlei Zeugen für die Tat gab, daß niemand beweisen konnte, ob nicht vielleicht jemand anders das Kind in den Fluß geworfen hatte. Aber selbst wenn er Entlastungszeugen gefunden hätte, was hier sehr unwahrscheinlich schien, so war das Gericht nicht einmal verpflichtet, sie zu hören. Die Strafprozeßordnung schrieb nur die Sammlung von Belastungsmaterial vor. Alles andere lag im Ermessen des Vorsitzenden. Außerdem war der Fall so eindeutig und das Verhalten der Angeklagten so verdächtig, daß es keinen Sinn machen würde, auf »unschuldig« zu plädieren. Er konnte froh sein,

wenn diese Frau sich wenigstens auf eine Zusammenarbeit mit ihm einlassen würde, damit es ihm gelänge, ein erschütterndes Armuts- und Verzweiflungsgemälde zu entwerfen, um die Geschworenen milde zu stimmen. Totschlag statt vorsätzlicher Mord. Das wäre schon ein Erfolg. Er war auch recht zuversichtlich, daß ihm das gelingen könnte, vorausgesetzt, Marie Lazès rückte von ihren Unschuldsbeteuerungen ab und beharrte nicht länger auf der phantastischen Geschichte mit dem Krankenhaus.
»Wenn die Frau unschuldig ist«, sagte er, »dann muß es eine andere Person geben, die für die Tat verantwortlich ist. Aber wer? Wer sollte ein Interesse daran haben, ein kleines Kind zu ermorden?«
Antoine sah sich unsicher um, weil er befürchtete, ihr Gespräch könnte von anderen Besuchern gehört werden. Sie waren endlich im Palais angekommen. Gipser, Anstreicher und Schreiner traten zur Seite, um die Besucher vorbeigehen zu lassen. Diese Eröffnung war eine Mischung aus Baubegehung und Kostümprobe. Sie wurden als einige der letzten in das große Vestibül durchgelassen. Die Nachfolgenden mußten sich schon damit begnügen, nach beiden Seiten in die Galerien auszuweichen, denn das Vestibül bot einfach nicht für alle Platz.
Mathilda wollte antworten, doch Antoines nervöser Blick auf die Umstehenden ließ sie zunächst verstummen. Sie zog ihn ein wenig zur Seite und fragte ihn leise:
»Antoine, wissen Sie, wie viele Säuglinge und Kleinkinder jedes Jahr in London in Seitenstraßen, Kanälen und Flüssen tot aufgefunden werden?«
Der Anwalt schüttelte den Kopf. Ein Hauch von Röte hatte sich auf Mathildas Wangen gelegt. Warum kam sie nur immer wieder auf diese schrecklichen Dinge zu sprechen?
»Achthundert«, sagte sie. »Viele sind in der Tat Kindesmordopfer. Aber allein vierzig davon gingen letztes Jahr auf das

Konto eines einzigen professionellen Mörderpaares. Die Zeitungen waren voll davon.«

Antoine glaubte, nicht richtig gehört zu haben.

»Was?« sagte er ungläubig. »Professionelle Kindesmörder? So ein Unsinn.«

Ihr Gesicht gerann zu Stein. Plötzlich hellte es sich auf.

»Später«, sagte sie, schaute über seine Schulter, winkte und rief: »Ah, Mr. Beechham. Hier sind wir.«

Antoine biß sich auf die Lippen, drehte sich um und sah Mr. Beechham in Begleitung seiner kugelrunden Frau auf sich zukommen. Dahinter stak Collins' rotblonder Haarschopf aus der Menge hervor. Als er Antoine gewahrte, zerfloß sein Sommersprossengesicht zu einem breiten Grinsen. Mathilda war bereits auf das Ehepaar zugegangen und begrüßte Mrs. Beechham mit den obligaten Küßchen. Mr. Beechham ließ einen Handkuß folgen.

»Wir haben Sie überall gesucht. Ah, Monsieur Bertaut. *Quel plaisir.*«

Antoine machte vor der beleibten Gattin einen Diener, ergriff dann die fleischige, beringte Hand ihres Mannes und schüttelte sie, während dieser immer noch auf ihn einsprach.

»Wir sind von der Porte Suffrén hereingekommen, weil am Haupteingang kein Durchkommen war. Miss Sykes, Sie sind eine wahre Zier für die Galerie der schönen Künste.«

»Aber Morton, du machst sie ja ganz verlegen«, flötete Mrs. Beechham, trat dann zur Seite und ließ endlich Collins nach vorne kommen, dem es bisher nicht gelungen war, durch das umgebende Gedränge zu stoßen.

»Miss Sykes, Sie sehen wundervoll aus. Bonjour, Monsieur Bertaut.«

»Good afternoon, Mr. Collins«, antwortete Antoine, innerlich mit Mathildas letzten Worten beschäftigt. Natürlich sah sie fabelhaft aus, aber mit ihm wollte sie offenbar nur streiten.

Die Hofgesellschaft war anscheinend auf der oberen Plattform steckengeblieben. Die Informationen, die über soundso viele Stationen ins Vestibül gelangten, stimmten nicht überein. Napoleon hatte sich offenbar längere Zeit bei den mechanischen Flecht-, Strick-, Haspel- und Schneidmaschinen aufgehalten und angeblich bemerkt, was für einen kolossalen Fortschritt diese eisernen Arbeiter darstellten, die genauer und geduldiger ihre Aufgabe versahen als ihre Brüder aus Fleisch und Blut und zudem nach zehn Stunden keine Pause verlangten. Unter beifälligem Geraune war er weitergegangen und jetzt entweder bei den Seifen- und Pillenmaschinen angelangt oder, wie andere behaupteten, schon in der Bergbauabteilung bei den Preßlufthämmern angekommen. Die einzige mehrfach bestätigte Auskunft war, daß es wegen der Unordnung keine Ansprache geben würde.

Mathilda unterhielt sich ein paar Schritte entfernt mit Mr. Beechham, während Antoine damit beschäftigt war, Mrs. Beechham Auskunft über Nicholas' Zustand zu geben. Collins hatte sich selbständig gemacht und studierte mit prüfendem Blick einige Schlachtengemälde, Pils' »Schlacht von Alma« und Yvons »Eroberung des Turms von Malakoff«, beides Szenen aus dem Krimkrieg. Im verborgenen blickte er jedoch oft genug zu Mathilda hinüber, was Antoine trotz des endlosen Redeflusses aus Mrs. Beechhams Mund nicht entging. Mittlerweile war sie von Nicholas zu Offenbach gelangt.

»Wir sind untröstlich, daß wir gestern die Premiere der *Gerolstein* verpaßt haben. Sie Glücklicher, daß Sie dabeisein konnten. Die Zeitungen sind voller Widersprüche. Ist der zweite Akt wirklich so schlecht?«

»Er fällt gegenüber dem ersten tatsächlich etwas ab«, antwortete Antoine und hatte den Eindruck, daß jemand anders an seiner Stelle sprach. Mathilda lachte gerade über eine Bemerkung des alten Beechham.

»Mortons empfindlicher Magen. Ich sage Ihnen, das Essen hier ist einfach skandalös. Französische Küche, heißt es ja immer. Papperlapapp. Versuchen Sie mal, einen ungewässerten Wein zu bekommen. Und ich hatte mich so auf die *Gerolstein* gefreut. Aber was soll man machen?«

»Sehr bedauerlich«, sagte Antoine. »Im englischen Viertel gibt es sicher ausgezeichnete Weine aus Ihrer Heimat. Und was das Stück betrifft, so wird es bestimmt noch lange zu sehen sein, vermutlich mit einem verbesserten zweiten Akt. Meines Wissens ist schon gekürzt worden.«

»Eben«, sagte Mrs. Beechham zerknirscht. »Ich werde niemals erfahren, worüber alle Welt spricht ... Morton! Wann geht es denn endlich weiter, wir stehen hier wie die Pferde von Ascot.«

Mathilda hakte sich sanft bei dem dicken Mann ein, der ihr mit den Händen anscheinend gerade die Größe der Fische in seinem unterirdischen Aquarium demonstrierte, und führte ihn behutsam zu Antoine und Mrs. Beechham zurück.

»... sind Salzwasserfische natürlich sehr schwierig in der Gefangenschaft zu halten. Sie müssen wissen, daß auf den Transportwegen die Temperatur höchstens um fünf Grad schwanken darf.«

»Faszinierend, Mr. Beechham. Nicht wahr, Antoine? Man fühlt sich hier geradezu wie in einer gewaltigen, illustrierten Bibliothek. An jeder Ecke gibt es etwas zu lernen. Wohin ist denn Mr. Collins verschwunden? Ah, da ist er ja, bei den Bildern. Entschuldigen Sie mich.«

Sie setzte Mr. Beechham bei seiner Frau ab, strich an Antoine vorbei, drehte kurz die Augen zum Himmel und ging zu Collins hinüber.

»Ah, Monsieur Bertaut, also Sie sind doch Jurist. Diese Luxemburg-Geschichte, völkerrechtlich gesehen ...«

Antoine fragte sich so langsam, was ein größeres Unglück war:

mit Mathilda zu streiten oder sich Mr. und Mrs. Beechhams endloses Gefasel anhören zu müssen. Glücklicherweise kam jetzt langsam etwas Bewegung in die wartende Menge. Offenbar hatte der Kaiser seinen Rundgang abgeschlossen und war über die hintere Treppe von der Plattform der Maschinengalerie herabgestiegen. Jedenfalls war eine dichte Menschentraube im zentralen Garten zu sehen, die sich um den Geldpavillon ballte.

»Sollten wir vielleicht unseren Rundgang beginnen?« fragte Antoine mit einem Seitenblick auf Mathilda, die sich erfolgreich zu Collins geflüchtet hatte.

»Ich kenne das ohnehin alles«, knurrte Mr. Beechham. »Dearest, willst du nicht mit den jungen Leuten mitgehen, ich erwarte euch dann beim Aquarium. Ich will dort noch nach dem Rechten sehen. Monsieur Bertaut, hätten Sie vielleicht die Freundlichkeit?«

Mrs. Beechhams Protest nahm ihm glücklicherweise die lästige Pflicht ab.

»Aber Morton, ich lasse dich doch an solch einem Tag nicht alleine. Nein, nein, ich komme mit dir. Diese ganzen Knopf- und Korkpreßmaschinen kann ich mir ja immer noch anschauen. Es sind ohnehin viel zu viele Leute hier. Und wenn es keine Ansprache gibt. COLLINS!!!«

Der junge Engländer kam pflichtbewußt herangetrottet.

»... wir gehen schon mal in den *jardin reservé*. Möchten Sie bitte Miss Sykes und Monsieur Bertaut nachher zu uns führen?«

»Mit dem größten Vergnügen. Wo fangen wir an. Bei den Maschinen?«

»Sollten wir nicht ganz außen beginnen?« fragte Mathilda.

»Gute Wahl«, sagte Mr. Beechham. »Erst den Magen stärken, bevor man die Sinne bemüht.«

»Der äußere Ring ist ein wenig, wie soll ich sagen, eintönig«,

bemerkte Collins, nachdem das Paar Beechham verschwunden war. »Oder haben Sie Appetit?«
Antoine hatte keinen, und Mathilda besann sich auch, nachdem Collins ihnen beschrieben hatte, daß der äußere Ring außer einer endlosen Reihe holländischer Käsestände, französischer Weinbuden, skandinavischer Restaurants und russischer Kaviartheken wenig Interessantes bot. Außerdem wäre es sinnvoll, sich auf ein oder zwei Gruppen zu beschränken, da man an einem Nachmittag unmöglich sehr viel mehr besuchen könnte. Er nannte ein paar Themengruppen, und schließlich einigten sie sich auf die Gruppe X, die sich mit Gegenständen zur Hebung der moralischen und physischen Verfassung der arbeitenden Bevölkerung befaßte. Mathilda ging mit Collins voran, Antoine folgte. Zu dritt nebeneinander zu gehen war in dem Gedränge ohnehin nicht möglich.
Es dürfte schwierig gewesen sein, von den aus allen fünf Erdteilen herbeigeschafften Gegenständen nicht restlos gefangen zu werden. Aber während Mathilda und Collins plaudernd in Richtung französische Galerie durch die Gänge spazierten, folgte Antoine seinen beiden Begleitern gedankenversunken und nachdenklich. Auch als die Menschenreihen sich allmählich ausdünnten, schloß er nicht zu ihnen auf, sondern blieb einige Schritte hinter ihnen zurück. Einige Unklarheiten aus dem Vernehmungsprotokoll waren ihm wieder in Erinnerung gekommen, und er hätte jetzt lieber über den Akten gesessen, als zwischen Nähmaschinen und Fluggeräten herumzulaufen. Außerdem sah er ungeduldig dem Augenblick entgegen, da er das unglücklich verlaufene Gespräch mit Mathilda würde richtigstellen können.
Da die Exponate der Gruppe X in verschiedenen Abteilungen verstreut untergebracht waren, hatten Mathilda und Antoine nach zwei Stunden einen groben Überblick über das Innere des Palais gewonnen. Sie hatten in der Lebensmittelabteilung

preiswerte Schokolade und massengefertigte Teigwaren begutachtet, in der Galerie für Bekleidung bretonische Spitzenhäubchen und elsässische Tücher angeschaut und sich davon überzeugt, daß auch bei der Möbelherstellung mittlerweile für den kleinen Geldbeutel Massenware produziert wurde. Dazwischen waren sie abgelenkt worden durch Maschinen, die fertige Filzhüte ausspuckten oder falschen Schmuck herstellten, waren an der preußischen Kruppkanone vorbeigekommen und hatten neuartige Zahnarztbohrer und künstliche Gebisse bestaunt. Als letzte Attraktion der Gruppe X blieben noch die Modellhäuser und -siedlungen für die Arbeiter zu besichtigen, die draußen im Park unweit des Haupteingangs untergebracht waren.
Sie schlenderten aus dem Palais hinaus und stießen neben dem kaiserlichen Zelt auf eines der siebenhundert Arbeiterhäuser, welche die Steinkohlengrubengesellschaft von Blanzy gebaut hatte. Die Nähe zum kaiserlichen Zelt lag darin begründet, daß Napoleon selber auch einige Entwürfe für bessere Arbeiterunterkünfte angefertigt und ausgestellt hatte. Ein Schild verkündete stolz, daß diese Modellhäuser für nur zweitausendzweihundert Francs zu kaufen seien. Außer dem Preis war damit an dieser Arbeiteridylle nichts utopisch zu nennen. Jede Wohnung verfügte über ein Wohn- und Schlafzimmer. Die Aufteilung erinnerte ein wenig an eine Expeditionsbehausung, so viele Nutzanwendungen waren hier auf engstem Raum zusammengepfercht. Der Eingangsraum diente sowohl als Vorzimmer, als Küche, als Eßzimmer und als Flur. Die Wohnungen der berühmten Arbeitersiedlung von Mulhouse, von der nebenan ein Ausschnitt aufgebaut war, verfügten über die gleiche Raumverteilung. Ein Arbeiterpaar war gleich mit ausgestellt worden. Sie saßen im Vorraum am Tisch und nickten den hereinkommenden Besuchern freundlich zu. Lediglich das Schlafzimmer konnte man hier nicht besichtigen. Die Tür

war geschlossen. Auf einem Schild, das daran hing, stand geschrieben: Bitte Ruhe. Schlafendes Kind. Einzig störend in dieser Beschaulichkeit war der ätzende Gestank, der von einem wenige Meter entfernt ausgestellten Galvanisierungsofen herübertrieb.

»Das ist die Zukunft«, sagte Collins stolz.

Mathilda warf Antoine einen vielsagenden Blick zu.

»Meinen Sie wirklich, Mr. Collins?«

»Ja, sicher. Durch die Maschinen steigt die Rentabilität der Arbeit und damit ihr Wert. Das wird auch die Lebensbedingungen der Arbeiter verbessern.«

»Ich hatte verstanden, daß die Maschinen, die wir eben gesehen haben, die Arbeiter überflüssig machen würden.«

»Ja, sicher«, entgegnete er. »Aber sie werden dann eben andere Dinge tun.«

»Ach so.«

Collins hatte sich den ganzen Nachmittag über wie ein dressierter Affe aufgeführt. Antoine hatte schon bald gemerkt, worauf diese gespreizte Bemühtheit zurückzuführen war und sich dezent im Hintergrund gehalten, was Mathilda nicht wenig erzürnte, da sie sich diesem Geck dadurch alleine ausgeliefert fühlte. Schließlich war sie auf eine dieser neumodischen öffentlichen Toiletten entflohen und hatte sich bei ihrer Rückkehr sofort bei Antoine untergehakt, damit sie Collins Redefluß wenigstens nicht mehr als einzige ertragen mußte. Antoine wiederum war zusehends schweigsamer geworden, einmal wegen Collins, dessen delirierende Anbiederungsversuche ihm in dem Maße zuwider wurden, wie er selber sich dabei ertappte, daß er Mathilda öfter musterte, als ihm lieb war; andererseits auf Grund von Gedanken an jene Frau im Gefängnis von St. Lazare. Er hatte wiederholt versucht, sich vorzustellen, was sich an jenem Sonntagabend vor einer Woche in Belleville abgespielt haben mochte. Aber er sah immer nur die gleiche Szene vor Augen, ihren zweiten Gang nach Lariboisière, den Moment beim Überqueren des Kanals St. Martin, den Anblick des träge dahinfließenden, schwarzen Wassers unter dem Wehr, das lästige Bündel in ihrem Arm, dessen Versorgung im Krankenhaus sie mehr kosten würde, als sie jemals bezahlen konnte. Ein kurzer Moment, und alles wäre vorüber. Sie zieht ihm das Jäckchen aus, preßt das Gesicht des Kindes hinein, eine Minute vielleicht oder zwei. Das Ungeheuerliche ihrer Tat kriecht nur allmählich durch ihre von Hunger und Armut abgehärmte Seele, und als ihr bewußt wird, was sie zu tun im Begriff steht, da ist es auch schon geschehen. Wie einfach es war, und wie friedlich es jetzt schläft, den langen, ewigen Schlaf, ohne Hunger, ohne Schmerzen, ohne Sorgen. Bevor sie weiß, wie es geschah, ist das leblose Bündel auch schon in den Fluten unter dem Wehr verschwunden. Sie geht ein paar Schritte zurück, schaut sich um, ob sie auch niemand gesehen hat, starrt plötzlich auf die kleine Jacke, die sie noch in der Hand hält. Rasch geht sie wieder an das Brückengeländer vor und schaut in die Tiefe. Aber da ist schon nichts mehr zu sehen. Oder treibt da vorne etwas? Camille vielleicht? Nein, das kann Camille nicht sein. Sie hat ihn ja im Krankenhaus abgeliefert, dort kümmert man sich um ihn. Morgen oder übermorgen wird sie ja hingehen, ihm Obstbrei und Milch bringen, ihn wiegen und in die Arme schließen, seine kleinen Händchen küssen und sein Lachen vernehmen. Diese Jacke da, was soll sie damit. Das ist ja gar nicht Camilles Jacke. Und sie wirft sie im Weggehen über die Brüstung, wo sie sich in den Büschen verfängt, eine Weile in den Zweigen hängenbleibt, bevor ein Windstoß sie auf den schlammigen Ufergrund befördert.

»Was meinen Sie, Antoine«, vernahm er Mathildas Stimme, nachdem sie ihm mit ihrem eingehängten Arm einen unauffälligen, aber merklichen Stoß versetzt hatte. »Ob man in der

Dämmerung überhaupt noch etwas sehen wird dort unten im Aquarium?«

Bevor er antworten konnte, sprach schon wieder Collins.

»Kein Problem, Miss Sykes. Die Teiche sind beleuchtet. Das ist Ihrem Bruder zu verdanken. Er hat einen Weg gefunden, eine ganz neue Sache. Es heißt ›Elektrizität‹, ein Licht, das unter Luftabschluß brennt. Sehen Sie, man nimmt einen Kohlefaden ...«

»Danke Mr. Collins«, unterbrach sie ihn unwirsch, »unter Luftabschluß fühle ich mich angesichts all dieser vielen Eindrücke auch schon fast so langsam. Seien Sie doch so freundlich, und gehen Sie schon voraus, um uns bei Mr. Beechham zu melden. Sie haben uns ja schon so lange Ihre kostbare Zeit geschenkt, und ich muß mit Monsieur Bertaut noch eine wichtige Sache wegen Nicholas besprechen.«

Der Angesprochene schaute verdutzt. Sein viereckiges Bubengesicht wirkte dadurch noch unreifer, und Antoine hatte Mühe, nicht loszulachen. Als Collins endlich gegangen war, beherrschte er sich, soweit er konnte, und kicherte nur leise.

Mathilda fuhr herum und schaute ihn mit blitzenden Augen an. »Sie finden das wohl komisch. Seit zwei Stunden versuche ich Ihnen zu signalisieren, daß Sie mich bitte von diesem Narren erlösen mögen, und was machen Sie?«

Sosehr er sich auch bemühte, sein Lachen zu unterdrücken, jetzt brach es aus ihm hervor. »Lu ... Lu ... uftabschluß«, keuchte er. »Kohlefaden ... hi, hi, hi.«

Sie blickte ihn wütend an. Das half aber auch nicht viel. Die ganze Situation kam ihm dadurch nur noch komischer vor.

»Sie ... Sie ... müssen schon entschuldigen, hi, hi ...« Er versuchte, sich zu fangen. »... aber ...«

»Kein Aber. Ich bin fast irre geworden von diesem Gerede.«

Sie war böse. Richtig böse. Aber gleich würde sie auch lachen. Das sah er um ihre Mundwinkel, die schon verräterisch zuckten. Was für ein schöner Mund, dachte er noch, bevor ihm vor Lachen die ersten Tränen in die Augen stiegen. Und wie gut ihr diese leichte Röte stand, die ihr immer ins Gesicht stieg, wenn sie verärgert oder erregt war. Sie kämpfte noch mit sich, wollte auf ihrer Entrüstung beharren, was ihrem Gesicht etwas Kindliches, Trotziges verlieh, das es um so liebenswerter machte. Und dann prustete sie auch los. Sie standen am Eingang des *jardin reservé* und lachten in den Abend hinein. Erst als sie Collins und Mr. Beechham hinter dem Gewächshaus hervorkommen sahen, fingen sie sich allmählich und gingen ihnen glucksend und kichernd entgegen.

Mr. Beechham schickte Collins glücklicherweise gleich weg, damit er sich um irgendein Problem an der Filteranlage kümmerte, und so betraten Antoine und Mathilda die dunkle Grotte des Süßwasseraquariums in Begleitung des Schöpfers dieser unheimlichen Unterwasserwelt. Hier unten war es völlig still. Trotz der hereinbrechenden Dämmerung fiel genug Tageslicht durch die seitlich in der Höhle angebrachten Fenster, um die Grotte in blassen Grautönen auszuleuchten. Man hatte tatsächlich den Eindruck, in einer unter Wasser befindlichen, aus rohem Fels herausgewaschenen Höhle zu stehen. Durch die dicken Glasscheiben in der Höhlenwand sah man in den Teich hinein. Mr. Beechham erklärte, was für ein immenser Wasserdruck auf der ganzen Konstruktion lastete und wie schwierig es gewesen war, die Grotte wasserdicht zu bekommen. Zum Beobachten der Fische waren die Sichtverhältnisse hier schon zu schlecht. Unförmige graue Schatten schossen dort draußen vorbei, und vermutlich sahen die Fische mehr von den Besuchern als umgekehrt.

Beim Salzwasseraquarium am anderen Ende des *jardin réservé* war es etwas besser, weil dort auch die Decke aus Glas bestand. Als Mathilda den Kopf hob, sah sie über sich bunte Fische durch feine Lichtsäulen hindurchschwimmen, die letzten

Strahlen der untergehenden Sonne. In ihrem Leben hatte sie so etwas Schönes noch nicht gesehen. Sie lief an der Eisenbrüstung vor den vom Boden bis zur Decke sich erstreckenden Sichtfenstern entlang und war wie berauscht von den endlos vielen bunten Wasserbewohnern, die zum Greifen nahe an ihr vorüberzogen. Wie viele unsichtbare Welten gab es doch auf der Welt. Man mußte nur eine Glasscheibe ins Wasser stellen, und schon öffnete sich ein Universum. Mit einer Mischung aus Bewunderung und Furcht folgte ihr Blick den bizarren Bewegungen der vorbeischwimmenden Fische, deren Existenz von einem unlösbaren Geheimnis umgeben schien, das um so rätselvoller war, da es sich um das Geheimnis *ihres* eigenen Daseins überhaupt nicht kümmerte.
Antoine und Mr. Beechham hatten sie endlich eingeholt.
»Tagsüber ist es natürlich noch viel prachtvoller«, sagte Beechham, »schauen Sie, dort, das ist ein Kugelfisch. Wenn ihm Gefahr droht, dann bläst er sich auf wie ein Ball und sieht dann aus wie ein warzenübersäter Kürbis. Und sehen Sie den Rochen, unten im Sand?« Antoine und Mathilda drückten ihre Nasen gegen die Scheiben, sahen jedoch nichts.
»Dort, neben dem Stein, jetzt schwimmt gerade die Schule Zebrafische darüber hinweg. Die beiden kleinen Ausbuchtungen. Das sind seine Augen. Seine Haut kann sich genau der Farbe der Umgebung anpassen. Ich wünschte, ich wüßte, wie er das macht, dann könnte man einen Stoff mit dieser Eigenschaft herstellen, und ich müßte meiner Frau nicht jede Saison neue Kleider kaufen.«
Plötzlich war das Licht weg, und die Farbenpracht wurde auf einen Schlag grau.
»Sie müssen noch einmal tagsüber wiederkommen. Vielleicht kann Nicholas ja bald wieder aufstehen und Ihnen dann die ganzen Einzelheiten des Gebäudes erklären. Jetzt ist es vielleicht Zeit für eine kleine Stärkung, meinen Sie nicht?«

Doch Antoine und Mathilda lehnten dankend ab. Es sei doch schon spät geworden. Sie verabschiedeten sich schnell und strebten rasch dem Ausgang zu. Als sie den Garten verließen, zuckelte ein Dampfomnibus mit einem Fahrgastanhänger an ihnen vorüber, was etwa so aussah, als ziehe eine zu groß geratene umfunktionierte Nähmaschine einen Pferdewagen hinter sich her. Sie warteten, bis der eigentümliche Zug vorübergetuckert war, und spazierten dann in Richtung der Porte de la Bourdonnaye, die auf die Rue de Grenelle mündete.
Hungrig waren sie dennoch. Antoine schlug vor, in einem der Bistros eine Kleinigkeit zu essen. Da sich die Preise etwa alle fünfzig Meter, die sie sich vom Marsfeld entfernten, zu halbieren schienen, gingen sie ein ganzes Stück die Straße entlang. Überall wimmelte es von Touristen. Erst jenseits des Invalidendoms fanden sie ein kleines Café, dessen einheimische Kundschaft signalisierte, daß hier halbwegs normale Preise verlangt wurden.
Sie plauderten über die Eindrücke des Tages, verglichen, was ihnen am besten gefallen hatte und welche Abteilungen man sich bei einem späteren Besuch vornehmen sollte. Als es draußen zu kühl wurde, zogen sie in den Innenraum des Cafés um, bestellten Nachtisch und heiße Schokolade und versuchten sich eine Weile lang einig zu werden, ob Collins nun Kuh- oder Schafsaugen hatte. Sie hätten wahrscheinlich den ganzen Abend damit verbracht, sich über den ulkigen Engländer lustig zu machen, wenn Mathilda nicht auf das leidige Thema zurückgekommen wäre, das heute mittag zu solch einer Verstimmung zwischen ihnen geführt hatte. Antoine hätte die Sache auf sich beruhen lassen, aber als sie ihn auf einmal fragte, ob er morgen die Frau in St. Lazare besuchen würde, wußte er, daß sie ebenso wie er die ganze Zeit über an sie gedacht haben mußte. Er hatte schweigend genickt. Sie schaute vor sich auf den Tisch, sah sich dann im Café um und lächelte

ihn schließlich an, als wollte sie die Sache nicht weiter verfolgen.

»Was interessiert Sie nur so sehr daran?« fragte er. »Sie sind jung, Sie sind schön, Sie sind in Paris, das wohl niemals wieder so prächtig geschmückt sein wird wie heute. Und was tun Sie? Sie besuchen Armutsviertel und machen sich Gedanken über eine Kindesmörderin. Ich verstehe Sie nicht, Mathilda.«

»Ich verstehe Sie auch nicht, Antoine. Sie sind Anwalt, und es ist Ihnen gleichgültig, ob ein Mensch für ein Verbrechen verurteilt wird, das er vielleicht gar nicht begangen hat.«

»Das ist nicht wahr.«

»Beweisen Sie mir das Gegenteil.«

»Woher wollen Sie wissen, daß sie unschuldig ist?« fragte er.

»Sie leugnet die Tat.«

»Das tun fast alle Angeklagten.«

»Ich würde jedenfalls versuchen, mir die Möglichkeit vorzustellen, daß sie die Wahrheit sagt. Ist das nicht das mindeste, was man von einem Anwalt erwarten sollte?«

»Ein Anwalt verteidigt nicht die Schuld oder Unschuld, sondern das Recht«, sagte er.

»Sehen Sie, das verstehe ich nicht.«

»Eben, deshalb fällt es mir auch so schwer, Ihnen begreiflich zu machen, daß ich kein Unmensch bin, sondern in einem Justizsystem eine Rolle spielen muß. Ich habe die Regeln nicht gemacht, ich kann sie nicht ändern, selbst wenn ich es wollte. Der Fall dieser Frau ist hoffnungslos. Selbst wenn, was ich mir beim besten Willen nicht vorstellen kann, irgend jemand anderes in die Sache verwickelt sein sollte, und wenn, was noch unwahrscheinlicher ist, ich dafür Beweise finden könnte, so stehen die Chancen, bei Gericht Gehör zu finden, zehn zu eins. Zeugenaussagen von jemandem aus ihrer eigenen Umgebung würde niemand Glauben schenken. Wissen Sie, was die bürgerlichen Geschworenen von der Bevölkerung in

Belleville halten? Was sie am liebsten mit ihnen machen würden? Die Bürger hassen die Armen, haben Angst vor ihnen. Sie hat ihr Kind ersäuft. Weg mit ihr. Der Prozeß wird keine zwanzig Minuten gehen.«

Mathilda schaute ihn grimmig an.

»Sie sollten die Seite wechseln«, sagte sie. »Als Staatsanwalt hätten Sie vielleicht mehr Erfolg.«

Das saß. Hatte Nicholas ihr von seiner schmählichen Bilanz erzählt? Er spürte, daß er wütend wurde, beherrschte sich jedoch. Sie wußte es einfach nicht besser, stellte sich Gerichtsalltag als einen Prozeß vor, wo noble Geister eloquent über ein Schicksal stritten, und nicht als die politische Farce, die es tatsächlich war. Wie viele kleine hungrige Diebe hatte man zu zehn Jahren Zwangsarbeit verurteilt, weil sie angeblich ihrem Herrn ein paar Münzen gestohlen hatten. Und wie viele dieser großen Herren hatten Millionen veruntreut, Kleider- und Schmuckrechnungen nicht bezahlt, ihre Lieferanten ruiniert und waren niemals belangt worden. Nein, man verurteilte die Kläger wegen übler Nachrede und, wenn sie das Urteil anfochten, wegen Mißachtung der Justiz.

»Sie interessieren sich überhaupt nicht für diese Frau, nicht wahr?« fuhr Mathilda fort. »Wenn Sie nicht gezwungen wären, würden Sie den Fall gar nicht annehmen.«

»Niemand würde den Fall annehmen, wenn er nicht gezwungen wäre. Dafür gibt es ja die Einrichtung der Pflichtverteidiger. Anwälte leben von Freisprüchen, nicht von Verurteilungen.«

»Und wenn es Ihnen gelänge, ihre Unschuld zu beweisen?«

»Dann würde man mich wahrscheinlich einen Republikaner oder Kommunisten schimpfen. Mein Ruf wäre gemacht. Meine Kanzlei würde überquellen von Habenichtsen und politisch Verfolgten …«

»… mit denen Sie nichts zu tun haben wollen.«

»Mathilda, Sie wären ein Gewinn für jedes Inquisitionstribunal. Haben Sie überhaupt eine Ahnung davon, an was für einem seidenen Faden wir hier in diesem Land alle hängen? Schauen Sie sich doch um. Feste und Bankette. Eine Verfassung und Gesetze. Das ist die Fassade. Dahinter regieren Willkür und rohe Gewalt. Davon haben Sie überhaupt keine Vorstellung. Das heißt aber nicht, daß ich damit einverstanden wäre. Ich werde nur nicht gefragt. Wenn hier jemand den Kopf hebt, um hinter die Fassade zu schauen oder sie womöglich freizulegen, läuft er Gefahr, daß er ihn verliert. Aber nicht alle, die sich ducken, sind deshalb schlechte Menschen. Nein, sie warten vielleicht nur auf eine Gelegenheit, daß sich der beträchtliche Einsatz auch lohnt.«
Sie schaute betreten nach unten.
»... was allerdings immer noch nicht erklärt, warum Sie so fest davon überzeugt sind, daß diese unglückliche Frau unschuldig sein soll.«
»Ich bin mir einfach sicher«, sagte Mathilda leise. »Ich wollte Sie nicht kränken. Sie haben recht, dieses Land ist mir fremd, und vermutlich gibt es viele Dinge, die ich nicht begreife. Daher ist mir Ihr Verhalten unverständlich. Aber ich bin mir sicher, daß diese Frau ihr Kind nicht ermordet hat.«
Antoine schüttelte den Kopf. »Sie sprechen über sie, als ob Sie sie kennen.«
Mathilda schaute ihn an. Der Satz kam ohne ihr Zutun über ihre Lippen: »Ich habe sie besucht. Ich habe mit ihr gesprochen, und ich habe ihre Augen gesehen. Sie hat das nicht getan.«
»Was haben Sie?«
Sie lehnte sich zurück und wich seinem Blick aus.
»Sie waren in St. Lazare?«
Sie nickte.
Antoine war fassungslos.

»Aber warum, um alles in der Welt?«
Mathilda sagte nichts, starrte vor sich auf den Tisch. Eine Weile saßen sie schweigend da. Dann begann sie plötzlich zu sprechen, stockend zunächst, als fürchtete sie bei jedem Wort, daß Antoine sie unterbrechen würde, nichts mehr von ihr hören wollte als eine Entschuldigung für ihr unmögliches Verhalten. Aber Antoine hatte es kurzzeitig die Sprache verschlagen. Nicholas' Schwester war nicht nur eigenwillig, dachte er. Nein, sie war ein wenig verrückt. Sie fühlte sich irgendeiner rätselhaften Mission verbunden und durchstreifte die erbärmlichen Randzonen der Gesellschaft, um einen Anknüpfungspunkt für ihr Sendungsbewußtsein zu finden.
»... begann mit Zeitungsannoncen«, hörte er sie sagen. »Es war das erste Mal, daß jemand aus den Reihen der Polizei sich gefragt hatte, was es mit den ganzen ungeklärten Kinderleichen auf sich haben konnte. Man hatte immer automatisch die Mütter verdächtigt, und oft stimmte das auch. Es war ja eine so bequeme Erklärung. Armut. Verkommenheit. Alkohol. Wie ich schon gesagt habe, über achthundert Fälle jedes Jahr. Aber letztes Jahr zeigte sich, daß Armut nicht nur manche Mütter korrumpiert hat. Teile der Gesellschaft sind schon davon erfaßt. Es geschehen solch unglaubliche Dinge, aber sie geschehen.«
Antoine hatte sich wieder etwas gefaßt. »Mathilda, wovon sprechen Sie bitte?«
»Von organisiertem Kindesmord«, sagte sie. »Von Einrichtungen aller Art, die nach außen hin wohltätig sind und in Wirklichkeit das, was andere aus Verzweiflung tun, geschäftsmäßig betreiben.«
»Wollen Sie damit sagen, in Lariboisière würden Kinder ermordet und dann in Flüsse geworfen?«
»Ich will gar nichts sagen, ich will Ihnen nur erzählen, was sich letztes Jahr in London ereignet hat, wenn Sie es hören möchten?«

»Bitte«, sagte er und atmete durch, »erzählen Sie es mir.«
»Die Sache hat sich letztes Jahr im Mai zugetragen«, begann sie. »Ein Vater, dessen minderjährige Tochter schwanger geworden war, hatte im *Lloyds Weekly Newspaper* eine Anzeige einer Einrichtung entdeckt, die Kinder aufnahm oder zur Adoption vermittelte. Die Gebühr betrug vier Pfund. Der Vater schrieb an das in der Anzeige genannte Postfach bei der Zeitung, um die Adresse zu erfahren. Eine Frau antwortete ihm und erklärte, daß sie einer Gesellschaft angehörte, die unerwünschte Kinder wie das seiner Tochter aufnahm und versorgte. Die Adresse könne nicht mitgeteilt werden, da sonst nach ihren Erfahrungen zu viele Rückgabeersuchen gestellt würden. Man könne sich jedoch an einem neutralen Ort treffen und die Übergabemodalitäten verhandeln. Der Vater traf sich mit dieser Frau, die einen vertrauenswürdigen Eindruck machte. Sie wurden handelseinig, und als das Kind geboren war, gab der Vater wie verabredet eine Anzeige auf, um die Geburt eines gesunden Sohnes zu melden. Drei Tage später holte die Frau das Kind ab, erhielt die vier Pfund und ward nicht mehr gesehen.«
Sie unterbrach ihre Ausführungen kurz, um ihre Gedanken zu sammeln, und fuhr dann fort: »Wie ich schon sagte, ein Polizist hatte diese Anzeige auch gelesen und Verdacht geschöpft. Nicht wegen dieser einen Anzeige, sondern wegen vieler anderer, die ähnlich lauteten. Er befragte die Angestellten der Zeitung, ob er die Auftragsformulare sehen könnte, und stellte fest, daß es in den letzten Jahren auffallend viele solcher Annoncen gegeben hatte. Allein im ersten Halbjahr 1866 waren es über achtzig gewesen, ein Großteil davon in der gleichen Handschrift, wenn auch immer unter anderem Namen. Glücklicherweise hatte die Zeitung die Absender der letzten Anfragen aufgehoben, und so konnte die Polizei den Vater ausfindig machen, der wenige Tage zuvor das Kind seiner

Tochter dieser unbekannten Frau übergeben hatte. Der Polizist erklärte ihm seinen Verdacht, und der Mann willigte ein, an einer Untersuchung mitzuwirken. Als bereits Anfang Juni wieder ein solches Inserat erschien, antwortete der Polizist in ähnlicher Weise, wie es zuvor dieser Vater getan hatte. Er bot fünf Pfund dafür, ein Kind in Obhut geben zu können, verlangte jedoch, es selbst am darauffolgenden Tag abzuliefern. Am nächsten Abend ging er zum vereinbarten Treffpunkt. Der Vater postierte sich unweit der verabredeten Stelle. Als die Frau erschien, erkannte er sie sogleich. Es war dieselbe Frau, der er fünf Tage zuvor das neugeborene Kind seiner Tochter gegeben hatte. Als sie bemerkte, daß man ihr eine Falle gestellt hatte, versuchte sie wegzulaufen, wurde jedoch gleich gefaßt. Nach einigem Hin und Her führte sie die Männer zu ihrem Haus. Man fand insgesamt vierzehn Kinder darin. Fünf davon lagen im Wohnzimmer unter einer Decke. Sie waren in einem erbärmlichen Zustand, trugen schmutzige Lumpen als Bekleidung und waren seit Tagen nicht gewaschen oder frisch gewickelt worden. Nirgends war eine Spur von Essen zu sehen. Man schickte sofort nach einem Arzt. In der Zeitung stand, die Kinder hätten ausgesehen wie kleine, ausgetrocknete Äffchen. Das Kind der Tochter jenes Vaters, das erst vor weniger als einer Woche hierhergekommen war, befand sich in einem anderen Zimmer. Es war völlig ausgezehrt, die Knochen kamen fast durch die Haut. Es hatte einen gealterten Gesichtsausdruck, die Augen waren geschlossen, es reagierte auf keine Berührung. Als der Arzt kam, stellte er fest, daß alle Kinder durch Laudanum betäubt worden waren.«

Antoine schaute Mathilda ungläubig an, die weitere Einzelheiten über den Zustand der Kinder schilderte. Die meisten waren zwischen drei Wochen und achtzehn Monaten alt. Die Frau hatte die ganze Sache nicht alleine bewerkstelligt, sondern mit ihrem Mann zusammen, der im Garten angetroffen

wurde, wo sich außerdem drei ältere Kinder befanden, die, wenn auch völlig verwahrlost, halbwegs gesund erschienen. Während die Polizei das Haus auf den Kopf stellte und immer neue, halbverhungerte und verdurstende Kleinkinder aufstöberte, verhörte man die beiden. Sie leugneten hartnäckig, den Kindern absichtlich Schaden zugefügt zu haben. Sie hätten ein Pflegeheim, und es käme halt immer wieder vor, daß die Eltern oder alleinstehenden Frauen nach gewisser Zeit ihre Zahlungen einstellten und sich einfach nicht mehr blicken ließen. Sie täten, was sie konnten, aber ohne das ihnen zustehende Pflegegeld von den Eltern wäre es manchmal schwierig, die kleinen Geschöpfe ausreichend zu füttern. Auf die Frage, warum sie dann auch noch Anzeigen aufgaben, um weitere Kinder aufzunehmen, wenn sie schon die nicht ernähren konnten, die sich bereits unter ihrem Dach angesammelt hatten, antworteten sie, daß die paar Pfund, die sie dadurch einnahmen, die Versorgung der anderen Kinder auf einige Wochen hinaus sichern würden, bis sie anderweitige Geldquellen aufgetan hätten. Manchmal melde sich auch ein wohlhabender Kunde, der bereit war, für Diskretion eine größere Spende zu leisten. Keines der Kinder sei an mangelnder Pflege oder unzureichender Nahrung gestorben. Daß viele Kinder die ersten Monate nicht überlebten, sei ein trauriges Faktum, aber ein allgemein verbreiteter Umstand. Nach eigenen Angaben hatten sie im letzten Jahr über vierzig Pflegekinder gehabt.
»Mathilda«, unterbrach Antoine sie, »das ist doch alles nicht wahr, was Sie mir da erzählen? Das hört sich ja an wie eine Gruselgeschichte aus der Feder Ihres großen Landsmannes Dickens.«
»Dickens ist ein großer Schriftsteller. Aber wissen Sie, warum er dazu auch noch erfolgreich ist?«
Antoine wußte es nicht.
»Weil er von den grauenvollen Zuständen, die er beobachtet

hat, nur die Hälfte erzählt, die erträglichere Hälfte, die er dazu noch durch eine feine Ironie dämpft, die dem Mitleid mit seinen Figuren gewidmet ist. Die Wirklichkeit ist unendlich viel schlimmer, als daß man sie in einem Roman beschreiben könnte. Man könnte es vielleicht, aber niemand würde das lesen. Was ich Ihnen erzähle, hat wochenlang die Londoner Zeitungen beschäftigt. Aber niemand will wirklich wissen, daß diese Dinge geschehen, am wenigsten die Behörden. Was meinen Sie, wie es diesem Polizisten erging, der den Fall aufgedeckt hatte? Er wurde dekoriert und strafversetzt, weil er auf eigene Initiative gehandelt hatte. Weitere Nachforschungen ergaben, daß nicht nur die Aufnahme der kleinen Geschöpfe einen Verdienst mit sich brachte, sondern auch ihre Beseitigung. Alle diese Kinder waren in mehreren Begräbnisgesellschaften versichert.«

Das Wort hatte er noch nie gehört. »Was ist das bitte?«

»Es gibt davon etliche Dutzend. Sie können sich in England gegen alles und jedes versichern. Die natürliche Fortsetzung der Wettleidenschaft, für die das englische Volk ja bekannt ist. Die Versicherung wettet darauf, daß das Unglück nicht eintritt. Der Versicherte wettet dagegen. Die Mitgliedschaft in einer Begräbnisversicherung beträgt für ein Kind ein Pfund. Stirbt es, erhält man fünf Pfund ausbezahlt. Ein Begräbnis kostet ein Pfund. Macht drei Pfund Gewinn. Aus Manchester ist ein Fall bekannt, wo ein Kind bei neunzehn unterschiedlichen Gesellschaften eingetragen war. Es wurde nicht sehr alt, wie Sie sich denken können. Obwohl ein Prozeß erbrachte, daß die Eltern das Kind hatten verhungern lassen, wurden sie mangels Beweisen freigesprochen und die Begräbnisgesellschaften zur Zahlung der Prämien verurteilt. Sie glauben mir nicht, nicht wahr?«

Was hätte er schon sagen sollen. Mathilda war seltsam, aber doch wohl nicht so absonderlich, daß sie sich das alles nur aus-

gedacht hatte. Warum sollte sie das alles erfunden haben? Er wußte nichts zu erwidern, und so fuhr sie fort: »Ich will zum Schluß kommen. Das Paar in London hatte diesen Versicherungsbetrug in den letzten Monaten schon zu oft praktiziert. Deshalb hatten sie beschlossen, eine gewisse Zeit verstreichen zu lassen, bevor sie wieder damit anfingen. Die Kinder ließen sie freilich genauso schnell sterben wie zuvor und deponierten sie an den Stellen, wo die Opfer ›normaler‹ Kindesmorde üblicherweise gefunden wurden, unter Brücken, in der Themse, in Müllhaufen. Sehen Sie, im Grunde ist es wie im Krieg. In einer Schlacht fällt es nicht auf, wenn Sie einen Mord begehen, weil Morden dort die Regel ist, auch wenn man es anders bezeichnet. Es war die Häufung dieser Fälle in einem bestimmten Bezirk, die diesem Polizisten aufgefallen war. Das ist nur eine Affäre, die durch Zufall aufgedeckt wurde. Man denkt fast automatisch an die Mütter, wenn Kinderleichen gefunden werden. Aber eben nicht immer zu Recht. Das ist alles, was ich dazu sagen wollte.«
Antoine brauchte eine Weile, bis er seine Gedanken geordnet hatte. Er fragte sie, ob sie auch noch etwas trinken wollte, und bestellte zwei Gläser Rotwein. Erst jetzt fiel ihm auf, daß an den Tischen um sie herum die ausgelassenste Stimmung herrschte. Unablässig strömten von draußen neue Gäste nach, hauptsächlich Studenten in Begleitung junger Mädchen, die verlegen kicherten, während die jungen Burschen sich darum balgten, ihnen ein Glas ausgeben zu können. Dazwischen riefen sie sich zotige Bemerkungen zu, was wiederum durch Kichern honoriert wurde. Vor wenigen Jahren hatte er seine Abende auch so verbracht, in Gesellschaft lustiger Studienfreunde auf der Jagd nach hübschen Mädchen.
Der Wein kam. Sie tranken schweigend, ohne anzustoßen. Als sie das Glas absetzte, sagte sie: »Ich kann nicht mehr lange bleiben. Nicholas wird sich schon fragen, wo ich abgeblieben

bin. Ich will mich auch nicht in Ihre Angelegenheiten mischen. Es tut mir leid. Vergessen wir es einfach. Ich habe den Nachmittag sehr genossen, trotz Frederic Collins.«

»All das, was Sie erzählt haben, ist unglaublich und schrecklich«, antwortete er, »aber ich finde darin einfach überhaupt keinen Anhaltspunkt für das Kind aus Belleville. Alles ist so eindeutig und klar. Es gibt in dieser Angelegenheit keine Zeitungsannoncen, keine verbrecherischen Pflegeheime und auch keine Bestattungsversicherung. Der Fall dieser Frau hat sich ungezählte Male in ähnlicher Weise abgespielt.«

»Aber meistens leugnen diese Frauen nicht lange«, sagte sie.

»Ja, das stimmt schon.«

»Und ihre Ausreden und Erklärungen sind einfach zu durchschauen.«

»Nicht immer. Aber je komplizierter sie sind, desto rascher verwickeln sie sich meistens in Widersprüche.«

»Antoine, ich habe Ihnen nur einen Fall erzählt, ein Beispiel von vielen, das durch Zufall vor wenigen Monaten entdeckt wurde, weil eine einzige Person sich die Mühe gemacht hat, sich eine Frage zu stellen. Nichts weiter. Ich stelle mir die gleiche Frage. Sie nicht. Vermutlich haben Sie sogar recht. Trinken wir auf Nicholas?«

Sie hob ihr Glas und lächelte ihn an. Antoine hatte das Gefühl, durch eine Reihe von Türen gegangen zu sein, die immer wieder in denselben Raum mündeten.

»Santé, Mathilda«, sagte er matt.

»Santé.«

Er setzte das Glas an die Lippen, trank einen Schluck und setzte es wieder ab. Mathilda leerte das ihre in einem Zug.

II.

Diese gemeinsamen Mittagessen am Dienstag waren doch immer wieder amüsant, dachte Marivol. Sie hockten im ersten Stock des Café Riche, aßen das Tagesmenü, bis auf Aubryet, der immer nur Fisch wollte. Heute waren nicht viele gekommen. Villemessant fehlte aus irgendeinem Grunde, und wahrscheinlich tafelten die anderen Stammgäste mit ihm in einem anderen Restaurant und verzapften jetzt wohl ähnlichen Unsinn.

»Es stimmt einfach nicht, was er schreibt«, sagte Scholl. »Balzac klingt nicht echt. Er ist vielleicht ein Genie, wenn ihr wollt, aber er ist ein Ungeheuer.«

»Aber wir sind doch alle Ungeheuer«, sagte Aubryet. »Wer hat diese Zeit dargestellt? Wo ist unsere Gesellschaft, in welchem Buch, wenn nicht bei Balzac?«

»Alles Einbildung und Erfindung«, schrie Gaboriau dazwischen, während Millie den Schäferhund streichelte. »Ich kenne diese Rue de Langlade, sieht überhaupt nicht so aus wie im *Glanz und Elend der Kurtisanen.*«

»Und wo finden wir, bitteschön, die Wirklichkeit beschrieben?« fragte Marivol. »Bei Madame Sand vielleicht?«

»Du liebe Zeit«, schaltete sich jetzt Millie ein, »Madame Sand ist doch viel wahrhaftiger als Balzac.«

»Tatsächlich?«

»Echte, menschliche Leidenschaft.«

»Leidenschaft ist doch immer menschlich.«

»Balzac hat einfach einen knotigen Stil«, sagte jetzt Scholl, »das ist alles so verkrampft und gekünstelt. Chinesische Reisplatte, sage ich. Man weiß gar nicht, wo man zuerst reinbeißen soll.«

»Madame Sand wird man noch in hundert Jahren lesen«, schob Millie dazwischen.

»Leider wahr«, schnaubte Rochefort, »es geht eben immer abwärts mit der Welt.«
»Ein alter Hut, viel zu kompliziert. Lest die Griechen, sage ich. Jawohl.«
Diese intelligente Bemerkung kam von Scholl, der nachweislich kein Wort Griechisch konnte. »Homer, sage ich nur, Homer.«
»Homer kennt doch sowieso keine Sau«, grölte jetzt Aubryet. »Wer Homer liest, liest automatisch das, was Bitaubé mit seinem Wörterbuch daraus gemacht hat. Der schlechteste psychologische Roman erschüttert mich mehr als die ganze Ilias.«
»Gotteslästerung«, schrien zwei gleichzeitig.
»Das ist ja komisch«, sagte jetzt Gaboriau, der Millie einen Kuß auf die Backe gedrückt hatte. »Man darf den Kaiser beleidigen, den Papst, den Himmel und die Kirche, aber die Ilias ist heilig.«
»Was hat der kleine Zeitungspisser über Dante gesagt?« wollte Rochefort von Marivol wissen.
»Homer, nicht Dante. Irgendwas über Psychologie. Aber es stimmt sowieso nicht. Schauen Sie, der Schäferhund kotzt gleich.«
Marivol hätte diese Dienstagsessen um nichts in der Welt ausgelassen, obwohl er immer als einer der ersten ging, bevor das Thema unweigerlich von Politik über Literatur zu den Geschlechtsteilen wanderte. Deshalb erhob er sich auch, als Scholl meinte, den Frauen fehle nichts als ein Schalthebel im Nabel von der Art einer Ofenklappe, den man umdrehen könnte, damit sie keine Kinder bekämen, wenn man keine wollte. Nach einem Küßchen für Millie, einem Tätscheln für den Hund und einem Nicken in die Runde machte er sich auf den Weg zu Bertaut.
Der Besuch lag ihm schwer auf der Seele, aber es mußte sein. Er hatte einen Plan, war sich jedoch nicht sicher, ob er ihm

gelingen würde. Bertaut war schwierig einzuschätzen, dachte er. Ein wenig empfindlich, leicht eingeschnappt. Immerhin hatte er zugestimmt, ihn zu empfangen. Aber das besagte nicht viel. Was genau er ihm vorschlagen wollte, wußte er noch nicht so recht. Im stillen hoffte er darauf, daß Bertaut ihm die Entscheidung abnehmen würde, vorausgesetzt, er hörte ihn überhaupt an.

Als er die Rue Bonaparte erreichte, verlangsamte er seinen Schritt und blieb in einiger Entfernung von Bertauts Haus stehen, um die Umgebung zu betrachten. Es herrschte nicht viel Verkehr auf der Straße. Er musterte amüsiert das Haus und das riesige Werbeplakat des Louvre-Kaufhauses mit den herausgeschnittenen Fensterchen. Aber für das, was Marivol vorhatte, kam ihm die schlechte Sicht auf die Fassade des Hauses sehr entgegen. Bald würde es dämmern, und er mußte sich beeilen. Er ließ seinen Blick prüfend über die Gehsteige gleiten, hielt nach geparkten Kutschen Ausschau, musterte die Gäste in der Brasserie auf der gegenüberliegenden Straßenseite und wartete, bis ein paar Droschken die Straße herabkamen. Als sie fast auf seiner Höhe waren, glitt er behende vor ihnen über die Straße, ging rasch mit gesenktem Kopf auf den Eingang von Bertauts Haus zu und verschwand unauffällig im Hausflur.

Der Anwalt öffnete ihm nach dem ersten Klopfen und bat ihn herein. Offenbar war er vor nicht allzu langer Zeit nach Hause gekommen, denn sein Mantel hing feucht am Haken neben der Tür und seine Wangen waren von frischer Luft gerötet. Sie begrüßten sich, schüttelten sich kurz die Hände. Marivol beschloß, es sofort zu versuchen. Er zog seinen Mantel aus, reichte ihn Antoine und sagte:

»Monsieur Bertaut, schenken Sie mir fünf Minuten Ihr Vertrauen?«

Antoine machte Anstalten, den Mantel aufzuhängen.

»Wollen Sie nicht zunächst Platz nehmen?«

Marivol ging an den Kleiderhaken und griff nach Antoines Mantel.
»Ich möchte Ihnen etwas zeigen. Dazu brauche ich kurz Ihren Mantel, Ihren Hut, Ihren Stock und Ihre Aufmerksamkeit. Ich erkläre Ihnen gerne alles, aber wenn Sie sich selbst ein Bild gemacht haben, erspart mir das viele Worte. Sie gestatten?«
Bevor Antoine etwas erwidern konnte, zog Marivol seinen Mantel über, griff nach seinem Hut auf der Ablage und nahm auch noch den Stock zur Hand, der hinter der Tür in der Ecke lehnte.
»Ich bitte Sie, ins Wohnzimmer zu gehen und das Licht zu löschen«, sagte Marivol.
»Aber …«
»Ich verspreche Ihnen, nur fünf Minuten. Sie löschen das Licht und stellen sich unauffällig ans Fenster. Ich werde Ihre Wohnung verlassen, die Straße überqueren und Richtung Jardin du Luxembourg laufen. Vor dem Uhrengeschäft gegenüber werde ich zunächst einen Moment verweilen und dann etwas unschlüssig hin und her gehen. Achten Sie nur darauf, ob Ihnen etwas auffällt. Das ist alles.«
Antoine stand noch immer mit dem Mantel in der Hand im Eingangskorridor. Marivol hatte nun auch noch seinen Hut aufgesetzt und war ausgehbereit. Der Journalist wollte ihn wohl auf den Arm nehmen.
»Wenn Sie auf diese Art und Weise einem Gläubiger entkommen wollen …«
»Ich bitte Sie«, sagte Marivol eindringlich. »Nur fünf Minuten.«
»Nun, wie ein Kleiderdieb kommen Sie mir nicht vor. Aber wonach soll ich denn bitte Ausschau halten?«
»Schauen Sie mir einfach hinterher, das ist alles. Einverstanden? Sie löschen das Licht, verstecken sich am Fenster, schauen hinaus. Das ist alles.«

Antoine nickte, hängte Marivols Mantel an den Haken und ging ins Wohnzimmer. Das Licht erlosch. Marivol schaute am Türrahmen vorbei und sah, daß Bertaut am Fenster seine Position eingenommen hatte. Dann öffnete er die Wohnungstür und ging nach draußen.

Antoine war selbst ein wenig überrascht über die Wirkung, die Marivols Erscheinen auf der Straße auf ihn hatte. Durch den Mantel und den tief in die Stirn gezogenen Hut sah es tatsächlich so aus, als laufe er selber dort auf das Uhrengeschäft zu. Offenbar hatte Marivol ihn schon öfter beobachtet, denn in der Art und Weise, wie er den Bordstein hinaufhüpfte, erkannte er einen Tick wieder, den der Journalist ihm wohl abgeschaut hatte. Antoine hatte die Angewohnheit, niemals mit dem linken Fuß zuerst den Bordstein zu betreten, so daß er bisweilen, wenn er die Straße überquerte, vor Erreichen der Steinkante ein wenig trippelte, um den rechten Fuß zum Hochsteigen frei zu haben. Der Grund dafür war ein feiner Schmerz, den er manchmal im linken Knie spürte, wenn er es anwinkelte. So hatte er über Jahre hinweg diesen Reflex entwickelt, immer mit dem rechten Bein zuerst auf den Gehsteig zu treten. Eben das tat nun auch Marivol, er trippelte kurz, ehe er vor das Uhrengeschäft trat. Antoine schmunzelte. Plötzlich versperrte ein Körper seine Sicht. Wie aus dem Nichts war er vor sein Fenster getreten. Antoine schrak zurück. Der Mensch hatte ihm den Rücken zugekehrt. Er mußte neben seinem Fenster hinter der Reklamewand gestanden haben. Antoine wich unwillkürlich ein paar Schritte ins Zimmer zurück. Die Gestalt vor dem Fenster rührte sich nicht. Er sah einen breiten Rücken, der in einem dunklen Mantel steckte, einen Hinterkopf ohne Kopfbedeckung, in die Manteltaschen vergrabene Hände, spärlichen, silbergrauen Haarwuchs auf einem flachen Schädel. Antoine ging ein wenig nach rechts und sah nun wieder Marivol, der soeben vom

Schaufenster des Uhrengeschäftes zurücktrat und Richtung Seine davonspazierte. Wieso ging er zur Seine? Er wollte doch zum Jardin du Luxembourg? Marivol war kaum aus seinem Blickfeld verschwunden, da glitt die Figur vor dem Fenster gleichfalls davon. Antoine stürzte ans Fenster und sah Marivol nun auf Höhe der Brasserie. Der Unbekannte hatte gerade die Straße überquert und ging langsam hinter ihm her. Marivol blieb stehen, schaute kurz in den Himmel, drehte sich plötzlich wie in Gedanken um und ging nun doch in Richtung Jardin du Luxembourg. Antoine betrachtete gebannt die Szene vor seinen Augen, die immer unwirklicher wurde. Kaum hatte Marivol sich umgedreht, verschwand der Unbekannte mit einer katzenartigen Bewegung in einem Hauseingang. Marivol kam wieder am Uhrengeschäft vorbei und ging gemächlich weiter. Der Unbekannte folgte ihm. Antoine versuchte, sein Gesicht zu sehen, aber der Mann schaute beharrlich nach unten und schien Marivol aus einem fast unmöglichen Blickwinkel im Visier zu behalten. Antoine spürte sein Herz klopfen. Wie war das möglich? Was wollte dieser Mann, der, durch Marivols Verkleidung getäuscht, offensichtlich ihm nachstellte? Dann sah er etwas, das ihn hinter seiner Scheibe vollständig erstarren ließ. Marivol war bereits aus Antoines Gesichtskreis verschwunden, und der fremde Unbekannte passierte eben das Uhrengeschäft, da huschte der Schemen einer kleinen Gestalt hinter einer fahrenden Kutsche vorbei. Er sprang auf die andere Straßenseite und verschanzte sich einen Moment lang in dem Hauseingang, in dem kurz zuvor der Unbekannte gestanden hatte. Als dieser zweite Unbekannte den Kopf aus dem Eingang streckte, um die Straße hinaufzublicken, verschlug es Antoine den Atem: Es war der Junge aus Belleville, der ihn beinahe erstochen hätte. »Johann«, flüsterte er und wäre fast aus der Wohnung hinaus auf die Straße gestürzt, um ihn zu ergreifen und auf der Stelle zur nächsten Polizeistation zu schleifen. Aber die seltsamen Umstände, unter denen der Junge ihm jetzt vor Augen trat, lähmten ihn. Was um alles in der Welt geschah dort draußen? Ein Unbekannter beschattete ihn und wurde dabei selbst von diesem Jungen verfolgt. Wie lange ging das schon so? Und woher wußte dieser Marivol davon? Jetzt war auch der erste Verfolger die Rue Bonaparte so weit hinaufgelangt, daß Antoine ihn aus seinem Fensterwinkel beim besten Willen nicht mehr ausmachen konnte. Dafür heftete er seine Augen angestrengt auf den Jungen, der nun aus dem Hauseingang herausglitt und, dicht an die Häuserwände gedrückt, die Verfolgung der beiden aufnahm. Kein Zweifel. Er war es. Der eckige Kopf, die slawischen Gesichtszüge, die abgewetzte Kleidung, er hätte ihn zwischen hundert halbwüchsigen Strauchdieben sofort erkannt, dieses verkommene kleine deutsche Aas aus den Müllgruben von Belleville. Wie eine Ratte glitt er da draußen am Rinnstein entlang, vermutlich irgendein Unheil ausheckend. Er schlug einen Haken und war verschwunden. Antoine preßte seine Wange gegen die kalte Fensterscheibe. Eine Weile blieb er so stehen, obgleich er dadurch auch nicht mehr sehen konnte. Dann trat er in das dunkle Zimmer zurück, setzte sich auf einen Sessel und wartete.

Aus den fünf Minuten wurde fast eine dreiviertel Stunde. Die Zeit, bis er ein leises Klopfen an seiner Eingangstür vernahm, erschien ihm endlos. Mit einem Satz war er an der Tür. Marivol glitt an ihm vorbei in den Korridor.

»Machen Sie Licht und schließen Sie die Rolläden«, flüsterte er.

Antoine tat, wie ihm geheißen. Er öffnete das Fenster, steckte den Kopf nach draußen und blickte hinter die Reklamewand. Aber da war niemand. Er griff nach den eisernen Fensterläden und zog sie mit einem scheppernden Geräusch zu.

»Ich mußte etwas länger wegbleiben, um glaubhaft zu wirken.

Und, haben Sie ihn gesehen?« fragte Marivol aus dem Korridor heraus.
»Ja, habe ich. Können Sie mir vielleicht erklären, wie es kommt, daß Sie darüber informiert sind? Offensichtlich habe ich mehrere Verfolger.«
Marivol trat durch die Tür ins Wohnzimmer. »Gestatten Sie, daß ich mich setze?«
»Natürlich. Bitte.«
Der Journalist nahm Platz, zog ein Zigarettenetui aus der Jackentasche und nahm eine Zigarette heraus. Dann hielt er Antoine das Etui hin. Der zögerte einen Moment, dann nahm auch er eine Zigarette.
»Der Mann heißt Fonvielle. Arbeitet für Dereste, den Sie kennen dürften.«
Antoine schüttelte den Kopf. »Nie gehört.«
»Dereste ist einer der vier Hauptmitarbeiter von Lagrange.«
»Interessant. Und wer ist Lagrange?«
Marivol blies den Rauch ins Zimmer. »Gute Frage. Sagen wir es mal so. Lagrange ist ein Instrument des Kaisers, das üblicherweise nicht dazu benutzt wird, um Anwälte auszuspionieren. Oder haben Sie in jüngster Zeit republikanischen Versammlungen beigewohnt?«
Antoine ignorierte die Frage.
»Warum sind Sie zu mir gekommen?«
Der Journalist wies mit der Hand in Richtung Fenster.
»Ist das nicht Grund genug? Ich dachte, Sie würden gerne erfahren wollen, was hinter diesem seltsamen Schatten steckt, der an Ihren Fersen klebt. Mit Verlaub, ich habe es nur durch Zufall bemerkt, am Sonntag abend, nach dem Theater.«
Antoine setzte sich nun auch. Offensichtlich hatte Marivol nur den Mann bemerkt und nicht den Jungen. Er legte die halb gerauchte Zigarette in den Aschenbecher auf dem Tisch zwischen ihnen und griff nach einer Portweinkaraffe, die daneben stand.

»Sie auch?« fragte er.
»Ja, sehr gern. Ein halbes Glas.«
Antoine schenkte ein.
»Ich habe Sie am Sonntag nach der Vorstellung gesucht«, fuhr Marivol fort. »Ich wollte Miss Sykes noch einige Theaterempfehlungen geben. Eine reizende Frau, übrigens. Gar nicht englisch.«
»Sie sagen es.«
»Nun, durch das Gewimmel draußen auf dem Boulevard entdeckte ich Sie beide lange nicht. Und als ich Sie schließlich sah, bemerkte ich den Mann mit den grauen Haaren, der Ihnen zu folgen schien. Sie wissen noch, wohin Sie nach dem Theater gegangen sind?«
»Ja, sicher. Wie üblich gab es keine Kutschen. Wir gingen zur Place de la Concorde.«
»Eben«, sagte Marivol, »und genau dies tat auch Fonvielle. Er folgte Ihnen zum Platz, dann den Cours de la Reine hinunter, über die Invalidenbrücke bis in die Rue de Grenelle. Dort trennten Sie sich von Miss Sykes, gingen dann zum Boulevard St. Germain, tranken dort noch ein Glas Wein bei Douchet und kehrten gegen halb zwölf nach Hause zurück. Fonvielle ließ Sie keine Minute aus den Augen.«
»Und Sie offensichtlich auch nicht.«
Marivol zuckte mit den Schultern. »Ich will gerne zugeben, daß mich ein gewisses Interesse an Sie bindet. Aber im Vergleich zu Fonvielle ist das meinige eher harmlos.«
»Woher wissen Sie überhaupt den Namen dieses Mannes?«
Marivol lachte leise. »Ein alter Journalistentrick. Verfolger kommen ja seltsamerweise nie auf den Gedanken, daß jemand sie verfolgen könnte. Darin gleichen sie fast ein wenig den untreuen Ehemännern, die ja am leichtesten zu betrügen sind. Ich ging einfach hinter ihm her bis zu seiner Wohnung. Er wohnt gar nicht weit von Ihnen entfernt, um die Ecke von St.

Sulpice. Er ging ins Haus hinein. Ich wartete einen Augenblick, machte meine Brieftasche auf dem Pflaster schmutzig, klopfte beim Concierge an und fragte, wo der Mensch wohne, der da soeben die Treppe hochgegangen sei, er hätte beim Herausholen des Schlüssels seine Brieftasche verloren, und ich wollte sie ihm bringen. Sehen Sie, ganz einfach.«

Antoine nippte an seinem Portwein. Es fiel ihm schwer, sich einen Reim auf Marivol zu machen. Eigentlich war er nicht unsympathisch. Er hatte dunkle, schalkhafte Augen und einen spöttischen Zug um den Mund. Sein dichtes, schwarzes Haar war von ersten grauen Strähnen durchzogen. Ein gutaussehender Mann, charmant, gewandt, von schnellem Geist. Aber hinter seiner durchtriebenen Eleganz schimmerte etwas hindurch, das Antoine mißtrauisch machte. Er spürte eine elementare Kälte hinter dieser Person, etwas Unberechenbares und zugleich Lebloses.

»Offenbar irgendein Irrtum oder eine Verwechslung«, sagte Antoine.

Marivol sah ihn irritiert an. »Das glaube ich nicht«, entgegnete er.

»Und was glauben Sie?«

Marivol lehnte sich nach vorne, stellte sein Glas ab und fixierte den Anwalt. »Ich werde den Verdacht nicht los, daß man Sie beobachtet, weil letzte Woche in Lariboisière irgendeine Sauerei passiert ist.«

Antoines Augen verengten sich.

»Ich meine das Kind aus Belleville«, fügte er schnell hinzu. »An der ganzen Sache stimmt etwas nicht. Die Geheimpolizei kümmert sich normalerweise nicht um tote Kinder und beschattet keine Anwälte. Aber das ist noch das wenigste. Ich weiß nicht, was Sie über die Sache herausgefunden haben, aber ich dachte, vielleicht interessieren Sie sich für ein paar Beobachtungen, die ich angestellt habe.«

Ein Windstoß rüttelte an den Fensterläden. Bisweilen hörte man das Klappern von Hufen draußen auf dem Pflaster. Antoine erhob sich und schloß die Tür zum Korridor. Sollte denn kein Tag vergehen, ohne daß er über diese verwünschte Geschichte reden mußte? Der Journalist wollte wahrscheinlich nur Informationen aus ihm herauslocken für einen seiner Zeitungsartikel. Dieser Fonvielle, wer immer das war, kümmerte ihn nicht besonders, auch wenn er sich nicht erklären konnte, warum die Geheimpolizei ihn beschatten sollte. Was ihn indessen sehr verwirrte, war die Tatsache, daß der Junge sich dort draußen herumtrieb, und über diesen wußte der Journalist offensichtlich gar nicht Bescheid. Er kehrte zu seinem Sessel zurück.
»Monsieur Marivol, ich habe nichts gegen Sie als Person ...«
Der Mann hob abwiegelnd die Hand. »Ich weiß, wie Sie über mich denken. Es tut mir auch leid, daß Sie meine Bemerkung letzte Woche nach dem Urteil gegen Vrain-Lucas so mißverstanden haben oder daß ich mich so mißverständlich ausgedrückt habe. Wirklich, nichts lag mir ferner, als Sie zu beleidigen. Jozon hat Sie übelst hereingelegt. Aber ich bin nicht als Journalist des *Figaro* hier. Keiner wird erfahren, was wir hier besprechen, ich bitte Sie sogar darum, das, was ich Ihnen erzähle, für sich zu behalten. Ich möchte nur, daß Sie mir zuhören. Wenn ich fertig bin und Sie nichts dazu sagen möchten, werde ich einfach wieder gehen. Ich möchte keine Informationen von Ihnen. Im Gegenteil. Ich will Ihnen nur einige Dinge schildern, die mir aufgefallen sind. Nichts weiter.«
Antoine füllte die Gläser erneut. Marivol etwas für sich behalten? Das war ja fast lachhaft. Aber anhören konnte er ihn ja.
»Also gut, ich höre Ihnen zu.«
Marivol schilderte ihm ausführlich, was er im Depot und am Wehr beobachtet hatte. Dann erwähnte er, daß er am Freitag im Krankenhaus Lariboisière einige Erkundigungen beim Per-

sonal eingezogen hatte. Antoine wollte Genaueres darüber wissen, aber Marivol wich zunächst aus.

»Ich will Ihnen sofort davon erzählen, aber sehen Sie, ich wollte zuerst versuchen, diese Frau zu verstehen. Warum hat sie sich solch eine eigenartige Geschichte ausgedacht. Haben Sie dafür eine Erklärung?«

»Wie viele Kindesmörderinnen haben Sie schon verhört?« fragte Antoine. »Wenn Sie die Geschichte von Frau Lazès seltsam finden, sollten Sie vielleicht einmal die Protokolle der letzten Monate lesen.«

Marivol schwieg einen Augenblick. Dann stand er auf, ging in den Korridor und kehrte mit seiner Aktentasche zurück. Er öffnete sie und legte einen Stapel Papiere auf den Tisch.

»Ich habe alle Fälle der letzten zwölf Monate durchforstet«, sagte er, »alles, was ich in der *Gazette des Tribunaux* gefunden habe. Wirklich eine traurige Bilanz. Aber schauen Sie selbst. Ich habe siebenundachtzig verhandelte Fälle gefunden, achtundfünfzig in Paris, neunundzwanzig in der Provinz.«

Antoine betrachtete verwundert die Bögen, die der Journalist vor ihm ausbreitete.

»In der weitaus größten Zahl der Fälle sterben die Kinder in den ersten Stunden nach der Geburt. Die jungen Mütter handeln spontan, im Affekt. Sie fürchten die Schande und sehen keinen Ausweg aus ihrer Not. Es sind die älteren Mütter, die Kleinkinder umbringen. Ich habe mir die Fälle genau durchgelesen. Oft sind die Väter beteiligt, und die Tat wird sorgfältig geplant, damit kein Verdacht entsteht. Man verabreicht den Opfern über längere Zeiträume ein leichtes Gift oder erstickt das Kind und behauptet dann, es sei ein Unfall gewesen, man habe es im Schlaf unabsichtlich erdrückt.«

»Und inwiefern ist das bedeutsam für den Fall dieser Lazès?«

»Die seltsame Mischung aus Planung und Affekt. Irgend etwas muß sie doch beabsichtigt haben, als sie noch einmal das Haus verließ. Es war spät, es regnete. Es ist nicht ganz ungefährlich, nachts in Belleville spazierenzugehen.«

»Insbesondere für kleine Kinder«, sagte Antoine trocken.

Marivol verstummte einen Augenblick lang. Warum war Bertaut nur so gereizt in bezug auf diesen Fall?

»Offenbar geht man davon aus«, fuhr er fort, »daß die Frau das Kind auf ihrem zweiten Weg ins Krankenhaus in den Kanal geworfen hat, nicht wahr?«

Antoine nickte. »Allem Anschein nach war es so. Wenn sie überhaupt auf dem Weg dorthin war.«

»Eben das ist ungewöhnlich. Die Kinder, die planvoll getötet werden, findet man üblicherweise in einer unauffälligen Umgebung, meist zu Hause. Die Mütter oder Eltern sind bestürzt, klagen lauthals über ihr Unglück und zeigen den Fall selber an. Oder es wird ein Unfall inszeniert, wie der schreckliche Vorfall in Tours, wo ein Kleinkind angeblich von selbst in den Schweinekoben gelaufen ist und dort aufgefressen wurde. Ohne den Zeugen, der gesehen hatte, daß der Vater es dort hineingeworfen hatte, wäre die Sache nie ans Licht gekommen. Ich habe überhaupt nur einen Fall gefunden, wo eine Mutter ihr zweijähriges Kind spontan bei einem abendlichen Spaziergang ertränkt hat, und diese Frau war geisteskrank. Scheint Ihnen Marie Lazès geisteskrank zu sein?«

Der Anwalt überlegte kurz, aber nach der fruchtlosen Unterredung, die er heute mittag mit der Angeklagten gehabt hatte, war sie ihm zwar verstört und verschlossen erschienen, jedoch nicht gemütskrank. Die wenigen Sätze, die er überhaupt aus ihr herausgelockt hatte, ließen es jedenfalls nicht zu, daß er seine Verteidigung in dieser Richtung anlegte.

»Ich wünschte fast, es wäre so, aber nein, mir ist nichts Derartiges aufgefallen.«

Marivol griff nach seinem Glas und lehnte sich zurück.

»Haben Sie übrigens die Leiche gesehen?« fragte er.

»Ich dachte, Sie wollten mir über Ihren Besuch im Krankenhaus Bericht erstatten?«
»Dazu komme ich gleich. Vermutlich kennen Sie ja den Obduktionsbericht. Wer hat ihn eigentlich erstellt?«
»Doktor Vesinier.«
Antoine unterbrach sich. Hatte Marivol nicht versprochen, keine Fragen zu stellen? Es fiel ihm auf, wie geschickt der Journalist hier und da eine Information aus ihm herauslockte. Aber obwohl ihm dies mißfiel, wurde er doch so langsam neugierig auf das, was der Mann ihm vielleicht noch erzählen würde. Daher wies er ihn nicht in seine Schranken, sondern beschloß nur, mit seinen Antworten etwas vorsichtiger zu sein.
»Das Kind ist mit an Sicherheit grenzender Wahrscheinlichkeit ertrunken.«
Marivol legte die Stirn in Falten und spitzte die Lippen. »Das ist ja das Eigenartige.«
»Was meinen Sie damit?«
»Nun, ich versetze mich in die Situation dieser Frau. Warum bringt sie ihr Kind auf solch eine auffällige Weise um? Angeblich war es doch schwer krank. Wieso ließ sie es nicht einfach sterben?«
»Vielleicht war es gar nicht so krank. Die Nachbarin sprach von Blähungen.«
»Gut. Aber draußen in Belleville sterben die Kinder wie die Fliegen. Das Kind schrie den ganzen Tag. Wenn sie es im Bett erstickt hätte und am nächsten Tag behauptet hätte, es sei an einer Grippe oder einem Fieber gestorben, wer hätte schon danach gefragt? Statt dessen geht sie erst ins Krankenhaus, was schon auffällig ist, und wirft es nachts in den Fluß. Ich sehe darin einfach keine Logik.«
Antoine zuckte mit den Schultern. »Ich schon. Krankenhaus kostet Geld. Die Frau ist bettelarm. Sie läuft verzweifelt durch

die Nacht, ist außer sich vor Sorge und halb wahnsinnig von dem Geschrei des Kindes. Dann passiert es, auf der Brücke. Das Kind hat nachweislich länger als fünfzehn Stunden im Wasser gelegen. Die Haut an Händen und Füßen war schon gerunzelt. Also ist die Tat Sonntag nacht geschehen. Da haben Sie Ihre Logik.«

Marivol lächelte gequält.

»Ich war am Mittwoch abend in der Morgue und habe mir das Kind angeschaut. Es stimmt. Die Haut war gerunzelt, und bei Wasserleichen tritt dieses Phänomen bekanntlich erst nach vielen Stunden im Wasser auf. Da liegt ja genau das Problem. Denn wenn das Kind Sonntag nacht beim Wehr in den Kanal geworfen wurde, warum fand man es dann erst am nächsten Abend?«

Antoine runzelte die Stirn. Das war in der Tat seltsam, und es fiel ihm zunächst keine Erklärung dafür ein.

»Vielleicht war es untergegangen«, schlug er vor.

»Sie wissen so gut wie ich, daß ertrunkene Kleinkinder fast nie untergehen. Außerdem wäre es dann so schnell nicht wieder an die Oberfläche getrieben.«

Antoine schaute Marivol an, aber der wich plötzlich seinem Blick aus.

»Sie verheimlichen mir etwas, nicht wahr?«

Der Journalist nippte an seinem Portwein. »Nein, Monsieur Bertaut, ich stelle mir nur einige Fragen.«

»Aber worauf wollen Sie hinaus mit diesen Überlegungen?«

»Die Brücke am Wehr ist tagsüber stark frequentiert. Morgens und abends laufen Hunderte von Menschen dort hinüber auf dem Weg zur Arbeit oder auf dem Weg nach Hause. Das Kind wurde etwa hundert Meter entfernt am Ufer gefunden. Warum hat es den ganzen Tag über niemand gesehen?«

Antoine zuckte mit den Schultern. Es gab sicher eine Erklärung dafür. Vielleicht war es gleich ins Schilf getrieben und

von der Brücke nicht sichtbar gewesen. Das Wetter war so schlecht, daß die meisten Passanten wahrscheinlich ohne nach links oder rechts zu blicken über die Brücke geeilt waren.
»Stand im Obduktionsbericht eigentlich etwas über die blauen Flecke auf der Jacke?« fragte Marivol plötzlich.
»Was für blaue Flecke?«
Marivol zündete sich eine neue Zigarette an. Antoine schüttelte den Kopf, als er ihm das Etui entgegenhielt.
»Auf der Jacke des Kindes waren ein paar blaue Flecke. Es waren auch kleine Kristalle darauf zu sehen, wie von einem Salz.«
Antoine verneinte. Allmählich war er das Gespräch leid. Er besann sich, wen er eigentlich vor sich hatte, einen der übelsten Zeitungsschreiber von Paris, der noch jedes kleine Ereignis zu irgendeiner haarsträubenden Geschichte zurechtbog, wenn er dabei nur ein paar Francs verdienen konnte. Er überlegte, wie er es anstellen konnte, ihn loszuwerden, ohne zu unfreundlich zu sein. Aber er kam ihm sogar zuvor.
»Ich will Sie nicht mehr lange aufhalten«, sagte er, »es ist auch schon spät geworden. Offensichtlich haben Sie den Fall ja gut im Griff, und ich will mich auch nicht in Ihre Angelegenheiten einmischen.«
Er klingt wie Mathilda, dachte er. Gleichzeitig hatte er den Eindruck, daß der Journalist ihn verhöhnte.
»Ich danke Ihnen für Ihren Besuch«, sagte er kühl, »auch wenn Sie mir immer noch nicht erzählt haben, was für rätselhafte Erkenntnisse Sie in Lariboisière gesammelt haben.«
Marivol hatte die Änderung in Antoines Tonfall sehr wohl gespürt. Er machte Anstalten, etwas zu erwidern, fing sich dann jedoch, drückte die Zigarette aus, packte seine Papiere zusammen und erhob sich.
»Ihr Portwein ist ausgezeichnet«, sagte er dann, »vielen Dank.«
»Dann trügt mich mein Eindruck also nicht«, erwiderte Antoine scharf. »Sie wollten mich nur aushorchen, und morgen

kann ich das alles im *Figaro* nachlesen, nicht wahr? Und jener rätselhafte Unbekannte dort draußen ist wohl einer Ihrer Kollegen.«
Einen Augenblick lang war Marivol verunsichert. Seine Augen wurden kalt, dann fiel sein Gesicht ein wenig zusammen, und plötzlich sah er fast traurig aus.
»Schade, daß Sie in mir einen Feind erblicken«, sagte er. »Aber ich sehe es Ihnen nach. Es ist mir nicht leichtgefallen, zu Ihnen zu kommen, Monsieur Bertaut, aber ich tröste mich damit, daß es Ihnen gleichermaßen schwerfallen wird, mich aufzusuchen, wenn Sie in Lariboisière gewesen sein werden. Vielleicht stellen Sie sich keine weiteren Fragen mehr zu diesem Fall, aber eine sollten Sie noch stellen, bevor Sie vor die Geschworenen treten: Wo ist Colette Corley?«
Er ist verrückt geworden, dachte Antoine. Dieser Mensch ist seiner Sinne nicht mächtig.
»Und wen sollte ich das bitte fragen?«
Sie waren schon im Korridor, und Marivol zog rasch seinen Mantel an.
»Fragen Sie nur in Lariboisière nach ihr, und Sie werden verstehen, was ich meine. Nur einer Person gegenüber würde ich diesen Namen nicht erwähnen: Doktor Vesinier, nur für den Fall, daß Sie noch mit ihm sprechen sollten. Gute Nacht.«
Ohne eine Erwiderung abzuwarten, öffnete er die Tür und verschwand im Dunkel des Hausflurs.

Die eigenartige Unterredung ließ Antoine verwirrt und verstimmt zurück. Nachdem er die Tür geschlossen hatte, war er wütend in sein Wohnzimmer zurückgekehrt, auf seinen Sessel gesunken und hatte rasch hintereinander zwei Gläser Portwein geleert. Nach einer Weile griff er nach einem Blatt Papier und schrieb »Colette Corley« darauf. Er starrte einen Moment lang auf den Namen und ließ den Bogen dann verdrießlich auf den

Tisch gleiten. So sehr ihm dieser Marivol auch zuwider war, so hatte er doch den Eindruck, ihm Unrecht getan zu haben. Er traute ihm jeden Trick zu, um Material für seine Artikel zu finden, aber was er vor einer Stunde vor seinem Haus beobachtet hatte, konnte unmöglich eine Inszenierung dieses Zeitungsschreibers gewesen sein. Das Bild des Jungen kam ihm wieder vor Augen. Marivol hatte ihn überhaupt nicht bemerkt. Vielleicht versuchte der kleine Straßendieb, mit ihm in Kontakt zu kommen, da ja schließlich das Schicksal seiner Mutter in gewisser Weise von ihm abhing. Vermutlich hatte er von ihr oder von sonst jemandem erfahren, daß er ihre Verteidigung übertragen bekommen hatte. Schlau wie er war, hatte er ihn nicht aufgesucht, sondern zunächst heimlich beobachtet und festgestellt, daß der einzige, der seiner Mutter helfen konnte, derjenige war, den er bei diesem Überfall in Belleville um ein Haar ermordet hätte. Und dabei hatte er den Weg dieses Unbekannten gekreuzt. Das Auftauchen des Jungen war also erklärbar. Aber warum verfolgte ihn dieser Fonvielle?

Colette Corley, las er wieder. Zum Teufel mit diesem Journalisten. Natürlich mußte er nach Lariboisière fahren, um herauszufinden, was es mit diesem Namen auf sich hatte. Und mit seiner Mandantin war er auch noch keinen Schritt weitergekommen. Sie war völlig unnahbar, auch wenn er versuchte, auf sie einzugehen, sanft auf sie einsprach, um ihr Vertrauen zu gewinnen. Wahrscheinlich spürte sie, daß er nur eine Pflicht erfüllte und ihrem Fall gleichgültig gegenüberstand. Es war ihm nicht gleichgültig, er hatte Mitleid mit ihr, aber im Grunde war er von ihrer Schuld überzeugt. Auch jetzt noch. Marivols Einwände, Mathildas Überlegungen, all dies erschien ihm wenig stichhaltig, und vor Gericht war mit all diesen Erwägungen schon gar nichts anzufangen. Wenn sie gestehen würde, könnte er ihr helfen. Leugnete sie, gäbe es eine Katastrophe. Der Ehemann ein Deutscher. Der Sohn vielleicht ein Mörder, zumindest kriminell. Sicher gab es irgendwo schon eine Akte über ihn. Die Indizien mehr als eindeutig. Der Fall war hoffnungslos.

Das Geklapper von Pferdehufen riß ihn plötzlich aus einem leichten Schlummer, in den der Alkohol ihn versetzt hatte. Die Uhr auf dem Kaminsims zeigte acht Uhr. Sein Nacken schmerzte. Er stand auf, streckte sich und sah sich im Zimmer um. Allmählich kehrte sein Zeitmaß und damit auch die Erinnerung an die Vorfälle dieses Abends zurück. Ob der Mann die ganze Nacht dort draußen wartete? Antoine warf seinen Mantel über und verließ die Wohnung. Er versuchte, arglos die Straße hinabzugehen, aber der Gedanke, beobachtet zu werden, machte ihn nervös. Er überquerte den Boulevard St. Germain und steuerte dann in Richtung St. Sulpice. Wenn der Unbekannte hinter ihm her war, konnte er sich wenigstens auf dem Heimweg wähnen. Antoine musterte unauffällig seine Umgebung, konnte seinen Verfolger jedoch nirgends ausmachen. Auch der Junge war nirgends zu sehen. Als er in die Rue de Grenelle einbog, wurde ihm klar, daß er jetzt zu Nicholas gehen würde. Mit wem sollte er denn sprechen? Und er mußte mit jemandem sprechen. Ein paar Häuserblocks später ertappte er sich dabei, daß er zwar an Nicholas denken wollte, dabei jedoch Mathilda vor sich sah, und als er schließlich die Treppe hinaufstieg, gestand er sich ein, daß es ihn nicht gestört hätte, wenn Nicholas nicht bettlägerig, sondern heute abend nicht zu Hause wäre.

»Antoine, was für eine schöne Idee, uns zu besuchen«, rief Mathilda überrascht, als sie die Tür öffnete.
»Herein mit ihm«, klang Nicholas' Stimme aus dem Hintergrund, gar nicht mehr krank, wie es schien.

Mathilda nahm seinen Mantel. »Gehn Sie nur hinein«, flüsterte sie. »Er hat mir wegen der Eröffnung gestern schon Löcher in den Bauch gefragt.«
Nicholas saß, in eine karierte Decke eingewickelt, am Tisch vor einem begonnenen Schachspiel. Er sah blaß aus, aber seine Augen hatten schon wieder ihren alten Glanz.
»Steht dir gut, diese Mütze«, sagte Antoine.
Nicholas schaute ihm freudig entgegen, aber schon nach einem kurzen Augenblick fiel sein Lächeln in sich zusammen.
»Antoine, was ist mit dir?« fragte er.
Mathilda brachte einen Stuhl, und er setzte sich. »Wieso, was soll mit mir sein? Sag mir lieber, wie es deinem Kopf geht.«
Nicholas warf Mathilda einen vielsagenden Blick zu. »Machst du uns noch etwas Tee?«
»Gern«, sagte sie und verschwand in der Küche.
»Du siehst aus, als hättest du zwei Tage nichts gegessen«, sagte der Engländer. »Ist etwas passiert?«
»Dein Läufer«, sagte er.
»Was?«
»Dein Läufer. Wenn sie den Pferdbauern vorzieht, ist er gefangen.«
Nicholas schaute kurz auf das Brett.
»Ich habe vorhin den Jungen aus Belleville gesehen.«
Nicholas machte große Augen. Dann pfiff er leise durch die Zähne. »Wie? Auf der Straße? Einfach so?«
Aus der Küche hörte man die Ofenklappe. Ein Holzscheit fiel mit einem dumpfen Geräusch in die Glut. Dann wieder das Scheppern der Ofenklappe.
Antoine berichtete von Marivols Besuch und der eigenartigen Aufführung vor seinem Fenster.
»Wer ist dieser Marivol?« fragte Nicholas.
»Ein Journalist. Gerichtsreporter. Schreibt vor allem für den *Figaro*.«

»Kann es sein, daß Mathilda diesen Namen erwähnt hat?«
»Vielleicht. Wir sind ihm am Sonntag abend im Theater begegnet.«
»Eigenartige Geschichte. Und warum bist du nicht hinausgegangen, um ihn zu stellen?«
»Den Jungen?«
»Ja, sicher. Mein Gott, er hätte dich fast ermordet. Außerdem kennt er mit Sicherheit den Rest der Bande.«
»Ich weiß es nicht«, sagte Antoine mutlos. »Der Junge ist das kleinere Problem. Was für ein seltsamer Zufall.« Er schaute ratlos vor sich hin.
Nicholas blickte an ihm vorbei in die Küche, aber Mathilda war nicht zu sehen. Er machte Antoine ein Zeichen, ob sie das Gespräch später alleine fortsetzen sollten, aber der schüttelte den Kopf. »Nein, sie weiß ohnehin über die Sache Bescheid. Ich wollte euch beide um Rat fragen. Hat sie dir nichts von unserem Gespräch gestern über dieses tote Kind erzählt?«
»Sie erzählte hauptsächlich von Frederic Collins«, antwortete er grinsend. Antoine lächelte. »Deine Schwester scheint einen sechsten Sinn zu haben. Mit dem Fall dieser Lazès stimmt etwas nicht. Hättest du etwas dagegen, wenn ich sie frage, ob sie mir bei einer kleinen Sache behilflich sein kann?«
Nicholas verschränkte die Arme. Als ob er jemals in seinem Leben darüber entschieden hätte, was Mathilda tat oder nicht tat. »Es ist doch nicht gefährlich, oder?« fragte er spöttisch.
»Was ist gefährlich?« erklang ihre Stimme hinter ihnen.
»Antoine hier braucht deine Hilfe.«
Mathilda setzte sich zu ihnen, stellte Antoine eine Tasse hin und goß den Tee ein.
Antoine wurde verlegen. Er schaute Mathilda kurz in die Augen, blickte dann wieder auf das Schachbrett und griff nach seiner Tasse. Dann erzählte er schnell noch einmal, was sich ein paar Stunden zuvor ereignet hatte. Mathilda lauschte

aufmerksam. »Und jetzt sind Sie unschlüssig, was Sie tun sollen?«
»Was würdest du denn tun, meine Liebe?« fragte Nicholas.
Mathilda zuckte mit den Schultern. »Ich würde zuallererst in die Asservatenkammer gehen«, sagte sie.
»Wohin?« Nicholas zog seine Mütze ab und kratzte sich den Kopf.
»In die Asservatenkammer. Dieser Doktor Vesinier und jene Colette ... wie heißt sie doch gleich?«
»Corley«, sagte Antoine.
»... nun, die laufen ja nicht weg. Aber diese blauen Flecke auf der Jacke würden mich interessieren. Was ist eigentlich mit der Leiche?«
»Sie wurde gestern verbrannt. Die Urne ist in der Morgue«, sagte Antoine.
»Und warum sollte man die Kleider aufheben?« fragte Nicholas. »Die wurden doch sicher gleich mitverbrannt, oder?«
»Nein«, entgegnete Antoine, »normalerweise nicht. Und in solch einem Fall erst recht nicht. Man benutzt die Kleidungsstücke von Mordopfern oft während der Verhandlung, um auf die Geschworenen einzuwirken. Die Leiche kann man ja nicht zeigen, aber ein paar schmutzige Kinderkleider auf einem Tisch können eine enorme Wirkung haben. Sie regen die Phantasie an.«
Mathilda überlegte einen Augenblick.
»Was der Journalist sagt, klingt vernünftig. Das Kind kann nicht den ganzen Tag dort im Wasser gelegen haben, ohne daß es jemand gesehen hätte.«
»Doch«, erwiderte Antoine. »Die Leiche hat nachweislich länger als fünfzehn Stunden im Wasser gelegen. Der Obduktionsbericht beweist das eindeutig. Die Haut des Kindes sah aus wie die Schale von einem verdorrten Apfel. Ich habe es mit eigenen Augen gesehen, und Marivol ja auch.«

»Sie haben die Leiche gesehen?« fragte Mathilda.
»Natürlich. Am Freitag.«
»Nach der Obduktion?«
»Ja, sicher. Die Obduktion fand noch in der Nacht von Dienstag auf Mittwoch statt, aber für das Erscheinungsbild der Leiche ist das unerheblich. Die Glieder waren zwar schon blaugrün angelaufen, aber die Runzelung der Innenflächen von Händen und Füßen war gut sichtbar. Wasserleichen sind leicht zu identifizieren. Das Zeichen ist untrüglich.«
»Vielleicht hat es erst irgendwo anders im Regen oder in einem Bottich gelegen und wurde erst am Montag abend in den Fluß geworfen«, schlug Nicholas vor.
»Und wie sollte das vonstatten gegangen sein?« fragte Mathilda.
»Ganz einfach«, rief Nicholas aufgeregt. »Das Kind starb Sonntag abend. Vielleicht wurde es ermordet. Vielleicht starb es einfach an einer Krankheit. Die Mutter hat es möglicherweise zunächst gar nicht bemerkt. Angenommen, sie war so erschrocken, daß sie die Leiche den Tag über versteckt hat, hinter ihrem Haus oder sonstwo, an einer feuchten Stelle. Am Abend kommt sie nach Hause, hat Schuldgefühle, weil sie sich für den Tod des Kindes verantwortlich fühlt, nachdem sie es nicht ins Krankenhaus gebracht hat. Was weiß ich? Sie ist ängstlich und verwirrt, geht zum Wehr und wirft die Leiche ins Wasser. Kann doch sein, oder?«
»Quatsch«, sagte Mathilda. »Keine Mutter tut so etwas. Den Leichnam des eigenen Kindes wegwerfen wie einen Sack Müll. So etwas kann nur dir einfallen.«
»Und wenn es jemand anderes getan hat?«
»Wie denn? Nicholas, du redest Unsinn.«
»Ja, Frau Doktor«, sagte er eingeschnappt.
»Leider geschehen solche Dinge«, warf Antoine ein, um die Stimmung zu beruhigen, »aber wir vergessen, daß Frau Lazès behauptet, das Kind ins Krankenhaus gebracht zu haben. Au-

ßer ihr selber und dem Krankenhaus hatte niemand etwas mit Camille zu schaffen.«
»Aber dort ist es doch nie angekommen«, sagte Mathilda.
»Aha«, rief Nicholas, »vielleicht hat sie das Kind jemandem gegeben, der gar nicht zum Krankenhaus gehört? Wem hat sie es denn überhaupt gegeben?«
»Einer Schwester im Waschhaus«, antwortete Antoine. »Aber ich habe alle Angestellten in der Wäscherei befragt. Kein Mensch hat sie am Sonntag abend dort gesehen. Die Wäscherei war auch schon geschlossen. Es paßt einfach nichts zusammen.«
»Wieso?« fragte Nicholas. »Möglicherweise war irgend jemand anders in der Wäscherei. Vielleicht hat dort jemand geputzt, oder es hat jemand Wäsche geholt, als sie gegen die Tür geklopft hat. Allerdings müßte man dann erklären können, warum überhaupt jemand ein krankes Kind entgegennimmt und dann verschwinden läßt.« Er schwieg einen Augenblick.
Mathilda nutzte die Pause und bemerkte: »Geld kann man damit ja wohl nicht verdienen.«
Jetzt war es an Nicholas, seiner Schwester zu widersprechen.
»Geld? Warum denn Geld?«
»Es geht doch immer nur um Geld«, sagte sie.
»Es gibt auch schlechte Menschen.«
»Vor allem gibt es arme und reiche.«
»So kommen wir nicht weiter«, schaltete sich Antoine ein.
»Könnte ich noch etwas Tee bekommen?«
Mathilda schenkte ihm die Tasse voll. »Was sagt eigentlich die Mutter? Hat sie mittlerweile gestanden?«
Eine leichte Ironie in Mathildas Tonfall war unüberhörbar. Nur Nicholas schien sie entgangen zu sein, aber schließlich wußte er ja auch nichts von ihrem Gespräch am Vorabend.
»Wenn sie gestanden hätte, wäre Antoine jetzt sicher nicht hier, oder?«

Der Anwalt wandte sich Mathilda zu. »Sie redet kaum mit mir.«
»Verständlich. Sie mißtraut Ihnen.«
»Woher willst du das wissen«, fragte ihr Bruder.
»Antoine ist oder war bisher von ihrer Schuld überzeugt. Sie hält sich für unschuldig, und ihr Anwalt glaubt ihr nicht. Worüber sollte sie also mit ihm reden? Ist es nicht so?«
Antoine widersprach ihr nicht. Er wußte noch immer nicht so recht, was er glauben sollte, aber Mathilda könnte von Marie Lazès vielleicht Dinge erfahren, die er nie aus ihr herausbekommen würde. Schließlich war sie schon einmal auf eigene Faust ins Gefängnis gegangen. Warum sollte sie es nicht noch einmal tun?
»Glauben Sie, sie würde Ihnen etwas erzählen?« fragte er Mathilda vorsichtig.
»Mir?« Mathildas Gesicht färbte sich rötlich. Dieses Gesicht, dachte Antoine, ist wie ein offenes Buch. Mathilda konnte noch so lange unbeteiligt oder reserviert erscheinen, sobald ein Gedanke sie wirklich in Aufruhr versetzte, stand es fast mit großen Lettern auf ihre Stirn geschrieben. »Sie wollen, daß ich mit ihr spreche?«
»Nur, wenn Sie möchten. Ich könnte versuchen, diese Schwester wiederzufinden, die Sie damals nach St. Lazare hineingebracht hat. Auf keinen Fall dürfen Sie mit mir dort gesehen werden. Überhaupt, wenn ich länger darüber nachdenke, ist die Idee vielleicht doch nicht so gut.«
»Warum? Außerdem wird mich niemand erkennen«, sagte sie.
»Wie soll das denn gehen?« fragte Nicholas, dem die Vorstellung gar nicht gefiel. Aber er wußte aus Erfahrung, daß Mathilda ohnehin immer das Gegenteil von dem tat, was er für richtig hielt.
»Ganz einfach. Ich gehe als Nonne. Sie müßten nur diese

Schwester ausfindig machen und sie fragen, ob sie dazu bereit wäre, mich mitzunehmen.«

»Das dürfte nicht besonders schwierig sein«, antwortete Antoine. Jetzt war es gesagt. Je länger er darüber nachdachte, desto unwohler fühlte er sich bei dem Gedanken. Aber ein Blick auf Mathildas Gesicht sagte ihm, daß es jetzt wohl kein Zurück mehr gab. Außerdem brauchte er sie wirklich, wenn er in der Sache vorankommen wollte.

Nicholas schaute Antoine mißmutig an. »Ich finde die Idee reichlich verrückt.«

Antoine zuckte mit den Schultern. Aber die Erwiderung darauf, die das Thema für diesen Abend abschloß, kam von Mathilda.

»Nicht halb so verrückt, wie in Belleville Ratten zu jagen. Oder?«

XII. Kapitel

II. Heft, 12. Juli 1992

Seit jenem Abend klaffte ein klar umrissenes Loch in meinem Universum. Ich versuchte, es mit meinem bisherigen Leben zuzustopfen, hörte aber nicht einmal den Aufprall dessen, was ich dort so hineinwarf.

Ich erwachte am Morgen nach diesem Restaurantbesuch um sechs Uhr. Die Fenster klapperten. Eine massige Regenwand hing davor, und bisweilen schlugen Wassertropfen gegen die dünnen Scheiben. Ich blieb noch eine dreiviertel Stunde liegen, gab dann die Hoffnung auf, noch einmal einschlafen zu können, und verbrachte eine kleine Ewigkeit unter der Dusche. Mein Sparfrühstück nahm keine zehn Minuten in Anspruch, und so saß ich bereits um Viertel vor acht angezogen am Schreibtisch. Die *Archives Nationales* öffneten erst um neun. Ich ordnete Papiere, suchte Signaturen von Quellen heraus und überlegte gleichzeitig, was ich Cyril zum Dank für die spendierte Weinflasche schenken könnte.

Manchmal glitt ein Bild durch meine Erinnerung, ihr Auto dort unten auf der Straße mit abgestelltem Motor. Warum war sie nicht gleich weggefahren, nachdem sie mich abgesetzt hatte? Wahrscheinlich war der Motor abgestorben, das Auto war ja alt genug.

Was ich auch anfing, ich dachte nur an sie. Wahrscheinlich hatte ich mir deshalb vorgenommen, diesen Briefwechsel in den *Archives Nationales* zu exzerpieren. Der Fall hatte sie interessiert. Vielleicht würde ich bei der Lektüre erfahren, warum?

Ich war nur durch Zufall auf den Vorgang gestoßen. Vor

Heinrichs Besuch im Februar hatte ich im Nationalarchiv zwei Wochen lang alte Kartons nach Material über die Weltausstellung durchforstet. Wer hat schon eine Vorstellung davon, wieviel Papier eine Regierung erzeugt? Ich stieß auf allerlei Kuriosa, zum Beispiel einen Packen brieflicher Anfragen von deutschen Bürgern an Napoleon, ob er ihnen eine Stelle verschaffen könne, eine wichtige Erfindung finanzieren wolle oder eine Expedition zum Nordpol zu unterstützen geneigt sei. Die Briefe waren zum Teil so naiv und die darin formulierten Anliegen so wunderlich, daß ich mich einen ganzen Morgen lang nicht davon hatte losreißen können, auch wenn ich nichts davon für meine Arbeit verwenden konnte. Zwei ganz andere Vorgänge, auf die ich durch Zufall am Nachmittag gestoßen war, hatte ich mir allerdings vermerkt, weil sie baugeschichtlich interessant waren und in einem Fall direkt das Weltausstellungsgebäude betrafen.
Ich hatte zunächst den Briefwechsel zwischen dem französischen Innenministerium und einem englischen Architekten entdeckt, der drohte, die französische Regierung gerichtlich zu belangen, falls sie von ihm angefertigte Entwürfe für das Weltausstellungsgebäude verwenden sollte, ohne ihn als Urheber zu nennen und das ihm zustehende Honorar zu bezahlen. Der Engländer, ein gewisser George Maw, hatte offenbar für die Weltausstellung von 1862 in London Entwürfe eingereicht, welche die Ellipsenform des Gebäudes von 1867 vorwegnahmen. Ich wußte, daß es im Hinblick auf die Autorschaft des Grundrißplanes von 1867 Streitigkeiten gegeben hatte. Doch in den meisten Büchern hatte ich diesbezüglich nur immer wieder gelesen, daß es letztlich der Generalkommissar Le Play gewesen sei, der die Ellipsenform und das doppelte Klassifikationssystem in Einklang gebracht habe. Daher sei er als Urheber des Gebäudes anzusehen. Der Briefwechsel aus dem Innenministerium sprach eine andere Sprache. Maws

Plagiatvorwurf war immerhin gut begründet, denn Le Play hatte Maws Pläne 1861 nachweislich gesehen. Das Ganze war über die höchsten Stellen gelaufen, sogar der britische Botschafter hatte sich eingeschaltet.

Ich hatte diesen interessanten Fall damals auch deshalb nicht genauer dokumentiert, weil ein zweiter Vorgang mich abgelenkt hatte. Hierbei ging es um Eisenbeton. Dieser Schriftwechsel datierte von 1829 und war auf wer weiß welchem Weg in einen Karton der Präfektur der Seine aus dem Jahre 1858 gelangt. Vermutlich hatte jemand aus dem Umfeld Haussmanns den Vorgang im Patentamt ausgegraben. Die Briefe lasen sich wie Hilferufe. Ein Vater von fünf Kindern (fünf war dreimal unterstrichen) meldete dem Patentamt, er habe eine kolossale Entdeckung gemacht, wie man durch die Mischung von Eisen und Zement die Zug- und Biegekräfte in Zement so verstärken könne, daß sich die bisher unverzichtbare Wölbung bei Steinkonstruktionen, wie Dächern und Brücken, erübrigte. Der Beschreibung nach hatte dieser Unbekannte nichts Geringeres als den Vorläufer von Stahlbeton erfunden. Das Patentamt wimmelte ihn ab. Der Schriftwechsel zog sich über Monate hin, und der verkannte Erfinder drohte sogar, beim König vorstellig zu werden, wenn man ihm nicht gestattete, sein Patent anzumelden. Der Vorgang erschien mir insofern bemerkenswert, weil ich, wie jeder Architekturstudent, gelernt hatte, daß Eisenbeton erst in den sechziger Jahren des neunzehnten Jahrhunderts von einem gewissen Joseph Monier erfunden worden war. Daher auch die noch heute übliche Bezeichnung für den Baustoff: Monier-Eisen. Jeder Architekt kennt ja die Anekdote. Monier war Gärtner. Eines Tages legte er ein Zementbett an und vergaß seinen Rechen darin. Als er am nächsten Tag versuchte, den Rechen aus dem getrockneten Zement herauszubekommen, stellte er fest, daß der üblicherweise leicht bröckelnde Zement durch die darin eingeschlossenen Metallfinger des Rechens selbst mit gewalttätigsten Hammerschlägen kaum zu zerschlagen war. Wäre das Patentamt etwas aufmerksamer gewesen, wäre Eisenbeton wohl schon dreißig Jahre früher erfunden worden.

Ich machte mich auf den Weg ins Archiv. Als ich an der *Bibliothèque Historique* vorbeikam, beschleunigte ich meinen Schritt unwillkürlich. Es verging wohl kein Augenblick, da ich nicht an sie dachte, aber wenn ich sie jetzt aus der Ferne gesehen hätte, wäre ich einer Begegnung zweifellos ausgewichen. Ich fühlte mich fast erleichtert, als die Bibliothek hinter mir lag und ich das Portal des Nationalarchivs vor mir hatte. Ich brachte das umständliche Registrierungsverfahren hinter mich, das erforderlich war, um einen Leseplatz zu bekommen. Woran lag es nur, daß man sich hier immer als Bittsteller vorkam? Ich hatte mir Frankreich immer als Wiege der bürgerlichen Freiheiten vorgestellt. Statt dessen war ich hier mit bürokratischen Schikanen konfrontiert, die selbst deutschen Behördenwahn noch in den Schatten stellten. In deutschen Bibliotheken und Archiven war man oft mit Unfreundlichkeit oder Patzigkeit konfrontiert, aber niemand spielte sich als Wahrer irgendeines Staatsinteresses auf. In Paris traf ich immer wieder auf Beamte, die jegliches Informationsersuchen, das ein wenig aus dem Rahmen fiel, als staatsfeindliche Zumutung zu betrachten schienen. In Deutschland störte man sich vielleicht an der zusätzlichen Arbeit, die dadurch entstand. In Frankreich verstieß man gegen ein ungeschriebenes Gesetz, eine schwer beschreibbare Mischung aus Standesdünkel, Mißtrauen und Furcht vor unbequemen Fragen. So war jedenfalls meine Erfahrung an jenem Tag.

Als die Kartons endlich auf meinem Tisch angekommen waren, enthielten sie gerade noch einen Bruchteil der Dokumente, die ich einige Wochen zuvor gefunden hatte. Ich stutzte, überprüfte verwirrt die Signaturnummern und blätterte rasch die Handvoll Schriftsätze durch, die sich noch darin befanden. Es waren zweifellos die gleichen Kartons. Aber ihr Inhalt war mysteriöserweise größtenteils verschwunden. Was ich fand, erkannte ich wieder, aber was ich suchte, war nicht mehr da.

Ich ging zur Ausgabestelle und meldete den seltsamen Umstand. Die Frau hinter der Buchausgabe ging wortlos an ein Regal, holte meine beiden Leihscheine und legte sie vor mir auf den Tresen.

»Monsieur Touquère?« sagte sie.

Was sollte denn das jetzt?

»Tucher«, sagte ich, »oui?«

»Place 178.«

Ich bejahte erneut. Es stand ja groß auf dem Leihschein.

»Un petit moment, s'il vous plaît.«

Der Tonfall ihrer Stimme verhieß nichts Gutes. Sie nahm die beiden Leihscheine und verschwand durch eine Tür, die in eine Wand hinter der Buchausgabe eingelassen war. In dem kurzen Augenblick, da ich durch die geöffnete Tür hindurchsehen konnte, machte ich eine verblüffende Entdeckung. Hinter dieser Wand befand sich ein zweiter Lesesaal. Zunächst dachte ich, einer Sinnestäuschung zu unterliegen. War die Rückwand verspiegelt? Denn dieser Lesesaal dort war nicht nur ebenso groß wie derjenige hinter meinem Rücken. Auch die Anordnung der Tische war absolut identisch mit der Leseplatzeinteilung hier. In dem kurzen Augenblick, da die Dame durch die Tür verschwand, hatte ich gesehen, daß in der ersten Reihe vier Personen saßen. Als ich mich umdrehte, fand ich ihre spiegelbildliche Entsprechung. Offensichtlich hatte jeder Arbeitsplatz hier draußen sein Pendant dort drinnen. Aber wer saß hinter dieser Wand? Zensoren, durchfuhr es mich. Die Leute auf der anderen Seite kontrollieren, was für Akten in den Lesesaal gelangen. Die Frau blieb nicht lange weg. Als sie zurückkam, hatte ich mich vorsichtshalber etwas nach rechts bewegt, um beim Öffnen der Tür einen Blick auf die Stelle werfen zu können, wo ich meinen Zensor vermutete. Wie er aussah, habe ich nie feststellen können, denn als die Tür aufging, hatte er sich gerade umgedreht. Aber zweifellos saß er an dem Platz, der meinem entsprach.

»Classé«, sagte die Dame nur, als sie wieder vor mir stand.

Geheim? Ich wollte etwas erwidern, aber ohne mich auch nur eines Blickes zu würdigen, legte sie meine Leihscheine wieder aufs Regal und wandte sich dann einem anderen Kunden zu.

»Oui?« fragte sie ihn.

Ich schlich an meinen Platz zurück. Ich fühlte mich plötzlich unwohl, als hätte ich unwissentlich etwas angestellt. Erst nach einer ganzen Weile verwandelte sich meine Benommenheit in Empörung und schließlich in kalte Wut. Das war ja wohl der Gipfel der Lächerlichkeit! Ich schaute mich um und betrachtete die konzentriert über Akten gebeugten Leser im Saal, die mir jetzt wie gemaßregelte Schulbuben erschienen. Wenn solche jahrhundertealte Lappalien als Staatsgeheimnis behandelt wurden, erübrigte es sich wohl, weitere Nachforschungen anzustellen.

Ich ließ alles stehen und liegen, packte geräuschvoll meine Sachen zusammen und verließ das Archiv. Ein alberner Protest, aber nicht weniger albern, so dachte ich, war der offensichtliche Versuch des französischen Staates, sein Image der unfehlbaren *Grande Nation* zu bewahren. Ich lief ein ganzes Stück, ohne zu wissen, warum. Das ganze Marais-Viertel erschien mir kurzzeitig wie eine dumme Theaterkulisse. Alles ging mir plötzlich auf die Nerven, die überhöhten Preise für die geringste Kleinigkeit, die Luxusgeschäfte und die Sorglosigkeit der Menschen, die dort einkaufen konnten, die Eintönigkeit all dieser gutgekleideten, wohlerzogenen, gutverdienenden Großbourgeoisie in diesem künstlichen Speckgürtel mit seinen Wuchermieten und überteuerten Boutiquen. Ich weiß noch, daß mir an diesem Tag Paris das erste Mal zutiefst zuwider war. Weil ich relativ arm war, weil mir das Erlebnis vom Vorabend noch in den Gliedern steckte und weil ich mir einbildete, einen Riß in der Fassade des offiziellen Frankreich entdeckt zu haben. Ich stellte mir vor, wie ein Heer von angehenden Verwaltungsassessoren dazu verdonnert wurde, für eine gewisse Zeit in den *Archives Nationales* unbequemes Material aus alten Regierungsakten auszusortieren. Wenn selbst solch läppische Fälle als für die Öffentlichkeit ungeeignet betrachtet wurden, wie stünde es dann wohl mit folgenschweren Verfehlungen der Regierungsstellen? In meiner Empörung fiel mir die Dreyfus-Affäre ein, über die ich in den letzten Monaten auch bisweilen gestolpert war. Doch was war das alles schon im Vergleich zu dem Abgrund, von dem ich durch Gaëtane erfahren sollte?

Als ich wenig später nach Hause zurückkehrte, um in Ermangelung der fünf Francs für einen Kaffee in meinem »Studio« einen Tee zu trinken, fand ich einen dicken, braunen, wattierten Umschlag in meinem Briefkasten. Es war weder eine Briefmarke darauf noch ein Absender oder eine Adresse. Aber er war sorgfältig zugeklebt. Erst als ich den Innenhof durchquerte, sah ich eine Bleistiftspur auf der Vorderseite: Pour Bruno.

Ich riß den Umschlag noch auf der untersten Treppenstufe auf. Ein Bündel Papiere steckte darin, ein Computerausdruck. Ich fuhr mit der Hand in das Kuvert hinein und bekam einen Briefumschlag zu fassen. Auch darauf stand mein Name. Mit Füller geschrieben. *n* und *u* nicht unterscheidbar. Ich zerriß den Brief fast vor Aufregung, klemmte das Papierbündel unter den Arm, stieg lesend die Treppen hinauf und hätte mich fast auf die Treppe gesetzt, wenn ich unter mir keine Schritte gehört hätte. Die letzten Stufen nahm ich im Sprung, schloß die Tür auf, ließ Tasche, Umschlag und Mantel aufs Bett fallen, setzte mich ans Fenster und las hastig und unruhig ihren Brief:

Cher Bruno,

désolée pour la soirée. Auch wenn Du einen anderen Eindruck haben magst, habe ich den Abend sehr genossen. Ich weiß nicht so recht, warum ich Dir diese Papiere gebe. Vielleicht, weil ich Dich nicht kenne, vielleicht, weil Du die Zeit kennst, von der ich erzähle, und weil ich neugierig bin, ob Du sie darin wiederfindest. Ich weiß, daß ich schon wenige Augenblicke, nachdem ich den Umschlag bei Dir deponiert habe, bereuen werde, es getan zu haben. Warum sollte ich Dir so viel von mir zeigen? Die Antwort ist, glaube ich, daß ich mich für mein Verhalten von gestern bestrafen möchte, dafür, daß Du Dich gezeigt hast und ich weggeschaut habe. Ich weiß, daß Du in mich verliebt bist. Ich habe es gesehen. Vergiß es! Es gibt keine Möglichkeit. Keine. Es tut mir leid, aber so ist es nun mal. Aber es gibt die Möglichkeit, sich anders zu begegnen, nicht als Mann und Frau, meine ich. Verzeih meine Direktheit. Ich hasse Verstellung. Du weißt, wo Du mich findest. Aber versteh mich bitte richtig. Alles andere ist unmöglich. Wenn wir uns nicht mehr sehen sollten, wirf alles weg. Ich verlasse mich darauf.

Gaëtane

PS: Wo finde ich diesen Text über die Bettlerhochzeit?

Seltsamerweise überraschte mich keine Zeile des Briefes. Es stand genau das darin, was ich gestern abend empfunden hatte. Vergiß es. Damit war alles gesagt. Überraschend war nur, daß sie mir überhaupt schrieb. Ich las den Brief mehrmals, manchmal mit einem leichten Triumphgefühl, dann wieder fand ich ihn niederschmetternd. Sie kannte mich kaum und breitete ungefragt einen Teil ihres Lebens vor mir aus. Es war wie bei unserem zweiten Treffen in der Bibliothek. Sie kommt in die Raucherecke, fragt einfach, was sie wissen will, als wäre es das Einfachste der Welt, und geht wieder. Eigentlich war alles an ihr extrem, ihre Offenheit ebenso wie ihre Verschlossenheit. Sie schien nur in bezug auf sich selber zu reagieren, ohne Anstoß oder Kontrolle von außen. Gestern abend saß sie mir teilnahmslos zwei Stunden lang gegenüber, und am nächsten Morgen eröffnete sie mir einen Einblick in etwas, das sie seit Jahren beschäftigt haben mußte.

Tu es amoureux de moi, j'en suis consciente. Hätte ich jemals so einen Satz geschrieben? Ein Satz wie eine Diagnose, ein Tatbestand. Widerlich und heilsam. Sicher, sie wollte mich wiedersehen, hatte aber keine Lust auf verfängliche Situationen, wollte nicht irgend etwas erklären müssen und vor allem nicht den dämlichen Ausdruck von Verliebtheit in meinen Augen sehen. Sie registrierte meinen Versuch und fühlte sich zugleich unangenehm berührt. Aber warum sagte sie mir das überhaupt alles? Wie sie mich angeschaut hatte, in der Bibliothek, beim Abendessen. Es gab da wohl etwas, das ihre Aufmerksamkeit oder Neugier erregte. Vielleicht erinnerte ich sie an jemanden? Oder war es ein Spiel? Sie sagte nein, meinte jedoch ja? Was für eine absonderliche Art, die etwas verunglückte erste Begegnung auf einer Ebene abzuwürgen, um sie auf einer anderen Stufe in solch einer abrupten Privatheit fortzusetzen! Sie gab mir zweihundert Seiten einer Geschichte zu lesen, die sie offensichtlich zu schreiben im Begriff stand. In

gewisser Hinsicht gab ich ihr recht: Sie bestrafte sich, exponierte sich fast mehr, als ich es getan hatte. Diese Geste war so prekär, so heikel wie eine spontane Liebeserklärung an einen Unbekannten. Ein völlig absurdes Vertrauensangebot. Was sie damit bezweckte, wußte ich nicht, aber die Wirkung ließ nicht lange auf sich warten. Während ich die ersten Seiten ihres Manuskriptes las, fühlte ich mich wieder wie ein Eindringling, ein Dieb. Wie letzte Woche, als ich in ihren Büchern gelesen hatte und auf ihre Notiz gestoßen war. Ich würde jede Zeile auf diesen Bögen lesen, mich zum Komplizen ihrer eigenen Indiskretion machen, zum Mitwisser. Mit einem Schlag holte sie mich in ihr Leben hinein und neutralisierte jegliche Möglichkeit, davon überrascht zu werden, unvorbereitet zu sein, etwas zu tun, was sie vielleicht nicht wollte. Je länger ich in ihrem Text las, desto mehr verblaßte die unbestimmte, in ihrer Ungewißheit verlockende Sehnsucht, die ich für sie empfand, und machte einem Gefühl Platz, gegen das ich mich immer weniger zur Wehr zu setzen vermochte: Mißtrauen und Neugier.
Ich las den ganzen Nachmittag. Dazwischen nahm ich immer wieder ihren Brief zur Hand, als fände sich darin eine Erklärung für die beschriebenen Vorgänge auf dem Papier. Einmal wäre ich fast aufgestanden, um in die Bibliothek zu gehen und sie zur Rede zu stellen. Das einzige, was mich davon abhielt, war die Unklarheit meiner Gefühle ihr gegenüber. Ich konnte mich nicht entscheiden, welche Empfindung in mir die Oberhand gewonnen hatte. Ich beging die Tat ja noch, die mir eigentlich hätte peinlich sein müssen, wühlte auf ihre Einladung hin in ihrem privaten Leben herum, überflog ihre Formulierungen, ließ mich manchmal davon einspinnen, fragte mich ein anderes Mal, was das eigentlich alles sollte, was eine neue Figur in der Erzählung verloren hatte. Über Mathildas Brief an ihren Vater vergaß ich kurzzeitig, was ich eigentlich las, bis

ich auf die Stelle stieß, die ich Gaëtane gestern genannt und die sie offenbar über Nacht noch eingefügt hatte. *Die Kleidung der Damen hier ist sehr eigenwillig …*
Allmählich verdichtete sich eine Ahnung, die ich bereits nach der Lektüre des zweiten Kapitels gehabt hatte, zu zunehmender Gewißheit. Warum schrieb eine junge Frau ein Buch über einen Kindesmord? War es nur der Reiz, einen Vorfall aus dem neunzehnten Jahrhundert in eine Erzählung zu verwandeln, denn offensichtlich lag der Geschichte eine wahre Begebenheit zugrunde. Ich hatte ja die Gerichtsakten auf ihrem Tisch gesehen. Aber was interessierte sie daran? Sicherlich nicht nur das Pittoreske des Zweiten Kaiserreiches oder historische Kuriosa wie die erstaunliche Tatsache, daß vor hundert Jahren Paris von deutschen Gastarbeitern heimgesucht wurde. Diese Einzelheit verblüffte mich nicht schlecht, und mir fielen sofort Begriffe ein, die gegenwärtig in manchen deutschen Zeitungen und Fernsehdiskussionen in Mode waren: Wirtschaftsflüchtlinge und Scheinasylanten. Das pikante Detail wäre wohl von so manchem Türken oder Libanesen in Deutschland mit einer gewissen Genugtuung vermerkt worden, der Umstand, daß die Vorfahren jener, die heutzutage über ihren Aufenthaltsantrag entschieden, ein paar Generationen zuvor selber in Paris wie Aussatz empfunden wurden und sich dort als Straßenfeger oder Kleinkriminelle durchschlugen. Aber zentral an der ganzen Geschichte war der Kindesmord. Zunächst dachte ich, daß sie vielleicht einen ähnlichen Fall erlebt hatte, aber dann siegte die Vermutung, daß das Ganze auch der bildhafte Niederschlag einer schmerzlichen, persönlichen Erfahrung sein könnte, einer Abtreibung vielleicht. Jedenfalls hatte ich bald den Verdacht, daß die Geschichte für Gaëtane eine über sich selbst hinausweisende Bedeutung haben könnte. Sonst hätte sie mir die Papiere ja nicht zu lesen gegeben. *Vergiß es! Es gibt keine Möglichkeit.* Keine. *Es tut mir*

leid, aber so ist es nun mal. Das bezog sich offenbar nicht nur auf mich, sondern auch auf etwas Drittes. Aber es gibt die Möglichkeit, sich anders zu begegnen, nicht als Mann und Frau, meine ich. Warum klang das so eigenartig? Man kennt ja Briefe nach diesem Muster. Ich finde dich zwar ganz nett, aber ... Warum so kompliziert? Sie wollte irgend etwas von mir, und sicher nicht nur meine Meinung zu historischen Einzelheiten. Wie sollte ich ihr jetzt gegenübertreten? Ich war neugierig, wie die Geschichte dieser Lazès wohl ausgehen würde, aber das war nichts im Vergleich zu meiner Neugier auf sie selbst. Ich wußte nicht, wo sie wohnte, sonst hätte ich ihr wahrscheinlich geschrieben, und das wäre das Ende unserer Bekanntschaft gewesen, denn als ich überlegte, was ich ihr schreiben sollte, wurde mir klar, daß ich ihr Angebot unmöglich annehmen konnte. Der Abend gestern war schlimm genug gewesen. Ihre Nähe ertragen zu müssen, ohne die geringste Hoffnung, jemals eine Erwiderung meiner Gefühle erwarten zu können, wozu sollte das gut sein? Du haßt Verstellung?, hätte ich geschrieben. Ich auch. Also macht es keinen Sinn, sich noch einmal zu sehen, nach solch einer kategorischen Ablehnung von etwas, das noch nicht einmal ausgesprochen ist. Eine schöne Geschichte, die du dir da ausgedacht hast. Aber es geht mir damit ebenso wie dir mit deinen Aufgaben aus der Filmschule. Was interessiert mich diese Geschichte. Mich interessiert deine Geschichte. *Dein Raum. Dein Licht. Deine Angst.*

Ich las bis spät in die Nacht. Die Lösung der Geschichte war nirgends erzählt. Ich sah auch ein, warum. Es stand in ihrem Brief: *Wo finde ich diesen Text über die Bettlerhochzeit?* Die Stränge liefen dort zusammen. Ich saß noch lange grübelnd am Schreibtisch und ging mit knurrendem Magen zu Bett. Am nächsten Morgen verwahrte ich die ganzen Papiere und den Brief wieder in dem Umschlag, allerdings ohne zu wissen, was ich jetzt tun sollte. Ich fuhr zur FNAC auf dem Boulevard St. Germain und kaufte nach langem Suchen eine CD von Bill Evans, weil ich dachte, daß es das Richtige für Cyril wäre. Sein Büro befand sich um die Ecke vom Tour Montparnasse. Aber er war nicht da.

»Er ist heute in Tours und kommt erst morgen wieder«, sagte die Sekretärin. Sie sah verdammt gut aus, war außerdem sehr freundlich und sprach ein seidiges, lupenreines Französisch voller eleganter Konjunktive. Perfektes Kostüm, leichtes Make-up, raffinierter Haarschnitt und kein bißchen arrogant. Ich applaudierte innerlich, schrieb im Stehen rasch eine Notiz und steckte sie mit der CD in ein Kuvert, das sie ihm auf den Schreibtisch legen würde.

»Besuchen Sie uns bald wieder«, sagte sie zum Abschied. Ich versuchte, mir den Tonfall einzuprägen. Es war genau der Tonfall, den ich gerne beherrscht hätte, haarfein komponierte, charmante Unverfänglichkeit. Vermutlich lag es an den französischen Wörtern oder dem mädchenhaften Singsang der Stimme.

Die Begegnung setzte irgendeinen euphorisierenden Stoff in mir frei, der die ganze rätselhafte Begegnung mit Gaëtane plötzlich zu einer simplen Alternative zusammenschmelzen ließ. Was immer mit ihr los war, sie hatte sich dreimal auf mich zubewegt. In der Bibliothek, im Café und schließlich durch ihren Brief und das Manuskript. Sie hatte in mir ein Bedürfnis geweckt, das ich jetzt erst allmählich begriff. Ich sträube mich fast dagegen, es niederzuschreiben. Sie weckte in mir das Bedürfnis, ein Mann zu sein, kein junger Mann. Vielleicht hatte sie irgendein Problem; ich hatte auch eines: sie. Jede Einzelheit ihres Gesichtes verfolgte mich, der Klang ihrer Stimme, die widerspenstige Ruhelosigkeit ihrer Bewegungen, die verführerische, geschwungene Linie ihres Nackens, ihrer Lippen. Wenn sie mir schon Briefumschläge in den Briefkasten steckte, mußte sie sich jetzt eben damit abfinden, daß ich dafür eine Erklärung haben wollte. *Es gibt keine Möglichkeit.* Das würde sich ja zeigen. Es gibt immer eine Möglichkeit.

Ich nahm mir vor, zwei Tage zu warten, einmal, um mich selbst zu beobachten, und zum anderen, um mich um mein Geldproblem zu kümmern. Die Sparlösung war zu defensiv. Das Sechshundertfrancsdîner war Irrsinn gewesen. Auf diesem Niveau konnte ich unmöglich fortfahren, aber umgekehrt war mit zwanzig Francs am Tag auch nicht viel zu machen. Ich könnte meine Eltern um Geld bitten, eine unangenehme Option. Alternative zwei war, das Stipendiumgeld nicht zu strecken, sondern fünf oder sechs Wochen lang menschenwürdig zu leben, selbst auf die Gefahr hin, daß ich erheblich früher aus Paris verschwinden mußte. Die Mietkaution könnte ich danach zwar in den Wind schreiben, aber das wäre dann auch egal. Möglichkeit drei lautete: arbeiten. Ich weiß noch, daß ich einen *Figaro* kaufte und ernsthaft den Stellenmarkt studierte. Vielleicht könnte ich auch bei Cyril im Büro ein wenig aushelfen. Vermutlich hätte ich ihn niemals gefragt, aber an diesem Nachmittag gab es nichts, das ich nicht zumindest erwogen hätte. Entschieden hatte ich wenig später nur, daß Option eins nicht in Frage kam. Blieben Nummer zwei und drei. Nummer zwei war einfacher, aber riskant. Spätestens Ende Mai, so rechnete ich aus, wäre ich endgültig blank. Was ich nicht alles mit ihr machen wollte. Theater, Kino, essen gehen, vielleicht ein Ausflug am Wochenende. Möglicherweise würde sie das alles ablehnen? Auch gut, dann hätte ich länger Zeit. Geschenke, dachte ich dann. Ich konnte ihr schwerlich Blumen in die Bibliothek bringen. Ich suchte den Text über die Bettlerhochzeit heraus. Zwei Stunden später hatte ich ihn übersetzt. Ein gehöriges Stück Arbeit, es wimmelte darin von

schwierigen Adjektiven. Ich erinnere mich noch an meinen Plan, die beschriebenen Blätter so zusammenzurollen, daß ich eine Rose darin verstecken konnte. Ich würde es irgendwie anstellen, täglich eine Rose in ihr Leben hineinzuschmuggeln. Dann las ich wieder ihren Brief, blätterte in ihrem angefangenen Roman herum und trat oft ans Fenster, um auf die Straße zu schauen. Der Anblick war deprimierend. Auch das weiß ich noch. Es dämmerte schon wieder. Die ganze Hemisphäre war eigentlich unbewohnbar. Warum war Europa in diesen Breitengraden überhaupt jemals besiedelt worden? Der regenglänzende Asphalt, das gleichgültige Zischen von Autoreifen auf nassem Straßenbelag. Ich knipste die Schreibtischlampe an und betrachtete die Spuren meiner »Forschungsarbeit«, die von jetzt ab für eine gewisse Zeit eine ganz andere Richtung nehmen würde. Wenigstens war alles relativ geordnet.
Bis es plötzlich klingelte. Es war das erste Mal, daß ich diese Türklingel hörte. Ich wußte bis dahin nicht einmal, ob sie funktionierte. Ebensowenig kannte ich mich mit der Wechselsprechanlage aus. Ich drückte auf den Tasten herum, bis ich den Trick heraushatte. Man mußte zwei Knöpfe drücken, um zu hören, und einen, um zu sprechen. Ich hörte Straßengeräusche und rief OUI. Stille. Kratzgeräusche. Statik. Ich drückte erneut herum und hörte plötzlich »... ouvrir.« Eine weibliche Stimme.
»Qui c'est?«
Kratzgeräusche. »... ir, s'il ... te pl ... oi ... ane ... gent.«
Ich drückte den Türöffner und fegte dann kurz wie besessen durchs Zimmer. Aber es war völlig sinnlos. Am Ende kickte ich nur die Badezimmertür zu, riß kurz das Fenster auf, wedelte ein paarmal mit den Fensterflügeln und schloß es krachend wieder. Als ich die Tür öffnete, hörte ich bereits ihre Schritte auf der Treppe. Ich warf einen Blick in das Zimmer hinter mich. *Quelle catastrophe!* Dann kam sie um die Ecke.

Das Treppenlicht gelangte nicht bis zu meinem Eingang. Ich sah ihr Gesicht erst, als sie schon fast vor mir stand.

»Kann ich hereinkommen?« fragte sie.

Ich war sprachlos. Sie ging einfach an mir vorbei, sah sich gar nicht weiter um, sondern setzte sich auf einen der schwarzen Klappstühle am Fenster. Ich schloß die Tür und blieb zwischen dem Bett und dem Kleiderschrank mitten im Zimmer stehen.

»Störe ich? Ich habe nicht viel Zeit. Ich wollte nur meine Sachen holen.«

Nicht-viel-Zeit-Sachen-holen, registrierte mein Ohr.

Ich wußte nicht, daß es so kommen würde. Ich wollte das nicht. Nicht so. Nicht jetzt. Auch wenn ich es wollte. Ich stand immer noch vor ihr.

Sie schaute sich kurz im Zimmer um und entdeckte ihre Papiere auf dem Schreibtisch. Sie nahm sie in die Hand, blätterte kurz darin und legte sie dann auf dem Tisch am Fenster ab. Dann erhob sie sich plötzlich und trat ganz nah vor mich hin.

Ich hatte noch immer kein Wort gesagt, war gelähmt vor Erregung. Ihr Parfüm. Sie nahm meine Hand, führte mich vor das Bett und stieß mich mit einem kleinen Schubs nach hinten. Ich kam unbequem darauf zu liegen, den Hinterkopf gegen die Wand gelehnt, den Oberkörper quer zur Matratze. Mit einer raschen Bewegung ließ sie ihren Mantel fallen. Sie trug einen mittellangen Rock und einen engen, schwarzen Wollpullover. Keinen BH. Ihre Brustwarzen waren steif. Ihr Gesicht war völlig ruhig, als bereite sie sich auf ein schwieriges Experiment vor. Ihre Augen ruhten auf mir. Ich hörte, daß ihre Schuhe zu Boden fielen, während sie sich auf mir niederließ. Ich öffnete den Mund, um etwas zu sagen, aber sie legte blitzschnell ihren Finger darauf.

»Bitte sag nichts.«

Ich legte meine Hände auf ihre Hüfte, aber sie stieß sie sanft zur Seite.
»Nicht berühren. Bitte nicht«, sagte sie kurz. Ihr Schoß preßte sich gegen mein Geschlecht. Es tat weh, und ich bewegte mich leicht zur Seite, um dem Druck ihres Schambeines auszuweichen. Sie lächelte ein wenig.
»Gaëtane ...«
»Nicht sprechen«, sagte sie.
Sie nahm meine Hände und fuhr mit der Zunge die Innenseite meiner Finger entlang, ohne den Blick von mir zu nehmen. Dann ergriff sie meine Handgelenke, führte meine Arme nach hinten und legte meine Hände hinter meinen Kopf.
»Nicht bewegen«, flüsterte sie. »Vertrau mir. Bitte vertrau mir.«
Ich wollte, daß sie aufhörte. Nein, ich wollte, daß sie nicht in dieser Weise fortfuhr. Ihr Rock war hochgerutscht, und ich sah, daß ihre Strümpfe auf dem Oberschenkel in einem dünnen, schwarzen Spitzenband endeten. Dann schaute ich wieder in ihr Gesicht. Eine Strähne war ihr in die Stirn gefallen. Ihr Pulli spannte sich um ihre Brüste. Der Anblick verstärkte den Schmerz in meinem Unterleib. Sie registrierte meine Reaktion und zog leicht die Augenbrauen zusammen.
»Willst du sie sehen? Nicht wahr, du willst sie sehen«, hauchte sie.
Ohne meine Antwort abzuwarten, streifte sie den Pulli ab, lehnte sich nach vorne und plazierte ihn auf meinen Händen hinter meinem Kopf. Ihre linke Brust berührte dabei meinen Mund. Ich küßte sie, umschloß die Brustspitze mit meinen Lippen und ließ meine Zunge weich darübergleiten. Ihr Atem wurde unregelmäßig, sie ließ sich die Liebkosung einige Sekunden lang gefallen, dann richtete sie sich wieder auf.
»Gaëtane ...«
»Kein Wort, ich flehe dich an ...«

Die Stelle, wo ich sie geküßt hatte, glänzte feucht. Sie begann, mein Hemd aufzuknöpfen. Meine Augen verschlangen ihren nackten Oberkörper, die leichte Gänsehaut auf ihrem Brustansatz, die weiche Rundung ihrer Schlüsselbeine mit den feinen Mulden dahinter. Wann immer ich zu ihr aufsah, traf mich ihr Blick, als wären ihre Augen bereits körperlich mit mir vereinigt. Warum so? durchfuhr es mich. Bitte nicht so. Mein Hemd glitt auseinander. Sie streichelte meine Brust, ließ ihre Finger durch meine Brusthaare gleiten. Dann schob sie ihr Gesäß nach hinten auf meine Beine, beugte sich hinab und saugte sich an meiner Brustwarze fest. Währenddessen spürte ich eine Hand an meinem Gürtel. Ich sah die Wölbung ihrer Brüste seitlich an ihrem Oberkörper hervortreten, spürte ihre Wärme auf meinem Bauch, sah das unter ihrer Haut sich abzeichnende Rückgrat auf ihrem gebeugten Rücken. Sie nestelte an meiner Unterhose herum, fuhr mit der Hand unter den Bund, arbeitete sich vor, bekam mein Glied zu fassen, umschloß es fest mit ihrer Hand und fuhr mit ihrem Daumen sanft über die feuchte Spitze. Die Bewegung ihrer Zunge wurde schneller, manchmal biß sie mich fast. Dann richtete sie sich plötzlich wieder auf und schaute mein Geschlecht an. Im gleichen Augenblick hatte sie ein Kondom in der Hand und streifte es mir über. Bevor ich noch überlegen konnte, wie das vorgegangen war, fuhr sie sich mit der anderen Hand zwischen die Beine. Ich sah schwarzen, seidigen Stoff und dann den Haaransatz ihres Geschlechtes. Meinen Penis hielt sie immer noch mit der anderen Hand fest umschlossen. Sie zog nicht einmal ihren Slip aus, schob nur den Stoff zur Seite, hob leicht ihren Unterkörper und führte mein Glied langsam in ihre Scheide ein. Bis zur ersten Berührung fixierte sie mich mit ihren Augen. Dann, während sie mein Glied allmählich tief in sich hineinschob, schloß sie die Augen.

»Baise-moi«, flüsterte sie. »Doucement, baise-moi.« Ihr Gesicht schwebte ganz nah über mir. Aber genau das wollte ich nicht. Ich wollte nicht ficken. Schon das Wort ist mir zuwider. Statt dessen versuchte ich, sie zu küssen, aber kaum spürte sie meine Lippen, da riß sie die Augen auf, schüttelte den Kopf und legte ihre Hand auf meinen Mund. Ich würde sie hassen, wenn das vorüber wäre. Ich riß meine Hände los, bekam ihre Hüfte zu fassen und strich langsam ihren Körper entlang, umschloß ihre Taille und führte die Innenflächen meiner Hände langsam über ihre Haut auf ihre Brüste zu. Ihr Atem ging immer schwerer. Sie keuchte fast schon. Aber dennoch unterbrach sie unter meiner Berührung das langsame Auf und Ab ihres Beckens und richtete sich auf. »Bitte nicht, mon Dieu«, sagte sie und schob meine Arme wieder hinter meinen Kopf.
»Je t'en supplie! Ne me touche pas.«
Ich war kurz davor, sie von mir zu stoßen. Da begann sie plötzlich, mir unglaubliche Dinge ins Ohr zu flüstern. Sie beschrieb meinen Körper, was ihr daran gefiel, was sie sich wünschte, was für Phantasien sie schon in der Bibliothek und während unseres Abendessens gehabt hatte. Dazwischen mischte sie obszöne Forderungen, die mir gar nicht mehr obszön vorkamen, weil sie meine Lust ins Unerträgliche zu steigern begannen. Während sie mich nahm, denn das tat sie, es gibt keinen anderen Ausdruck dafür, liebte sie mich mit Worten, zog sich verbal vor mir aus, legte Schicht um Schicht die Hüllen ihres Begehrens frei, beschrieb mir in den kleinsten Einzelheiten, was sie von mir wollte, warum sie es wollte, wie sie es wollte. Ich weiß nicht, was mich mehr erregte, die Phantasien, die sie in mir auslöste, oder das, was währenddessen tatsächlich geschah. Beides zusammen war jedenfalls ein Vielfaches dessen, was ich jemals erlebt hatte, und ich ließ es geschehen, obwohl sich ein Teil von mir dagegen aufbäumte,

weil es so völlig meinem Wesen zuwiderlief, weil ich Angst hatte, weil ich plötzlich auch wollte, was sie wollte, weil diese Frau einen Abgrund in meinem Leben aufriß, aus dem ich nicht mehr herausfinden würde. Dann begann sie zu stöhnen. Ich merkte, daß mir Tränen die Wangen hinunterliefen. Aber ich weinte nicht. Ich schluchzte. Ihre Worte hatten das getan. Ihre Augen waren geschlossen. Sie atmete laut durch die Nase, hielt die Lippen fest aufeinandergepreßt, blähte die Nasenflügel. Ich wollte ihr Gesicht anfassen, wünschte mir, sie überall gleichzeitig zu berühren, aber ich blieb in der Position, in die sie mich gebracht hatte. Mit einem Mal hielt sie abrupt an, riß den Kopf hoch und verharrte einige Sekunden so. Eine Wellenbewegung lief an meinem Glied entlang, zweimal, dreimal. Dann schloß auch ich die Augen und überließ mich dieser Bewegung, die sich in schwächer werdenden Kontraktionen fortsetzte. Danach war mein Gesicht in ihrem Haar vergraben, ihr heißer Atem floß über meinen Oberkörper, auf dem sich unser Schweiß vermengte.
Minutenlang lagen wir völlig still. Regen trommelte gegen die Scheiben. Die kleine Schreibtischlampe verbreitete einen kümmerlichen Lichtschein. Ich sah die Papiere auf dem Tisch am Fenster, ihre Tasche auf dem Boden. Meine Hände hatte ich noch immer wie gefesselt hinter dem Kopf verschränkt. Ich ließ meine Arme neben sie auf das Bett gleiten, griff dann mit der rechten Hand nach der Decke und warf sie über ihren nackten Rücken. Sie rührte sich nicht, atmete nur gleichmäßig. Mein erschlafftes Glied rutschte aus ihr heraus, schmiegte sich mit rätselhafter Selbständigkeit an ihren Schenkel und blieb dort liegen. Ich starrte in das halbdunkle Zimmer und lauschte auf die Straßengeräusche, den Regen, das Pochen ihres Herzens. Mein Hals war wie zugeschnürt. Ich bekam kaum Luft, doch ich konnte mich nicht bewegen. Ein Schweißtropfen fiel auf meine Schulter und rollte meinen

Arm hinab. Ich hob ihren Kopf hoch, damit sie mich anschaute. Aber sie wollte nicht. Ich versuchte es nachdrücklicher. Sie hielt mir ihr Gesicht hin wie einen Gegenstand. Ich wollte sie anschreien. Aber das ging nicht. Ich bekam keinen Ton heraus. Statt dessen suchte ich ihre Lippen, drückte meinen Mund auf den ihren und fuhr mit der Zunge über ihre zusammengepreßten Lippen. Sie schüttelte sich los und vergrub ihr Gesicht an meiner Schulter. Jetzt riß ich ihren Kopf mit Gewalt hoch. »NON!« schrie sie. »NON! Arrête, merde!«

Ich bäumte mich auf. Durch die rasche Bewegung rutschte sie von meinen Beinen und landete breitbeinig zu meinen Füßen. Das Kondom mit seinem dünnen Gummiwulst hing noch neben ihrem verrutschten Höschen heraus und klebte teilweise an ihrem Schenkel. Der Anblick gab mir den Rest.

»Qu'est-ce que tu veux?« schrie ich.

Sie sah mich lauernd an. Ich zog meine Hose hoch. In wenigen Augenblicken war sie aufgesprungen und angezogen. Mit zwei Schritten war sie an der Tür. Zuletzt griff sie unter ihren Rock, zog das Kondom heraus und warf es mir vor die Füße.

»Connard«, sagte sie noch.

Wenn sie nicht sofort hinausgerannt wäre, hätte ich sie noch erwischt. Aber dieses letzte Wort lähmte mich eine gute Minute lang. Oder ich brauchte die Zeit, um den Sinn zu begreifen. Erst als ich ihre Schritte im Hof hörte, lief ich los. Als ich die Straße erreicht hatte, war sie nirgends zu sehen. Ich wartete, ob irgendwo ein Anlasser zu hören wäre. Dann merkte ich, daß ich barfuß war und kein Hemd anhatte. Ich ging wieder hinauf und warf mich aufs Bett.

Rasende Kopfschmerzen. Drei Uhr nachts. Stundenlang am Fenster gesessen. Geraucht.

> somewhere i have never travelled,gladly beyond
> any experience, …

XIII. Kapitel

Dienstag, 28. Oktober
... Ein Präfekt kam zu einer Besichtigung und fragte eine Gefangene, die bald freigelassen werden sollte und die durch ihre gute Arbeit Geld verdient hatte – sie konnte 9 Sous pro Tag verdienen: »Na! Soundso, Sie kommen jetzt raus. Was werden Sie denn tun?« »Ich? Ich werde mir einen Kerl über den Magen ziehen.«

Sonntag, 23. November
... Bei Flaubert die Lagier, die allmählich monströs wird. Sie sieht aus, als schmuggelte sie unter ihrem Kleid drei Kürbisse über die Grenze: ihre beiden Titten und ihren Bauch. Legt uns ihre transzendentale Theorie über die Lust dar. Ihrer Meinung nach kann eine Frau nur mit Leuten Lust empfinden, die unter ihr stehen, denn mit einem Ehrenmann bleibe immer ein Rest Schamgefühl, eine Sorge um die Position, die Besorgnis um die Lust des *Partners.* All das ist peinlich, beschäftigt, stört, lenkt ab, im Gegensatz zu einem elenden Habenichts, den man an sich den Liebesakt vollziehen läßt, wie man ihn anweist, Holz zu spalten. Er ist nur ein Werkzeug ...

Edmond et Jules de Goncourt,
Journal, 1862

I.

Antoine war selbst verwundert darüber, wie schnell er sich Marivols Sichtweise der Dinge zu eigen machte, wenn er seinen Annahmen und Informationen folgte. Er begab sich am Mittwoch erst am Nachmittag, während der regelmäßigen Besuchszeiten, nach Lariboisière, um den Ort zunächst unbehelligt einer genaueren Prüfung zu unterziehen. Ob dieser Fonvielle ihm folgte, war nicht auszumachen. Vermutlich

schon. Vielleicht beobachtete ihn tagsüber ein anderer Spitzel. Sollten sie ihm doch nachstellen. Er tat nur seine Pflicht.
Er wählte den Weg durch den Garten und ging an den herausragenden Gebäudeflügeln entlang, bis er zu der Treppe gelangte, die in die Wäscherei hinaufführte. Die Tür stand offen. Auf dem Dach stieg Dampf aus Kaminen auf und zerwehte sogleich im Wind.
Die Frau, die er bei seinem letzten Besuch im Bügelraum angetroffen hatte, war nicht da. Statt dessen traf er auf ein junges Mädchen. Er plauderte kurz mit ihr, fragte sie, wie lange sie hier schon arbeitete, ob sie die anderen Angestellten kannte und dergleichen mehr. Sie gab ihm arglos Auskunft. Sie war schon zwei Jahre in dieser Abteilung, länger als die meisten hier, mit Ausnahme der geistlichen Schwestern. Vom geistlichen Personal abgesehen, gab es fünf Burschen und acht Waschfrauen. Ob eine von ihnen Colette Corley hieße? Nein. Es gäbe keine Colette bei ihnen. Wie lange sie abends hier arbeitete? Bis elf Uhr. Sonntags auch? Nein. Sonntags bis zehn. Ob die Wäscherei dann abgeschlossen würde? Das wüßte sie nicht. Das müßte er die Oberschwester fragen. Wo er die finden könne? Draußen, auf dem Flur oder im Wäschemagazin.
Antoine bedankte sich und suchte die Oberschwester auf. Die wollte gleich wissen, was er hier verloren habe, und er versuchte erst gar nicht, ihr irgendeine Geschichte zu erzählen. Statt dessen sah er sie streng an und meinte kurz angebunden, er untersuche Unregelmäßigkeiten, und sie könne ihm entweder sofort seine Fragen beantworten oder sich darauf einstellen, morgen im Justizpalast vorsprechen zu müssen. Ihre Reaktion erstaunte ihn nicht schlecht.
»Wird ja auch Zeit, daß hier jemand nach dem Rechten sieht. Sind Sie von der Polizei?«
»Von der Staatsanwaltschaft«, log er.

»Dann haben Sie endlich meinen Bericht bekommen?« fragte sie.
»Haben Sie kein Büro, wo wir uns in Ruhe unterhalten können?«
Sie führte ihn durch das Wäschemagazin in einen kleinen Raum, der die Materialbuchhaltung enthielt. Außer einem Tisch und Aktenschränken befand sich nichts darin.
»Die Diebstähle nehmen derart überhand«, sagte sie. »Ich habe es in der Verwaltung immer wieder gesagt, aber man unternimmt dort nichts.«
»Was für Diebstähle?« fragte Antoine.
»An den Patienten. An den Lebensmitteln. Alles verschwindet.«
»Und wie kommen die Diebe hier herein?« fragte er.
Sie schaute ihn verwundert an.
»Wie sie hier hereinkommen? Durch die Tür natürlich. Sie arbeiten ja alle hier.«
Die Frau roch nach Butter. Nach ranziger Butter. Antoine wich ein wenig zurück, um dem Geruch zu entgehen.
»Soll ich Ihnen die Beschwerden der Patienten zeigen? Wir schließen ihre Wertsachen vorne in der Verwaltung ein. Aber immer wieder fehlt etwas. Und dann erst die Essensausgabe. Ein Wunder, daß überhaupt noch etwas bis in die Säle gelangt. Der Kellermeister ist ein Bruder aus meinem Orden. Sehen Sie den Schlüssel hier? Der ist für die Weinkanne. Er schließt sie ab, bevor er sie nach oben schickt. Aber wenn ich sie aufschließe, ist die Hälfte bereits verschwunden.«
Antoine versuchte, bestürzt auszusehen. »Haben Sie jemanden in Verdacht?«
Sie verzog das Gesicht, was die Selbstgefälligkeit ihrer ganzen Erscheinung noch mehr unterstrich als ihre Leibesfülle.
»Ich will es mal so sagen. Die einzigen, die hier nicht klauen, sind die, die gerade nicht da sind. Vor ein paar Tagen habe ich

zwei Pfleger im Dispensarium überrascht. Sie hatten sich über den Spiritus hergemacht, der bei den Sektionen verwendet wird, um Gliedmaßen aufzubewahren. Wenn hier nicht Gottes Werk zu verrichten wäre, hätte ich längst die Geduld verloren.«

In ihrer Entrüstung erschien ihm die Frau wie ein petzendes Äffchen.

»Wer stellt denn die Leute ein?« fragte er.

»Das frage ich Sie. Ich habe es ja in meinem Bericht gesagt. Das ist ein Kommen und Gehen hier. Am Ende bleiben nur die niederträchtigsten Menschen übrig, die nirgends Arbeit finden außer im Hospital.«

Antoine tat so, als notiere er sich geduldig ihre Aussage.

»Hören Sie, ich bin nur wegen einer ersten Beweisaufnahme hier. Der Umstände halber befrage ich erst die Betroffenen, Leute wie Sie also, auf die wir uns verlassen können.«

Sie richtete sich stolz auf. »Da sind Sie ja an die Richtige geraten.«

»Das habe ich mir gedacht. Also, wenn Sie so freundlich wären, mir ein wenig zu erklären, wie das Personal hier zusammengesetzt ist.«

»Und wozu soll das gut sein?«

»Um einen Überblick zu gewinnen. Wir können ja nicht gegen das ganze Krankenhaus Anklage erheben. Ich brauche Namen. Vielleicht müssen wir auch eine Weile lang einige Beamte hier abstellen, um die Vorgänge zu beobachten. Verstehen Sie. Natürlich darf davon niemand etwas wissen.«

Die Frau schloß die Augen und hob den Kopf zur Decke. »Allmächtiger, so geschieht endlich etwas. Was brauchen Sie?«

Er überlegte einen Augenblick. Dann entschied er, die Sache ohne Umschweife hinter sich zu bringen. Eine bessere Gelegenheit war kaum denkbar. Solange sie ihn für einen Revisor hielt, würde sie ihm Auskunft erteilen. Die Erfahrung sagte

ihm, daß bei Menschen ihrer Art naives Vertrauen nahtlos in Argwohn umschlagen konnte.
»Hatten Sie in Ihrem Bericht nicht einige Namen erwähnt?« fragte er beiläufig. »In irgendeiner Akte habe ich mir Namen notiert, warten Sie, hier habe ich einen stehen, eine gewisse Colette Corley.«
Die Frau schaute ihn mißtrauisch an. »Von mir haben Sie diesen Namen nicht. Hat sich jemand über Colette beklagt?«
Antoine registrierte die Veränderung in ihrem Gesicht. Es wurde hart, ein wenig bleich.
»Sie sind nicht die einzige, die sich an uns gewandt hat. Der Name ist mir aufgefallen, weil er mehrmals erwähnt wurde. Wo arbeitet sie?«
»Im Keller in der Leichenhalle. Ein widerliches Weib. Verzeihen Sie, aber von allen Kranken, die in letzter Zeit hier angekommen sind, ist sie mit Sicherheit eine der schlimmsten.«
»Krank? Wieso krank? Ich dachte, sie arbeitet hier?«
»Fast alle niedrigen Pfleger, die hier arbeiten, sind ehemalige Patienten. Das ist ja das Problem. Sie kommen unter irgendeinem Vorwand hierher, sind vielleicht wirklich krank oder täuschen ein Gebrechen vor, obwohl sie meistens nur an einer Krankheit leiden: Faulheit und Verkommenheit. Dann, wenn sie auf dem Weg der Besserung sind, machen sie sich ein wenig nützlich und schaffen es, eine Anstellung zu finden. Um hier zu arbeiten, müssen sie nur auf zwei Beinen stehen können. Die Bezahlung ist so schlecht, daß nur die niedrigsten Subjekte den spärlichen Lohn akzeptieren, weil sie andernorts niemals eine Anstellung finden würden. Das ist doch das Problem, ich habe es ja gemeldet.«
»Und was ist an jener Colette Corley so widerwärtig?«
Die Frau bekreuzigte sich. »Sie hat den Teufel in den Augen. Wenn ich sie aus der Ferne sehe, weiche ich ihr aus. Um hier in dieser Verkommenheit aufzufallen, bedarf es schon einer

besonderen Bosheit. Ihre Arbeit verrichtet sie mit der gleichen nachlässigen Roheit wie die meisten hier. Aber das ist es nicht allein. Die Seele derer, mit denen sie die Nacht verbringt, hat ihr Wesen vergiftet.«
Antoine begriff nicht. »Was meinen Sie damit?«
Die Frau schaute sich um, ob auch niemand in der Nähe war.
»Sie schläft im Leichenkeller«, flüsterte sie, »dadurch spart sie die Logis-Abgabe. Natürlich muß dort nachts jemand Dienst tun. Aber bisher hat das niemand freiwillig getan. Aber was interessiert Sie an dieser Corley?«
Antoine verwahrte seinen Notizblock. »Sie haben recht. Den Berichten zufolge ist sie eine der verdächtigen Personen, aber nur eine von vielen.«
Die Augen der Frau verengten sich. Antoine überspielte seine Unruhe. »Wir wollen doch systematisch vorgehen. Ich danke Ihnen für Ihre Auskunft, Madame …?«
Sie strich ihre Schürze mit den Händen glatt. Dann machte sie auf dem Absatz kehrt und verließ den Raum. Als Antoine seinerseits den Flur erreicht hatte, sah er sie gerade in der Wäscherei verschwinden. Ihre Reaktion verwunderte ihn, aber er hatte nicht den Eindruck, daß sie ihm in den nächsten Minuten in die Quere kommen würde. Offenbar hatte sie irgend etwas an seinem Verhalten mißbilligt. Antoine schaute den Gang hinab, auf dem einige Patienten langsam entlangspazierten. Manche waren allein, andere in Begleitung eines Angehörigen. Sie bewegten sich mit der respektvollen Langsamkeit derer, denen ihr Körper zu einer zerbrechlichen Fracht geworden ist, die sie unsicher und furchtsam mit sich herumtragen. Antoine machte kehrt und folgte dem Flur in Richtung Kapelle, in deren Nähe irgendwo der Treppenabgang zur Leichenhalle zu finden sein müßte.
Er gelangte zur Kapelle, ging wieder zurück, bog in einen anderen Gang ab und fand sich plötzlich vor dem Anatomiesaal.

Die Tür stand offen. Der Saal war verlassen. Er ging hindurch, spürte ein seltsames Gefühl in der Magengegend, als er den Klang seiner Schritte auf dem Steinboden widerhallen hörte. Am Ende des Saales öffnete er eine Flügeltür, die mit Milchglasscheiben verkleidet war. Aber der Raum dahinter bot keine weiteren Ausgänge oder Treppenabgänge. Auf braunen Holzregalen ruhten bauchige Glasgefäße, in denen käsefarbige Organklumpen und scheußliche Kreaturen in einer gelblichen, durchsichtigen Flüssigkeit schwammen. Ein mißgebildeter Kopf nahm kurz seine Aufmerksamkeit gefangen, dann riß er sich von dem Anblick los und machte sich erneut auf den Rückweg. Als er zum dritten Mal an der Treppe vorbeikam, wunderte er sich nur, warum er zweimal daran vorbeigelaufen war. Es hing sogar ein Schild an der Wand, das den Weg zum Leichenkeller wies.
Der Anblick der Toten auf den Steinplatten hatte nicht die Wirkung auf ihn, die er befürchtet hatte. Die Teile des Krankenhauses, die er bis jetzt gesehen hatte, machten dem Namen, den Lariboisière im Volksmund genoß, alle Ehre: *Versailles de la misère.* Die Leichenhalle hingegen war von geradezu vorbildlicher Reinlichkeit und von andächtiger Stille erfüllt. Der Keller war gut gelüftet, und durch das Schießpulver, das man hier in regelmäßigen Abständen in Metallschalen verbrannte, war der Leichengeruch weitgehend neutralisiert. Auf acht von den zwölf Steinplatten lag je ein Toter. Sechs Männer. Zwei Frauen. Nur die Gesichter und die Arme lagen frei. Den Rest der Körper verdeckte ein Leichentuch. Alle trugen ein kleines Glöckchen am linken Handgelenk, das für den seltenen, aber nicht ganz unwahrscheinlichen Fall dort angebracht wurde, daß das Leben aus diesen Körpern noch nicht ganz gewichen war. Aus einigen Oberlichtern fiel Tageslicht in den Raum. Ansonsten besorgten weiße Kerzen die Beleuchtung. Neben dem Eingang befand sich ein Stuhl. Am

Ende des Raumes sah er die Umrisse eines Feldbettes, das aufrecht gegen die Wand gelehnt war. Antoine ging an den Steintischen entlang und musterte die Toten. Dann hörte er Schritte auf der Treppe. Er drehte sich um. Ein junger Mann trat durch die Tür. Er erschrak ein wenig, als er Antoine erblickte, ging dann jedoch wortlos an dem Stuhl vorbei, öffnete eine Tür, die in einen Verschlag zu führen schien, und trug, als er wieder daraus hervorkam, einen Putzeimer und Lumpen unter dem Arm.

»Ich suche Colette Corley«, sagte Antoine, indem er auf ihn zuging. »Man sagte mir, daß sie hier arbeitet.«

»Is' nich' hier«, erhielt er zur Antwort.

Mit einem scheppernden Geräusch kam der Eimer auf dem Steinboden zu ruhen. Die Lumpen landeten daneben.

»Und wo finde ich sie bitte?«

Den letzten Teil der Frage richtete er an den Rücken der Person, die soeben wieder in dem Verschlag verschwand. Ein Besenstiel fiel um und rollte gegen den Türrahmen. Dann flog ein Bürstenkopf daneben.

»Is' nich' hier«, murmelte der Mann, als er wieder zum Vorschein kam, sich nach den Gegenständen bückte, den Besenstiel aufhob und in das Loch der Bürste hineindrückte, die er mit dem Fuß festhielt.

»Und wann kommt sie wieder?«

Der Mann zuckte mit den Schultern, griff nach dem Eimer und den Lumpen und trug beides zu einem Wasserhahn, der auf halber Strecke zwischen der Tür und der Rückwand des Kellers ein paar Handbreit über dem Boden aus der Mauer herausragte.

»Kommt nich' mehr«, sagte er dann. Wasser schoß aus dem Hahn heraus, spritzte nach allen Seiten über den Steinboden und begann, zäh vorwärtstreibende silbergraue Zungen zu bilden. Antoine betrachtete das Schauspiel einen Moment lang,

unschlüssig, ob er sich auf den oberen Treppenabsatz flüchten sollte. Der Mann hockte neben dem Wasserhahn und verfolgte schweigend den Verlauf der auf die Steinplatten zutreibenden Rinnsale. Nach einer Weile drehte er den Hahn wieder zu, griff nach den mittlerweile nassen Lumpen, warf einen nach dem anderen zwischen die Steinplatten und begann, den Boden zu wischen. Einige Zeit hörte man nur das klatschende Geräusch der nassen Lappen, die regelmäßig gegen den Boden schlugen. Die Toten würdigte er keines Blickes.
»Wer versieht hier die Nachtwache?« fragte Antoine.
Aber er bekam keine Antwort mehr. Statt dessen hielt der Mann kurz inne und schaute ihn an, so wie man in ein Loch hineinschaut, als ob der Blick dieses Menschen nur zwei Armlängen weit reichte und dann abstarb wie ein abgesägter Stumpf. Es war wohl sinnlos, ihm weitere Fragen zu stellen.
Auf dem Rückweg ins Erdgeschoß nahm Antoine erneut eine falsche Abzweigung und fand sich plötzlich in den Stallungen wieder. Er ging zwischen zwei Kutschen hindurch und gelangte in einen kleinen gepflasterten Hof, wo vier Pferde um eine Tränke herum standen. Von hier aus wurden offenbar die Toten weggeschafft. Ein breiter Weg führte an ein schmiedeeisernes Tor, und dahinter zog sich der Abendverkehr über den Boulevard de la Chapelle St. Denis.
Er verspürte kein Bedürfnis nach weiteren Begegnungen mit Angehörigen des Personals. Er würde einfach in die Registratur gehen, sich den Dienstplan anschauen und wiederkommen, wenn die Frau bei der Arbeit wäre. Als er jedoch das Büro im Verwaltungsgebäude aufsuchte, wurde ihm in ausführlicher Weise das bestätigt, was ihm der Aufseher im Leichenkeller mit zwei kurzen Sätzen bereits gesagt hatte. Colette Corley war seit etwas mehr als einer Woche nicht mehr in Lariboisière beschäftigt. Sie hatte nur vier Monate im Krankenhaus gearbeitet, zunächst in der Küche, von wo aus sie dann

vor einigen Wochen in die Nachtschicht der Chirurgie gewechselt hatte. Nachtwache-Leichenkeller, stand neben ihrem Namen. Zwei Francs pro Tag. Entlassung am 26. März 1867. Gab es einen Grund für die Entlassung? Der Angestellte, der die Unterlagen prüfte, schüttelte den Kopf. Es war nichts vermerkt. Hier würde selten jemand entlassen. Meistens kamen die Beschäftigten einfach nicht wieder. Es stand nicht einmal etwas von einer Entlassung hier. Man hatte ihr lediglich die sechs Francs der begonnenen Woche schon am Dienstag ausgezahlt. Da sie danach nicht mehr auf der Lohnliste auftauchte, hieß das nur, daß sie gegenwärtig nicht mehr arbeitete. Ihre Stelle war allerdings am nächsten Tag neu besetzt worden. Nachtwache-Leichenkeller: S. Brokoff. So hieß also der seltsame Geselle, der dort unten den Boden wischte. Hatte die Frau eine Adresse hinterlassen? Nein. Wer verteilte die Aufgaben? Die Abteilungsleiter. Und wer stand dem Leichenkeller vor? Der gehörte zur Chirurgie. Die Leitung hatte Dr. Vesinier. Ob er ihn sprechen könnte? Sicher. Er müßte ihn nur finden.

Die vierte Stationsschwester im Westflügel konnte ihm schließlich sagen, wo der Arzt sich gerade aufhielt. »Malades Agités«, stand an der Tür. Unruhige Kranke. Antoine klopfte an. Eine Krankenschwester öffnete ihm. Während der wenigen Sekunden, die er in den Raum hineinsehen konnte, glaubte er, einem Spuk aufzusitzen. Auf einem Tisch lag etwas, das sich wild schüttelte, obwohl vier Paar Hände es festhielten. Ein Arzt hielt gerade eine Schlange in den Händen und drehte sich eben zu dem zuckenden Etwas herum, das offenbar gleich mit dieser Schlange zu tun bekommen würde.

»Was wollen Sie?« fragte die Schwester.

»Dr. Vesinier. Ich muß ihn sprechen.«

»Warten Sie draußen im Flur. Es wird nicht lange dauern.«

Die Tür schloß sich wieder.

Als der Arzt wenig später vor ihm stand, schaute Antoine unwillkürlich auf seine Taschen, ob möglicherweise ein Reptil darin verborgen war.
»Monsieur ...?« fragte der Arzt und streckte ihm die Hand entgegen.
»Bertaut. Antoine Bertaut.« Antoine erhob sich.
»Sie wollten mich sprechen?«
»Wenn Ihre Zeit es erlaubt, ich werde Sie nicht lange aufhalten.«
Der Mann sah vertraueneinflößend aus. Klein, etwas dicklich, mit einem runden Gesicht, das von einem Paar intelligenter Augen dominiert wurde, die ihn neugierig musterten.
»Worum handelt es sich?« fragte er.
»Es geht um einen Obduktionsbericht. Akte Lazès. Ich führe die Verteidigung der Frau. Sie haben letzten Dienstag die Obduktion durchgeführt, nicht wahr?«
Der Arzt nickte und steckte die Hände in die Taschen. »Ich fürchte, da gibt es nicht viel zu verteidigen. Hat sie gestanden?«
»Deshalb bin ich hier«, sagte Antoine. »Bisher noch nicht, aber die Beweislage ist so eindeutig, daß ich denke, sie überzeugen zu können. Die Frau steht noch immer unter Schock. Ich glaube, die Tat erscheint ihr selbst so ungeheuerlich, daß sie jede Erinnerung daran von sich weist. Ich vermute, wenn ich ihr den Hergang einigermaßen zutreffend schildere, wird sie zur Vernunft kommen, ein zweiter Schock, verstehen Sie, der den ersten vielleicht aufheben kann.«
Vesiniers Gesicht hellte sich auf. »Wissen Sie, Monsieur Bertaut, was Sie da sagen, qualifiziert Sie fast für die Akademie. Daß Gleiches mit Gleichem behandelt werden kann, ist eine alte medizinische Einsicht, aber für die Erkrankungen der Seele wagen das nur wenige zu behaupten.«
Antoine überragte den Mann um gut einen Kopf, und wäh-

rend er sprach, konnte er auf seinen fast kahlen Schädel hinabsehen, den ein paar seitlich gekämmte, schwarze Haarsträhnen nur schütter bedeckten.

»... dabei sind Körpergifte und Seelengifte vermutlich ähnlich geartet, und was Schlangengift bei einem Tollwutkranken bewirken kann, vermag möglicherweise eine rekonstruierte Erinnerung bei einem durch Schock verwirrten Geist zu bewerkstelligen. Kommen Sie doch kurz mit in mein Büro, ich habe den Fall nicht präsent und will zunächst schnell in meinen Unterlagen nachsehen.«

Ein Schlangenbiß gegen Tollwut?, dachte Antoine, während er neben dem Arzt den Gang hinablief. Was für eine grauenvolle Vorstellung. Aber wenn es dem Menschen helfen konnte? In Vesiniers Büro angekommen, bat der Arzt ihn, Platz zu nehmen, und verschwand kurz in einem Nebenraum. Das Zimmer war weitgehend kahl. Gelb gestrichene Wände, ein paar Aktenschränke, ein fast leerer Schreibtisch, das Bild des Kaiserpaares über einer Glasvitrine, die allerlei Fläschchen enthielt.

»Sie kennen den Bericht, wie ich vermuten darf?« fragte Vesinier, als er zurückkam.

»Flüchtig. Ich muß zugeben, daß die anatomischen Einzelheiten für unsereins schwer verständlich sind. Fest steht, daß das Kind ertrunken ist, nicht wahr?«

Der Arzt nickte. »Ein Fall wie aus dem Schulbuch. Lebend ertrunkenes Kleinkind. Meningen strotzend vor Blut ...« Er blätterte den Bericht durch und zitierte seine wichtigsten Beobachtungen. »... Lungenschwimmprobe positiv. Zinnoberrot erscheinende Injektion der Luftröhrenschleimhaut und Schaumbildung, Lungen füllen Brustkorb vollständig aus, drängen bei Wegnahme der Brustwand quellend hervor und sind schwammartig.«

»Woran liegt das?« fragte Antoine.

»Am Eindringen der Ertränkungsflüssigkeit in die Lungen, die beim lebendig ins Wasser geratenen Menschen noch Luft enthalten. Das ein- und nachdringende, schwerere Fluidum kann nicht mehr überwunden werden, und die Lungen füllen sich bis zum Bersten. Ein Resultat der Atemanstrengungen des Sterbenden. Letztlich führt dieser Vorgang zum Tode, das Verstopfen der Lunge, nicht der Mangel an Luft.«
Antoine wurde unwohl bei der Vorstellung.
»Woher weiß man das?« fragte er.
»Ich habe Versuche mit Hunden angestellt«, erklärte Vesinier. »Wir tauchten mehrere Hunde erst drei, dann vier und schließlich fünf Minuten unter Wasser. Jeweils einem der beiden Tiere verstopften wir den Rachen, so daß es zwar auch zu ersticken drohte, aber kein Wasser in seine Lungen geraten konnte. Der so präparierte Hund überlebte bis zu fünf Minuten unter Wasser, wurde zwar bewußtlos, kam aber später wieder zu sich. Die anderen Hunde konnten schon nach eineinhalb bis zwei Minuten unter Wasser nicht wiederbelebt werden, weil das einmal in die Lunge eingedrungene Wasser mit dem Blut irreversibel aufschäumt.«
Antoine sagte nichts, und Vesinier schaute wieder in seinen Bericht.
»... Blutfülle in der rechten Herzkammer bei gleichzeitiger völliger Leere der linken ...«
»Bitte«, unterbrach er ihn dann, »ich bin sicher, daß Sie alle Anzeichen richtig erfaßt haben bezüglich dessen, was im Wasser geschehen ist. Aber wie steht es mit den Minuten davor. Kann man darüber auch etwas aussagen? ... Ich meine, den Tathergang an sich?«
Vesinier legte die Papiere hin und stützte den Kopf auf. »Ich kann Ihnen den ungefähren Zeitpunkt nennen. Ich kann nachweisen, daß das Kind mindestens zwölf bis fünfzehn Stunden im Wasser gelegen hat und mit Sicherheit nicht län-

ger als zwei Tage. Alles andere ist Spekulation. Da die Frau und das Kind jedoch am Sonntag abend lebend gesehen wurden, muß die Tat noch in jener Nacht erfolgt sein.«
»Das meine ich nicht«, warf Antoine ein. »Wie steht es mit dem Augenblick der Tat selber. Wie kann man sich das vorstellen? Sie wirft das Kind ins Wasser, schaut womöglich seinem Todeskampf zu. Es geht unter, kommt wieder an die Oberfläche, zuckt vielleicht noch, liegt dann still und wird langsam den Kanal hinabgetrieben. Was geht in einer Mutter vor, die so etwas tut?«
Vesinier sah ihn schweigend an. Dann schüttelte er leicht den Kopf und faltete die Hände über seinen Papieren zusammen. »Darauf, lieber Kollege, kann Ihnen keine Obduktion eine Antwort geben. Es sei denn, Sie öffnen das Herz oder den Kopf dieser Frau und haben eine genaue Vorstellung davon, was Sie dort suchen.«
»Aber es stimmt«, fuhr Antoine fort, »daß es so geschehen sein muß. Das tote Kind schwimmt davon ...«, Vesinier nickte, »... treibt unweit vom Wehr in Ufernähe eine Nacht und einen Tag im Wasser ...«, der Arzt nickte immer noch, »... und wird dennoch erst am nächsten Abend zufällig entdeckt, obwohl tagsüber am Kanal reger Verkehr herrscht?«
Vesiniers Kopf stand für den Bruchteil einer Sekunde still. Antoine war beeindruckt von der Kontrolle, die dieser Mann über sich hatte. Er hatte seiner Frage wie einem gut geworfenen Stein hinterhergesehen, gehofft, daß er treffen würde, und das ruhig daliegende Ziel genau beobachtet. Aber die kurze Verstörung, die seine Frage bei dem Arzt hervorrief, zeigte sich nur an den Schläfen dieses Mannes in einem kaum sichtbaren, leichten Pochen, das sich zweimal wiederholte. Sein Gesichtsausdruck war unverändert freundlich, und auch der Tonfall seiner Stimme verriet nichts darüber, ob die Bemerkung ihn verunsichert hatte.

»Wissen Sie, wie lange manche dieser armen Opfer in der Seine treiben, bevor sie gefunden werden?« entgegnete er. »Manchmal vergehen Tage, bis sich jemand die Mühe macht, nachzuschauen, was da angetrieben wurde. Ich denke nicht, daß niemand das Kind gesehen hat. Vielleicht sah es aus der Ferne aus wie ein Bündel Lumpen. Die Fundstelle ist nicht so leicht zugänglich. Hätte der Hund dieses Gerbers nicht gebellt, würde es vielleicht jetzt noch dort liegen.«

»Wahrscheinlich«, pflichtete Antoine ihm bei. »Sie hat also auf der Brücke plötzlich beschlossen, das Kind in den Kanal zu werfen. Sie zieht ihm die Jacke aus ...«

»Monsieur Bertaut«, unterbrach ihn der Arzt. »Ich sagte Ihnen ja bereits, daß ich von der medizinischen Seite her nicht genau sagen kann, wie die Frau das Kind ermordet hat oder was sich in ihrem Kopf abspielte. Ich weiß nur, daß es ertrunken ist und dies in jedem Fall irgendwann am Sonntag.«

Er klappte die Akte zu, während er sprach.

Antoine fühlte, daß er innerlich steif wurde. Einen Augenblick lang vermochte er seine aufkommende Irritation noch zu unterdrücken.

»Ja, gewiß. Verzeihen Sie meine Fragen. Ich bin nur ein wenig ratlos.«

»Das kann ich Ihnen nachempfinden. Aber es gibt eine einfache Erklärung, auch wenn wir sie nicht verstehen. Es geschieht fast jeden dritten Tag.«

Lag es daran, daß ihm Mathildas Schilderungen vor Augen traten? Oder war die ruhige, etwas selbstgefällige Art des Arztes dafür verantwortlich, daß er sich mit einem Mal sicher war, daß der Mann ihm etwas verschwieg?

»Herr Vesinier«, sagte er und schaute ihm direkt in die Augen. »Wo waren Sie am Sonntag abend letzter Woche?«

Der Arzt schaute ihn verwundert an.

»Ist das jetzt ein Verhör?« fragte er irritiert.

Antoine ignorierte die Frage. »Sie waren im Krankenhaus. Ich habe den Dienstplan konsultiert.«

»Warum fragen Sie mich das, wenn Sie es ohnehin wissen? Sicher bin ich hiergewesen. Dafür bezahlt man mich schließlich.«

»Und was ist an jenem Abend geschehen?«

Vesinier lehnte sich zurück. Die freundliche Neugier in seinen Augen war verschwunden.

»An jenem Abend ist am Kanal St. Martin ein Verbrechen geschehen, dessen Banalität Ihnen offenbar nicht einsichtig ist.« Sein Tonfall war schärfer geworden. Einige Sekunden lang zauderte Antoine. Marivol kam ihm in den Sinn. Dann stellte er die Frage, so wie man einen Hebel umlegt.

»Warum haben Sie Colette Corley entlassen?«

Der Arzt verzog keine Miene. Aber die Frage traf ihn offensichtlich völlig unvorbereitet. Das Pochen an seinen Schläfen kehrte wieder zurück.

»Wovon sprechen Sie?« kam kühl die Antwort.

»Ich spreche von einer Angestellten, der einzigen Angestellten, die an jenem Sonntagabend ebenfalls Dienst hatte und die ich nicht befragen kann, weil sie zwei Tage später entlassen wurde.«

Der Arzt schaute Antoine bekümmert an, schob den Aktenordner zur Seite und lehnte sich wieder nach vorne.

»Lassen Sie mich versuchen, zu verstehen, worauf Sie mit Ihren Fragen hinauswollen. Eine Mutter ertränkt ihr Kind im Kanal, und Sie suchen in meinem Krankenhaus eine Erklärung dafür. Ich muß gestehen, dabei kann ich Ihnen nicht ganz folgen.«

»Man kann die Reihenfolge auch umkehren«, entgegnete Antoine ruhig. »Eine Frau bringt ihr Kind in Ihr Krankenhaus und soll vor Gericht erklären, warum es am nächsten Tag tot im Kanal St. Martin gefunden wird.«

Vesinier erhob sich. »Monsieur Bertaut, ich fürchte, wir sollten unser Gespräch ein anderes Mal fortsetzen …«
»In der Tat, vielleicht morgen im Palais de Justice.«
Der Arzt legte den Kopf schief und runzelte die Stirn. Antoines Herzschlag raste. Er hatte keinerlei stichhaltige Anhaltspunkte, um Vesinier zu einem Verhör vorzuladen. Der Untersuchungsrichter würde ihn nicht einmal ausreden lassen, wenn er so etwas beantragte. Aber Antoine war überzeugt, daß der Arzt ihn anlog. Camille war im Krankenhaus gewesen. Er konnte es nicht beweisen, und noch weniger hatte er eine triftige Erklärung dafür, was um alles in der Welt dort mit ihm geschehen sein konnte. Aber Vesiniers Reaktion bewies ihm, daß er etwas verheimlichte.
»Ist die Verhandlung bereits für morgen anberaumt?« antwortete der Arzt. »Davon weiß ich gar nichts.«
Jetzt war es an Antoine, in ungläubiges Staunen zu verfallen.
»Ich spreche von der Beweisaufnahme«, sagte er dann trocken.
»Beweisaufnahme?« entgegnete der Arzt schroff. »Hier ist die Beweisaufnahme.« Er pochte mit den Knöcheln auf die Obduktionsakte. »Ich denke, unser Gespräch ist beendet. Sie entschuldigen mich.«
»Ich darf also vermerken, daß Sie nicht bereit sind, mir über den Verbleib von Colette Corley Auskunft zu geben?«
Antoine hatte sich nun gleichfalls erhoben. Vesiniers Blick glitt abschätzend an ihm herunter. »Sie können vermerken, daß Ärzte in dieser Einrichtung andere Dinge zu tun haben, als sich zu fragen, warum irgendwelches Gesindel, das hier einem ehrlichen Broterwerb nachgehen könnte, es plötzlich vorzieht, im Heer der Nichtstuer zu verschwinden.«
Antoine ging zur Tür.
»Morgen, vierzehn Uhr?« fragte er noch.
»Ich komme meinen staatsbürgerlichen Pflichten nach, solange der Staat mich dazu auffordert.«

»Er wird Sie auffordern. Guten Tag.«
Er ließ die Tür hinter sich offenstehen und eilte den Gang hinab. Er spürte den bohrenden Blick des Arztes in seinem Rücken und bemühte sich, seine Nervosität zu überspielen. Aber innerlich zitterte er. Als er sich der Haupthalle näherte, verlangsamte er seinen Schritt und musterte prüfend die Menschen, die dort unterwegs waren. Seine Vermutung bestätigte sich: Auf einer Bank neben dem Eingang saß Fonvielle und betrachtete ein altes Weiblein, das sich gerade zur Tür hereinschleppte. Ohne anzuhalten, bog Antoine in Richtung Garten ab. Erst als er den Brunnen in der Mitte erreicht hatte, schaute er sich kurz um, entdeckte seinen Verfolger jedoch nicht. Wenige Augenblicke später war er in der Kapelle, durchschritt sie eilig, verließ sie auf der Ostseite, kam wieder am Treppenabgang zum Leichenkeller vorbei, ging ein paar Stufen hinunter und fand die Abzweigung zu den Stallungen. Dort wartete er einige Augenblicke, überzeugte sich, daß Fonvielle ihm wirklich nicht gefolgt war, trat dann in den Innenhof hinaus, wo noch immer die Pferde an der Tränke standen, und verließ das Krankenhaus durch das schmiedeeiserne Tor zum Boulevard de la Chapelle St. Denis.
Erst als er in der Kutsche saß, wurde ihm die Tragweite der neuen Situation bewußt. Etwas an diesem Fall war höchst seltsam. Vesinier hatte ihn glatt belogen, und die Geheimpolizei überwachte jeden seiner Schritte. Irgend etwas war an jenem Abend geschehen, das mit allen Mitteln geheimgehalten werden sollte. Hatte diese Corley dem Kind etwas angetan? Oder hatte der Arzt es falsch behandelt? Aber die Vorstellung, jemand aus dem Krankenhaus habe das Kind in den Kanal geworfen, um irgendeine Verfehlung zu vertuschen, erschien ihm monströs. Hatte ihn Marivols Gerede womöglich so sehr verwirrt, daß er begann, Gespenster zu sehen? Und Mathilda mit ihren Schauergeschichten aus London. Er war hier

schließlich in Paris. Es war doch undenkbar, daß eine Institution eine unschuldige Frau unter Mordanklage stellte, um die Verantwortung für irgendeinen Fehler von sich abzuwälzen. Antoine saß zusammengesunken in der Kutsche und versuchte wieder und wieder, sich vorzustellen, was an jenem Abend im Krankenhaus geschehen sein könnte. Marie Lazès hatte die Wäscherei genau genug beschrieben, um den Schluß zuzulassen, daß sie wirklich dort gewesen war. Die Wäscherei schloß um zehn Uhr. Dennoch hatte sie kurz vor Mitternacht dort jemanden angetroffen. Aber wen? Vielleicht diese Corley, die während der Nachtwache im Gebäude herumgeschlichen war? Hatte sie das Kind entgegengenommen? Aber wozu? Wenn überhaupt, dann doch wohl, um es zu einem Arzt zu bringen. Vesinier war auch im Gebäude gewesen. Angenommen, sie hatte ihm das Kind gebracht. Und dann? Hatte er eine seiner seltsamen Behandlungsmethoden an ihm ausprobiert? War dabei ein Unglück geschehen? Antoine verbot sich, diese unsinnigen Gedanken weiterzuspinnen. Selbst wenn, was völlig abwegig war, Vesinier bei der Behandlung des Kindes ein Fehler unterlaufen war, so war doch undenkbar, daß er es stehenden Fußes zum Kanal St. Martin getragen haben sollte, um es ins Wasser zu werfen. Tatsache war, daß das Kind ertrunken war. Lebendig ertrunken. Antoine hatte die Leiche mit eigenen Augen gesehen, die Längsfalten auf den Extremitäten, die gerunzelte, gewellte Haut der Hände und Füße. Ansonsten war das Kind völlig unversehrt, abgesehen von den Bißspuren der Ratten. Das Ganze war einfach unmöglich. Und welches Motiv sollte der Arzt für so ein Verhalten haben? Täglich starben Kinder im Krankenhaus, und keines davon wurde heimlich beseitigt. Und dennoch. Da war Fonvielle, der ihm hinterherstieg wie einem Spion. Da war diese Corley, die das Kind möglicherweise gesehen hatte und als einzige kurz nach dem Vorfall verschwand. Spärliche Hin-

weise freilich, aber die Nennung ihres Namens hatte Vesinier alarmiert. Und schließlich trieb sich dort draußen auch noch der Junge herum, der offensichtlich etwas von ihm wollte.
Er sah zum Fenster hinaus auf den Boulevard Sebastopol. D'Alembert, dachte er. Der Mann schuldete ihm ohnehin einen Gefallen. Nicht ihm, aber seinem Vater. Als sich die Kutsche vor dem Justizpalast verlangsamte, schob er daher das Verdeck des Sprechgitters zur Seite und rief dem Kutscher zu, er habe es sich anders überlegt, er solle ihn vor Notre Dame absetzen. Die Peitsche knallte und schickte einen Stoß durch das Gefährt.
Als er die Kutsche verließ, pfiff ein Windstoß über den Platz. Antoine hüllte sich enger in seinen Mantel, balancierte zwischen den Pfützen hindurch, die der Wind kräuselte, und ging, ohne aufzusehen, die paar hundert Meter zur Morgue.
D'Alemberts Büro lag im linken Seitenflügel und war durch einen separaten Eingang erreichbar, ohne daß man jedesmal am Panorama der verwesenden Leiber vorübermußte. Antoine kannte d'Alembert gut und war einer der wenigen, der wußte, warum die Karriere dieses Mannes auf diesem Posten geendet hatte. Eine Frauengeschichte. Ein falsches Wort, eine Ohrfeige und das obligate Duell im Morgengrauen. D'Alemberts Herausforderer hatte keine Chance gegen den vorzüglichen Fechter gehabt. Der Kampf dauerte keine fünf Minuten, während deren d'Alembert kein einziges Mal in Bedrängnis geriet. Er parierte mühelos, hieb nur ein einziges Mal richtig zu, warf den Degen weg, noch bevor sein Kontrahent zu Boden fiel, und tauchte um sieben Uhr in Antoines Elternhaus auf, um sich bei Antoines Vater Rat zu holen, was er jetzt tun sollte. Der alte Bertaut fädelte die Strafversetzung in die Morgue ein.
»Antoine, gütiger Himmel«, begrüßte er ihn, als er ins Büro trat.

»Bonsoir, Stéphane.«
Der Mann erhob sich und umarmte ihn herzlich. Die Verwaltung des Totenhauses schien ihm nicht schlecht zu bekommen. Er sah genauso aus wie vor sechs Jahren, als er früh am Morgen zu ihnen gekommen war. Groß, untersetzt, kurzgeschnittene, schwarze Haare, Napoleon-Bärtchen, tadellos sitzende Uniform, kräftige Hände und ein Gesichtsausdruck voller Zufriedenheit. Obwohl er getötet hatte? Weil er getötet hatte? Er hätte die Klinge mühelos in letzter Sekunde drehen können.
»Wie geht es Ihrem Vater? Ist er noch in Rennes?«
»Gut, danke. Ja, sie bleiben dort. Er kandidiert für die Bürgermeisterwahl.«
»Großartig. Ein Arbeitsleben hinter sich und dann so etwas. Und Sie? Übernehmen Sie seine Kanzlei?«
Antoine nickte. »Wenn ich unbeschadet das Jahr im Palais de Justice hinter mich bringe und die endgültige Zulassung in der Tasche habe.«
D'Alembert knuffte ihn freundschaftlich. »Pah, das schaffen Sie doch mühelos. Bei solch einem Vater. Oder haben Sie republikanische Ambitionen?«
Antoine war die Frage unangenehm, obwohl sie als Scherz gemeint war.
»Jedenfalls keine, die außerhalb der Verfassung liegen«, antwortete er.
»Nun, dann haben Sie ja nichts zu befürchten, es sei denn, Sie lassen sich wie ich zu einer Dummheit hinreißen. Also, mein Lieber, was führt Sie her?«
Er kehrte wieder an seinen Schreibtisch zurück und lauschte Antoines Anliegen.
»Eine Kleinigkeit«, sagte er. »Ich brauche ein Kleidungsstück aus der Asservatenkammer. Fall Lazès. Camille Lazès. Kindesmord.«

»Lazès, Lazès«, murmelte d'Alembert und ging an einen Aktenschrank an der Wand hinter ihm. »Ah, da haben wir es ja. Camille Lazès. Am 26. März zu uns gekommen. Obduktion Dr. Tardieu.« Er blätterte um. »Am 29. kremiert. Asservatennummer ...«
»Tardieu. Wieso Dr. Tardieu?« fragte Antoine überrascht. »Mein Obduktionsbericht ist von Dr. Vesinier unterzeichnet.«
D'Alembert blätterte noch einmal zurück. »Vesinier war doch letzte Woche gar nicht hier im Dienst. Hier. Bereitschaftsdienst Obduktion: Dr. Tardieu. Ah, nein, warten Sie. Sie haben recht. Seltsam. Tatsächlich. Unterschrieben von Dr. Vesinier. Offenbar hat er die Obduktion durchgeführt.«
»Darf ich die Eintragung einmal sehen«, fragte Antoine alarmiert.
D'Alembert schob ihm die Akte über den Tisch.
»So seltsam ist es auch wieder nicht«, sagte d'Alembert. »Es kommt schon vor, daß der diensthabende Arzt verhindert ist und ein Vertreter einspringt.«
»Sicher«, murmelte Antoine. »Ein ganz normaler Vorgang.«
Die Dokumente gaben nicht viel her. Drei Obduktionen hatte es am Dienstag gegeben. Eine am Morgen. Eine weitere am Nachmittag. Camille war spät in der Nacht obduziert worden. Laut Eintragung bis 22.45. Tardieu war wohl schon nach Hause gegangen oder nicht mehr erreichbar gewesen, im Gegensatz zu Vesinier. Ein ganz normaler Vorgang.
Antoine schob die Akte wieder d'Alembert hin. »Stéphane, ich weiß, daß es nicht den Regeln entspricht, aber ich brauche die Kleidungsstücke dieses Kindes für ein paar Tage. Läßt sich das einrichten?«
D'Alembert schaute ihn prüfend an. Dann schob er ihm einen Laufzettel mit der Asservatennummer hin und sagte: »Was für Kleidungsstücke?«
Antoine faltete den Zettel zusammen und erhob sich.

»Grüßen Sie Ihren Vater von mir.«
»Danke. Das werde ich tun. Und ... Stéphane?«
»Ja.«
»Was soll ich ihm sagen. Haben Sie sich hier gut eingerichtet?«
D'Alembert drehte sich um, stellte die Akte wieder in den Schrank zurück und ließ das Rollfach herunter.
»Ich bin dort, wo ich hingehöre. Umringt von dem, was mich hierhergebracht hat. Zwei Tage. Sonst bekomme ich Schwierigkeiten. Versprochen?«
Antoine nickte. »Sans faute. Bonsoir, Stéphane.«
Der letzte Satz d'Alemberts klang noch in ihm nach, während er hinter der Ausstellungshalle vorüberging. Sein Blick streifte die stumm hinter den Scheiben stehenden Menschen, und er war froh, von den schrecklichen Marmorblöcken nur die Rückseite zu sehen. Er begegnete niemandem. Erst als er den gekachelten Gang betrat, der zum Aufbahrungssaal der identifizierten oder nicht länger ausstellungsfähigen Leichen führte, kam ihm einer der Leichenwäscher entgegen. Antoine nickte ihm kurz zu, aber der Mann ging wortlos an ihm vorüber.
Die Asservatenkammer sah aus wie ein gewöhnliches Archiv. Die meisten Toten hinterließen nicht viel mehr als ein paar Kleidungsstücke oder Schuhe, die in den Kartons auf den Regalen leicht Platz fanden. Größere Gegenstände, wie Schaufeln, Koffer, Angelruten, mit Steinen beschwerte Taschen und was sonst noch in der Nähe eines aufgefundenen Toten sichergestellt worden war, wurden, mit einem Etikett versehen, in einem Nebenraum untergebracht. Die Anordnung war denkbar einfach: nach Datum des Eintreffens. Antoine ging an den Regalen entlang und betrachtete mit einem leichten Schauder die dunkelgrünen Kartons. In silbernen Metallschubern auf der Vorderseite steckten hellbraune, mit schwarzer Tinte beschriebene Etiketten. Nur wenige nannten einen Namen. Meist stand nur eine Nummer darauf. Camilles Karton

befand sich in Kopfhöhe. Er zog den Behälter vom Regal, ließ sich auf einem Hocker nieder, nahm die Schachtel auf den Schoß und öffnete sie. Das erste, woran er dachte, als er die abgewetzten Stoffetzen musterte, war seltsamerweise nicht das kleine Kind, das diese Kleider getragen, und auch nicht die Mutter, die sie ihm genäht hatte. Statt dessen sah er die makellosen Stoffproben der industriellen Textilmaschinen vor sich, hörte das Rasseln und Fauchen der auf- und niedergehenden Hebel und Häkchen, die im Leben kein solches zusammengeflicktes Hemdchen hervorgebracht hätten. Was da vor ihm lag, atmete nicht nur die Stille des Todes. Es schien aus einer ganz anderen Welt zu stammen, einer langsamen, ruhigen Welt, die alles lange festhielt, nur widerspenstig fahren ließ und keinerlei Neigung zeigte, spurlos zu vergehen. Er hielt die kleine Hose hoch, betrachtete die unregelmäßigen Nähte, spürte das dumpfe Knistern des festen, knotig gewebten Stoffes, als er sie zur Seite legte. Dann sah er die Flecken auf der Jacke, die noch im Karton lag. Uniformstoff, dachte er, hob sie gegen das Licht, fuhr mit den Fingern über die dunkel gefärbten Stellen, rieb die Fingerspitzen aneinander, roch an den Flecken, ohne einen Anhaltspunkt dafür zu finden, welchen Ursprungs sie sein könnten. Er rollte die Jacke zusammen, legte die Hose wieder in den Karton zurück und verstaute diesen auf seinem Platz. Augenblicke später stand er immer noch vor diesem Regal, die zusammengerollte Jacke in der Hand, die Augen auf etwas geheftet, das seinen Mund trocken werden ließ. Er war völlig erstarrt. Das einzige, was er mit Sicherheit wahrnahm, war die Textur des Stoffes, den er in der Hand trug. Alle anderen Empfindungen seines Körpers waren kurzzeitig wie abgeschnitten. Vor allem der Boden schien verschwunden zu sein. Dann hatte er noch kurz den Eindruck, von jener schweren, unförmigen und zugleich unsichtbaren Masse umgeben zu sein, die unruhige Träumer bisweilen im

Schlaf vor sich her rollen. Erst allmählich gerann das alles zu einem zusammenhängenden Ganzen, zu einem Schriftzug vor seinen Augen, den er im Hinausgehen mit seinem Blick gestreift hatte. Dreißigster März. *Carrières d'Amérique*. Antoine ließ die Jacke fallen und riß die Schachtel vom Regal herunter. Hastig durchsuchte er den Inhalt, kippte den Karton schließlich kurz entschlossen neben dem Hocker auf dem Boden aus und stocherte mit fahrigen Bewegungen darin herum. Ein schwarzes Kattunkleid, auf Höhe der linken Brust von mehreren Stichen durchlöchert. Der ganze obere Teil des Kleidungsstückes war steif von geronnenem Blut. Der Rest starrte von festgetrocknetem Schlamm. Dicke, dunkelbraune Wollstrumpfhosen. Schwarze Stiefeletten. Kein Mantel. Kein Hut. Keine Schlüssel oder Kleingeld. Lediglich eine billige Schminkdose, in deren Blechdeckel der gleiche Name eingraviert war, der auch auf dem Kartonetikett stand: Colette Corley.

Antoine warf die Gegenstände hastig in den Karton zurück, verwahrte die Jacke des Kindes unter seinem Mantel und stürzte hinaus. Im ersten Moment wußte er gar nicht so recht, wohin er zuerst gehen sollte. In die Aufbahrungshalle oder zurück zu d'Alembert? Er hatte plötzlich Angst, unsägliche Angst. Nicht um sich selber, sondern um Mathilda, die sich soeben in St. Lazare befinden mußte. Was in drei Teufels Namen geschah hier eigentlich? Wie hatte er sie nur in diese Sache mit hineinziehen können? Verstört schaute er um sich, sah die beiden Leichenwäscher an einem der Tische hantieren und schrie sie fast an, als er auf sie zuging. »Corley, wo liegt die Corley?«

Einer der beiden blickte kurz zu ihm herüber, ließ seinen Waschlappen auf einem hochgehobenen Bein ruhen, das er fachmännisch geschultert hatte, und sagte nur: »Neunzehn.«

Mit zwei Sätzen war er dort, riß das Laken zur Seite, das die

Leiche bedeckte. Der Anblick ließ ihn zurückweichen. Der Kopf der Frau sah aus, als sei er zwischen zwei Mühlsteine geraten. Die Stirn war eingedrückt. Ihre Schädelknochen waren unnatürlich verschoben und hatten die Augenhöhlen in einen entsetzlich anzusehenden Winkel gepreßt. Die Einstiche auf ihrer Brust wirkten dagegen geradezu nebensächlich. Ihr fetter, unförmiger Körper war übersät mit dunkelblauen, schon ins Tiefviolett spielenden Blutergüssen und dunkelrot glänzenden Abschürfungen. Antoine warf das Laken wieder über die Leiche und eilte aus dem Raum hinaus. Wie von Sinnen lief er ins Verwaltungsgebäude zurück und mäßigte sich erst, als er wenige Schritte vor d'Alemberts Bürotür angekommen war. Keine Panik, sagte er sich. Ganz ruhig. Geh hinein, verlange die Akten und verweile nicht länger hier. Doch als er anklopfte, bekam er keine Antwort. Er drückte die Klinke. Die Tür bewegte sich nicht. Er blickte auf seine Taschenuhr, fluchte leise und machte auf dem Absatz kehrt. Mathilda, dachte er, bitte laß sie zu Hause sein. Er winkte die nächstbeste Kutsche heran und sprang hinein.

»Rue de Grenelle«, rief er dem Fahrer zu. »Wieviel?«

»Sechs Francs«, antwortete der Mann.

»Ich gebe dir einen Sous extra für jeden Peitschenknall.«

Nach dem achten hörte er auf zu zählen, preßte sich nur in den Sitz und konzentrierte sich darauf, in dem durch die Straßen fliegenden Gefährt die Kontrolle über seinen Körper und seinen Verstand zu behalten.

II.

Faut sauver Maman.

Muß Mama retten.

Johann ließ den Kopf hängen und starrte auf den strohbedeck-

ten Boden der düsteren Kaschemme. Man konnte hier unten kaum atmen. Aber wenigstens war es trocken und warm. Außerdem verirrte sich hierher niemand, der nicht dazugehörte. Nur die Lumpensammler aus der Rue Mouffetard ließen sich hier blicken. Es war ihr Territorium. Sie saßen an langen Tischen, stopften Salat in sich hinein, den sie mit gelbem Spiritus würzten. Selbst die Halbwelt dieser Stadt war hierarchisch geordnet, und das *Cabaret des Chiffoniers* war die unterste Stufe. Räuber und Diebe hätten nur die Nase gerümpft über diesen Ort. Aber Johann suchte jemanden.
Er zitterte noch immer. Er war so nahe dran gewesen. Schwalbe. Rabe. Fuchs. Sie waren komplette Idioten.
Johann »lernte« noch. Seit zwei Jahren trieb er sich mit diesen deutschen Straßenräubern in Paris herum, beherrschte bereits ihren rätselhaften Argot und hatte in dieser Zeit genug gelernt, um zuversichtlich in die Zukunft blicken zu können. Seit zwei Jahren stahl er, brach in Geschäfte ein, überfiel nächtliche Spaziergänger und hätte ums Haar auch schon jemanden ermordet. Aber seine Bilanz über diese Tätigkeit lautete anders: Seit zwei Jahren schlug ihn dieses brutale Aas nicht mehr, das sich sein Vater nannte, und seither hatte er stets zu essen und einen warmen Platz zum Schlafen gehabt. Zuvor hatte er Brotrinden gesammelt, die er den Kaninchenzüchtern verkaufte, Zigarettenkippen aufgelesen, um aus den Tabakresten die durchaus verkäuflichen Mélée-Zigarren herzustellen. Abends hatte er sich als Schutzengel verdingt, für einen Sous Betrunkene nach Hause begleitet, bis er beim Anblick einer vollen Geldbörse eines dieser Kunden plötzlich erkannt hatte, daß es unterschiedlich lange Wege gab, die zum selben Ziel führten. Er hatte den gewählt, der ihm als der kürzeste und schnellste erschienen war, so kurz wie die Reichweite seiner flinken Hände, so schnell wie seine Beine oder der Übergang zwischen Gut und Böse. Bedauern überkam ihn

nur, wenn er an seinen Vater dachte. Er hätte ihm gerne heimgezahlt, was dieses Schwein all die Jahre über seiner Mutter angetan hatte.

Faut sauver Maman.

Die Nachbarin hatte ihm alles erzählt, was am Dienstag abend geschehen war. Mama im Gefängnis? Camille tot im Kanal? Er war in die Kalksteinbrüche zurückgeeilt, hatte geweint, gejammert, geflucht. Zu Beginn hatte sie das noch beeindruckt, die Schupper, Schurimänner und Sündenfeger, wie sich die Diebe, Messerstecher und Banditen auf jenisch, ihrer Gaunersprache, nannten. Einem von ihnen war ein Unrecht geschehen, also mußte es Rötling geben, Blut mußte fließen. Was indessen floß, war Absinth, und als eine Stunde vor Mitternacht die Zeit zum Aufbruch kam, um den Geschäften nachzugehen, war Johanns Mutter bereits vergessen, denn es gab da ein Juweliergeschäft zu besuchen.

Er war so nahe dran gewesen, eine Erklärung für Camilles Verschwinden zu finden. Jetzt zitterte er. Aus Angst. Aus Wut. Was waren sie nur für Idioten, seine Kumpane.

Er war allein zum Krankenhaus gelaufen, hatte die Stelle aufgesucht, wo seine Mutter zwei Tage zuvor Camille abgegeben hatte, schlich im Garten durch die Büsche, kauerte unweit der Treppe, die zur Wäscherei hinaufführte, wartete, bis er sicher war, daß sich dort oben nichts rührte, wollte dann gerade zur Treppe schleichen, als er plötzlich vom anderen Ende des Gartens einen Schemen durch die Nacht wanken sah. Sofort kroch er wieder in den Schutz der Büsche zurück und beobachtete den nächtlichen Besucher. Es war ein Bettler. Er schien mit den Gegebenheiten hier gut vertraut zu sein. Er lief neben dem Kiesweg auf dem Gras, damit seine Schritte keinen Lärm verursachten. In der Dunkelheit war nicht viel von seinem Äußeren zu erkennen. Er war groß gewachsen, ging ein wenig gebückt, atmete schwer, doch seine Bewegungen wa-

ren von der massigen Festigkeit eines alten Kampfstieres. Sein Gesicht blieb im Dunkeln, während er an Johann vorüberging, aber der Junge sah die zerfetzten Lumpen und Fellstücke, die er überall um seinen Körper gewickelt hatte. In der rechten Hand trug er einen Stab, der metallisch klang, als seine Spitze die erste Treppenstufe berührte. Ein Lederbeutel auf seinem Rücken warf das Mondlicht glänzend zurück, während er zielsicher zum Eingang der Wäscherei hinaufging.
Er klopfte leise gegen die Tür. Der Raum dahinter war dunkel. Er wartete, klopfte erneut. Der gedämpfte Lichtschein einer Laterne wurde im Türfenster sichtbar. Johann schoß lautlos aus seinem Versteck hervor und war mit wenigen Sätzen unter der Treppe angelangt. Kaum hatte sich sein Atem beruhigt, öffnete sich über ihm die Tür.
»Was willst du?« zischte eine weibliche Stimme.
Statt einer Antwort hörte er das unbestimmte Rascheln von Stoff, dann das Geräusch von einem abgewürgten, kurzen Seufzen. Johann schaute nach oben und sah undeutlich, daß die beiden Gestalten in einer seltsamen Umarmung begriffen waren. Der riesige Bettler hielt die Frau wie einen dürren Brotlaib mit seinem Oberarm seitlich gegen die Brust gepreßt. Sie keuchte, machte einige hilflose Bewegungen mit den Beinen und versuchte vergeblich, mit ihren Händen die schraubstockartige Umklammerung zu lösen, was nur dazu führte, daß der Bettler seinen Würgegriff verstärkte. Sie standen wohl fast eine Minute so dort oben. Dann ließ der Bettler plötzlich los, trat zurück und sah reglos zu, wie die Frau stürzte.
Johann schaute entsetzt auf das Gitter über ihm. Er konnte nur undeutlich erkennen, was sich zwischen den beiden abspielte, aber die Geräusche waren eindeutig genug. Nach einigen Augenblicken begann sie zu stöhnen. Sie schleppte sich auf den Türrahmen zu und blieb gekrümmt auf der Schwelle liegen.
»Bist du verrückt geworden?« fuhr sie ihn heiser an. Dann

hustete sie, würgte, zog mit einem scharrenden Geräusch Schleim aus ihrer Kehle herauf und spuckte mehrmals aus.
»Ich sollte dir den Hals brechen!« zischte der Bettler.
»Mach doch, los«, fauchte sie, »wirst schon sehen, wer dir dann Ware bringt.«
Mit einer raschen Bewegung hob er den Stab, besann sich jedoch im letzten Augenblick und starrte nur haßerfüllt auf die unförmige Masse zu seinen Füßen. Die Frau hatte den Kopf schützend in ihren Armen vergraben. Als der Hieb ausblieb, riß sie den Kopf wieder hoch.
»Wegen dir fliege ich morgen hier raus, das hast du von deiner Dummheit.«
»Halt dein dreckiges Maul. Noch einmal so eine Lieferung, und ich breche dir die Arme.«
»Bist doch sonst nicht so zimperlich«, kam ihre Antwort zwischen gepreßten Lippen hervor.
»Hast du wenigstens was für mich?«
Stille. Dann: »Geh zur Hölle ...«
Der Rest ihrer Rede ging in einem klatschenden Geräusch unter. Johann vergrub vor Schreck den Kopf zwischen den Beinen. Dann vernahm er ein leises Wimmern und das Geräusch von Schritten auf der Treppe. Angstvoll preßte er sich in den Schatten gegen die Hauswand, verfolgte mit schreckgeweiteten Augen die hünenhafte Gestalt, welche wenige Meter von ihm entfernt vorüberging und in die gleiche Richtung verschwand, aus der sie zuvor gekommen war. Dann war da nur noch das Wimmern der Frau über ihm auf dem Treppenabsatz. Er hörte, daß sie sich offenbar in die Wäscherei zurückschleppte. Er schlich die Treppe hinauf. Als er vorsichtig durch die Tür blickte, sah er sie im Schein ihrer Laterne, die auf dem Bügeltisch stand, an einem Waschbecken stehen. Sie benetzte ihr Gesicht mit Wasser, spuckte immer wieder aus und fuhr sich mit beiden Händen wieder und wieder über den

Kopf, das Gesicht, den Nacken. Lautlos glitt er in den Raum hinein und verbarg sich unter dem Tisch. Die Frau weinte leise, und ihr Schluchzen vermischte sich mit dem Geräusch des fließenden Wassers. Nach einer Weile drehte sie den Hahn zu, atmete mehrmals tief durch, murmelte einige unverständliche Flüche und gab der Tür einen Tritt, die krachend ins Schloß fiel. Dann griff sie nach der Lampe und schlurfte ins Gebäudeinnere davon.

Johann folgte ihr in sicherer Entfernung. Sie durchquerten mehrere Räume, in denen es nach Seife roch. Dann gerieten sie auf einen langen Gang. Ein paar kleine Öllampen, die an den Wänden hingen, warfen einen spärlichen Lichtschimmer in die menschenleere Wandelhalle hinein. Aber die Frau mit ihrer Laterne war leicht zu verfolgen. Sie lief den Gang hinab, bog dann nach links um eine Ecke und ging dort eine Treppe hinunter. Johann wollte ihr gerade folgen, da vernahm er hinter sich in einiger Entfernung das Geräusch von Schritten. Erschrocken fuhr er herum, sah aber niemanden. Mit einem Satz verbarg er sich unter einer der Wartebänke, welche die Halle säumten. Die Schritte kamen langsam näher, wurden lauter und lauter, waren dann direkt vor ihm und gingen unbeirrt an ihm vorüber. Aus seinem Versteck sah er nur ein paar Lederhalbschuhe und Hosenbeine, über die eine helle Kutte herabfiel. Der Mann war kaum vorbei, da glitt der Junge aus seinem Versteck hervor, lief hinter ihm her und sah gerade noch, wie er ebenfalls die Treppe hinabstieg, über welche auch die Frau verschwunden war. Er verharrte einen Moment entschlußlos. Dann hörte er gedämpfte Stimmen. Lautlos wie eine Katze schlich er auf Zehenspitzen die Stufen hinab. Dieses heranpirschende Gehen war ihm zur zweiten Natur geworden. Sein Gang war geprägt von jener geduldig ertragenen Spannung, die jeden Augenblick das Verharren in der begonnenen Bewegung zuläßt. Seine geübten Sinne trugen ihm alle Eindrücke zu, deren er bedurfte,

um sich in dieser lichtlosen und ihm unbekannten Umgebung zu bewegen. Allmählich unterschied er einzelne Wörter des Gesprächs, das dort unten geführt wurde.
»... hat Ihnen das angetan?« vernahm er die Stimme des Mannes.
Die Frau zog die Nase hoch, bekam jedoch anscheinend kein Wort über die Lippen. »So sagen Sie es mir doch.«
Stille.
Vorsichtig schob Johann den Kopf um den Wandvorsprung herum und sah den Rücken des Mannes, der im Türrahmen stehengeblieben war, die Hände in den Taschen seines Kittels vergraben. Die Frau saß auf einer Steinplatte und schaute kopfschüttelnd auf den Boden. Was lag da nur auf diesen Steinplatten? Lauter reglose Körper. Lauter Leichen, registrierte er. Es war der Leichenkeller.
Der Mann ging zwei Schritte in den Raum hinein, kam vor der Frau zu stehen und schaute auf sie herab.
»Was werden Sie jetzt tun?« fragte er.
Sie schüttelte noch immer den Kopf.
»Ich weiß es nicht«, hauchte sie schließlich.
»Sie haben etwas Furchtbares getan. Sind Sie sich darüber überhaupt im klaren?«
Ihr Kopf stand auf einmal still. Dann sah sie zu ihm auf, fuhr sich mit der Hand durch das Haar und antwortete mit fester Stimme: »Ich weiß selber, was ich getan habe, und bezahle den Preis dafür. Ich weiß, daß Sie mich nicht hierbehalten werden. Also, was wollen Sie noch von mir? Gehen Sie. Lassen Sie mich zufrieden.«
Der Mann blieb ungerührt stehen, betrachtete die Frau, ihr zerschundenes Gesicht. Wenn er sich umdreht, durchfuhr es Johann. Wenn er sich umdreht, kann ich sein Gesicht sehen. Aber dann wird er mich entdecken. Ich muß sein Gesicht sehen.

Die Stimme des Mannes wurde plötzlich versöhnlicher, als er sagte: »Ich will Ihnen ja helfen. Aber wenn Sie mir nicht sagen, was in der Angelegenheit geschehen ist, kann ich nichts tun.«

Die Frau schwieg. Er verschränkte die Arme.

»Ein Wort von mir zur Polizei, und Sie werden die nächsten zwanzig Jahre kein Tageslicht mehr sehen, das kann ich Ihnen garantieren«, fügte er ungeduldig hinzu.

Jetzt hob sie den Kopf, schaute ihn feindselig an. »Sie werden überhaupt niemandem etwas erzählen«, sagte sie böse. »Ich weiß es, und Sie wissen es auch. Also, lassen Sie mich zufrieden. Ich werde morgen hier verschwinden, und damit ist der Fall erledigt. Im Grunde habe ich Ihnen einen Gefallen getan, nicht wahr?«

Der Mann ging drohend einen halben Schritt auf sie zu, aber sie rührte sich nicht.

»Ja, plustern Sie sich doch auf und drohen Sie mir. Wenn ich vor Gericht komme, werden alle davon erfahren. Und dann gnade Ihnen Gott. Also, gehen Sie jetzt.«

Johann war überzeugt, daß er sie jetzt schlagen würde. Aber nichts dergleichen geschah. Statt dessen wurde seine Stimme wieder sanfter, als er sagte:

»Kommen Sie in ein paar Wochen in mein Büro, wenn die Sache vorüber ist. Ich will sehen, was ich für Sie tun kann.«

Damit drehte er sich um und ging auf die Treppe zu. Ein kaum merkliches, kurzes Rascheln ließ ihn stutzig werden. Er drehte sich noch einmal um, betrachtete die Frau, die noch immer auf dem gleichen Platz saß, blickte kurz durch den Raum und ging dann rasch die Treppe hinauf.

Als er in der Wandelhalle ankam, hatte sich Johann bereits in den Innenhof geflüchtet. Er sah den Mann den langen Flur hinabgehen. Was sollte er jetzt tun? Im Schutz der Dunkelheit lief er unter den Fenstern entlang, streckte immer wieder den

Kopf hoch, um die Figur des Mannes nicht aus dem Blick zu verlieren. Dann war er plötzlich verschwunden. Johann öffnete lautlos eine Tür zur Halle, schaute suchend in alle Richtungen, ging ein paar Schritte und entdeckte einen Seitengang, an dessen Ende ein Lichtstreifen unter einer Tür hindurchschimmerte. Der Junge kauerte sich hinter einen Schrank und wartete. Er hatte richtig vermutet. Nach einer Weile öffnete sich die Tür, und der Mann trat wieder in den Flur hinaus. Er trug jetzt gewöhnliche Kleidung, einen langen, schwarzen Mantel, Handschuhe, Stock und Hut und unter dem Arm eine Aktentasche. Als er das Licht löschte, glitt Johann in die Halle zurück und positionierte sich im Schatten eines Mauervorsprunges, so daß er das Gesicht des Menschen sehen würde, wenn er an ihm vorbeikam. Aber der Mann kam nicht. Johann wartete einige Minuten und lauschte auf den Klang von Schritten. Doch jetzt war es völlig still. Nichts regte sich. Er schlich wieder zurück. Der Lichtstreifen unter der Tür war erloschen. Aber der Mensch war nirgends zu sehen. Johann ließ noch etwas Zeit verstreichen, dann machte er sich auf den Rückweg in den Leichenkeller.
Die Frau war nicht mehr da. Ein Feldbett stand unberührt an der Wand. Neue Kerzen waren aufgesteckt. Dann sah er ihre Kutte auf dem Stuhl. Mit einigen raschen Sätzen war er wieder die Treppe hinauf. Er lauschte angestrengt in die Stille hinein. Wind rüttelte an den Fenstern. Irgendwo hörte er ein leises Stöhnen. Lautlos verfolgte er den Weg zurück zur Wäscherei. Als er den zweiten Raum durchquerte, hörte er das Geräusch einer zuschlagenden Tür. Er beschleunigte seinen Schritt, erreichte das Bügelzimmer, eilte an die Tür und sah durch die Scheibe unten im Garten den Umriß der davoneilenden Frau. Er wartete, bis sie seinem Blick entschwunden war, öffnete dann schnell die Tür, trat auf den Treppenabsatz hinaus, ließ die Tür leise ins Schloß fallen und huschte die

Treppe hinunter. In der Entfernung sah er sie gerade noch durch das Tor am Boulevard de la Chapelle St. Denis verschwinden. Jetzt begann er zu rennen. Dort vorne lief die Erklärung für das Unglück seiner Mutter durch die Nacht davon. Diese Frau oder ihr seltsamer Bettlerfreund hatte Camille auf dem Gewissen.

Der Boulevard war um diese Zeit verlassen. Die Pflastersteine glänzten feucht. Johann ging an blinden Häuserfassaden entlang, vorbei an zugezogenen Fensterläden, stets darauf bedacht, dem Lichtschein der Gaslaternen auszuweichen. Die Frau dort vorne schien es eilig zu haben, nach Hause zu kommen. Er hatte Schwierigkeiten, mit ihr Schritt zu halten. Nach wenigen Minuten hatten sie das Bassin de la Villette erreicht. Rechter Hand lag der Kanal St. Martin. Doch die Frau bog links ab und setzte ihren Weg auf der Rue de Tanger fort, passierte die Place Maroc und näherte sich allmählich den Schlachthöfen. Johann hatte keinen Begriff von den Straßennamen, aber das Viertel kannte er ein wenig. Er versuchte, sich die Umgebung einzuprägen, denn er ahnte bereits, daß er sie in dem nun beginnenden Gewirr der Hütten und Verschläge bald aus den Augen verlieren würde. Er mußte genug Abstand halten, damit sie ihn nicht sah. Ihre Gestalt verschmolz kurzzeitig mit der massigen Backsteinmauer, die den Schlachthof umgab. Johann blieb stehen, wartete, bis sie an der Mauer vorüber war, setzte ihr dann geduckt nach, erreichte das Ende der Mauer und schaute vorsichtig um die Ecke.

Ein feiner, übelriechender Nebel hüllte die morastige Straße ein. Verkommene Hütten duckten sich im Schatten des Schlachthofgebäudes. Sie mußte irgendwo zwischen den ersten Reihen der baufälligen Verschläge verschwunden sein. Er wagte sich noch einige Schritte weiter, aber in der nebelverhangenen Dunkelheit war nirgends eine Bewegung auszumachen. Dann hörte er plötzlich entfernt Hundegebell und sah

ein, daß er hier allein wenig ausrichten konnte und sich außerdem selber in Gefahr brachte. Immerhin hatte er einen Anhaltspunkt, aus welcher Gegend sie stammte. Schlachthofviertel. Das war übel. Das war fremdes Territorium, von Leuten kontrolliert, von denen er und seine Kumpane sich üblicherweise fernhielten.
Zu diesem Schluß kamen auch seine Freunde, nachdem er ihnen mitgeteilt hatte, was er im Krankenhaus gesehen und gehört hatte. Russen und Polen trieben sich dort herum. Ausgeschlossen, dort hineinzugehen. Man würde warten müssen, bis die Frau dort wieder herauskam. Natürlich würden sie ihm helfen. Sauerei, die seiner Mutter da geschehen war. Zu dumm, daß er den Mann im Krankenhaus nicht erkannt hatte. Aber gut, man würde die Frau schon finden und es aus ihr herausprügeln, was sie wußte. Das Schlachthofviertel zu überwachen war ein Kinderspiel. Das Gassengewirr war beträchtlich, aber Zugänge gab es nur fünf. Schon am dritten Tag wurde sie am Hinterausgang des Schlachthauses gesichtet, wo sie sich mit anderen Frauen um Schlachtabfälle balgte. Sie schnappten sie auf dem Nachhauseweg. An einer dunklen Ecke zog sie auf einmal eine Hand in einen Hauseingang hinein. Zwei brutale Ohrfeigen und das Gefühl von kaltem Klingenstahl an ihrer Kehle machten sie gefügig. Eine Kapuze tief über den Kopf gezogen, lief sie zwischen zwei Männern die Straße hinab. Ein dritter folgte in kurzer Entfernung dahinter. Vor dem Schlachthof bestiegen sie einen geschlossenen Wagen und verschwanden in Richtung Kalksteinbrüche.
Johann hatte sich die Angelegenheit nicht so vorgestellt. Aber das »Verhör« verlief nach den Regeln, die hier galten. In den Kalksteinbrüchen angekommen, schleiften sie sie in eine der Höhlen, warfen sie auf den Boden, stellten sich um sie herum im Kreis auf und sagten Johann, er solle seine Fragen stellen. Johann fragte, aber er bekam keine Antwort. Die Frau starrte

haßerfüllt die Männer um sich herum an und schrie plötzlich los. Das kostete sie die Vorderzähne. Dann kauerte sie sich zusammen wie ein Ball, wimmerte und schüttelte sich. Rabe wies Johann an, weiterzufragen, aber der war wie gelähmt. Mit welcher Wucht Rabe zugeschlagen hatte, mitten in ihr Gesicht, mit der geballten Faust. Jetzt zog er sie an den Haaren und gab ihr zwei weitere entsetzliche Schläge auf den Kopf. Die Frau flog hin und her, kam dann ausgestreckt und seltsam verrenkt zu ruhen. Hört auf!, wollte er rufen, aber instinktiv spürte er, daß sich in der Höhle bereits eine gefährliche Stimmung breitmachte. Die Männer waren wütend auf die Frau, die sich nicht einschüchtern ließ. »Ich brech' dir alle Knochen, wenn du nicht das Maul aufmachst«, schrie Schwalbe sie an. Aber der Frau hatte es vor Angst und Entsetzen wohl die Stimme verschlagen. Wann immer sie ihren blutverschmierten Mund öffnete, kamen nur Gurgellaute heraus. Als Rabe Anstalten machte, ihr auf die Hand zu treten, stieß Johann ihn beiseite. »So nicht«, rief er zornig, aber das kam bei seinen Kumpanen gar nicht gut an. Während Rabe ihn ärgerlich zurückstieß, packten die anderen beiden die Frau und drehten ihr die Arme auf den Rücken. Ihr gellender Schrei ließ Johann das Blut in den Adern gefrieren. »Willst du mir sagen, wie man sie zum Reden bringt, du kleiner Nichtsnutz, he?« bellte Rabe ihn an. Johann wich ängstlich zurück. War es der Alkohol, der die Mordgier in ihnen entfesselte, oder der Widerstand ihres Opfers? »Laß sie doch wenigstens einen Augenblick in Ruhe«, flehte er. »So wird sie doch niemals etwas sagen.« Rabe sah ihn feindselig an. Die anderen beiden hatten die Frau mittlerweile wieder losgelassen und schauten zerknirscht auf das Bündel zu ihren Füßen, das sich in Schmerzen wand. Johann kniete neben ihr hin, hob ihren Kopf auf und starrte ihr ins Gesicht. »Was hast du mit meinem Bruder gemacht. Los. Sag es mir doch. Sie bringen dich sonst noch um.

Wem hast du Camille gegeben. Los. Verdammt, rede.« Sie starrte ihn an wie eine Irre. Ihre Augen waren aufgerissen, ihre geschwollenen Lippen zitterten. Wie häßlich sie war. Obwohl sie abstoßend und ekelerregend auf ihn wirkte, hatte er Mitleid mit ihr. Warum sagte sie nicht, was mit Camille geschehen war? Was hatte dieses Monstrum mit seinem Bruder gemacht? Plötzlich krallte sie sich an ihm fest und heulte laut auf. Er stürzte, spürte ihre Hände auf sich und auch die Hände seiner Kumpane, die versuchten, die verzweifelte Frau von ihm loszubekommen. Was dann im einzelnen geschah, wußte er nicht. Er war wie begraben unter ihrem fetten Körper. Stiefel knirschten neben ihm auf dem Boden. Plötzlich schrie einer der Männer auf. »Verfluchtes Aas«, hörte er. »Schwalbe, paß auf, sie hat ein Messer.« Johann schlug um sich. Ein Messer, durchfuhr es ihn. Großer Gott. Ein Stoß traf seine Seite. Sie fauchte wie eine durchgedrehte Katze. Die Rangelei konnte nur Sekunden gedauert haben, aber Johann kam es vor wie eine Ewigkeit. Plötzlich flog ein dunkler Schatten haarscharf an seinem Kopf vorbei, und mit einem Mal sackte der schwere Körper auf ihm seitlich weg. Dann sah er etwas aufblitzen. Ich bin getroffen, dachte er. Sie wird mich erstechen. Er riß den Kopf herum und sah ein Messer auf sich herniederfahren. Aber es traf ihn nicht. Es stach dicht neben ihm in etwas Weiches. Dreimal. Viermal. Dann hörte er ein leises Pfeifen, als entweiche Luft aus einem Ballon, und ein abgewürgtes Seufzen. Gleichzeitig umfaßte jemand seine Fußgelenke und riß ihn mit einem starken Ruck ein paar Meter nach hinten. Als er sich endlich aufgerappelt hatte, sah er die Frau blutüberströmt am Boden liegen. Schwalbe kniete noch neben ihr, hatte eine Hand auf ihrer Kehle und die andere um den Griff des Messers, das bis zum Heft in ihrer Brust steckte. Ein letzter Ruck, und der Körper wurde schlaff. Er stach sie ab wie ein Vieh.

Mit einigen Sätzen war der Junge über sie hinweg und aus der Höhle hinaus. Er zitterte am ganzen Körper, stützte sich auf einen der herumliegenden Steinbrocken und atmete stoßweise. Das hatte er nicht gewollt. Was waren das für Menschen. Warum hatte sie sich so gewehrt? Wo hatte sie das Messer hergehabt? Er fuhr in seine Jackentasche, sein Messer war verschwunden, steckte in dieser Frau, dachte er mit Grauen. Er stürzte in die Höhle zurück. Was machten die nur dort? Der Anblick gab ihm den Rest. Er sah gerade noch, wie Schwalbe einen großen Stein aufhob. Sie waren wahnsinnig geworden. Er machte kehrt, hörte noch den dumpfen Klang des aufschlagenden Steins und rannte, was seine Beine hergaben.
Es dauerte Stunden, bis seine Knie nicht mehr zitterten. Er lief ziellos durch die Straßen, hockte sich immer wieder hin, um Luft zu holen, um die gräßlichen Bilder aus seiner Erinnerung zu vertreiben. Es war längst stockdunkel. Irgendwann fand er sich vor Notre Dame wieder. Die Glocken schlugen elf Uhr. Er überquerte den Fluß, lief ziellos durch das Quartier Mouffetard und gelangte schließlich auf die Rue Neuve St. Médard. Dann stolperte er die Treppe hinab ins *Cabaret des Chiffonniers,* setzte sich an einen der langen Tische und verschlang heißhungrig Salat und Brot. Hier würden sie ihn niemals suchen. Wenn sie ihn überhaupt suchen würden. Bloß nicht mit ihnen zusammentreffen, mit diesen blutrünstigen Schlägern. Sie hätte geredet. Vielleicht erst nach Tagen. Aber sie hätte geredet.
Er ließ seinen Blick durch den Raum gleiten, aber keiner der anwesenden Lumpensammler sah so aus wie der Bettler, den er im Garten des Krankenhauses gesehen hatte. Es war die letzte Möglichkeit. Er mußte ihn finden, koste es, was es wolle. Gleichzeitig zermarterte er sich den Kopf, was die Frau und der Bettler mit Camille gemacht hatten. Warum war der Bettler so böse auf die Frau gewesen? *Faut sauver Maman.* Morgen

würde er nach St. Lazare gehen und ihr sagen, daß er den Schuldigen finden würde. Und der Mann im Krankenhaus. Er wußte doch davon. Warum ließ er Maman einsperren, wenn er doch wußte, daß die schreckliche Frau und der große Bettler Camille ermordet hatten? Sein Herz begann wild zu schlagen. Ein Kloß steckte in seinem Hals, und er schluckte mehrmals. Wo sollte er nur hin? Er kannte genügend Schlupfwinkel, um die Nacht zu verbringen, aber er brauchte Hilfe, jemanden, der alle diese Dinge untersuchen konnte, nicht er, ein Gassenjunge, der nicht einmal zur Polizei gehen konnte. Doch wer sollte ihm schon helfen? Wer sollte Maman helfen wollen?

III.

Blau. Weiß. Grau. Und eine beklemmende Stille.
Durch einen Türspion konnte man in den Speisesaal hineinsehen. Schwester Agnés war zurückgetreten und hatte Mathilda zugenickt. Sie war an die Tür gegangen und hatte hineingesehen.
Blau. Weiß. Grau. Das Kostüm all dieser gleich gekleideten Wesen. Eine graue Haube, lange Kleider von blauem Stoff mit weißen Schürzen. Ein schwarzer Gürtel darüber. Und diese Stille. Das Auburnsystem, hatte Schwester Agnés ihr erklärt. Absolutes Redeverbot. Die schlimmste vorstellbare Folter. Nicht wenige würden wahnsinnig. Eine Weile lang war es hin und her gegangen, Einzelhaft oder Gruppenhaft, seit Monsieur de Tocqueville die unterschiedlichen Strafsysteme aus Amerika mitgebracht hatte. Man ließ die Frauen in Gruppen, verbot ihnen jedoch, zu sprechen.
»Sie bekommen Kehlkopf- und Zungenkrankheiten«, flüsterte Schwester Agnés, »deshalb läßt man sie sonntags in der Kapelle

singen. Das Schweigen frißt ihnen Löcher in den Hals. Es ist entsetzlich.«

Wo Marie Lazès in dieser graublauen Masse saß, konnte Mathilda nicht erkennen. Sie war zu keinen Arbeiten eingeteilt. Schließlich war sie in Untersuchungshaft und noch nicht verurteilt. Sie aß mit den anderen, wurde dann in ihre Zelle zurückgeführt.

Schwester Agnés erzählte ihr auch, was Mathilda nicht sah. Selbst die Spaziergänge im Hof erfolgten in absoluter Stille. Nur das Klappern der Holzschuhe sei zu hören. Sie gingen in Zweierreihen. Die Aufseherinnen stünden auf Bänken und schauten von oben auf sie herunter. Schon nach wenigen Tagen Schweigen würde der Mund pelzig, das Denken langsamer. Die Wahrnehmung beginne zu flackern.

Mathilda trat von der Tür zurück und schaute an sich herunter, an der schwarzen Kutte, die über ihre Schuhe fiel, als wachse ihr Körper nahtlos in den kalten Steinboden hinein. Die Nonnenhaube beengte sie, ihre Stirn juckte. Solch ein Umhang schnitt alles von einer Person weg und ließ nur eine Idee übrig. Eine Gottesfrau. Wie die Frauen dort drinnen. Alles weggeschnitten. Selbst die Sprache.

Dann gingen die beiden von Zelle zu Zelle, verteilten ihre Almosen. Wortlose Blicke. Dank. Gleichgültigkeit. Verzweiflung. Stumpfheit. Als Schwester Agnés und Mathilda Maries Zelle betraten, lag die Gefangene zusammengekauert auf dem Bett. Den Kopf hatte sie zur Wand gedreht, die Beine unter der Decke fest an ihren Unterleib gezogen.

Schwester Agnés sagte etwas zu der Aufseherin. Diese zuckte mit den Schultern, ließ Mathilda allein in der Zelle zurück und schloß die Tür.

Mathilda setzte sich und betrachtete die reglose Frau vor sich auf der Pritsche. »Frau Lazès«, sagte sie dann leise. »Können Sie mich hören?«

Die Angesprochene drehte sich langsam um, kniff die Augen zusammen, als könne sie die Erscheinung dort auf dem Hocker nicht richtig einordnen. Dann schüttelte sie den Kopf und wandte sich wieder ab.

»Ich bin nicht hier, um mit Ihnen über Gott zu sprechen«, sagte Mathilda.

Stille. Sie hörte ihren Atem.

»Ich habe nicht viel Zeit«, fügte sie dann hinzu. »Ich werde sprechen. Solange Sie nicht antworten, gehe ich davon aus, daß das, was ich sage, richtig ist. Sind Sie damit einverstanden?«

Keine Reaktion.

»Sie schweigen, also werden Sie mir zuhören. Ich möchte über Ihr Kind sprechen, Frau Lazès. Es war krank, nicht wahr? Ein Fieber vielleicht. Aber Sie würden nicht in ein Krankenhaus gehen mit einem fiebrigen Kind. Es muß schon sehr krank gewesen sein. Als Sie am Sonntag nachmittag dort ankamen, bekamen Sie es mit der Angst zu tun. Camille wimmerte in Ihren Armen. Sie sind durch die Gänge gelaufen, haben das grauenvolle Spektakel, den entsetzlichen Anblick des Siechtums dort nicht ertragen und sind nach Hause zurückgekehrt. Was sollten Sie tun? Sie haben Camille gewaschen, gewickelt, versucht, ihm etwas Milch einzuflößen, ihn zu beruhigen. Sein Köpfchen war heiß vom Fieber, seine Augen glänzten ...«

»... eiskalt ...«, flüsterte sie plötzlich.

Mathilda hielt inne. »Seine Glieder waren kalt, sagen Sie. Aber er schrie?«

Stille. Mathilda wartete, betrachtete die gekalkten Wände, die aussahen wie von Geschwüren überwuchert, braune, blasenartig gewölbte Flecke, die der gärende Kalk aufgeworfen hatte.

»Ja, unablässig. Krämpfe. Schreckliche Krämpfe. Durchfall.«

Sie lag noch immer mit dem Kopf zur Wand und flüsterte diese Worte.
»Eiskalt. Die Füße schon blau angelaufen ...«
»Und daher sind Sie später doch noch einmal nach Lariboisière zurück. Weil es kein gewöhnliches Fieber war. Sie irrten um das Gebäude herum, bis Sie in der Wäscherei Licht entdeckten. Aber es war niemand in der Wäscherei, nicht wahr? Deshalb sind Sie hineingegangen. Um zu schauen, ob Sie im Gebäude irgendwo einen Arzt finden würden ...«
Jetzt drehte die Frau sich um. Ihr graue Haube umrahmte ein ausdrucksloses Gesicht. Schmale Lippen. Aschefarbene Wangen. Eine Haut wie aus dünnem, leicht reißendem Papier geformt. Sie setzte sich auf.
»Wer sind Sie?« fragte sie kraftlos.
»Jemand, der Ihnen helfen will.«
»Warum?«
Mathilda ergriff ihre Hand und nahm sie zwischen ihre Handflächen.
»Wer war dort im Krankenhaus? Wem haben Sie Camille gegeben?«
»... einer Frau. Sie stand plötzlich vor mir.«
»Wie sah sie aus?«
»Ich weiß es nicht mehr. Eine Krankenschwester.«
»Sie war groß?«
»Nein. Doch. Dick war sie.«
»Ihre Haarfarbe?«
»Sie trug eine Haube.«
»Ihre Stimme?«
»Wer sind Sie? Was wollen Sie von mir?«
Sie zog ihre Hand zurück und fixierte Mathilda mit einem eindringlichen Blick. Dann huschte eine Ahnung über ihr Gesicht. Sie kniff die Augen zusammen, streckte ihre Hand aus und verdeckte Mathildas Nase und Mundpartie.

»Sie waren schon einmal hier, nicht wahr?«
Mathilda ergriff als Antwort noch einmal ihre Hände.
»Wir haben nicht viel Zeit. Wenn ich Ihnen helfen soll, müssen Sie mir antworten. Schnell antworten. Die Krankenschwester. Wie sah sie aus?«
Marie sagte nichts, starrte nur auf die Wand hinter Mathilda. Sie drehte sich um. Aber da war nichts. Nur die braunen Kalkflecken.
»Ich habe Camille umgebracht«, flüsterte sie dann leise. »Ich hätte wissen müssen, daß ihm dort ein Unglück geschieht. In dieser entsetzlichen Hölle …«
»Nein!« entfuhr es Mathilda. »Kein Wort davon. Das ist nicht wahr.«
Die Lippen der Frau begannen zu beben. »Was für eine Mutter ich bin. Mein Mann hatte recht, ich wollte keine Kinder haben. Und jetzt bekomme ich die Strafe. Der Teufel hat Camille geholt, und jetzt holt er mich …«
Mathilda schüttelte sie. »Reden Sie nicht so daher. Ich flehe Sie an. Wie sah die Frau aus?«
Einige Augenblicke lang wurde sie von Schluchzen geschüttelt. Dann fing sie sich, starrte wieder Mathilda an, riß dann den Mund weit auf, wie um zu schreien. Aber es kam kein Ton aus ihrem Mund. Mathilda fröstelte. Sie setzte sich neben die Frau auf die Pritsche, nahm sie in die Arme und hielt sie fest. Minutenlang saßen sie so da, still, bewegungslos. Dann ging die Zellentür auf. Die Aufseherin erschien, Schwester Agnés stand hinter ihr.
Mathilda legte Marie behutsam auf der Pritsche ab, stand auf und verließ wortlos den Raum. Schwester Agnés folgte ihr, und die beiden strebten schweigend dem Ausgang zu. Vor dem Gefängnis angekommen, verabschiedeten sie sich rasch voneinander. Mathilda bestieg eine Kutsche, nannte dem Fahrer ihre Adresse und sank benommen auf ihrem Sitz zusam-

men. Sie streifte die Haube von ihrem Kopf, schüttelte ihr Haar aus, öffnete dann den schwarzen Umhang und zog ihn über den Kopf aus. Mit einer verächtlichen Bewegung schleuderte sie die Kleidung zu Boden und blickte verdrießlich aus dem Fenster. Was hatte sie schon bewerkstelligen können? Natürlich erinnerte sich Marie Lazès nicht an dieses Gesicht. Ein Gesicht von vielen. Wie das der Menschen dort draußen auf der Straße. Der Spaziergänger. Der ausländischen Besucher. Der Handwerker und Tagelöhner, die dort ihren Geschäften nachgingen. Und dazwischen die Bettler, die um Almosen baten. Die Kutsche blieb in dem dichten Verkehr oft stehen, und Mathilda betrachtete die Straßenszenen, die sich vor ihrem Fenster abspielten. Immer wieder das gleiche Bild. Vorübereilende Menschen, Händler mit ihren Ständen und dazwischen das Heer derjenigen, die ihre Hände ausstreckten, um eine Münze zu erhaschen. Überall sah sie Bettler sitzen, zusammengekauert gegen eine Hauswand gelehnt, ein schlafendes Kind im Schoß, eine zerbeulte Almosenbüchse vor sich auf der Erde. Sie befahl dem Fahrer, anzuhalten, bezahlte ihn und ging zu Fuß weiter.
Der Feierabendverkehr strömte an ihr vorbei. Am Horizont ragte der Justizpalast aus dem Abenddunst. Sie raffte den Schwesternumhang unter dem Arm zusammen, steckte ihn in ihre Tasche und ging langsam und nachdenklich den Boulevard Sebastopol hinab. Sie durchsuchte ihre Tasche nach ein paar Münzen, ließ eine Weile lang bei jedem Bettler ein paar Sous zurück, bis sie zur St.-Michel-Brücke gelangt war und alle Münzen verbraucht hatte. Dabei hätte sie hier noch viele bittende Hände füllen können. Sie lehnte sich an die Brükkenbrüstung und betrachtete die Bittsteller. Während sie um sich schaute, vermischte sich die Erinnerung an ihr Gespräch mit Marie mit den Eindrücken rings um sie herum. Wo lag nur der Schlüssel zu diesen seltsamen Vorgängen? Stimmte es

womöglich, was die Frau in ihrer Verzweiflung gesagt hatte? Hatte sie Camille doch selbst ums Leben gebracht? Warum sollte im Krankenhaus jemand dem Kind Schaden zugefügt haben?
Nach einer Weile wurde sie Zeuge einer seltsamen Szene, die ihre Aufmerksamkeit gefangennahm. Am Ende der Brücke erschien eine Frau. Sie unterschied sich nicht von den anderen Bettlern, die auf der Brücke auf dem Boden saßen. Ihre Kleidung war zerlumpt, ihr Haar völlig verfilzt. Sie schleppte einen schmutzigen Sack mit sich herum. Offenbar kannte man sie hier. Manche der Bettler sahen zu ihr auf, riefen ihr einen Gruß zu. Sie jedoch ging zielstrebig auf einen der Bettler zu, der unweit von Mathilda am Fuß einer der Laternen seinen Platz bezogen hatte. Er saß dort reglos, den Kopf nach unten gebeugt, die Hand auf dem Knie aufgestützt. Ein kleines Kind lag in seinem Schoß und schlief. Die Bettlerin trat zu ihm hin und nahm ohne ein weiteres Wort das Kind aus seinem Schoß. Er schaute kurz auf, sie wechselten ein paar Worte. Offenbar gehörten sie zusammen. Vater und Mutter, dachte Mathilda. Dann streckte die Frau die Hand aus. Der Mann auf dem Boden griff in seinen Becher und gab ihr Geld. Das Bild war fast rührend. Sie arbeiten in unterschiedlichen Bezirken, dachte sie. Er bettelt hier mit dem Kind im Schoß, während sie auf den Boulevards auf der anderen Seite der Brücke ihrem Geschäft nachgeht. Jetzt holte sie das Kind, das sie ihm überlassen hatte, denn ein Bettler mit einem Kind im Arm vermochte die Herzen der Passanten mehr zu rühren. Jetzt gibt er ihr Geld, dachte sie, damit sie irgend etwas für ihren schmalen Haushalt besorgen kann.
Sie griff ihre Tasche fester, spazierte langsam über die Brücke und steuerte auf die Rue St. André des Arts zu. Das Bild der kleinen Straßenszene, die sie gerade beobachtet hatte, war ihr noch vor Augen, andernfalls hätte sie das, was sich nun auf

dem kleinen Platz vor ihr abspielte, wohl kaum bemerkt. Der Vorgang war so seltsam, daß sie unwillkürlich stehenblieb. Sie drehte sich um, blickte auf die Brücke zurück. Aber nein, die beiden waren noch dort. Die Frau lief soeben in Richtung Justizpalast davon. Mathilda blickte wieder vor sich auf den Platz. Wie war das möglich? War diese Vorgehensweise vielleicht eine allgemein verbreitete Sitte unter den Straßenbettlern? Es war, als spielte ihr ihr Gehirn die gleiche Szene noch einmal vor. Diesmal saß der Bettler vor dem St.-Michel-Brunnen. Soeben trat eine Frau zu ihm hin. Sie sah gleichfalls arm und abgezehrt aus, aber sie erinnerte Mathilda eher an die Frauen, die sie schon auf dem Markt beim Abfällesammeln beobachtet hatte. Ihre Kleidung war ärmlich, aber sie trug nicht die zusammengestückelten Lumpenfetzen, die für die Bettlerinnen charakteristisch waren. Doch auch sie nahm dem armseligen Geschöpf dort auf dem Boden das Kind aus dem Schoß, herzte es, richtete einige Worte an den Menschen vor ihr und erhielt ein Geldstück von ihm. Mathilda stand noch immer staunend an der gleichen Stelle. Die Frau ging mit dem Kind davon, der Bettler auf der Erde ließ den Kopf sinken und rührte sich nicht. Sie ging näher heran. Eitrige Geschwüre bedeckten seine freiliegenden Unterschenkel. Sein Gesicht war uralt. Ein langer, grauer Bart wuchs daraus hervor und fiel in verfilzten Strängen auf seine Brust herab. Wie alt er wohl sein mochte? Es war schwer zu schätzen, aber er konnte doch unmöglich der Vater dieses Kindes sein. Der Gedanke fuhr ihr wie ein Schlag durch den Sinn: Er hatte es gemietet! Er bezahlte die Frau dafür, das Kind halten zu dürfen! Ihr Herz begann, angesichts der einfachen Logik dieses Vorgangs, schneller zu schlagen. Das Kind wird zum Betteln vermietet. Die Mutter spart die Aufsicht und kann tagsüber unbeschwert ihren kümmerlichen Lebensunterhalt zusammensammeln, während das Kind im Schoß eines Bettlers auch

noch ein paar Sous verdient. Und ein weiterer Gedanke durchfuhr sie. Es war, als habe sich eine kleine Tür in ihr geöffnet, die aus einer Sackgasse hinausführte. Warum war sie bloß nicht früher darauf gekommen?
Das Gespräch vom Vortag kam ihr in den Sinn.
»Es geht doch immer nur um Geld.«
»Es gibt auch schlechte Menschen.«
Nicholas' Worte.
So könnte es gewesen sein. Jemand hatte Camille gestohlen. Die Krankenschwester. Sie hatte das Kind einem Bettler gegeben, um ihren kümmerlichen Lohn aufzubessern. Deshalb war es im Krankenhaus niemals gesehen worden. Sie eilte die Rue Danton hinauf. Sie triumphierte innerlich. Alles war so bestechend einfach. Es ist Nacht. Da kommt diese Mutter mit dem Kind. Die Schwester nimmt es entgegen. Was für Scheusale in Lariboisière arbeiten, hatte sie ja mit eigenen Augen gesehen. Anstatt das Kind einem Arzt zu bringen, gibt sie es einem Bettler, damit der damit ein paar Francs verdienen kann. So weit, so gut. Aber der Rest der Überlegung zerfaserte schnell erneut zu Unwägbarkeiten. Warum war Camille umgebracht worden? Und noch in der gleichen Nacht? Das Kind war doch noch Sonntag nacht in den Kanal geworfen worden? Und nachts konnte man nicht betteln. Wieder eine Sackgasse. Irgendwo war ein Fehler in ihren Überlegungen. Aber sie wollte es sich nicht eingestehen, jetzt, wo sie endlich ein Motiv für das Verschwinden des Kindes entdeckt zu haben glaubte – das älteste und einfachste Motiv der Welt: Geld.
Sie ging jetzt schneller, überquerte die Place de l'Odéon und eilte den Boulevard St. Germain hinauf. Mittlerweile war die Dämmerung hereingebrochen. Ein kalter Wind fegte durch die Straßen. Ein endloser Zug von Kutschen wälzte sich über den breiten Boulevard. Elegant gekleidete Menschen bevölkerten die Trottoirs. Aber Mathilda sah davon nichts. Ihr Ver-

stand arbeitete wie rasend. Aber ihre wirren Vermutungen fügten sich in keine Ordnung. Immer fehlte ein Stück, um eine logische Abfolge der Ereignisse zu gewähren. Sie hat das Kind einem Bettler gegeben, dachte sie zum hundertsten Mal. Er hat es am nächsten Tag in den Straßen von Paris mit sich herumgetragen, den ganzen Montag über. War es vielleicht schon tot? War so etwas Schreckliches überhaupt vorstellbar? Oder ist es an diesem Tag gestorben, aus Mangel an Pflege? Und am Abend, als er keine Verwendung mehr für das Kind hatte, hat er es einfach in den Kanal geworfen. Deshalb konnte es vorher dort auch niemand gesehen haben. Das war logisch. Aber was nicht logisch war, waren die Anzeichen an der Leiche. Die gerunzelte Haut. Antoine hatte es mit eigenen Augen gesehen. Was er wohl im Krankenhaus herausgefunden hatte? Sie schaute auf die Uhr. Die Rue Bonaparte lag auf dem Weg in die Rue de Grenelle. Doch als sie vor seinem Haus vorüberkam, glänzten die Fenster seiner Wohnung schwarz. Er war wohl noch in Lariboisière oder schon auf dem Weg zu Nicholas' Wohnung. Sie ging langsam auf der gegenüberliegenden Straßenseite an seinem Haus vorbei. Da war der Uhrenladen, von dem er gestern berichtet hatte und wo dieser Marivol, als Antoine verkleidet, die beiden Verfolger entlarvt hatte. Dieser seltsame Umstand war ihr völlig entfallen. Es mußte noch einen ganz anderen Aspekt an der ganzen Sache geben, etwas, das vielleicht gar nichts mit Marie Lazès, ihrem Kind, einer verkommenen Krankenschwester und einem rohen Bettler zu tun hatte. Warum ließ man Antoine beschatten? Sie schaute nachdenklich auf das riesige Werbeplakat, das über die Fassade des Hauses gespannt war. Dann ging sie über die Straße, auf Antoines Fenster zu. Sie schaute durch die dunklen Scheiben, vermochte jedoch nichts zu sehen. Doch plötzlich spürte sie, daß neben ihr, in der Dunkelheit hinter der Plakatwand, etwas sie beobachtete. Sie wurde

starr. Sie hätte unmöglich sagen können, woher diese Gewißheit rührte, aber nur wenige Meter von ihr entfernt, in dieser Dunkelheit neben ihr, war ein Augenpaar, das jede ihrer Bewegungen registrierte. Ein Tier, dachte sie erschrocken, wischte den Gedanken dann jedoch gleich zur Seite. Antoines Schatten. Dieser Beobachter, der gestern irrtümlich Marivol gefolgt war. Jetzt bekam sie Angst. Doch bevor sie noch überlegen konnte, was sie jetzt tun sollte, schälte sich plötzlich ein Gesicht aus der Dunkelheit. Es schwamm auf sie zu wie eine Erscheinung. Ein junges und zugleich altes Gesicht. Sie schrak zurück, ohne den Blick von den Augen abwenden zu können, die sie angstgeweitet anstarrten. Großer Gott, das muß der Junge sein, durchfuhr es sie. Der Junge wartet auf Antoine. Der Junge, der Antoine fast erstochen hätte. Maries älterer Sohn. Plötzlich wurde sie ruhig. Er hat noch viel mehr Angst als ich, dachte sie. Gleich wird er weglaufen. Er wird mich zur Seite stoßen und weglaufen. Weil er Angst hat. Aber er lief nicht weg.
»Ich bin bei deiner Mutter gewesen«, sagte Mathilda so gelassen wie möglich. »Du mußt uns helfen. Wenn wir ihr helfen sollen, mußt du uns helfen.«
Der Junge schnaufte aufgeregt. Er ist verwirrt, dachte sie. Weiß nicht, wer ich bin. Sie erwartete jeden Augenblick, daß er auf sie zuschießen und zur Seite fegen würde, um davonzulaufen. Aber ihre Worte hatten ihn offenbar verwirrt. Sie schaute ihn an. Wie kläglich er aussah. Ein Gassenjunge. Abgezehrt, mit Augen, die vieles zu früh gesehen hatten. »Ich heiße Mathilda, und du bist Johann, nicht wahr?« sagte sie sanft. Dann streckte sie die Hand aus. »Komm, trinken wir eine Schokolade zusammen.« Das ist kein kleiner Junge, dachte sie gleichzeitig. Und doch ist es ein kleiner Junge. Wie ängstlich er mich ansieht. Er stand noch immer bewegungslos vor ihr, angespannt, furchtsam. Bei der geringsten falschen

Bewegung würde er weglaufen. Gewiß würde er das tun. Aber Mathilda spürte auch, daß diese Begegnung ihn völlig überrascht hatte. Da war eine Frau, die bei seiner Mutter gewesen war und die ihm helfen wollte. Woher wußte sie überhaupt etwas darüber. »Du mußt keine Angst vor mir haben. Ich weiß, wer du bist und auf wen du hier wartest. Du hast Glück, daß du mich getroffen hast.«
Der Junge bewegte sich nicht von der Stelle. Aber seine Augen nahmen plötzlich einen anderen Ausdruck an. Sie wurden feindselig. Er verzog ein wenig den Mund, und Mathilda mußte allen Mut aufbringen, um nicht schreiend davonzulaufen. Sie schluckte, sprach dann ruhig weiter, ohne sich im geringsten zu bewegen:
»Also gut. Du hast Angst vor mir. Ich habe auch Angst vor dir. Deshalb mache ich dir einen Vorschlag. Ich werde jetzt auf die andere Straßenseite gehen. Dort ist ein Bistro. Ich werde mich an einen Tisch setzen und auf dich warten. Einverstanden? Wenn du in den nächsten zehn Minuten nicht kommst, gehe ich. Aber vergiß nicht, daß ich dir helfen will.«
Der Junge hatte noch immer eine lauernde Miene aufgesetzt, doch als Mathilda langsam aus dem Schatten der Reklamewand zurückwich, legte er nur leicht den Kopf zur Seite. Als sie wieder auf dem Gehsteig war, drehte sie sich um, überquerte schnell die Straße und betrat erleichtert das Bistro. Ihr Herz pochte aufgeregt. Wie konnte ihr nur so ein kleiner Junge solche Angst einjagen? Es waren die Augen, diese Männeraugen in einem Kindergesicht. Sie setzte sich etwas abseits an einen freien Tisch und wartete. Eine Uhr über dem Tresen zeigte an, daß es schon nach sieben war. Nicholas würde sich mit Sicherheit schon fragen, wo sie blieb. Aber sie konnte diese Gelegenheit nicht ungenutzt verstreichen lassen. Der Junge würde kommen. Er mußte kommen. Und wenn nicht, so wollte sie es wenigstens versucht haben.

Die Uhr stand auf halb acht, als sie endlich seine Silhouette am Eingang des Bistros erblickte. Er stand dort, gegen die Hauswand gedrückt, und blickte zu ihr herein. Sie schaute ihn freundlich an, aber er wagte es offenbar nicht, die Schwelle zu überschreiten. Der Wirt bemerkte ihn nach einigen Minuten auch. »Weg hier, *gamin*«, zischte er ihm im Vorbeigehen zu. Mathilda stand auf, ging zu ihm hin.
»Er gehört zu mir«, sagte sie dem Wirt, der sie mürrisch betrachtete. »Bringen Sie mir eine heiße Schokolade.«
Der Junge folgte ihr vorsichtig. Dann saß er auf seinem Stuhl, als habe er noch nie auf einem Stuhl gesessen, das Gesäß auf der Kante, die Füße auf dem Boden, als wolle er im nächsten Augenblick aufspringen und davonlaufen. Als die Schokolade dampfend vor ihm stand, roch er argwöhnisch daran, setzte die Tasse dann an den Mund und nippte.
»Hast du Hunger?« fragte Mathilda.
Er ließ sie keinen Augenblick aus den Augen, sagte jedoch kein Wort.
Mathilda bestellte zwei Brote mit Schinken. Er aß sie schweigsam, nippte immer wieder an der Schokolade, fixierte Mathilda unablässig. Das erste Geräusch, das er von sich gab, war ein gewaltiger Rülpser, der einige Gäste herumfahren ließ.
Mathilda lächelte. »Und, hat es geschmeckt?«
Er nickte. Sie musterte seine Kleidung. Ein säuerlicher Geruch stieg von ihm auf. Die Fingernägel an seinen Händen waren bis tief in die Nagelbetten hinein abgekaut. In seinen Ohren klebte ein gelblicher Schleim, und während er aß, hatte sie bisweilen die kurzen, braunen Stummel gesehen, die von seinen Zähnen übriggeblieben waren. Mitunter kratzte er sich, in den Achselhöhlen und auf dem Kopf.
Als er endlich die ersten Worte von sich gab, verstand sie zunächst gar nichts. Was war das nur für eine Sprache? Sie

brauchte eine ganze Weile, bis sie herausgefunden hatte, daß er mit den Neugierigen wohl die Polizei meinte. Nein, sie sei nicht von der Polizei. Auch keine von den Iltissen. Nein, sie sei kein Spitzel. Warum sie dann in die Wohnung der Gefängnisratte hineingeschaut hätte? Mein Gott, wie sollte das nur weitergehen. Der Advokat, der seine Mutter verteidigte, sei ein Freund von ihr, erklärte sie ihm. Nichts weiter. Die sei doch längst Futter für den Kofler. Für wen? Er machte eine halsabschneidende Handbewegung. Nein, nein, entgegnete sie. Genau deshalb müsse er ihr ja helfen, damit seine Mutter nicht verurteilt wird. Er schlürfte den Rest der Schokolade in sich hinein und wurde wieder stumm. Plötzlich, völlig unvermittelt, griff er nach ihrer Hand und hielt sie einen Augenblick lang. Er betastete sie wie einen unbekannten Stoff. Dann ließ er sie wieder fahren und stützte den Kopf auf die Hände.

Was Mathilda in der nächsten Stunde erfuhr, brachte sie zwar einer Erklärung um die seltsamen Vorgänge in Lariboisière nicht näher, aber die Schilderung dessen, was der Junge im Krankenhaus beobachtet hatte, überzeugte sie restlos davon, daß es eine geben mußte. Der Zwischenfall mit der Krankenschwester erfüllte sie mit Grauen und Abscheu, aber sie ließ sich nichts davon anmerken, versuchte nur, aus dem schubweise auf sie einströmenden Gossenkauderwelsch so viele Informationen wie möglich herauszudestillieren. Ein großer, ein hünenhafter Bettler. Er hatte Camille aus dem Krankenhaus entwendet. Diese Corley hatte ihm das Kind gegeben. Zu welchem Zweck, das konnte sie sich leicht vorstellen. Ihn mußten sie finden. Wenn das gelänge, könnten sie vielleicht etwas tun, um wenigstens die Mutter zu retten, wenn schon das Kind nicht mehr zu retten war.

Und der Junge hier vor ihr? Was sollte nur aus ihm werden. Manchmal, während er sprach, schlugen ihre Gedanken seltsame Wege ein. Sie wußte, daß es völlig unmöglich war, aber sie konnte nicht umhin, sich zu fragen, wie man dieses Wesen aus der Hölle, in der es gelandet war, wieder heraus in eine andere Welt holen könnte. Aber das war nur ein frommer Wunsch, und sie wußte es. Das Loch, in das er gefallen war, hatte keinen Boden und kannte keinen anderen Ausgang als den, der keiner war. Er würde immer nur fallen, sein Leben lang, es sei denn, es käme jemand, die Welt auf den Kopf zu stellen.

Daß der Arzt von der ganzen Angelegenheit gewußt haben sollte, verblüffte sie. Sie fragte mehrmals nach, ließ sich genau wiederholen, was der Junge im Leichenkeller während des Gespräches des Arztes mit der Krankenschwester belauscht haben wollte. Sie habe etwas Furchtbares getan. Das hatte sie, in der Tat. Ein krankes Kind einem Bettler zum Betteln geliehen. Aber was der Arzt getan hatte, war ungleich furchtbarer. Er ließ die Mutter unschuldig im Gefängnis schmachten, unter Mordanklage. Warum tat er das? Irgendwo war noch ein Fehler in all diesen Überlegungen. Aber wo?

XIV. Kapitel

> Niemals wird man eine Hautrunzelung der Hände und Füße an der Leiche eines Menschen finden, der ertrunken, aber schon nach einer halben, nach zwei, sechs, acht Stunden aus dem Wasser gezogen worden ist.
> Mir ist mithin nur ein einziger Fall bekannt, der von dieser Regel abweicht und den wir im Folgenden, seiner Eigenthümlichkeit wegen, und weil auch bei allgemeinen Naturgesetzen Fehlschlüsse niemals auszuschließen sind, kurz darlegen wollen …
>
> *Johann Ludwig Casper*
> *Handbuch der gerichtlichen Medicin*
> *Berlin 1882*

II. Heft, 13. Juli 1992

Ich hörte tagelang nichts von ihr. Ich schlief schlecht, aß kaum, brachte keine Zeile zu Papier, spazierte stundenlang durch die Stadt, besichtigte Gebäude, Geschäfte und Cafés, die von bekannten Architekten eingerichtet worden waren. Es war auch nicht viel anders als das Durchblättern von Hochglanzzeitschriften. Nichts interessierte mich wirklich. Ich schlug die Zeit tot. Aber selbst das ist zuviel gesagt. Nicht einmal das tat ich. Ich quälte mich durch die Tage und Stunden, konnte nichts mit mir anfangen, fand mich häßlich, langweilig, kam mir selber fremd vor. Die einzige Regelmäßigkeit bestand darin, morgens und nachmittags in der *Bibliothèque Historique* vorbeizugehen. Natürlich würde sie nicht dasein. Sie mußte damit rechnen, daß ich dort hingehen würde. Aber ich ließ keinen Tag aus. Ich ging hinein, lief zu den Kartentischen, starrte auf ihren unberührten Arbeitsplatz, wo die Geschichte entstanden war, die ich in meiner Tasche mit mir

herumtrug. Der Anblick der Gegenstände, der Folianten und Bücher, versetzte mir jedesmal einen Stich in den Magen.
Recherche spéciale.
Ich überlegte, wie ich sie finden könnte. Kein schwarzer Fiat 500, der mir entgangen wäre. Ich dachte mir eine nicht sehr originelle Geschichte aus, um der Bibliotheksaufsicht ihren Nachnamen oder ihre Telefonnummer zu entlocken, aber umsonst. Wenn ich der Dame ein Buch geliehen hätte, müßte ich jetzt eben warten, bis sie wiederkäme, sagte man mir. Nein, man könne grundsätzlich keine Auskunft über Bibliotheksbenutzer geben. Sie würde schon wiederkommen. Ich könnte ihr ja eine Nachricht hinterlassen.
Am dritten Tag ging ich in das Bistro in der Rue de Tourenne und sprach den Barmann an, der mit Gaëtane befreundet war. Er erinnerte sich sogar noch an mich. Er hieß Serge. Ich plauderte eine Weile mit ihm, fragte nach ihr. Sie käme nur ein- oder zweimal die Woche, sagte er. Schade, tolle Frau, nicht wahr. Ob er wisse, wo sie wohnte. Wußte er jedoch nicht. Oder wollte es nicht wissen. Woher er sie kannte? Nur so, flüchtig, aus dem Café. Er fragte viele Kunden nach dem Namen. Wie ich denn hieße. Ich sagte es ihm. Ob ich irgend etwas Bestimmtes von ihr wollte? Ja, heiraten, dachte ich. Auf den Mond schießen, dachte ich. Nein, nichts Bestimmtes, sagte ich. Ah, da käme sie ja gerade durch die Tür. Ich fuhr wie elektrisiert herum. Aber da war niemand. Serge lachte mekkernd. Nichts Bestimmtes, eh? Ich warf ihm einen eindeutigen Blick zu. Er hob abwehrend die Hände und drehte die Augen zum Himmel. Scheißhumor!
Keine Ahnung, was ich von ihr wollte. Ein Loch in meinem Leben stopfen. Für immer und ewig neben ihr liegen und ihrer Stimme lauschen. Ich hatte mich exakt eine Zigarettenlänge lang im Recht gefühlt, das zerwühlte Bett betrachtet, die Papiere auf dem Tisch. Sie war überall, und ich war ein ver-

fluchter Idiot. Offenbar gab es nur Seiteneingänge in ihr Leben, und ich wollte unbedingt mit Gewalt durch die geschlossene Tür. Was ging nur in ihr vor? Was sollte das alles bloß bedeuten? Ich stand auf. Setzte mich wieder hin. Warf mich aufs Bett. Saß wieder am Fenster. Las ihren Brief. Ich nahm ein Blatt, um aufzuschreiben, was ich dachte, was ich fühlte, schrieb aber nichts.
Vier Tage. Ich zwang mich, zu essen, würgte den Kantinenfraß in mich hinein, saß noch lange vor dem halb abgegessenen Tablett und starrte auf einen der Fernsehbildschirme, die in den Universitätsrestaurants an den Decken hingen. Ein Zebra marschierte dort regelmäßig über den Schirm. Zeichentrick. Das Logo des Studentensenders. Zebra läuft über Bildschirm, wiehert, zerfällt in bunte Striche. Nächste Meldung. Manchmal wurde mir schon nach dem dritten Bissen schlecht. Um mich herum das Klappern von Besteck, Sprachen, die ich nicht verstand, nicht einmal einordnen konnte. Arabisch? Hebräisch? Wieherndes Zebra.
Ich feilte stundenlang an einer Zeitungsannonce herum. »Mathilda! Bitte melde Dich. Antoine.« Meine Telefonnummer. Ich wußte, daß sie *Libération* las. Aber ich gab die Annonce nicht auf. Am vierten Tag deponierte ich die Übersetzung des Textes über die Bettlerhochzeit auf ihrem Tisch in der Bibliothek. Alles sah völlig unberührt aus. Sie war nicht hiergewesen, würde vielleicht nicht mehr wiederkommen. Eines schönen Tages wäre möglicherweise alles verschwunden. Die Folianten wieder im Keller. Die Bücher im Regal. *Wenn wir uns nicht mehr sehen sollten, wirf alles weg. Ich verlasse mich darauf.* Ich schob die Blätter mit der Übersetzung gut sichtbar in den Manet-Bildband. Dann nahm ich sie wieder heraus und setzte mich, um noch etwas daraufzuschreiben. Aber was? Am Ende schrieb ich in einem Zug das Gedicht nieder. Auf englisch. Ihr Gedicht.

Appelle-moi. Je t'en supplie!!!

Am fünften Tag klingelte das Telefon. Es war Cyril. Ja, er mochte Bill Evans. Wie der Abend verlaufen war?

Nett.

Nett?

Ja, nett.

Aha. Schade.

Halb so schlimm.

Er müsse noch einmal ein paar Tage weg, aber am Soundsovielten würde er ein kleines Essen machen und mich gerne dabeihaben. Einverstanden?

Natürlich war ich einverstanden und bemühte mich redlich, normal zu klingen. Er war diskret genug, nicht weiter nachzufragen.

Am sechsten Tag saß ich um acht Uhr im RER und fuhr, so weit es meine Monatskarte zuließ. Der Anblick vorüberziehender Felder hob zum ersten Mal meine Stimmung. Irgendwo stieg ich aus. Da war ein Schloß, dessen Namen ich vergessen habe. Klein. Hübsch. Mit einem dieser französischen Gärten, die aussehen wie rasiert. Es war kaum Betrieb. Ich lief um den Schloßteich herum, schaute den Enten zu. Dann beschloß ich, nach Hause zu fahren. Nicht in mein »Studio«. Nach Hause. Zur Hölle mit der Weltausstellung. Was ich hatte, füllte ohne weiteres dreihundert Seiten. Laude hin, magna cum her. Drucken. Binden. Weg damit. Die Enten quakten. Ein Gärtner kam vorbei, schob seine Schubkarre vor sich her, grüßte freundlich.

Ich lief noch zwei Stunden lang in diesem Park herum. Dann gönnte ich mir ein Mittagessen. Forelle. Weißwein. Zum wer weiß wievielten Mal versuchte ich, das Geheimnis einfacher französischer Restaurants zu ergründen. Was war hier nur so anders? So angenehm?

Aber ich fuhr nicht nach Hause. Ich starrte vor mich hin. Las,

ohne etwas zu verstehen, ging wieder und wieder in die Bibliothek. Alles lag noch da. Ihre Sachen. Meine Übersetzung. Das Gedicht mit meiner Nachricht. *Appelle-moi.*
Am nächsten Tag war die Nachricht verschwunden. Wann war sie dagewesen? Zwei weitere Tage verstrichen, ohne daß das Telefon klingelte. Dann begann die Erinnerung an ihr Gesicht aus meinem Gedächtnis zu verschwinden. Ich sah sie über mir, aber ihr Gesicht war eine weiße Fläche mit großen, braunen Augen, die mich ausdruckslos anschauten. Ihre Augen und der Klang ihrer Stimme. Alles andere erlosch, verschwamm, so sehr ich mich auch bemühte, den Prozeß aufzuhalten. Warum hatte sie das getan? Was hatte sie getan? Ich zermarterte mir den Kopf und begriff nichts. Warum diese extremen Reaktionen? Es wollte mir nicht in den Kopf, dieses rätselhafte Verhalten. Welche Frau tut so etwas? Hatte ich sie provoziert? Kann man so etwas überhaupt provozieren? Sie spricht mich an. Geht mit mir essen, druckst den ganzen Abend herum und steckt mir am nächsten Morgen einen halben Roman in den Briefkasten. Am nächsten Tag kommt sie, wirft mich aufs Bett ... nein, ich war einfach an eine komplett verrückte Französin geraten. Meine Gedanken schossen durch dunkle Tunnel. Ich schämte mich. Fühlte mich widerwärtig. Haßte sie. Haßte mich. Und dennoch, die ganze Zeit das Gefühl, einen Fehler begangen zu haben. Irgend etwas hatte sie gewollt. Das alles führte irgendwo zusammen. Aber ich begriff es nicht. Wie sollte das einen Sinn machen. Sex? War es das? Irgend ein perverses Spielchen? Niemals. Nicht so. Die Dinge, die sie mir gesagt hatte, der Klang ihrer Stimme, das war etwas anderes als das, was sie getan hatte. Solche Dinge sagte man nicht, um sich aufzugeilen, auch nicht, wenn man komplett ausgerastet ist. Dann schon gar nicht. Dafür war es zu zärtlich gewesen, zu verliebt, zu nah. Diese Worte ... ich hörte sie noch, diese unglaublichen verbalen Liebkosungen. Warum

hatte ich so schroff reagiert? Warum mich dagegen gewehrt, auf diese Art und Weise geliebt zu werden? Mein verfluchter Stolz war es, ein Bild, das ich von mir gehabt und das sie einfach zur Seite gefegt hatte. Nimm!, hatte sie gesagt, nimm! Wie aus dem Nichts. Das hatte ich nicht begriffen. Ich wollte nicht nehmen. Ich wollte geben. Macht hat der, der gibt. Nur einige Sekunden länger, nur einige Augenblicke. Alles wäre möglich gewesen.
Dann, am achten Tag, rief sie an. Ich korrigiere mich. Sie hatte angerufen. Dreimal. Ich sah es am Blinken des Anrufbeantworters. Mein Herz raste, als das Band zurückspulte. Die ersten beiden Nachrichten waren stumm. Verkehrsrauschen im Hintergrund. Ihr Atem. Krrk. Aufgelegt. Die dritte Nachricht erlöste mich vorübergehend. Drei stumme Nachrichten, und ich hätte das Gerät zertrümmert. Ohne Zweifel. … *Bruno, est-ce que tu es là* … Stille … Verkehrsrauschen … *Bon, ich hoffe du bist noch in der Stadt* … ihre Nummer, ihre verdammte Nummer … *ich war ein paar Tage weg* … Hupen … bitte, sag mir deine Nummer … *habe deine Nachricht gefunden … bon, je ne sais pas, je n'aime pas parler par téléphone … wenn du mich sehen willst, komm morgen zu mir, gegen vier Uhr … chez moi …*

Als ich die Adresse hörte, hätte ich mir fast an die Stirn geschlagen. Es war die Adresse aus ihrem Roman. Nicholas' Adresse. Mathildas Adresse.
104, Rue de Grenelle.

Ich war schon eine Stunde früher in der Gegend, lief die Rue de Grenelle auf und ab, überquerte die Esplanade vor dem Invalidendom und gelangte bis auf das Marsfeld. Die gleiche Strecke, welche die Besucher der Weltausstellung damals gegangen waren, auch Mathilda und Antoine. Nummer 104 war nichts weiter als eine Tür in einer langen Mauer unweit des Rodin-Museums. Auf der Klingel stand kein Name. Ein beleuchtetes Plastikviereck. Lautsprecherrillen. Ein schwarzes Kameraauge. Ein paar Meter weiter befand sich ein Garagentor. Es war verschlossen. Die Mauer war mindestens vier Meter hoch. Auf dem Stadtplan war nichts verzeichnet. Sie wohnt in einem Kloster, dachte ich.

Punkt vier war ich vom Marsfeld zurück, Blumen in der Hand, und drückte die Klingel. Aber es war überhaupt keine Klingel, sondern ein Türöffner, der sofort zu summen begann. Ich trat durch den Eingang, schloß die Tür hinter mir. Vor mir lag ein großer Innenhof. Kiesbestreut. Ein paar Autos standen dort geparkt. Mercedes. Saab Kabrio. Ein Jaguar. Der schwarze Fiat 500 stand auch da und wirkte wie ein Fleck auf einem Kleid. Es sah tatsächlich aus wie ein Kloster. Zwei Seitenflügel und ein Quergebäude direkt mir gegenüber. Alles zweigeschossig. Brauner Sandstein. Die Atmosphäre hier war wundervoll. Wie auf dem Land. Man spürte nichts von der Stadt um einen herum. So wohnen Minister, dachte ich. Ich ging nervös einige Schritte in den Hof hinein. Welcher von den drei Eingängen war es denn nun? Ich stand da mit meinen Blumen. Was tat ich bloß hier?

Im Quergebäude öffnete sich eine Tür. Eine Frau erschien, winkte mich heran. Als ich näher kam, wurde mir noch unbehaglicher zumute. Sie war eine auffallende Erscheinung. Groß, tiefbrauner Teint, enganliegende, pechschwarze Haare. Dunkle Augen. Um die fünfzig, schätzte ich. Man hätte jede Fünfundzwanzigjährige für sie stehen lassen. Phantastische Figur, schlank, grazile Arme, und das alles steckte in einem weißen, feingewebten Schlauchkleid. Sie trug knallrote, große Ohrringe, die wie reife Sauerkirschen aussahen. Cocktailkirschen und Cocktailkleid. Ihr Gesichtsausdruck war indessen

nicht freundlich. Aristokratisch. Distinguiert. Vornehm und sehr abweisend. Sie mußte ein Filmstar sein. Oder ein Mannequin. Ich kam mir mit meinen Blumen ziemlich dumm vor.
»Je cherche …«
»Ich weiß, wen Sie suchen. Bitte.«
Sie trat zur Seite. Was sollte denn das? Keine Vorstellung? Ich trat über die Schwelle. Sie schloß die Tür, musterte mich kurz, wies dann mit der Hand in Richtung Wohnzimmer, das zwei Stufen tiefer lag als die Eingangshalle. Wohnzimmer? Eingangshalle? Die Wohnung erschien mir fast schon lächerlich in ihrem lärmenden Luxus. Weißer Marmorboden, die Fugen mit Holzleisten ausgeschlagen. Das Wohnzimmer hatte Tennisplatzgröße und zog sich über die ganze Breite des Hauses. Lichtsaugende Bogenfenster. Kaum Möbel. Der übliche Schnickschnack. Le-Corbusier-Liege. Ein gigantischer Perserteppich. Ein riesiger, schwarz glänzender Flügel, an dem zu allem Überfluß ein glatzköpfiger junger Mann saß. Er trug ein Existentialisten-Outfit, schwarzer Rollkragenpulli, schwarze Hose, schwarze, spitz zulaufende Schuhe. Er saß am Flügel, die Augen geschlossen. Aber er spielte nicht. Er hörte. Das Kabel eines Walkman-Kopfhörers baumelte unter seinem Kinn. Eigentlich fehlte nur das Kamerateam, um hier eine unterkühlte Lifestyle-Reklame herunterzudrehen.
»Bonjour, Madame. Je m'appelle Bruno Tucher. J'ai rendez-vous avec Gaëtane.«
»Ich weiß, wer Sie sind und was Sie wollen«, sagte sie kühl. »Bitte, nehmen sie Platz. Gaëtane ist nicht hier.«
»Ihr Auto steht im Hof«, sagte ich.
Hier Platz nehmen. Wozu? Wenn sie nicht da war, könnte ich ja wiederkommen. Diese Frau war mir jetzt schon zuwider.
»*Mein* Auto«, sagte sie kurz. »Bitte. Sie kommt sicher gleich.«
Ich hatte mittlerweile den untersten Treppenabsatz erreicht.

Um die Ecke stand eine Couchgarnitur. Ein Glastisch. Afrikanische Skulpturen. Ein Molteni-Bücherregal.
»Sie ist in der Bibliothek, da nimmt sie mein Auto nicht.«
Ihr Auto? Seltsame Vorstellung. Diese Frau in einem Fiat 500. Sie sah eher aus, als pflegte sie mit dem Helikopter nach Passy zu fliegen und in Chanel No. 5 zu baden. Der Glatzenmann rührte sich nicht.
»Sie studieren hier?« fragte sie mit gespieltem Interesse, nachdem ich mich auf die weiße Couch gesetzt hatte.
Ich bejahte mißtrauisch. Was sollten diese Fragen? Ihr nächster Satz brachte mich völlig aus dem Konzept.
»Warum studiert ein Deutscher französische Geschichte?«
Ich war sprachlos.
»Pardon ...?«
»Nun, es würde mir im Traum nicht einfallen, die Geschichte Ihres Landes zu studieren. Ich würde es ohnehin nicht begreifen. Warum kümmern Sie sich nicht um die Belange Ihrer eigenen Nation?«
Daß sie nichts begreifen würde, bezweifelte ich keine Sekunde. Gaëtane in der Bibliothek? Nie im Leben. Wer war diese Frau überhaupt? Offenbar hatte Gaëtane von mir erzählt, und das, was sie erzählt hatte, schien ihr zu mißfallen.
»Entschuldigen Sie bitte«, sagte ich, »ich glaube, es gibt hier ein Mißverständnis. Dürfte ich erfahren, mit wem ich die Ehre habe?«
Wie das klang! Aber was sollte ich auf diesen Unfug schon erwidern? Außerdem war ich schon nervös genug und hatte kein Bedürfnis, mit einer offensichtlich deutschfeindlichen Französin zu streiten.
»Mein Name wird Ihnen ohnehin nichts sagen«, sagte sie kühl. Diese Blasiertheit. »Gaëtane wohnt hier, und ich will Ihnen gar nicht verhehlen, wie sehr es mir mißfällt, daß sie sich mit Ihnen trifft.«

Ich habe wenig Übung darin, auf solch direkte Unverschämtheiten zu reagieren. Was ging sie das denn an, mit wem ich mich traf?

»Nun, dann kann ich ja gehen und draußen warten. Sie gestatten?«

Ich erhob mich. Keine Sekunde länger. Das wurde ja alles immer besser. War das womöglich ihre Mutter? Oder ihre Tante? Offenbar war die ganze Familie komplett verrückt. Ich wäre sicher gegangen, hätte die Blumen in eine Ecke gepfeffert und die Sache ein für alle Mal vergessen, wenn nicht plötzlich ihre Stimme aus dem oberen Stockwerk erklungen wäre.

»Claire, nom de Dieu, laß ihn in Frieden!«

Ich glaube nicht, daß ich jemals eine peinlichere Situation erlebt habe. Der Glatzenmann saß immer noch reglos an diesem verdammten Flügel. Die Frau, die Claire hieß, bog nur die Augenbrauen hoch, warf mir einen Blick zu, den ich bis heute nicht vergessen habe, und verschwand in irgendeinem Teil ihrer Designer-Residenz. Ich stand mit meinen Blumen an der Eingangstür, nahm das alles in mich auf, wie einen rätselhaften Spuk, und wurde dann abgelenkt durch Schritte, die eine Treppe herunterkamen. Sie kam auf mich zu, als ob überhaupt nichts geschehen wäre, ergriff mich am Arm, schulterte ihre Handtasche und schob mich in den Hof hinaus.

»Désolée«, sagte sie, lief dann vor mir her auf den Fiat zu, schloß die Beifahrertür auf und bedeutete mir, einzusteigen. Der Vorteil dieser ganzen Szene war, daß ich überhaupt keine Gelegenheit hatte, mich zu fragen, was ich bei diesem Wiedersehen zuerst sagen sollte. Dieser ganze Empfang war so absurd, daß ich fast vergaß, welch irrsinnige Verkettung von Ereignissen mich überhaupt hierhergeführt hatte. Das Garagentor ging auf, wir schossen auf die Rue de Grenelle hinaus und fuhren am Invalidendom vorbei Richtung Champs-Elysées.

»Claire mag Deutsche nicht«, sagte sie, so wie man über eine unappetitliche Speise spricht. »Ich wußte nicht, daß sie überhaupt im Haus war. Nimm es ihr nicht übel. La Guerre, tu comprends. Sonst ist sie ein feiner Kerl.«
Feiner Kerl.
»Halt bitte an«, sagte ich.
Sie schaute zu mir hinüber, fuhr aber unvermindert weiter.
»Halt an!« wiederholte ich.
Sie fuhr an den Straßenrand und kuppelte aus. Da war er wieder. Dieser Blick. Sie sah nicht gut aus. Sogar schlecht. Ihre Haut war blaß. Zum ersten Mal sah ich sie in sportlicher Kleidung. Leinenhose. Pulli. Bequeme Halbschuhe. Sie schaute mich an. Stumm. Erwartungslos, wie ein Bild. Ich war machtlos dagegen. Ich warf die Blumen auf den Rücksitz. Verschränkte die Arme. Starrte vor mich hin.
»Bist du fertig?« fragte sie.
Ich schwieg. Sie kuppelte ein, lenkte den Wagen in den Verkehrsfluß zurück. Ich schaute die ganze Fahrt über aus dem Fenster. Champs-Elysées, Étoile, Avenue de la Grande Armée. Am Horizont die Glitzertürme von La Défense mit Johan Otto von Spreckelsens Triumphbogen, um 6,5 Grad zur Hauptachse Concorde-Étoile versetzt, wie mir überflüssigerweise einfiel. Ich wußte alles über diesen Bogen, einiges über den dänischen Architekten. Nichts über die Person neben mir, mit der ich darauf zufuhr. Kurz vor der Seine bog sie links ab und steuerte auf den Bois de Boulogne zu. Parc de Bagatelle, las ich auf einem Schild. Sie parkte auf einem kiesbestreuten Platz und stieg aus.
»On se promène un petit peu?«
Spazierengehen? So hatte sie sich das also vorgestellt. Nicht, daß sie mir vielleicht eine Erklärung schuldete. Nein. Gehen wir ein wenig spazieren. Ich blieb am Auto stehen und schaute sie an. Ich muß böse ausgesehen haben.

»Wir können auch wieder umkehren«, sagte sie leicht genervt.
Umkehren, dachte ich.
Dann ging sie auf das Kassenhäuschen zu. Ich folgte ihr schließlich und trat neben sie, während sie die Tickets entgegennahm.
»Es ist einer der schönsten Parks von Paris«, sagte sie, »es gibt hier Pfauen.«
Es gab tatsächlich Pfauen. Überall standen sie herum. Gaëtane hakte sich bei mir unter. Ich registrierte die Berührung, ohne zu reagieren. Eine Weile liefen wir schweigend den Weg entlang. Ich weiß nicht, wie viele Anläufe ich innerlich unternahm, etwas zu sagen. Aber es gab nichts zu sagen. Was, um alles in der Welt, hätte ich bloß sagen sollen?
»Wer ist Efisio Marini?« fragte ich schließlich, um überhaupt etwas von mir zu geben.
»Ein sardischer Gelehrter … woher kennst du diesen Namen?«
»Ein Zettel, auf deinem Tisch. Ich war im Museum.«
Sie blickte mich kurz von der Seite an.
»Du denkst, ich bin verrückt, nicht wahr?«
»Ja.«
Alles andere wäre gelogen gewesen.
Sie drückte mich fester an sich.
»Ich kann es dir nicht verübeln. Was hast du gemacht, die letzten Tage, meine ich …?«
»Dich gesucht. Warum bist du weggelaufen?«
Sie zuckte mit den Schultern.
»Ich wollte nicht weglaufen. Ich hatte gehofft, daß du dich anders verhältst, keine Fragen stellst …«
Ich blieb stehen, drehte sie zu mir her. Mein Herz schlug zweimal so stark, als wollte es danach aufhören.
»… du denkst, ich sei nicht ganz richtig im Kopf, spiele irgendein Spiel mit dir, nicht wahr?«
»Was würdest du denn denken?«

Sie biß sich auf die Lippen.
»Gib mir noch etwas Zeit, ja?«
Dann hob sie ihre Hand, strich über mein Gesicht. Warum war sie so? Wer war sie überhaupt? Wenn ich es geahnt hätte, auch nur den Schimmer einer Vermutung gehabt hätte. Aber wer denkt an so etwas?
Sie hatte die Herkunft und Bedeutung des eigenartigen Tisches nicht entschlüsselt. Mit Sicherheit war der Überbringer des seltsamen Geschenkes ein Carbonaro gewesen. Aber die Erwerb-Akte des Museums schwieg sich darüber aus.
»Kennst du den *Paten*?«
»Den Roman? Ja.«
»Die Szene mit dem abgeschlagenen Pferdekopf im Bett. Ein Zigtausend-Dollar-Rennpferd. Abgeschlagen und dem Besitzer ins Bett gelegt, um ihn gefügig zu machen. So etwas muß dieser Tisch gewesen sein. Napoleon hatte versprochen, sich für Italiens Freiheit einzusetzen. Aber er tat nichts. Für die Carbonari war er damit vogelfrei. Dann warf Orsini seine Bomben. Danach gab es Geheimverhandlungen mit Cavour. Den Rest kennst du. Magenta. Solferino. Dieser Tisch, ich hätte ihn gerne in die Geschichte eingebaut, aber ich habe keine Dokumente gefunden. Also werde ich es weglassen.«
Diese Geschichte. Darüber wollte sie sprechen. Aber was hatte das mit uns zu tun? Woher hätte ich das wissen sollen?
»Soll das heißen, daß alles andere wahr ist? Ich meine, ist das alles wirklich passiert, das mit dem toten Kind und der Frau im Gefängnis?«
»Klar ist es passiert. Es passiert gerade wieder und wird immer wieder passieren. In ähnlicher Form. Deshalb habe ich es ja aufgeschrieben.«
»Und wie geht die Geschichte aus?«
Sie blieb stehen, schaute mich an. Dann legte sie den Kopf an meine Brust und umarmte mich. Wir standen da im Park,

zwischen Pfauen. Ich strich über ihr Haar. Sie hatte geantwortet, wenn auch auf eine andere Frage. Die wichtigere. Ich hielt ihren Körper gegen den meinen gepreßt, diesen wundervollen Körper, den ich besessen, den ich nicht besessen hatte. Wie oft hielt ich sie so an diesem Tag? Wir küßten uns kein einziges Mal. Doch unsere Hände liebten sich, während wir um die Seen herumliefen. Meine Augen küßten ihre Augen, ihre Fingerspitzen flochten zarte Bänder um meine Handgelenke.

Ich bekam keine Antworten von ihr, keine Erklärungen. Statt dessen ein Meer von Erwiderungen.

Wir trafen uns täglich. Wir liefen in Paris umher. Sie zeigte mir die Orte, an denen sich vor hundertzwanzig Jahren diese Geschichte abgespielt hatte. Ich fügte mich in diese Vorgehensweise, weil ich spürte, daß sie nur auf diese Weise darüber sprechen wollte, über sich, über diesen Fall, über die Verbindung zwischen beidem, über uns. Außerdem wäre es mir egal gewesen, solange sie nur in meiner Nähe war. Ich hätte auch seltene Briefmarken oder sonst etwas mit ihr angeschaut. Ich hatte ohnehin nur Augen für sie.

Sie kannte jeden Winkel der Stadttopographie des Paris des neunzehnten Jahrhunderts. Manchmal blieb sie irgendwo stehen, zeigte auf eine Fassade oder einen unscheinbaren Durchgang zwischen zwei Häusern, erzählte, was sich hier abgespielt hatte, und fünf Minuten später war der Ort nicht wiederzuerkennen.

Wir besuchten das Musée du Petit Palais, wo Bonnats *Christ en Croix* ausgestellt war. Das Gemälde war erst im Jahre 1904 aus dem Schwurgerichtssaal entfernt worden, obwohl immer wieder Beschwerden eingegangen waren, der Gekreuzigte sei so realistisch gemalt, daß es obszön sei, ihn im Gerichtssaal auszustellen.

»Bonnat hat damals ein Kreuz im Hof der Kunstakademie aufgestellt, einen Toten daran festgenagelt und den Leichnam minutiös abgemalt«, sagte sie, als wir davorstanden. Es war grauenvoll. Man sah selbst die feinsten Adern auf den Gliedmaßen, die um die Eisennägel herum ins Fleisch hineingerammte Haut. »Die Kritiker damals meinten, er habe den Verbrecher gemalt und nicht den Erlöser. Die Kunstkritiker heute sehen das anders. Sie meinen, das Bild markiere eine Veränderung in der Blickweise. Man beginnt damit, den Menschen zu sehen, ihn verstehen zu wollen, fängt an, psychologische Erklärungsmuster zu suchen, zunächst bei Verbrechern. Dritte Republik. Bertillon.«

»Bertillon?«

»Er meinte, Verbrechertum sei physisch erkennbar. Er hat ein ganzes System dafür entwickelt anhand der abertausend Photoaufnahmen von Verbrechern, die er im Depot durchforstete.«

Sie zeigte mir die Stelle, wo der Findlingsturm am *Hospice des enfants trouvés* gestanden hatte. Die Einrichtung hatte seit dem vierzehnten Jahrhundert existiert und war erst unter Louis Philippe abgeschafft worden. Man wollte verhindern, daß Mütter ihre unerwünschten Kinder umbrachten oder auf der Straße aussetzten. Daher waren diese Holztürme in den Außenmauern der Hospize eingelassen worden. Man legte das Kind hinein, zog an einer Glocke und verschwand. Durch eine Drehvorrichtung gelangte das Kind in das Gebäude hinein.

Wir liefen durch Belleville. Sie zeigte mir den Ort, wo Bodelschwingh die ersten Arbeitersiedlungen errichtet hatte, damals *La Colline* genannt, vormals nur ein Sandhügel. Sie hatte zwei Jahre lang das zeitgenössische Terrain nach Spuren abgesucht und so den imaginären Raum für ihre Geschichte rekonstruiert. Die Kalksteinbrüche, heute die Buttes Chaumont. Der Kanal St. Martin, das Depot, alles war noch da und zugleich verschwunden. Aber warum zeigte sie mir das alles? Als ob sie mich auf etwas vorbereitete.

Ich erinnere mich außerdem nur bruchstückhaft an das, was wir damals alles besuchten. Ich war verliebt. Maßlos verliebt. Und zugleich hatte ich Angst, durch eine falsche Frage erneut ein Mißverständnis heraufzubeschwören. Je mehr Zeit wir jedoch miteinander verbrachten, desto unerträglicher wurde diese Ungewißheit. Wir liefen Arm in Arm oder Hand in Hand durch die Straßen, wie gute Freunde, wie Geschwister. Vor lauter Angst, ihr zu nahe zu treten, glitt ich fast in die Rolle eines brüderlichen Freundes, und das war das letzte, was ich wollte. Ich wollte die Frau, nicht die Freundin. Unsere Berührungen wurden zu vertraut, zu selbstverständlich. Sie legten sich wie eine Schutzschicht über uns, zwischen uns, und obwohl wir beide wußten, welches Begehren sich dahinter verbarg, geschah nichts. Sie fuhr mich nach Hause, wir sprachen lange im Auto, sie stellte irgendwann den Motor ab, wir redeten weiter, hielten die Hände wie zwei schüchterne Jugendliche. Bisoux. Bisoux. Dann fuhr sie davon.

»Bleib bei mir heute nacht«, sagte ich einmal. Es war schon Ende April. Wir kannten uns vier Wochen.

»Bonne nuit, Bruno«, antwortete sie, gab mir einen Kuß auf die Wange.

»Warum nicht?«

»Heute nicht. Nicht jetzt.«

»Wann?«

»Ich weiß es nicht. Bald.«

»Komm mit hinauf und erzähl mir das Ende der Geschichte.«

»Welches Ende von welcher Geschichte?«

»Wird Antoine Mathilda heiraten?«

Sie mußte lachen. »Sollte er das?«

»Natürlich.«

»Aber sie findet doch diesen Marivol viel attraktiver.«

»Das ist kein Mann für sie. Nein, sie soll in Paris bleiben, Antoine heiraten und Medizin studieren.«

»Ist das dein Ernst? Stellst du dir so das Leben vor?«
»Mit dir, ja.«
Sie schüttelte den Kopf. Dann sagte sie: »1868 wurden in Paris zum ersten Mal vier Frauen zum Medizinstudium zugelassen. Eine Engländerin. Eine Russin. Zwei Französinnen. Aber das gehört nicht mehr zu meiner Geschichte.«
»Warum?«
»Weil meine Geschichte vorher endet. Wenn der Fall gelöst ist.«
»Und wer löst unseren Fall?«
»Was ist mit deiner Weltreise?«
»Welche Weltreise?«
»Ich denke, du willst um die Welt reisen.«
»Nur wenn du mitkommst.«
»In einem Ballon?«
»Sicher. Aber nicht in achtzig Tagen.«
»Wußtest du, daß während der Belagerung die Kommune Dutzende von bemannten Ballons aus Paris abfliegen ließ?«
»Hatte Jules Verne daher die Idee?«
»Vielleicht. Die meisten landeten weiß Gott wo, in Bayern, in der Nordsee. Gambetta schaffte es nach Lyon. Viele wurden von den Preußen heruntergeschossen.«
»Warum wohnst du bei dieser dämlichen Claire?«
»Claire ist nicht dämlich. Sie hat mir sehr geholfen.«
»Das kann man auch, wenn man dämlich ist.«
»Sie produziert Filme. War ein kleiner Star in den Sechzigern. Wenn man mit diesen Leuten Umgang hat, wird man eben so. Aber sie ist kein schlechter Mensch. Ich mag ihre Freunde auch nicht. Aber sie hilft mir sehr. Wirklich.«
»Und der Typ am Flügel?«
»Ihr Sohn. Wenn ich dir sage, wer der Vater ist, wirst du es nicht glauben.«
»Und, wer ist es?«

»Kann ich dir nicht sagen. Er ist zu bekannt.«
»Ist mir auch egal. Gehn wir? Ich habe einen Ballon vor dem Fenster geparkt.«
»Wo fliegen wir hin?«
»Aux Marquises.«
»Hast du einen Kompaß?«
»Im Herzen.«
»Herzen sind schlechte Kompasse. Schau mich an.«
»Genau getroffen.«
»Was?«
»Mich.«
»Eben.«
»Bonne nuit, Bruno.«
»Bonne nuit, Gaëtane. Warum wolltest du den Text über die Bettlerhochzeit?«
»Wegen der Schlußszene.«
»Und Antoine heiratet Mathilda.«
»Nein. Mathilda ist nicht dabei. Antoine und Marivol gehen allein hin. Mit dem Jungen. Mathilda ist nach Meaux gefahren.«
»Nach Meaux? Wieso nach Meaux?«
»Wegen der Flecken.«
»Auf der Jacke?«
»Eben. Ist dir nicht kalt?«
»Laß uns hinaufgehen.«
»Erst erzähle ich dir das Ende, einverstanden?«
»Und dann gehen wir hinauf.«
»Ja.«
»Versprochen?«
»Ja. Versprochen.«
»Ich liebe dich.«
»Ich weiß.«
»Das ist keine Antwort.«

»Du hast keine Frage gestellt.«
»Also, was geschah dann?«

Du erinnerst dich, es war ein Mittwoch. Der dritte April 1867, um genau zu sein. Mathilda sprach mit dem Jungen, während Antoine seinen Kutscher durch die Straßen jagte, weil er auf einmal Angst hatte, daß Mathilda etwas zugestoßen sein könnte. Er zählte die Minuten, bis er endlich in der Rue de Grenelle ausstieg. Er hastete die Treppen hoch, klopfte aufgeregt gegen die Tür. Nicholas öffnete ihm. »Mathilda ... ist sie schon zurück«, stieß er hervor und stürmte ins Zimmer hinein.
Nicholas begriff natürlich nicht, warum sein Freund so aufgeregt nach seiner Schwester fragte.
»Nein«, entgegnete er mit einem süffisanten Grinsen, »aber keine Angst, sie wird schon gleich wiederkommen. Ich wußte gar nicht, daß sie dir so fehlt?«
»Mach keine Witze«, entgegnete er verärgert.
»Oho, Antoine, so kenne ich dich gar nicht. Ts, ts, ts.«
Er lief nervös ans Fenster. »Ist irgend jemand hiergewesen? Ich meine, hast du irgend jemanden bemerkt?«
Jetzt wurde Nicholas doch ein wenig alarmiert.
»Ist etwas passiert? Sag doch, was ist denn los? Was trägst du da überhaupt für einen schmierigen Lumpen mit dir herum?«
Antoine schaute auf die Jacke, die er aus der Morgue entwendet hatte und die er immer noch in der Hand trug. Er warf sie auf den Tisch, setzte sich hin und vergrub den Kopf in den Händen.
»Wann ist sie nach St. Lazare gefahren?« fragte er tonlos.
»Wann ... gegen zwei. Wie verabredet. Sie sah hübsch aus als Betschwester. Antoine, was ist denn los?«
Antoine erzählte von seinem Besuch in Lariboisière. Er ließ nichts aus. Wie er das Personal befragt hatte, seine Unterre-

dung mit dem Arzt. Die gräßliche Entdeckung in der Morgue und seine Eile, hierherzukommen. Nicholas' Augen wurden immer größer.
»Allmächtiger ...«, stammelte er, als sein Freund geendet hatte. »Komm, laß uns gleich losgehen. Das ist ja grauenvoll. Womöglich hat auch jemand Mathilda beobachtet und ...«
Antoine rieb sich nervös die Hände. »Nicholas, es tut mir so leid, ich hätte es niemals zulassen dürfen.«
»Komm. Gehen wir.«
»Nein. Laß uns noch etwas warten. Vielleicht kommt sie gleich, und ich will noch einen Augenblick nachdenken.«
»Nachdenken? Während meine Schwester dort draußen womöglich von einem Mörder verfolgt wird?«
Nicholas' Aufregung machte Antoine plötzlich ruhig. Egal, was für seltsame Zusammenhänge zwischen dem toten Kind und der ermordeten Krankenschwester bestanden, niemand wußte von Mathildas Ausflug nach St. Lazare. Sie ging als Ordensschwester dorthin. Wer sollte davon etwas bemerkt haben? Nur keine übereilten Handlungen jetzt. Vielleicht käme sie ja gleich nach Hause. Vielleicht hatte sie interessante Informationen von Marie bekommen. Wenn sie jetzt aufbrachen, würden sie sich vielleicht verpassen.
»Laß uns gemeinsam überlegen und bis acht Uhr warten, einverstanden? Wenn sie bis dahin nicht zurück ist, gehe ich allein los, und du bleibst hier für den Fall, daß sie zurückkommt, ja?«
Das leuchtete auch Nicholas ein, was ihn allerdings nicht beruhigte.
»Sag mal, dieser Vesinier, das ist doch der Arzt, der dich behandelt hat, nicht wahr?« fragte Antoine.
»Ja, sicher.«
»Montag abend ... ist dir irgend etwas an ihm aufgefallen?«
»Aufgefallen? Mir? Du liebe Zeit. Das erste, was ich von die-

sem Krankenhaus wahrgenommen habe, war ein Stoffhimmel über meinem Kopf und furchtbares Gestöhne um mich herum. Ich kann mich kaum an etwas erinnern, bis Mathilda plötzlich den Vorhang zur Seite riß und mich aus diesem Zimmer herausholte.«

»Aber er hat dich doch untersucht. Am Dienstag. Da warst du doch wieder zu dir gekommen.«

»Ja, sicher. Er hat mir den Verband gewechselt, Fragen gestellt, auf meinen Armen und Beinen herumgedrückt und gefragt, ob ich überall etwas fühle. Ich fühlte aber vor allem meinen Kopf, so groß wie ein Wagenrad.«

Antoine nickte stumm. »Aber was hat er für einen Eindruck auf dich gemacht?«

Nicholas zuckte mit den Schultern. »Überhaupt keinen. Ich war froh, als er kam, und noch froher, als er wieder weg war. Ein Arzt eben. Was soll man von einem Arzt schon für einen Eindruck haben? Ich bin glücklich, wenn ich keinen sehe.«

»Und die Schwestern. Hat man dich gut versorgt?«

Nicholas schnaubte verächtlich. »Ein Saustall ist das. Du bist doch dort gewesen. Der Krach. Der Gestank. Das Personal ist das Letzte. Wenn ich jemals wieder einen Unfall haben sollte, bring mich bloß nicht in ein Pariser Krankenhaus.«

Nicholas fegte mürrisch eine Zeitung zur Seite und ließ sich auf das Sofa sinken. »Ein Saustall …«, wiederholte er mit Nachdruck. »Wie hieß diese Schwester?«

»Corley. Colette Corley.«

»Ermordet?«

Antoine nickte.

»Erwürgt? Erstochen? Erschossen?«

»Schwer zu sagen. Erstochen auf jeden Fall. Stichwunden in der Brust. Oder zu Tode getreten. Sie sah aus, als habe man sie zertrampelt. Der Kopf war zerschmettert. Richtig eingedrückt, vielleicht mit einer Stange oder einem Stein erschlagen. Jedenfalls kein Selbstmord, das ist sicher.«

»Und du meinst, der Arzt hat das getan?«

»Der Arzt? Nein, was weiß denn ich? Aber der Arzt weiß irgend etwas, das diese Frau wohl auch gewußt hat. Und es hängt mit diesem Kind zusammen. Die Krankenschwester wurde entlassen, nachdem die Sache mit dem Kind geschah. Sie war dort in jener Nacht. In Lariboisière, meine ich.«

»Aber da waren doch sicher noch andere?« entgegnete Nicholas.

»Ja, aber sie war in der Nähe der Wäscherei. Vom Leichenkeller sind es nur ein paar Schritte, und ansonsten ist im hinteren Teil des Krankenhauses nachts niemand. Es kann also gut sein, daß Marie Lazès an jenem Abend auf Colette Corley getroffen ist. Aber was ist dann passiert?«

Nicholas sprang auf und begann, durchs Zimmer zu laufen. »Also, alles der Reihe nach. Es gibt nur zwei Möglichkeiten …«

»Es gibt unendlich viele …«

»Nein. Entweder sie hat das Kind entgegengenommen oder nicht. Mehr Möglichkeiten gibt es nicht.«

»Ja, sicher, aber dann …«

»Dann gibt es wieder nur zwei Möglichkeiten: Sie hat allein irgend etwas damit angestellt oder es dem Arzt gebracht. Und da der Arzt offensichtlich etwas verschweigt, hat sie es ihm gebracht. Logisch?«

»Ja, möglicherweise«, sagte Antoine zögernd. »Und?«

»Nichts und! Was macht ein Arzt mit einem kranken Kind? Er behandelt es. Und dann? Dann legt er es in irgendein Bett. Also muß eine andere Schwester es auch gesehen haben, oder?«

»Es hat aber niemand das Kind gesehen«, entgegnete Antoine.

»Gut. Und was heißt das?«

Nicholas schnippte plötzlich mit den Fingern. »Natürlich. Es ist ja ganz einfach.«
»Könntest du dich bitte erklären?«
Er setzte sich wieder hin. »Ha, ist doch wirklich alles ganz logisch. Diese Corley, was war ihre Aufgabe?«
»Nachtwache im Leichenkeller ...« Antoine stutzte. »Du meinst ...?«
Nicholas grinste triumphierend.
»Na klar. Das Kind ist gestorben. Kommt ja vor. Wer weiß, in was für einem Zustand die Mutter den armen Kleinen in Lariboisière abgeliefert hat? Es war Mitternacht, nicht wahr? Also, Vesinier versucht, das Kind zu behandeln. Es hat Fieber oder eine dieser rätselhaften Krankheiten eben, an denen kleine Kinder ja oft sterben. Er kann nichts mehr machen. Das Kind stirbt. Und wo kommt es dann logischerweise hin ...?«
»... in den Leichenkeller ...«
»... zu unserer Bekannten, Colette Corley, die irgend etwas mit dem Kind gemacht hat, was sie nicht hätte machen sollen. Das wiederum führt dazu, daß der leblose Körper am nächsten Tag im Kanal aufgefunden wird. So, einen Teil des Rätsels hätten wir damit gelöst.«
Antoine schaute seinen Freund an. Dann ging er ans Fenster, blickte auf die Straße hinaus. Er drehte sich wieder um.
»Und, inwiefern hilft uns das?«
»Wir müssen weiter überlegen. Hat der Arzt einen Fehler gemacht? Hat er mit dem Kind irgendein Experiment veranstaltet? Wußte die Krankenschwester das vielleicht? Hat sie ihn möglicherweise erpreßt? Hat er das Kind verschwinden lassen, um einen Fehler zu vertuschen? Die Schwester wußte davon, wollte ihn erpressen, da entläßt er sie. Sie droht ihm. Da bringt er sie zum Schweigen. Ganz einfach.«
Antoine schüttelte den Kopf. Ein ähnlicher Gedanke war ihm auch schon gekommen, und er hatte ihn als monströs beiseite

gewischt. So etwas geschah vielleicht in den Romanen eines Gaboriau. Ein Eugène Sue hätte sich solch einen haarsträubenden Unsinn vielleicht ausgedacht, aber nie im Leben würde Vesinier so etwas getan haben. Der Mann war vielleicht ein Lügner, möglicherweise ein Arzt, der zweifelhafte Methoden benutzte, aber so etwas?

»Und damit ich das nicht herausfinde, schickt er mir die Geheimpolizei auf den Hals, die mir diesen Fonvielle auf die Fersen setzt. Nicholas, überlege doch einmal. Das glaubst du doch selber nicht.«

»Nun, Herr Rechtsanwalt, was meinen *Sie* denn?«

»Bitte, ich meine es doch nicht böse. Ich will ja, daß du mir hilfst, aber das ist doch unvorstellbar.«

Nicholas hob versöhnlich die Augenbrauen. Eine Weile sagten sie nichts. Draußen klang das Geklapper von Pferdehufen auf dem Pflaster. Es war zwanzig vor acht. Und noch immer kein Lebenszeichen von Mathilda.

Sie setzten sich an den Tisch und gingen noch einmal alle Möglichkeiten durch. Wenn Vesinier mit dem Tod der Krankenschwester nichts zu tun hatte, wer dann? War es ein Unfall? Ein normaler Raubmord vielleicht. D'Alembert müßte man fragen, die Akte konsultieren.

»Weißt du, was auch seltsam ist?« fragte Antoine.

»Nein. Was?«

»Die Obduktion. Eigentlich hätte Dr. Tardieu sie durchführen müssen. Er hatte in jener Woche Dienst. Aber Vesinier hat das Kind obduziert.«

»Kennst du Dr. Tardieu?«

»Ja, flüchtig.«

»Dann frag ihn doch morgen. Was ist außerdem mit diesem Journalisten?«

»Marivol?«

»Ja.«

»Was soll mit ihm sein?«
»Von ihm hast du doch den Hinweis auf diese Corley? Offensichtlich weiß er mehr als du?«
Antoine schaute mürrisch vor sich hin. Das stimmte. An Marivol hatte er gar nicht mehr gedacht. Er wußte nicht nur mehr als er. Er konnte sogar in die Zukunft sehen, denn vermutlich würde er ihn tatsächlich aufsuchen müssen und sich entschuldigen. Gewiß müßte er das. Dann stutzte er. Marivol. Lagrange. Fonvielle. Die Affäre zog immer weitere Kreise. Das war kein einfacher Kindesmord. Irgend etwas war hier höchst seltsam.
»Wie spät ist es?« fragte er Nicholas.
»Kurz nach acht.«
»Wo bleibt sie nur?«
Nicholas schaute unruhig zur Tür. Aber da rührte sich nichts.
»Ich gehe jetzt einfach los«, sagte Antoine und stand auf.
Aber inzwischen hatte Nicholas seine Meinung geändert.
»Wozu soll das gut sein? Wo willst du denn hingehen?«
»Nach St. Lazare. Dann gehe ich zu Schwester Agnès und frage sie. Und wenn sie dort nicht ist und sie nicht weiß, wo sie hingegangen ist …«
»… gehst du zur Polizei?« beendete Nicholas den Satz.
»Laß uns noch ein wenig warten«, fuhr er fort. »Ich mache mir auch Sorgen, aber ich habe das Gefühl, daß sie bald kommen wird. Mathilda …«
Der Rest seiner Rede ging unter im Gepolter eines umfallenden Stuhles. Antoine war aufgesprungen und zur Tür geeilt. Als er sie aufgerissen hatte, hörte Nicholas es auch. Da kam jemand die Treppe herauf. Noch bevor er den Eingang erreicht hatte, war Antoine die Stufen hinab. Nicholas war auch erleichtert, aber was er auf dem unteren Treppenabsatz sah, ließ ihn trotz aller Aufregung schmunzeln. Aus Freude darüber, sie unversehrt wiederzusehen, hatte sein Freund Mathilda einfach

umarmt. Jetzt trat er gerade von ihr zurück, sie schaute ihn verdutzt an, sah dann Nicholas oben an der Tür stehen und errötete kurz.
»Verzeihen Sie ...«, stammelte Antoine. »Ich ... wir ... haben uns solche Sorgen gemacht.«
Sie lächelte etwas unbeholfen, ging an ihm vorbei und sagte: »Dazu gibt es auch allen Grund. Schnell. Wir haben nicht viel Zeit. Kommen Sie. Hallo, Nicholas. Machst du mir bitte einen Tee. Wir müssen gleich wieder los.«
Sie eilte in die Wohnung. Nicholas zwinkerte Antoine zu und schnalzte mit der Zunge, aber der schaute weg.

»Also doch«, sagte ich.
»Klar, er mag sie.«
»Und sie?«
»Ich weiß es noch nicht. Antoine ist irgendwie eine schwierige Figur.«
»Aber allmählich wächst er, finde ich.«
»Meinst du?«
»Ja, er tut endlich etwas. Gewinnt er den Prozeß?«
»Es wird keinen Prozeß geben.«
»Was?«
»Willst du alles der Reihe nach hören, oder soll ich abkürzen?«
»Nein, nein. Ich lausche.«
Die Scheiben des Autos begannen zu beschlagen. Ich malte ein Herz auf die Scheibe über dem Lenkrad und küßte ihre Wange.
Sie erzählte schon weiter.

Kurz darauf saßen die drei am Tisch. Der Tee stand dampfend vor ihnen, und Mathilda erzählte von ihrer Begegnung mit dem Jungen und ihrer Vermutung, daß die Krankenschwester den kleinen Camille einem Bettler gegeben hatte. Was Antoine seinerseits berichtete, fügte sich nahtlos in diese Annahme, nahtlos bis auf die Ungereimtheiten der Todesumstände des Kindes und das seltsame Verhalten des Arztes. Mathilda schien von Antoines Bericht überhaupt nicht überrascht zu sein. Während er sprach, betrachtete sie die Jacke, die Antoine aus der Morgue mitgebracht hatte. Einmal stand sie auf, ging ins Schlafzimmer und kam mit einem Stapel Zeitungen zurück, den sie durchblätterte, während Antoine weitere Einzelheiten aus der Morgue berichtete. Als er zum Ende gekommen war, sagte sie nur: »Ich hole jetzt den Jungen.«

Die beiden Männer schauten sich an.

»Den Jungen? Ist er denn hier?«

Sie überflog einen Absatz auf dem Papier vor sich, schaute dann wieder auf.

»Er wartet unten. Und wir müssen gleich losgehen. So eine Gelegenheit kommt so schnell nicht wieder.«

»Könntest du dich bitte ein wenig deutlicher ausdrücken«, sagte Nicholas gereizt. Sie packte die Zeitungen wieder zusammen und legte sie vor sich auf den Tisch.

»Antoine, der Junge hat vor Ihrer Wohnung auf Sie gewartet. Er kann allein nichts tun. Er braucht die Hilfe von zwei oder drei Männern, um diesen Bettler zu stellen. Während wir hier sitzen, findet in St. Eustache eine Bettlerhochzeit statt. Hunderte von ihnen werden dort sein. Vermutlich auch der Mann, den wir suchen. Vor allem wird ein gewisser Cloche dasein, der Doyen der Zunft, der alle und jeden kennt, der in diesem Gewerbe tätig ist. Offensichtlich wird das, was dieser Unbekannte getan hat, nicht gerade gern gesehen, weil es dem Ansehen des Standes schadet. Er wird sicher reden, wenn man ihm die Situation schildert. Ich kann die Einzelheiten jetzt nicht erklären. Fragt den Jungen. Er hat mir das alles erzählt.«

»Und wir sollen dort hingehen? Zu einer Bettlerhochzeit?« fragte Nicholas ungläubig.

Antoine schüttelte den Kopf. »Mathilda …«
»Wenn ihr nicht geht, gehe ich ohne euch.«
»Wie stellst du dir das vor?« rief Nicholas aufgebracht.
»Laß dir etwas einfallen, verdammt noch mal. Antoine, wissen Sie, wo Monsieur Marivol wohnt?«
Antoine nickte. »Rue du Bac.«
»Welche Nummer?«
»Dreiundsiebzig.«
»Ich werde zu ihm gehen und ihn auch dort hinschicken. Dann seid ihr zu dritt. Ich gehe jetzt zu dem Jungen hinunter. St. Eustache. Macht, was ihr wollt. Ich gehe. Ihr wißt ja, wie der Junge aussieht.«
Sie stand auf, griff nach ihrem Mantel und stand schon halb in der Tür, bevor die beiden Männer reagierten.
»Mathilda, for God's sake …«
Aber sie lief einfach die Treppe hinab. Antoine sprang auf, um ihr zu folgen, aber Nicholas schrie, er solle wenigstens warten, bis er seine Schuhe angezogen habe.
Antoine lief ans Fenster, während Nicholas ins Schlafzimmer stürzte. Eben glitt Mathilda aus dem Hauseingang, überquerte die Straße und ging auf eine kleinwüchsige Figur zu, die dort an einer Laterne stand. Was trug sie da nur unter dem Arm? Er fuhr herum, schaute auf den Tisch. Der Zeitungsstapel lag da. *Gazette des Hopitaux*. Dann wurde ihm plötzlich heiß. Er fegte die Zeitungen zur Seite. Die Jacke war verschwunden. »Merde!« entfuhr es ihm. Nicholas kam aus dem Schlafzimmer, einen Mantel unter dem Arm. »Jawohl, MERDE. Los, gehen wir.«
Doch als sie auf die Straße traten, war von den beiden nichts mehr zu sehen. Sie eilten die Rue de Grenelle hinab, konnten jedoch weder Mathilda noch den Jungen entdecken. »Das gibt's doch nicht«, sagte Nicholas schnaufend. »Wohin sind sie nur so schnell verschwunden?«

»Eine Kutsche. Sie hat eine Kutsche genommen. Los. Halt eine Kutsche an.«
Aber das war gar nicht so einfach um diese Zeit. Die wenigen Kutschen, die vorbeikamen, waren alle besetzt. Sie brauchten fast zehn Minuten, bis sie endlich ein freies Fahrzeug gefunden hatten, und als sie vor Marivols Wohnung angekommen waren, sahen sie gleich, daß sie zu spät kamen.
Der Journalist stand bereits an der Straße und winkte in alle Richtungen nach einem Wagen. Als er Antoine erkannte, ging er direkt auf ihn zu. »Wo ist Miss Sykes«, fragte der, ohne auch nur die Zeit für eine Begrüßung zu verschwenden. »Sie kommt nach«, sagte Marivol und stieg einfach an ihm vorbei in den Wagenschlag. »Schnell, wir dürfen keine Zeit verlieren. Impasse St. Eustache«, rief er dem Kutscher zu. »Ah, Monsieur Sykes, wie ich vermute. Sehr erfreut. Guten Abend. Marivol ist mein Name.«
Antoine nahm wieder Platz. »Und wo ist der Junge?« fragte Antoine, nachdem sie losgefahren waren. »Er ist wohl schon dort«, antwortete der Journalist und musterte die beiden neugierig. Nicholas schaute den Mann abschätzend an, während die Kutsche durch die Straßen rumpelte. Wirklich eine auffallende Erscheinung. Vor allem seine Augen hatten etwas sehr Einnehmendes.
»Ich freue mich, daß Sie wieder ganz hergestellt sind«, sagte Marivol freundlich.
»Ich hoffe nur, daß ich heute nicht schon wieder eine Beule bekomme«, antwortete Nicholas verdrießlich.
»Keine Angst«, erwiderte der Journalist, »diese Bettler sind eigentlich feine Leute, bis auf einige wenige Ausnahmen, und zu dritt werden wir den Mann schon einzuschüchtern wissen.«
Antoine fühlte sich unwohl. Feine Leute? Sie überquerten bereits den Pont Royal.

»Ich muß mich bei Ihnen entschuldigen«, sagte Antoine. »Ich habe Ihnen Unrecht getan.«
Marivol schüttelte den Kopf. »Ich Ihnen auch. Wir sind quitt.«
»Sie mir?«
»Nehmen Sie es mir nicht übel«, fuhr Marivol fort, »aber sehen Sie, ich habe mich im Justizpalast erkundigt, warum man Ihnen den Fall übertragen hat. Offensichtlich gelten Sie dort als harmlose Ente. Nach unserem letzten Gespräch hatte ich diesen Eindruck auch, und jetzt sehe ich, daß ich mich getäuscht habe.«
Er streckte ihm die Hand entgegen. Die Pille war bitter, aber Antoine schluckte sie. Außerdem fuhr Marivol schon fort: »Wir schnappen uns diesen Bettler, und dann werden wir schon sehen, was in Lariboisière geschehen ist.«
»Wie wollen Sie vorgehen?« fragte Antoine.
»Wir gehen zur Messe und warten, bis die Zeremonie vorüber ist. Wenn wir den Mann dort entdecken, schlagen wir gleich zu. Ich werde versuchen, mit Cloche zu reden. Er wird uns helfen, daran habe ich keinen Zweifel. Wir müssen nur aufpassen, daß wir die Feier nicht stören. Aber das dürfte nicht zu schwierig sein. Drei gegen einen.«
»Dreieinhalb«, sagte Nicholas.
»Ja richtig, der Junge ist ja auch noch da. Und die Corley ist hinüber?« fragte er Antoine.
»Ja. Mehr als das. Woher wußten Sie überhaupt von ihr?«
»Aus der Registratur. Sie war die einzige, die in dieser Woche verschwunden war. Ein alter Polizeitrick. Nach einem seltsamen Ereignis schaue man stets, wer plötzlich nicht mehr da ist. Es funktioniert fast immer. Die Befragung mußte ich freilich Ihnen überlassen. Aber Sie haben das ja ausgezeichnet hinbekommen. Wie hat Vesinier reagiert, als Sie ihn nach ihr gefragt haben?«
»Schlecht. Er wurde nervös.«

»Aha, zu dumm, daß sie tot ist.«
Nicholas schaltete sich wieder ein. »Wo ist meine Schwester?«
Marivol zuckte mit den Schultern. »Ihre überaus reizende und intelligente Schwester meinte, sie müsse dringend nach Meaux fahren.«
»WAS?? ... Und Sie haben sie nicht aufgehalten .... Nach Meaux. Jesus Christus, Sie ...«
»Ihre Schwester ist eine bemerkenswerte Frau. Ich hätte sie nicht einmal aufgehalten, wenn sie gewünscht hätte, auf den Mond zu reisen. Morgen mittag ist sie wieder hier und, wie ich denke, mit interessanten Informationen.«
Dieses Rätselraten wurde Antoine so langsam zuviel.
»Was zum Teufel will sie in Meaux?«
Marivol schaute von einem zum andern. »Offenbar etwas, das es nur dort gibt. Also, kümmern wir uns um unseren Teil, einverstanden?«
»Sie sprachen von einem Cloche?« warf Nicholas ein.
»Wenn Sie seine Nase sehen, werden Sie verstehen, warum er so heißt. Aber lassen Sie sich nicht zu sehr ablenken von dem Spektakel in der Kirche, und halten Sie Ausschau nach dem Mann, den wir suchen. Er muß dort auffallen, die meisten anderen sind kleinwüchsig. Wahrscheinlich hat er einen Buckel oder sonst irgendeine Verwachsung. Ich werde gleich nach unserer Ankunft verschwinden und Cloche suchen. Auf jeden Fall unternehmen Sie nichts, auch wenn Sie einen Mann sehen sollten, auf den die Beschreibung paßt. D'accord?«
Antoine und Nicholas nickten.
»Sollten wir uns nicht ein paar Lumpen umwickeln?« meinte Nicholas spöttisch.
»Sie werden sich wundern«, antwortete Marivol grinsend. »Wahrscheinlich sind Sie beide die einzigen dort, die Anzüge vom letzten Jahr tragen.«
Bevor sie noch etwas erwidern konnten, hielt die Kutsche an,

und Marivol stieg aus. Als Antoine bezahlt hatte, war der Journalist bereits durch das Kirchenportal verschwunden.
Wie recht Marivol mit seiner letzten Bemerkung gehabt hatte, wurde ihnen sogleich offenbar, als sie die Kirche betraten. Der Anblick war so aberwitzig, daß sie minutenlang überhaupt nicht einordnen konnten, in was für eine Versammlung sie hier hineingeraten waren. Die Zeremonie war bereits im Gang. Das Brautpaar kniete vor dem Altar. Auf den Bänken zu beiden Seiten saßen Figuren herum, die aussahen, als seien sie einem grotesken Feenmärchen entstiegen. Schon der Anblick der jämmerlichen Kreaturen auf den Straßen war manchmal erschreckend genug. Einige Hundert von ihnen an einem Ort versammelt zu sehen, war indessen ein geradezu danteskes Schauspiel. Doch noch der mißgestaltetste Zwerg oder Krüppel, jegliche Mißbildung und Verwachsung, steckte hier in Anzügen und Kleidern, die einem Hofempfang alle Ehre gemacht hätten. Sie setzten sich rasch auf eine der letzten Bänke und musterten erstaunt und argwöhnisch die Umgebung. Plötzlich klingelten allerorten Münzen. Offenbar kam die Kollekte. Jetzt begriffen sie überhaupt nichts mehr.
»Was soll denn das jetzt?« flüsterte Nicholas verwirrt und suchte nach einem Geldstück. »Die Bettler geben Almosen? Ist denn heute alles verrückt geworden?«
Als der Samtbeutel bei ihnen ankam, war er bereits dick und schwer. Eine pockennarbige, verwachsene kleine Frau reichte Nicholas den Beutel mit einem fratzenhaften Gesichtsausdruck, der wohl ein Lächeln darstellen sollte.
»Bitte«, sagte sie leise und hielt ihren Pelzmantel über ihrem Seidenkleid zusammen, »für die Armen.«
Sie entrichteten ihre Spende und reichten den Beutel an einen Blinden weiter, der hinter ihnen saß.
»Für die Armen?« flüsterte Nicholas Antoine zu und zog die Augenbrauen hoch. Antoine zuckte mit den Schultern und

schüttelte ratlos den Kopf. Dann versuchte er, zwischen den Köpfen hindurch Marivol oder den Jungen auszumachen. Aber keiner der beiden war irgendwo zu sehen. Er dachte an Mathilda. Was, um alles in der Welt, wollte sie in Meaux? Und warum hatte sie diese Jacke entwendet? Wenn er sie nicht zurückbekäme? Eine Katastrophe. Warum hatte sie das Kleidungsstück überhaupt mitgenommen? Vielleicht versehentlich, mit einer der Zeitungen. Wohl Lesestoff für die Zugfahrt. Was ging nur in dieser Frau vor?

Orgeltöne erklangen. Gesang wurde angestimmt. Da stieß Nicholas ihn plötzlich an und wies mit dem Kopf in Richtung Balustrade. Tatsächlich. Dort oben stand der Junge hinter den Steinstreben und musterte prüfend die Versammlung. Doch offensichtlich konnte er den gesuchten Mann auch nicht ausmachen. Der Anblick des kleinen Scheusals erfüllte Antoine mit gemischten Gefühlen. Er hatte ihn also aufsuchen wollen und war dabei auf Mathilda gestoßen. Warum war sie eigentlich bei ihm gewesen? Und wieso mußte er laufend an sie denken? Der Gesang verklang. Glocken begannen zu läuten. Das Brautpaar drehte sich um und begann, den Mittelgang der Kirche hinabzuschreiten. Die Gäste streckten die Köpfe hoch, um einen Blick auf die Frischvermählten zu erhaschen. Der Junge war wieder verschwunden, und Nicholas und Antoine taten es den anderen Gästen gleich und betrachteten das Ehepaar. Der Anblick der beiden war unbeschreiblich. Die Braut war klein, pockennarbig, halb oder im schlimmsten Falle völlig blind. Ihr Mann war ebenfalls kleinwüchsig. Beide überragten nicht einmal die Ablagen für die Gesangbücher. Er war eine Art Zwerg, lahm und buckelig, in jeder Art mißgestaltet, ein regelrechter Quasimodo. Beide hatten sich ungemein geschmackvoll herausgeputzt, was ihre monumentale Häßlichkeit noch unterstrich. Sie gingen langsam vorüber, nach beiden Seiten graziös lächelnd. Bisweilen machte die Braut einen kleinen Knicks, während ihr Mann unablässig ihre Hand streichelte, die sie bei ihm untergehakt hatte. Hinter ihnen schlossen sich schnell die Reihen der aus der Kirche herausströmenden Hochzeitsgäste. Antoine und Nicholas blieben bis zum Schluß auf ihrem Platz, musterten aufmerksam jede Gestalt, die an ihnen vorüberzog. Doch weder sahen sie einen großgewachsenen Bettler, noch erschienen Marivol oder der Junge in dieser eigentümlichen Prozession. Als sich alle Bänke geleert hatten, verließen sie die Kirche und traten vor das Portal. Dort war mittlerweile eine helle Aufregung entstanden. Von überall her kamen Kutschen herbei, um die Gesellschaft zum Abendessen zu fahren. Ein Graf hätte nicht aufwendiger heiraten können.

Plötzlich kam Marivol in Begleitung eines Mannes auf sie zu. Antoine erkannte ihn sogar. Das war doch der Klarinettist von der Place de la Concorde. Der Mann mit der Glockennase. Daher der Name Cloche! Das war also der heimliche Chef dieser Zunft. Marivol entledigte sich schnell der gegenseitigen Vorstellung und fügte dann hinzu:

»Ich habe Monsieur den Fall geschildert, und er hat uns freundlicherweise eingeladen, beim Dîner anwesend zu sein. Der Mann, den wir suchen, heißt Gargo. Jedenfalls paßt die Beschreibung auf ihn. Er gehört nicht zu den geladenen Gästen, aber es ist sehr wahrscheinlich, daß er, wie viele andere, später zu den Elysées Montmartre zum Tanz kommen wird. Wenn wir diskret vorgehen, gibt es keine Einwände gegen unsere Anwesenheit.«

Antoine dankte dem Mann. Cloche musterte sie kurz. »Ich verlasse mich auf Sie«, sagte er dann. »Was Gargo getan haben soll, ist ungeheuerlich. Wir sind ehrliche Bettler. Aber bitte denken Sie daran, daß wir heute eine Hochzeit feiern. Ich hoffe, Sie verstehen mich.«

Antoine hatte Schwierigkeiten, nicht auf diese kolossale Nase

zu blicken. Wie oft der Mensch wohl »hier« gerufen hatte, als der liebe Gott das Nasenfleisch verteilte.
»Ich verspreche Ihnen, es wird nichts geschehen, was Ihr schönes Fest stören könnte.«
Der Mann eilte wieder in die Menge zurück und ließ sie stehen.
»Los«, sagte Marivol, »versuchen wir es auf dem Boulevard Sebastopol. Hier eine Kutsche zu bekommen ist aussichtslos.«
Sie eilten an den Hallen vorbei zum Boulevard.
»Was ist mit dem Jungen?« fragte Antoine, nach Atem ringend.
»Er wird schon irgendwie dort hinkommen. Haben Sie jemanden gesehen, der wie dieser Gargo aussah?«
»Nein. Was machen wir überhaupt, wenn wir ihn finden sollten?«
»Das überlegen wir uns dann. Ah, da ist eine Kutsche. KUTSCHER!«
Sie stiegen ein. Eine halbe Stunde Weg lag vor ihnen.
»Ein rechtes Spektakel, nicht wahr?« sagte Marivol. Seine Augen blitzten vergnügt.
Nicholas hatte sich mittlerweile von der Aufregung über die Jagd nach diesem Unbekannten anstecken lassen. »Ich hatte gedacht, wir hätten auf dem Marsfeld die ganze Welt ausgestellt. Und dann so etwas, einen Steinwurf davon entfernt.«
»Auf dem Marsfeld haben Sie die Welt des Kaisers, oder wie er sie sich zusammenträumt. Sie haben Glück. Diese Hochzeit ist eine Art Staatsakt. Es gibt zwei mächtige Bettlerzünfte in der Stadt. Sie kontrollieren seit Generationen die einträglichsten Plätze, und durch diese Eheschließung heute werden die beiden Clans noch mächtiger.«
»Einträglich scheint das Geschäft ja zu sein«, warf Antoine ein.
»Einen so prallgefüllten Kollektenbeutel habe ich schon lange nicht mehr gesehen.«

»So ist das halt, wenn die Elite feiert«, erklärte Marivol. »Sie haben heute das Privileg, mit dem gesamten Aufgebot der Pariser Bettleraristokratie zu speisen. Das wird ein Fest werden. Harmonika- und Drehorgelspieler, Bajazzos, Seiltänzer von hohem Rang, Pfefferkuchenverkäufer, Gerstenzuckerhändler, alle Blinden, Lahmen, Buckeligen, kurz, die ganze Elite wird dasein. Und hoffentlich auch unser Gargo.«

»Also ist es keine Convenienzheirat?« fragte Antoine.

Marivol schüttelte den Kopf. »Wegen der Häßlichkeit, meinen Sie? Nein, durchaus nicht. Es gibt unter den Bettlern eine kleine Gruppe von Krüppeln, die unter ihren Standesgenossen die höchste Achtung genießen. Je mehr ein Bettler mißgestaltet oder garstig ist, desto höher ist sein Ansehen bei den Damen.«

»Warum ist das so?« fragte Nicholas.

»Je verkrüppelter, desto höher die Wahrscheinlichkeit, viele Almosen zu bekommen. Alles in der Welt folgt doch letztlich der gleichen Logik. Warum haben fette Männer die schönsten Frauen? Weil fette Männer oft reich sind. So auch hier.«

»Und ein Kind auf dem Schoß steigert die Spendenfreudigkeit ebenfalls, daher Camille«, fügte Antoine hinzu.

Marivol nickte. »Es gibt einen regulären Handel mit kleinen Kindern. Sie werden vermietet. Der Preis liegt zur Zeit bei acht Sous. Wenn man in Lariboisière als Leichenwache arbeitet, sind acht Sous ein lohnendes Zusatzeinkommen. Wer weiß, wie lange diese Corley das schon praktiziert hat? Was ich nicht verstehe, ist, warum der Bettler das Kind in den Kanal geworfen hat.«

»Und warum hat der Arzt die Corley gedeckt?« ergänzte Antoine.

»Nun, ich hoffe, wir werden es heute abend noch erfahren. Aha, da vorne sind schon die anderen Kutschen. Ich denke, wir sind gleich da.«

»Und was sollen wir jetzt machen?« fragte Nicholas.
Marivol schaute ihn erstaunt an.
»Amüsieren Sie sich. Ich für meinen Teil habe jedenfalls noch nicht zu Abend gegessen. Sie etwa?«
Nicholas schaute skeptisch nach draußen. »Solange es kein Rattenfleisch gibt.«
»Keine Angst«, beruhigte ihn der Journalist. »Wir sind hier bei Bettlern, nicht bei armen Leuten.«

»Laß uns hinaufgehen. Es wird kalt.«
»Soll ich die Heizung anmachen?«
»Das geht nur, wenn der Motor läuft.«
»Dann mache ich eben den Motor an.«
»Warum erzählst du mir nicht oben das Ende.«
»Weil ich nicht will.«
»Auch gut. Also, mach den Motor an.«
»Wo waren wir?«
»Sie sind in Montmartre angekommen.«

Der Festsaal entsprach schon eher dem sozialen Rang der Angehörigen dieses Milieus. Lange Tische mit rot-weiß karierten Tischdecken standen in zwei parallelen Reihen um eine Tanzfläche herum und waren im Nu von den hereinströmenden Gästen besetzt. Jeder setzte sich geräuschvoll, die einen, wo sie wollten, die anderen, wo sie konnten. Nur der Tisch an der Stirnseite der für diesen Abend zum Bankettsaal umfunktionierten Halle wies eine klar erkennbare Tischordnung auf: in der Mitte das Brautpaar, daneben die engsten Angehörigen und jener Cloche, der dem Tisch präsidierte. Bei den ersten Gängen benahmen sich die Gäste noch recht anständig. Nicht jeder aß im besten Stil, aber doch ohne sich und die anderen durch Reden viel zu unterbrechen. Man bediente sich nach Belieben, man nahm einander die Schüssel aus den Händen, tauchte die Finger in die Soße, hob die Teller zum Mund und benutzte Messer und Gabel so wenig als möglich.

Marivol, Nicholas und Antoine hatten sich in der Nähe des Eingangs niedergelassen und musterten während des Essens, so gut sie konnten, das Gewirr der Figuren um sie herum. Weder der Junge noch ein Mann, auf den die Beschreibung gepaßt hätte, ließen sich blicken.

Während des zweiten Ganges, nachdem der erste Hunger gestillt war und der Wein die Geister belebt hatte, wurde das Mahl ungeregelter, und es dauerte nicht lange, so artete es in eine regelrechte Orgie aus. Man schrie, man beglückwünschte die Neuvermählten zum soundsovielten Mal, die jeden der Gäste mit Händedruck begrüßten. Man rühmte die Großartigkeit des Festes, schlug mit den Messern auf den Tisch, zerbrach Gläser oder vergoß Soßen und erzählte laut skandalöse Geschichten, über welche die Damen sich nicht einmal zu erröten die Mühe machten. Ein Bajazzo karikierte Lasserière und Thérésa unter dem stürmischen Beifallklatschen der Blinden und Buckligen, welche das *charmant* fanden. Endlich verlangte man nach dem Orchester, und der Ball begann. Das junge Paar eröffnete den Reigen mit einem Charaktertanz. Man hätte sie für zwei Hampelmänner halten können. Bald war der Wirrwarr so groß, das Chaos von Buckeln, schiefen Beinen und Armen in der Binde, die Verschlingung von verkrüppelten Körpern, die konvulsivisch ineinandergriffen, so undurchdringlich, daß Antoine und seine Begleiter den Eindruck hatten, einem unheimlichen Totentanz beizuwohnen, einem schrecklichen Traumbild, in welchem alle Fratzen und Teufel phantastisch durcheinanderwirbelten. Der Wein, die schwere, überhitzte Luft und ihr nervöses Suchen nach einer unbekannten Gestalt in diesem ganzen Horrorreigen ließen ihre Sinne schwer und träge werden, und es schien fast, als hätten sie den eigentlichen Grund für ihr Hiersein schon ver-

gessen, als plötzlich der Junge vor ihrem Tisch auftauchte. Antoine hätte sich fast verschluckt, so erschreckte ihn der Anblick dieses Gesichtes, das vor gerade zehn Tagen mit der Absicht über ihm geschwebt hatte, ihn zu ermorden. Den Jungen schien die Begegnung gleichermaßen zu ängstigen. Er nickte nur zweimal mit dem Kopf, deutete in eine entfernte Ecke hinter dem Tumult um sie herum und verschwand augenblicklich in die Richtung, in die er gewiesen hatte. Es war die Ecke, in der sich die Bar befand.
Die drei besprachen sich schnell und beschlossen, sich aus unterschiedlichen Richtungen der Stelle zu nähern. Marivol und Nicholas an den Außenwänden der Halle entlang, Antoine durch das zwischen ihnen und der Bar tosende Gewimmel. Für Antoine war die Sache einfacher gesagt als getan. Schon nach wenigen Schritten hatte er Mühe, sich zwischen den zuckenden Leibern hindurchzuschlängeln. Dafür sah er den Mann als erster, eine hünenhafte Figur, die alle anderen um zwei Kopflängen überragte. Er stand am Tresen mit dem Rücken zur Tanzfläche und schien sich mit dem Barmann zu unterhalten. Er war offensichtlich nicht allein gekommen, denn neben ihm standen noch weitere Bettler, die sich dadurch von den anderen Gästen abhoben, daß sie sich nicht die Mühe gemacht hatten, sich für das Fest besonders herzurichten. Sie trugen die Kluft, in der man sie täglich auf den Straßen sehen konnte, zusammengestückelte Mäntel, grobe Hosen, schwere Schuhe und den obligatorischen Sack auf dem Rücken, in dem sie ihre erbettelten oder gefundenen Habseligkeiten verwahrten. Antoine behielt den großen Mann im Auge, duckte sich, so weit er konnte, um keine Aufmerksamkeit zu erregen. Aber bei dem Durcheinander um ihn herum war das wohl überflüssig. Er wurde gestoßen und geschoben. In einiger Entfernung sah er Marivol, der bei diesem Cloche stehengeblieben war und ihm etwas ins Ohr flüsterte. Nicho-

las war nicht zu sehen. Dafür entdeckte Antoine plötzlich wieder den Jungen, der bereits auf Armeslänge an den großen Bettler herangeschlichen war. Plötzlich tauchte er blitzschnell weg. Irgend etwas an dieser brüsken Bewegung alarmierte Antoine. Dann sah er es auch. Er riß den Kopf herum. Nicholas' Silhouette huschte hinter einer Säule vorbei. Aber er schaute nicht zu ihm her. Er konnte ihm kein Zeichen geben, anzuhalten. Marivol sprach noch immer mit Cloche. Wie sollte er sie warnen? Er blickte wieder zur Bar und sah mit Schaudern, warum der Junge plötzlich kehrtgemacht hatte. Da stand dieser Gargo, links und rechts von ihm jeweils ein weiterer Bettler. Aber neben diesen beiden standen zwei Figuren, die Antoine hier zuallerletzt erwartet hätte. Freilich kannte er nur den einen. Es war Fonvielle. Wer der andere war, konnte er sich jetzt leicht vorstellen. Entweder noch einer von Lagranges Spitzeln oder womöglich Lagrange selbst. Fonvielle ließ Gargo keine Sekunde aus den Augen. Sie bewachen ihn, durchfuhr es Antoine. Die Geheimpolizei beschützte diesen Bettler. Das wurde ja immer besser. Oder waren sie ihnen gefolgt? Fonvielle hatte ihn den ganzen Tag beschattet, und als sie nach St. Eustache aufbrachen, war es ihm sicher ein Leichtes gewesen, sich ihnen an die Fersen zu heften. Aber jetzt observierten sie diesen Gargo. Antoine wandte sich nach links. Marivol sprach noch immer mit Cloche, also mußte er zunächst Nicholas aufhalten. Er erwischte ihn gerade noch, bevor dieser an die Bar gelangte.
»Zurück!« zischte er ihn an. Nicholas blieb stehen. »Es gibt ein neues Problem. Bleib hier stehen. Ich muß zu Marivol.« Ohne eine Antwort abzuwarten, drängelte er sich durch die tanzende Menge hindurch und steuerte auf Marivol zu. Gargo stand noch an der Bar, eingerahmt von den Bettlern und Fonvielle mit seinem Kollegen. Es war das erste Mal, daß Antoine einen guten Blick auf das Gesicht dieses Fonvielle hatte. Eine Ver-

brechervisage. Ein eckiger, fast kahler Kopf. Blaßgrüne Augen, zwei große Narben auf der Stirn und eine plattgeschlagene Nase. Eine schöne Bescherung. Der andere wirkte auch nicht gerade vertraueneinflößend. Die magere Fassung eines brutalen Schlägers.

»Fonvielle ist hier«, flüsterte er Marivol zu, als er ihn endlich erreicht hatte.

Marivol fuhr herum und blickte an die Bar. Cloche entfernte sich augenblicklich.

»Das ist ja interessant«, sagte Marivol langsam.

»Interessant, ja«, entgegnete Antoine. »Wir werden das Fest jetzt verlassen. Es ist Selbstmord, hier etwas unternehmen zu wollen.«

Marivol nickte.

»Kennen Sie den anderen?«

Der Journalist nickte erneut.

»Das ist Dereste. So langsam würde ich wirklich gerne wissen, was hier gespielt wird. Wenn Lagrange Dereste schickt ...«

Doch er konnte seinen Satz nicht mehr zu Ende sprechen. An der Bar war plötzlich ein Tumult entstanden. Gargo war vom Tresen zurückgewichen und hielt sich die Hände vor das Gesicht. Fonvielle und Dereste riefen sich irgend etwas zu. Dann ging alles sehr schnell. Gargo stürzte brüllend nach vorne und fegte mit einem wütenden Schlag Gläser und Flaschen vom Tresen herunter. Mit einem Satz war er darüber hinweg, rang dort mit irgend etwas, fluchte laut, stieß den Barmann zur Seite und stürzte durch eine Tür hinter der Bar davon. Fonvielle und Dereste wirkten eine Sekunde lang verwirrt, dann liefen sie in die Richtung los, wo Nicholas stand, und eilten an ihm vorbei auf einen Ausgang neben der Bar zu.

»Der Junge«, keuchte Nicholas aufgeregt, als Marivol und Antoine zu ihm gestoßen waren, »er hat diesem Gargo irgend etwas ins Gesicht geschüttet.«

»So ein Früchtchen«, sagte Marivol anerkennend. »Schnell, er hat ihn nach draußen gelockt. Los, hinterher.«
Antoine hielt ihn fest. »Warten Sie, wir ...«
»Machen Sie, was Sie wollen, aber ich will wissen, was sich dort tut.« Er riß sich los und stürzte in dieselbe Richtung davon, die Fonvielle und Dereste genommen hatten. Nicholas schaute Antoine an. Dann lief er ebenfalls los. Antoine folgte widerwillig.
Sie stolperten durch einen Gang, der mit Kisten und Fässern zugestellt war, und gelangten in den Hof des Gebäudes. Zwei dunkle Schatten verschwanden durch die Hofeinfahrt. Wenige Meter dahinter lief Marivol auf das Tor zu. Als Antoine und Nicholas gleichfalls das Tor erreicht hatten, sahen sie nichts mehr. Nebelschwaden hüllten die Straße ein. Nirgends brannte ein Licht. Sie blieben stehen und lauschten. Es war fast kein Laut zu hören. Nur der ferne Klang des Festes, das Rauschen des Regens und ihr aufgeregter Atem.
»Wo sind sie bloß?« fragte Nicholas ängstlich.
Plötzlich hörten sie ein Geräusch von herabrutschenden Steinen. Dann eine Stimme. Dann noch eine. Aber sie verstanden nichts. Sie gingen in die Richtung, aus der sie das Geräusch vernommen hatten, als plötzlich ein Schrei die Stille durchschnitt. Nur wenige Meter von ihnen entfernt hörten sie Schritte. Aber sie konnten nichts sehen. Die Umrisse von zwei Gestalten schälten sich aus dem Nebel. Sie liefen kurz vor ihnen vorüber und verschwanden in einer Durchfahrt. Antoine begann zu zittern. Nicholas duckte sich gegen eine Hauswand. Was geschah hier nur? Wieder ertönte ein Schrei. Eine helle Stimme. Der Junge. Was war mit dem Jungen? Dann erklang eine männliche Stimme. Es hörte sich an wie das Knurren eines Tieres. Auf einmal wurde es kurz völlig still. Plötzlich zerriß ein Schuß die Stille.
»Non. NON!«

»Das ist der Junge. Mein Gott, Antoine, sie erschießen den Jungen.«
Aller Furcht zum Trotz stürmten sie auf die Durchfahrt zu. Ein stechender Schmerz im Knie ließ Antoine plötzlich innehalten. Sein Knie! Nicholas hielt an, kehrte zu ihm zurück und half ihm weiter. Sie humpelten in die Durchfahrt hinein, aber noch bevor sie sie durchquert hatten, krachten kurz hintereinander drei weitere Schüsse. Dann gab es ein klatschendes Geräusch. Sie blieben erschrocken stehen und lauschten. Aber es war nichts mehr zu hören. Sie standen keuchend in der Dunkelheit. Einen Augenblick lang herrschte völlige Stille. Dann waren plötzlich Schritte zu hören, die sich entfernten. Antoines Herz raste vor Aufregung. Nicholas zitterte. Plötzlich stand Marivol vor ihnen.
»Rasch«, sagte er, »sie sind weg.«
Ohne eine Antwort abzuwarten, lief er die Durchfahrt hinab in den Hof hinein. Ein leises Wimmern war nun zu hören. Antoine und Nicholas folgten dem Journalisten. Als sie aus der Durchfahrt traten, sahen sie Marivol am Boden über ein dunkles Bündel gebeugt. Der Junge saß daneben im Schlamm. Es sah aus, als betete er. Er weinte, zitterte, schlug sich mit den Händen auf die Schenkel. Als sie näher herangekommen waren, erkannten sie, was da auf der Erde lag. Es war Gargo. Marivol entzündete ein Streichholz. In den paar Sekunden, da es über dem im Schlamm liegenden Körper aufflammte, sahen sie, daß der Mann tot war. Die Kugeln hatten den Schädel regelrecht explodieren lassen. Marivol nahm den Jungen in den Arm. Er zitterte am ganzen Leib, aber offensichtlich war er nicht verwundet. Er schluchzte leise, schlug immer wieder mit den Fäusten auf den Boden, auf den toten Körper des Bettlers und rief immer nur »Maman … Maman …«
Irgendwie gelang es Marivol, den Jungen aufzurichten.
»Sie haben ihn hingerichtet«, flüsterte er, »sie haben nicht ein-

mal versucht, ihn festzunehmen. Gargo war abgelenkt durch den Jungen. Sie haben ihm erst in den Rücken geschossen. Gargo ließ den Jungen los und stürzte. Dann haben sie ihm mit aufgesetzter Pistole dreimal in den Kopf geschossen. Das war eine geplante Hinrichtung. Monsieur Bertaut, ich schlage vor, Sie versuchen, so schnell wie möglich mit einem Richter zu sprechen. Wer hat den Vorsitz in dieser Sache?«
Antoine brachte kein Wort heraus. Hinrichtung, dachte er. Dreimal in den Kopf. Mit aufgesetzter Pistole. Der Junge weinte hemmungslos. »Maman ...«
Antoine ging zu ihm hin und nahm seine Hand. »Deiner Mutter wird nichts geschehen. Ich verspreche es dir.«
Der Junge schaute ihn an. Sein Gesicht war tränenüberströmt. Seine Lippen zitterten. Nur ein kleiner Junge, dachte Antoine. Was für eine Welt war das?
»Wir sollten machen, daß wir hier wegkommen«, sagte Marivol.

Der Motor brummte. Das Heizungsgebläse rauschte. Auch hier war Nebel. Gaëtane zog eine Zigarette aus der Schachtel. Ich nahm auch eine, und wir rauchten schweigend.
»Jetzt gab es keinen Zeugen mehr«, sagte sie nach einer Weile. »Wenn Mathilda nicht gewesen wäre, hätten sie nie erfahren, warum der Bettler ermordet wurde. Du kannst es dir noch immer nicht denken?«
»Nein.«
»Kein Verdacht. Nichts?«
»Nein. Keine Ahnung.«

Marivol nahm sich des Jungen an. Antoine verbrachte die Nacht bei Nicholas. Sie sprachen bis in die frühen Morgenstunden, ohne in der Angelegenheit weiterzukommen. Antoine erwog, zu Brunet gehen, um ihm den Fall zu schildern.

Aber was sollte der Richter schon tun? Er hatte keinen einzigen klaren Anhaltspunkt. Vesinier verschwieg etwas, aber was? Die Corley war von Straßendieben ermordet worden. Dafür war der Junge mitverantwortlich. Lagrange hatte einen Bettler liquidieren lassen. Und? Lagrange war unantastbar. Täglich kamen Abordnungen ausländischer Regierungen in die Stadt. Es galt die höchste Sicherheitsstufe. Lagrange war niemandem Rechenschaft schuldig, außer dem Kaiser selbst. Marivol hatte den Mord beobachtet, aber die ganze Geschichte war für den Gerichtssaal unbrauchbar. Antoine wußte ja selbst nicht, wie das alles mit dem Kind zusammenhängen konnte.
Gegen halb sechs waren sie eingeschlafen. Sie schliefen noch, als Mathilda zurückkam. Sie weckte sie nicht gleich, machte statt dessen Tee und deckte den Tisch. Antoine lag auf der Couch und erwachte erst, als er den Wasserkessel pfeifen hörte. Er fuhr hoch, schaute auf die Uhr auf dem Kaminsims. Elf Uhr dreißig. Dann trat Mathilda ins Zimmer. Sie schauten sich an. Antoine brauchte einen Moment, um seine Gedanken zu ordnen. Mathilda war wieder da. Wo war sie gewesen? Warum lag er hier auf ihrer Couch? Er öffnete den Mund, um etwas zu sagen, aber sie kam auf ihn zu, legte den Finger auf die Lippen, setzte sich neben ihn und schaute ihn traurig an.
»Es ist furchtbar«, sagte sie leise. »Ich weiß jetzt, warum. Was ist mit dem Bettler? Haben Sie ihn gefunden?«
Antoine nickte. Sie wußte, warum? Aber er wußte nicht, warum er dieses Gesicht so mochte, warum er immer an sie denken mußte. Dabei war es so einfach. Er nahm ihre Hand und erzählte schnell, was sich am Vorabend ereignet hatte. Sie hörte schweigend zu. Dann ging sie zum Tisch, nahm ihre Tasche, holte die Jacke des Kindes heraus, setzte sich wieder zu ihm und legte das Kleidungsstück auf die Couch.

»Die Antwort ist hier«, sagte sie. »So einfach. Und so furchtbar. Ich will Nicholas wecken.«

»Mathilda ...«

»Ja.«

Er schaute sie an. Er hob den Kopf und küßte sie. Ihre Lippen waren kühl und trocken. Sie schaute ihn verwundert an. Er strich über ihr Haar, nahm wieder ihre Hand und legte sie an seine Wange. Sie lächelte, beugte sich zu ihm herab, küßte ihn sanft und stand auf.

Antoine lief in die Küche, benetzte sich das Gesicht mit kaltem Wasser, kehrte ins Wohnzimmer zurück und zog sich schnell an. Mathilda war noch immer bei Nicholas im Zimmer. Er hörte gedämpft ihre Stimmen. Dann kam sie wieder heraus, lächelte ihm zu und bat ihn, sich an den Tisch zu setzen.

Nicholas erschien im Türrahmen. Er schaute Antoine neugierig an, aber der schüttelte den Kopf. Mathilda griff wieder in ihre Tasche, holte eine Zeitung und einen Notizblock heraus und legte sie auf den Tisch. Nicholas verschwand kurz in der Küche und gesellte sich dann zu ihnen.

»Und, wo warst du?« fragte er.

»Ich war bei einem Arzt in Meaux«, antwortete sie. Sie nahm ein Fläschchen aus der Tasche und stellte es neben die Zeitung. Dann holte sie die Jacke vom Sofa, kehrte an den Tisch zurück, öffnete das Fläschchen und schüttete ein wenig des darin befindlichen Pulvers auf eine Untertasse.

»Es ist das gleiche Experiment, das ich gestern abend noch bei diesem Arzt durchgeführt habe.«

»Was für ein Arzt?« fragte Antoine.

Sie schob ihm die Zeitung hin. *Gazette des Hôpitaux* stand oben auf der Seite. 23. Februar 1867. »Behandlung mit Kupfersulfat« von Dr. Mercier, Meaux.

»Ich habe den Artikel in London gelesen. Als ich die Jacke sah, mußte ich daran denken. Die Methode ist recht neu, und ich wollte erst den Beweis haben, bevor ich darüber spreche.«

»Könntest du dich bitte etwas klarer ausdrücken?« verlangte Nicholas.

Sie schaute die beiden Männer an.

»Ich habe Kupfersulfat besorgt. Das Rezept steht ja hier. 125 Gramm destilliertes Wasser, 12 Zentigramm Kupfersulfat, 10 Tropfen Laudanum, 4 Gramm Melisse. Die Melisse dient nur zur Geschmacksverbesserung, das Laudanum zur Beruhigung. Wir können es also ersetzen. Wasser, Tee, das Kupfersulfat ...«

Sie mischte das Wasser mit dem Pulver auf der Untertasse. Es färbte sich tiefblau. Dann nahm sie die Jacke, suchte eine Stelle, wo die Flecken auf dem Stoff prangten. Sie legte einen der Ärmel daneben und schüttete ein wenig von der blauen Flüssigkeit darauf.

»Jetzt müßten wir theoretisch ein paar Tage warten, bis durch die Trocknung die gleiche Färbung entsteht. Deshalb habe ich diesen Arzt aufgesucht. Es ist mit Sicherheit die gleiche Substanz. Seht ihr die Kristalle?«

Antoine und Nicholas beugten sich neugierig über die Jacke.

»Ich verstehe überhaupt nichts, Mathilda«, sagte Nicholas.

»Wirst du gleich. Die Flecke auf der Jacke beweisen, daß das Kind im Krankenhaus behandelt worden ist. Wie sollten sonst Kupfersulfatflecke auf das Kleidungsstück gelangt sein?«

»In der Morgue«, entgegnete Antoine, »ich dachte, die Flecke stammen von der Obduktion.«

»Das ist sehr unwahrscheinlich«, antwortete Mathilda, »vor allem, wenn man bedenkt, wozu dieses Mittel verwendet wird. Welche Krankheit behandelt man damit? Welche Krankheit hinterläßt an denjenigen, die ihr zum Opfer fallen, die gleichen Anzeichen, die man auch an Wasserleichen findet? Und welche Krankheit ist so gefährlich, daß man mit allen Mitteln das Bekanntwerden ihres Ausbrechens verhindern muß? Wenn wir früher in diese Richtung nachgedacht hätten, wären wir auch so darauf gekommen. Die Antwort auf diese drei Fragen lautet immer gleich. Und die gleiche Frage kann man auch anders stellen. Wieso hat Dr. Vesinier das Kind mit Kupfersulfat behandelt, das es offenbar nicht einmal mehr zu schlucken vermochte, so daß es auf die Jacke gelangte. Warum wies das Kind Zeichen einer Wasserleiche auf, obwohl es erst am Montag abend von diesem Bettler in den Kanal geworfen wurde und damit höchstens fünf oder sechs Stunden im Wasser gelegen hat, bevor es gefunden wurde? Und warum ist man von höchster Stelle so daran interessiert, diese Sache zu vertuschen? Die Antwort ist so einfach.«

Antoine und Nicholas starrten Mathilda an.

»Und, wie lautet die Antwort?«

Sie sagte nur ein einziges Wort.

»Cholera.«

Die Männer schwiegen fassungslos. »Cholera«, flüsterte Nicholas. »Du meinst ... aber das ist ja ... das ist doch ...«

»Logisch«, ergänzte Mathilda den Satz. »Die Weltausstellung. Stell dir vor, es würde bekannt, daß in Paris die Cholera grassiert. Was würde geschehen?«

Antoine nahm das Kleidungsstück in die Hand und schaute es verwundert an.

»Sie meinen, Vesinier hat das Kind beseitigt, weil es Cholera hatte?«

»Nein, es ist etwas geschehen, das nicht hätte geschehen dürfen. Die Corley hat das tote Kind dem Bettler zum Betteln geliehen. Er hat das Kind den ganzen Montag mit sich herumgetragen und irgendwann festgestellt, daß er eine Leiche im Arm hielt.«

»Aber das muß er doch sofort bemerkt haben«, erwiderte Nicholas.

»Nein. Nicht unbedingt. Viele dieser Kinder werden mit Lau-

danum betäubt und rühren sich stundenlang nicht. Er wurde wohl erst am Abend mißtrauisch …«
»Fettspuren …«, flüsterte Antoine.
»Was?« fragte Nicholas.
»Im Polizeiprotokoll stand etwas von Fettspuren«, sagte Antoine. »Im Gesicht des Kindes. Sie hat es geschminkt, bevor sie es ihm gegeben hat. Deshalb hat der Bettler zunächst nichts gemerkt. Und als er am Abend sah, daß das Kind tot war, bekam er es mit der Angst zu tun und warf es in den Kanal«.
»Ja«, sagte Mathilda, »daher war er auch so zornig auf die Corley. Dabei hätte er noch mehr Grund gehabt. Sie hat ihm sicherlich nicht gesagt, woran das Kind gestorben ist. Aber sie hat es wohl gewußt. Deshalb konnte Vesinier auch nicht gegen sie vorgehen.«
»Das verstehe ich nicht«, sagte Nicholas.
»Vesinier war in einer mißlichen Lage«, fuhr Mathilda fort. »Das Kind war verschwunden. Der Epidemiefall mußte auf jeden Fall verheimlicht werden. All dies wußte die Corley. Als man die Leiche fand und die Mutter verhaftete, wurde die Situation noch komplizierter. Was hätte Vesinier denn tun sollen? Die Sache mußte zunächst einmal vertuscht werden. Lagrange wird informiert. Er läßt Sie beschatten, Antoine, und als Sie wider Erwarten beginnen, Nachforschungen anzustellen, wird der wirklich Schuldige liquidiert, zugleich eine schöne Warnung an Sie, sich zurückzuhalten.«
Antoines Gesichtszüge verfinsterten sich.
»Deshalb war Lagrange am Mittwoch im Depot, um sich die Akten zu holen. Mein Gott. Sie haben die ganze Zeit gewußt, daß Marie unschuldig ist.«
»Sie mußten vor allem verhindern, daß die Sache publik wird. Deshalb hat man auch Vesinier die Obduktion durchführen lassen. Dr. Tardieu hätte sofort gesehen, woran das Kind wirklich gestorben war.«

Antoine griff nach der Zeitung und überflog den Artikel. *Kupfersulfatbehandlung bei akuter Cholera, von Dr. Mercier, Meaux.*
Mathilda holte ein Notizbuch hervor. »Diesen Passus hat mir Dr. Mercier gezeigt. Er stammt aus einem gerichtsmedizinischen Werk eines Berliner Professors, eines gewissen Casper. Er hat Hunderte von Wasserleichen untersucht. Das Werk ist vor vier Jahren auf französisch erschienen. Hier: ›... nach 12–24 Stunden hat sich die Haut der Hände und Füße in Längsfalten gerunzelt, und die Glieder haben große Ähnlichkeit mit denen eines cyanotisch-asphyktischen Cholerakranken.‹ Das ist auch nur logisch, da die Opfer an Sauerstoffmangel im Blut sterben. Sie ersticken chemisch. Alles erklärt sich so. Es muß so gewesen sein.«
»Aber die Mutter«, entgegnete Antoine, »sie müßte doch auch erkrankt sein.«
Mathilda schüttelte den Kopf.
»Nicht unbedingt. Cholera ist ansteckend, aber man weiß noch immer nicht, wie sie übertragen wird. Es gibt fast so viele Theorien wie Wissenschaftler, die sich damit beschäftigen. Vor zehn Jahren beherrschten die Miasmatiker die Diskussion. Heute dominieren die Kontagionisten. Aber keiner weiß letztlich, wodurch die Krankheit entsteht.«
Antoine schaute verwundert Mathilda an, und auch Nicholas staunte. Woher wußte seine Schwester das alles?
»Miasmatiker?« fragte er.
»Ja. Man glaubte lange Zeit, die Cholera werde durch verfaulende Pflanzen im Marschland freigesetzt, durch ein Miasma eben. Andere vertraten die Ansicht, das Miasma stamme aus den abschmelzenden Eisbergen an den Polkappen, die bisweilen giftige Gase freisetzen, welche dann in die besiedelte Welt treiben. Das erklärt natürlich nicht, warum die Krankheit dann nicht schon früher aufgetreten ist, weshalb manche von kosmisch-tellurischen Gründen für die Krankheit ausgehen.«

»Und was soll das sein?«
»Umgebungsbedingungen, die den Körper schwächen und das Gangliensystem des Menschen veranlassen, krampfhaft und überreizt zu reagieren. Kinder sind besonders anfällig. Traurigkeit und Furcht fördern die Krankheit ebenfalls. Aber vielleicht ist es auch ein Pilz? Am einflußreichsten ist gegenwärtig ein gewisser Pettenkofer, ein Deutscher. Er hält die Epidemie für unbesiegbar, wenn sie erst einmal ausgebrochen ist. Quarantänemaßnahmen betrachtet er als ebenso sinnlos wie auch die Isolierung von Kranken, was man in Polen und Rußland jahrelang versucht hat. Die einzige Rettung sieht er in der Flucht vor dem Miasma-Herd, also dem verseuchten Boden. Wie gesagt, man weiß eben nichts Genaues, deshalb auch die Panik, sobald die ersten Fälle auftreten. Die Krankheit bedroht jeden, auch wenn sie zunächst immer diejenigen trifft, die in diesem Miasma leben müssen: die Armen, die Mittellosen, eben jene Menschen, die ohnehin nur als Aussätzige betrachtet werden. Cholera, jetzt, während der Weltausstellung, es wäre eine Katastrophe. Kein Mensch käme nach Paris, und die bereits anwesenden Besucher würden fluchtartig abreisen. Deshalb ist der Fall so heikel. Was tut eine Regierung gegen eine Krankheit, gegen die es kein Mittel gibt? Stets das gleiche: verschweigen.«
Antoine pfiff durch die Zähne.
»Dann können wir sie von dieser Seite her angreifen«, sagte er bedächtig. »Ich muß sofort zu Marivol.«
»Woran denkst du?« fragte Nicholas.
»An das zweitgrößte Übel, das neben einer Epidemie denkbar ist, weil es genauso wenig auszurotten ist.«
»Und das wäre?«
»Gerüchte. Furchtverbreitende Dinge. Hörensagen. Die Zeitung.«

Eine erste Ahnung. Mein Gott, laß es nicht wahr sein! Ich schaute sie an. Aber sie erwiderte meinen Blick nicht. Sie starrte durch die beschlagenen Scheiben nach draußen auf die Straße. Dann wandte sie plötzlich den Kopf. Ihre Augen glänzten. Ihre Brust hob und senkte sich vor Aufregung. Ihr Blick war völlig ausdruckslos. Meine Kehle wurde trocken. Schlagzeilen schossen mir durch den Kopf. Die Zeitungen waren voll davon. Die verschwiegene Epidemie. Sie muß es gesehen haben, meine Angst davor, daß es wahr sein könnte. Deshalb diese absonderliche Liebesnacht. *Je t'en supplie. Ne me touche pas*. Sie wandte ihren Blick wieder ab. Ich griff nach ihrer Hand. Sie war eiskalt. Sie zog sie zurück, schaute auf das Herz, das ich vor einer Stunde auf die beschlagene Scheibe gemalt hatte, fuhr mit dem Finger über die Innenfläche des Herzens und schrieb drei Buchstaben. HIV. Dann verwischte sie die Zeichnung. Sie schaute mir wieder in die Augen, strich mit demselben Finger die Schweißtropfen weg, die sich auf meiner Stirn gebildet hatten, und benetzte meine Lippen damit.

»Voilà, mon histoire«, sagte sie. »Jetzt kennst du das Ende, Bruno. Gehen wir jetzt hinauf?«

XV. Kapitel

Die Latenzperiode zwischen HIV-Infektion und dem Ausbruch von Aids, das Auftreten von Symptomen und die allgemeine Überlebensrate wurden rückblickend bei 113 Empfängern von verseuchten Bluterzeugnissen erfaßt, deren Infektionszeitpunkt bekannt war.
Hämophile Patienten, die wiederholt Koagulierungsfaktoren ausgesetzt waren, wurden nicht erfaßt.
Die geschätzte mittlere Überlebensrate lag bei 500 Wochen, die geschätzte mittlere Aids-freie Überlebensrate lag bei 442 Wochen. Die Wahrscheinlichkeit eines asymptomatischen Überlebens sank nach 572 Wochen auf Null ...

Europäische Aids-Konferenz Kopenhagen, 1995 (Auszug)

März 1999

Ich habe soeben diese Aufzeichnungen wieder gelesen. Wer hat das alles geschrieben? Ein dreißigjähriger junger Mann, im Sommer 1992, im Jahr des großen Prozesses, der keiner war. Gaëtane war damals schon in New York und ich auf meiner Rundreise, um Geld aufzutreiben. Wenn ich ihr nicht schrieb, und das war selten, versuchte ich, meine Erinnerung an das festzuhalten, was in diesen Monaten geschehen war. Beim Wiederlesen immer die Versuchung, zu ergänzen, auszuführen oder aber zu streichen. Letztlich habe ich nur Fehler berichtigt und die teilweise hilflosen Formulierungen nicht angetastet. Ich war damals hilflos. Bin es immer noch.
Ich erinnere mich an diese erste letzte Nacht mit gespenstischer Klarheit. Die Wut, die Verzweiflung, aber auch der Trost, überhaupt darüber sprechen zu können, all das habe nur ich gehört, höre es immer noch. Es soll Menschen geben,

die über Nacht ergrauen. Ich bin aus diesem dunstbeschlagenen Auto im Grunde niemals ausgestiegen. Oder der, der damals ausstieg, war nicht mehr ich. Wir gingen schweigend die enge Treppe hinauf, betraten mein »Studio«, entkleideten uns, legten uns unter die Bettdecke und hielten uns fest. Es gibt keine Worte für solch eine Umarmung. Es war, als hätten wir innerhalb von Minuten ein ganzes Leben hinter uns gebracht. Ich sah die Narbe auf ihrem Oberschenkel, die von der Operation nach einem Motorradunfall stammte. Das war 1984 passiert, im Frühjahr. Die Bluttransfusion enthielt das Virus. Sie war eine von etwa viertausend Personen, die in diesem Zeitraum, in dem die sozialistische Regierung wider besseres Wissen HIV-verseuchte Blutkonserven im Umlauf hielt, infiziert wurde. Genaue Zahlen gibt es nicht. Später erfuhr ich alle Einzelheiten. Sie sind inzwischen bekannt. Es hat sich ja alles wiederholt und wird sich immer wiederholen. Aber für mich nicht wiederholbar ist jener Abend, jene Nacht. Natürlich hätten wir uns früher küssen können. Geringfügige Vorsichtsmaßnahmen senken die Ansteckungsgefahr gegen null. Aber tut man so etwas, ohne den anderen über seinen Zustand aufzuklären? Es gab endlose Debatten darüber, erfuhr ich von ihr. Ihr Verhalten während der ersten Wochen unserer Bekanntschaft war der Niederschlag dessen, was in ihrem Kopf und ihrem Herzen vorgegangen war.
Ich weiß noch, daß wir in dieser Nacht kaum etwas sagten. Wir lagen ineinander verschlungen im Bett, küßten uns, streichelten uns, schliefen miteinander. Es kommt mir heute unglaublich vor, aber ich hatte keine Sekunde Angst, auch weil ich nur eine ungefähre Vorstellung von dieser Krankheit hatte. Sie hatte Angst. Und sie sagte es mir. Mehrfach. Du umarmst einen giftigen Körper. Erst während der nächsten Tage begann ich mich zu fürchten, bis ich wieder und wieder gelesen hatte, daß das, was wir miteinander taten, die Krank-

heit so gut wie nicht übertragen konnte. Ich will erst gar nicht versuchen, zu beschreiben, was nicht beschreibbar ist. Die Liebe ist stärker als der Tod, sagt man. Ich kenne keinen dümmeren Satz. Stärker als der Tod ist vielleicht nur die Angst davor, den Tod dem Menschen zu geben, den man liebt.
Die ersten sechs Monate, nachdem sie von der Infektion erfahren hatte, waren die schlimmsten gewesen. Zehn Jahre, vielleicht etwas mehr, wahrscheinlich etwas weniger. Das schreibt sich so hin. Die panische Suche nach Information in einer Zeit, wo Aids etwas war, das man nur hinter vorgehaltener Hand erwähnte, wo kein Arzt etwas Genaues darüber wußte, wo allerorten rätselhafte Todesfälle bekannt wurden, von denen jeder ahnte, worauf sie zurückzuführen waren, ohne daß man offen darüber sprach. Schwulenkrebs. Fixerkrankheit. Am wenigsten sprach man von offizieller Seite darüber. Man richtete in einem entlegenen Pariser Randbezirk eine Notaufnahme ein. Sie befand sich im Hôpital Claude-Bernard, am Ende der Welt, am sechsspurigen Boulevard Périphérique gelegen. Man ging gegen die Kranken vor, nicht gegen die Krankheit.
Das Krankenhaus aus den zwanziger Jahren war wegen unhygienischer Zustände längst geschlossen, mit Ausnahme des Pavillon Chantemesse, wo man inmitten der verlassenen Gebäude eine Art Aids-Station unterhielt. Sie hatte in der Zeitung gelesen, daß zu Beginn der achtziger Jahre HIV-verseuchte Blutkonserven im Umlauf gewesen waren, und sich sofort testen lassen. Es war die Zeit, als sie auf der Filmschule war. Bei den *Médecins du monde* wurde ein kostenloser und anonymer Test angeboten. Der Termin war einmal die Woche, Samstag morgens in der Rue Jura, unweit der Statue der Jeanne d'Arc, an der Ecke zum Boulevard St. Marcel. Die Schlange der Wartenden reichte bis auf den Boulevard. Viele Afrikaner und Afrikanerinnen waren da, außerdem Homosexuelle, Prostitu-

ierte, Drogenabhängige, das Bild der Krankheit um 1988, das Zerrbild, das es dem Staat gestattete, sich des Problems in schmierigen Winkeln der aufgeräumten Stadt halbherzig anzunehmen. In elf Tagen wisse man Bescheid, hieß es.

Diese Zwischenzeit des Wartens hatte eine ganz besondere Textur. Sie habe solche Angstzustände gehabt, daß sie vorübergehend das Gehör verlor. Ob ich das schon erlebt hätte, solch panische Angst, daß man nichts mehr richtig hört? Nein. Hatte ich nicht. Ihr Leben lief in diesen Tagen wie ein doppelter Film vor ihren Augen ab. Was, wenn? Sie konnte mit niemandem sprechen, wagte auch nicht, sich weitere Artikel und Broschüren über die Krankheit durchzulesen. Hatte sie damals Fieber gehabt? Sich erbrochen? Sich unwohl gefühlt? Sie wußte es nicht mehr. Der Unfall und die Operation, wie hätte sie eine grippeähnliche Infektion bemerken sollen, die außerdem gar nicht immer eintrat? Sie entwarf ein Testament, schon bevor sie das Ergebnis hatte. Sie lag nachts stundenlang wach, irrte durch ihre Wohnung, musterte immer wieder jeden Quadratzentimeter ihres Körpers. Aber da war nichts. Vielleicht tickte eine Zeitbombe in ihr, ein heimtückisches, mörderisches Virus, das täglich Milliarden von kurzlebigen Kopien von sich anfertigte, welche genau die Zellen angriffen, die ihr Immunsystem gegen das Virus massenhaft mobilisierte? Vielleicht war diese lautlose Materialschlacht längst in ihr im Gang?

Erst hatte sie den Tag gefürchtet, an dem sie das Ergebnis bekommen würde. Nach drei schlaflosen Nächten sehnte sie ihn herbei, den Tag der Gewißheit. Nichts war schlimmer als diese Ungewißheit, eine Zukunft zwischen Leben und Überleben zu haben. Sie lief ziellos durch die Straßen, die Hand um den kleinen Karton geballt, auf dem die Nummer verzeichnet war, der ihre Person mit ihrem Blut zusammenführen würde. Sie wußte die Antwort schon, bevor der Arzt den Mund aufmachte. Ein pelziges Gefühl lief ihren Körper entlang, ein Schweißschauer, der sie frösteln ließ. Ein Loch ging in ihrem Bauch auf und fraß sich in den Boden unter ihren Füßen. Sie nahm die Broschüre entgegen, die der Arzt ihr reichte, starrte auf die unterstrichene Adresse eines Institutes, wo man ihr genaues Stadium, ihren Setpoint, feststellen würde.

Als die dritte Metro vorüberfuhr, wußte sie, daß sie sich nicht umbringen würde. Sie konnte es nicht. Tagelang lief sie durch eine Welt, die über Nacht wie aus Watte beschaffen schien, eine schwammige, unwirkliche Welt. Dann der immer wiederkehrende Gedanke beim Anblick eines x-beliebigen Menschen. Warum ich und nicht jene oder jener? Sie meldete sich in der Filmschule ab. Claire wollte eine Erklärung, bekam aber keine. Im Institut Alfred Fournier wurden die Proben für die Feststellung ihres Stadiums entnommen. Die Krankenschwester trug Gummihandschuhe, und man bat sie, den Tupfer, mit dem sie nach der Blutentnahme den Einstich auf ihrem Arm zuhielt, nachher selbst in den Abfallbehälter neben der Liege zu werfen. Man klärte sie über die Natur ihres Zustandes auf, fragte nach Angehörigen, Familie, Lebenspartner. Mit wem hatte sie sexuellen Kontakt gehabt? Nahm sie Drogen? War sie in Afrika oder Haiti gewesen? Hatte sie Bluttransfusionen erhalten? Wann? Wo? Solange die Befragung dauerte, beruhigte sie sich ein wenig. Offenbar gab es doch irgendeine Ordnung, die sich dem Chaos in ihrer Seele entgegenstemmte. Solange es eine Antwort auf die Fragen des Arztes gab, schien noch nicht alles verloren, gab es vielleicht eine geheime, ihr unbekannte Tür, die man aufstoßen konnte, um in das vorherige Leben zurückzukehren. Ob sie jemanden habe, mit dem sie über die Erkrankung sprechen könne? Sie log, sie habe eine verständnisvolle Familie. Der Arzt gab ihr die Adresse einer Selbsthilfegruppe. Dann sprach er über die Therapiemöglichkeiten. Es gäbe eine Behandlung, die in

Amerika vielversprechende Ergebnisse gezeitigt hätte. Die Zahl der Helferzellen in ihrem Blut sei zwar bereits unter dem normalen Wert, aber sie sei noch weit davon entfernt, für solch eine Behandlung in Frage zu kommen.
Man glaubte damals noch ernsthaft an die Möglichkeit, daß nicht alle Infizierten notwendigerweise Aids bekommen mußten. Begriffe, die sie nur vom Hörensagen kannte, überwucherten plötzlich ihr tägliches Vokabular. CD4-Zellen, Retrovirus, LAV, Reverse Transkriptase, AZT. Wie die meisten Menschen hatte sie eine ungefähre Ahnung von Viren, aber der Wirkmechanismus dieses neuartigen Gebildes war selbst den Ärzten ein Rätsel. Was man ihr erklärte, ergab einfach keinen Sinn, weil keine der Informationen einen Trost bereithielt. Sie hatte eine Krankheit, die eigentlich gar keine war. Das Virus zerstörte keine lebenswichtigen Organe, sondern fraß gemächlich immer größere Löcher in ein Abwehrsystem, das der menschliche Organismus über Jahrmillionen hinweg perfektioniert hatte. Eine Frage der Zeit, nichts weiter, dann würde dieses System dem banalsten Erreger schutzlos und machtlos ausgeliefert sein.
Im Rückblick gesehen, hatte die Epidemie ihr Leben in der schlimmstmöglichen Form zum schlimmstmöglichen Zeitpunkt gekreuzt. Man hatte ihr während der Operation nach dem Motorradunfall zwei Bluttransfusionen verabreicht und ihr damit einen hochinfektiösen Cocktail in die Vene gespritzt. Obwohl längst bekannt war, in welchen Risikogruppen das rätselhafte Virus gehäuft auftrat, hatte man gezögert, diese Gruppen von der Blutspende auszuschließen. Statt dessen erhöhte man sogar, als durch erste Gerüchte und die Zunahme der Fälle in den USA die Spendenbereitschaft zurückging, die Blutentnahme bei Strafgefangenen, ohne freilich, was dort einfach gewesen wäre, die medizinischen Akten der Spender auf Risikofaktoren zu prüfen.

Doch der eigentliche Schicksalsknoten wurde ganz woanders geschürzt, in den schalldichten Räumen von Ministerien, auf den Schreibtischen ausgerechnet derjenigen, die Jahre später, als Inhaber höchster politischer Ämter, über eben jenen Skandal zu Gericht saßen, den sie selber mitverursacht hatten. Gaëtane wußte 1992 längst, wie der Prozeß gegen die angeblich Schuldigen ausgehen würde.
»Wer hat 1983 wider besseres Wissen den Blutentnahmerhythmus in den Gefängnissen verdreifacht? Die damalige Direktorin der zentralen Gefängnisverwaltung. Und wer ist heute Präsident des Pariser Berufungsgerichtes? Die gleiche Person. Wer hat damals Arbeitsgruppe nach Arbeitsgruppe eingesetzt, um das Problem zu prüfen, anstatt die Blutkonserven vom Markt zu nehmen? Der Premierminister. Wer hat sich geweigert, die Entwicklung eines Tests zu finanzieren und Gelder für ein Hochsicherheitslabor bereitzustellen? Der Finanzminister. Schließlich war Wahlkampf. Die Senkung der Gesundheitsausgaben war der Wahlslogan Nummer eins. Wer hat unter dem Druck der Sozialversicherung die Kosten für die Tests, als sie endlich verfügbar waren, den Blutspendezentralen aufgebürdet, obwohl klar war, daß sie das Geld gar nicht hatten? Der Sozialminister. Und in welchem Land der Erde ist die politische Klasse so unantastbar wie in Frankreich?«
Die Anhaltspunkte, daß das französische Gesundheitssystem komplett versagt hatte, mehrten sich. Einmal auf diese Spur gestoßen, ruhte sie nicht mehr, bis sie über Claires gute Kontakte ein Gespräch mit einem der Hauptbeteiligten erzwungen hatte. Sie wollte den Horror dieser Krankheit, gegen die sie machtlos war, dadurch besiegen, daß sie das vielköpfige politische Ungeheuer bloßstellte, welches sie diesem Horror wissentlich ausgeliefert hatte. Erst als sie sah, wie viele Köpfe es waren, wandte sie sich ab und beschloß, eine andere Geschichte zu erzählen.

Sie nannte, als sie mir davon berichtete, den Namen des Informanten nicht, wie sie es ihm versprochen hatte. Die Mitschnitte dieser Gespräche liegen vor mir auf dem Tisch. Ich habe sie zahllose Male angehört, ihrer Stimme gelauscht, die Antworten ungläubig zur Kenntnis genommen. Zum Teil hatte sie mir noch in Frankreich in groben Zügen die Vorgänge geschildert. Doch wir waren schon in den Vereinigten Staaten, als ich die Bänder zum ersten Mal hörte, auf einer nicht enden wollenden Autofahrt, irgendwo westlich von Denver. Gaëtane schlief. Ihr Kopf ruhte auf meinem Schoß, der Walkman lag auf dem Armaturenbrett und spulte diese Gespräche in den Kopfhörer auf meinen Ohren.
– Seit wann wußte man von der Existenz dieses Virus?
– Der erste Aids-Fall wurde 1981 in den USA diagnostiziert. Gegen Ende des Jahres stand bereits fest, daß nicht nur Homosexuelle, sondern auch Fixer, Prostituierte, Hämophile und Empfänger von Bluttransfusionen gehäuft das ungewöhnliche Syndrom aufwiesen. Im Dezember 1981 wurden in Frankreich die ersten Fälle gemeldet.
– Warum wurden nicht sofort Maßnahmen ergriffen?
– Angesichts von achtzehntausend Tuberkulosefällen, Zehntausenden Krebstoten und zigtausend Opfern von Herz- und Kreislauferkrankungen schienen fünf verdächtige Fälle einer unbekannten Krankheit, die offenbar nur Homosexuelle traf, vernachlässigbar. Immerhin wurde in der Gesundheitsbehörde eine Arbeitsgruppe eingerichtet. Im Juni 1982 waren neun Fälle bekannt, im November einundzwanzig. Zum ersten Mal fanden sich nicht mehr nur Homosexuelle unter den Opfern. Aus den USA wurde berichtet, daß auf Grund der hohen Infektionsraten bei Hämophilen mit Sicherheit davon ausgegangen werden konnte, daß das Virus durch Blut oder Gerinnungsfaktoren übertragen wird. Im Januar 1983, also nur dreizehn Monate nach der ersten Diagnose, waren in Frankreich

bereits 59 Fälle gemeldet. Anfang 1984 hatten wir 107 Erkrankungen dieser Art, ein Jahr später bereits 260. In den USA stieg die Zahl zwischen 1984 und 1985 von drei auf achttausend.

– Warum wurde die Bevölkerung nicht gewarnt oder informiert?

– Die ersten zwei Jahre, also von 1981 bis 1983, herrschte völlige Ungewißheit über die Krankheit. Wir wußten nichts Genaues.

– Aber man wußte doch, daß die Krankheit über Blut und Körperflüssigkeit übertragen wird?

– Die Vermutung lag nahe und bestätigte sich auch zusehends. Aber zu Beginn gab es in Frankreich sehr wenige Patienten, weil das Virus ja jahrelang im Körper existiert, ohne daß sich ein sichtbares Krankheitsbild einstellt. Die Zahlen beziehen sich einzig und allein auf Patienten im Endstadium. Noch gab es keine Möglichkeit, in anscheinend gesunden Menschen die Präsenz des Virus nachzuweisen. Außerdem war es sehr heikel, aufgrund von reinen Verdachtsmomenten bestimmte Risikogruppen zu stigmatisieren. Im Mai 1983 versuchte das Gesundheitsamt, einen Aufruf zu formulieren, der die medizinischen Kreise darauf hinweisen sollte, daß bestimmte Risikogruppen von der Blutspende ausgeschlossen werden sollten. Zu diesen Risikogruppen gehörten homosexuelle und bisexuelle Personen mit wechselnden Geschlechtspartnern, Drogenabhängige, die miteinander Spritzbestecke teilten, Staatsbürger aus Haiti und Äquatorialafrika sowie die Geschlechtspartner der Personen, die einer dieser Gruppen angehörten. Noch bevor das Rundschreiben im Sommer zur Genehmigung an das Gesundheitsministerium ging, hatte die Presse davon Wind bekommen. Es gab einen Aufschrei. *Libération* titelte: Schwule sind unerwünschte Blutspender. Die Botschafter mehrerer afrikanischer Länder protestierten aufs schärfste bei der franzö-

sischen Regierung gegen die Diskriminierung ihrer Landsleute. Einige Drogenabhängige versuchten aus Protest, das zentrale Gesundheitsamt in Paris zu besetzen. Die soziale Realität dieser Krankheit war damals so, daß kein Politiker es wagte, sich die Finger daran zu verbrennen.
– Aber die Information wurde dennoch herausgegeben?
– Die Regierung zögerte, aber schließlich wurde der Direktor des Gesundheitsamtes am 20. Juni 1983 angewiesen, das Rundschreiben zu unterzeichnen.
– Ein offizielles Rundschreiben ohne Unterschrift des Ministers?
– Der damalige Sozialminister signalisierte, das Rundschreiben solle veröffentlicht werden, doch er verweigerte die Unterschrift.
– Wurde das Rundschreiben veröffentlicht?
– Nach mehrmaliger Mahnung erschien es schließlich Ende September im Amtsblatt des Sozialministeriums.
– Wer bekommt ein solches Rundschreiben?
– Jede Stelle, die irgend etwas mit dem Gesundheitswesen in Frankreich zu tun hat.
– Also auch Blutspendezentralen und Krankenhäuser?
– Ja, sicher.
– Man wußte also, daß Blutkonserven möglicherweise kontaminiert waren?
– Davon mußte man ausgehen. Aber zunächst ging es darum, die Gegenwart unter Kontrolle zu bekommen. Es gab ja noch keinen Test, da der Erreger noch nicht bekannt war. Das Rundschreiben sollte erreichen, daß die möglichen Infektionsquellen eingedämmt wurden.
– Was stand in diesem Rundschreiben?
– Daß das Syndrom der erworbenen Immunschwäche, Aids genannt, eine schwerwiegende Gesundheitsgefährdung darstellt, welche möglicherweise durch einen Erreger im Blut

übertragen wird. Bei allen Manipulationen mit Blut seien unbedingt verhütende Maßnahmen zu ergreifen. Durch einen beigefügten Fragebogen wollte man die Angehörigen von Risikogruppen erfassen, bei denen der Erreger bekanntlich gehäuft auftrat. Außerdem sollten alle Spender, auch die außerhalb der Risikogruppen, medizinisch untersucht werden, um möglicherweise infizierte Personen, die verdächtige Symptome aufwiesen, von der Blutspende auszuschließen. Schließlich seien alle Spender über ihre Verantwortung und die Gefahren von Aids aufzuklären.

– Wurden die Anweisungen befolgt?

– Nein. Nur in wenigen Fällen.

– Warum?

– Viele Ärzte kritisierten den Fragebogen als Eingriff in die Vertrauenssphäre zwischen Arzt und Patient. Ich will es einmal so sagen: Sollten Ärzte in Kleinstädten Blutspender befragen, ob sie homosexuell oder bisexuell waren oder sich Drogen spritzten? Das Thema rührte gleich an mehrere Tabus. Niemand war sich damals der Gefährlichkeit dieser Krankheit bewußt. Die Öffentlichkeit reagierte mit Protest oder gar nicht. Die medizinische Fachpresse gab keine Stellungnahme ab. Die Regierung hüllte sich in Schweigen. Wir wissen heute, daß etwa neunzig Prozent der Infektionen durch eine strenge Auswahl der Spender nach den damals bekannten Kriterien hätten vermieden werden können. Aber niemand wagte, die Dinge beim Namen zu nennen. Jede Krankheit ist irgendwo politisch. Aids um so mehr, da ausgerechnet die Gruppen zuerst davon betroffen waren, die ohnehin unter Diskriminierung zu leiden hatten. Aber das war nur der Anfang. Die eigentliche Katastrophe begann, als Geld ins Spiel kam …

Es geht doch immer nur um Geld.
Wie oft ist mir dieser Satz seither in den Sinn gekommen. Ich sehe sie noch vor mir sitzen, in einer jener Nächte, während deren sie mir, zunächst bruchstückhaft, die Facetten dieses lautlosen Dramas geschildert hatte. Wir schliefen während jener Frühlingswochen des Jahres 1992 immer bei mir. Nicht daß ich besondere Lust gehabt hätte, in der Residenz dieser Claire zu übernachten, aber das primitive »Studio« war eigentlich kein Ort, an dem ich mit Gaëtane Zeit verbringen wollte. Doch sie verfügte immer mit Bestimmtheit, daß wir bei mir übernachteten. Ihr Verhältnis zu Claire war gespalten. Sie hatte sich von ihr helfen lassen, aber sie vermutete, daß Claire sie auch deshalb unterstützte, weil sie ein schlechtes Gewissen plagte, weil sie wußte, was hinter den Kulissen und unter der Verantwortung jener Leute, mit denen sie auf Dinnerparties herumstand, geschehen war.
»Ich bin sicher, daß sie dich deshalb so schlecht behandelt hat«, sagte sie einmal. »Sie ahnte, daß ich dir alles erzählen würde. Du weißt, daß sie keine Deutschen mag. Und schon gar nicht, wenn sie Einblicke in Dinge und Vorgänge bekommen könnten, die das Image Frankreichs schädigen könnten.«
»Sie weiß also alles?«
»Ja. Alles.«
»Und deine Freunde. Deine Bekannten?«
»Ich konnte keine meiner Bekanntschaften hier in Paris fortführen. Ich begann, Menschen zu meiden. Nur wenige, sehr enge Freunde in Marseille wissen, wie es um mich steht. Und Claire … und du.«
»Was für Vorgänge meinst du?«
»Es ist alles so kompliziert. Wer will das schon wissen?«
»Ich will es wissen.«
»Im gleichen Jahr, als das Rundschreiben erschien, 1983 also, entdeckte eine Forschergruppe des Institut Pasteur unter Lei-

tung von Professor Montagnier in Paris bei einem Aids-Kranken ein Retrovirus, das als Erreger für die Krankheit in Frage kam. Man taufte den Erreger LAV, da er für die krankhafte Verminderung der T-Lymphozyten im Blut verantwortlich schien.«

»Was sind T-Lymphozyten?«

»Zellen im Blut, die für die Immunabwehr notwendig sind. Ich habe dir ja gesagt, daß es zu kompliziert ist.«

»Ich frage doch nur. Ich will es doch nur verstehen.«

»Als man den gleichen Erreger in anderen Kranken fand und im Blut dieser Patienten außerdem auf Antikörper stieß, die auf den neuentdeckten Erreger reagierten, war man recht zuversichtlich, das Aids-Virus isoliert zu haben.«

»Wann war das?«

»Anfang 1983. Aber es wurde natürlich nicht nur in Frankreich nach dem Aids-Virus geforscht. In den USA suchte man auch fieberhaft danach. Die Krankheit war dort bereits weiter verbreitet. Führend dabei war ein gewisser Professor Gallo. Ein weltberühmter, einflußreicher Virologe, der schon zwei andere Retroviren, HTLV I und HTLV II, entdeckt hatte, die wohl bei Leukämie eine Rolle spielen. Im April 1983 wurde Gallo über die Entdeckung des Institut Pasteur informiert.«

»Warum hat das Institut Pasteur nicht gleich einen Test entwickelt?«

»Dazu komme ich ja gleich. Dieser Professor Gallo reagierte gereizt auf die Neuigkeiten aus Frankreich. Es sprach abfällig vom sogenannten Pasteur-Virus und intensivierte seine Recherchen. Er beantragte und bekam Millionenbeträge, um der französischen Entdeckung zuvorzukommen, deren Veröffentlichung und Patentierung er zugleich mit allen ihm zur Verfügung stehenden Mitteln hintertrieb. Er war Redaktionsmitglied der einflußreichen Zeitschrift *Science*. Einen Artikel von Professor Montagnier änderte er so ab, daß der Eindruck entstand, man habe am Institut Pasteur ein Virus entdeckt, das Ähnlichkeit mit einem von ihm bereits nachgewiesenen Leukämie-Retrovirus habe.«

»Er hat den Artikel gefälscht?«

»Nein. Er fügte einfach ein paar Sätze hinzu, die besagten, das Pasteur-Virus habe Ähnlichkeit mit dem HTLV-Virus, was den Eindruck entstehen ließ, Montagnier habe nur eine Entdeckung Gallos wiederholt. Der nun entbrennende Wettlauf und Streit um die Urheberschaft an der Entdeckung des Aids-Virus verzögerte natürlich die dringliche Suche nach einem Test. Das Duell um die Patentrechte und einen Millionen-Dollar-Markt zog sich über Jahre hin.«

Sie verstummte einen Augenblick und starrte in die Kerze auf dem Tisch. Ich goß ihr Wein nach, sie nahm das Glas in die Hand und lächelte.

»Weißt du, Bruno, manchmal ist es fast so, als sei das alles einem billigen amerikanischen Drehbuch entnommen. Warum ist die Wirklichkeit so banal und trivial? Es ist wie im Fernsehen, nicht wahr? All die schrecklichen Dinge, doch kaum hält man die Kamera darauf, werden sie unwirklich. Es berührt uns nicht wirklich. Warum ist das so? Warum ist das, was mir zugestoßen ist, keine Geschichte?«

Ich wußte keine Antwort darauf.

»Gallo tat alles, um Montagnier zu diskreditieren. Solange die französische Entdeckung in den USA nicht patentiert wurde, war an die Entwicklung eines Tests nicht zu denken. Die Marktmacht der USA wirkt sich weltweit aus. Das Institut Pasteur war in einer Zwickmühle. Montagnier hatte das Virus entdeckt, aber solange die USA den Patentantrag blockierten, glaubte auch in Frankreich niemand daran. Die französische Regierung tat nichts. Das Institut Pasteur stand allein dem amerikanischen Gesundheitssystem gegenüber. Also versuchte Montagnier, Gallo zu überzeugen. Im Sommer 1983 schickte er Professor Gallo eine Probe des LAV-Virus und betonte bei der Übergabe ausdrücklich, die Probe dürfe nur zu Forschungszwecken und nicht zur kommerziellen Nutzung verwendet werden. Zehn Monate später, Anfang April 1984, kündigte die amerikanische Gesundheitsbehörde plötzlich eine Pressekonferenz an: Professor Gallo habe das Aids-Virus entdeckt. In einem Dokument beschrieb er seine Entdeckung des sogenannten HTLV-III-Virus. Das französische LAV-Virus erwähnte er mit keinem Wort. Zwar wurde noch vor der Pressekonferenz publik, daß HTLV III und LAV identisch waren, aber während der Pressekonferenz ignorierte die Sprecherin des US-Gesundheitsministeriums dieses Faktum. Einige Stunden später beantragten die Juristen des US-Gesundheitsministeriums das Patent für einen Test. Der schon ein Jahr zuvor vom Institut Pasteur eingereichte Patentantrag für den französischen Test wurde verschwiegen.«

Sie setzte ihr Glas ab und spielte versonnen mit den Wachstropfen, die von der Kerze auf die schwarze Oberfläche des Metalltisches geperlt waren.

»Der wissenschaftliche Streit um die Wahrheit wurde bereits 1985 entschieden, als Professor Gallo mehr und mehr unter Druck geriet und schließlich einem genetischen Vergleich der beiden Viren zustimmte. LAV und HTLV III waren identisch. Gallo redete sich heraus, es habe wohl in seinem Labor eine Kreuzkontaminierung der Kulturen gegeben. Das Verfahren gegen ihn wegen unethischen wissenschaftlichen Verhaltens wurde niedergeschlagen. Der juristische Streit um die Verteilung der Patentgebühren ist noch immer nicht beendet. Aber kurz nach dem genetischen Vergleich brachte eine amerikanische Firma namens Abbot endlich einen Test auf den Markt, der eine Überprüfung von Blutkonserven ermöglichte.«

»Aber dann hätten die verseuchten Blutprodukte doch erfaßt werden können?«

»Ja, sicher. Aber jetzt reagierte die französische Regierung plötzlich. Erst hatte sie nichts getan. Jetzt tat sie das absolut Falsche. Der Abbot-Test wurde in Frankreich nicht zugelassen. Man wollte rasch einen eigenen, französischen Test entwickeln. Wie gesagt, es ging um einen riesigen Markt. Es dauerte fünf Monate, bis dieser Test endlich verfügbar war. Ein Erlaß schrieb vor, daß ab Herbst nur noch getestete Blutprodukte von der Versicherung erstattet würden. Logischerweise beeilten sich die Blutbanken, so schnell wie möglich ihre Restbestände abzusetzen. Ich hatte das Pech, zu früh einen Unfall zu haben.«

Der Himmel hing wie ein brüchiges Dach über uns, das jederzeit einstürzen konnte, aber es gab Momente, wo wir aus der Welt herausfielen und den Himmel weit unter uns hatten. Wir fuhren in der Gegend herum, lagen stundenlang in der Frühlingssonne im Gras, redeten über alles und jedes, Vorlieben, Musik, Essen, Länder, Lieblingstiere. Gaëtane mochte ausgerechnet Bienen am liebsten.

»Wieso Bienen? Napoleon III. hatte Bienen in seinem Banner.«

»Ach ja? Na und? Ich kann doch nicht alles von diesem Menschen abhängig machen. Ich mag Bienen.«

»Warum?«

Sie zuckte mit den Schultern und sah mich herausfordernd an.

»Weil sie Honig machen.«

Ihr Lieblingsmusikstück war die *Forlane* von Ravel. Eines Abends brachte sie eine Kassette mit und spielte mir das Stück vor. Sie kämmte ihr Haar, während ich der Musik lauschte. Es ist ein unheimliches Stück. Es klingt, als versuche jemand, zwischen den Klaviernoten hindurchzuspielen, eine Melodie, die laufend Gefahr läuft, durch sich selbst hindurchzufallen, ein langsamer, meditativer Fall, bisweilen gedämpft durch einen alles auflösenden Akkord. Man wartet buchstäblich auf ihn, sehnt ihn herbei, und wenn er kommt, ist es auch keine Erlösung, sondern nur ein melodisches Atemholen. Das Sonderbarste sind vier zarte Läufe in der Mitte des Stückes, ein hauchfeiner, gläserner Notenregen, der mir untrennbar mit Gaëtanes schwarz glänzendem, herabfallendem Haar in Erinnerung geblieben ist.

»Als laufe ein Spinne über ein Klavier, nicht wahr? Spinnwebenmusik.«

So absurd es klingen mag, aber wir machten tatsächlich Pläne. Ich war fest entschlossen, in Paris zu bleiben, komme was da wolle. Wir überlegten gemeinsam, wie ich eine Stelle finden könnte. Wo ich wohnen sollte, wenn der Mietvertrag mit diesem »Studio« im Juli auslief? Wo sie wohnen sollte? Meine Doktorarbeit war auf Nimmerwiedersehen in Kartons verschwunden. Wenn ich überhaupt etwas las, dann die Zeitung sowie Artikel, Bücher und Broschüren über Aids. Außerdem Gaëtanes Manuskript. Das war der einzige Reibungspunkt zwischen uns. Sie schrieb die Geschichte nicht weiter.

»Warum hörst du auf?«

»Ich höre nicht auf. Ich mache nur eine Pause.«

»Hast du früher auch Pausen gemacht?«

»Nein.«

»Wie lange hast du daran geschrieben?«

Sie legte den Kopf schief und dachte nach.

»Zwei Jahre und sechs Monate. Juli 1990. Da habe ich den Platz in der Bibliothek reserviert.«

»Wie bist du auf die Idee gekommen?«

»Die Sache mit dem Kind?«

»Nein, überhaupt alles. Wie hast du davon erfahren?«

»Von einer Freundin. Ihre Lehrerin hatte von diesem seltsamen Fall erzählt. Ich wußte sofort, daß es meine Geschichte war. Ich rief diese Lehrerin an. Sie erinnerte sich sogar noch an die Sache, obwohl sie es auch nur erzählt bekommen hatte, in den dreißiger Jahren ist das gewesen, aber sie wußte nicht mehr, von wem. Außerdem schilderte sie die Vorgänge wieder ein wenig anders.«

»Dann muß es eine gute Geschichte sein.«

»Warum?«

»Nun, wenn sie seit fast fünfzig Jahren immer wieder weitererzählt wird. Warum schreibst du sie nicht zu Ende?«

»Niemand kann seine Geschichte zu Ende schreiben«, sagte sie ernst.

Ich schwieg betroffen. Sie nahm meine Hand, küßte meine Finger. Ich schaute betreten zur Seite. Sie legte meine Hand auf ihren Schenkel, umfaßte sie mit ihren Handflächen und sagte:

»Es gibt mehrere Versionen. Einmal war es ein Mann, der seine Freundin in ein Hotel brachte. Irgendwo in Paris. Ich glaube, es war in den fünfziger Jahren dieses Jahrhunderts. Am nächsten Tag wollte er sie abholen. Ich weiß nicht mehr, warum sie im Hotel schlafen mußte oder was für eine Beziehung die beiden miteinander hatten. Jedenfalls war sie am nächsten Tag nicht mehr im Hotel. Außerdem wußte niemand etwas von ihr. Keiner der Hotelangestellten hatte sie gesehen, und auch ihr Zimmer war völlig unberührt. Seit Wochen war es nicht vermietet worden, angeblich wegen einer defekten Heizung. Dabei hatte der Mann seine Freundin bis in das Zimmer begleitet. Aber gut, sie war verschwunden. An mehr erinnerte sich meine Schulfreundin nicht mehr, nur daß die Frau heimlich weggeschafft worden war, weil sie eine ansteckende Krankheit hatte, Pest oder Cholera oder so etwas.«

»Und die zweite Version?«

»Das trug sich 1867 zu. Zwei Brasilianerinnen, Mutter und Tochter, kommen nach Paris zur Weltausstellung. Die Hotels sind voll, und sie müssen in zwei unterschiedlichen Häusern übernachten. Als die Tochter am nächsten Tag die Mutter abholen will, ist diese verschwunden. In ihrem Zimmer sind Anstreicher damit beschäftigt, die Wände weiß zu streichen. Kein Mensch kann sich an die Mutter erinnern. Die Tochter fragt den Portier, den Rezeptionisten, den Zimmerjungen, die sie doch am Vorabend in Begleitung ihrer Mutter alle gesehen haben. Aber sie behaupten alle, sie hätten zwar die Tochter gesehen, die ein Zimmer gesucht habe, jedoch nicht ihre Mutter, die auch gar nicht hier hätte übernachten können, da sie völlig ausgebucht wären. Die Tochter geht zur Polizei, und die Sache nimmt ihren Lauf. Am Ende erfährt sie, daß ihre Mutter in der Nacht einen heftigen Fieberanfall gehabt hatte. Ein Arzt war geholt worden, und der hatte festgestellt, daß sie die Pest hatte. Sie war sofort weggebracht und das Hotelpersonal zum Schweigen verpflichtet worden, der Weltausstellung wegen.«

»Und so bist du auf die Idee mit dem Kind gekommen?«

»Nein, nicht gleich. Ich begann, Zeitungen von damals durchzulesen. Danach Memoiren, Briefe, Gerichtsakten, Polizeiprotokolle, Reisebeschreibungen. Pest konnte es nicht gewesen sein, weil es sonst mehrere Fälle gegeben hätte. Aber ich entdeckte allerlei Hinweise auf Cholera. Sie grassierte bereits in Italien, und 1866 gab es eine kurze Epidemie in Paris und einigen Städten in der französischen Provinz, die wundersamerweise im Frühjahr 1867 abflaute. Zumindest gab es keinerlei Meldungen mehr darüber in den Zeitungen. Dann stieß ich auf diese ganzen Fälle von Kindesmord und las im *Figaro* eine seltsame Notiz über eine angeklagte Mutter, deren Kind im Kanal St. Martin gefunden wurde. Die Mutter behauptete, ihr Kind ins Krankenhaus gebracht zu haben. Das war alles. Ich fand keine weiteren Informationen darüber. Der Fall kam nie zur Verhandlung, jedenfalls habe ich keine Protokolle gefunden. Viele Akten sind freilich während der Kommune verbrannt. Ich hatte nur die Initialen des Journalisten. L.M.«

»Lucien Marivol.«
»La plume.«

Unsere Zukunft dauerte genau sieben Wochen.
Das Zauberwort zu Beginn der neunziger Jahre lautete AZT. Es zirkulierten die verschiedensten Gerüchte und Theorien darüber, wann man das einzig zur Verfügung stehende Medikament einsetzen sollte. Die Hoffnung, daß nicht alle Personen, die das Virus in sich hatten, mittelfristig an Aids erkranken würden, erwies sich mehr und mehr als Illusion. Zwar gab es einige Fälle, aber die waren fast noch mysteriöser als die Erkrankung selbst. Kein Arzt, kein Wissenschaftler hatte eine Erklärung dafür. Da das Virus Helferzellen des menschlichen Organismus durch Einbau seiner Erbinformation infizierte, lag es nahe, einen Stoff zu suchen, der diesen Vorgang wirkungsvoll unterbrach. Der Stoff hieß AZT. Heute weiß man, daß diese Einfachtherapie im Grunde irrig war, weil die enorme Mutationsfähigkeit des Virus dazu führte, daß mehr und mehr Viren entstanden, die gegen diese Behandlung resistent waren. In Ermangelung eines gleichzeitig verabreichten Medikamentes, das die Virusvermehrung stoppen konnte, züchtete man durch AZT nur immer gefährlichere Erreger heran. Aber die Tatsache, daß es eine Behandlung gab, auch wenn man nicht genau wußte, wieviel Heilungsaussichten sie versprach, wirkte sich in dem allgemeinen Klima der Verheimlichung und Vertuschung bei den Betroffenen fatal aus. Es entstand der Eindruck, die wirtschaftlichen Streitigkeiten, die im Rahmen der Entdeckung des Virus zu Verzögerungen bei der Entwicklung eines Tests geführt hatten, seien nun wieder am Werk, um die Entwicklung einer Behandlung zu verhindern. Regelrechte Verschwörungstheorien waren im Umlauf, wonach AZT aus den verschiedensten Gründen zurückgehalten wurde. Weil die Krankenversicherungen das sündhaft teure Medikament

nicht bezahlen wollten, weil infizierte Drogenabhängige es zu horrenden Schwarzmarktpreisen verkaufen könnten, um sich Drogen zu beschaffen, weil amerikanische Pharmazieunternehmen erst ihre Patentrechte sichern wollten, weil bürgerliche Regierungen einer Krankheit, die noch immer vornehmlich Homosexuelle und Fixer traf, ohnehin gleichgültig gegenüberstanden. Täglich las ich damals mit Gaëtane in den Zeitungen, was im Vorfeld des Prozesses gegen die angeblich Verantwortlichen des Blutskandals allmählich ans Licht kam: daß selbst, nachdem bekannt war, daß große Vorräte von Blutkonserven verseucht sein mußten, und ein Test zur Verfügung stand, wegen Patentstreitigkeiten und aus Uneinigkeit über die Finanzierung der Tests Tausende Blutkonserven ungeprüft in Umlauf gebracht wurden. Nun ging man daran, diejenigen abzuurteilen, die nichts anderes getan hatten als das, wozu Gesundheitsminister, Sozialminister und die Sozialversicherung sie durch Untätigkeit, Verschleppung und Verweigerung von Geldern gezwungen hatten: Aids-verseuchtes Blut an die Bevölkerung abzugeben. Verantwortlich, aber nicht schuldig!, lautete die vielzitierte Rechtfertigung der Regierung.

Die ersten Symptome stellten sich bei Gaëtane im Sommer 1992 ein. Halsschmerzen, Schluckbeschwerden, Lymphknoten und eine blasenartige Entzündung unter der Zunge. Die Zahl der Helferzellen in ihrem Blut war plötzlich drastisch gefallen. Von einigen kurzen Erholungen abgesehen, sanken ihre Werte nun stetig ab. Sie erwog, die AZT-Behandlung zu beginnen. Ihr Arzt riet ihr ab. Sie bekam Streit mit ihm, ging zu einem anderen Arzt, der die Therapie angeblich verschreiben würde. Er klärte sie über Nebenwirkungen auf. Fast immer bekäme man Kopfschmerzen. Übelkeit und Erbrechen seien wahrscheinlich. Vor allem müsse sie sich darüber im klaren sein, daß sie die Behandlung nicht mehr absetzen dürfe.

Dann die Kostenfrage. Das Medikament kostete umgerechnet etwa achthundert Mark pro Monat. Es gäbe noch Unstimmigkeiten mit der Krankenkasse, ab wann die Behandlung übernommen würde. Die Vorschriften änderten sich laufend, in Abhängigkeit von den neuesten Erkenntnissen. Es existiere keine Einigkeit darüber, ab welchem Wert man die Behandlung beginnen sollte, so daß zu klären wäre, ab wann ihre Kasse die Kosten für das Medikament übernehmen würde.
Nach diesem »Behandlungsgespräch« hatte sie einen Nervenzusammenbruch. Sie weinte, schluchzte, zitterte am ganzen Körper. Sollte sie ernsthaft zur Sozialversicherung gehen und mit einer Sachbearbeiterin aushandeln, ob sie krank genug war, um ein Medikament zu bekommen? Die Halsschmerzen gingen zurück, aber die Entzündung unter der Zunge widersetzte sich jeglicher Behandlung, eine permanente Erinnerung daran, daß das Virus endgültig die Oberhand zu gewinnen begann. Während man in Frankreich noch um den richtigen Behandlungsbeginn für AZT stritt, mehrten sich die Hinweise darauf, daß man in den USA bereits dazu übergegangen war, eine Mehrfachtherapie zu testen, die auch die Virusvermehrung eindämmen sollte. Allerdings ließ man dafür nur Testpersonen zu, deren Helferzellenzahl noch nicht unter einen bestimmten Wert gesunken war. Wir verbrachten Wochen mit der Suche nach verläßlichen Informationen, sprachen tagelang mit Aktivisten von Selbsthilfegruppen, saßen nachts um drei in verrauchten Büros vor einem flimmernden Bildschirm und sahen zu, wie aus dem Internet die letzten Neuigkeiten über experimentelle Behandlungsmethoden aus den USA über die Mattscheibe huschten. Die Situation war absurd. Das ganze Ausmaß der Katastrophe wurde plötzlich sichtbar. Aber wer sprach da? Woher stammten diese ganzen Horrorstatistiken? Wenn zutraf, was von amerikanischen Krankenhäusern und Gesundheitsorganisationen gemeldet wurde, warum durf-

te nur der davon erfahren, der sich wie ein Spion in diese Datenströme hineinschlich? Es war, als belausche man ein geheimes Gespräch von Ärzten und Wissenschaftlern. Was wir dort lasen und sahen, konnte nur eines bedeuten: Wenn es überhaupt irgendeine Hoffnung gab, dann dort, wo die verheerende Gewalt dieser Epidemie bereits eine massive Gegenbewegung in Gang gesetzt hatte.

Gaëtane flog am 6. Juli nach New York. Ich folgte ihr zehn Tage später. Von Paris aus war wegen der Ferienzeit nur mit Mühe noch ein Flug zu bekommen. Ich löste das »Studio« auf, fuhr zu meinen Eltern, räumte meine Sparbücher leer, lieh mir so viel Geld, wie ich nur zusammenbekommen konnte, und ergatterte am 15. Juli über Warteliste einen Platz auf einem Flug ab Frankfurt. Gaëtanes Faxe aus New York. Ich habe sie noch, aber es sind mittlerweile leere Blätter. Die Schrift auf dem Thermopapier ist verblichen. Nur das erste ist erhalten geblieben, weil ich es in Paris in mein Notizheft übertragen habe. *Cher Bruno, ich bin auf dem Weg zu jenem rendez-vous, von dem Du weißt. Ich habe die halbe Nacht wach gelegen, an Dich gedacht und mir gewünscht, Deine Wärme an meinem Körper zu spüren. Jetzt sitze ich in der Metro zwischen Menschen, deren Blicke ungeduldig sind. Zeit ist etwas sehr Kostbares hier. Ich bin unter meinesgleichen.*

Die zehn Tage währende Trennung ließ mir mit einem Mal bewußt werden, wie es sein würde. Ich habe in ihrer Gegenwart nur selten geweint, abgesehen vom Ende, den letzten Stunden, und ich glaube nicht, daß sie es noch gemerkt hat. Ich hatte in einem Buch über krebskranke Kinder gelesen, daß sie sich manchmal völlig in sich selbst zurückziehen, weil sie den Schmerz und die Verzweiflung in den Augen ihrer Eltern nicht ertragen können. Sie fühlen sich schuldig. Ich verstand das. Ich wollte stark sein für sie. Doch während der Zeit unserer Trennung geschah es, daß ich nachts aufwachte und ein

tränennasses Gesicht hatte. An dem Tag, als ich zwischen gepackten Koffern auf den Vermieter wartete, um ihm die Schlüssel für das »Studio« zurückzugeben, dachte ich, zu ersticken. Ich bekam fast kein Wort heraus, unterschrieb die Dokumente, nahm den Scheck mit der Kaution entgegen und verabschiedete mich einsilbig. Als er hinter mir die blaue Metalltür verschloß, gähnte mir düster der Treppenaufgang entgegen und ich bat ihn, schon voranzugehen, da ich mich noch von einem Nachbarn verabschieden wollte. Er schüttelte mir kurz die Hand und verschwand. Ich stand minutenlang vor meiner verschlossenen Tür, hörte, wie seine Schritte sich allmählich entfernten, und wartete, bis meine Augen trocken wurden. Ich zwang mich, so lange den halbdunklen Gang hinabzublicken, bis die Erinnerung an jenen Abend, als sie das erste Mal zu mir gekommen war, mir nicht mehr die Kehle zuschnürte.
Die Bibliothek betrat ich nicht mehr. Im Vorbeigehen sah ich verschwommen das Fenster, hinter dem sie gesessen hatte. Ich flüchtete mich in das nächstbeste Café und schloß mich in einer der Toiletten ein. Erst als ich mich nicht mehr dagegen wehrte, sondern den Schluchzern nachgab, verlief sich die Anspannung allmählich. Wollte ich mich unempfindlich machen für die nächsten Monate? Suchte ich deshalb instinktiv die Orte auf, an denen wir Zeit zusammen verbracht hatten? Ich ging durch die Rue de Washington und näherte mich dem Messingschild. Es glänzte in der Sonne und blitzte mir entgegen wie ein blankes Stromkabel. *La pluie et plus rien.* Am Ende legte ich die Hand auf das warme Metall.
Ich fuhr zu Cyril ins Büro, entschuldigte mich dafür, daß ich die Einladung zum Essen nicht abgesagt hatte. Ein Krankheitsfall in der Familie, log ich. Ich sei sechs Wochen lang weg gewesen und nur zurückgekehrt, um meine Wohnung aufzulösen. Ich weiß nicht, ob er mir etwas anmerkte. Fast hätte ich

ihm alles erzählt. Als er mich hinausbegleitete, legte er freundschaftlich den Arm um mich. Schau vorbei, wenn du in der Stadt bist. Bonne chance, là bas.
Là bas.

Der endlose Vormittag in zehntausend Metern Höhe. Engelhaar und Federschluchten, wie in diesem Lied von Joni Mitchell. Wenn man gegen die Zeit anfliegen könnte, immer nur nach Westen.
Ich hatte gedacht, vorbereitet zu sein auf dieses Wiedersehen. Du liebst eine Frau, die bald sterben wird, sagte ich mir. Aber in Wirklichkeit hatte ich mich nur mit dem zweiten Teil dieses Satzes beschäftigt, und das notdürftig. Als ich sie am Ausgang in der Ferne stehen sah, nur das flüchtigste Bild ihrer Erscheinung erblickte, noch bevor ich ihr Gesicht richtig ausmachen konnte, fast nur einen Umriß und eine kaum sichtbare Bewegung wahrnahm, anhand deren ich sie unter Tausenden erkannt hätte, da wußte ich, daß in diesem Umriß dort mein ganzes vergangenes und zukünftiges Leben eingefaßt war und daß alles, was darüber hinausragte, keinerlei Bedeutung haben würde. Ich sagte es ihr mit Worten, schrieb es mit meinen Lippen auf ihre Haut, zeichnete es mit den Fingern überall auf ihren Körper. Wir liebten uns an diesem Tag fast gewalttätig. Gaëtane klammerte sich an mich, wir küßten uns mit einer Gier, die nur noch überboten wurde durch die Roheit, mit der sie genommen werden wollte. Sie sah mich dabei an, beschrieb mir ihre Lust und wimmerte nur immer, daß sie mehr begehrte, mich so tief spüren wolle wie niemals zuvor, daß sie meine heimlichsten Sehnsüchte und Wünsche erfüllen wolle, auch das, was ich vielleicht gar nicht zu wünschen wagte. Dann, nach der ersten Erschöpfung, liebten wir uns zärtlich. Sie saß halb aufrecht gegen den Rücken des Bettes gelehnt, legte ihre Hände um ihre Brüste, schlang die Beine um meine

Hüfte und bot mir lächelnd ihren Körper dar, schenkte mir minutenlang diesen Blick, den ich so liebte, diesen Blick, der sagte, ich will dir alles geben, ich will alles für dich sein. Dazwischen spitzte sie die Lippen, warf mir Küsse zu, schloß dann die Augen, ließ den Kopf ein wenig nach hinten fallen und richtete sich in der beginnenden Erregung ein, die ihre Züge leicht zu verzerren begann, als könne sie nicht genug bekommen von einem süßen Schmerz, der durch ihren Körper irrte.

Sie hatte in den ersten zehn Tagen nicht viel mehr herausgefunden, als daß wir an die Westküste würden fahren müssen. Es gab mehrere Kliniken, an denen Testprogramme liefen, aber der Berater, mit dem sie gesprochen hatte, machte ihr nicht viel Hoffnung. Mit einem Touristenvisum käme sie für eine Langzeitstudie wohl kaum in Betracht. Aber er hatte die Möglichkeit nicht ganz ausgeschlossen. Vielleicht könne man einen Weg finden. Er gab ihr die Namen einiger Personen, an die sie sich wenden sollte.

Wir hatten zehn Tage Zeit, um den Wagen von Jane Soundso an die verabredete Stelle in San Francisco zu bringen. Soundso viele Meilen durften wir maximal auf dem Tacho haben. Der Wagen ist vollgetankt und gereinigt abzugeben. *Report any problems to* 1-800 … Thank you for using Coast-to-Coast Car Movers.

Wir fuhren drei Tage am Stück, ließen uns dann mehr Zeit, als wir Colorado erreicht hatten. Die einzigen Photos, die ich von ihr habe, stammen von dieser Reise: Gaëtane am Steuer, ihr Profil vor einer endlosen Ebene im Hintergrund; über eine Straßenkarte gebeugt, auf dem Bett eines billigen Motels; auf der Sitzbank an einem Aussichtspunkt auf irgendeinem Paß, die Haut vom Ellenbogen abwärts sonnenverbrannt vom Autofahren mit heraushängendem Unterarm. Das schönste Bild ist an der kalifornischen Küste aufgenommen, kurz bevor wir

San Francisco erreichten. Sie sitzt auf einem riesigen schwarzen Felsbrocken und schaut aufs Meer hinaus, nach Westen, der Zeit voraus.
Das Ergebnis der Reise war niederschmetternd. Keines der Krankenhäuser war bereit, sie für die experimentelle Mehrfachtherapie zuzulassen. Gaëtane konnte nicht unbegrenzt in den USA bleiben. Würde sie ein Visum für ein oder zwei Jahre bekommen? Wovon sollte sie leben? Wir fragten, ob sie nicht von Frankreich aus an einer Studie teilnehmen könnte? Dazu müßte man ein Krankenhaus oder einen Arzt finden, der bereit wäre, ihr die Medikamente zu verabreichen und die Entwicklung regelmäßig zu kontrollieren. Wir hatten die logistischen und rechtlichen Komplikationen völlig unterschätzt. Es war illegal, offiziell noch nicht zugelassene Medikamente einfach nach Frankreich zu schicken und ohne Genehmigung durch die dortigen Gesundheitsbehörden an Versuchspersonen zu verabreichen. Hierfür gab es Regeln, staatliche Programme, Kooperationsabkommen, Vorschriften. Wir kamen uns vor wie Bittsteller aus einem unterentwikkelten Land. Hier gab es vielleicht ein Mittel, das einen Aufschub bewirken konnte. Aber Gaëtane hatte keinen Zugang dazu. Alles ging zu langsam. Das Virus war schneller.
Immerhin wußten wir nach diesen Tagen in San Francisco endgültig Bescheid. Der Alptraum war hier längst Teil des täglichen Lebens geworden, während Europa gerade erst zu erwachen begann. Gaëtane sah allerorten die Silhouette ihres Schicksals, das sich wie ein gewaltiges Bergmassiv am Horizont aus dem Dunst schälte, breiter wurde, um sie herumwuchs, bis die Einkreisung vollzogen war. Zwölf Monate. Zwei Jahre. Je nachdem.
Anfang September flogen wir zurück.
Ich hatte ihr versprechen müssen, niemanden zu informieren. Auch Claire nicht, weil sie befürchtete, diese könne vielleicht

ihre Eltern kontaktieren. Ich weiß bis heute nicht, warum sie ihre Eltern so gehaßt hat. Sie sprach nie darüber. Wahrscheinlich hat das Krankenhaus ihre Eltern benachrichtigt. Jedenfalls sah ich sie bei der Beerdigung. Sie standen abseits, nebeneinander, nicht miteinander. Sie rührten sich nicht von der Stelle und verschwanden sofort, nachdem die Zeremonie vorüber war. Es sah fast so aus, als wollten sie nur nachschauen, wo ihre Tochter begraben war, falls sie später vielleicht einmal wiederkommen wollten.

Während der achtzehn Monate, da sie noch relativ beschwerdefrei lebte, wohnte sie in der Nähe von Marseille bei ihren Freunden. Ich pendelte zwischen Aachen und Südfrankreich hin und her, verbrachte jedoch immer nur wenige Tage in Deutschland. Zweimal trafen wir uns in Paris. Das Buch schrieb sie nicht weiter. Das Ende hat sie mir mehrfach erzählt. Aber es war immer wieder anders.

Dann fingen diese Sehstörungen an, Schneetreiben im rechten Auge. Ich zog wieder nach Frankreich um und blieb bis zum Ende.

Gaëtane starb am 18. Oktober 1994.

Sie hatte gewünscht, ich möge ihre Papiere an mich nehmen, das Manuskript mit den letzten Änderungen und die ganzen Notizen und Exzerpte. Ich tat es, aber ich habe sie jahrelang nicht angeschaut, auch meine Aufzeichnungen nicht, die ich im gleichen Karton verwahrte. Ich vermochte es nicht.

Ich fuhr nach Deutschland zurück, versuchte, ein Leben zu beginnen. Manchmal, wenn ich vor Trauer und Niedergeschlagenheit nicht mehr ein noch aus wußte, hörte ich mir die Gespräche an, die sie mit diesem Arzt geführt hatte. Der Inhalt interessierte mich nicht mehr. Ich lauschte nur dem Klang ihrer Stimme. Allein deshalb hob ich die Kassetten überhaupt auf.

Erst jetzt, fünf Jahre später, habe ich den Karton wieder geöffnet und die Papiere geordnet. Während ich dies schreibe, läuft in Paris der Prozeß gegen die politisch Verantwortlichen. Es bedurfte einer Verfassungsreform, um die Bildung eines Sondergerichtshofes zu ermöglichen. Im Fernsehen sieht man die Kläger, vom Tode gezeichnete Menschen, die auf Gerechtigkeit hoffen. Es sind nicht mehr viele.

Kein Tag vergeht, da ich Gaëtane nicht vor mir sehe, ihr Gesicht, als sie in New York am Flughafen auf mich zukam. Das Gesicht einer Frau, die ahnt, daß sie sterben muß.

Und dennoch ein Gesicht voller Liebe, erfüllt von Hoffnung und Versprechen.

Immer wieder der Wunsch, ihr noch etwas Letztes zu sagen, jene Gedichtzeile über die Biene etwa, die ihr gefallen hätte. Auf einem ihrer Entwürfe fand ich den Schluß. Ich weiß nicht, wann sie ihn geschrieben hat. Ich weiß nicht einmal, ob es wirklich das letzte Kapitel ihres Romans ist.

Aber es ist das Ende dieser Geschichte.

Dessen bin ich mir sicher.

Epilog

> … der dichter setzt
> zur wehr sich wie die biene
> und schenkt das eigene sterben
> dem den er verletzt
>
> *Jan Skácel*

Das Ende kam schnell.

Am Freitag, dem 2. September 1870, trieb ein Gerücht durch die Straßen von Paris: Die kaiserliche Armee sei bei Sedan vernichtend geschlagen, der Kaiser selbst von preußischen Truppen gefangengesetzt worden.

Man flüsterte es in den Korridoren des Regierungssitzes, gab die Neuigkeit mit ungläubiger Miene von Etage zu Etage weiter und sah hilflos zu, während sich die Meldung bereits einer ansteckenden Krankheit gleich über die ganze Stadt verbreitete. Und wie zu Beginn einer Seuche glaubte zunächst niemand daran.

Erst als am nächsten Tag Napoleons Telegramm mit den letzten Weisungen an die Kaiserin Eugénie im Telegraphenamt eintraf, brach wie ein zorniger Fieberstoß die Gewißheit hervor und raffte innerhalb weniger Stunden ein Zeitalter hinweg.

Am Sonntag, dem 4. September, war der Palast in den Tuilerien bereits verlassen. Die Kaiserin war am Ende zu ihrem amerikanischen Zahnarzt in der Rue Malakoff geflohen, von wo sie am nächsten Tag glücklich aus der Hauptstadt entkam, verborgen in einer geschlossenen Karosse, ihren Schmuckka-

sten auf dem Schoß. Wer es hören wollte, dem sagte die ehemalige spanische Gräfin, was sie von dem Land hielt, dessen Kaiserin sie siebzehn Jahre lang gewesen war. In keinem Land der Welt, so bemerkte sie, sei der Abstand zwischen Erhabenheit und Lächerlichkeit so gering.
Während der Volkszorn sich in den Straßen entlud, harrten im Palais die Möbel im Dämmerlicht der letzten Stunden. Die Unordnung war vergleichsweise gering, als hätten sich erfahrene Schauspieler nach dem Schlußakt der letzten Aufführung rasch davongemacht, damit der Umbau für das nächste Stück beginnen konnte. Der Lärm der aufgebrachten Bevölkerung hallte schwach in den wie ausgestorben daliegenden Sälen wider. Gedämpft drang der Ruf der Menge durch die geschlossenen Läden: *Vive la République.*
Die kaiserliche Garde wurde schließlich überwältigt, das Palais im Sturm genommen. Die Fahne wurde eingeholt. Domestiken begannen damit, die Kleiderkammern zu plündern. Überall in der Stadt wurden die Insignien des Kaiserreiches entfernt. Straßennamen verschwanden und wurden durch andere ersetzt. Noch bevor Napoleon III. sein vorübergehendes Gefängnis in Kassel erreicht und den Schmutz der Schlacht von seiner Uniform geklopft hatte, begann Paris, sich von ihm reinzuwaschen.

Drei Jahre war es her, daß Marivol den völlig verstörten Jungen in jener Nacht, als Lagranges Leute den Bettler ermordet hatten, mit zu sich nach Hause genommen und bei sich beherbergt hatte. Drei Jahre seit jenem Morgen, als Mathilda, Antoine und Nicholas um den Wohnzimmertisch in der Rue de Grenelle gesessen hatten, ein seltsames Salz beobachtend, das sich auf einer Untertasse tiefblau verfärbte.
Antoine war noch am selben Morgen zu Marivol gegangen, um ihm von Mathildas Entdeckung Bericht zu erstatten. Der

Journalist hatte schon damit begonnen, einen Artikel zu verfassen, in dem er alle Einzelheiten des Falles darlegte.
»Das ist wunderbar«, sagte Antoine, als er ihn gelesen hatte, »aber ich fürchte, wir werden diesen Artikel niemals veröffentlichen können.«
»Was? Warum?«
»Ich muß Brunet Angst einjagen. Es ist die einzige Möglichkeit, sie dazu zu zwingen, die Frau freizulassen. Wir haben keinerlei Beweise. Allein die Gefahr, daß der Fall publik wird, kann Lagrange vielleicht bewegen, auf Brunet einzuwirken, die Anklage fallenzulassen. Die Frau ist ihnen völlig gleichgültig. Sie wollen nur um alles in der Welt verhindern, daß etwas davon an die Öffentlichkeit kommt. Also, bieten wir ihnen Schweigen gegen Freilassung.«
Marivol machte ein bekümmertes Gesicht.
»Ob Villemessant es wagen würde, so etwas überhaupt zu drucken, weiß ich nicht. Aber diese Geschichte nicht lancieren zu dürfen ist viel verlangt.«
»Man würde die Zeitung sofort schließen, Sie und Villemessant augenblicklich verhaften. Aber es würde Gerüchte geben. Cholera in Paris. Selbst wenn der Kaiser alle Journale der Stadt einsammeln und vernichten läßt, kann er die Panik, die vielleicht entsteht, nicht kontrollieren. Deshalb wird man auf das Angebot eingehen.«
»Und die Wahrheit?« fragte Marivol.
»Darum kümmern wir uns später. Die Wahrheit hat Zeit. Aber das Leben ist kurz, und wenn ich schon das Kind nicht wieder lebendig machen kann, dann will ich wenigstens die Mutter aus St. Lazare herausholen.«
Johann saß teilnahmslos am Fenster. Antoine schaute bisweilen unsicher zu ihm hin, aber der Junge starrte abwesend durch die Fensterscheibe auf die Straße hinaus, als suche er zwischen sich und der Welt dort draußen vergeblich eine Ver-

bindung. Antoines Gefühle ihm gegenüber waren noch immer von Mißtrauen und Argwohn beherrscht. Sein Verstand sagte ihm zwar, daß die vor Mordlust verzerrte Fratze, die vor zwei Wochen in den Müllhaufen von Belleville über ihm geschwebt hatte, im Grunde nicht viel mit diesem kleinen Jungen zu tun hatte, aber er wehrte sich vergeblich gegen das ungute Gefühl, das der Anblick des Dreizehnjährigen in ihm auslöste.

»Und er?« fragte Antoine den Journalisten mit gedämpfter Stimme.

Marivol zog die Augenbrauen hoch.

»Sie sehen es ja. Er sitzt dort am Fenster, seit wir zurückgekommen sind. Er hat ein wenig Brühe gegessen, aber ich glaube, er hat seit gestern nacht kein Auge zugemacht. Schösse man vor meinen Augen einem Menschen den halben Kopf weg, würde ich wohl auch so dasitzen.«

Es kostete Antoine nicht wenig Überwindung, aber schließlich raffte er sich auf und trat neben den Jungen ans Fenster. Johann rührte sich nicht. Eine Weile stand er so. Marivol betrachtete die beiden. Dann hörte er den Anwalt sagen:

»Du denkst an deine Mutter, nicht wahr?«

Johann preßte die Stirn gegen die Scheibe, sagte aber nichts.

»Ich denke auch an sie«, fuhr Antoine fort, »unentwegt. Ich will, daß du weißt, daß ich nichts unversucht lassen werde, um das Unrecht, das ihr geschehen ist, wiedergutzumachen.«

Es war schwer zu sagen, ob der Junge ihn überhaupt hörte. Seine Augen blickten unbeweglich auf die Stadt dort draußen, als wolle er mit seinem Blick ein Loch in die Welt bohren, durch das man aus ihr hinausgelangen könnte. Antoine stützte sich auf dem Fensterbrett auf und schwieg einen Augenblick. Dann legte er dem Jungen die Hand auf die Schulter. Er wollte noch etwas hinzufügen, sah jedoch, daß die Berührung bei dem Jungen keinerlei Reaktion auslöste. Antoine trat wieder vom Fenster zurück, und Marivol begleitete ihn zur Tür. Als er unten auf die Straße trat, schaute er noch einmal zu dem Fenster hinauf und sah Johann noch immer dort. War sein Blick ihm gefolgt? Antoine hob kurz die Hand. Keine Reaktion. Nur ein Gesicht hinter Glas.

Er ging bedrückt die Rue du Bac hinab, blieb oft stehen, weil die vielen Passanten das Gehen schwierig machten. Er hörte allenthalben fremde Sprachen, sah fremde Gesichter, ungewohnte Kleidung und wurde sich mehr und mehr der Bedeutung dessen bewußt, was er in den letzten Wochen erlebt hatte. Überall wurde gekauft, gegessen, getrunken. Man sah das Geld buchstäblich durch die Straßen fließen, den Strom des Reichtums sich über die Boulevards ergießen, die sich durch die Weltausstellung in regelrechte Goldmagneten verwandelt hatten. Um ihn herum brummte und summte die Stadt von Abertausenden Geschäften, Verkäufen, Umsätzen. Tausende von Dingen wechselten die Besitzer unter der Begleitung einer niemals verebbenden Musik von Münzengeklimper, und die unablässige Symphonie dieses Geldregens ließ die Augen der Händler und Verkäufer glänzen und strahlen. Ein Geräuschteppich, der alles andere an Lautstärke übertraf.

Antoine versuchte indessen, sich einige Sätze zurechtzulegen, mit denen er Brunet sein Anliegen vortragen könnte, vermochte aber in dem Straßenlärm und dem Blitzen und Funkeln der vor und neben ihm ausgebreiteten Warenströme kaum einen klaren Gedanken zu fassen. Von allen Seiten wurden Dinge herangekarrt, abgeladen, aufgebaut, gewogen, geprüft, von Händen gierig umfaßt, bezahlt, verpackt, aufgeladen und wieder weggeschafft. Die ganze Stadt war wie eine dieser riesigen Maschinen auf dem Marsfeld, die endlose Kopien des Immergleichen ausspuckten, hinaus in eine Welt, die es begierig verschlang. Überall wurde gegessen und getrunken, gebraten, zerlegt, geschluckt, Geschirr gestapelt, Besteck aufgelegt. Dazwischen wurde ausgeschrien, was man in der Eile nicht vergessen sollte: Eis, Limonade, Konfekt, Zuckerkringel, Tabak. Ein Ekel überkam Antoine angesichts der überall zum Essen sich öffnenden Münder, der vom Schlukken tanzenden Kehlköpfe. Er sah plötzlich nur noch Hände, die Brot zerteilten, Wein einschenkten, Münzen zählten oder soßenverschmierte Servietten auf abgegessene Teller warfen. Er durchlief einen Magen, einen Darm, einen aufgeblähten Bauch.

Auf der St.-Michel-Brücke blieb er stehen und suchte instinktiv den Geruch des Wassers und die wohltuende, über den Fluß dahinfegende Brise, die all diese Eindrücke von ihm fernhielt. Dann lief er rasch die letzten Meter zum Justizpalast, durchschritt den Cour du Mai und stand kurz darauf vor Brunets Büro. Er klopfte an, öffnete die Tür, nachdem er ein Geräusch gehört hatte, das sich als Aufforderung verstehen ließ, einzutreten, und fand sich Brunet gegenüber, der ihn erstaunt anblickte.

»... Monsieur Bertaut ...? Na, so ein Zufall. Eben wollte ich einen Boten zu Ihnen schicken. Bitte, kommen Sie doch herein.«

Antoine schloß die Tür, ging auf den Tisch zu, schüttelte Brunet die Hand und setzte sich. Der Richter hatte Akten vor sich liegen. Auch ohne seine Robe, die hinter der Tür an einem Haken hing, war Brunet eine imposante Erscheinung, was insbesondere auf seinen gewaltigen Kopf zurückzuführen war. Er war weit über fünfzig, hatte Antoines Vater noch gut gekannt, ließ jedoch Antoine gegenüber keinerlei Neigung erkennen, diese Bekanntschaft in irgendeiner Weise Einfluß auf ihre berufliche Beziehung nehmen zu lassen, weder im gu-

ten noch im schlechten. Er behandelte ihn mit der gleichen Distanziertheit und väterlichen Strenge wie alle debütierenden Anwälte. Der alte Bertaut hatte Antoine gesagt, was es zu Brunet zu sagen gab: Kein schlechter Mensch, aber substanzlos und starr im Denken. Sollten morgen die Türken Frankreich überrennen, wird er eben den Koran auswendig lernen und die Diebe zum Händeabhacken schicken.
»Ich komme wegen der Sache Lazès zu Ihnen«, sagte Antoine.
Brunet schaute ihn verwundert an.
»Dann hat man Ihnen schon Bescheid gesagt? Nun, wie dem auch sei. Sie haben Glück. Sie sind des Falles enthoben. Das erspart Ihnen eine weitere Niederlage gegen Jozon und mir einen Boten. Hier ist die Verfügung.«
»Enthebung? Wieso? Ich verstehe nicht.«
»Ich, ehrlich gesagt, auch nicht. Erst überträgt man ausgerechnet Ihnen den Fall, dann wird er an das Innenministerium verwiesen. Verstehen Sie mich nicht falsch, aber so eine Sache ist selbst für einen erfahrenen Kollegen keine einfache Aufgabe. Aber seien Sie froh. Mit diesem Fall hätten Sie sich ohnehin keine Lorbeeren verdienen können. Wenn Sie bitte hier quittieren würden.«
Antoine schaute Brunet an. Aber es war ausgeschlossen, daß der Mann mit ihm einen Spaß trieb.
»Hören Sie«, begann er, »ich muß Ihnen einige Dinge sagen, bevor …«
Brunet schnitt ihm das Wort ab.
»Es gibt nichts zu sagen. Ich brauche Ihnen die Vorschriften ja wohl nicht zu erklären. Ich habe hier eine Order des Innenministeriums. Der Fall Lazès wird nicht verhandelt. Die Angeklagte ist frei. Alles Weitere interessiert hier niemanden. Würden Sie also bitte quittieren.«
»Monsieur Brunet.«

Antoine wurde steif auf seinem Stuhl und schaute den Richter an. Dessen Gesichtsausdruck war ein wenig abweisend geworden.
»Monsieur Bertaut?«
»Ich sagte, ich würde gerne einige Dinge mit Ihnen besprechen. Sie sollten wissen …«
Weiter kam er nicht.
Brunet erhob sich, trat ans Fenster, ließ einige Sekunden verstreichen, drehte sich dann wieder um und schaute Antoine durchdringend an.
»Werter Kollege«, begann er. Seine Stimme war klar und fest. Aber Antoine kannte den Mann gut genug, um zu wissen, was er von diesem Tonfall zu halten hatte. Ein falsches Wort von ihm, und Brunet würde unangenehm werden.
»Ich habe hier eine Order des Innenministeriums. Das heißt eine Order des Kaisers. Angenommen, es bestünde das Bedürfnis, Ihre werte Meinung hierzu zu erfahren, so wäre ein entsprechendes, so lautendes Ersuchen in dieser Order enthalten. Ich entsinne mich nicht, dergleichen darin gelesen zu haben. Der Fall Lazès ist abgeschlossen, die Akte ans Innenministerium weiterzuleiten. Ich brauche also von Ihnen keine weiteren diesbezüglichen Ausführungen und darf Sie ermahnen, sowohl Ihre Untersuchungen einzustellen, falls Sie dergleichen vorgenommen haben, als auch über Einzelheiten, von denen Sie in Ausübung ihrer Tätigkeit Kenntnis genommen haben, Stillschweigen zu bewahren. Haben Sie mich verstanden?«
Antoine sagte nichts. Er schaute Brunet offen ins Gesicht und versuchte, hinter der Maske wenigstens den Hauch einer Regung auszumachen. Aber da war nichts. Brunet würdigte ihn keines weiteren Blickes, zog das bereits couvertierte Dokument wieder aus dem Umschlag und legte es vor Antoine auf den Tisch.

Antoine machte auf dem Absatz kehrt und verließ wortlos das Zimmer.
»Bertaut!« donnerte Brunets Stimme hinter ihm her. Aber Antoine eilte den Gang hinab, ohne sich noch einmal umzublicken.
Am Nachmittag fuhren sie nach St. Lazare hinaus, um Johann zu seiner Mutter zu begleiten. Marivol war nicht mitgekommen, und auch Nicholas hatte es vorgezogen, dieser Begegnung fernzubleiben. Mathilda und Antoine hatten den Jungen zwischen sich genommen. Er war noch immer wie betäubt, reagierte auf keine Frage und folgte ihnen teilnahmslos. Auch die Nachricht, daß seine Mutter aus dem Gefängnis entlassen würde und die schreckliche Ungewißheit vorüber sei, entlockte ihm nicht viel mehr als ein mattes Lächeln.
Im Gefängnis angekommen, mußten sie zugleich erleichtert und enttäuscht feststellen, daß Marie Lazès bereits am Morgen entlassen worden war. Sie nahmen eine Kutsche nach Belleville. Als sie Maries kümmerliche Behausung erreicht hatten, war niemand da. Sie befragten einige Nachbarn, ob jemand Marie gesehen habe, aber keiner wußte etwas über sie. Mathilda ging in den Verschlag hinein, fand jedoch keine Anhaltspunkte dafür, daß in den letzten Stunden jemand hier gewesen war. Die Hütte war völlig leergeräumt. Sie fragte den Jungen, ob seine Mutter denn nicht einmal ein Bett besessen hätte? Doch, ein Bett habe sie wohl gehabt. Außerdem eine Truhe, einen kleinen Ofen und einen Schemel. Das wußte er noch. Ob er sich erklären könnte, wo das alles hingekommen war? Er zuckte mit den Schultern und zeigte mit der Hand in die Umgebung.
Sie standen eine Weile unschlüssig herum, bis plötzlich ein Mann zu ihnen trat und sie fragte, ob sie Marie suchten. Hatte er sie gesehen? Er nickte. Ja. Sie sei am Kanal. Oben, auf dem Wehr. Dort habe er sie jedenfalls vor einer halben Stunde ste-

hen sehen. Sie brachen sofort auf. Johann schien allmählich aus seiner Verstörung zu erwachen und lief schon bald ein ganzes Stück voraus, die Hände in die Taschen vergraben, den Kopf tief auf die Schultern gezogen. Sein Abstand zu ihnen vergrößerte sich zusehends, und als Mathilda und Antoine in der Ferne das Wehr ausmachen konnten, sahen sie eine Gestalt dort am Geländer stehen, die sich soeben zu einer anderen kleinen Gestalt umdrehte, die auf sie zugelaufen kam.

Mathilda blieb stehen und hielt Antoine zurück. Die Schemen dort auf der Brücke verschmolzen ineinander und standen still. Eine ganze Weile rührten sie sich nicht von der Stelle oder bewegten sich so geringfügig, daß es aus der Entfernung nicht zu erkennen war. Mathilda nahm Antoine an der Hand, und sie gingen langsam weiter, bis sie, nur noch einen Steinwurf von den beiden entfernt, abermals stehenblieben. Sie sahen, daß Marie auf den Kanal hinabblickte, während ihr Sohn sich fest an sie klammerte. Sie strich ihm über das Haar und sprach leise auf ihn ein, stets die Augen auf das schwarze Wasser unter ihr gerichtet …

… heute hast Du mich wieder nach dem Ende der Geschichte gefragt.

Lange Zeit war dies das letzte Bild, das ich von ihr sah. Marie auf der Brücke, das war ich. Sie starrte immer nur auf das Wasser dort unter ihr, auf diese dunkel schimmernde Oberfläche, in der sich nichts mehr spiegelte.

Doch jetzt weiß ich, daß sie sich noch einmal umgedreht hat. Und da hat sie zwei Menschen gesehen. Du weißt, wer sie sind. Und Du sollst wissen, daß jede Faser meines Wesens nur immer die Geschichte dieser beiden Menschen erzählen wollte.

Doch was soll ich tun, jetzt, da ich das Ende sehe und überall nur einen Anfang erblicke?
Eine neue beginnen?
Ich liebe Dich, Bruno.
Wir müssen viele Geschichten erzählen.
Weil wir nur eine haben ...

Ich danke

Katia Tielemann
die mir einmal davon erzählt hat;

Fritz Walch
für Einsicht in seine umfangreiche Materialsammlung
über das Weltausstellungsgebäude von 1867;

Bertram Botsch
für sorgfältiges Korrekturlesen;

und insbesondere

Roman Hocke
– kundigster Besucher erfundener Welten –
für seine großartige Unterstützung.

Wolfram Fleischhauer

Drei Minuten mit der Wirklichkeit

»Sie hatte ihre erste große Liebe erlebt.
Und das Wesen einer jeden ersten großen Liebe war,
dass sie nicht überlebte …«

Erregende Rhythmen, verstörender Klang – welches Geheimnis verbirgt sich in den skandalösen Choreografien des jungen Tangostars Damián Alsina? Giulietta, angehende Ballett-Tänzerin aus Berlin, folgt dem rätselhaften Geliebten Hals über Kopf nach Buenos Aires. Schritt für Schritt kommt sie auf die Spur einer Tragödie, die mit der Vergangenheit jener Stadt aufs Engste verbunden ist. Und die Suche nach der verlorenen Leidenschaft mündet in einen Strudel hoch gefährlicher Ereignisse.

»Wolfram Fleischhauer ist ein grandioses Buch gelungen, sprachlich auf der Höhe der Zeit, voller bewegender Bilder. Solche Autoren, die literarisch niveauvoll und zugleich spannend unterhalten können, sind selten.«
Neues Deutschland

»Ein großartiger Spannungsroman – politische Unterhaltungsliteratur im besten Sinne.«
Facts

»Eine ungewöhnliche Mischung aus brisantem Polit-Thriller und dramatischer Liebesgeschichte. Und ganz nebenbei der Beweis, dass auch deutsche Autoren hoch spannend erzählen können!«
Brigitte

Knaur Taschenbuch Verlag

Wolfram Fleischhauer

Das Buch in dem die Welt verschwand

Man schreibt das Jahr 1780. Revolutionäre Ideen durchziehen das Land. Allerorten bekämpfen sich mystische Zirkel und Geheimbünde. In der fränkischen Grafschaft Alldorf ist es zu rätselhaften Todesfällen gekommen, und der junge Arzt und Epidemieforscher Nicolai Röschlaub soll bei der Aufklärung helfen. Begleitet von einer geheimnisvollen jungen Frau, macht er sich auf den Weg an die äußersten Grenzen des Reiches – und gleichzeitig ins Innerste seiner Seele. Die Zeit drängt, denn das Geheimnis ist aus dem Stoff, der eine Welt zerstören kann …

»Ein geheimnisvoller Roman, manchmal melancholisch,
mit einem überzeugenden, intelligenten Schluss,
der einen emotional tief berührt zurücklässt.«
WDR, Service Buch

»Ein Super-Mix aus Historienkrimi
und Liebesgeschichte.«
Für Sie

Knaur Taschenbuch Verlag